上财文库

刘元春　主编

春秋时期晋、秦、楚世族作家群体与文学创作考论

A Textual Research on the Writer Groups of
Aristocratic Families and Literary Creation of Jin,
Qin and Chu States in the Spring and Autumn Period

罗姝　著

上海财经大学出版社
SHANGHAI UNIVERSITY OF FINANCE & ECONOMICS PRESS

上海学术·经济学出版中心

图书在版编目（CIP）数据

春秋时期晋、秦、楚世族作家群体与文学创作考论 /
罗姝著. -- 上海：上海财经大学出版社, 2025. 1.
(上财文库). -- ISBN 978-7-5642-4568-9

Ⅰ. I206.25

中国国家版本馆 CIP 数据核字第 2024K807E3 号

上海财经大学中央高校双一流引导专项资金、中央高校基本科研
业务费资助

□ 责任编辑　刘光本
□ 封面设计　贺加贝

春秋时期晋、秦、楚世族作家群体与文学创作考论

罗　姝　著

上海财经大学出版社出版发行

（上海市中山北一路 369 号　邮编 200083）

网　　址：http://www. sufep. com

电子邮箱：webmaster@sufep. com

全国新华书店经销

上海华业装璜印刷厂有限公司印刷装订

2025 年 1 月第 1 版　2025 年 1 月第 1 次印刷

787mm×1092mm　1/16　18.25 印张(插页:2)　336 千字

定价:98.00 元

总　序

更加自觉推进原创性自主知识体系的建构

中国共产党二十届三中全会是新时代新征程上又一次具有划时代意义的大会。随着三中全会的大幕拉开,中国再次站在了新一轮改革与发展的起点上。大会强调要创新马克思主义理论研究和建设工程,实施哲学社会科学创新工程,构建中国哲学社会科学自主知识体系。深入学习贯彻二十届三中全会精神,就要以更加坚定的信念和更加担当的姿态,锐意进取、勇于创新,不断增强原创性哲学社会科学体系构建服务于中国式现代化建设宏伟目标的自觉性和主动性。

把握中国原创性自主知识体系的建构来源,应该努力处理好四个关系。习近平总书记指出:"加快构建中国特色哲学社会科学,归根结底是建构中国自主的知识体系。要以中国为观照、以时代为观照,立足中国实际,解决中国问题,不断推动中华优秀传统文化创造性转化、创新性发展,不断推进知识创新、理论创新、方法创新,使中国特色哲学社会科学真正屹立于世界学术之林。"习近平总书记的重要论述,为建构中国自主知识体系指明了方向。当前,应当厘清四个关系:(1)世界哲学社会科学与中国原创性自主知识体系的关系。我们现有的学科体系就是借鉴西方文明成果而生成的。虽然成功借鉴他者经验也是形成中国特色的源泉,但更应该在主创意识和质疑精神的基础上产生原创性智慧,而质疑的对象就包括借鉴"他者"而形成的思维定式。只有打破定式,才能实现原创。(2)中国式现代化建设过程中遇到的问题与原创性自主知识体系的关系。建构中国原创性自主知识体系,其根本价值在于观察时代、解读时代、引领时代,在研究真正的时代问题中回答"时代之问"，这也是推动建构自主知识体系最为重要的动因。只有准确把握中国特色社会主义的历史新方位、时代新变化、实践新要求，才能确保以中国之理指引中国之路、回答人民之问。(3)党的创新理论与自主知识体系的关系。马克思主义是建构中国自主知识体系的"魂脉"，坚持以马克思主义为指导，是当代中国哲学社会科学区别于其他哲学社会科学的根本标志，必须旗帜鲜明加以坚持。党的创新理论是中国特色哲学社会科学的主体内容，也是中国特色哲学社会科学发展的最大增量。(4)中华传统文化与原创性自主知识体系的关系。中华优秀传统文化是原创性自主知识体系的"根脉"，要加强对优秀传统文化的挖掘和阐发，更有效地推动优秀传统文化创造性转化、创新性发展，创造具有鲜明"自主性"的新的知识生命体。

探索中国原创性自主知识体系的建构路径，应该自觉遵循学术体系的一般发展规律。建构中国原创性自主知识体系，要将实践总结和应对式的策论上升到理论、理论上升到新的学术范式、新的学术范式上升到新的学科体系，必须遵循学术体系的一般发展规律，在新事实、新现象、新规律之中提炼出新概念、新理论和新范式，从而防止哲学社会科学在知识化创新中陷入分解谬误和碎片化困境。当前应当做好以下工作：(1)掌握本原。系统深入研究实践中的典型事实，真正掌握清楚中国模式、中国道路、中国制度和中国文化在实践中的本原。(2)总结规律。在典型事实的提炼基础上，进行特征事实、典型规律和超常规规律的总结。(3)凝练问题。将典型事实、典型规律、新规律与传统理论和传统模式进行对比，提出传统理论和思想难以解释的新现象、新规律，并凝练出新的理论问题。(4)合理解释。以问题为导向，进行相关问题和猜想的解答，从而从逻辑和学理角度对新问题、新现象和新规律给出合理性解释。(5)提炼范畴。在各种合理性解释中寻找到创新思想和创新理论，提炼出新的理论元素、理论概念和理论范畴。(6)形成范式。体系化和学理化各种理论概念、范畴和基本元素，以形成理论体系和新的范式。(7)创建体系。利用新的范式和理论体系在实践中进行检验，在解决新问题中进行丰富，最后形成有既定运用场景、既定分析框架、基本理论内核等要件的学科体系。

推进中国原创性自主知识体系的建构实践，应该务实抓好三个方面。首先，做好总体规划。自主知识体系的学理化和体系化建构是个系统工程，必须下定决心攻坚克难，在各个学科知识图谱编制指南中，推进框定自主知识体系的明确要求。

各类国家级教材建设和评定中，要有自主知识体系相应内容审核；推进设立中国式现代化发展实践典型案例库，作为建构自主知识体系的重要源泉。其次，推动评价引领。科学的评价是促进原创性自主知识体系走深走实的关键。学术评价应该更加强调学术研究的中国问题意识、原创价值贡献、多元成果并重，有力促进哲学社会科学学者用中国理论和学术做大学问、做真学问。高校应该坚决贯彻"破五唯"要求，以学术成果的原创影响力和贡献度作为认定依据，引导教师产出高水平学术成果。要构建分类评价标准，最大限度激发教师创新潜能和创新活力，鼓励教师在不同领域做出特色、追求卓越，推动哲学社会科学界真正产生出一批引领时代发展的社科大家。最后，抓好教研转化。自主知识体系应该转化为有效的教研体系，才能发挥好自主知识体系的育人功能，整体提升学校立德树人的能力和水平。

上海财经大学积极依托学校各类学科优势，以上财文库建设为抓手，以整体学术评价改革为动力，初步探索了一条富有经管学科特色的中国特色哲学社会科学建构道路。学校科研处联合校内有关部门，组织发起上财文库专项工程，该工程旨在遵循学术发展一般规律，更加自觉建构中国原创性自主知识体系，推动产生一批有品牌影响力的学术著作，服务中国式现代化宏伟实践。我相信自主知识体系"上财学派"未来可期。

上海财经大学 校长

2024 年 12 月

目　录

第一章　晋 / 001

第一节　晋公室 / 001

一、族属考 / 001

二、世系考 / 002

三、献公诡诸 / 005

四、太子申生 / 006

五、文公重耳 / 007

六、襄公雍 / 009

七、厉公州蒲 / 009

八、悼公周 / 010

九、平公彪 / 011

十、昭公夷 / 012

十一、顷公去疾 / 013

十二、定公午 / 013

第二节　公族（上）——靖族、献族、穆族、武族、成族 / 015

一、栾氏与栾成、栾枝、栾书、栾鍼、栾盈 / 015

二、祁氏与祁奚、祁午 / 020

三、韩氏与韩简、韩厥、韩无忌、韩起 / 024

四、解氏与解杨、解张 / 030

五、张氏与张老、张趯、张柳朔　／ 032

六、羊舌氏与羊舌职、羊舌肸　／ 035

七、阎氏与阎明　／ 041

第三节　公族（下）／ 044

一、狐氏与狐突、狐偃　／ 044

二、庆氏与庆郑　／ 047

三、郤氏与郤豹、郤芮、郤缺、郤克、郤至　／ 048

四、伯氏与伯宗　／ 053

五、先氏与先轸　／ 055

六、胥氏与胥臣、胥童、胥午　／ 057

第四节　同姓世族（上）——“王季之穆”“文之昭”　／ 060

一、郭氏与郭偃　／ 060

二、成氏与成鱄　／ 063

三、魏氏与魏锜、魏绛、魏舒　／ 065

四、蔡氏与蔡墨　／ 070

五、原氏与原黡　／ 072

六、荀氏与荀林父、荀首　／ 076

七、中行氏与中行偃、中行吴、中行寅　／ 080

八、知氏与知跞、知瑶、知䜌　／ 084

九、辅氏与辅果　／ 087

第五节　同姓世族（下）／ 089

一、阳氏与阳处父、阳毕　／ 089

二、王氏与王生　／ 092

三、邮氏与邮无正　／ 093

四、任氏与任章　／ 095

第六节　异姓世族（上）——祁姓、妘姓、子姓、风姓、己姓　／ 097

一、杜氏与杜原款　/ 097

二、士氏与士蔿、士会、士渥浊、士燮、士匄(宣子)、士弱、士鞅、士匄(文伯)、士

弥牟、士茁　/ 099

三、屠氏与屠蒯　/ 109

四、辛氏与辛廖、辛俞　/ 111

五、董氏与董因、董狐、董安于、董褐　/ 113

六、祖氏与祖朝　/ 116

七、箕氏与箕郑　/ 117

八、乐氏与乐王鲋、乐丁　/ 119

九、史氏与史骈　/ 121

十、女氏与女齐　/ 122

十一、訾氏与訾祏　/ 125

第七节　异姓世族(下)——嬴姓、芈姓、姒姓、偃姓　/ 127

一、赵氏与赵衰、赵盾、赵武、赵鞅、赵无(毋)恤　/ 127

二、邯郸氏与赵穿　/ 136

三、秦氏与秦越人　/ 138

四、梁氏与梁由靡　/ 140

五、宵氏与宵嬴　/ 142

六、苗氏与苗贲皇　/ 143

七、庄氏与庄驰兹　/ 144

八、楚氏与楚隆　/ 146

九、里氏与里克、里头须　/ 147

十、李氏与李克　/ 149

十一、窦氏与窦犨　/ 150

第八节　其他氏族　/ 152

一、鉏氏与鉏麑　/ 152

二、狼氏与狼瞫 / 153

三、吕氏与吕饴 / 154

四、卜氏与卜商 / 155

五、段干氏与段干木 / 160

六、介氏与介推 / 163

七、祗氏与祗弥明 / 165

第二章　秦 / 167

第一节　公室 / 167

一、族属考 / 167

二、世系考 / 168

三、穆公任好 / 170

四、公子縶 / 172

五、康公罃 / 172

六、桓公荣 / 173

七、公子鍼 / 173

八、哀公 / 174

第二节　公族 / 175

公孙氏与公孙枝 / 175

第三节　异姓世族 / 176

一、百里氏与百里奚、百里视 / 177

二、王子氏与王子廖 / 180

第四节　其他 / 182

一、蹇氏与蹇叔 / 182

二、西乞氏与西乞术 / 184

三、卜氏与卜徒父 / 184

第三章 楚 / 186

第一节 公室 / 186

一、族属考 / 186

二、世系考 / 191

三、成王熊頵 / 193

四、庄王熊旅 / 194

五、公子婴齐 / 195

六、公子侧 / 196

七、共王熊审 / 196

八、康王熊昭 / 197

九、灵王熊虔 / 197

十、平王熊居 / 198

十一、公子鲂 / 199

十二、王子胜 / 199

十三、公子申 / 199

十四、公子启 / 200

十五、昭王熊轸 / 201

十六、惠王熊章 / 202

第二节 公族(上)——熊渠族、若敖族、蚡冒族、文族 / 203

一、屈氏与屈完、屈建 / 203

二、申氏与屈巫臣 / 206

三、斗氏与斗伯比、斗廉、斗穀於菟、斗且、斗辛 / 208

四、成氏与成得臣 / 213

五、蒍氏与蒍贾、蒍子冯、蒍罢、蒍启彊 / 215

六、孙氏与蒍敖 / 218

七、包氏与申勃苏 / 221

八、范氏与范山、申无宇、申亥 ／ 223

九、文氏与文无畏 ／ 226

第三节 公族（下）——穆族、庄族、平族及其他 ／ 229

一、阳氏与阳匄 ／ 229

二、囊氏与公子贞 ／ 231

三、沈氏与公孙戌、沈尹朱 ／ 232

四、叶氏与沈诸梁 ／ 241

五、鲁阳氏与公孙宽 ／ 243

六、申叔氏与申叔时 ／ 245

七、伍氏与伍参、伍举、伍尚、伍员 ／ 247

八、王孙氏与王孙圉 ／ 252

九、陆氏与陆通 ／ 253

第四节 异姓世族 ／ 255

一、逢氏与逢伯 ／ 255

二、伯氏与伯州犁 ／ 257

三、然氏与然丹 ／ 259

四、观氏与观射父、观瞻 ／ 261

五、桀氏与桀溺 ／ 264

六、费氏与费无极 ／ 265

第五节 其他 ／ 268

一、养氏与养由基 ／ 268

二、倚氏与倚相 ／ 269

三、蓝尹氏与蓝尹亹 ／ 271

主要参考文献 ／ 273

后记 ／ 281

第一章

晋

第一节　公　室

一、族属考

《国语·晋语四》载卫宁速(庄子)曰:"康叔,文之昭也;唐叔,武之穆也。"曹负羁曰:"先君叔振,出自文王;晋祖唐叔,出自武王。文、武之功,实建诸姬。"郑叔詹曰:"狐氏出自唐叔。"晋董因曰:"辰以成善,后稷是相,唐叔以封。"①僖二十八年《左传》载晋筮史曰:"先君唐叔,武之穆也。"昭元年《左传》载郑公孙侨(子产)曰:"当武王邑姜方震大叔,梦帝谓己:'余命而子曰虞,将与之唐,属诸参而蕃育其子孙。'及生有文在其手,曰:'虞',遂以命之。及成王灭唐,而封大叔焉,故参为晋星。"昭十五年《左传》载周景王曰:"叔父唐叔,成王之母弟也。其反无分乎? 密须之鼓,与其大路,文所以大蒐也。阙巩之甲,武所以克商也。唐叔受之以处参虚,匡有戎狄。"定四年《左传》载卫祝佗(子鱼)曰:"昔武王克商,成王定之,选建明德,以藩屏周。故周公相王室,以尹天下,于周为睦……分唐叔以大路,密须之鼓,阙巩,沽洗,怀姓

---

① 　[三国吴]韦昭注,上海师范大学古籍整理研究所校点:《国语》,上海古籍出版社 1998 年校点清嘉庆二十三年(1818)黄丕烈刻士礼居仿宋刻明道本,第 345、347、350、365 页。

九宗,职官五正。命以《唐诰》,而封于夏虚,启以夏政,疆以戎索。"①《吕氏春秋·重言篇》:"成王与唐叔虞燕居,援梧叶以为圭,而授唐叔虞曰:'余以此封女。'叔虞喜,以告周公。周公以请曰:'天子其封虞邪?'成王曰:'余一人与虞戏也。'周公对曰:'臣闻之:天子无戏言。天子言则史书之,工诵之,士称之。'于是遂封叔虞于晋。"②《史记·晋世家》:"唐叔虞者,周武王子而成王弟……武王崩,成王立,唐有乱,周公诛灭唐……于是遂封叔虞于唐。唐在河、汾之东,方百里,故曰唐叔虞。姓姬氏,字子于。"③《潜夫论·志氏姓》:"晋之公族郤氏,又班为吕,郤芮又从邑氏为冀,后有吕锜,号驹伯。郤犨食采于苦,号苦成叔;郤至食采于温,号曰温季,各以为氏。郤氏之班,有州氏、祁氏。伯宗以直见杀,其子州犁奔楚,又以郤宛直而和,故为子常所妒,受诛。其子豁奔吴为太宰,惩祖祢之行仍正直遇祸也,乃为谄谀而亡吴。凡郤氏之班,有冀氏、吕氏、苦成氏、温氏、伯氏;靖侯之孙栾宾,及富氏、游氏、贾氏、狐氏、羊舌氏、季夙氏、籍氏,及襄公之孙孙黡,皆晋姬姓也。"④则晋公室为帝喾高辛氏元妃姜嫄子后稷弃之裔,始封君为文王昌(西伯)之孙、武王发庶子唐叔虞(一作"子于",器铭作"叔虞")⑤,姓姬,其后别为郤氏、吕氏、冀氏、苦成氏、温氏、州氏、祁氏、伯氏、栾氏、游氏、贾氏、狐氏、羊舌氏、季夙氏、籍氏。

二、世系考

桓二年《左传》:"初,晋穆侯之夫人姜氏以条之役生太子,命之曰仇。其弟以千亩之战生,命之曰成师……惠之三十年,晋潘父弑昭侯而立桓叔,不克。晋人立孝侯。惠之四十五年,曲沃庄伯伐翼,弑孝侯。翼人立其弟鄂侯。鄂侯生哀侯。"桓八

①　[晋]杜预注,[唐]孔颖达等正义:《春秋左传正义》,中华书局 1980 年影印阮校十三经注疏本,第 1827、2023、2078、2134 页。

②　旧题[周]吕不韦撰,[汉]高诱注,许维遹集释:《吕氏春秋集释》,中华书局 1988 年新编诸子集成本,第 477—478 页。

③　[汉]司马迁撰,[晋]裴骃集解,[唐]司马贞索隐,[唐]张守节正义,郭逸、郭曼标点:《史记》,上海古籍出版社 1997 年点校宋黄善夫刊刻三家注本,第 1303 页。

④　[汉]王符撰,[清]王继培笺,彭铎校正:《潜夫论笺校正》,中华书局 1985 年新编诸子集成本,第 443 页。案:"郤",即"郤"之俗字。"吕锜",当为"郤锜",号驹伯,见成十七年《左传》;而"吕锜"见于成十六年《左传》,即宣十二年《左传》之"魏锜",魏犨之子,别为吕氏。富氏为周王室世卿,襄王大夫有富辰(前? 一前 636)。昭十五年《左传》载周景王谓籍谈曰:"且昔而高祖孙伯黡司晋之典籍,以为大政,故曰籍氏。"[晋]杜预注,[唐]孔颖达等正义:《春秋左传正义》,第 2078 页。

⑤　历代晋君器铭之名,皆见山西天马—曲村晋侯墓地青铜器铭文记载。参见:贾洪波《再论天马—曲村晋侯墓地的墓主年代序列——兼论晋国早期的都城变迁问题》,《南开学报》2012 年第 5 期,第 58—67 页。

年《左传》："冬，王命虢仲立晋哀侯之弟缗于晋。"宣十五年《左传》："潞子婴儿之夫人，晋景公之姊也。酆舒为政而杀之，又伤潞子之目。"①《史记·晋世家》："（文侯）三十五年，文侯仇卒，子昭侯伯立。昭侯元年，封文侯弟成师于曲沃……（昭侯）七年，晋大臣潘父弑其君昭侯而迎曲沃桓叔……晋人共立昭侯子平为君，是为孝侯……孝侯十五年，曲沃庄伯弑其君晋孝侯于翼……晋人复立孝侯子郄为君，是为鄂侯……鄂侯六年卒……晋人共立鄂侯子光，是为哀侯……（哀侯）九年，伐晋于汾旁，虏哀侯。晋人乃立哀侯子小子为君，是为小子侯……晋小子之四年，曲沃武公诱召晋小子杀之……乃立晋哀侯弟缗为晋侯……（晋侯二十八）曲沃武公伐晋侯缗，灭之……釐王命曲沃武公为晋君，列为诸侯，于是尽并晋地而有之。曲沃武公已即位三十七年矣，更号曰晋武公。晋武公始都晋国，前即位曲沃，通年三十八年……（武公）即位凡三十九年而卒，子献公诡诸立……（献公二十六）秋九月，献公卒……秦兵与夷吾亦至晋，齐乃使隰朋会秦俱入夷吾，立为晋君，是为惠公……（惠公）十四年九月，惠公卒，太子圉立，是为怀公……秦缪公乃发兵送内重耳，使人告栾、郄之党为内应，杀怀公于高梁，入重耳。重耳立，是为文公……（文公）九年冬，晋文公卒，子襄公欢立……（襄公）七年八月，襄公卒……立太子夷皋，是为灵公……（灵公十四年九月）乙丑，盾昆弟将军赵穿袭杀灵公于桃园而迎赵盾……赵盾使赵穿迎襄公弟黑臀于周而立之，是为成公……（成公七）成公卒，子景公据立……（景公）十九年夏，景公病，立其太子寿曼为君，是为厉公……（厉公八）闰月乙卯，厉公游匠骊氏，栾书、中行偃以其党袭捕厉公，囚之，杀胥童，而使人迎公子周于周而立之，是为悼公……（悼公十五）冬，悼公卒，子平公彪立……（平公）二十六年，平公卒，子昭公夷立。昭公六年卒……子顷公去疾立……（顷公）十四年，顷公卒，子定公午立……（定公）三十七年，定公卒，子出公凿立……出公十七年，知伯与赵、韩、魏共分范、中行地以为邑。出公怒，告齐、鲁，欲以伐四卿。四卿恐，遂反攻出公。出公奔齐，道死。故知伯乃立昭公曾孙骄为晋君，是为哀公。"②《国语·周语中》韦《注》："晋侯，晋文公之孙，成公之子景公獳也。"《周语下》韦《注》："（晋）成公，晋文公之庶子成公黑臀也。"《晋语五》韦《注》大同。《晋语三》韦《注》："惠公，献公

---

① 杜《注》："（仇）大子文侯也……（成师）桓叔也……昭侯，文侯子……（孝侯）昭侯子也。"［晋］杜预注，［唐］孔颖达等正义：《春秋左传正义》，第1743—1744、1754、1887页。案：曲沃，晋故都邑，即今山西省临汾市曲沃县。至穆侯复迁于绛（亦曰翼，亦曰故绛，在今翼城县东南）之后，曲沃为晋宗庙所在地。昭侯元年（前745），封文侯弟公子成师于曲沃。

② ［晋］裴骃《集解》："徐广曰：（周）一作'纠'。"［唐］司马贞《索隐》："《系本》（郄）作'郗'。"［汉］司马迁撰，［晋］裴骃集解，［唐］司马贞索隐，［唐］张守节正义，郭逸、郭曼标点：《史记》，第1305—1338页。

庶子、重耳之弟惠公夷吾也。"《晋语四》韦《注》:"武,重耳祖武公称也,始并晋国也。"《晋语八》韦《注》:"穆侯,唐叔八世孙,桓叔之父,晋乱自桓叔始。"①桓三年《左传》杜《注》:"武公,曲沃庄伯子也。韩万,庄伯弟也。"桓七年《左传》杜《注》:"曲沃伯,武公也。小子侯,哀侯子。"僖九年《左传》杜《注》:"惠公,夷吾。"僖十五年《左传》杜《注》:"圉,惠公大子怀公。"僖二十三年《左传》杜《注》:"怀公,子圉……怀嬴,子圉妻。子圉谥怀公,故号为怀嬴。"成八年《左传》杜《注》:"赵武,庄姬之子。庄姬,晋成公女。"②《春秋分记·世谱六》:"穆侯及弟殇叔(无后),为一世;穆侯生二子:曰文侯,曰曲沃桓叔,为二世;文侯生昭侯,桓叔生二子:曰庄伯、曰韩万(后为韩氏),为三世;昭侯生孝侯,庄伯生武公,为四世;孝侯生鄂侯,武公生献公,为五世;鄂侯生二子:曰哀侯、曰缗(无后),献公生五子:曰申生(无后)、曰文公、曰惠公、曰奚齐(无后)、曰卓子(无后),为六世;哀侯生小子侯(先晋自此绝),文公生六子:曰襄公、曰成公、曰雍(自雍以下四子并无后)、曰乐、曰儵、曰刘,惠公生怀公,为七世;襄公生三子:曰灵公(无后),曰捷,曰景公,为八世;捷生谈,景公生厉公(无后),为九世;谈生三子:曰周子(兄以无慧不立),曰悼公,曰扬干(无后),为十世;悼公生二子:曰平公,曰整(奔卫,无后),为十一世;平公生昭公,为十二世;昭公生顷公,为十三世;顷公生定公,为十四世。"③

谨案:关于晋出公在位之年世,前人主要有四说:一为二十三年说,《史记·晋世家》司马贞《索隐》引《竹书纪年》:"出公二十三年奔楚,乃立昭公之孙,是为敬公。"④二为十八年说,见《史记·六国年表》。三为二十一年说,见《史记·赵世家》。四为二十年说,《史记·晋世家》裴骃《集解》引徐广《史记音义》曰:"《年表》云出公立十八年,或云二十年。"⑤笔者此从《竹书纪年》二十三年说。

又,僖二十四年《左传》载晋介之推曰:"献公之子九人,唯君在矣。"⑥《国语·晋语四》载郑叔詹曰:"同出九人,唯重耳在"⑦《史记·晋世家》:"献公子八人,而太子

①　[三国吴]韦昭注,上海师范大学古籍整理研究所校点:《国语》,第 62、100、315、374、448 页。
②　[晋]杜预注,[唐]孔颖达等正义:《春秋左传正义》,第 1746、1754、1801、1806、1814—1816、1904 页。案:杜氏《春秋释例》晋君世系阙。
③　[宋]程公说:《春秋分记》,上海古籍出版社 1987 年影印文渊阁四库全书本,第 132—133 页。
④　[汉]司马迁撰,[晋]裴骃集解,[唐]司马贞索隐,[唐]张守节正义,郭逸、郭曼标点:《史记》,第 1339 页。
⑤　[汉]司马迁撰,[晋]裴骃集解,[唐]司马贞索隐,[唐]张守节正义,郭逸、郭曼标点:《史记》,第 1338 页。
⑥　[晋]杜预注,[唐]孔颖达等正义:《春秋左传正义》,第 1817 页。
⑦　[三国吴]韦昭注,上海师范大学古籍整理研究所校点:《国语》,第 350 页。

申生、重耳、夷吾皆有贤行。"①僖二十四年《左传》杜氏无注，僖二十八年、昭十三年《左传》杜《注》说与僖二十四年《左传》并同，《国语·晋语二》韦《注》引《左传》亦同。《孟子·万章上》赵《注》："犹晋献公之子九人，五人以事见于《春秋》，其余四子亦不复见于《经》。"②则程氏《春秋分记》所谓"献公生五子"之说与《左传》《国语》《史记》皆异，显然有失③。

又，据《史记·晋世家》《国语·周语中》韦《注》，景公獳为成公黑臀之子，而非襄公讙之子；据成十八年《左传》及杜《注》，周子即悼公周，而非二人；据哀十一年《左传》，晋悼公之子名桑，而非名整。则程氏皆失考。

故春秋时期晋公室世系为：穆侯费王（一作"弗生"，器铭曰"晋侯邦父""休""伯盍父""伯降父"）→文侯仇（器铭作"晋侯家父"）、公子成师，文侯仇→昭侯伯→孝侯平→鄂侯郄→哀侯光、晋侯缗（无后）→小子侯（先晋自此绝），公子成师→庄伯、韩万（后别为韩氏）→武公称→献公诡诸→太子申生（无后）、文公重耳、惠公夷吾、公子奚齐（无后）、卓子（无后），文公重耳→襄公讙、成公黑臀、公子雍（无后）、公子乐（无后）、公子憔（无后）、公子刘（无后），惠公夷吾→怀公圉（无后），襄公讙→灵公夷皋（无后）、公子捷→公孙谈→悼公周、扬干（无后）→平公彪、公子桑（奔卫，无后）→昭公夷→顷公去疾→定公午→出公凿，成公黑臀→景公獳→厉公州蒲（无后）④。

三、献公诡诸

庄二十八年《左传》："晋献公娶于贾，无子。烝于齐姜，生秦穆夫人及大子申生。又娶二女于戎，大戎狐姬生重耳，小戎子生夷吾。晋伐骊戎，骊戎男女以骊姬。归生奚齐。其娣生卓子。"⑤《国语·晋语一》说大同。《国语·晋语一》韦《注》："献公，晋武公之子献公诡诸也。"⑥僖五年《左传》杜《注》："桓叔、庄伯之族，晋献公之从祖昆弟……秦穆姬，晋献公女。"僖十五年《左传》杜《注》："穆姬，申生姊，秦穆夫人。贾君，晋献公次妃，贾女也。"⑦成十三年《左传》杜《注》说同。《茝楚斋随笔》卷二《论

①　[汉]司马迁撰，[晋]裴骃集解，[唐]司马贞索隐，[唐]张守节正义，郭逸、郭曼标点，《史记》，第1307页。
②　[汉]赵岐注，[宋]孙奭疏，《孟子注疏》，中华书局1980年影印阮刻十三经注疏本，第2733页。
③　参见：[清]赵翼《陔余丛考·〈史记〉五》，中华书局1963年整理清乾隆五十五年（1790）湛贻堂刊本。
④　邵炳军：《晋公室族属、世系暨作家群体事略考》，《晋阳学刊》2012年第6期，第10—16页。
⑤　[晋]杜预注，[唐]孔颖达等正义，《春秋左传正义》，第1781页。
⑥　[三国吴]韦昭注，上海师范大学古籍整理研究所校点，《国语》，第253页。
⑦　[晋]杜预注，[唐]孔颖达等正义，《春秋左传正义》，第1795—1796、1805页。

晋献公》：“晋献公雄才大略，其生平做事，专与姬姓为仇。灭耿、霍、魏、虞、虢五国，及伐骊戎，皆姬姓也。娶于贾，娶于戎，娶于骊戎，又皆姬姓也。其无所顾忌，甘冒不韪，实由于灭桓庄之族，为厉之阶。”①则晋献公（前？—前651）：姓姬，其后别氏献，名诡诸，谥献，爵公，庄伯鱓之孙，武公称之子，贾君、齐姜、大戎狐姬（狐季姬）、小戎子、骊姬、骊姬娣之夫，秦穆夫人，太子申生（共太子）、文公重耳、惠公夷吾、奚齐、卓子之父，武公三十九年（前677）继父为君，在位凡二十六年（前676—前651）②。其奉行“以武与威，是以临诸侯”之策，倡导诸侯立世子“身钧以年，年同以爱，爱疑决之以卜、筮”之制，反对“失政而害国”（《国语·晋语一》）③；具有雄才大略，长于谋断，去桓、庄之族，逐杀群公子，扶持异姓大夫，以绝公族之偪；作二军，伐骊戎、东山皋落氏二戎狄，灭翟柤、杨、耿、魏、霍、冀、虢、焦、虞九国，取卫故都朝歌及河内、邯郸、百泉四邑，其地东至河内，南济河南，西有河西，北临戎狄，对文公称霸具有奠基之功④；熟知典籍，传世有《失政而害国论》《立太子之道论》（俱见《国语·晋语一》）诸文。

四、太子申生

屈原《九章·惜颂》：“晋申生之孝子兮，父信谗而不好。”⑤《史记·晋世家》：“太

①　[清]刘声木撰，刘笃龄点校：《苌楚斋随笔》，中华书局清代史料笔记丛刊1998点校民国十八年（1929）庐江刘氏直介堂丛刻初编排印本，第34页。

②　《元和姓纂·二十五愿》《名贤氏族言行类稿》卷四五并引[汉]应劭《风俗通义》：“（献氏）晋献公之后，战国有献渊。”[唐]林宝撰，[清]孙星衍校辑，郁贤皓、陶敏整理点校：《元和姓纂》，中华弓局1994年整理点校江宁局本，第1279页。案：诸家引文略异，此据《元和姓纂》引文。又，《广韵·二十五愿》《通志·氏族略》《姓氏急就篇》卷上并引《风俗通义》：“（献氏）晋献公之后也，战国时有秦大夫献则。”[宋]郑樵撰，王树民点校：《通志二十略》，中华书局1995年点校乾隆间（1735—1799）汪启淑重刻正德间陈宗夔刻本，第242—243。案：诸家所引略异，此据《通志》引文。“献渊”，未详所出。“献则”，楚人，仕秦为大夫，为宣太后同母弟华阳君、新城君芈戎游说者，在秦昭襄王之世（前306—前251）。事见：《战国策·秦策五》。

③　[三国吴]韦昭注，上海师范大学古籍整理研究所校点：《国语》，第253页。

④　骊戎，姬姓国，其都邑即今陕西省西安市临潼区东二十四里之故骊戎城；东山皋落氏，赤狄别种部落名，即今山西省运城市垣曲县东南之皋落镇；翟柤，今地阙。杨、耿、魏、霍、虢、焦、虞，皆姬姓国。杨，即今临汾市洪洞县东南十八里之故杨城；耿，即今河津市东南十二里之耿乡城；魏，即运城市芮城县东北七里之河北城（魏城）；虢，在今平陆县东北三十五里；虞，在今平陆县东北五十里张家店之北；霍，即霍州市西南十六里之故霍城；焦，即今河南省三门峡市陕州区南二里之故焦城。冀，殷商傅说后裔之国，即今河津市东北之冀亭。朝歌，即今河南省鹤壁市淇县；河内，在今卫辉市西南；百泉，在今卫辉市西北七里；邯郸，在今河北省邯郸市西南三十里。参见：邵炳军《晋献公灭国夺邑系年辑证》，《甘肃高师学报》2006年第4期，第26—33页。

⑤　[汉]王逸撰，夏祖尧点校：《楚辞章句》，岳麓书社1989年点校四部丛刊初编明覆宋刻本，第115页。

子申生,其母齐桓公女也,曰齐姜,早死。申生同母女弟为秦穆公夫人。"①《国语·晋语一》韦《注》:"是时狐突未杜门,故以伯氏为申生。伯氏,犹言长子也。"《晋语三》韦《注》:"共世子,申生也。"②则太子申生(前? —前656),即《国语·晋语一》之"伯氏",亦即《国语·晋语三》之"共世子",亦即僖五年《春秋》之"世子申生",姓姬,名申生,追谥共,武公称之孙,献公诡诸太子,齐姜所生,齐桓公外孙,秦穆夫人同母弟,重耳、夷吾、奚齐、卓子之异母长兄,献公二十一年(前656)为骊姬所谮而自杀。其提出"言之大甘,其中必苦"(《国语·晋语一》)③说;恪守"仁不怨君,智不重困,勇不逃死"(《国语·晋语二》)④古训,主张以"仁""智""勇"修身养性;提倡孝道,急人之困,以死报国,传世有《言甘必苦论》(见《国语·晋语一》)、《勇不逃死论》《遗狐突书》(俱见《国语·晋语二》)诸文。

五、文公重耳

《国语·晋语四》:"狐氏出自唐叔。狐姬,伯行之子也,实生重耳。"⑤僖三十三年《春秋》:"夏四月辛巳,晋人及姜戎败秦师于殽。癸巳,葬晋文公。"《左传》:"夏四月辛巳,败秦师于殽,获百里孟明视、西乞术、白乙丙以归。遂墨以葬文公,晋于是始墨。"⑥《史记·晋世家》:"重耳母,翟之狐氏女也。"⑦《列女传·贤明传》:"齐姜,齐桓公之宗女,晋文公之夫人也。"⑧《国语·周语上》韦《注》:"晋文公,献公之子、惠公异母兄重耳也。"《晋语一》韦《注》:"重耳、夷吾,申生异母弟也。"《晋语二》韦《注》:"狐偃,重耳之舅、狐突之子子犯也……偃,子犯名,重耳舅,故曰舅犯。"《晋语三》韦《注》:"文公,重耳。"《晋语四》韦《注》:"文公,晋献公庶子重耳,避骊姬之难,鲁僖五年,岁在大火,自蒲奔狄,至十六年,岁在寿星,故在狄十二年……(献公)同出九人,

① [汉]司马迁撰,[晋]裴骃集解,[唐]司马贞索隐,[唐]张守节正义,郭逸、郭曼标点:《史记》,第1307页。
② [三国吴]韦昭注,上海师范大学古籍整理研究所校点:《国语》,第265、317页。
③ [三国吴]韦昭注,上海师范大学古籍整理研究所校点:《国语》,第281页。
④ [三国吴]韦昭注,上海师范大学古籍整理研究所校点:《国语》,第291页。
⑤ 韦《注》:"狐氏,重耳外家,与晋俱唐叔之后,别在犬戎者。伯行,狐氏字。"[三国吴]韦昭注,上海师范大学古籍整理研究所校点:《国语》,第350—351页。
⑥ [晋]杜预注,[唐]孔颖达等正义:《春秋左传正义》,第1832—1833页。
⑦ [汉]司马迁撰,[晋]裴骃集解,[唐]司马贞索隐,[唐]张守节正义,郭逸、郭曼标点:《史记》,第1641页。
⑧ [汉]刘向:《古列女传》,上海书店四部丛刊初编1985年影印明叶氏观古堂藏明万历间(1573—1620)黄嘉育刊本。

唯重耳在……重耳，怀嬴之舅。"《晋语五》韦《注》："黑臀，晋文公子、襄公弟成公也。"①僖二十三年《左传》杜《注》："亡人，重耳。"僖三十三年《左传》杜《注》："文嬴，晋文公始适秦，秦穆公所妻夫人，襄公嫡母。"文六年《左传》杜《注》："公子雍，文公子，襄公庶弟，杜祁之子……（公子）乐，文公子……杜祁，杜伯之后，祁姓也。偪姞，姞姓之女，生襄公，为世子。故杜祁让使在己上。"宣二年《左传》杜《注》："赵姬，文公女，成公姊也。"②则晋文公（前？年—前628），即僖二十三年《左传》《国语·晋语一》《晋语二》《晋语三》《礼记·檀弓上》《檀弓下》之"公子重耳"，亦即僖二十三年《左传》之"亡人"，姬姓，名重耳，谥文，武公称之孙，献公诡诸次子，大戎狐姬（狐季姬）所出，秦穆夫人（秦穆姬、伯姬）、太子申生（世子申生、太子、共太子、共子）异母弟，惠公夷吾、奚齐、卓子（公子卓）异母庶兄，杜祁、季隗、齐姜、文嬴（夫人嬴氏）、辰嬴（怀嬴、嬴女）之夫，襄公驩、成公黑臀、公子雍、公子乐、公子憺（伯憺）、公子刘（叔刘）、赵姬（君姬氏）之父，献公二十二年（前655）出奔狄，文公元年（前636）返晋为君，在位凡九年（前636年—前628）。其认为"夫固国者，在亲众而善邻，在因民而顺之"（《国语·晋语二》）③，提出"因人之力而敝之，不仁；失其所与，不知；以乱易整，不武"（僖三十年《左传》）④说，倡导"让不失义。让，推贤也；义，广德也。德广贤至，又何患矣"（《晋语四》）⑤，主张"仁""知""武""让""义"并重以霸诸侯。对内不失赏刑而施惠百姓，主张"毋淫宫室，以妨人宅。板筑以时，无夺农功"（《说苑·建本篇》）⑥。对外推行尊王攘夷之策，侵曹伐卫，救宋败楚，践土之盟，继齐为霸。熟知典籍，尤谙习《诗》，传世有《答里克请纳书》《答秦君之命书》（俱见《国语·晋语二》）、《对楚子问》（见《晋语四》）、《白水之誓》（见僖二十四年《左传》）、《合诸侯盟书》（见《说苑·反质篇》）、《答王策命书》（见僖二十八年《左传》）、《践土盟书》（见定元年《左传》）、《践土载书》（见定四年《左传》）、《仁、知、武论》（见僖三十年《左传》）、

---

① ［三国吴］韦昭注，上海师范大学古籍整理研究所校点：《国语》，第 41，262，294－307，319，337－357，400 页。

② ［晋］杜预注，［唐］孔颖达等正义：《春秋左传正义》，第 1814，1833，1844，1868 页。

③ ［三国吴］韦昭注，上海师范大学古籍整理研究所校点：《国语》，第 306 页。

④ ［晋］杜预注，［唐］孔颖达等正义：《春秋左传正义》，第 1831 页。案："敝"，金泽文库本、敦煌六朝写本残卷皆作"弊"。

⑤ ［三国吴］韦昭注，上海师范大学古籍整理研究所校点：《国语》，第 383 页。

⑥ ［汉］刘向撰，向宗鲁校证：《说苑校证》，中华书局 1987 年版，第 74 页。

《让不失义论》（见《晋语四》）、《宫室令》（见《说苑·建本篇》）诸文①。

六、襄公讙

《国语·晋语四》载文公问于胥臣曰："吾欲使阳处父傅讙也，而教诲之，其能善之乎？"②文元年《春秋》："晋侯伐卫。"《左传》："晋襄公既祥，使告于诸侯而伐卫，及南阳。"文七年《左传》杜《注》："穆嬴，襄公夫人，灵公母也。"③则晋襄公，姓姬，名讙，谥襄，爵公，献公诡诸之孙，文公重耳世子，偪姞所出，赵姬（君姬氏）、成公黑臀、公子雍、公子乐、公子憖（伯憖）、公子刘（叔刘）之兄，穆嬴之夫，灵公夷皋、公子捷（大父捷、桓叔）之父，文公九年（前628）继立为君，在位凡七年（前627—前621）。其初继位即败秦师于殽（同"崤"，西崤山在今河南省三门峡市陕州区东南，东崤山在洛阳市洛宁县北，相去三十五里），以遏制秦霸中国之势；熟知典籍，尤谙习《诗》，传世有《托孤书》（见文七年《左传》）一文。

七、厉公州蒲

成十三年《春秋》："夏五月，公自京师，遂会晋侯、齐侯、宋公、卫侯、郑伯、曹伯、邾人、滕人伐秦。"《左传》："五月丁亥，晋师以诸侯之师，及秦师战于麻隧。秦师败绩，获秦成差及不更女父。曹宣公卒于师。师遂济泾，及侯丽而还。迓晋侯于新楚。"成十七年《左传》："晋厉公侈，多外嬖。反自鄢陵，欲尽去群大夫，而立其左右。"成十八年《春秋》："庚申，晋弑其君州蒲。"《左传》："春王正月庚申，栾书、中行偃使程滑弑厉公，葬之于翼东门之外，以车一乘。"④《国语·周语下》韦《注》："（晋）厉公，晋成公之孙、景公之子厉公州蒲也。"⑤《晋语六》韦《注》大同。成十年《春秋》

---

①　据《荀子·王霸篇》《议兵篇》《吕氏春秋·当染篇》《风俗通义·皇霸篇》、班固《白虎通义·号篇》，晋文公为"春秋五伯"之一。又，《合诸侯盟书》，《皇霸文纪》卷六、《全上古三代文》卷四皆题作《合诸侯盟》；《践土盟书》，《全上古三代文》卷四题作《践土盟》；《践土载书》，据《全上古三代文》卷四题；《宫室令》，《全上古三代文》卷四题作《令》。

②　韦《注》："讙，文公子襄公名。"[三国吴]韦昭注，上海师范大学古籍整理研究所校点：《国语》，第386—387页。

③　[晋]杜预注，[唐]孔颖达等正义：《春秋左传正义》，第1836—1837、1845页。

④　[晋]杜预注，[唐]孔颖达等正义：《春秋左传正义》，第1913、1922、1922—1923页。

⑤　[三国吴]韦昭注，上海师范大学古籍整理研究所校点：《国语》，第90页。

杜《注》："晋侯，太子州蒲也。"①则晋厉公，即成十年《春秋》之"晋侯"，亦即成十年《左传》之"太子州蒲"，亦即成十八年《春秋》之"州蒲"，亦即《史记·晋世家》之"太子寿曼"，姓姬，名州蒲（一作"寿曼"），成公黑臀之孙，景公据（一作"獳"）太子，景公十九年（前581）继父为君，悼公元年（前573）为栾书、中行偃所弑，在位凡七年（前580—前574），传世有《绝秦书》（见成十三年《左传》）、《辞于栾书、中行偃书》（见成十七年《左传》）诸文②。

八、悼公周

《国语·周语下》："晋孙谈之子周适周，事单襄公，立无跛，视无还，听无眄，言无远；言敬必及天，言忠必及意，言信必及身，言仁必及人，言义必及利，言智必及事，言勇必及制，言教必及辩，言孝必及神，言惠必及和，言让必及敌；晋国有忧未尝不戚，有庆未尝不怡。"③成十八年《左传》："春王正月庚申……（晋栾书、中行偃）使荀罃、士鲂逆周子于京师而立之，生十四年矣……二月乙酉朔，晋侯悼公即位于朝。始命百官，施舍已责，逮鳏寡，振废滞，匡乏困，救灾患，禁淫慝，薄赋敛，宥罪戾，节器用，时用民，欲无犯时。使魏相、士鲂、魏颉、赵武为卿，荀家、荀会、栾黡、韩无忌为公族大夫，使训卿之子弟共俭孝弟。使士渥浊为大傅，使修范武子之法；右行辛为司空，使修士蒍之法。弁纠御戎，校正属焉，使训诸御知义。荀宾为右，司士属焉，使训勇力之士时使。卿无共御，立军尉以摄之。祁奚为中军尉，羊舌职佐之；魏绛为司马，张老为候奄。铎遏寇为上军尉，籍偃为之司马，使训卒、乘，亲以听命。程郑为乘马，御六驺属焉，使训群驺知礼。凡六官之长，皆民誉也。举不失职，官不易方，爵不踰德，师不陵正，旅不偪师，民无谤言，所以复霸也。"④襄三年《左传》："晋侯之弟扬干乱行于曲梁，魏绛戮其仆。"⑤哀十一年《左传》："初，晋悼公子慭亡在卫，

---

① ［晋］杜预注，［唐］孔颖达等正义：《春秋左传正义》，第1906页。

② 《绝秦书》，据《古文集成前集》卷十五题，《文章正宗·辞命二》《文编·辞命》皆题作《晋侯使吕相绝秦》，《皇霸文纪》卷十五题作《厉公使吕相绝秦》，且皆因成十三年《左传》杜《注》说以此为吕相所作。笔者以为，从文中末尾自谓五称"寡人"观之，此《绝秦书》当为厉公所作而吕相往而口宣之。又，《辞于栾书、中行偃书》，《全上古三代文》卷四题作《以杀三郤辞于栾书、中行偃》，而《皇霸文纪》卷六误以此为晋士弱（士庄子）所作《盟郑载书》。参见：襄九年《左传》。

③ 韦《注》："谈，晋襄公之孙惠伯谈也。周者，谈之子，晋悼公之名也。晋自献公用骊姬之谗诅，不畜群公子，故孙周适周事单襄公。"［三国吴］韦昭注，上海师范大学古籍整理研究所校点：《国语》，第94—95页。

④ 杜《注》："（周子）悼公周也。"［晋］杜预注，［唐］孔颖达等正义：《春秋左传正义》，第1923—1924页。

⑤ ［晋］杜预注，［唐］孔颖达等正义：《春秋左传正义》，第1930页。

使其女仆而田。"①

　　谨案：成十七年《左传》杜《注》："孙周，晋襄公之曾孙悼公。"②据《史记·晋世家》，悼公周为惠伯谈之子、桓叔捷之孙，而桓叔捷为襄公少子，则其为襄公曾孙。故杜氏说不确。又，厉公寿曼为成公黑臀之孙、景公据之子，而成公黑臀为文公少子、襄公之弟，则厉公寿曼与惠伯谈为从兄弟，故为悼公周之从父。则晋悼公（前586—前558），即成十七年《左传》之"孙周"，亦即成十八年《左传》之"周子"，亦即襄三年《左传》之"晋侯"，亦即襄十五年《春秋》之"晋侯周"，亦即《汉书·古今人表》之"晋悼公周"，姓姬，名周（一作"纠"），谥悼，爵公，公子捷（桓叔）之孙，公孙谈（惠伯）之子，扬干之兄，平公彪、公子慭之父，悼公元年（前573）继从父为君，在位凡十六年（前573—前558）。其具有民本、民主思想之进步因素，主张君权民授，提倡君臣之义，大力改革，推行新政，逐步改变了"晋政多门"的不利局面，为匡复霸业奠定了坚实基础，传世有《君臣大义论》（见《国语·晋语七》）、《围郑之令》（见襄九年《左传》）诸文③。

九、平公彪

　　襄十六年《春秋》："三月，公会晋侯、宋公、卫侯、郑伯、曹伯、莒子、邾子、薛伯、杞伯、小邾子于溴梁。戊寅，大夫盟。"《左传》："春，葬晋悼公。平公即位，羊舌肸为傅，张君臣为中军司马，祁奚、韩襄、栾盈、士鞅为公族大夫，虞丘书为乘马御。改服修官，烝于曲沃。警守而下，会于溴梁。命归侵田。以我故，执邾宣公、莒犁比公，且曰：'通齐楚之使。'"襄二十三年《左传》："春，杞孝公卒，晋悼夫人丧之。平公不彻乐，非礼也。"襄二十六年《左传》："卫人归卫姬于晋，乃释卫侯。君子是以知平公之失政也。"襄二十九年《左传》："晋平公，杞出也，故治杞。"④《国语·晋语八》："平公说新声。"⑤《韩非子·十过篇》："晋平公觞之于施夷之台，酒酣，灵公起，曰：'有新声，愿请以示。'平公曰：'善。'乃召师涓，令坐师旷之旁，援琴鼓之。未终，师旷抚止

---

①　［晋］杜预注，［唐］孔颖达等正义：《春秋左传正义》，第2167页。

②　［晋］杜预注，［唐］孔颖达等正义：《春秋左传正义》，第1922页。

③　《围郑之令》，《全上古三代文》卷四题作《伐郑令于诸侯》，且以此文为荀罃所作。

④　杜《注》："平公，悼公子彪……（晋）悼夫人，晋平公母，杞孝公姊妹。"［晋］杜预注，［唐］孔颖达等正义：《春秋左传正义》，第1962—1963、1975、1992、2005页。案：襄二十九年《左传》杜《注》《春秋释例·世族谱下》同。

⑤　［三国吴］韦昭注，上海师范大学古籍整理研究所校点：《国语》，第63页。

之，曰：'此亡国之声，不可遂也。'平公曰：'此道奚出？'师旷曰：'此师延之所作，与纣为靡靡之乐也，及武王伐纣，师延东走，至于濮水而自投，故闻此声者，必于濮水之上。先闻此声者，其国必削，不可遂。'"①《国语·晋语七》韦《注》："平公，悼公之子彪……（太子）彪，平公也。"②《晋语八》韦《注》同。襄十八年《左传》杜《注》："彪，晋平公名。"昭十年《春秋》孔《疏》："彪以襄十六年即位，其年盟于溴梁，十九年于祝柯，二十年于澶渊，二十五年于重丘，二十七年于宋，不数元年虢会，是五同盟。"③则晋平公（前？—前532），即襄十八年《左传》之"曾臣彪"，亦即昭十年《春秋》之"晋侯彪"，亦即《国语·晋语七》之"太子彪"，亦即《史记·晋世家》之"平公彪"，亦即《汉书·古今人表》之"晋平公彪"，姓姬，名彪，谥平，爵公，惠伯谈之孙，悼公周之子，杞女所出，昭公夷之父，少姜之夫，悼公十六年（前558）继父为君，在位凡二十六年（前557—前532）。其提出"歌诗必类"（襄十六年《左传》）④说，选贤任能，改服修官，六盟诸侯，精通音律，喜好新声，熟知典籍，尤谙习《诗》，为春秋中期晋国中兴之君与贵族文士，传世有《歌诗必类命》（见襄十六年《左传》）、《授立贤人之后令》（见《国语·晋语八》）、《授郑公孙段策》（见昭三年《左传》）、《谏言令》（见《说苑·善说篇》）诸文⑤。

十、昭公夷

《国语·鲁语下》："平丘之会，晋昭公使叔向辞昭公，弗与盟。"⑥《史记·晋世家》："昭公六年卒。六卿强，公室卑……哀公大父雍，晋昭公少子也，号为戴子。"⑦《汉书·古今人表》"晋昭公夷"颜《注》："平公子。"⑧则晋昭公（前？—前526），即昭

---

①　[周]韩非撰，[清]王先慎集解，钟哲点校：《韩非子集解》，中华书局1988年新编诸子集成本，第43页。

②　[三国吴]韦昭注，上海师范大学古籍整理研究所校点：《国语》，第441—445页。

③　[晋]杜预注，[唐]孔颖达等正义：《春秋左传正义》，第1965、2058页。

④　[晋]杜预注，[唐]孔颖达等正义：《春秋左传正义》，第1963页。

⑤　《授立贤人之后令》，《全上古三代文》卷四题作《逐栾盈下令国人》；《授郑公孙段策》，《全上古三代文》卷四、《皇霸文纪》卷六题作《赐郑公孙段策》；《谏言令》，《全上古三代文》卷四题作《令国中》。

⑥　韦《注》："晋昭公，晋平公之子昭公夷也。"[三国吴]韦昭注，上海师范大学古籍整理研究所校点：《国语》，第198—199页。

⑦　[晋]裴骃《集解》引徐广《史记音义》："（哀公大父雍）《世本》作'桓子雍'，注云戴子。"[唐]司马贞《索隐》："韩、赵、魏、范、中行及智氏为六卿。后韩、赵、魏为三卿，而分晋政，故曰三晋。"[汉]司马迁撰，[晋]裴骃集解，[唐]司马贞索隐，[唐]张守节正义，郭逸、郭曼标点：《史记》，第1337—1339页。

⑧　[汉]班固撰，[唐]颜师古注，傅东华等点校：《汉书》，中华书局1962年校点颜注本，第924页。

十六年《春秋》之"晋侯夷"，亦即《史记·十二诸侯年表》《晋世家》《汉书·古今人表》之"昭公夷"，姓姬，名夷，谥昭，爵公，悼公周之孙，平公彪之子，顷公去疾、哀公大父雍（桓子雍、戴子）之父，平公二十六年（前532）继父为君，在位凡六年（前531—前526）。其恪守礼仪，熟知典籍，传世有《辞诸侯之大夫请见书》（见昭十年《左传》）一文。

十一、顷公去疾

《史记·赵世家》："晋顷公之十二年，六卿以法诛公族祁氏、羊舌氏，分其邑为十县，六卿各令其族为之大夫。晋公室由此益弱。"《魏世家》："昭公卒而六卿强，公室卑。晋顷公之十二年，韩宣子老，魏献子为国政。晋宗室祁氏、羊舌氏相恶，六卿诛之，尽取其邑为十县，六卿各令其子为之大夫。献子与赵简子、中行文子、范献子并为晋卿。"《扁鹊仓公列传》："当晋昭公时，诸大夫强而公族弱，赵简子为大夫，专国事。"①《国语·晋语九》韦《注》："顷公，昭公之子去疾也。"②则晋顷公（前？—前512），即昭三十年《春秋》之"晋侯去疾"，姓姬，名去疾，谥顷，爵公，平公彪之孙，昭公夷之子，定公午之父，昭公六年（前526）继父为君，在位凡十四年（前525—前512），传世有《辞鲁公请逆于晋书》（见昭二十八年《左传》）一文。

十二、定公午

《国语·吴语》："吴王夫差既杀申胥，不稔于岁，乃起师北征。阙为深沟，通于商、鲁之间，北属之沂，西属之济，以会晋公午于黄池。"③《史记·六国年表》司马贞《索隐》引《系本》："定公名午。"④《周本纪》："（敬王）十七年，晋定公遂入敬王于周。"《秦本纪》："（悼公）九年，晋定公与吴王夫差盟，争长于黄池，卒先吴。"《吴世家》：

---

① ［唐］司马贞《索隐》："（赵简子）赵鞅。（中行文子）荀寅。（范献子）范吉射……案：《左氏》，简子专国在定、顷二公之时，非当昭公之世。且《赵系家》叙此事亦在定公之初。"［汉］司马迁撰，［晋］裴骃集解，［唐］司马贞索隐，［唐］张守节正义，郭逸、郭曼标点：《史记》，第 1409—1410、1444—1445、2116 页。

② ［三国吴］韦昭注，上海师范大学古籍整理研究所校点：《国语》，第 487 页。

③ ［三国吴］韦昭注，上海师范大学古籍整理研究所校点：《国语》，第 604 页。

④ ［汉］司马迁撰，［晋］裴骃集解，［唐］司马贞索隐，［唐］张守节正义，郭逸、郭曼标点：《史记》，第 529 页。

"(吴王夫差十四)七月辛丑,吴王与晋定公争长……赵鞅怒,将伐吴,乃长晋定公。"①《国语·楚语下》韦《注》:"定公,晋顷公之子午也。"②哀二年《左传》杜《注》:"(晋)午,晋定公名。"③则晋定公(前?—前475),即哀二年《左传》之"晋午",亦即《国语·吴语》之"晋公午",姓姬,名午,谥定,爵公,昭公夷之孙,顷公去疾之子,出公凿之父,顷公十四年(前年512)继父为君,在位凡三十七年(前511—前475)。其提出"诸侯无二君,而周无二王"说,反对"周室既卑,诸侯失礼于天子"(《国语·吴语》)④;维护公室,谴责鲁季孙氏"有君不事,周有常刑"(昭三十一年《左传》)⑤;拥戴王室,认为"天子有命,敢不奉承以奔告于诸侯"(昭三十二年《左传》)⑥;传世有《罪季孙氏出君书》(见昭三十一年《左传》)、《答王城成周之命书》(见昭三十二年《左传》)、《复吴王请主盟书》(见《国语·吴语》)诸文⑦。

综上所考,晋公室为帝喾高辛氏元妃姜嫄子后稷弃之裔,始封君为文王昌之孙、武王发庶子唐叔虞,春秋时期诸君世系为:穆侯费王→文侯仇,公子成师,文侯仇→昭侯伯→孝侯平→鄂侯郤→哀侯光、晋侯缗(无后)→小子侯(先晋自此绝),公子成师→庄伯,韩万(后别为韩氏)→武公称→献公诡诸→太子申生(无后)、文公重耳、惠公夷吾、公子奚齐(无后)、卓子(无后),文公重耳→襄公讙、成公黑臀、公子雍(无后)、公子乐(无后)、公子憺(无后)、公子刘(无后),惠公夷吾→怀公圉(无后),襄公讙→灵公夷皋(无后)、公子捷→公孙谈→悼公周、扬干(无后)→平公彪、公子慭(奔卫,无后)→昭公夷→顷公去疾→定公午→出公凿,成公黑臀→景公獳→厉公州蒲(无后)。其中,有传世作品者为献公诡诸、太子申生、文公重耳、襄公讙、厉公州蒲、悼公周、平公彪、昭公夷、顷公去疾、定公午,献、文、襄、厉、悼、平、昭、顷、定九君可称之为晋诸公作家群体,太子申生属晋公族作家群体。

---

①　[汉]司马迁撰,[晋]裴骃集解,[唐]司马贞索隐,[唐]张守节正义,郭逸、郭曼标点:《史记》,第106、135、1193页。

②　[三国吴]韦昭注,上海师范大学古籍整理研究所校点:《国语》,第580页。

③　[晋]杜预注,[唐]孔颖达等正义:《春秋左传正义》,第2157页。

④　[三国吴]韦昭注,上海师范大学古籍整理研究所校点:《国语》,第613页。

⑤　[晋]杜预注,[唐]孔颖达等正义:《春秋左传正义》,第2126页。

⑥　[晋]杜预注,[唐]孔颖达等正义:《春秋左传正义》,第2128页。

⑦　《答王城成周之命书》,《文章正宗·辞命一》并题作《告晋请城成周》,《皇霸文纪》卷十三并题作《使富辛与石张如晋请城成周》,《全上古三代文》卷二题作《请城成周》。又,《国语·吴语》:"晋乃命董褐复命曰:'寡君未敢观兵身见,使褐复命曰……'"[三国吴]韦昭注,上海师范大学古籍整理研究所校点:《国语》,第613页。从诸语及其"伯父"等称谓观之,此晋定公作《复吴王请主盟书》文为晋定公所作而让其大夫董褐(司马寅)转呈吴王夫差或代为宣读,而非司马寅所作之文甚明。

第二节　公族(上)——靖族、献族、穆族、武族、成族

晋栾氏、祁氏、韩氏、解氏、张氏、羊舌氏、阎氏七族,皆为文王昌之孙、文王发庶子唐叔虞后裔,姬姓,属公族。其中:栾氏出于靖侯宜臼之子栾叔,属"靖族";祁氏出于献侯籍(一作"苏")曾孙祁举,属"献族";韩氏出于穆侯费王庶子公子成师,属"穆族";解氏出于穆侯费王庶子公子成师,属"穆族";张氏为解氏之别,出于张侯,属"穆族";羊舌氏出于武公称庶子公子伯侨,属"武族";阎氏出于成公黑臀庶子公子懿,属"成族"。在此七族中,有传世作品的栾成、栾枝、栾书、栾鍼、栾盈、祁奚、祁午、韩简、韩厥、韩无忌、韩起、解杨、解张、张老、张趯、张柳朔、羊舌职、羊舌肸、阎明十九子可统称为晋公族作家群体。

一、栾氏与栾成、栾枝、栾书、栾鍼、栾盈

(一)栾氏之族属

桓二年《左传》:"惠之二十四年,晋始乱,故封桓叔于曲沃,靖侯之孙栾宾傅之。"[1]《元和姓纂·二十六桓》:"栾,唐叔虞之后,晋靖侯孙宾,食采栾邑,因氏焉。"[2]《广韵·二十六桓》"栾"字注:"亦姓,代为晋卿,出《左传》。"[3]《古今姓氏书辩证·二十六桓》:"栾,出自姬姓,唐叔虞之后,靖侯孙宾食邑于栾,因以为氏。其地赵国平棘县西北栾城是也。宾生共叔(成),共叔生贞子枝,枝生宣子盾,盾生武子书,书生桓子黡,黡生怀子盈,皆晋卿。盈弟京庐及鍼、纠、乐、魴、弗忌、豹六人,皆为大夫。"[4]

谨案:桓二年《左传》孔《疏》:"此人(指栾宾)之后遂为栾氏,盖其父字栾。"[5]据孔氏说,则晋栾氏乃以王父字为氏者,说与林氏、邓氏、郑氏诸家皆异。今考:哀四

---

①　[晋]杜预注,[唐]孔颖达等正义:《春秋左传正义》,第 1744 页。

②　[唐]林宝撰,[清]孙星衍校辑,郁贤皓、陶敏整理点校:《元和姓纂》,第 517 页。

③　[宋]陈彭年等重修:《钜宋广韵》,上海古籍出版社 1983 年影印宋乾道五年(1169)闽中建宁府黄三八郎书铺刊本,第 78 页。

④　[宋]邓名世撰,王力平点校:《古今姓氏书辩证》,江西人民出版社 2006 年点校四库全书本,第 123页。

⑤　[晋]杜预注,[唐]孔颖达等正义:《春秋左传正义》,第 1744 页。

年《左传》："国夏伐晋,取邢、任、栾、鄗、逆畤、阴人、盂、壶口,会鲜虞,纳荀寅于柏人。"杜《注》："八邑,晋地。栾在赵国平棘县西北。"①《春秋地理考实》卷一:"(桓公三)栾,《传》及栾共叔,《汇纂》:'栾,晋地,晋大夫栾氏封邑,今直隶真定府栾城县是也。'"

今按:此年杜无此注,谓栾为晋地者,哀四年《注》也。今正定府之栾城,去晋甚远,晋后渐大,能有其地。春秋之初,未能扩地至此。而曲沃桓叔时,已有靖侯之孙栾宾。孔《疏》谓栾氏'盖其父字栾',则以字氏,非以邑氏。正定之栾城,或别有其故。姓氏书姬姓国有栾,则栾城或其故国,必非晋大夫栾氏之邑也。"②《春秋大事表·春秋列国地形犬牙相错表中》:"栾城县为晋栾邑,栾武子所封。哀四年齐国夏伐晋取栾,即此。"③

笔者以为,考之于《左传》,栾宾之父栾叔名、字皆未详,而晋确有栾邑,故林氏《元和姓纂》、邓氏《古今姓氏书辩证》关于晋栾氏为以邑为氏者之说可从。则晋栾氏为文王昌(西伯)之孙、武王发庶子唐叔虞(一作"子于")后裔,出于厉侯福(一作"辐",器铭作"晋侯喜父")之孙、靖侯宜臼(器铭作"晋侯对",约前859－前841在位)庶子栾叔,属"靖族"。

（二）栾氏之世系

《史记·晋世家》张守节《正义》引《世本》:"栾叔,宾父也。"④《史记·晋世家》:"靖侯庶孙栾宾相桓叔。"⑤《国语·晋语六》韦《注》:"栾黡,栾书之子桓子。"⑥《晋语七》韦《注》同。桓二年《左传》杜《注》:"靖侯,桓叔之高祖父。言得贵宠,公孙为傅相。"文十二年《左传》杜《注》:"(栾盾)栾枝子。"宣十七年《左传》杜《注》:"栾京庐,郤克之介。"成十三年《左传》杜《注》:"栾鍼,栾书子。"成十五年《左传》杜《注》:"栾弗忌,晋贤大夫。"成十六年《春秋》杜《注》:"(栾)黡,栾书子。"襄十四年《左传》杜《注》:"栾鍼,栾黡弟也。"襄十九年《左传》杜《注》:"栾鲂,栾氏族。"襄二十三年《左传》杜《注》:"栾乐,栾盈之族……(栾)鲂,栾氏族。"昭三年《左传》杜《注》:"(栾)豹,

①　[晋]杜预注,[唐]孔颖达等正义:《春秋左传正义》,第2158－2159页。

②　[清]江永:《春秋地理考实》,凤凰出版社2005年影印阮元刻皇清经解本,第1946页。

③　[清]顾栋高撰,吴树平、李解民点校:《春秋大事表》,中华书局1993年点校万卷楼刻本,第638页。

④　[汉]司马迁撰,[晋]裴骃集解,[唐]司马贞索隐,[唐]张守节正义,郭逸、郭曼标点:《史记》,第1305页。

⑤　[汉]司马迁撰,[晋]裴骃集解,[唐]司马贞索隐,[唐]张守节正义,郭逸、郭曼标点:《史记》,第1305页。

⑥　[三国吴]韦昭注,上海师范大学古籍整理研究所校点:《国语》,第414页。

栾盈族。"①《春秋释例·世族谱下》:"栾氏,栾鲂,栾氏族。"②《汉书·叙传上》颜《注》:"黡,栾桓子也。"③《春秋分记·世谱六》:"栾氏,靖侯之后,宾生成,成生枝,枝生盾,盾生书,书生二子:曰黡,曰鍼;黡生盈。"④《春秋属辞辨例编》卷二十七:"桓二年《传》:'晋封桓叔于曲沃,靖侯之孙栾宾傅之'……按:宾子成共叔,见桓三年《传》;成子枝,见僖二十七年《传》;枝子盾,见文十二年《传》;书,盾之子武子也。"⑤清秦嘉谟辑补《世本》卷六:"靖侯生栾叔,栾叔生宾,宾生共叔成,成生贞子枝,枝生盾,盾生武子书,书生桓子黡及鍼,黡生怀子盈,盈生鲂。"⑥

谨案:襄二十三年《左传》孔《疏》引汉服虔《春秋左氏传解》:"(栾)鲂,盈之子。"⑦服氏此说与襄十九年、二十三年《左传》杜《注》《春秋释例·世族谱下》异,孔氏详辨服氏之误,故笔者不取。又,栾鲂为栾氏之族,程氏《春秋分记》此谓"盈生鲂"者,盖因襄二十三年《左传》孔《疏》引汉服虔《春秋左氏传解》而误,故笔者亦不取。则春秋时期晋栾氏世系为:栾叔→栾宾→栾成→栾枝→栾盾→栾书→栾黡、栾鍼(无后)→栾盈⑧。

(三)栾成

《太平御览》卷四百四十七引魏何晏《冀州论》:"守义死节,莫贤乎栾恭子。"⑨《国语·晋语一》韦《注》:"栾共子,晋哀侯大夫共叔成也。初,桓叔为曲沃伯,共子之父栾宾傅之,故止共子使无死也。"⑩桓三年《左传》杜《注》:"(栾)共叔,桓叔之傅栾宾之子也。"⑪则栾成(前? 一前709),即桓三年《左传》之"栾共叔",亦即《国语·晋语一》之"栾共子",姓姬,氏栾,名成,谥共,行次叔,尊称"子",栾叔之孙,栾宾之

① [晋]杜预注,[唐]孔颖达等正义:《春秋左传正义》,第1744、1851、1889、1912、1914、1916、1956、1968、1976、2032页。

② [晋]杜预:《春秋释例》,中华书局丛书集成初编1985年排印清嘉庆十二年(1807)孙星衍刊刻岱南阁丛书校本,第445—446页。

③ [汉]班固撰,[唐]颜师古注,傅东华等点校:《汉书》,第4221页。

④ [宋]程公说:《春秋分记》,第133页。

⑤ [清]张应昌:《春秋属辞辨例编》,上海古籍出版社续修四库全书2002影印清同治十二年(1873)江苏书局刻本,第691页。

⑥ [汉]宋衷注,[清]秦嘉谟等辑:《世本八种》,上海商务印书馆1957年排印本,第166页。案:此秦氏据古注依《世本》体例整理之文,非诸书所引《世本》之旧。

⑦ [晋]杜预注,[唐]孔颖达等正义:《春秋左传正义》,第1976页。

⑧ 参见:邵炳军《栾氏、狐氏、庆氏族属、世系暨作家群体事略考》,《中山大学学报》2012年第2期,第27—32页。

⑨ [宋]李昉等:《太平御览》,中华书局1960年影印宋刻本,第2057页。

⑩ [三国吴]韦昭注,上海师范大学古籍整理研究所校点:《国语》,第252页。

⑪ [晋]杜预注,[唐]孔颖达等正义:《春秋左传正义》,第1746页。

子,栾枝(贞子)之父,仕哀侯为大夫,哀侯九年(前709)战死于武公伐翼弑哀侯之役①。其恪守"民生于三,事之如一"古训,提出"父生之,师教之,君食之;非父不生,非食不长,非教不知生之族也,故壹事之"说,认为"报生以死,报赐以力"为"人之道"(《国语·晋语一》)②,尽忠义而废私利,守义死节,谙习典籍,传世有《人之道论》(见《国语·晋语一》)一文。

(四)栾枝

《史记·晋世家》裴骃《集解》引汉贾逵《左氏传解诂》:"栾枝,栾宾之孙。"③《国语·晋语四》韦《注》:"(栾)枝,晋大夫栾共子之子贞子也。"④僖二十七年《左传》杜《注》:"栾枝,贞子也,栾宾之孙。"僖二十八年《左传》杜《注》大同。文五年《左传》杜《注》:"(栾)贞子,栾枝,下军帅也。"⑤则栾枝(前?—前622),即僖二十八年、文五年《左传》之"栾贞子",姓姬,氏栾,名枝,谥贞子,栾宾之孙,栾成(共子)之子,栾盾之父,文公四年(前633)为下军将而位居第五卿,襄公六年(前622)卒。其倡导"戒尔车乘,敬尔君事,诘朝将见"(僖二十八年《左传》)⑥古训,反对思小惠而忘大耻,传世有《应战书》(见僖二十八年《左传》)一文。

(五)栾书

《汉书·叙传上》颜《注》引魏孟康《汉书音义》:"晋大夫栾书,书子黡,黡子盈。书贤而覆黡,黡恶而害盈也。"⑦《国语·周语中》韦《注》:"栾伯,栾书也,将下军,第五卿而为正卿也。"《晋语五》韦《注》:"(栾)武子,晋卿,栾枝之孙、栾盾之子书也,时将下军。"《晋语六》韦《注》:"武子,栾书。"《晋语七》韦《注》:"武子,栾书也……栾纠,弁纠也……栾伯,栾武子。"⑧宣十二年《左传》杜《注》:"(栾书)栾盾之子……(栾)武子,栾书。"成六年《左传》杜《注》说同。襄十四年《左传》杜《注》:"(栾)武子,栾书,黡之父也。"⑨《汉书·叙传上》颜《注》:"栾书,栾武子也。"⑩则栾书,即宣十二

①　此后晋六卿之中,惟栾氏为姬姓公族。
②　[三国吴]韦昭注,上海师范大学古籍整理研究所校点:《国语》,第252页。
③　[汉]司马迁撰,[晋]裴骃集解,[唐]司马贞索隐,[唐]张守节正义,郭逸、郭曼标点:《史记》,第1323页。
④　[三国吴]韦昭注,上海师范大学古籍整理研究所校点:《国语》,第383页。
⑤　[晋]杜预注,[唐]孔颖达等正义:《春秋左传正义》,第1823、1843页。
⑥　[晋]杜预注,[唐]孔颖达等正义:《春秋左传正义》,第1825页。
⑦　[汉]班固撰,[唐]颜师古注,傅东华等点校:《汉书》,第4221页。
⑧　[三国吴]韦昭注,上海师范大学古籍整理研究所校点:《国语》,第84、404、409、429—434页。
⑨　[晋]杜预注,[唐]孔颖达等正义:《春秋左传正义》,第1878、1956页。
⑩　[汉]班固撰,[唐]颜师古注,傅东华等点校:《汉书》,第4221页。

年、成六年、十年、十一年、十五年、十六年《左传》《国语·晋语五》《晋语六》《晋语七》《晋语八》之"栾武子",亦即宣十二年、成二年、襄十四年《左传》《国语·周语中》《晋语六》《晋语七》之"栾伯",姓姬,氏栾,名书,谥武,尊称"子",栾枝(贞子)之孙,栾盾之子,栾黡(桓子)、栾鍼之父,生卒年未详(前597—前573在世),景公三年(前597)代赵朔为下军佐,十一年(前589)为下军帅,十三年(前587)为中军帅而秉国政。其倡导"民生在勤,勤则不匮""师直为壮,曲为老"(宣十二年《左传》)①古训,提出"善钧从众。夫善,众之主也"(成六年《左传》)②说,认为"华则荣矣,实之不知,请务实乎""顺无不行,果无不彻,犯顺不祥,伐果不克,夫以果戾顺行,民不犯也"(《国语·晋语六》)③;尚德勤民,长于谋略,谙习典籍,传世有《不可从郑伐楚师之策论》(见宣十二年《左传》)、《善钧从众论》(见成六年《左传》)、《务实论》(见《国语·晋语六》)、《答君辞于栾书、中行偃书》(见成十七年《左传》)、《果戾顺行而民不犯论》(见《晋语六》)诸文④。

（六）栾鍼

成十三年《左传》杜《注》："栾鍼,栾书子。"襄十四年《左传》杜《注》："栾鍼,栾黡弟也。"⑤则栾鍼(前?—前559),即成十六年《左传》之"夫子",姓姬,氏栾,名鍼,尊称夫子,栾盾之孙,栾书(武子)次子,栾黡(桓子)之弟,厉公、悼公戎右,悼公十五年(前559)战死于迁延之役。其认为"侵官,冒也;失官,慢也;离局,奸也"(成十六年《左传》)⑥,主张执政卿应避免有"冒""慢""奸"三罪;恪守礼仪,英武果敢,慷慨赴死,传世有《冒、慢、奸三罪论》《摄饮之礼论》(俱见成十六年《左传》)诸文。

（七）栾盈

《国语·鲁语下》韦《注》："栾氏,晋大夫栾盈也,获罪奔楚,自楚奔齐。"《晋语八》韦《注》："盈父栾黡娶范宣子之女曰叔祁,生盈……怀子,盈也,出奔楚……桓子,栾书之子黡……怀子,桓子之子盈也。"《晋语九》韦《注》："栾,栾盈。叔祁,范宣

————————

① ［晋］杜预注,［唐］孔颖达等正义:《春秋左传正义》,第1878页。
② ［晋］杜预注,［唐］孔颖达等正义:《春秋左传正义》,第1903页。
③ ［三国吴］韦昭注,上海师范大学古籍整理研究所校点:《国语》,第409页。
④ 《务实论》,《文章辨体汇选·论谏九》题作《论诸大夫》;《答君辞于栾书、中行偃书》,《皇霸文纪》卷六题作《栾书、中兴偃对》。
⑤ ［晋］杜预注,［唐］孔颖达等正义:《春秋左传正义》,第1912、1956页。
⑥ ［晋］杜预注,［唐］孔颖达等正义:《春秋左传正义》,第1918页。

子之女、盈之母，与老州宾通，盈患之。祁愬之于宣子，遂灭栾氏。"①襄十八年《左传》杜《注》："栾靥死，其子盈佐下军。"襄十九年《左传》杜《注》："（栾）怀子，栾盈。"襄二十三年《左传》杜《注》："（栾）孺子，栾盈。"②《汉书·叙传上》颜《注》："盈，栾怀子也。"③《日知录》卷四《栾怀子》："晋人杀栾盈，安得有谥？《传》言'怀子好施，士多归之。'岂其家臣为之谥，而遂传于史策耳？"④《池北偶谈》卷十四："春秋谥……有作乱被诛而仍得谥者，崔武子、栾怀子是也。"⑤则栾盈（前？—前550），即襄十九年、二十一年《左传》《国语·晋语八》之"栾怀子"，亦即襄二十一年《左传》之"天子陪臣盈"，亦即襄二十三年《左传》之"栾孺子"，姓姬，氏栾，名盈，谥怀，尊称"子"，栾书（武子）之孙，栾靥（桓子）之子，叔祁所生，平公元年（前557）为公族大夫，三年（前555）以下军佐居卿位，六年（前552）出奔楚，七年（前551）自楚适齐，八年（前550）为晋人杀于曲沃，传世有《诉王之郊甸掠货书》（见襄二十一年《左传》）一文⑥。

二、祁氏与祁奚、祁午

（一）祁氏之族属

先哲主要有三说：

一为帝尧伊祁氏后裔说，《国语·晋语四》载晋胥臣（司空季子）曰："凡黄帝之子，二十五宗，其得姓者十四人为十二姓，姬、酉、祁、己、滕、箴、任、荀、僖、姞、儇、依是也。"⑦《潜夫论·志氏姓》："黄帝之子二十五人，班为十二：姬、酉、祁、己、滕、葴、任、拘、釐、姞、嬛、衣氏也。当春秋，晋有祁奚，举子荐仇，以忠直著。"⑧《元和姓纂·六脂》："祁，帝尧伊祁氏之后。《左传》晋大夫祁奚生午，午生盈、生胜。"⑨

　　①　［三国吴］韦昭注，上海师范大学古籍整理研究所校点：《国语》，第 200、447－481、503 页。案："盈"，《史记·晋世家》作"逞"。又，《史记·齐世家》裴骃《集解》引［汉］贾逵《左氏传解诂》："（曲沃）栾盈之邑。"［汉］司马迁撰，［晋］裴骃集解，［唐］司马贞索隐，［唐］张守节正义，郭逸、郭曼标点：《史记》，第 1213 页。
　　②　［晋］杜预注，［唐］孔颖达等正义：《春秋左传正义》，第 1965、1968、1976 页。
　　③　［汉］班固撰，［唐］颜师古注，傅东华等点校：《汉书》，第 4221 页。
　　④　［清］顾炎武撰，［清］黄汝成集释，秦克诚点校：《日知录集释》，岳麓书社 1994 年点校道光十四年（1834）嘉定黄氏西溪草庐重刊本，第 150 页。
　　⑤　［清］王士祯撰，靳斯仁点校：《池北偶谈》，中华书局 1982 年点校清代史料笔记丛刊本，第 334 页。
　　⑥　《皇霸文纪》卷六题作《辞于周行人》，《全上古三代文》卷四题作《奔楚过周辞于周行人》。案：此"辞于行人"之"书"非为小行人而作，而为通过小行人转呈灵王之《书》，故名之为《诉王之郊甸掠货书》。
　　⑦　［三国吴］韦昭注，上海师范大学古籍整理研究所校点：《国语》，第 356 页。
　　⑧　［汉］王符撰，［清］王继培笺，彭铎校正：《潜夫论笺校正》，第 409 页。
　　⑨　［唐］林宝撰，［清］孙星衍校辑，郁贤皓、陶敏整理点校：《元和姓纂》，第 96 页。

　　二为郤氏别族说,《潜夫论・志氏姓》:"郤氏之班,有州氏、祁氏……凡郤氏之班……皆晋姬姓也。"①

　　三为晋献侯籍(一作"苏")后裔说,《通志・氏族略三》:"祁氏,姬姓,晋献侯四世孙奚,为晋大夫,食邑于祁,遂以为氏。其地即今太原祁县是也,犹有祁奚墓。"②

　　谨案:《史记・五帝本纪》张守节《正义》引晋皇甫谧《帝王世纪》:"帝尧陶唐氏,祁姓也。母庆都,十四月生尧。"司马贞《索隐》:"尧,谥也。放勋,名。帝喾之子,姓伊祁氏。"③《孝文本纪》张守节《正义》引李泰《括地志》:"并州祁县城,晋大夫祁奚之邑。"④则晋之祁邑故城在今山西省晋中市祁县东南。《资治通鉴・晋纪七》胡三省《音注》引《姓谱》:"祁姓,黄帝二十五子之一也;又晋献侯四世孙奚食邑于祁,曰祁奚。"⑤则祁氏有二:一为所谓"黄帝之子"十二姓之一者,一为晋大夫祁举以邑为氏者。昭元年《左传》载郑公孙侨曰:"男女辨姓,礼之大司也。"⑥襄二十五年《左传》载齐东郭偃说、襄二十八年《左传》载庆舍之士说大同。两周时期,女辨姓所以别婚姻,则族姓系百世;男辨氏所以别宗族,则族氏别三代。故婚姻之制别姓不别氏,女子以姓辨,男子以氏别。可见,从两周时期男子别氏之制观之,"祁奚"之"祁"为其族氏而非其族姓。又,郑氏《通志・氏族略三》《资治通鉴・晋纪七》胡氏《音注》引《姓谱》并谓祁奚为"晋献侯四世孙",则高梁伯为晋献侯三世孙,祁瞒为晋献侯二世孙,祁举为晋献侯之孙。然三代别族之制,僖十年《左传》之"祁举"当称"公孙举",而不当称其氏。故"晋献侯四世孙"当为"晋献侯五世孙"之讹,祁举当为献侯籍(一作"苏")曾孙。则晋祁氏为文王昌(西伯)之孙、武王发庶子唐叔虞(一作"子于")后裔,出于献侯籍(一作"苏",器铭作"晋侯稣""叔钊父")曾孙祁举⑦,属"献族",姬姓。

　　(二)祁氏之世系

　　僖十年《左传》:"冬,秦伯使冷至报、问,且召三子。郤芮曰:'币重而言甘,诱我

　　① [汉]王符撰,[清]王继培笺,彭铎校正:《潜夫论笺校正》,第443页。
　　② [宋]郑樵撰,王树民点校:《通志二十略》,第83页。
　　③ [汉]司马迁撰,[晋]裴骃集解,[唐]司马贞索隐,[唐]张守节正义,郭逸、郭曼标点:《史记》,第10、11页。
　　④ [汉]司马迁撰,[晋]裴骃集解,[唐]司马贞索隐,[唐]张守节正义,郭逸、郭曼标点:《史记》,第296页。
　　⑤ [宋]司马光撰,[宋]胡三省音注,标点《资治通鉴》小组校点:《资治通鉴》,中华书局1956年校点清胡克家翻刻元刊胡注本,第2700页。
　　⑥ [晋]杜预注,[唐]孔颖达等正义:《春秋左传正义》,第2024页。
　　⑦ 《史记・晋世家》司马贞《索隐》:"《系本》及谯周皆作'苏'。"[汉]司马迁撰,[晋]裴骃集解,[唐]司马贞索隐,[唐]张守节正义,郭逸、郭曼标点:《史记》,第1304页。

也。’遂杀丕郑、祁举及七舆大夫，左行共华、右行贾华、叔坚、雅歂、累虎、特宫、山祁，皆里平之党也。”僖二十八年《左传》：“城濮之战，晋中军风于泽，亡大旆之左旃。祁瞒奸命，司马杀之，以徇于诸侯。”①昭二十八年《左传》杜《注》：“（祁胜、邬臧）二子，祁盈家臣也……（祁）盈，祁午之子。”②《春秋分记·世谱六》：“祁氏，献侯之后举生瞒，瞒生高，高生奚，奚生午，午生盈。”③《尚史》卷一百五《氏族志》：“祁氏，祁奚食邑于祁，因以为氏，高梁伯之子。奚生午，午生盈。盈讨家臣祁胜、邬臧，公杀盈，遂灭祁氏。”④

谨案：林氏《元和姓纂》以祁胜为祁午之子，而昭二十八年《左传》杜《注》谓祁胜乃祁盈家臣，未详何据。故笔者此不取。则春秋时期晋祁氏世系为：祁举→祁瞒→祁高→祁奚→祁午→祁盈……祁胜。

（三）祁奚

襄二十一年《左传》载晋羊舌肸（叔向）曰：“祁大夫外举不弃仇，内举不失亲，其独遗我乎？《诗》曰：‘有觉德行，四国顺之。’夫子觉者也。”⑤《吕氏春秋·去私篇》载孔子曰：“善哉！祁黄羊之论也，外举不避仇，内举不避子。”⑥《吕氏春秋·开春篇》高《注》：“祁奚，高梁伯之子祁黄羊也。”⑦《太平御览》卷四百四十七引魏何晏《冀州论》：“达仇为主，莫贤乎祁奚。”⑧《国语·晋语七》韦《注》：“祁奚，晋大夫，高梁伯之子。”⑨襄二十一年《左传》杜《注》：“（祁大夫）祁奚也。食邑于祁，因以为氏。”⑩

谨案：《史记·五帝本纪》司马贞《索隐》：“帝喾之子，姓伊祁氏。”⑪《魏书·高祖纪》：“怀州民伊祁（祈）苟初自称尧后应王，聚众于重山。”⑫是“祁”“祈”二字古通用之证。⑬　又，据襄十六年《左传》，祁奚于晋平公元年（前 557）复仕，与韩襄、栾盈、士

---

① 杜《注》：“祁举，晋大夫。”［晋］杜预注，［唐］孔颖达等正义：《春秋左传正义》，第 1802、1826 页。案：鲁僖公二十八年，即晋文公五年（前 632）。

② ［晋］杜预注，［唐］孔颖达等正义：《春秋左传正义》，第 2117—2118 页。

③ ［宋］程公说：《春秋分记》，第 133 页。案：“祁奚”，始见于成八年《左传》。

④ ［清］李锴：《尚史》，江苏广陵古籍刻印社 1992 年影印清刻本。

⑤ ［晋］杜预注，［唐］孔颖达等正义：《春秋左传正义》，第 1971 页。

⑥ 高《注》：“黄羊，晋大夫祁奚之字。”旧题［周］吕不韦撰，［汉］高诱注，许维遹集释：《吕氏春秋集释》，第 30—31 页。

⑦ 旧题［周］吕不韦撰，［汉］高诱注，许维遹集释：《吕氏春秋集释》，第 585 页。

⑧ ［宋］李昉等：《太平御览》，第 2056—2057 页。

⑨ ［三国吴］韦昭注，上海师范大学古籍整理研究所点校：《国语》，第 436 页。

⑩ ［晋］杜预注，［唐］孔颖达等正义：《春秋左传正义》，第 1971 页。

⑪ ［汉］司马迁撰，［晋］裴骃集解，［唐］司马贞索隐，［唐］张守节正义，郭逸、郭曼标点：《史记》，第 11 页。

⑫ ［北齐］魏收编修，唐长孺点校：《魏书》，第 145 页。案：“祁”，文渊阁库本作“祈”。

⑬ 于省吾《晋祁奚字黄羊解》（《文史》1978 年第 5 辑，第 1—5 页）集十五家之说，并加按断语发挥，可参。

鞅并为公族大夫。则祁奚,即襄二十一年《左传》《国语·晋语七》之"祁大夫",亦即《吕氏春秋·开春篇》《风俗通义·十反篇》之"祈奚",亦即《吕氏春秋·去私篇》之"祁黄羊",姓姬,本氏郤,别氏祁(一作"祈"),名奚,字黄羊,祁瞒之孙,祁高(高梁伯)之子,祁午之父,悼公元年(前573)为元尉(中军尉),三年(前570)告老,平公元年(前557)复为公族大夫,六年(前552)为祁大夫,历仕景、厉、平三君凡三十二年(前583—前552),生卒年未详(前583—前552在世)。其能举其类,倡导"择臣莫若君,择子莫若父"古训,认为不同年龄阶段"贤臣"之德才标准是:"少也,婉以从令,游有乡,处有所,好学而不戏""壮也,强志而用命,守业而不淫""冠也,和安而好敬,柔惠小物,而镇定大事,有直质而无流心,非义不变,非上不举"(见《国语·晋语七》)①;达雠为主,反对"公族之不恭,公室之有回,内事之邪,大夫之贪"(《晋语八》)②;以忠直著,尊崇"惠我无疆,子孙保之""圣有謩勋,明征定保"古训,主张罪不连坐,以免弃"社稷之固"(襄二十一年《左传》)③;素有贤名,熟知典籍,尤谙《诗》《书》,传世有《择子莫若父论》(见《国语·晋语七》)、《外应内憎论》(见《晋语八》)、《罪不连坐以弃社稷之固论》(见襄二十一年《左传》)诸文④。

(四)祁午

昭五年《左传》载楚大夫薳启彊对灵王问曰:"羊舌肸之下,祁午、张趯、籍谈、女齐、梁丙、张骼、辅跞、苗贲皇,皆诸侯之选也。"⑤《国语·晋语七》:"(悼)公使祁午为军尉,殁平公,军无秕政。"⑥襄三年《左传》杜《注》:"午,祁奚子。"⑦则祁午,姓姬,氏祁,名午,高梁伯之孙,祁奚(祁黄羊、祈奚)之子,祁盈之父,悼公四年(前570)继父职为中军尉,生卒年未详(前570年—前537在世)。其才干出众,长于治军,主张"和大以平小"(《国语·晋语八》)⑧,提出"师徒不顿,国家不罢,民无谤讟,诸侯无怨,天无大灾"(昭元年《左传》)⑨说,传世有《和大以平小论》(见《国语·晋语八》)、《戒楚不信论》(见昭元年《左传》)诸文⑩。

① [三国吴]韦昭注,上海师范大学古籍整理研究所校点:《国语》,第436页。
② [三国吴]韦昭注,上海师范大学古籍整理研究所校点:《国语》,第455页。
③ [晋]杜预注,[唐]孔颖达等正义:《春秋左传正义》,第1971页。
④ 《罪不连坐以弃社稷之固论》,《文章正宗·议论三》《文章辨体汇选·论谏四》并题作《请免叔向》。
⑤ [晋]杜预注,[唐]孔颖达等正义:《春秋左传正义》,第2042页。
⑥ [三国吴]韦昭注,上海师范大学古籍整理研究所校点:《国语》,第440页。
⑦ [晋]杜预注,[唐]孔颖达等正义:《春秋左传正义》,第1930页。
⑧ [三国吴]韦昭注,上海师范大学古籍整理研究所校点:《国语》,第457页。
⑨ [晋]杜预注,[唐]孔颖达等正义:《春秋左传正义》,第2019—2020页。
⑩ 《戒楚不信论》,《文章正宗·议论三》《文章辨体汇选·论谏六》并题作《戒赵文子》。

三、韩氏与韩简、韩厥、韩无忌、韩起

（一）韩氏之族属

关于晋韩氏之族属，先哲时贤主要有三说：

一为晋穆侯庶子曲沃桓叔后裔说。《国语·晋语八》载韩宣子（韩起）曰："起也将亡，赖子存之，非起也敢专承之，其自桓叔以下嘉吾子之赐。"①《潜夫论·志氏姓》："晋穆侯生桓叔，桓叔生韩万，傅晋大夫，十世而为韩武侯，五世为韩惠王，五世而亡国……凡桓叔之后，有韩氏、言氏、婴氏、祸余氏、公族氏、张氏，此皆韩后姬姓也。"②桓三年《左传》杜《注》："武公，曲沃庄伯子也。韩万，庄伯弟也。"③《急就篇》卷一颜《注》："韩……或曰：韩万，曲沃桓叔之子也。晋灭韩，令万食其地焉，因为原氏。"④《元和姓纂·二十五寒》："韩，晋穆侯子成师生万，食采于韩，因以命氏，代为晋卿。曾孙厥生起，起生须，须生不信。元孙景侯，分晋为诸侯。八代至王安，为秦所灭。"⑤《新唐书·宰相世系表三上》："韩氏出自姬姓。晋穆侯澭少子曲沃桓叔成师生武子万，食采韩原，生定伯，定伯生子舆，子舆生献子厥，从封，遂为韩氏。"⑥

二为周武王庶子韩侯后裔说。僖二十四年《左传》载富辰曰："邗、晋、应、韩，武之穆也。"⑦《汉书·韩王信传》颜《注》引晋臣瓒《汉书音义》："（韩氏）武王之子，方于三代，世为最近也。"⑧《急就篇》卷一颜《注》："周武王之子封于韩，其后为晋所灭，因称韩氏。晋大夫韩万即其后也。"⑨

三为韩与周同姓说。《史记·韩世家》："韩之先与周同姓，姓姬氏。其后苗裔

①　韦《注》："桓叔，韩氏之祖曲沃桓叔也。"［三国吴］韦昭注，上海师范大学古籍整理研究所校点：《国语》，第 480－481 页。

②　［汉］王符撰，［清］王继培笺，彭铎校正：《潜夫论笺校正》，第 445－446 页。案：据《元和姓纂·二十五寒》《广韵·二十五寒》《通志·氏族略三》并引《世本》，"韩氏、言氏"当作"韩言氏"。

③　［晋］杜预注，［唐］孔颖达等义：《春秋左传正义》，第 1746 页。

④　［汉］史游撰，［唐］颜师古注：《急就篇》，中华书局 1985 年丛书集成初编排印清光绪间福山王懿荣刻天壤阁丛书本，第 405 页。

⑤　［唐］林宝撰，［清］孙星衍校辑，郁贤皓、陶敏整理点校：《元和姓纂》，第 480－481 页。

⑥　［宋］欧阳修、［宋］宋祁编修，石淑仪等点校：《新唐书》，中华书局 1975 年点校百衲本（影印宋嘉祐十四行本），第 2854 页。案：据《史记·韩世家》司马贞《索隐》、桓三年、宣十二年《左传》孔《疏》并引《世本》，此在"定伯简"上缺"赇伯"一世。

⑦　［晋］杜预注，［唐］孔颖达等正义：《春秋左传正义》，第 1817 页。

⑧　［汉］班固撰，［唐］颜师古注，傅东华等点校：《汉书》，第 1858 页。

⑨　［汉］史游撰，［唐］颜师古注：《急就篇》，第 405 页。

事晋,得封于韩原,曰韩武子。武子后三世有韩厥,从封姓为韩氏。"①《汉书·韩王信传》颜《注》引晋晋灼《汉书集注》:"韩先与周同姓,其后苗裔事晋,封于韩原,姓韩氏,韩厥其后也,故曰周烈。"《地理志下》颜《注》:"韩武子,韩厥之曾祖也,本与周同姓,食采于韩,更为韩氏。"②

谨案:《汉书·韩王信传》颜《注》:"《左氏传》云'邗、晋、应、韩,武之穆也'。据如此赞所云,则韩万先祖,武王之裔。而杜预等以为出自曲沃成师,未详其说。"③则颜氏亦持两可之说。又,《史记·韩世家》司马贞《索隐》:"按:《左氏传》云:'邗、晋、应、韩,武之穆。'则韩是武王之子。按《诗》称'韩侯出祖',则是有韩而先灭。今据此文,云'其后裔事晋,封于韩,曰韩武子',则武子本是韩侯之后,晋又封之于韩原,即今之冯翊韩城是也。然按《系本》及《左传》旧说,皆谓韩万是曲沃桓叔之子,即是晋之支庶。又《国语》叔向谓韩宣子能修武子之德,起再拜谢曰:'自桓叔已下,嘉吾子之赐',亦言桓叔是韩之祖也。今以韩侯之后别有桓叔,非关曲沃之桓叔,如此则与太史公之意亦有违耳。"④则小司马持两可之说。笔者此从《国语·晋语八》"晋穆侯之子曲沃桓叔后裔"说。兹补证如下:

襄二十九年《左传》:"虞、虢、焦、滑、霍、扬、韩、魏,皆姬姓也,晋是以大。若非侵小,将何所取？武、献以下,兼国多矣,谁得治之?"⑤今本《竹书纪年》:"（晋文侯二十四）晋人灭韩。"⑥此晋所灭韩国之地望,历来有三说:一为河北说,谓在今河北省廊坊市固安县东南十八里之韩寨营。见:汉王充《潜夫论·志氏姓》。二为河东说,谓在今山西省河津市境,见僖二十四年《传》杜《注》。三为河西说,谓在今陕西省韩城市南十八里见《史记·韩世家》司马贞《正义》引李泰《括地志》。上述诸说之失在于均忽视了周代确有南燕所灭韩侯之韩与晋所灭武穆之韩这一基本史实。所谓南

① 〔汉〕司马迁撰,〔晋〕裴骃集解,〔唐〕司马贞索隐,〔唐〕张守节正义,郭逸、郭曼标点:《史记》,第1464页。

② 〔汉〕班固撰,〔唐〕颜师古注,傅东华等点校:《汉书》,第1858、1650页。

③ 〔汉〕班固撰,〔唐〕颜师古注,傅东华等点校:《汉书》,第1858页。

④ 〔汉〕司马迁撰,〔晋〕裴骃集解,〔唐〕司马贞索隐,〔唐〕张守节正义,郭逸、郭曼标点:《史记》,第1464页。

⑤ 〔晋〕杜预注,〔唐〕孔颖达等正义:《春秋左传正义》,第2006页。

⑥ 王国维:《今本竹书纪年疏证》,《王国维遗书》（第8册）,上海古籍出版社1983年版,第91页。案:据襄二十九年《左传》,韩于晋武公元年（前715）前被灭,此为晋灭韩年代之下限;《国语·郑语》载周太史伯对郑桓公曰:"武王之子,应、韩不在,其在晋乎!"〔三国吴〕韦昭注,上海师范大学古籍整理研究所校点:《国语》,第523页。则韩于晋文侯七年（前774）时尚存,此为晋灭韩年代之上限。故今本《竹书纪年》将晋灭韩之年系于晋文侯二十四年（前757）,或有据可从。参见:邵炳军《晋武公灭国夺邑系年辑证》,《唐都学刊》2002年第4期,第31—35页。

燕所灭韩侯之韩，即被周宣王册命为方伯的韩侯之国（《诗·大雅·韩奕》）。《韩奕》首章曰"奕奕梁山"，三章曰"韩侯出祖，出宿于屠"，六章曰"溥彼韩城，燕师所完""其追其貊，奄受北国"，则其地在"北国"，且与"梁山""屠""燕""追""貊"相关。梁山，在今廊坊市固安县东北（《水经·济水注二》）；屠（杜），在今陕西省西安市鄠邑区；燕（南燕），在今河南省新乡市延津县东北约四十五里之废胙城县（清俞正燮《癸巳类稿》卷二）。追、貊，均为位于秦、晋北部之北狄部落方国（《荀子·强国篇》）。故"韩侯"之国必然位于北方，亦即河北之韩。此"韩侯"之国，不知何姓，必非僖二十四年《左传》所谓"武穆"之"韩"。晋所灭"武穆"之"韩"，其始封君为周武王庶子（襄二十九年《左传》《国语·郑语》），周成王时始封于韩（今本《竹书纪年》）。襄二十九年《左传》谓晋"侵小"，《国语·郑语》谓晋"邻于小"，此所谓"小"者，即包括为晋所灭的虞、虢、焦、滑、霍、扬、韩、魏、应等晋四邻同姓诸小国。可见，晋所灭之韩肯定为与晋相邻的河西"武穆"之"韩"，而非远离晋国的河北"韩侯"之国。故"韩侯"之"韩"与"武穆"之"韩"，必为两个韩国。又，《史记·秦本纪》张守节《正义》引李泰《括地志》："韩原在同州韩城县西南十八里。"[1]《韩世家》张守节《正义》引《括地志》："韩原在同州韩城县西南八里。又韩城在县南十八里，故古韩国也。"[2]此即僖十五年《左传》所谓秦、晋"战于韩原"之"韩原"。晋所封大夫韩万之韩邑，亦曰"韩原"，即河东之"韩"（《日知录》卷二十八）。又，《后汉书·郡国志一》李《注》引汉唐蒙《博物记》："（夏阳县）有韩原，韩武子采邑。"[3]《史记·韩世家》张守节《正义》引李吉甫《古今地名》："韩武子食菜（采）于韩原地城也。"[4]此皆以韩武子采邑之韩与秦晋韩原之战之"韩原"混同为一，故笔者不取。可见，晋文侯所灭"武穆"之"韩"，与晋武公所封韩万采邑之"韩"不为同一地。晋所灭之韩为"武穆"之"韩"，即河西韩城之"韩"；南燕所灭之韩，为"韩侯"之"韩"，即河北固安之"韩"；韩万采邑之"韩"，即河东延津之"韩"。故晋韩氏为帝喾高辛氏元妃姜嫄子后稷弃之裔，周武王庶子唐叔虞（一作"子于"）之后，出于献侯籍之孙、穆侯费王（前811—前785 在位）

① ［汉］司马迁撰，［晋］裴骃集解，［唐］司马贞索隐，［唐］张守节正义，郭逸、郭曼标点：《史记》，第 128 页。
② ［汉］司马迁撰，［晋］裴骃集解，［唐］司马贞索隐，［唐］张守节正义，郭逸、郭曼标点：《史记》，第 128，1464 页。案：《晋世家》司马贞《索隐》谓在冯翊夏阳北二十里，即今之陕西省韩城市。
③ ［南朝宋］范晔撰，［唐］李贤等注，宋云彬等点校：《后汉书》，中华书局 1965 年点校南宋绍兴本，第 3406 页。
④ ［汉］司马迁撰，［晋］裴骃集解，［唐］司马贞索隐，［唐］张守节正义，郭逸、郭曼标点：《史记》，第 1464 页。

庶子公子成师(曲沃桓叔),属"穆族",姬姓。

　　(二)韩氏之世系

　　《史记·韩世家》司马贞《索隐》、桓三年、宣十二年《左传》孔《疏》并引《世本》:"万生赇伯,赇伯生定伯简,简生舆,舆生献子厥。"①《韩世家》:"武子后三世有韩厥,从封姓为韩氏……献子卒,子宣子代……宣子卒,子贞子代立……贞子卒,子简子代。简子卒,子庄子代。庄子卒,子康子代。"②《国语·晋语八》韦《注》:"桓叔生子万,受韩以为大夫,是为韩万。"③成二年《左传》杜《注》:"子舆,韩厥父。"昭二年《左传》杜《注》:"须,韩起之子。"昭五年《左传》杜《注》:"襄,韩无忌子也,为公族大夫。须,起之门子……(叔禽、叔椒、子羽)皆韩起庶子。"昭二十六年《左传》杜《注》:"固,韩起孙。"昭三十二年《左传》杜《注》:"伯音,韩不信。"定元年《左传》杜《注》:"简子,韩起孙不信也。"④《春秋释例·世族谱下》说同。《春秋分记·世谱六》:"穆侯及弟殇叔(无后),为一世;穆侯生二子:曰文侯,曰曲沃桓叔,为二世;文侯生昭侯,桓叔生二子:曰庄伯、曰韩万(后为韩氏)……韩氏,别祖万,《公子谱》之三世也;生求伯;求伯生简;简生子舆;子舆生厥;厥生二子:曰无忌,曰起;无忌生襄,起生四子:曰须、曰叔禽、曰叔椒、曰子羽;须生二子:曰不信,曰固;不信生子庚;子庚生子虎。"⑤

　　谨案:据昭二年《左传》杜《注》、昭三十二年《左传》杜《注》、定元年《左传》杜《注》《春秋释例·世族谱下》《史记·韩世家》司马贞《索隐》,宣子名起;贞子,《世本》作"平子",名顷,昭二年《左传》作"须";简子,名不信,字伯音;康子,名虎。又,《史记·韩世家》于献子厥以前不用《世本》之说,非是。则春秋时期晋韩氏世系为:公子成师→公孙万→韩赇伯→韩简→韩子舆→韩厥→韩无忌、韩起,韩无忌→韩襄,韩起→韩须、韩叔禽、韩叔椒、韩子羽,韩须→韩不信、韩固,韩不信→韩庚→韩虎。

　　① [汉]司马迁撰,[晋]裴骃集解,[唐]司马贞索隐,[唐]张守节正义,郭逸、郭曼标点:《史记》,第1465页。案:此据《韩世家》司马贞《索隐》引文。桓三年《左传》孔《疏》引作:"韩万,庄伯弟。"宣十二年《左传》孔《疏》引作:"桓叔生子万,万生求伯,求伯生子舆,子舆生献子厥。"[晋]杜预注,[唐]孔颖达等正义:《春秋左传正义》,第1746、1878页。则孔氏所引脱"定伯简"一代。

　　② [汉]司马迁撰,[晋]裴骃集解,[唐]司马贞索隐,[唐]张守节正义,郭逸、郭曼标点:《史记》,第1465—1466页。

　　③ [三国吴]韦昭注,上海师范大学古籍整理研究所校点:《国语》,第481页。

　　④ [晋]杜预注,[唐]孔颖达等正义:《春秋左传正义》,第1894、2029、2042、2118、2128、2131页。案:襄九年《左传》杜《注》:"门子,卿之适(同"嫡")子。"[晋]杜预注,[唐]孔颖达等正义:《春秋左传正义》,第1943页。

　　⑤ [宋]程公说:《春秋分记》,第132、134页。

（三）韩简

《国语·晋语三》韦《注》：“韩简，晋卿韩万之孙。”①僖十五年《左传》杜《注》：“韩简，晋大夫韩万之孙。”②则韩简，即《世本》之“定伯简”，姓姬，氏韩，名简，谥定伯，韩万（武子）之孙，韩赇伯之子，韩子舆之父，晋大夫，生卒年未详（前 645 在世）。其精通卜筮之术，具有客观唯物论观念与无神论思想，尊崇“下民之孽，匪降自天。僔沓背憎，职竞由人”古训，认为“龟，象也；筮，数也”，提出“物生而后有象，象而后有滋，滋而后有数”（僖十五年《左传》）③说；熟知典籍，尤谙习《诗》，传世有《龟象筮数论》（见僖十五年《左传》）一文。

（四）韩厥

宣十二年《左传》杜《注》：“（韩厥）韩万玄孙……献子，韩厥。”④《春秋释例·世族谱下》说同。则韩厥，即宣十二年、成二年、六年、十五年、十八年、襄四年、七年《左传》《国语·晋语五》《晋语六》《晋语七》《史记·韩世家》之“韩献子”，姓姬，氏韩，名厥，谥献子，韩简（定伯）之孙，韩子舆之子，韩无忌（穆子）、韩起（宣子）之父，灵公六年（前 615）前为司马，景公十二年（前 588）为新中军将而位居第七卿，厉公三年（前 578）为下军将而位居第五卿，八年（前 573）为中军帅而秉国政，悼公八年（前 566）致政于荀罃而告老，历仕灵、景、厉、悼四君凡五十年（前 615－前 566 在世），生卒年未详（前 615－前 566 在世）。其拥戴公室，关注民生，认为“易覲则民愁，民愁则垫隘，于是乎有沈溺重腿之疾”，提出“夫山、泽、林、盐，国之宝也。国饶，则民骄佚。近宝，公室乃贫。不可谓乐”（成六年《左传》）⑤说。轻鬼神而重人事，认为“及周天子，皆有明德”（《史记·赵世家》）⑥，倡导“不敢侮鳏寡”（成八年《左传》）⑦古训，主张以“明德”为政。认为“成人在始与善。始与善，善进善，不善蔑由至矣”“威行为不仁，事废为不智，享一利亦得一恶，非所务也”，尊崇“杀老牛莫之敢尸”（《国语·晋语六》）⑧古训，主张举“善”荐贤，以“仁”“智”“知时”行事。谙《书》习典，传世

---

① ［三国吴］韦昭注，上海师范大学古籍整理研究所校点：《国语》，第 325 页。
② ［晋］杜预注，［唐］孔颖达等正义：《春秋左传正义》，第 1806 页。
③ ［晋］杜预注，［唐］孔颖达等正义：《春秋左传正义》，第 1806 页。
④ ［晋］杜预注，［唐］孔颖达等正义：《春秋左传正义》，第 1878－1880 页。
⑤ ［晋］杜预注，［唐］孔颖达等正义：《春秋左传正义》，第 1902－1903 页。案：“沈”，同“沉”；“重”，“腫”之古字。
⑥ ［汉］司马迁撰，［晋］裴骃集解，［唐］司马贞索隐，［唐］张守节正义，郭逸、郭曼标点：《史记》，第 1408 页。
⑦ ［晋］杜预注，［唐］孔颖达等正义：《春秋左传正义》，第 1905 页。
⑧ ［三国吴］韦昭注，上海师范大学古籍整理研究所校点：《国语》，第 426 页。

有《谏济师书》(见宣十二年《左传》)、《致齐侯书》(见成二年《左传》)、《国饶则民骄佚而近宝则公室贫论》(见成六年《左传》)、《对大业之后为祟问》(见《史记·赵世家》)、《谏复立赵武以明德书》(见成八年《左传》)、《始与善论》《仁智论》(俱见《国语·晋语六》)《知时论》(见襄四年《左传》)诸文①。

(五)韩无忌

襄七年《左传》:"晋侯谓韩无忌仁,使掌公族大夫。"②《后汉书·党锢传》李《注》《姓氏急就篇》卷下并引《风俗通义》:"晋成公立嫡子为公族大夫,韩无忌号公族穆子,见《左氏传》。"③《国语·晋语七》韦《注》:"无忌,韩厥之子公族穆子……穆子,厥之长子无忌也。"④成十八年《左传》杜《注》:"无忌,韩厥子。"⑤《春秋释例·世族谱下》说同。则韩无忌,即襄七年《左传》《国语·晋语七》之"公族穆子",姓姬,氏韩,其后别为韩言氏、公族氏,名无忌,谥穆,韩子舆之孙,韩厥(献子)长子,韩起(宣子)之兄,韩襄之父,悼公元年(前573)始任公族大夫,十一年(前566)为公族大夫之长,生卒年未详(前573—前566在世)⑥。其尊崇"岂不夙夜?谓行多露""弗躬弗亲,庶民弗信""靖共尔位,好是正直。神之听之,介尔景福"古训,认为"恤民为德,正直为正,正曲为直,参和为仁"(襄七年《左传》)⑦,提出"德""正""直"三者融为一体为"仁"说。恪守礼仪,为人仁厚,熟知典籍,尤谙习《诗》,传世有《德、正、直参和为仁论》(见襄七年《左传》)一文。

---

① 《国饶则民骄佚而近宝则公室贫论》,《御选古文渊鉴》卷二题作《谋迁国》;《对大业之后为祟问》,《全上古三代文》卷四题作《对问大业之后为祟》;《谏复立赵武以明德书》,《文章辨体汇选·论谏四》题作《请立赵孤》;《始与善论》,《文章辨体汇选·论谏九》皆题作《论诸大夫》。

② 杜《注》:"穆子,韩厥长子。"[晋]杜预注,[唐]孔颖达等正义:《春秋左传正义》,第1938页。

③ [南朝宋]范晔撰,[唐]李贤等注,宋云彬等点校:《后汉书》,第2186页。案:诸家所引略异,此引《后汉书·党锢传》李《注》文。今本《风俗通义》佚此文。

④ [三国吴]韦昭注,上海师范大学古籍整理研究所校点:《国语》,第435—442页。

⑤ [晋]杜预注,[唐]孔颖达等正义:《春秋左传正义》,第1923页。

⑥ 《元和姓纂·二十五寒》《广韵·二十五寒》《古今姓氏书辩证·二十五寒》《通志·氏族略五》并引《世本》:"晋韩厥生无忌,无忌生襄,襄生鲁,为韩言氏。"[唐]林宝撰,[清]孙星衍校辑,郁贤皓、陶敏整理点校:《元和姓纂》,第506页。案:诸家所引略异,此据《元和姓纂·二十五寒》引文。"襄生鲁",《通志·氏族略五》《古今姓氏辩证·二十五寒》并作"襄生子鱼"。《古今姓氏书辩证·一东下》:"公族……其先出自晋公族大夫之后。春秋时骊姬乱晋,诅无畜群公子,自是晋无公族。及成公自周归晋,始官卿之适(同"嫡")子以为公族。故赵盾请以括为公族,韩厥子无忌谓之公族穆子,范鞅与栾盈为公族大夫而不相能。其后遂有以官为氏者。"[宋]邓名世撰,王力平点校:《古今姓氏书辩证》,第21页。则晋韩言氏、公族氏为韩氏之别,出于韩无忌(公族穆子)。

⑦ 杜《注》:"穆子,韩厥长子。"[晋]杜预注,[唐]孔颖达等正义:《春秋左传正义》,第1938页。

（六）韩起

《太平御览》卷四百四十七引三国魏何晏《冀州论》："纳谏服义，莫贤乎韩起。"[①]《太平御览》卷四百六引蜀谯周《谯子·齐交》："韩起与田苏处而成好仁之名。"[②]《国语·晋语八》韦《注》："宣子，韩起，代赵文子为政。"[③]《春秋释例·世族谱下》说同。襄七年《左传》杜《注》："田苏，晋贤人。苏言起好仁。"[④]则韩起（前？—前 514），即襄二十五年《左传》之"韩宣子"，亦即襄二十六年《左传》之"士起"，亦即襄三十一年《左传》之"韩子"，姓姬，氏韩，名起，谥宣，尊称"子"，韩子舆之孙，韩厥（献子）次子，韩无忌（穆子）之弟，韩须（平子）、叔禽、叔椒、子羽之父，悼公八年（前 566）为上军佐而位居第六卿，平公十七年（前 541）继赵武为中军帅而秉国政，历仕悼、平、昭、顷四君凡五十三年（前 566—前 514）[⑤]。其提出"兵，民之残也，财用之蠹，小国之大灾也"（襄二十七年《左传》）[⑥]说，积极倡导"弭兵"；认为"周礼尽在鲁矣，吾乃今知周公之德与周之所以王也"（昭二年《左传》）[⑦]，推崇"周礼"，赞许"周公之德"；品行贤仁，纳谏服义，熟知典籍，尤谙习《诗》，传世有《对王使请事》（见襄二十六年《左传》）、《谏许弭兵书》（襄二十七年《左传》）、《周礼尽在鲁论》（见昭二年《左传》）诸文。

四、解氏与解杨、解张

（一）解氏之族属

《急就篇》卷二颜《注》："解，地名也，在河东。因地为姓，故晋国多解姓焉。解张、解扬、解狐，皆其族也。"[⑧]《元和姓纂·十二蟹》："解，晋大夫解狐之后，其先食邑于解，因氏焉。"[⑨]《广韵·十二蟹》"解"字注："亦姓，自唐叔虞食邑于解，今解县也。

---

① ［宋］李昉等：《太平御览》，第 2057 页。
② ［宋］李昉等：《太平御览》，第 1877 页。
③ ［三国吴］韦昭注，上海师范大学古籍整理研究所校点：《国语》，第 477 页。
④ ［晋］杜预注，［唐］孔颖达等正义：《春秋左传正义》，第 1938 页。
⑤ 《史记·韩世家》："宣子徙居州。"［汉］司马迁撰，［晋］裴骃集解，［唐］司马贞索隐，［唐］张守节正义，郭逸、郭曼标点：《史记》，第 1464 页。则韩厥（献子）长子韩无忌（穆子）仍居其始祖韩万初封地韩（地当在今山西省河津市东），而韩起（宣子）自初封地韩别封于州（地在今河南省沁阳市东南五十里）。
⑥ ［晋］杜预注，［唐］孔颖达等正义：《春秋左传正义》，第 1995 页。
⑦ ［晋］杜预注，［唐］孔颖达等正义：《春秋左传正义》，第 2029 页。
⑧ ［汉］史游撰，［唐］颜师古注：《急就篇》，第 417 页。案："解"，故解县，今县已废，即今山西省运城市盐湖区解州镇。
⑨ ［唐］林宝撰，［清］孙星衍校辑，郁贤皓、陶敏整理点校：《元和姓纂》，第 963 页。

晋有解狐、解扬。"①《资治通鉴·汉纪二十三》胡三省《音义》引《姓谱》同。《通志·氏族略三》："晋大夫解扬,解狐之后。其先食采于解,今解州即其地。"②

谨案:解扬,始见于文八年《左传》,本年(前619)已为大夫;解狐,始见于襄三年《左传》,本年(前570)卒。可见,解扬比解狐见于《左传》早四十九年,解狐年辈肯定比解扬晚,乃解扬之后。解扬之族以邑为解氏,其后解扬又陟封于霍。则晋解氏为文王昌之孙、武王发庶子唐叔虞(一作"子于")后裔,出于献侯籍(一作"苏")之孙、穆侯费王(一作"弗生")之子公子成师(曲沃桓叔),属"穆族",姬姓。

(二)解氏之世系

成二年《左传》杜《注》："张侯,解张也。"③《春秋分记·世谱二》："解氏,扬,张(张侯),狐(扬之后,襄三)"《世谱六》："董氏、解氏各三人,亡其系。"④

谨案:解张(张侯)于成二年《左传》《国语·晋语五》各一见,景公十一年(前589)时为郤克御,则其年辈肯定比解扬晚,与解狐相当。故春秋时期晋解氏世系为:解杨……解张……解狐。

(三)解杨

《说苑·奉使篇》："于是,庄王卒,赦解扬而归之。晋爵之为上卿。故后世言'霍虎'。"⑤《续古列女传·陈辩女》："晋大夫解居甫使于宋道,过陈,遇采桑之女,止而戏之。"⑥《盐铁论·晁错篇》："人臣各死其主,为其国用,此解杨(扬)之所以厚于晋而薄于荆也。"⑦《史记·晋世家》裴骃《集解》引汉服虔《左氏传解诂》："解扬,晋大夫。"⑧《太平御览》卷四百四十七引魏何晏《冀州论》："劫略不动,莫贤乎解杨(扬)。"⑨《北梦琐言》卷十六："且解扬以守正为忠,不顾其身也。"⑩

---

①　[宋]陈彭年等重修:《钜宋广韵》,第182页。

②　[宋]郑樵撰,王树民点校:《通志二十略》,第86页。

③　[晋]杜预注,[唐]孔颖达等正义:《春秋左传正义》,第1894页。

④　[宋]程公说:《春秋分记》,第99、136页。

⑤　[汉]刘向撰,向宗鲁校证:《说苑校证》,第294页。

⑥　[汉]刘向:《古列女传》,上海书店四部丛刊初编1985年影印明叶氏观古堂藏明万历间(1573—1620)黄嘉育刊本。

⑦　[汉]桓宽撰,王利器校注:《盐铁论校注》,中华书局1992年新编诸子集成本,第114页。

⑧　[汉]司马迁撰,[晋]裴骃集解,[唐]司马贞索隐,[唐]张守节正义,郭逸、郭曼标点:《史记》,第1332页。

⑨　[宋]李昉等:《太平御览》,第2057页。

⑩　[宋]孙光宪撰,贾二强点校:《北梦琐言》,中华书局2002年点校清光绪间(1875—1908)江阴缪荃孙辑刻云白在龛丛书本,第304页。

谨案：《史记·郑世家》："乃求壮士，得霍人解扬，字子虎……"①据文八年《左传》，解扬于晋灵公二年（前619）时已为大夫。则司马迁盖采异说。则解扬，即《说苑·奉使篇》之"霍虎"，亦即《续列女传·陈辩女》之"解居甫"，姓姬，氏解，名扬，字子虎，又字居甫，食采霍邑，解张（张侯）、解狐之先，晋大夫，历仕灵、成、景三君凡二十六年（前619－前594），生卒年未详（前619－前594在世）。其尊崇"君能制命为义，臣能承命为信，信载义而行之为利"古训，认为"谋不失利，以卫社稷，民之主也"，提出"义无二信，信无二命"（宣十五年《左传》）②说，以守正为忠，死主为国，劫略不动，素有贤名，传世有《臣承命为信论》（见宣十五年《左传》）一文③。

（四）解张

《国语·晋语五》韦《注》："张侯，晋大夫解张也。"④案：《通志·氏族略三》《资治通鉴·周纪一》胡三省《音注》皆谓解张字张侯，笔者此不取。则解张，即成二年《左传》《国语·晋语五》之"张侯"，亦即成二年《左传》之"解张"，姓姬，氏解，其后别氏张，名侯，字张，解扬之族，张老之父，晋大夫，生卒年未详（前589在世）⑤。其提出"师之耳目，在吾旗鼓，进退从之"说，倡导"擐甲执兵，固即死也"（成二年《左传》）⑥之英勇精神，传世有《师之耳目论》（见成二年《左传》）一文。

五、张氏与张老、张趯、张柳朔

（一）张氏之族属

先哲主要有三说：

一为公子成师（桓叔）之后说。《潜夫论·志氏姓》："凡桓叔之后，有韩氏、言氏、婴氏、祸馀氏、公族氏、张氏，此皆韩后姬姓也……《诗》颂宣王，始有'张仲孝友'，至春秋时，宋有张白蔑矣。惟晋张侯、张老，实为大家。张孟谈相赵襄子以灭

---

① ［汉］司马迁撰，［晋］裴骃集解，［唐］司马贞索隐，［唐］张守节正义，郭逸、郭曼标点：《史记》，第1398页。

② ［晋］杜预注，［唐］孔颖达等正义：《春秋左传正义》，第1887页。

③ 《文章正宗·辞命二》题作《对楚子》。

④ ［三国吴］韦昭注，上海师范大学古籍整理研究所校点：《国语》，第402页。

⑤ 关于解侯名、字，说参：杨伯峻《春秋左传注》（修订本），中华书局1990年版，第792页。

⑥ ［晋］杜预注，［唐］孔颖达等正义：《春秋左传正义》，第1894页。

智伯,遂逃功赏,耕于肯山。"①《通志·氏族略三》:"张氏,世仕晋,晋分为三,又世仕韩,此即晋之公族,以字为氏者。谱家谓黄帝子少昊青阳氏第五子挥为弓正,观弧星始制弓矢,主祀弧星,赐姓张氏。此非命姓氏之义也。按:晋有解张,字张侯,自此晋国世有张氏,则因张侯之字以命氏,可无疑也。赵有张谈,韩有张开地,赵、韩分晋,皆张侯之裔也。"②

二为青阳之后说。《元和姓纂·十阳》:"张,黄帝第五子青阳生挥,为弓正,观弧星始制弓矢,主祀弧星,因姓张氏。"③《新唐书·宰相世系表二下》:"张氏,出自姬姓。黄帝子少昊青阳氏第五子挥为弓正,始制弓矢,子孙赐姓张氏。周宣王时有卿士张仲,其后裔事晋为大夫……至三卿分晋,张氏仕韩。"④

三为解氏别族说。清王梓材《世本集览》卷六:"(晋)公族:解氏别为张氏;栾氏别为卜氏;祁氏;籍氏;箕氏。"⑤

谨案:《吕氏春秋·报更篇》:"张仪,魏氏余子也。"⑥《史记·张仪列传》司马贞《索隐》:"晋有大夫张老,又河东有张城,张氏为魏人必也。而《吕览》以为魏氏余子,则盖魏之支庶也。又《书略说》以余子谓之季子也。"张守节《正义》:"《左传》晋有公族、余子、公行。杜预云:'皆官卿之嫡为公族大夫。余子,嫡子之母弟也。公行,庶子掌公戎行也。'"⑦故笔者以为王氏《潜夫论》"桓叔之后"说与王氏《世本集览》"解氏别族"说可合而观之。则晋张氏为解氏之别,出于张侯(解张),属"穆族",姬姓。

(二)张氏之世系

襄十六年《左传》杜《注》:"(张君臣)张老子,代其父。"⑧《新唐书·宰相世系表

① ［汉］王符撰,［清］王继培笺,彭铎校正:《潜夫论笺校正》,第445-446、454页。案:"肯山",《战国策·赵策一》作"负亲之丘"。"肯",疑当作"负","负山"即"负丘"。《尔雅·释丘》:"丘背有丘,为负丘。"［晋］郭璞注,［宋］邢昺疏:《尔雅注疏》,中华书局1980年影印阮校十三经注疏本,第2617页。《赵策一》"亲之"二字盖涉下文"韩、魏、齐、燕负亲以谋赵"而衍。
② ［宋］郑樵撰,王树民点校:《通志二十略》,第109页。案:此所谓"谱家"之说,即《元和姓纂·十阳》《新唐书·宰相世系表二下》之"张氏出于青阳之后"说。
③ ［唐］林宝撰,［清］孙星衍校辑,郁贤皓、陶敏整理点校:《元和姓纂》,第584页。
④ ［宋］欧阳修、［宋］宋祁编修,石淑仪等点校:《新唐书》,第2675页。
⑤ ［清］王梓材:《世本集览》,［汉］宋衷注,［清］秦嘉谟等辑:《世本八种》,第27页。
⑥ 旧题［周］吕不韦撰,［汉］高诱注,许维遹集释:《吕氏春秋集释》,第376页。
⑦ ［汉］司马迁撰,［晋］裴骃集解,［唐］司马贞索隐,［唐］张守节正义,郭逸、郭曼标点:《史记》,第1756、1780页。
⑧ ［晋］杜预注,［唐］孔颖达等正义:《春秋左传正义》,第1963页。

二下》："张侯生老，老生趯，趯生骼。"①《春秋分记·世谱六》："张氏，老生君臣，君臣之孙趯。又，柳朔、骼，不详其世。"②

　　谨案：据《国语·晋语八》韦《注》、襄十六年《左传》杜《注》，《新唐书·宰相世系表二下》缺张君臣一世。则春秋时期晋张氏世系为：张侯→张老→张君臣→张趯→张骼……张柳朔。

　　（三）张老

　　《太平御览》卷四百四十七引魏何晏《冀州论》："延誉先主，莫贤乎张老。"③《国语·晋语六》韦《注》："张老，晋大夫张孟。"《晋语七》韦《注》说同。《晋语八》韦《注》："鲁襄三年，悼公以张老为司马，至襄十六年，平公即位，以其子张君臣代之，（张老）此时为上军将……孟，张老字。夫子，张孟。"④则张老，即《国语·晋语八》之"张孟""夫子"，姓姬，本氏解，别氏张，名老，尊称夫子，一称孟，张侯（解张）之子，张君臣之父，悼公元年（前573）为中军候奄（元候），四年（前570）为中军司马，生卒年未详（前583—前541在世）。其恪守周礼，延誉先生，提出"物备矣，志在子"（《国语·晋语六》）⑤说，认为"备其物，义也；从其等，礼也"，反对"贵而忘义，富而忘礼"（见《晋语八》）⑥，传世有《物备而志在己论》（见《国语·晋语六》）、《为室之制论》（见《国语·晋语八》）诸文⑦。

　　（四）张趯

　　昭三年《左传》："子大叔告人曰：'张趯有知，其犹在君子之后（类）乎！'"昭五年《左传》载楚大夫薳启彊对灵王问曰："羊舌肸之下，祁午、张趯、籍谈、女齐、梁丙、张骼、辅跞、苗贲皇，皆诸侯之选也。"⑧则张趯，即昭三年《左传》之"孟"，姓姬，本氏解，别氏张，名趯，字孟，张老（张孟）之孙，张君臣之子，张骼之父，晋大夫，生卒年未详（前539—前533在世）⑨。其尊崇礼仪，具有朴素辩证法思想因素，提出"火中，寒暑

---

　　①　［宋］欧阳修、［宋］宋祁编修，石淑仪等点校：《新唐书》，第2675页。案："张骼"，见襄二十四年、昭五年《左传》，时人谓其为"诸侯之选"（昭五年《左传》）。

　　②　［宋］程公说：《春秋分记》，第136页。

　　③　［宋］李昉等：《太平御览》，第2057页。

　　④　［三国吴］韦昭注，上海师范大学古籍整理研究所校点：《国语》，第436,456页。

　　⑤　［三国吴］韦昭注，上海师范大学古籍整理研究所校点：《国语》，第436页。

　　⑥　［三国吴］韦昭注，上海师范大学古籍整理研究所校点：《国语》，第456页。

　　⑦　《物备而志在己论》、《文章辨体汇选·论谏九》皆题作《论诸大夫》。

　　⑧　杜《注》："（梁丙、张趯）二子，皆大夫……孟，张趯也。"［晋］杜预注，［唐］孔颖达等正义：《春秋左传正义》，第2030—2032、2042页。

　　⑨　据《国语·晋语八》韦《注》、昭三年《左传》杜《注》，张老、张趯祖孙同字"孟"。

乃退”①说，传世有《火中寒暑乃退论》《致游吉书》（俱见昭三年《左传》）诸文。

（五）张柳朔

哀五年《左传》："初，范氏之臣王生恶张柳朔，言诸昭子，使为柏人。"②《墨子·所染篇》："范吉射染于长（张）柳朔、王胜。"③《吕氏春秋·当染篇》："范吉射染于张柳朔、王生。"④

谨案：《春秋左传补注》卷六："《墨子·所染篇》云：'范吉射染于长柳朔、王胜'……古'张'字省作'长'，见《楚相孙叔敖碑》。此古文也。"⑤《经学卮言》卷六："长柳即张柳，古复姓。《汉（书）·艺文志》有《长柳占梦》。"⑥《墨子间诂》卷一："此长柳朔、王胜，即张柳朔、王生，《吕览》与《左传》同。长柳，古复姓，《汉书·艺文志》有长柳占梦。但据《左传》，则朔、生乃范氏之贤臣，朔并死范氏之难，与此书异，或所闻不同。"⑦则张柳朔（前？—前490），即《墨子·所染篇》之"长柳朔"，姓姬，本氏解，别氏张（一作"长"），名柳朔，晋范氏柏人邑宰。其舍身事主，传世有《死节论》（见哀五年《左传》）一文。

六、羊舌氏与羊舌职、羊舌肸

（一）羊舌氏（羊氏、杨氏）之族属

昭三年《左传》载晋羊舌肸（叔向）谓齐晏婴（晏子）曰："晋之公族尽矣……肸之宗十一族，唯羊舌氏在而已。"⑧闵二年、昭三年《左传》孔《疏》并引《春秋释例·世族谱》："羊舌氏，晋之公族。羊舌，其所食邑也。或曰：羊舌氏，姓李，名果。有人盗羊而遗其头，不敢不受，受而埋之。后盗羊事发，辞连李氏。李氏掘羊头而示之，以明

---

① ［晋］杜预注，［唐］孔颖达等正义：《春秋左传正义》，第2030页。

② 杜《注》："为柏人宰也。昭子，范吉射也。"［晋］杜预注，［唐］孔颖达等正义：《春秋左传正义》，第2159页。

③ 旧题［周］墨翟撰，吴毓江校注，孙启治校点：《墨子校注》，中华书局1990年新编诸子集成本，第17页。

④ 高《注》："张柳朔、王生二人者，吉射家臣也。"旧题［周］吕不韦撰，［汉］高诱注，许维遹集释：《吕氏春秋集释》，第50页。

⑤ ［清］惠栋：《春秋左传补注》，凤凰出版社2005影印阮元刻皇清经解本，第2798页。

⑥ ［清］孔广森：《经学卮言》，凤凰出版社2005年影印阮元刻皇清经解本，第6206页。

⑦ ［清］孙诒让撰，孙以楷点校：《墨子间诂》，中华书局1986年新编诸子集成点校宣统二年（1910）重定本，第16页。

⑧ 杜《注》："同祖为宗。"［晋］杜预注，［唐］孔颖达等正义：《春秋左传正义》，第2031页。

己不食。唯识其舌，舌存得免，号羊舌氏也。"①《元和姓纂·十阳》："羊，晋羊舌氏之后。生职，生赤伯华，生胠叔向，(鲋)叔鱼生食我，春秋末始单姓为羊氏。"②《新唐书·宰相世系表一》："杨氏，出自姬姓，周宣王子尚父封为杨侯。一云晋武公子伯侨生文，文生突，羊舌大夫也。又云晋之公族食邑于羊舌，凡三县：一曰铜鞮，二曰杨氏，三曰平阳。突生职，职五子：赤、胠、鲋、虎、季夙。赤字伯华，为铜鞮大夫，生子容；胠字叔向，亦曰叔誉；鲋字叔鱼；虎字叔罴，号'羊舌四族'。"③《古今姓氏书辩证·十阳上》："杨，周宣王少子尚父封为杨侯，其地平阳杨氏县，即汉之河东杨县也。幽王犬戎之难，杨侯失国。及平王东迁，实依晋、郑。以杨赐晋武公，于是并有杨国。司马侯对平公，所谓霍、杨、韩、魏皆姬姓是也。晋武公生伯侨，伯侨生文，文生突，羊舌大夫也。食邑羊舌，凡三县：一曰铜鞮，二曰杨氏，三曰平阳。突生职，(职)五子：赤、胠、鲋、虎、季夙。赤字伯华，为铜鞮大夫，生子容；胠字叔向，亦曰叔誉；鲋字叔鱼；虎字叔罴，号'羊舌四族'。一云晋武公子伯侨生文，文生突，羊舌大夫也。又云晋之公族食邑于羊舌，凡三县：一曰铜鞮，二曰杨氏，三曰平阳。突生职，职五子：赤、胠、鲋、虎、季夙。赤字伯华，为铜鞮大夫，生子容；胠字叔向，晋太傅，食采杨氏；(胠)生伯石，字食我，以邑为号，曰'杨石'，又曰'杨食我'。食我党于祁盈，盈有罪，晋并灭羊舌氏。叔向子孙逃于华山仙谷，遂居华阴。"《十阳下》："羊舌，出自姬姓。晋公族十一族，其一食采羊舌，以邑为氏。羊舌大夫突，生职。职生赤，字伯华；胠，字叔向；鲋，字叔鱼；虎，字叔虎；季夙，字叔罴。凡五子。赤生子容，胠生伯石。"④《通志·世族略三》："羊舌氏，姬姓，晋之公族也，靖侯之后，食采于此，故为羊舌大夫。有四族，皆强家。羊舌，晋邑名，未详其所。"⑤《资治通鉴·秦纪一》胡三省《音注》引《姓谱》说大同。则晋羊舌氏为文王昌(西伯)之孙、武王发庶子唐叔虞(一作"子于")后裔，出于庄伯鱓之孙、武公称(前716—前677在位)庶子公子伯侨；羊氏、杨氏为羊舌氏之别，出于公子伯侨之孙、公孙文之子羊舌突；皆属"武族"，姬姓。

（二）羊舌氏（羊氏、杨氏）之世系

襄二十一年《左传》："初，叔向之母妒叔虎之母美而不使，其子皆谏其母……使

---

① 孔《疏》："'或曰'者，不知谁为此言，杜所不从，记异闻耳。"[晋]杜预注，[唐]孔颖达等正义：《春秋左传正义》，第 2031 页。

② [唐]林宝撰，[清]孙星衍校辑，郁贤皓、陶敏整理点校：《元和姓纂》，第 591 页。

③ [宋]欧阳修、[宋]宋祁编修，石淑仪等点校：《新唐书》，第 2346 页。

④ [宋]邓名世撰，王力平点校：《古今姓氏书辩证》，第 183、208 页。

⑤ [宋]郑樵撰，王树民点校：《通志二十略》，第 84 页。

往视寝，生叔虎。"昭五年《左传》："羊舌四族，皆强家也。"①昭五年《左传》孔《疏》引《世本》："叔向兄弟有季夙。"②《元和姓纂·一屋》《古今姓氏书辩证·一屋》并引《世本》："羊舌职生叔夙，为叔夙氏。"③《国语·晋语一》韦《注》："羊舌大夫，羊舌职之父也。"《晋语七》韦《注》："（羊舌）赤，羊舌职之子铜鞮伯华。"《晋语九》韦《注》："叔鱼，羊舌鲋。"④《史记·仲尼弟子列传》裴骃《集解》引《晋太康地记》："铜鞮，晋大夫羊舌赤之邑，世号赤曰铜鞮伯华。"⑤闵二年《左传》杜《注》："羊舌大夫，叔向祖父也。"襄二十一年《左传》杜《注》："羊舌虎，叔向弟。"昭五年《左传》杜《注》："（杨）石，叔向子食我也……伯华，叔向兄。"昭十三年《左传》杜《注》："（羊舌）鲋，叔向弟也……鲋，叔鱼。"昭二十八年《左传》杜《注》："杨，叔向邑；食我，叔向子伯石也……子容母，叔向嫂，伯华妻也。"⑥《春秋分记·世谱六》："羊舌氏，（羊舌）大夫生职，职生四子：曰赤，曰胖，曰鲋，曰虎；赤生子容，胖生杨石。"⑦

　　谨案：昭五年《左传》孔《疏》："疑季夙即是虎也。故服氏数伯华、叔向、叔鱼、季夙（为四族）。刘炫以为叔虎于时已死，别有季夙，而规杜氏。非也。"⑧清张澍稡集补注《世本》卷五："服虔数伯华、叔向、叔鱼、季夙，《正义》以季夙即叔虎，非也。叔、季，兄弟之次，且叔虎已死，不得与四族之数。刘炫以为别有季夙而规杜氏，其言良是。"⑨惠栋《春秋左传补注》卷五说同。今考：叔鱼，即羊舌鲋，晋昭公四年（前528）被杀。事见昭十四年《左传》。季夙，先秦文献未见，始见于《潜夫论·志氏姓》等汉人著作，《元和姓纂·六至》以其为晋靖公（侯）之孙。诸说迥异。笔者以为季夙，即襄二十一年《左传》之"叔罴"，亦即羊舌夙，名夙，字罴，行次季。则春秋时期晋羊舌氏（羊氏、杨氏）世系为：庄伯鱓→武公称→公子伯侨→公孙文→羊舌突→羊舌职→羊舌赤、羊舌胖、羊舌鲋、羊舌虎、羊舌夙，羊舌赤→羊舌子容，羊舌胖→杨食我。

---

① 杜《注》："羊舌虎，叔向弟……四族，铜鞮伯华、叔向、叔鱼、叔虎兄弟四人。"［晋］杜预注，［唐］孔颖达等正义：《春秋左传正义》，第1971、2042页。

② ［晋］杜预注，［唐］孔颖达等正义：《春秋左传正义》，第2042页。

③ ［唐］林宝撰，［清］孙星衍校辑，郁贤皓、陶敏整理点校：《元和姓纂》，第222页。

④ ［三国吴］韦昭注，上海师范大学古籍整理研究所校点：《国语》，第266、438、483页。

⑤ ［汉］司马迁撰，［晋］裴骃集解，［唐］司马贞索隐，［唐］张守节正义，郭逸、郭曼标点：《史记》，第1695页。

⑥ ［晋］杜预注，［唐］孔颖达等正义：《春秋左传正义》，第1788、1971、2042、2071—2073、2118页。

⑦ ［宋］程公说：《春秋分记》，第133页。

⑧ ［晋］杜预注，［唐］孔颖达等正义：《春秋左传正义》，第2042页。

⑨ ［清］张澍稡集补注《世本》，［汉］宋衷注，［清］秦嘉谟等辑：《世本八种》，第550—551页。

（三）羊舌职

《太平御览》卷四百四十七引魏何晏《冀州论》："聪明肃恭,莫贤乎羊舌职。"①
《国语·晋语七》韦《注》："羊舌职,晋羊舌大夫之子。"②襄十年《左传》杜《注》大同。
则羊舌职（前？—前570）,即《说苑·善说篇》之"羊殖",姓姬,氏羊舌,名职（一作
"殖"）,公孙文之孙,羊舌突之子,羊舌赤（伯华）、羊舌肸（叔向）、羊舌鲋（叔鱼）、羊
舌虎（叔虎）、羊舌夙（季夙、叔罴）之父,悼公元年（前573）为中军尉佐,历仕景、厉、
悼三公凡二十五年（前594—前570）。其尊崇"庸（用）庸祗祗""陈锡（赐）哉周"古
训,赞美国君能恪守"能施"以"明德"之"道"（宣十五年《左传》）③；推崇"禹称善人,
不善人远""战战兢兢,如临深渊,如临薄冰""民之多幸,国之不幸也"古训,主张"善
人在上",提出"善人在上,则国无幸民"（宣十六年《左传》）④说；聪明肃恭,素有贤
名,熟知典籍,尤谙习《诗》《书》,传世有《明德能施论》（见宣十五年《左传》）、《举贤
幸国论》（见宣十六年《左传》）诸文⑤。

（四）羊舌肸

昭二十八年《左传》："初,叔向欲娶于申公巫臣氏,其母欲娶其党……叔向惧,
不敢取。平公强使取之,生伯石。"⑥《列女传·仁智传》："叔姬者,羊舌子之妻也,叔
向、叔鱼之母也,一姓杨氏。叔向名肸,叔鱼名鲋。"⑦《礼记·檀弓下》郑《注》："叔
誉,叔向也,晋羊舌大夫之孙,名肸。"⑧《太平御览》卷四百四十七引魏何晏《冀州
论》："清直笃义,莫贤乎叔向。"⑨《国语·周语下》韦《注》："（羊舌）肸,晋大夫,羊舌
职之子,叔向之名也。"⑩襄十一年《左传》杜《注》："叔肸,叔向也。"⑪《蒿庵闲话》卷
一："其（叔向）知人之明、处变之度不待言,至一段守身经国远识更不可及。鲋,小
人也,小人不可与坐缘久矣,况受其脱囚之惠乎？受其惠而与之为异,彼必有辞；徇

①　[宋]李昉等：《太平御览》,第2057页。
②　[三国吴]韦昭注,上海师范大学古籍整理研究所校点：《国语》,第436页。
③　[晋]杜预注,[唐]孔颖达等正义：《春秋左传正义》,第1888页。
④　[晋]杜预注,[唐]孔颖达等正义：《春秋左传正义》,第1888页。
⑤　《举贤幸国论》,《文章正宗·议论四》题作《论用士会》。
⑥　杜《注》："杨,叔向邑；食我,叔向子伯石也……子容母,叔向嫂,伯华妻也。"[晋]杜预注,[唐]孔颖达
等正义：《春秋左传正义》,第2118页。
⑦　[汉]刘向：《古列女传》,上海书店四部丛刊初编1985年影印明叶氏观古堂藏明万历间（1573—1620）
黄嘉育刊本。
⑧　[汉]郑玄注,[唐]孔颖达等正义：《礼记正义》,中华书局1980年影印阮刻十三经注疏本,第1316页。
⑨　[宋]李昉等：《太平御览》,第2057页。
⑩　[三国吴]韦昭注,上海师范大学古籍整理研究所校点：《国语》,第114页。
⑪　[晋]杜预注,[唐]孔颖达等正义：《春秋左传正义》,第1951页。

其所欲，又将失己。君子之受制小人，身名坐隳者，皆自一事苟且阶之。叔向宁不免其身，必不肯受小人之惠而为所制，大臣之识也。"①

　　谨案：《韩非子·内储说下》："叔向之谗苌弘也，为苌弘书，谓叔向曰：'子为我谓晋君，所与君期者，时可矣，何不亟以兵来？'因伴遗其书周君之庭而急去行。周以苌弘为卖周也，乃诛苌弘而杀之。"②《说苑·权谋篇》："叔向之杀苌弘也，数见苌弘于周。因伴遗书曰：'苌弘谓叔向曰：子起晋国之兵以攻周，吾废刘氏而立单氏。'刘氏请之君曰：'此苌弘也。'乃杀之。"③可见，二书所载虽略异，然皆谓叔向谗苌弘，诈为苌弘卖周书，周乃诛苌弘而杀之。此事《困学纪闻》卷十始疑之："《韩子·内储说》谓叔向谗苌弘。按：《左传·哀三年》：'周人杀苌弘。'叔向之没久矣。"④《韩非子集解》卷十："《说苑·权谋篇》记诛苌宏事，与本书略同。盖古人相传偶异也。"⑤今考：《左传》载叔向事，迄于昭十五年（前527）；晋灭羊舌氏，在昭二十八年（前515），此时羊舌肸已卒；周杀苌弘，在哀三年（前492），此时距叔向卒至少在十九年以后。可见，《韩非子·内储说下》《说苑·权谋篇》与《春秋》《左传》不尽相合，故不足信。则羊舌肸，即襄十年《左传》之"叔肸"，亦即襄十四年、十八年、十九年、二十一年、二十六年、二十七年、二十九年、三十年、三十一年及昭元年、二年、三年、四年、五年、六年、八年、九年、十年、十一年、十三年、十四年、十五年、二十八年、哀十七年《左传》之"叔向"，亦即昭五年《左传》之"杨肸"，亦即《礼记·檀弓下》之"叔誉"，姓姬，氏羊舌，名肸，字叔向（一作"叔响"），一字叔誉，食采于杨，羊舌突之孙，羊舌职次子，出于羊叔姬，羊舌赤（伯华）之弟，羊舌鲋（叔鲋、叔鱼）同母兄，羊舌虎（叔虎）、羊舌夙（季夙、叔罴）异母兄，杨食我（杨石、伯石）之父，悼公时为太子彪（平公）傅，平公元年（前557）以太傅为上大夫，历仕平、昭二君凡三十五年（前562—前527），生卒年未详（前563—前527在世）。其尊崇"国家有大事，必顺于典刑，而访谘于耈老，而后行之"古训，主张卿大夫家政应谘于"实直而博，直能端辨之，博能上下比之"之"耈老"（《国语·晋语八》）⑥。推崇"有觉德行，四国顺之"古训，赞美"外举不

　　① ［清］张尔岐：《蒿庵闲话》，上海古籍出版社续修四库全书2002年影印清康熙间（1661—1722）徐氏真合斋刻本，第101页。

　　② ［周］韩非撰，［清］王先慎集解，钟哲点校：《韩非子集解》，第258—259页。

　　③ ［汉］刘向撰，向宗鲁校证：《说苑校证》，第338页。

　　④ ［宋］王应麟撰，孙通海校点：《困学纪闻》，辽宁教育出版社1998年校点四部丛刊三编影印傅增湘藏元刊本，第224页。

　　⑤ ［周］韩非撰，［清］王先慎集解，钟哲点校：《韩非子集解》，第258页。

　　⑥ ［三国吴］韦昭注，上海师范大学古籍整理研究所校点：《国语》，第457页。

弃雠,内举不失亲"之"德"(襄二十一年《左传》)①。认为"会朝,礼之经也;礼,政之舆也;政,身之守也",提出"怠礼,失政;失政,不立,是以乱"(襄二十一年《左传》)②说。倡导"一姓不再兴""动莫若敬,居莫若俭,德莫若让,事莫若咨""昊天有成命,二后受之,成王不敢康。夙夜基命宥密。於缉熙,亶厥心,肆其靖之""其类维何?室家之壶。君子万年,永锡祚胤"古训,认为"礼"应包括"俭""敬""让""咨"等具体内容,"德"应包括"恭""始""信""宽""宁""明""广""厚""固""和"等具体内容,提出担任"卿佐"的基本条件应为"居俭动敬,德让事咨,而能避怨"(《周语下》)③。提出"忠不可暴,信不可犯""信反必毙,忠塞无用"说,主张霸主应"以忠谋诸侯,而以信覆之"(《晋语八》)。认为"夫霸王之势,在德不在先歃",主张执政卿应"以忠信赞君,而裨诸侯之阙""务德无争先"(《晋语八》)④。认为"敏以事君,必能养民",倡导卿大夫应"承君命,不忘敏"(襄二十七年《左传》)⑤。尊崇"辞之辑矣,民之协矣;辞之绎矣,民之莫矣"古训,提出"辞之不可以已也"(襄三十一年《左传》)⑥说。推崇"赫赫宗周,褒姒灭之"古训,提出"不义而彊,其毙必速"(昭元年《左传》)⑦说。尊崇"不侮鳏寡,不畏强御"古训,主张"底禄以德,德钧以年,年同以尊"(昭元年《左传》)⑧。痛惜"礼治"败坏,倡导"忠信,礼之器也;卑让,礼之宗也""敬慎威仪,以近有德"古训,强调"知礼"方可"近德"(昭二年《左传》)⑨。认为"汏侈已甚,身之灾也",主张"奉吾币帛,慎吾威仪;守之以信,行之以礼;敬始而思终,终无不复"(昭五年《左传》)⑩。提出"君子比而不别"说,认为"比德以赞事,比也;引党以封己,利己而忘君,别也"(《晋语八》)⑪。尊崇"仪式刑文王之德,日靖四方""仪刑文王,万邦作孚""国将亡,必多制"古训,主张治国御民应"闲之以义,纠之以政,行之以礼,守之以信,奉之以仁;制为禄位,以劝其从;严断刑罚,以威其淫""诲之以忠,耸之以行,教之以务,使之以和,临之以敬,莅之以彊,断之以刚"(昭六年《左传》)⑫。尊贤使

①   [晋]杜预注,[唐]孔颖达等正义:《春秋左传正义》,第 1971 页。
②   [晋]杜预注,[唐]孔颖达等正义:《春秋左传正义》,第 1972 页。
③   [三国吴]韦昭注,上海师范大学古籍整理研究所校点:《国语》,第 114—117 页。
④   [三国吴]韦昭注,上海师范大学古籍整理研究所校点:《国语》,第 466—467 页。
⑤   [晋]杜预注,[唐]孔颖达等正义:《春秋左传正义》,第 1998 页。
⑥   [晋]杜预注,[唐]孔颖达等正义:《春秋左传正义》,第 2015 页。
⑦   [晋]杜预注,[唐]孔颖达等正义:《春秋左传正义》,第 2021 页。
⑧   [晋]杜预注,[唐]孔颖达等正义:《春秋左传正义》,第 2025 页。
⑨   [晋]杜预注,[唐]孔颖达等正义:《春秋左传正义》,第 2029 页。
⑩   [晋]杜预注,[唐]孔颖达等正义:《春秋左传正义》,第 2041 页。
⑪   [三国吴]韦昭注,上海师范大学古籍整理研究所校点:《国语》,第 462 页。
⑫   [晋]杜预注,[唐]孔颖达等正义:《春秋左传正义》,第 2042 页。

能,清直笃义,以仁义名世,博览群书,谙习《诗》《书》,尤精《春秋》,传世有《谘于耇老论》(见《国语·晋语八》)、《优游卒岁为智论》《祁奚之德论》《礼、政、身之关系论》(俱见襄二十一年《左传》)、《具礼盛德论》(见《国语·周语下》)、《奸以事君论》(见襄二十六年《左传》)、《忠、信为德论》《霸王之势在德论》(俱见《国语·晋语八》)、《敏以事君论》(见襄二十七年《左传》)、《施而不德论》(见襄二十九年《左传》)、《辞不可已论》(见襄三十一年《左传》)、《不义而强其毙必速论》《致禄之制论》(俱见昭元年《左传》)、《知礼近德论》《请释陈无宇书》(俱见昭二年《左传》)、《答请继室于晋书》《晋政将归于六卿论》《公室卑而公族尽论》《答请朝楚立王书》(俱见昭三年《左传》)、《答楚请于诸侯书》(见昭四年《左传》)、《汏侈及身论》(见昭五年《左传》)、《君子比而不别论》(见《国语·晋语八》)、《诒公孙侨书》《以善为则论》(俱见昭六年《左传》)、《君子之言信而有征论》(见昭八年《左传》)、《翼戴天子以恭论》(见昭九年《左传》)、《五材力尽而敝论》《守气论》《不忌君顾亲则失国论》(俱见昭十一年《左传》)、《有五利以去五难论》《齐桓、晋文取国之道论》《志业、讲礼、示威,昭明为存亡之道论》《辞晋请盟书》(俱见昭十三年《左传》)、《贫以建德论》(见《国语·晋语八》)、《昏、墨、贼三奸同罪论》(见昭十四年《左传》)、《礼为王之大经论》(见昭十五年《左传》)诸文①。

七、阎氏与阎明

(一)阎氏之族属与世系

《急就篇》卷一颜《注》:"阎者,里中门也。因其所居,遂以为姓。晋有阎嘉、阎没,齐有阎职。"②《元和姓纂·二十四盐》:"阎,周文王之后。武王封太伯曾孙仲弈

---

① 《祁奚之德论》,《文章正宗·议论三》《文章辨体汇选·论谏四》并题作《请免叔向》;《辞不可已论》,《文章正宗·辞命二》《文编·辞命》并题作《对晋让坏垣》;《答请继室于晋书》《晋政将归于六卿论》《公室卑而公族尽论》,《文章正宗·议论四》《文编·论一》《文章辨体汇选·论谏八》《御选古文渊鉴》卷三皆题作《晏婴叔向论齐晋》;《诒公孙侨书》,《文章正宗·辞命二》《文编·辞命》皆题作《诒子产论铸刑书》,《文则》卷下题作《诒郑子产铸刑书》,《皇霸文纪》卷六题作《诒公孙侨铸刑书》,《文章辨体汇选·书一》题作《论铸刑书论》,《御选古文渊鉴》卷四题作《郑人铸刑书》,《全上古三代文》卷四题作《诒子产书》;《五材力尽而敝论》,《文章正宗·议论四》《文章辨体汇选·论谏八》皆题作《论楚克蔡》;《有五利以去五难论》《齐桓、晋文取国之道论》,《文章正宗·议论四》《文编·论一》《文章辨体汇选·论谏八》并题作《论楚子干得国》;《贫以建德论》,《文章正宗·议论三》《文编·辞命》《文章辨体汇选·论谏六》皆题作《贺韩宣子忧贫》。又,《同欲尽济论》,《御选古文渊鉴》卷四附于《晋司马侯论三不殆》条之下。

② [汉]史游撰,[唐]颜师古注:《急就篇》,第408页。

于阎乡,因氏焉。一云,唐叔虞之后公族有食采于阎邑,因氏焉。汉末居荥阳。晋有阎嘉,齐有阎职。荥阳,状,始晋成公子懿食采于阎,因氏焉。"①《资治通鉴·秦纪三》胡三省《音义》引《姓谱》说大同。《新唐书·宰相世系表三下》:"阎氏,出自姬姓。周武王封太伯曾孙仲弈于阎乡,因以为氏。又云,昭王少子生而手文曰'阎',康王封于阎城。又云,唐叔虞之后,晋成公子懿,食采于阎邑,晋灭,子孙散处河洛,前汉末,居荥阳。"②《古今姓氏书辩证·二十四盐》:"阎,出自姬姓。昭王少子,生而有文在其手,曰'阎'。康王封于阎城。晋灭阎,子孙散处河洛。"③《通志·氏族略三》:"阎氏,姬姓。武王封太伯曾孙仲弈于阎乡,因以为氏。又云,昭王少子生而有文在其手,文曰'阎',康王封于阎城。又云,唐叔虞之后,晋成公子懿,食采于阎,晋灭之,子孙散处河洛。然太伯无后,武王克商,求仲雍之孙叔达之子周章,封于吴,为太伯后;周章之弟曰虞仲,封于虞,为仲雍后,未闻仲奕者也。有文在手之言多为迂诞。"④《姓氏急就篇》卷上:"阎氏,出姬姓。《左传》康叔取于有阎之土,以供王职。晋成公子懿食采于阎邑。阎嘉,晋阎县大夫,以邑为氏。又有阎没。楚有阎敖,齐有阎职,秦(有)阎遏。"⑤

谨案:据《史记·周本纪》,昭王瑕乃康王钊之子。则《新唐书·宰相世系表三下》《古今姓氏书辩证·二十四盐》所谓康王封昭王少子于阎城,乃失考。故笔者此不取。又,阎嘉,晋阎县大夫,事见昭九年《左传》杜《注》。阎职,齐懿公骖乘,谋弑懿公者,事见文十八年《左传》。阎敖,楚大夫,楚迁权国(地即今湖北省当阳市章山东之故权城)于那处(在故权城东南),使其尹之者,事见庄十八年《左传》。阎遏,秦昭王大夫,事见《韩非子·外储说右下》。则春秋战国时期晋、齐、楚、秦皆有阎氏。据上引文献可知,阎氏所出有三:一为以居为氏者,一为太伯曾孙仲弈之后,一为唐叔虞之后。仲弈之后与唐叔虞之后此二阎氏,皆帝喾高辛氏元妃姜原子后稷弃之裔以邑为氏者。而晋阎氏当为文王昌(西伯)之孙、武王发庶子唐叔虞(一作"子

① [唐]林宝撰,[清]孙星衍校辑,郁贤皓、陶敏整理点校:《元和姓纂》,第767页。案:《名贤氏族言行类稿》卷三十三引作:"周太王之胤武王封泰伯曾孙仲弈于阎乡,因氏焉。一云,唐叔虞之后公族有食采于阎邑,因氏焉。晋有阎嘉,齐有阎职。"[宋]章定:《名贤氏族言行类稿》,上海古籍出版社1987影印文渊阁四库全书本。《古今合璧事类备要续集》卷二十六引作:"周太王之胤武王封太伯曾孙仲于阎乡,因氏焉。一云,唐叔虞之后父族有食采于阎邑,因氏焉。晋有阎嘉。又,齐有阎职。"[宋]谢维新:《古今合璧事类备要续集》,北京图书馆出版社中华再造善本2006影印宋刻本。余皆同。
② [宋]欧阳修、[宋]宋祁修撰,石淑仪等点校:《新唐书》,第2986页。
③ [宋]邓名世撰,王力平点校:《古今姓氏书辩证》,第295页。
④ [宋]郑樵撰,王树民点校:《通志二十略》,第96页。
⑤ [宋]王应麟:《姓氏急就篇》,第782页。

于")后裔,出于文公重耳之孙、成公黑臀之子公子懿,其世系为:文公重耳→成公黑臀→公子懿……阎明,属"成族",姬姓。

(二)阎明

《国语·晋语九》韦《注》:"阎没,阎明。叔宽,女齐之子叔褒。皆晋大夫。"[1]昭二十八年《左传》杜《注》:"(阎没、女宽)二人,魏子之属大夫。"[2]

谨案:定六年《左传》:"晋阎没戍周,且城胥靡。"[3]则阎没为晋大夫甚明。故昭二十八年《左传》杜《注》以其为魏舒之属大夫,说不确。则阎明,即《国语·晋语九》、昭二十八年、定六年《左传》之"阎没",姓姬,氏阎,名明,字没,晋大夫,生卒年未详(前514—前504在世)。其提出"愿以小人之腹为君子之心,属餍而已"(《国语·晋语九》)[4]说,传世有《一食三叹论》(见《国语·晋语九》)一文[5]。

综上所考,晋栾氏、祁氏、韩氏、解氏、张氏、羊舌氏、阎氏七族皆为文王昌之孙、文王发庶子唐叔虞后裔,姬姓。其中,栾氏出于厉侯福(一作"辐")之孙、靖侯宜臼之子栾叔,属"靖族",其世系为:栾叔→栾宾→栾成→栾枝→栾盾→栾书→栾黡、栾鍼(无后)→栾盈;祁氏出于献侯籍(一作"苏")曾孙祁举,属"献族",其世系为:祁举→祁瞒→祁高→祁奚→祁午→祁盈……祁胜;韩氏出于献侯苏之孙、穆侯弗生庶子公子成师,属"穆族",其世系为:公子成师→公孙万→韩赇伯→韩简→韩子舆→韩厥→韩无忌、韩起,韩无忌→韩襄,韩起→韩须、韩叔禽、韩叔椒、韩子羽,韩须→韩不信、韩固,韩不信→韩庚→韩虎;解氏出于献侯苏之孙、穆侯弗生之子公子成师,属"穆族",其世系为:解杨……解张……解狐;张氏为解氏之别,出于张侯,属"穆族",其世系为:张侯→张老→张君臣→张趯→张骼……张柳朔;羊舌氏出于庄伯鱄之孙、武公称庶子公子伯侨,属"武族",其世系为:庄伯鱄→武公称→公子伯侨→公孙文→羊舌突→羊舌职→羊舌赤、羊舌肸、羊舌鲋、羊舌虎、羊舌夙,羊舌赤→羊舌子容,羊舌肸→杨食我;阎氏出于文公重耳之孙、成公黑臀之子公子懿,属"成族",其世系为:文公重耳→成公黑臀→公子懿……阎明。

在此七族中,有传世作品者凡十九子,皆可统称之为晋公族作家群体。其中,栾成、栾枝、栾书、栾鍼、栾盈五子,可别称之为"靖族"作家群体;祁奚、祁午二子,可

① 〔三国吴〕韦昭注,上海师范大学古籍整理研究所校点:《国语》,第489页。
② 〔晋〕杜预注,〔唐〕孔颖达等正义:《春秋左传正义》,第2119页。
③ 〔晋〕杜预注,〔唐〕孔颖达等正义:《春秋左传正义》,第2141页。
④ 〔三国吴〕韦昭注,上海师范大学古籍整理研究所校点:《国语》,第489页。
⑤ 《国语·晋语九》作二子"同辞对曰",昭二十八年《左传》作"同辞而对曰",故定此文为阎没(阎明)、叔宽(女宽)二子所同作。又,《一食三叹论》,《文章辨体汇选·论谏三》题作《谏魏献子纳赂》。

别称之为"献族"作家群体；韩简、韩厥、韩无忌、韩起、解杨、解张、张老、张趯、张柳朔九子，可别称之为"穆族"作家群体；羊舌职、羊舌肸二子，可别称之为"武族"作家群体；阎明属"成族"作家群体。

第三节　公族（下）

一、狐氏与狐突、狐偃

（一）狐氏之族属

《国语·晋语四》："狐氏出自唐叔。狐姬，伯行之子也，实生重耳。"[1]庄二十八年《左传》："（晋献公）又娶二女于戎，大戎狐姬生重耳，小戎子生夷吾。"[2]《元和姓纂·十一模》："狐，周同姓，居于戎。太（大狐）伯生突，突生毛及偃；毛生溱，偃生射姑，世为晋卿。"[3]《通志·氏族略四》："狐氏，姬姓，周平王之子王子狐之后，以名为氏。或言晋唐叔之后，世为晋卿。"[4]《资治通鉴·魏纪四》胡三省《音注》引《姓谱》："狐，周王子狐之后；又，晋有狐突。"[5]《周纪四》胡三省《音注》："狐，姓也。春秋之时，晋有狐突、狐毛、狐偃父子。"[6]《春秋世族谱》卷上："晋之公族，皆出自献公以上。公族狐氏，唐叔之子孙别在戎狄者也。"[7]

谨案：据上引文献可知，一为文王昌之孙、武王发庶子唐叔虞（一作"子于"）后裔，一为幽王宫涅之孙、平王宜臼庶子王子狐后裔。据《国语·晋语四》《史记·晋世家》，大狐伯出于唐叔虞。又，据《国语·晋语四》韦《注》，狐氏先祖徙居于戎，至狐突复归于晋。则晋狐氏为文王昌之孙、武王发庶子唐叔虞（一作"子于"）后裔，未详其祢。

---

① 韦《注》："狐氏，重耳外家，与晋俱唐叔之后，别在犬戎者。"[三国吴]韦昭注，上海师范大学古籍整理研究所校点：《国语》，第350—351页。
② 杜《注》："大戎，唐叔子孙别在戎狄者……小戎，允姓之戎子女也。"[晋]杜预注，[唐]孔颖达等正义：《春秋左传正义》，第1781页。
③ [唐]林宝撰，[清]孙星衍校辑，郁贤皓、陶敏整理点校：《元和姓纂》，第299页。案："太伯"，《名贤氏族言行类稿》卷六引作"大狐伯"，《通志·氏族略四》引《世本》正作"大狐伯"。则此当脱"狐"字。
④ [宋]郑樵撰，王树民点校：《通志二十略》，第128页。
⑤ [宋]司马光撰，[宋]胡三省音注，标点《资治通鉴》小组校点：《资治通鉴》，第2273页。
⑥ [宋]司马光撰，[宋]胡三省音注，标点《资治通鉴》小组校点：《资治通鉴》，第124页。
⑦ [清]陈厚耀：《春秋世族谱》，第368页。

（二）狐氏之世系

僖二十三年《左传》："狐突之子毛及偃从重耳在秦，弗召……晋公子，姬出也，而至于今，一也。"①《通志·氏族略四》引《世本》："晋大夫大狐伯生突，（突）生饶（毛），为大狐氏。其后大狐容为晋大夫。"②《路史·后纪九下》罗苹《注》引《世本》："有大狐氏、小狐氏。溱为大狐氏，射姑为小狐氏。大狐容即大戎氏。"③《史记·晋世家》："重耳母，翟之狐氏女也。"④僖二十五年《左传》杜《注》："狐溱，狐毛之子。"僖二十七年《左传》杜《注》："狐毛，偃之兄。"文二年《左传》杜《注》："（狐）鞫居，续简伯。"文六年《春秋》杜《注》："射姑，狐偃子贾季也。"文六年《左传》杜《注》："（续）鞫居，狐氏之族。"⑤《春秋分记·世谱六》："狐氏，唐叔之后。突生二子：曰毛，曰偃；毛生溱，偃生射姑。又，鞫居，狐氏族，附之射姑右，不详其世。"⑥则春秋时期晋狐氏世系为：大狐伯→狐突→狐毛、狐偃，狐毛→狐溱，狐偃→狐射姑⑦。

（三）狐突

《国语·晋语一》："太子遂行，狐突御戎。"⑧《国语·晋语二》韦《注》："狐突，申生之戎御也……伯氏，狐突字也。"⑨《晋语四》韦《注》说同。闵二年《左传》杜《注》："狐突，伯行，重耳外祖父也，为申生御。"⑩则狐突（前？—前637），即《国语·晋语二》之"伯氏"，亦即《国语·晋语四》之"伯行"，姓姬，氏狐，其后别为大狐氏、小狐氏，名突，字伯氏，一字伯行，大狐伯之子，狐毛、狐偃（子犯）、大戎狐姬之父，公子重耳外祖父，本出居于戎，后归仕于晋，为太子申生戎御，惠公十三年（前637）为怀公

① 杜《注》："偃，子犯也……（晋公子重耳）大戎狐姬之子。"[晋]杜预注，[唐]孔颖达等正义：《春秋左传正义》，第1814—1815页。

② [宋]郑樵撰，王树民点校：《通志二十略》，第130页。

③ [宋]罗泌撰，[宋]罗苹注：《路史》，第112页。

④ [汉]司马迁撰，[晋]裴骃集解，[唐]司马贞索隐，[唐]张守节正义，郭逸、郭曼标点：《史记》，第1307页。

⑤ [晋]杜预注，[唐]孔颖达等正义：《春秋左传正义》，第1821、1823、1838、1843、1899页。

⑥ [宋]程公说：《春秋分记》，第133页。

⑦ 参见：邵炳军《栾氏、狐氏、庆氏族属、世系暨作家群体事略考》，《中山大学学报》2012年第2期，第27—32页。

⑧ 韦《注》："狐突，晋同姓，唐叔之后，狐偃之父狐突伯行也。"[三国吴]韦昭注，上海师范大学古籍整理研究所校点：《国语》，第281页。

⑨ [三国吴]韦昭注，上海师范大学古籍整理研究所校点：《国语》，第285—292页。

⑩ [晋]杜预注，[唐]孔颖达等正义：《春秋左传正义》，第1788页。

所杀。① 其提出"时,事之征也;衣,身之章也;佩,衷之旗也"(闵二年《左传》)②说,主张"惠于父而远于死,惠于众而利社稷"(《国语·晋语一》)③,倡导"神不歆非类,民不祀非族"(僖十年《左传》)④古训,恪守"子之能仕,父教之忠"(僖二十三年《左传》)⑤古制,深谋远虑,忠贞事主,恪守礼仪,谙习典籍,传世有《时、衣、佩论》(见闵二年《左传》)、《远死惠众以利社稷论》(见《国语·晋语一》)、《神民歆祀之制论》(见僖十年《左传》)、《策名委质之制论》(见僖二十三年《左传》)诸文。

(四)狐偃

昭十三年《左传》载晋叔向(羊舌肸)对韩宣子(韩起)问曰:"我先君文公……有士五人。有先大夫子余、子犯以为腹心,有魏犨、贾佗以为股肱,有齐、宋、秦、楚以为外主,有栾、郤、狐、先以为内主,亡十九年,守志弥笃。"⑥《韩非子·说疑篇》:"若夫后稷、皋陶、伊尹、周公旦、太公望、管仲、隰朋、百里奚、蹇叔、舅犯、赵衰、范蠡、大夫种、逢同、华登,此十五人者为其臣也,皆夙兴夜寐,卑身贱体,竦心白意,明刑辟、治官职以事其君,进善言、通道法而不敢矜其善,有成功立事而不敢伐其劳,不难破家以便国,杀身以安主,以其主为高天泰山之尊,而以其身为壑谷釜洧之卑,主有明名广誉于国,而身不难受壑谷釜洧之卑。如此臣者,虽当昏乱之主尚可致功,况于显明之主乎?此谓霸王之佐也。"⑦《太平御览》卷四百四十七引魏何晏《冀州论》:"决危定国,莫贤乎狐偃。"⑧《国语·晋语二》韦《注》:"狐偃,重耳之舅、狐突之子子犯也……偃,子犯名,重耳舅,故曰舅犯。"⑨僖二十三年《左传》杜《注》:"偃,子犯也。"僖二十四年《左传》杜《注》:"子犯,重耳舅也。"⑩则狐偃(前? —前629),即僖二十三年、二十四年、二十七年、二十八年、三十年、宣十二年、昭十三年《左传》《史

---

① 《广韵·十四泰》"大"字注:"又《汉》复如五氏,晋献公娶大狐氏。"[宋]陈彭年等重修:《钜宋广韵》,第280页。《古今姓氏书辩证·十四泰》:"大狐,出自姬姓。晋大夫狐突字伯行,公子重耳外祖父也,生毛及偃,毛生溱,皆为晋卿,别为大狐氏。《世本》有'晋大夫大狐容',即其后。"[宋]邓名世撰,王力平点校:《古今姓氏书辩证》,第473页。则大狐氏、小狐氏皆狐氏之别,大狐氏出于狐突(伯氏)之孙、狐毛之子狐溱,小狐氏出于狐突之孙、狐偃(子犯、咎犯、舅犯)之子狐射姑(贾季)。

② [晋]杜预注,[唐]孔颖达等正义:《春秋左传正义》,第1788页。
③ [三国吴]韦昭注,上海师范大学古籍整理研究所校点:《国语》,第281页。
④ [晋]杜预注,[唐]孔颖达等正义:《春秋左传正义》,第1801页。
⑤ [晋]杜预注,[唐]孔颖达等正义:《春秋左传正义》,第1814页。
⑥ [晋]杜预注,[唐]孔颖达等正义:《春秋左传正义》,第2071页。
⑦ [周]韩非撰,[清]王先慎集解,钟哲点校:《韩非子集解》,第308—309页。
⑧ [宋]李昉等:《太平御览》,第2057页。
⑨ [三国吴]韦昭注,上海师范大学古籍整理研究所校点:《国语》,第294—307页。
⑩ [晋]杜预注,[唐]孔颖达等正义:《春秋左传正义》,第1814、1816页。

记·晋世家》《楚世家》之"子犯",亦即僖二十四年《左传》《史记·晋世家》之"舅氏",亦即《国语·晋语二》《晋语四》《晋语八》之"舅犯",亦即《史记·晋世家》之"咎犯""咎季子犯",姓姬,氏狐,其后别为舅氏、咎氏、五鹿氏、三阨氏,名偃,字子犯,一字咎犯,行次季,尊称"子",大狐伯之孙,狐突(伯行、伯氏)之子,狐毛之弟,大戎狐姬姊妹,狐射姑(贾季)之父,文公重耳之舅,献公二十二年(前655)从重耳亡在外十九年,文公四年(前633)为上军佐而位居第六卿,文公八年(前629)卒①。其尊崇"天命",提出"长国者,唯知哀、乐、喜、怒之节,是以导民""信仁以为亲""民以土服""天事必象"诸说,主张勤王以求诸侯之策,倡导"战斗,直为壮,曲为老"古训,决危定国,时有令名,谙习典籍,传世有《奔狄之策论》《哀、乐、喜、怒之节论》《大丧大乱不可犯论》《信仁以为亲论》(俱见《国语·晋语二》)、《底著滞淫论》《民以土服论》《天启之心论》《勤王以求诸侯之策论》《师之直曲论》(俱见《国语·晋语四》)诸文。

二、庆氏与庆郑

(一)庆氏之族属与世系

昭三年《左传》载晋羊舌肸(叔向)谓齐晏婴(晏子)曰:"栾、郤、胥、原、狐、续、庆、伯降在皂隶……公室之卑,其何日之有?"②《元和姓纂·四十三映》引南朝宋何承天《姓苑》:"(庆氏)庆父之后庆克、庆封。庆封奔吴,子孙徙下邳……又陈卿庆余、晋庆郑。"③

谨案:昭三年《左传》所谓"栾、郤、胥、原、狐、续、庆、伯"八氏之先,栾枝、郤缺、胥臣、先轸、狐偃五氏皆卿,续简伯、庆郑、伯宗皆大夫,据叔向意皆为晋姬姓公族。又,鲁有公子庆父,即仲庆父,桓公允次子,姬姓,事见庄二年、八年、三十二年、闵元

---

① 《元和姓纂·二十三谈》引[汉]应劭《风俗通义》:"(三阨氏)卫邑也,晋公子重耳封舅犯于三阨,支孙氏焉。"[唐]林宝撰,[清]孙星衍校辑,郁贤皓、陶敏整理点校:《元和姓纂》,第764页。《元和姓纂·四十四有》引《风俗通义》:"(咎氏)……《左传》咎,舅犯字也。"[唐]林宝撰,[清]孙星衍校辑,郁贤皓、陶敏整理点校:《元和姓纂》,第1120页。《通志·氏族略三》《通鉴释文》卷四并引《风俗通义》:"(五鹿氏),五鹿,卫邑也,晋公子重耳,封舅犯于五鹿,支孙氏焉。"[宋]郑樵撰,王树民点校:《通志二十略》,第88页。案:此据《通志》引文。今本《风俗通义》皆佚。又,《通志·氏族略四》:"舅氏,晋大夫舅犯之后也,姬姓,狐氏,晋惠公、文公皆狐氏甥,故以犯为舅,因以为氏。"[宋]郑樵撰,王树民点校:《通志二十略》,第143页。王应麟《姓氏急就篇》卷上说大同。则舅氏、咎氏、五鹿氏、三阨氏为狐氏之别,出于大狐伯之孙,狐突之子偃(子犯、舅氏、舅犯、咎犯、咎季子犯)。

② 杜《注》:"八姓,晋旧臣之族也。"[晋]杜预注,[唐]孔颖达等正义:《春秋左传正义》,第2031页。

③ [唐]林宝撰,[清]孙星衍校辑,郁贤皓、陶敏整理点校:《元和姓纂》,第1345页。

年、二年《春秋》《左传》。齐有庆克、庆封、庆佐,桓公小白庶子公子无亏之后,姜姓,事见成十七年、十八年、襄十九年、襄二十年、二十七年、二十八年、昭四年《春秋》《左传》。陈有庆虎、庆寅,桓公鲍五世孙,妫姓,事见襄七年、二十年、二十三年《左传》。齐庆父、陈庆余,皆未详所出,或林氏有所本,或今本《元和姓纂》讹误。可见,鲁、齐、陈之庆氏虽与晋庆郑同氏庆,然其所出则异。则晋庆氏为文王昌之孙、武王发庶子唐叔虞(一作"子于")后裔,未详其祢,春秋时期世系亦未详①。

(二)庆郑

《国语·晋语三》韦《注》:"庆郑,晋大夫。"②则庆郑(前? —前 645),姓姬,氏庆,名郑,晋大夫,惠公六年(前 645)被杀。其认为"背施,无亲;幸灾,不仁;贪爱,不祥;怒邻,不义。四德皆失,何以守国"(僖十四年《左传》),以"亲""仁""祥""义"为"四德"。提出"无信,患作;失授,必毙""背施,幸灾,民所弃也"(僖十四年《左传》)③说,主张"古者大事,必乘其产",反对"臣而不臣"(僖十五年《左传》)④。主张"臣是以待即刑,以成君政",认为"下有直言,臣之行也;上有直刑,君之明也。臣行君明,国之利也"(《国语·晋语三》)⑤。长于谋略,传世有《亲、仁、祥、义四德论》《弃信背邻论》《背施幸灾论》(俱见僖十四年《左传》)、《大事必乘其产论》《人臣论》(俱见僖十五年《左传》)、《待即刑以成君政论》《臣行君明论》(俱见《国语·晋语三》)诸文。

三、郤氏与郤豹、郤芮、郤缺、郤克、郤至

(一)郤氏之族属

《元和姓纂·二十陌》:"郤,晋大夫郤文,生豹,豹生芮,芮生缺,缺生克,克生錡,代为晋卿。又郤犨、郤至,并其族也。"⑥《广韵·二十陌》"郤"字《注》:"姓,出济阴、河南二望,《左传》晋有大夫郤献子。俗从丷也。"⑦《古今姓氏书辩证·二十陌》:"郤,俗作郄,自晋大夫郤文生豹,豹生芮,芮生成子缺,皆食邑于冀。缺生献子克,

---

① 参见:邵炳军《栾氏、狐氏、庆氏族属、世系暨作家群体事略考》,《中山大学学报》2012 年第 2 期,第 27—32 页。
② [三国吴]韦昭注,上海师范大学古籍整理研究所校点:《国语》,第 324 页。
③ [晋]杜预注,[唐]孔颖达等正义:《春秋左传正义》,第 1803 页。
④ [晋]杜预注,[唐]孔颖达等正义:《春秋左传正义》,第 1806 页。
⑤ [三国吴]韦昭注,上海师范大学古籍整理研究所校点:《国语》,第 324 页。
⑥ [唐]林宝撰,[清]孙星衍校辑,郁贤皓、陶敏整理点校:《元和姓纂》,第 1583—1584 页。案:郤,晋邑,地当在今山西省沁水下游一带。
⑦ [宋]陈彭年等重修:《钜宋广韵》,第 413 页。

其后錡曰驹伯,犨曰苦成叔,至曰温季子,扬曰步扬,皆以所食邑著名。又有称、乞、
縠、溱,皆为卿大夫。今作郤氏,望出(济阴)山阳。"①《通志·氏族略三》:"郤氏,姬
姓,晋之公族也。晋大夫郤文子食邑于郤,世为晋卿,以邑为氏,望出山阳。"②

　　谨案:彭铎《潜夫论笺校正》卷九:"按:郤文子即《晋语》郤叔虎,韦昭《注》:'郤
芮之父郤豹也'……'吕'当作'郤'。"③据《国语·晋语一》韦《注》,郤芮之父名豹,字
虎,谥献,尊称"子",或因唐人避讳而改之。故郤叔虎之父郤文子,姬姓,为晋郤氏
之祖。则晋郤氏(俗作"郄氏")为文王昌(西伯)之孙、文王发庶子唐叔虞后裔,出于
郤文子,姬姓。

　　(二)郤氏之世系

　　成二年、十一年《左传》孔《疏》并引《世本》:"郤豹生冀芮,芮生缺,缺生克。"④成
二年《左传》孔《疏》引《世本》:"豹生义,义生步扬,步扬生蒲城鹊居,居生至。"⑤成十
一年《左传》孔《疏》引《世本》:"豹生义,义生步扬,扬生州(犨)。"⑥《国语·周语下》
韦《注》:"郤锜,晋卿,郤克之子驹伯也……郤犨,晋卿,郤锜之族父、步扬之子苦成
叔也。"《晋语三》韦《注》:"步扬,晋大夫。"《晋语四》韦《注》:"郤縠,晋大夫……郤
溱,晋大夫郤至之先。或云溱即至,非也。"《晋语六》韦《注》:"苦成叔子,郤犨。"⑦僖
十年《左传》杜《注》:"(吕甥、郤称、冀芮)三子,晋大夫。"昭三年《左传》杜《注》说大
同。僖十五年《左传》杜《注》:"郤乞,晋大夫也。"成十一年《左传》杜《注》:"郤犨,郤
克从父(祖)兄弟。"成十三年《左传》杜《注》:"郤縠,郤至弟。"⑧《春秋释例·世族谱
下》阙文。《汉书·五行志中》颜《注》:"郤锜,晋大夫驹伯也……郤锜,驹伯也。郤
犨,苦成叔也。"⑨《后汉书·郑兴传》李《注》:"縠,即郤芮之族。"⑩《春秋分记·世谱
六》:"郤氏豹生三子:曰称(无后),曰冀芮,曰义(无后)。芮生缺,缺生克,克生锜。
又,芮从子曰步扬,曰步招(无后)。扬生二子:曰犨,曰鹊居。犨生三子:曰至,曰

---

①　[宋]邓名世撰,王力平点校:《古今姓氏书辩证》,第610页。案:山阳,晋邑,在今河南省焦作市东南。
②　[宋]郑樵撰,王树民点校:《通志二十略》,第83页。
③　[汉]王符撰,[清]王继培笺,彭铎校正:《潜夫论笺校正》,第443—444页。
④　[晋]杜预注,[唐]孔颖达等正义:《春秋左传正义》,第1897、1909页。
⑤　[晋]杜预注,[唐]孔颖达等正义:《春秋左传正义》,第1897页。案:"扬",成十一年《春秋》孔《疏》引
　　同,成二年《左传》孔《疏》引作"杨",与《左传》文异。
⑥　[晋]杜预注,[唐]孔颖达等正义:《春秋左传正义》,第1909页。
⑦　[三国吴]韦昭注,上海师范大学古籍整理研究所校点:《国语》,第90、325、383—392、412页。
⑧　[晋]杜预注,[唐]孔颖达等正义:《春秋左传正义》,第1802、1806、1909、1912页。
⑨　[汉]班固撰,[唐]颜师古注,傅东华等点校:《汉书》,第1357、1378页。
⑩　[南朝宋]范晔撰,[唐]李贤等注,宋云彬等点校:《后汉书》,第1222页。

溱,曰毅。"①

　　谨案:成二年、十一年《左传》孔《疏》并引《世本》谓"义生步扬",则程氏《春秋分记》谓郤义"无后"者失考。故笔者此不取。又,据成二年《左传》孔《疏》、成十一年《左传》孔《疏》并引《世本》《国语·周语下》韦《注》《晋语四》韦《注》、成十三年《左传》杜《注》,郤至(温季子)、郤毅皆为郤扬(步扬)之孙、郤居(蒲城鹊居)之子,郤犨(苦成叔)为郤扬(步扬)之子,溱为郤至之先。故程氏《春秋分记》以至、溱、毅皆犨之子,世系有误。故笔者此亦不取。则春秋时期晋郤氏世系为:郤文子→郤豹→郤称(无后)、郤芮、郤义,郤芮→郤缺→郤克→郤锜……郤毅……郤溱……郤称……郤乞,郤义→郤扬→郤犨、郤居,郤居→郤至、郤毅。

　　(三)郤豹

　　《国语·晋语一》韦《注》:"郤叔虎,晋大夫,郤芮之父郤豹也。"②则郤豹,即《国语·晋语一》之"郤叔虎",姓姬,氏郤(俗作"郄"),名豹,字虎,行次叔,谥献,尊称"子",郤文之子,郤称、郤芮(冀芮)、郤义之父,晋大夫,生卒年未详(前666在世)。其长于谋断,反对"(君)好专利而不忌""臣竞谄以求媚"(《国语·晋语一》)③,传世有《伐翟柤论》(见《国语·晋语一》)一文。

　　(四)郤芮

　　《国语·周语上》韦《注》:"吕甥,瑕吕饴甥也;郤芮,冀芮;皆晋大夫……子公,郤芮之字也。"《晋语二》韦《注》:"冀芮,晋大夫,冀缺之父也……冀芮,晋大夫郤芮也。"④僖九年《左传》杜《注》:"郤芮,郤克祖父,从夷吾者。"⑤则郤芮(前? 一前636),即僖十年《左传》《国语·晋语二》《晋语五》之"冀芮",亦即《国语·周语上》之"子公",姓姬,本氏郤(俗作"郄"),别氏冀,名芮,字子公,郤文之孙,郤豹(郤叔虎)之子,郤缺之父,献公二十三年(前654)随公子夷吾(惠公)出奔狄,二十六年(前651)助公子夷吾立为君,惠公元年(前650)仕为大夫,文公元年(前636)因谋弑文公

　　①　[宋]程公说:《春秋分记》,第134页。
　　②　[三国吴]韦昭注,上海师范大学古籍整理研究所校点:《国语》,第265页。
　　③　[三国吴]韦昭注,上海师范大学古籍整理研究所校点:《国语》,第265页。
　　④　[三国吴]韦昭注,上海师范大学古籍整理研究所校点:《国语》,第35—40、294—307页.
　　⑤　[晋]杜预注,[唐]孔颖达等正义:《春秋左传正义》,第1801页。

事发为秦穆公诱杀①。其倡导"亡人无党,有党必有雠"(僖九年《左传》)②古训,提出"偕出偕入难,聚居异情恶"说,主张"重赂配德"(《国语·晋语二》)③;长于谋断,谙习典籍,传世有《奔梁之策论》《求入之策论》《重赂配德论》(俱见《国语·晋语二》)、《夷吾之恃论》(见僖九年《左传》)诸文。

（五）郤缺

《国语·晋语五》:"臼季使,舍于冀野。冀缺薅,其妻饁之,敬,相待如宾。从而问之,冀芮之子也,与之归。"④《太平御览》卷四百四十七引魏何晏《冀州论》:"流放能显,莫贤乎冀缺。"⑤则郤缺,即僖三十三年《左传》《国语·晋语五》之"冀缺",亦即文十三年、宣十一年、襄三十年《左传》之"郤成子",姓姬,本氏郤(俗作"郄"),别氏冀,名缺,谥成,尊称"子",郤豹(郤叔虎)之孙,郤芮(冀芮、子公)之子,郤克(郤子、郤伯、郤献子)之父,文公九年(前628)时为下军大夫,襄公元年(前627)命为卿,灵公六年(前615)代箕郑将上军而位居季卿,成公六年(前601)代赵盾为执政卿,历仕襄、灵、成、景四公凡三十一年(前628－前598),生卒年未详(前628－前598在世)。其倡导"戒之用休,董之用威,劝之以《九歌》,勿使坏"古训,认为"九功之德皆可歌也,谓之九歌。六府、三事,谓之九功。水、火、金、木、土、谷,谓之六府;正德、利用、厚生,谓之三事;义而行之,谓之德、礼"(文七年《左传》)⑥,提出以"水""火""金""木""土""谷""正德""利用""厚生"为"九功之德"说,主张以"行义""务德""尚礼"主诸侯。推崇"非德,莫如勤;非勤,何以求人""文王既勤止"古训,提出"能勤,有继"(宣十一年《左传》)⑦说。流放能显,精通武略,谙习《诗》《书》,传世有《九功之德论》(见文七年《左传》)、《以德勤服众狄之策论》(见宣十一年《左传》)诸文⑧。

（六）郤克

宣十二年《左传》杜《注》:"(郤克)郤缺之子……献子,郤克……伯驹,郤克,上

① 《元和姓纂·六至》:"冀,又晋大夫郤芮食采冀邑,亦为冀氏。芮生缺。"[唐]林宝撰,[清]孙星衍校辑,郁贤皓、陶敏整理点校:《元和姓纂》,第1183页。《通志·氏族略二》:"冀氏,《左传》,冀国,今晋州冀氏县也。子孙以国为氏。晋灭冀,为郤氏食邑,冀芮之子孙以邑为氏。"[宋]郑樵撰,王树民点校:《通志二十略》,第67页。则晋冀氏为郤氏之别,出于郤芮(冀芮、子公)。

② [晋]杜预注,[唐]孔颖达等正义:《春秋左传正义》,第1801页。

③ [三国吴]韦昭注,上海师范大学古籍整理研究所校点:《国语》,第294页.

④ 韦《注》:"冀缺,郤成子也……《传》曰:'襄公以再命赏胥臣,曰:"举郤缺,子之功也。"以一命,命郤缺为卿,复与之冀。'故曰冀缺。"[三国吴]韦昭注,上海师范大学古籍整理研究所校点:《国语》,第393－394页。

⑤ [宋]李昉等:《太平御览》,第2057页。

⑥ [晋]杜预注,[唐]孔颖达等正义:《春秋左传正义》,第1846页。

⑦ [晋]杜预注,[唐]孔颖达等正义:《春秋左传正义》,第1876页。

⑧ 《九功之德论》,《文章正宗·议论三》题作《请归卫地》。

军佐也。"成二年《左传》杜《注》："郤伯，郤克。"①则郤克，即宣十二年、十七年、成二年《左传》之"郤献子"，亦即宣十七年、成二年《左传》之"郤子"，亦即成二年《左传》之"郤伯"，姓姬，氏郤，名至，谥献，尊称"伯""子"，郤芮（冀芮）之孙，郤缺（冀缺、郤成子）之子，郤锜（驹伯）之父，景公三年（前597）为上军佐而位居第四卿，八年（前592）为中军将而秉国政，生卒年未详（前597—前587在世）。其虽勇而不知礼，然长于谋断，传世有《请八百乘书》《应战书》《答齐侯求和书》（俱见成二年《左传》）诸文。

（七）郤至

《史记·晋世家》裴骃《集解》引汉贾逵《左氏传解诂》："三郤：郤锜、郤犨、郤至。"②《国语·周语中》韦《注》："郤至，晋卿步扬之孙、蒲城鹊居之子温季也。"《周语下》韦《注》："郤至，晋卿，犨之弟子温季昭子也。"《晋语六》韦《注》："温季子，郤至。"《晋语八》韦《注》："（郤昭子）郤至也。"③成二年《左传》杜《注》："（郤）至，郤克族子。"成十七年《左传》杜《注》："季子，郤至。"④《汉书·五行志中》颜《注》："郤至，昭子，即温季也。"⑤则郤至（前？—前574），即成十六年《左传》《国语·周语中》之"温季"，亦即成十七年《左传》《国语·晋语六》《史记·晋世家》之"季子"，亦即《国语·晋语六》之"温季子"，姓姬，本氏郤（一作"郄"），别氏温，名至，谥昭，行次季，尊称"子"，郤扬（步扬）之孙，郤居（蒲城鹊居）之子，郤毅之兄，景公二年（前598）时为温大夫，厉公三年（前578）为新上军佐而位居季卿，七年（前574）被杀⑥。其认为"世之治也，诸侯间于天子之事，则相朝也，于是乎有享、宴之礼。享以训共俭，宴以示慈惠。共俭以行礼，而慈惠以布政。政以礼成，民是以息"，推崇"赳赳武夫，公侯干城""赳赳武夫，公侯腹心"古训，主张"百官承事，朝而不夕""天下有道，则公侯能为民干城"（成十二年《左传》）⑦。主张"勇而有礼，反之以仁"（《国语·周语中》）⑧，认为"人

---

① ［晋］杜预注，［唐］孔颖达等正义：《春秋左传正义》，第1878—1881、1897页。

② ［汉］司马迁撰，［晋］裴骃集解，［唐］司马贞索隐，［唐］张守节正义，郭逸、郭曼标点：《史记》，第1334页。

③ ［三国吴］韦昭注，上海师范大学古籍整理研究所校点：《国语》，第81、90、412、481页。

④ ［晋］杜预注，［唐］孔颖达等正义：《春秋左传正义》，第1897、1922页。

⑤ ［汉］班固撰，［唐］颜师古注，傅东华等点校：《汉书》，第1378页。

⑥ 《元和姓纂·二十三魂》："温，唐叔虞之后温，晋公族受封河内之温，因以命氏。又，郤至食采于温，亦号温季。"［唐］林宝撰，［清］孙星衍校辑，郁贤皓、陶敏整理点校：《元和姓纂》，第469页。则晋温氏为郤氏之别，出于郤至（温季）。

⑦ ［晋］杜预注，［唐］孔颖达等正义：《春秋左传正义》，第1911页。

⑧ ［三国吴］韦昭注，上海师范大学古籍整理研究所校点：《国语》，第81页。

所以立,信、知、勇也。信不叛君,知不害民,勇不作乱"(成十七年《左传》)①,倡导以"勇""礼""仁""信""知"立身治国;反对"晋国之举也,不失其次"(《国语·周语中》)②,主张官无次第,不能论资排辈。颇有谋略,恪守礼仪,熟知典籍,尤谙习《诗》,传世有《享宴之礼论》(见成十二年《左传》)、《楚有五间宜速战之策论》(见《国语·晋语六》)、《戎事肃拜之礼论》(见成十六年《左传》)、《勇、礼、仁三功论》《官无次第论》(俱见《国语·周语中》)、《信、知、勇以立身论》(见成十七年《左传》)诸文③。

四、伯氏与伯宗

(一)伯氏(宗氏)之族属

先哲主要有四说:

一为姬姓伯起(伯纠)后裔。《元和姓纂·二十陌》《古今姓氏书辩证·二十陌》《通志·氏族略四》并引《世本》:"(伯宗氏)晋孙伯起,生伯宗,因氏焉。"④

二为嬴姓伯益之后说。《元和姓纂·二十陌》《名贤氏族言行类稿》卷五二并引《风俗通义》:"(伯氏)嬴姓,伯益之后,晋大夫伯宗生州犁,仕楚。"⑤《通志·氏族略四》:"伯氏……孔子弟子必伯虔,字子析,或言嬴姓伯益之后。"⑥

三为子姓宋襄公母弟敖后裔。《新唐书·宰相世系表四》:"宗氏出自子姓,宋襄公母弟敖仕晋,孙伯宗为三卿所杀,子州犁奔楚,食采于钟离。州犁少子连,家于南阳,以王父字为氏,世居河东。"⑦

四为姬姓荀林父后裔说。《通志·氏族略四》:"伯氏,晋大夫荀林父之后。林父为中行伯,孙伯黡,以王父字为氏。伯黡为正卿,司晋之典籍,以为大政,故又为籍氏。"⑧

谨案:清雷学淇校辑《世本》下:"韦昭《国语注》云:'伯宗晋大夫孙伯纠之子。'此云伯起,未知孰是……要之,伯氏、籍氏皆晋公族也。此云伯宗氏,似亦少误。祖

---

① [晋]杜预注,[唐]孔颖达等正义:《春秋左传正义》,第1922页。

② [三国吴]韦昭注,上海师范大学古籍整理研究所校点:《国语》,第81页。

③ 《享宴之礼论》,《文章正宗·辞命二》、《文编·辞命》皆题作《答楚子反》。

④ [唐]林宝撰,[清]孙星衍校辑,郁贤皓、陶敏整理点校:《元和姓纂》,第1590页。

⑤ [唐]林宝撰,[清]孙星衍校辑,郁贤皓、陶敏整理点校:《元和姓纂》,第1568页。

⑥ [宋]郑樵撰,王树民点校:《通志二十略》,第142页。

⑦ [宋]欧阳修、[宋]宋祁编修,石淑仪等点校:《新唐书》,第3156页。

⑧ [宋]郑樵撰,王树民点校:《通志二十略》,第142页。

父之名,礼所当讳,断无以先世之名称为氏者。《穀梁传》作'伯尊',岂尊其名而宗其字欤?《唐书·世系表》谓宗氏出于子姓,宋襄公母弟敖仕晋,孙伯宗生州犁,非是。"①此谓伯氏所自起,而《元和姓纂》以为"伯宗"为复姓,说失考。又,据《史记·赵世家》司马贞《索隐》引《世本》,荀林父为晋大夫逝遨之子,事晋文、襄、灵、成、景五君;又据《元和姓纂·二十二昔》,伯黡为晋文侯弟阳叔之子,为晋文侯、昭侯之际人。伯黡早于林父百余年,伯黡何以为林父之孙,足见郑氏说失考。故笔者此从《世本》说。则晋伯氏(宗氏)为郤氏之别,出于公孙伯起(孙伯纠),姬姓。

（二）伯氏（宗氏）之世系

成十五年《左传》:"晋三郤害伯宗,谮而杀之,及栾弗忌。伯州犁奔楚。"定四年《左传》:"楚之杀郤宛也,伯氏之族出。"昭二十七年《左传》杜《注》:"子恶,郤宛。"②《史记·伍子胥列传》裴骃《集解》引晋徐广《史记音义》:"伯州犁者,晋伯宗之子也。伯州犁之子曰郤宛,郤宛之子曰伯嚭。宛亦姓伯,又别氏郤。《楚世家》云杀郤宛,宛之宗姓伯子曰嚭。《吴世家》云楚诛伯州犁,其孙伯嚭奔吴也。"③《春秋分记·世谱六》:"伯氏,伯宗生州犁。"④

谨案:《古今姓氏书辩证·二十陌》《春秋列国诸臣传》卷二十九皆以伯嚭为伯州犁之子,缺郤宛一世。则春秋时期晋伯氏(宗氏)世系为:公孙伯起→伯宗→伯州犁→郤宛→伯嚭。

（三）伯宗

《史记·晋世家》裴骃《集解》引汉贾逵《左氏传解诂》:"伯宗,晋大夫。"⑤《中论·智行篇》:"晋伯宗好直而不知时变,终以殒身。"⑥《国语·晋语五》韦《注》:"伯宗,晋大夫孙伯纠之子。"⑦则伯宗(前?—前576),即宣十五年《穀梁传》之"伯尊",姓姬,本氏郤,别氏伯,其后别氏宗,名宗,字尊,公孙伯起(一作"纠")之子,伯州犁之父,晋大夫,历仕景、厉二公凡十九年(前594—前576),厉公五年(前576)被三郤

---

①　[清]雷学淇校辑:《世本》,[汉]宋衷注,[清]秦嘉谟等辑:《世本八种》,第61页。

②　[晋]杜预注,[唐]孔颖达等正义:《春秋左传正义》,第1914、2136、2116页。

③　[汉]司马迁撰,[晋]裴骃集解,[唐]司马贞索隐,[唐]张守节正义,郭逸、郭曼标点:《史记》,第1687页。

④　[宋]程公说:《春秋分记》,第136页。

⑤　[汉]司马迁撰,[晋]裴骃集解,[唐]司马贞索隐,[唐]张守节正义,郭逸、郭曼标点:《史记》,第1332页。

⑥　[三国魏]徐干撰,龚祖培点校:《中论》,辽宁教育出版社2001年点校清咸丰间(1850—1861)钱培名精校本,第15页。

⑦　[三国吴]韦昭注,上海师范大学古籍整理研究所校点:《国语》,第406页。

潜杀。其尊崇"虽鞭之长,不及马腹""高下在心"古训,提出"川泽纳污,山薮藏疾,瑾瑜匿瑕,国君含垢,天之道也"(宣十五年《左传》)①说;主张"敬奉德义以事神人,而申固其命",认为"夫恃才与众,亡之道也",提出"天反时为灾,地反物为妖,民反德为乱"(宣十五年《左传》)②说;直言敢谏,认为"晋无信,何以求诸侯"(成六年《左传》)③,主张霸主不能"弃信"于诸侯;传世有《国君含垢为天道论》《敬奉德义以事神人论》(俱见宣十五年《左传》)、《以信求诸侯论》(见成六年《左传》)诸文④。

五、先氏与先轸

(一)先氏之族属

昭三年《左传》载晋叔向(羊舌肸)谓齐晏子(晏婴)曰:"栾、郤、胥、原、狐、续、庆、伯,降在皂隶……晋之公族尽矣。"⑤《广韵·一先》"先"字注"又姓,《左传》晋有先轸。"⑥《古今姓氏书辩证·一先》:"先,出自晋公族先氏,世为晋卿大夫,所谓栾、郤、狐、先者也。春秋时,有先蔑、先都、先辛,皆以姓名见。其尤显者曰原大夫先轸,生霍伯先且居,且居生先克,三世为卿。"⑦《通志·氏族略三》:"先氏,晋大夫先辅(轸)之后,世为晋卿。"⑧《姓氏急就篇》卷上:"先氏,晋大夫先丹木、友、轸、且居、縠。"⑨《路史·后纪十》:"先轸封原,且居徙霍为霍伯,有先氏、左行氏。"⑩

谨案:昭三年《左传》之"原氏",即"先氏",非周文王庶子原伯后裔原黯(荀息)之"原氏"。而《通志·氏族略三》"原氏"条以原轸为周文王子原伯后裔散居晋国者,说与昭三年《左传》异,故笔者此不取。则晋先氏为文王昌(西伯)之孙、武王发庶子唐叔虞(一作"子于")后裔,出于先丹木,姬姓。

① ［晋］杜预注,［唐］孔颖达等正义:《春秋左传正义》,第1887页。
② ［晋］杜预注,［唐］孔颖达等正义:《春秋左传正义》,第1887页。
③ ［晋］杜预注,［唐］孔颖达等正义:《春秋左传正义》,第1888页。
④ 《敬奉德义以事神人论》,《文章正宗·辞命四》《文编·论疏》《文章辨体汇选·论谏五》皆题作《论伐狄》。
⑤ 杜《注》:"八姓,晋旧臣之族也。"孔《疏》:"此八姓之先,栾、郤、胥、原、狐,皆卿也;续简伯、庆郑、伯宗,亦见于《传》,先皆大夫七。"［晋］杜预注,［唐］孔颖达等正义:《春秋左传正义》,第2031页。
⑥ ［宋］陈彭年等重修:《钜宋广韵》,第81页。
⑦ ［宋］邓名世撰,王力平点校:《古今姓氏书辩证》,第129页。
⑧ ［宋］郑樵撰,王树民点校:《通志二十略》,第110页。
⑨ ［宋］王应麟:《姓氏急就篇》,第771页。
⑩ ［宋］罗泌撰,［宋］罗苹注:《路史》,第166页。

（二）先氏之世系

闵二年《左传》：“大子帅师，公衣之偏衣，佩之金玦，狐突御戎，先友为右。梁余子养御罕夷，先丹木为右。”①《国语·晋语一》韦《注》：“先友，晋大夫，先丹木之族。”《国语·晋语四》韦《注》：“先且居，先轸之子蒲城伯也；复受霍，为霍伯。”②僖三十三年《左传》杜《注》：“（先）且居，先轸之子。”文五年《左传》杜《注》：“霍伯，先且居，中军帅也。”文六年《左传》杜《注》：“先蔑，士伯也。”文七年《左传》杜《注》同。文七年《左传》杜《注》：“（先）克，先且居子，代狐射姑。”文九年《春秋》杜《注》：“（先都）下军佐也。”宣元年《左传》杜《注》：“（先）辛，甲（胥甲父）之属大夫。”宣十二年《左传》杜《注》：“（先縠）彘季……彘子，先縠……原縠，先縠。”③宣十二年《左传》孔《疏》引《春秋释例·世族谱》说同。《春秋分记·世谱六》：“先氏，丹木生轸；轸生二子：曰縠，曰且居；縠生辛，且居生克。又四人。”④

谨案：《春秋左传注疏》卷二十三清齐召南《考证》：“按：《史记·晋世家》：‘縠，先轸子也。’以《传》考之，轸子先且居，且居子先克，文九年为箕郑等所杀。则此先縠当是轸之孙，或曾孙。《史记》未可信也。《疏》云：‘盖先轸之后。’可谓审慎矣。”⑤又，据《春秋分记·世谱二》，《世谱六》所谓“又四人”者，指先友、先仆、先都、先蔑；又，僖三十三年《左传》有先茅。此五人皆先氏之族，然世系无考。则春秋时期先氏世系为：先丹木→先轸→先且居→先克……先縠→先辛……先友……先仆……先都……先蔑……先茅。

（三）先轸

《国语·晋语四》载赵衰曰：“栾枝贞慎，先轸有谋，胥臣多闻，皆可以为辅佐，臣弗若也。”⑥《史记·晋世家》：“晋文公重耳……自少好士，年十七，有贤士五人：曰赵衰；狐偃咎犯，文公舅也；贾佗；先轸；魏武子。”⑦僖二十七年《左传》杜《注》：“先轸，

---

①　［晋］杜预注，［唐］孔颖达等正义：《春秋左传正义》，第 1788 页。

②　［三国吴］韦昭注，上海师范大学古籍整理研究所校点：《国语》，第 281、384 页。

③　［晋］杜预注，［唐］孔颖达等正义：《春秋左传正义》，第 1834、1844、1845、1847、1865、1878－1883 页。

④　［宋］程公说：《春秋分记》，第 136 页。

⑤　［清］齐召南：《春秋左传注疏考证》，《注疏考证》，凤凰出版社 2005 影印阮元刻皇清经解本，第 2455 页。

⑥　韦《注》：“先轸，晋中军原轸也。”［三国吴］韦昭注，上海师范大学古籍整理研究所校点：《国语》，第 377－382 页。

⑦　［汉］司马迁撰，［晋］裴骃集解，［唐］司马贞索隐，［唐］张守节正义，郭逸、郭曼标点：《史记》，第 1317 页。

晋下军之佐原轸也。"①则先轸(前？—前627)，即僖二十八年、三十三年《左传》之
"原轸"，姓姬，氏先，名轸，食采于原，先丹木之子，先且居(蒲城伯、霍伯)之父，献公
二十二年(前655)从公子重耳出亡，文公元年(前636)从公子重耳归于晋，四年(前
633)为下军佐位居第六卿，五年(前632)为中军将而秉国政，襄公元年(前627)卒于
箕之役。其提出"定人之谓礼"(僖二十八年《左传》)②说，倡导"一日纵敌，数世之
患"(僖三十三年《左传》)③古训；尊崇周礼，长于谋断，忠心事主，性情率直，直言敢
谏，谙习典籍，传世有《喜赂怒顽之策论》《以礼定人论》(俱见僖二十八年《左传》)、
《必伐秦师论》(见僖三十三年《左传》)诸文。

六、胥氏与胥臣、胥童、胥午

(一)胥氏之族属

昭三年《左传》载晋羊舌肸(叔向)谓晏婴(晏子)曰："栾、郤、胥、原、狐、续、庆、
伯，降在皂隶……公室之卑，其何日之有？"④《元和姓纂·九鱼》："胥，晋大夫胥臣之
后有胥克、胥梁、胥带、胥午、胥童。"⑤《通志·氏族略三》："胥氏，晋大夫胥臣之后，
以字为氏。"⑥

谨案：《元和姓纂》所谓"胥梁""胥带"者，当即襄二十六年、二十七年《左传》之
"胥梁带"，林氏此误一人为二人。则晋胥氏为文王昌(西伯)之孙、武王发庶子唐叔
虞(一作"子于")后裔，出于胥臣(司空季子)。

(二)胥氏之世系

文十二年《左传》杜《注》："(胥甲)胥臣子。"宣元年《左传》杜《注》："(胥)克，甲
之子。"襄二十六年《左传》杜《注》："胥梁带，晋大夫。"⑦《春秋分记·世谱六》："胥氏
臣生甲父，甲父生二子：曰午，曰克；午生带，克生童。"⑧

谨案：胥带，当即襄二十六年、二十七年《左传》之"胥梁带"。则春秋时期晋胥

①　［晋］杜预注，［唐］孔颖达等正义：《春秋左传正义》，第1822页。
②　［晋］杜预注，［唐］孔颖达等正义：《春秋左传正义》，第1824页。
③　［晋］杜预注，［唐］孔颖达等正义：《春秋左传正义》，第1833页。
④　［晋］杜预注，［唐］孔颖达等正义：《春秋左传正义》，第2031页。
⑤　［唐］林宝撰，［清］孙星衍校辑，郁贤皓、陶敏整理点校：《元和姓纂》，第215页。
⑥　［宋］郑樵撰，王树民点校：《通志二十略》，第110页。
⑦　［晋］杜预注，［唐］孔颖达等正义：《春秋左传正义》，第1851、1865、1992页。
⑧　［宋］程公说：《春秋分记》，第136页。

氏世系为：胥臣→胥甲→胥午、胥克；胥午→胥梁带，胥克→胥童。

（三）胥臣

《史记·晋世家》裴骃《集解》引汉服虔《春秋左氏传解》："（司空季子）胥臣曰季子也。"①《太平御览》卷四百四十七引魏何晏《冀州论》："拔幽进滞，莫贤乎臼季。"②《国语·晋语四》韦《注》："季子，晋大夫胥臣曰季，后为司空……臼季，胥臣。"③则胥臣（前？—前622），即僖二十三年《左传》《国语·晋语四》《史记·晋世家》之"司空季子"，亦即僖三十三年、文五年《左传》《国语·晋语四》《晋语五》之"臼季"，姓姬，氏胥，其后别为司空氏，名臣，字季，尊称"子"，食邑于臼（当即"臼衰"，地即今山西省运城盐湖区解州镇东南之臼城），胥甲（胥甲父）之父，献公二十二年（前655）从公子重耳出奔狄，文公五年（前632）为下军佐，后为司空而居卿位，襄公六年（前622）卒④。其认为"黄帝以姬水成，炎帝以姜水成""异姓则异德，异德则异类""同姓则同德，同德则同心，同心则同志"，提出"异德合姓，同德合义；义以导利，利以阜姓；姓利相更，成而不迁，乃能摄固，保其土房"（《国语·晋语四》）⑤说。具有宇宙由万物生成的朴素辩证法观念，认为"不有晋国，以辅王室，安能建侯"（《晋语四》）⑥。尊崇"刑于寡妻，至于兄弟，以御于家邦""惠于宗公，神罔时恫"古训，认为"蘧蒢不可使俯，戚施不可使仰，僬侥不可使举，侏儒不可使援，蒙瞍不可使视，嚚瘖（一作"暗"）不可使言，聋聩不可使听，童昏不可使谋"，提出"质将善而贤良赞之，则济可竢"

---

①　[汉]司马迁撰，[晋]裴骃集解，[唐]司马贞索隐，[唐]张守节正义，郭逸、郭曼标点：《史记》，第1321页。

②　[宋]李昉等：《太平御览》，第2057页。

③　[三国吴]韦昭注，上海师范大学古籍整理研究所校点：《国语》，第357—386页。

④　《通志·氏族略四》："司空氏……晋大夫胥臣号司空季子，又有司空靖、司空督，惟晋官备司空，余国无之。言司空氏者，系出于晋。"[宋]郑樵撰，王树民点校：《通志二十略》，第150—151页。《广韵·七之》"司"字注、《通志·氏族略四》《路史·后纪十一》罗苹《注》《姓氏急就篇》卷下并引《世本》："（司空氏）士丐弟佗为晋司功，因官氏焉。及司徒、司寇、司空，并以官为氏。"[宋]陈彭年等重修：《钜宋广韵》，第28页。《潜夫论·志氏姓》："周衰，有隰叔子违周难于晋国，生子舆，为李，以正于朝，朝无闲官，故以士氏；为司空，以正于国，国无败绩，故氏司空；食采随，故氏随氏。"[汉]王符撰，[清]王继培笺，彭铎校正：《潜夫论笺校正》，第423页。案："司空靖"，晋大夫，栾盈之党，事见襄二十一年《左传》。"司空督"，未详所出。[清]王梓材《世本集览》卷六认为司空氏、胥氏皆为士氏之别。然《世本》谓"司功氏""司徒氏""司寇氏""司空氏"并以官为氏者，并非谓"司徒氏""司寇氏""司空氏"并为士氏之别。士氏之族中，士縠为司空，见文二年《左传》；士佗为司功，见《世本》。其后并以官别为"司功氏""司空氏"，然其为帝尧之后。据昭三年《左传》，胥氏之别司空氏为晋公族。则两"司空氏"氏名同而族属迥异。笔者此不取王氏《世本集览》说。故笔者以为，司空氏为胥氏之别，出于胥臣（司空季子）。

⑤　[三国吴]韦昭注，上海师范大学古籍整理研究所校点：《国语》，第357页。

⑥　[三国吴]韦昭注，上海师范大学古籍整理研究所校点：《国语》，第362页。

（《晋语四》）①说，强调教育的根本目的为使受教育者"质将善"，而教育成功与否的关键因素在于受教育者的自身素养。主张"文，益其质。故人生而学，非学不入""教者，因体能质而利之者"，强调教育的最高目标为使受教育者"益其质"，而教育者则需据"官师之所材（同"裁"）"（《晋语四》）②，即因"材"施"教"。恪守"出门如宾，承事如祭，仁之则"古训，提出"敬，德之聚也。能敬必有德"（僖三十三年《左传》）③说。尊崇"父不慈，子不祗，兄不友，弟不共，不相及也""采葑采菲，无以下体"古训，倡导"君取节焉可也"（僖三十三年《左传》）④。拔幽进滞，素有贤名，熟知卜筮，精通《周易》，谙习《诗》《书》，传世有《宗法婚制论》《释〈屯〉〈豫〉之卦辞》《质善教诲论》《文益其质论》《因材施教论》（俱见《国语·晋语四》）、《敬以聚德论》《君取臣节论》（俱见僖三十三年《左传》）诸文⑤。

（四）胥午

襄二十三年《左传》杜《注》："胥午，守曲沃大夫。"⑥则胥午，姓姬，氏胥，名午，胥臣（司空季子）之孙，胥甲（胥甲父）之子，胥克之兄，胥带（胥梁带）之父，晋曲沃大夫，生卒年未详（前550在世）。其尊崇天命，提出"天之所废，谁能兴之"（见襄二十三年《左传》）⑦说，传世有《天命兴废论》（见襄二十三年《左传》）一文。

综上所考，晋狐氏、庆氏、郤氏、伯氏、先氏、胥氏六族，皆为文王昌之孙、文王发庶子唐叔虞后裔，姬姓。其中，狐氏未详其祢，其世系为：大狐伯→狐突→狐毛、狐偃，狐毛→狐溱，狐偃→狐射姑；庆氏未详其祢，其世系亦未详；郤氏出于郤文，其世系为：郤文→郤豹→郤称（无后）、郤芮、郤义，郤芮→郤缺→郤克→郤锜……郤毅……郤溱……郤称……郤乞，郤义→郤扬→郤犨、郤居，郤居→郤至、郤毅；伯氏（宗氏）为郤氏之别，出于公孙伯起（孙伯纠），其世系为：公孙伯起→伯宗→伯州犁→郤宛→伯嚭；先氏出于先丹木，其世系为：先丹木→先轸→先且居→先克……先縠→先辛……先友……先仆……先都……先蔑……先茅；胥氏出于胥臣，其世系为：胥臣→胥甲→胥午、胥克；胥午→胥梁带，胥克→胥童。

① ［三国吴］韦昭注，上海师范大学古籍整理研究所校点：《国语》，第386页。
② ［三国吴］韦昭注，上海师范大学古籍整理研究所校点：《国语》，第387页。
③ ［晋］杜预注，［唐］孔颖达等正义：《春秋左传正义》，第1833页。
④ ［晋］杜预注，［唐］孔颖达等正义：《春秋左传正义》，第1833—1834页。
⑤ 《质善教诲论》《文益其质论》《因材施教论》，《文章辨体汇选·论谏五》并题作《论傅太子》；《敬以聚德论》《君取臣节论》，《文章正宗·辞命四》《文章辨体汇选·论谏四》皆题作《请用冀缺》。
⑥ ［晋］杜预注，［唐］孔颖达等正义：《春秋左传正义》，第1976页。
⑦ ［晋］杜预注，［唐］孔颖达等正义：《春秋左传正义》，第1976页。

在上述六族中，有传世作品的狐突、狐偃、庆郑、郤豹、郤芮、郤缺、郤克、郤至、伯宗、先轸、胥臣、胥午十二子，皆可称之为晋公族作家群体。

第四节　同姓世族（上）——"王季之穆""文之昭"

晋郭氏为季历（公季、王季）庶子虢叔后裔，属"王季之穆"；成氏为季历之孙、文王昌（西伯）庶子郕叔武后裔，魏氏为文王昌庶子毕公高后裔，蔡氏为文王昌庶子蔡叔度后裔，原氏为文王昌庶子原伯后裔，荀氏为原氏之别，中行氏、知氏为荀氏之别，辅氏为知氏之别，皆属"文之昭"。此九族皆与晋公室——"武之穆"为同姓同祖世族。其中，有传世作品者为郭偃、阳处父、阳毕、成鱄、魏锜、魏绛、魏舒、蔡墨、原黯、荀林父、荀首、中行偃、中行吴、中行寅、知跞、知瑶、知䓨、辅果十八子，可称之为晋公室同姓同祖世族作家群体。

一、郭氏与郭偃

（一）郭氏之族属与世系

《急就篇》卷二颜《注》："郭……虢叔，周王季之子也。受封于虢，其地今陕州陕县是也。后为晋所灭，虢公丑奔周，遂姓郭氏。郭者，虢声之转也。"①《元和姓纂·十九铎》："郭，周文王季弟虢叔，受封于虢。或曰郭公，因以为氏。《公羊传》云：'虢谓之郭，声之转也。'《左传》，齐有郭最，燕有郭隗。"②《新唐书·宰相世系表四上》："郭氏，出自姬姓。周武王封文王弟虢叔于西虢，封虢仲于东虢。西虢地在虞、郑之间，平王东迁，夺虢叔之地与郑武公。楚庄王起陆浑之师伐周，责王灭虢，于是平王求虢叔裔孙序，封于阳曲，号曰郭公。'虢'谓之'郭'，声之转也，因以为氏。"③《通志·氏族略二》："虢氏，有二，皆王季之子。虢仲之国，在今虢州，谓之西虢，僖五年晋灭之。虢叔之国，在凤翔虢县。《公子谱》云：'在荥阳，谓之东虢，虢叔之国，为郑

---

① ［汉］史游撰，［唐］颜师古注：《急就篇》，第 414 页。案：僖五年《左传》："冬十二月丙子朔，晋灭虢，虢公丑奔京师。"［晋］杜预注，［唐］孔颖达等正义：《春秋左传正义》，第 1796 页。
② ［唐］林宝撰，［清］孙星衍校辑，郁贤皓、陶敏整理点校：《元和姓纂》，第 1547 页。虢，僖二年《公羊传》皆作"郭"，然无"虢谓之郭，声之转也"之文。此当为释文而非传文。
③ ［宋］欧阳修、［宋］宋祁编修，石淑仪等点校：《新唐书》，第 3114 页。

所并,以建郑国。虢仲之国,僖五年晋灭之。'子孙以国为氏。《左传》,晋大夫虢射。郭氏,《春秋》有郭公,遂以为氏。《公羊》曰:'虢谓之郭,声之转也。'或言虢为晋所灭,公子配奔周,遂为郭氏。今虢氏无闻,惟著郭氏。"①《姓氏急就篇》卷上:"虢氏,周虢仲、虢叔之后。宣王时虢文公,幽王虢石甫,晋有虢射……郭氏,周王季子虢叔之后。虢声转为郭,其后为郭氏。又,春秋有郭公,亦国也,以为氏。晋有郭偃,齐有郭最荣,鲁有郭重,燕有郭隗。"②

今考:僖五年《左传》:"虢仲、虢叔,王季之穆也。"襄二十九年《左传》:"虞、虢、焦、滑、霍、扬、韩、魏,皆姬姓也,晋是以大。"③此僖五年《左传》之"虢仲",桓八年、九年、十年《左传》并见,即桓十年《左传》"虢公出奔虞"之"虢公",亦即襄二十九年《左传》晋所灭虢国之君,鲁僖公五年(前655)十二月丙子朔晋灭虢后"奔京师"之"虢公丑"即其后④。据僖二年《春秋》《左传》《水经·河水注》《路史·国名纪五》罗苹《注》并引《竹书纪年》,晋献公十九年(前658),虞师、晋师伐虢灭其都邑下阳,以为瑕公吕甥采邑;据僖五年《左传》《史记·晋世家》,二十二年(前655),晋灭虢,虢公丑奔京师(周)。又,"卜偃"其名早已见于闵元年《左传》,比晋灭虢早十一年(前661)。按照"三代别族"之制,若郭偃为虢仲之虢后裔,则不可能称之为"郭偃"。故闵元年、僖二年、五年、十四年、二十三年、二十五年、三十二年《左传》《国语·晋语二》皆称其为"卜偃"而不称之为"郭偃",惟《国语·晋语一》《晋语三》《晋语四》称之为"郭偃",盖后世史官追记名氏之故。又,郭公,见庄二十四年《春秋》。左氏无《传》,庄二十四年《公羊传》《穀梁传》皆以"郭公"为曹僖公赤,曲说不可通。杜氏则以为《春秋》阙误。清洪亮吉《春秋左传诂》卷一以为"郭"即"虢",盖据唐宋人姓氏书解之。然中国社会科学院考古研究所编《殷周金文集成》(8.4241)著录西周早期器周公簋(亦名"邢侯彝")铭有"郭人",《殷周金文集成》(8.4169)著录西周器郭伯匡又簋铭有"郭伯"。则彝器"虢""郭"二字不相混,且郭国在西周初期已有,其地似在东方。足见洪氏《春秋左传诂》之说失考。则晋郭氏为虢氏之别,古公亶父(周太王)季子季历(公季、王季)庶子虢叔后裔,属"王季之穆",出于郭偃(卜偃、夫子、燕郭、高偃、郄偃),其世系未详。

---

① [宋]郑樵撰,王树民点校:《通志二十略》,第48页。

② [宋]王应麟:《姓氏急就篇》,第795页。

③ 杜《注》:"王季者,大伯、虞仲之母弟也。虢仲、虢叔,王季之子,文王之母弟也。仲、叔,皆虢君字。"[晋]杜预注,[唐]孔颖达等正义:《春秋左传正义》,第1795、2006页。

④ 史书所载西周春秋时期有四"虢",其族属与世系,参见:邵炳军《晋献公灭国夺邑系年辑证》,《甘肃高师学报》2006年第4期,第26—33页。

（二）郭偃

《墨子·所染篇》："晋文染于舅犯、高偃。"① 《韩非子·南面篇》："管仲毋易齐，郭偃毋更晋，则桓、文不霸矣……故郭偃之始治也，文公有官卒；管仲（之）始治也，桓公有武车；戒民之备也。"② 《吕氏春秋·当染篇》："晋文公染于咎犯、郄偃。"③ 《史记·晋世家》裴骃《集解》引汉贾逵《左氏传解诂》："卜偃，晋掌卜大夫郭偃。"④ 《汉书·艺文志》："数术者，皆明堂羲和史卜之职也。史官之废久矣，其书既不能具，虽有其书而无其人……春秋时鲁有梓慎，郑有裨灶，晋有卜偃，宋有子韦。"⑤ 《国语·晋语一》韦《注》："郭偃，晋大夫卜偃也……夫子，郭偃也……二大夫，史苏、郭偃也。"⑥ 《晋语三》韦《注》《晋语四》韦《注》说大同。

谨案：清《墨子间诂》卷一认为：《墨子·所染篇》"高偃"之"高"，乃"郭"音之转。笔者以为孙氏《墨子间诂》说是，可从。又，《左通补释》卷四认为：《吕氏春秋·当染篇》"郄偃"之"郄"，乃"郭"之讹。《太平御览·治道部》引《吕氏春秋·当染篇》正作"郭"。故梁氏《左通补释》说是，亦可从。则郭偃，即闵元年、僖二年、五年、十四年、二十三年、二十五年、三十二年《左传》《史记·晋世家》《魏世家》之"卜偃"，亦即《国语·晋语一》之"夫子"，亦即《战国策·赵策四》之"燕郭"，亦即《墨子·所染篇》之"高偃"，亦即《吕氏春秋·当染篇》之"郄偃"，姓姬，氏郭（一作"高"，又作"郄"），名偃（一作"燕"），尊称夫子，晋掌卜大夫，历仕献公、惠公、文公、襄公四君凡四十四年（前672—前628），生卒年未详（前672—前628在世）。其具有朴素辩证法思想因素，熟知天文历法卜筮之学，谙《书》知礼。尊崇"嘿嘿之德，不足就也，不可以矜，而祇取忧也；嘿嘿之食，不足狃也，不能为膏，而祇罹咎也""以乱得聚者，非谋不卒时，非人不免难，非礼不终年，非义不尽齿，非德不及世，非天不离数"古训，认为"不据其安，不可谓能谋；行之以齿牙，不可谓得人；废国而向己，不可谓礼；不度而迁求，不可谓义；以宠贾怨，不可谓德；少族而多敌，不可谓天"，提出"德义不行，礼义不则，弃人失谋，天亦不赞"（《国语·晋语一》）⑦ 说。认为"万，盈数也；魏，大名也。以

① 旧题［周］墨翟撰，吴毓江校注，孙启治校点：《墨子校注》，第16页。
② ［周］韩非撰，［清］王先慎集解，钟哲点校：《韩非子集解》，第120页。
③ 高《注》："咎犯、郄偃者，其二大夫。"旧题［周］吕不韦撰，［汉］高诱注，许维遹集释：《吕氏春秋集释》，第49页。
④ ［汉］司马迁撰，［晋］裴骃集解，［唐］司马贞索隐，［唐］张守节正义，郭逸、郭曼标点：《史记》，第1308页。
⑤ ［汉］班固撰，［唐］颜师古注，傅东华等点校：《汉书》，第1775页。
⑥ ［三国吴］韦昭注，上海师范大学古籍整理研究所校点：《国语》，第258—261页。
⑦ ［三国吴］韦昭注，上海师范大学古籍整理研究所校点：《国语》，第258页。

是始赏，天启之矣"，提出"天子曰兆民，诸侯曰万民。今名之大，以从盈数，其必有众"（闵元年《左传》）①说；认为"不谋而谏，不忠；不图而杀，不祥"，提出"夫人美于中，必播于外而越于民，民实戴之"说，主张"君子省众而动，监戒而谋，谋度而行，故无不济"（《晋语三》）②。著有《郭偃之法》③，传世有《追鉴三季王之亡论》（见《国语·晋语一》）、《盈数必有众论》（见闵元年《左传》）、《天夺之鉴论》（见僖二年《左传》）、《灭虢之天时论》（见僖五年《左传》）、《忠祥志道论》《内美慎行论》《戒身备患论》（俱见《国语·晋语三》）、《以德服民论》（见僖二十三年《左传》）、《释〈大有〉之〈睽〉爻辞》（见僖二十五年《左传》）诸文。

二、成氏与成鱄

（一）成氏之族属与世系

僖二十四年《左传》载周富辰曰："管、蔡、郕、霍、鲁、卫、毛、聃、郜、雍、曹、滕、毕、原、丰、郇，文之昭也。"文十二年《春秋》："十有二年春王正月，郕伯来奔。"《左传》："十二年春，郕伯卒，郕人立君。大子（朱儒）以夫钟与郕邦来奔。"④《史记·管蔡世家》："武王同母兄弟十人。母曰太姒，文王正妃也。其长子曰伯邑考，次曰武王发，次曰管叔鲜，次曰周公旦，次曰蔡叔度，次曰曹叔振铎，次曰成叔武，次曰霍叔处，次曰康叔封，次曰冉季载……成叔武，其后世无所见。"⑤《春秋释例·土地名三》："郕，在濮州雷泽。武王封季载于郕。"⑥《资治通鉴·后汉纪二》胡三省《音注》引南朝宋何承天《姓苑》："（成氏）本自周文王子成伯之后，周有成肃公。又，楚令尹

① ［晋］杜预注，［唐］孔颖达等正义：《春秋左传正义》，第1786页。案：《说文解字·山部》："巍，高也。从嵬委声。"段《注》："按：本无二字，后人省'山'作'巍'。"［汉］许慎撰，［清］段玉裁注：《说文解字注》，第437页。笔者以为，"巍"，古玺本作"巍"。足见许氏、段氏说是。

② ［三国吴］韦昭注，上海师范大学古籍整理研究所校点：《国语》，第315页。

③ 《郭偃之法》，《战国策·赵策四》作"燕郭之法"，《汉书·艺文志》"数术"类有卜偃之名，然《郭偃之法》未见著录，《战国策·赵策四》《商君书·更法篇》《新序·谋善篇》并引其文，则其东汉时已亡佚。

④ ［晋］杜预注，［唐］孔颖达等正义：《春秋左传正义》，第1817、1851页。案：郕国之事此后再无记载，或不久即为鲁国所吞并。

⑤ ［汉］司马迁撰，［晋］裴骃集解，［唐］司马贞索隐，［唐］张守节正义，郭逸、郭曼标点：《史记》，第1255—1260页。

⑥ 案：据《水经·瓠子河注》，《尚书·禹贡》之"雷夏"，即《史记·五帝本纪》之"雷泽"，亦即《元和郡县志·河南道七》之"雷夏泽"，位于今山东菏泽市东北。北魏时，"其陂东西二十余里，南北一十五里"。［北魏］郦道元撰，杨守敬、熊会贞疏，段熙仲点校，陈桥驿复校：《水经注疏》，江苏古籍出版社校1957年北京科技出版社影印抄本，第2039页。自宋代黄河常于曹、濮一带溃决后，雷夏泽即为黄河泥沙所淤涸。

子玉封于成，是为成得臣，其后亦以成为氏。"①《广韵·十四清》"成"字注："又姓，出上谷、东都二望，本自周文王子成伯之后。"②《通志·氏族略二》："郕氏，亦作'成'，伯爵，文王第五（七）子郕叔武之所封，或言武王封季载于此。其地在今濮州雷泽北三十里郕国故城是也。其后以国为氏，或去'邑'为'成氏'，与周之成肃公、楚之成得臣同为一成。"《资治通鉴·后唐纪八》胡三省《音注》说大同。《氏族略三》："成氏，楚若敖之后，以字为氏……又有郕国之后，亦去'邑'为'成'。又周成肃公、成桓公，未知其以字以邑与？"③《路史·后纪十》："成伯，子爵，后附于齐，还奔鲁而灭于楚。有成氏、郕氏、上成氏、邽氏、肃氏。"④

谨案：春秋时期成氏有三：一为姬姓成氏，即僖二十四年《左传》《史记·管蔡世家》文王庶子成叔武之后。二为子姓成氏，《潜夫论·志氏姓》："宋孔氏、……成氏、边氏、戎氏、买氏、尾氏、桓氏、戴氏、向氏、司马氏，皆子姓也。"⑤三为芈姓成氏，《国语·晋语四》韦《注》："子玉，楚若敖之曾孙、令尹成得臣也。"⑥可见，子姓成氏为宋公族，芈姓成氏为楚公族，故晋之成氏当为姬姓成氏。则晋成氏为季历（公季）之孙、文王昌（西伯）庶子郕叔武后裔⑦，属"文之昭"，姬姓，其世系未详。

（二）成鱄

昭二十八年《左传》杜《注》："（成）鱄，晋大夫。"⑧则成鱄，姓姬，氏成（一作"郕"），名鱄，本郕人，国灭徙居晋，仕为大夫，生卒年未详（前514在世）。其主张唯善是举，尊崇"唯此文王，帝度其心。莫其德音，其德克明。克明克类，克长克君。

---

① ［宋］司马光撰，［宋］胡三省音注，标点《资治通鉴》小组校点：《资治通鉴》，第9364页。

② ［宋］陈彭年等重修：《钜宋广韵》，第125页。

③ ［宋］郑樵撰，王树民点校：《通志二十略》，第49、117—118页。

④ 罗苹《注》："成，即郕，文王之子，不详名。"［宋］罗泌撰，［宋］罗苹注：《路史》，第163—164页。案：《钦定续通志·氏族略五》："邽氏，上邽、下邽并邑名。周邽巽，孔子弟子。"［清］高宗敕撰，［清］嵇璜纂：《钦定续通志》，浙江古籍出版社1988影印上海商务印书馆万有文库二集十通合刊本。今考：《汉书·地理志上》"下邽"自《注》引应劭《注》："秦武公伐邽戎，置有上邽，故加下。"颜《注》："邽，音圭。取邽戎之人而来为此县。"［汉］班固撰，［唐］颜师古注，傅东华等点校：《汉书》，第1544页。则上邽、下邽，地即今甘肃省天水市。其本邽戎之地，春秋时属秦。则《钦定续通志·氏族略五》此以邽氏出于秦地，恐不确。故笔者此不取。

⑤ ［汉］王符撰，［清］王继培笺，彭铎校正：《潜夫论笺校正》，第431页。

⑥ ［三国吴］韦昭注，上海师范大学古籍整理研究所校点：《国语》，第354页。

⑦ "郕"，隐五年、十年、桓三年、庄八年、僖二十四年、文十一年、十二年、襄十六年《春秋》《左传》并作"郕"，隐五年、桓三年《公羊传》皆作"盛"；"郕叔武"，《史记·管蔡世家》作"成叔武"。盖"成""郕""盛"音同而通。郕为姬姓国，始封君为文王庶子成叔武，本封于西周畿内（在今陕西省宝鸡市岐山县董家村一带），周平王元年（前770）东迁后徙封于今河南省濮阳市范县濮城镇东南之郕乡，庄王十一年（前686）郕降于齐，顷王四年（前615）郕伯出奔鲁，后灭于楚。

⑧ ［晋］杜预注，［唐］孔颖达等正义：《春秋左传正义》，第2119页。

王此大国,克顺克比。比于文王,其德靡悔。既受帝祉,施于孙子"古训,倡导"远不忘君,近不偪同,居利思义,在约思纯",认为"心能制义曰度,德正应和曰莫,照临四方曰明,勤施无私曰类,教诲不倦曰长,赏庆刑威曰君,慈和偏服曰顺,择善而从之曰比,经纬天地曰文",提出"度""莫""明""类""长""君""顺""比""文"为"九德"(昭二十八年《左传》)①说,熟知典籍,尤谙习《诗》,传世有《九德不愆以袭天禄论》(见昭二十八年《左传》)一文。

三、魏氏与魏锜、魏绛、魏舒

(一)魏氏之族属

闵元年《左传》:"晋侯作二军,公将上军,大子申生将下军。赵夙御戎,毕万为右,以灭耿、灭霍、灭魏。还,为大子城曲沃。赐赵夙耿,赐毕万魏,以为大夫。"僖二十四年《左传》载富辰曰:"管、蔡、郕、霍、鲁、卫、毛、聃、郜、雍、曹、滕、毕、原、酆、郇,文之昭也。"②《史记·魏世家》:"魏之先,毕公高之后也。毕公高与周同姓。武王之伐纣,而高封于毕,于是为毕姓。其后绝封,为庶人,或在中国,或在夷狄。其苗裔曰毕万,事晋献公。献公之十六年,赵夙为御,毕万为右,以伐霍、耿、魏,灭之。以耿封赵夙,以魏封毕万,为大夫……毕万封十一年,晋献公卒,四子争更立,晋乱。而毕万之世弥大,从其国名为魏氏。"③《潜夫论·志氏姓》:"魏氏、令狐氏、不雨氏、叶大夫氏、伯夏氏、魏强氏、豫氏,皆毕氏,本姬姓也。"④《元和姓纂·八未》:"魏,周文王第十五子毕公高受封于毕,裔孙万仕晋,封于魏,至犨、绛、舒,代为晋卿。后分晋,为诸侯,称王。"⑤《新唐书·宰相世系表二》:"魏氏,出自姬姓。周文王第十五子毕公高受封于毕,其后国绝,裔孙万为晋献公大夫,封于魏,河中河西县是也,因为魏氏。万生芒、季,季生武子犨,犨生悼子,悼子生昭子绛,绛生嬴,嬴生献子舒,舒生襄子曼多。"⑥《古今姓氏书辩证·八未》说大同。《通志·氏族略二》:"魏氏,始祖

---

①　[晋]杜预注,[唐]孔颖达等正义:《春秋左传正义》,第2119页。案:"维此文王",今本毛《诗》作"维此王季",韩《诗》亦作"维此文王",与昭二十八年《左传》同。

②　杜《注》:"毕万,魏犨祖父。"[晋]杜预注,[唐]孔颖达等正义:《春秋左传正义》,第1786、1817页。

③　[汉]司马迁撰,[晋]裴骃集解,[唐]司马贞索隐,[唐]张守节正义,郭逸、郭曼标点:《史记》,第1443—1444页。

④　[汉]王符撰,[清]王继培笺,彭铎校正:《潜夫论笺校正》,第449页。

⑤　[唐]林宝撰,[清]孙星衍校辑,郁贤皓、陶敏整理点校:《元和姓纂》,第1191页。

⑥　[宋]欧阳修、[宋]宋祁编修,石淑仪等点校:《新唐书》,第2655页。

毕公高，封于毕，为毕氏。杜预曰：'毕在长安西北。'今长安县西有杜山，又曰毕陌。至毕万事晋，封于魏。杜预曰，魏在河东河北县。河北今为平陆县，陕州治有魏城。后虽迁徙不常，自封魏之后皆号魏，惟徙梁之后，亦谓之梁。按毕公高，周文王第十五子，盖庶子也，故云姬姓之别族。武王伐纣，而高封于毕，其后绝封为庶人。其苗裔曰毕万，卜事晋，遇《屯》之《比》，辛廖占之，曰：'吉。此公侯之卦。'献公十六年，赵夙为御，毕万为右，以伐耿、霍、魏三国而灭之，以魏封毕万为大夫。生魏犨，从晋公子重耳出奔，及重耳立，以犨袭魏氏后，治于魏。武子之后，世为晋卿。生悼子，徙治霍，今晋州霍邑是也。生魏绛，晋悼公曰：'自吾用魏绛，八年之间，九合诸侯，和戎翟，绛之力也。'赐之乐，是为庄子，徙治安邑，今为县，隶解州。"①《资治通鉴·周纪一》胡三省《音注》说大同。

谨案：《史记·魏世家》司马贞《索隐》："《左传》富辰说文王之子十六国，有毕、原、丰、郇，言毕公是文王之子。此云与周同姓，似不用《左氏》之说。马融亦云毕、毛，文王庶子。"②司氏《史记索隐》说与僖二十四年《左传》载富辰之言相合。则晋魏氏为毕氏之别，季历（公季）之孙、文王昌（西伯）庶子毕公高后裔③，属"文之昭"，出于毕万。

（二）魏氏之世系

闵元年《左传》孔《疏》《礼记·乐记》孔《疏》《史记·魏世家》司马贞《索隐》并引《世本》："毕万生芒季，季生武仲州。"④《史记·魏世家》司马贞《索隐》引《世本》："武仲生庄子绛……献子，名荼；荼，庄子之子。"⑤《史记·魏世家》："（毕万）生武子……（武子）生悼子……（悼子）生魏绛……魏绛卒，谥为昭子。生魏嬴。嬴生魏献子……魏献子生魏侈。"⑥《国语·晋语七》韦《注》："（吕）宣子，吕锜之子吕相……（吕）宣子，吕相……（令狐）文子，魏颉。"⑦僖二十三年《左传》杜《注》："（魏）武子，魏

①　[宋]郑樵撰，王树民点校：《通志二十略》，第 47 页。

②　[汉]司马迁撰，[晋]裴骃集解，[唐]司马贞索隐，[唐]张守节正义，郭逸、郭曼标点：《史记》，第 1443 页。

③　毕公高所封之"毕"，都邑地在今陕西省咸阳市秦都区北五里之毕原。

④　[晋]杜预注，[唐]孔颖达等正义：《春秋左传正义》，第 1786 页。案：《礼记·乐记》孔《疏》引作："万生芒，芒生季，季生武仲州。"此以"芒季"一人为二人，恐误。"武仲州"，即犨（原本作"讐"）。

⑤　[汉]司马迁撰，[晋]裴骃集解，[唐]司马贞索隐，[唐]张守节正义，郭逸、郭曼标点：《史记》，第 1444 页。

⑥　[汉]司马迁撰，[晋]裴骃集解，[唐]司马贞索隐，[唐]张守节正义，郭逸、郭曼标点：《史记》，第 1444—1445 页。

⑦　[三国吴]韦昭注，上海师范大学古籍整理研究所校点：《国语》，第 432—437 页。

犫。"昭十三年《左传》杜《注》同。宣十五年《左传》杜《注》："（魏）武子，魏犫，颗之父。"成十三年《左传》杜《注》："吕相，魏锜子。"成十八年《左传》杜《注》："（魏）相，魏锜子……（魏）颉，魏颗子。"昭二十八年《左传》杜《注》："（魏）戊，魏舒庶子。"定十三年《左传》杜《注》："（魏）襄子，魏舒孙曼多也。"①《春秋释例·世族谱下》："魏氏，毕万；魏犫，万之孙；魏颗，魏犫子；魏锜，魏犫子，为吕氏；魏绛，魏犫子庄子；颗别为令狐氏，绛为魏氏，盖颗长而庶，绛幼而适（嫡）故也；魏颉，魏颗子，颗长生颉，则绛是颉之叔父；吕相，魏锜子；魏舒，庄子之子献子；魏曼多，舒之孙。"②《春秋分记·世谱六》："魏氏，毕万生芒季；芒季生犫；犫生三子：曰颗，曰锜，曰绛；颗生颉，锜生相，绛生舒；舒生二子：曰侈，曰戊；侈生曼多；曼多生驹。"③

案：据《史记·魏世家》，《史记·魏世家》司马贞《索隐》引《世本》"武仲"后缺"悼子"一世；《世本》之"荼"，《左传》皆作"舒"。又，《史记·魏世家》裴骃《集解》："徐广曰：'（昭子）《世本》曰庄子。'"司马贞《索隐》："《系本》云'武仲生庄子绛'，无悼子。又《系本·居篇》曰：'魏武子居魏，悼子徙霍'。宋忠曰：'霍，今河东彘县也。'则是有悼子，《系本》卿大夫代自脱耳……《系本》云'庄子'，文错也。《居篇》又曰：'昭子徙安邑'，亦与此文同也……《系本》云：'献子名荼。荼，庄子之子。'无魏嬴……侈，他本亦作'哆'，盖'哆'字误，而代数错也。按：《系本》'献子生简子取，取生襄子多'，而《左传》云'魏曼多'是也。则侈是襄子，中间少简子一代。"④又，据《史记·魏世家》司马贞《索隐》引《世本》，《新唐书·宰相世系表二》缺魏取（简子）一世。又，郑氏《通志·氏族略二》所叙世系当从《史记·魏世家》说，据《世本》，毕万后缺芒、季二世。则春秋时期魏氏世系为：毕万→芒季→魏犫→魏颗（别为令狐氏）、魏锜（别为厨氏、吕氏）、魏绛→魏舒→魏侈、魏戊，魏侈→魏曼多→魏驹。

（三）魏锜

《国语·晋语七》韦《注》："吕锜，厨武子也。"⑤宣十二年《左传》杜《注》："（魏）锜，魏犫子……（厨）武子，魏锜。"成十六年《左传》杜《注》："吕锜，魏锜。"⑥清秦嘉谟辑补《世本》卷六："魏锜亦称'厨武子'，而其后则称'吕锜'。盖先食厨而后食吕。

① ［晋］杜预注，［唐］孔颖达等正义：《春秋左传正义》，第1815、1888、1911、1923、2150、2188页。
② ［晋］杜预：《春秋释例》，第447—448页。
③ ［宋］程公说：《春秋分记》，第135页。
④ ［汉］司马迁撰，［晋］裴骃集解，［唐］司马贞索隐，［唐］张守节正义，郭逸、郭曼标点：《史记》，第1444页。
⑤ ［三国吴］韦昭注，上海师范大学古籍整理研究所校点：《国语》，第432页。
⑥ ［晋］杜预注，［唐］孔颖达等正义：《春秋左传正义》，第1881—1882、1918页。

故其子遂称吕相欤？"①则魏锜(前？ 一前575)，即宣十二年《左传》之"厨武子""厨子"，亦即成十六年《左传》《国语·晋语七》之"吕锜"，姓姬，本氏毕，别氏魏，又别氏厨、吕②，名锜，谥武，尊称"子"，芒季之孙，魏犨(武仲州、武子)次子，魏颗之弟，魏绛(庄子)之兄，吕相(魏相)之父，晋大夫，景公三年(前597)邲之战为景公御③，厉公六年(前575)卒于鄢陵之战④。其勇武善射，长于占梦之术，传世有《占梦辞》(见成十六年《左传》)一文。

(四)魏绛

襄三年《左传》："晋侯以魏绛为能以刑佐民矣，反役，与之礼食，使佐新军。"襄十一年《左传》："晋侯以乐之半赐魏绛……魏绛于是乎始有金石之乐，礼也。"⑤《国语·晋语七》："(悼公)知魏绛之勇而不乱也，使为元司马……公以魏绛为不犯，使佐新军。"⑥《太平御览》卷四百四十七引魏何晏《冀州论》："勇谋经国，莫贤乎魏绛。"⑦成十八年《左传》杜《注》："(魏绛)魏犨子也。"⑧则魏绛，即襄四年、十四年、二十三年《左传》《国语·晋语七》之"魏庄子"，姓姬，氏魏，名绛，谥庄，尊称"子"，魏犨(武仲州、武子)嫡子，魏颗、魏锜(厨武子、吕锜)之弟，魏舒(献子)之父，悼公元年(前573)为中军司马(元司马)，四年(前569)为新军佐，十二年(前562)以和戎之功受赐金石之乐，十四年(前560)为下军佐，生卒年未详(前573—前559在世)⑨。其尊崇"师众以顺为武，军事有死无犯为敬"(襄三年《左传》)⑩古训，主张"诸侯新服，陈新来和，将观于我。我德，则睦；否，则携贰"(襄四年《左传》)⑪。倡导"乐只君子，

---

① ［清］秦嘉谟辑补：《世本》，［汉］宋衷注，［清］秦嘉谟等辑：《世本八种》，第168页。

② 《通志·氏族略二》："吕氏……又，晋有吕氏，出于魏氏，未知其以字以邑与？"［宋］郑樵撰，王树民点校：《通志二十略》，第66页。《姓氏急就篇》卷上："吕氏……又，晋吕锜、吕相本魏氏……厨氏，晋魏锜号厨武子。"［宋］王应麟：《姓氏急就篇》，江苏古籍出版社1987年影印清光绪九年浙江书局刊本。则晋吕氏、厨氏皆出于芒季之孙、魏犨次子魏锜。

③ "邲"，本水名，即"汴河"，亦曰"汴渠"。其上游为荥渎，又曰"南济"，首受黄河，在今河南省荥阳市曰"蒗荡渠"。

④ "鄢陵"，即隐元年《春秋》《左传》之"鄢"，本为妘姓国，郑武公灭之以为邑，初用原名，后改名为"鄢陵"，地在今河南省许昌市鄢陵县西北。

⑤ ［晋］杜预注，［唐］孔颖达等正义：《春秋左传正义》，第1931、1951页。

⑥ 韦《注》："魏绛，犨之子庄子也。元司马，中军司马……(魏)庄子，魏绛。"［三国吴］韦昭注，上海师范大学古籍整理研究所校点：《国语》，第435—441页。

⑦ ［宋］李昉等：《太平御览》，第2057页。

⑧ ［晋］杜预注，［唐］孔颖达等正义：《春秋左传正义》，第1923页。

⑨ 据襄十一年《左传》《史记·魏世家》，晋悼公十二年(前562)，悼公以其辅助和诸戎狄而九合诸侯之功，赐之金石之乐，徙治安邑(即今山西省运城市夏县安邑故城)。

⑩ ［晋］杜预注，［唐］孔颖达等正义：《春秋左传正义》，第1931页。

⑪ ［晋］杜预注，［唐］孔颖达等正义：《春秋左传正义》，第1933页。

殿天子之邦。乐只君子,福禄攸同。便蕃左右,亦是帅从""居安思危"古训,提出霸主应"乐以安德,义以处之,礼以行之,信以守之,仁以厉之""思则有备,有备无患"(襄十一年《左传》)①说。以勇谋经国,推行德政,严于执法,佐民以刑,和诸戎狄,九合诸侯,熟读典籍,尤谙《诗》《书》,传世有《请罪求死书》(见襄三年《左传》)、《我德则睦论》《德民择人论》《和戎五利论》(俱见襄四年《左传》)、《谏君安其乐而思其终书》(见襄十一年《左传》)诸文②。

(五)魏舒

昭五年《左传》载楚蓮启强曰:"韩起之下赵成、中行吴、魏舒、范鞅、知盈;羊舌肸之下,祁午、张趯、籍谈、女齐、梁丙、张骼、辅跞、苗贲皇,皆诸侯之选也。"昭二十八年《左传》载仲尼美魏子(魏舒)曰:"近不失亲,远不失举,可谓义矣……魏子之举也义,其命也忠,其长有后于晋国乎!"③《国语·周语下》韦《注》:"(魏)献子,晋正卿,魏绛之子舒也……(魏子)魏献子也。"《晋语九》韦《注》:"(魏)献子,晋正卿,魏戊之父魏舒也。"④成十八年《左传》杜《注》:"(魏绛)魏犫子也。"⑤案:《汉书·古今人表》"魏献子"颜《注》:"绛孙。"⑥说与《世本》异,故笔者此不取。又,晋献公十六年(前661)初作二军,献公将上军,大子申生将下军,未有其号。自晋顷公十二年(前514)魏舒(献子)始有"将军"之称(昭二十八年《左传》),至卫出公十年(前483)之后公孙木(文子)亦有"将军"之称(《礼记·檀弓上》《大戴礼记·卫将军文子篇》)。除晋、卫二国之外,终春秋之世其他诸侯国未见有称"将军"者。降及战国之世,遂以"将军"为官名⑦。则魏舒(前?—前509),即襄二十三年、二十九年、昭二十六年、定元年《左传》《国语·周语下》《晋语九》《史记·六国年表》《吴世家》《晋世家》《赵世家》《魏世家》《汉书·古今人表》之"魏献子",亦即昭二十八年、三十二年、定元年《左传》《国语·周语下》《汉书·五行志中》之"魏子",亦即昭公二十八年《左传》之

---

①　[晋]杜预注,[唐]孔颖达等正义:《春秋左传正义》,第1951页。

②　《请罪求死书》,《文章正宗·议论二》《御选古文渊鉴》卷三皆题作《对晋侯》,《皇霸文纪》卷六题作《授悼公书》,《文章辨体汇选·上书一》题作《上书晋侯》,《全上古三代文》卷四题作《授仆人书》;《我德则睦论》《德民择人论》《和戎五利论》,《文章正宗·议论二》《文编·疏请》《文章辨体汇选·论谏四》皆题作《请和戎》;《谏君安其乐而思其终书》,《文章正宗·议论二》题作《辞赐金石之乐》,《文章辨体汇选·论谏四》题作《请辞金石之乐》。

③　[晋]杜预注,[唐]孔颖达等正义:《春秋左传正义》,第2042、2119页。

④　[三国吴]韦昭注,上海师范大学古籍整理研究所校点:《国语》,第144—148、489页。

⑤　[晋]杜预注,[唐]孔颖达等正义:《春秋左传正义》,第1923页。

⑥　[汉]班固撰,[唐]颜师古注,傅东华等点校:《汉书》,第927页。

⑦　详见[元]马端临《文献通考·职官考十二》[清]顾炎武《日知录·将军》。

"将军",姓姬,氏魏,名舒,谥献,尊称"子",号将军,魏犨(武仲州、武子)之孙,魏绛(庄子)之子,魏侈(简子)、魏戊之父,平公二十一年(前537)为上军佐位居第四卿,顷公十二年(前514)为中军帅继韩起(宣子)秉国政,历仕平、昭、顷、定四君凡三十七年(前545—前509)。其长于谋断,主张和戎,尊崇王室,举义命忠,熟知典籍,传世有《败狄之策论》(见昭元年《左传》)、《敬行之命》(见昭二十八年《左传》)诸文。

四、蔡氏与蔡墨

(一)蔡氏之族属与世系

《后汉书·蔡邕传》李《注》载蔡邕《祖携碑》:"携字叔业,有周之胄。昔蔡叔没,成王命其子仲使践诸侯之位,以国氏姓,君其后也。"①《山东通志·艺文志二十》载蔡邕《汉琅琊王傅蔡朗碑》:"君讳郎,字仲明,盖苍颉之精尹,姬稷之末胄也。昔叔度,文王之昭,建侯于蔡,以国氏焉。迄于平、襄,周祚微缺,王室遂卑,齐、晋交争,强楚侵凌,昭侯陟于州来,公族分迁,氏家于圄;奕叶载德,常历官尹,以逮于兹。"②《急就篇》卷二颜《注》:"周蔡叔者,文王之子,为周公所诛,而封其子仲于蔡,是为蔡侯。其后为楚所灭,遂称蔡氏。"③《元和姓纂·十四泰》:"蔡,周文王第十四子蔡叔度生蔡仲胡,受封蔡,后为赵所灭,子孙以国为氏。晋有蔡墨。秦相蔡泽。"④《古今姓氏书辩证·十四泰》:"蔡,出自姬姓,齐大夫蔡朝,楚大夫蔡洧、蔡鸠居,晋太史蔡墨,皆是也。"⑤《通志·氏族略二》:"蔡氏,文王第五子蔡叔度之国也。或言第十四子……晋有蔡墨,秦相蔡泽,或以邑,或以地,未知其得氏之由。"⑥

谨案:蔡叔度,《名贤氏族言行类稿》卷四十四、《古今合璧事类备要续集》卷二十引《元和姓纂》皆作"文王第十四子",库本《元和姓纂》作"文王第十子",《通志·氏族略二》作"文王第五子",清张澍《姓氏寻源》谓"一云文王第四子"。考之于《史记·管蔡世家》,武王发同母十兄弟,长曰伯邑考,次曰武王发,次曰管叔鲜,次曰周

①　[南朝宋]范晔撰,[唐]李贤等注,宋云彬等点校:《后汉书》,第1980页。
②　[清]岳浚等编修:《山东通志》,上海古籍出版社1987年影印渊阁四库全书本,第766页。
③　[汉]史游撰,[唐]颜师古注:《急就篇》,第415页。
④　[唐]林宝撰,[清]孙星衍校辑,郁贤皓、陶敏整理点校:《元和姓纂》,第1249页。案:"蔡泽",燕人,相秦昭王(前306—前277在位),事见《史记·范睢蔡泽列传》。又,据昭十一年《春秋》《左传》,楚灵王十年(前531),楚灭蔡。则"赵"当为"楚"之讹。
⑤　[宋]邓名世撰,王力平点校:《古今姓氏书辩证》,第470页。
⑥　[宋]郑樵撰,王树民点校:《通志二十略》,第44—45页。

公旦,次曰蔡叔度,故《通志·氏族略二》是。则晋蔡氏为季历(公季)之孙、文王昌庶子蔡叔度后裔,属"文之昭",姬姓,其世系未详。

(二)蔡墨

哀二十年《左传》:"(越)王曰:'溺人必笑,吾将有问也。史黡何以得为君子?'(楚隆)对曰:'黡也进不见恶,退无谤言。'王曰:'宜哉!'"①《史记·鲁世家》裴骃《集解》引汉服虔《春秋左氏传解》:"史墨,晋史蔡墨。"②《国语·晋语九》韦《注》:"史黡,晋大夫史墨,时为简子史。"③昭二十九年《左传》杜《注》:"蔡墨,晋大史……蔡史墨,即蔡墨。"④《春秋臣传·昭公二》:"蔡墨,名黡,晋史大夫也。"⑤《通志》卷一百八十一《艺术传一》:"蔡墨者,名黡,晋太史,又为赵简子史,故曰史墨。"⑥《山西通志》卷一百九《人物九》:"蔡墨,字黡,定公时太史。"⑦

谨案:《山西通志》认为,蔡墨,氏蔡,名墨,字黡,与王氏《春秋列国诸臣传》、郑氏《通志》说异。考之于哀五年《左传》,楚隆对越王勾践问时称其为"黡",必尊称其表字而非直呼其名。故笔者此从《山西通志》说。则蔡墨,即昭二十九年《左传》之"蔡史墨",昭三十一年、三十二年、哀九年《左传》《鲁世家》之"史墨",哀二十年《左传》《国语·晋语九》《淮南子·主术训》《说苑·尊贤篇》之"史黡",《吕氏春秋·召类篇》之"史默",姓姬,氏蔡,名墨(一作"默"),字黡,本蔡人,徙居晋,初仕为晋太史,后为赵氏家史,历仕顷、定二君凡三十九年(前513—前486),生卒年未详(前513—前486在世)。其尊崇"潜龙勿用""见龙在田""飞龙在天""亢龙有悔""见群龙无首,吉""龙战于野"古训,主张"物有其官,官修其方,朝夕思之",反对"擅作刑器,以为国法"以"法奸"(昭二十九年《左传》)⑧。尊崇"高岸为谷,深谷为陵""在《易》卦,雷乘《乾》曰《大壮》 ,天之道也"古训,认为"物生有两、有三、有五、有陪贰",提出"天有三辰,地有五行,体有左右,各有妃耦,王有公,诸侯有卿,皆有贰也"

---

① [晋]杜预注,[唐]孔颖达等正义:《春秋左传正义》,第2180页。

② [汉]司马迁撰,[晋]裴骃集解,[唐]司马贞索隐,[唐]张守节正义,郭逸、郭曼标点:《史记》,第1241页。

③ [三国吴]韦昭注,上海师范大学古籍整理研究所校点:《国语》,第496页。

④ [晋]杜预注,[唐]孔颖达等正义:《春秋左传正义》,第2122—2125页。

⑤ [宋]王当:《春秋列国诸臣传》,扬州广陵书社2007年影印清康熙十九年(1680)纳兰性德刻通志堂经解本,第528页。

⑥ [宋]郑樵:《通志》,北京图书馆中华再造善本2006年影印元大德间(1297—1307)三山郡庠刻元明递修弘治公文纸印本。

⑦ [清]觉罗石麟等编修:《山西通志》,台湾商务印书馆1986年影印文渊阁四库全书本,第737页。

⑧ [晋]杜预注,[唐]孔颖达等正义:《春秋左传正义》,第2122—2125页。

"社稷无常奉,君臣无常位,自古以然"(昭三十二年《左传》)①说。认为"君行臣不从,不顺",倡导"夫事君者,谏过而赏善,荐可而替否,献能而进贤,择材而荐之,朝夕诵善败而纳之。道之以文,行之以顺,勤之以力,致之以死。听则进,否则退"(《国语·晋语九》)②这一良臣事君之道。进不见恶,退无谤言,精通天文历象,熟知历史典籍,尤谙《诗》《易》,传世有《龙论》《五行官制论》《社稷五祀五官之制论》《法奸必亡论》(俱见昭二十九年《左传》)、《火胜金论》(见昭三十一年《左传》)、《得岁有福论》(见昭三十二年《左传》)、《三辰、五行论》(见昭三十二年《左传》)、《君行臣从论》《事君之道论》(见《国语·晋语九》)、《释卜兆》(见哀九年《左传》)诸文③。

五、原氏与原黯

(一)原氏之族属与世系

僖二十四年《左传》载周大夫富辰曰:"管、蔡、郕、霍、鲁、卫、毛、聃、郜、雍、曹、滕、毕、原、酆、郇,文之昭也。"④《急就篇》卷二颜《注》:"原,周文王之子封为原伯,其地在今河内。于后为晋所灭,迁之于冀,因称原氏。而晋更以原(国)封其大夫先轸,故号原轸。轸之苗裔,亦姓原焉。又,周之采地亦名为原,有原庄公、襄公皆食之也。其后亦命族。孔子之门有原宪、原壤。"⑤《元和姓纂·二十二元》:"原,周文王第十六子原伯之后封在河内,子孙氏焉。周有原庄公、原伯,鲁畿内诸侯也。鲁人原壤,陈有原仲,晋原轸,亦为原氏。鲁郡兖州,今有原氏,仲尼弟子宪之后。"⑥《古今姓氏书辩证·二十二元》:"原,春秋时,郑有原繁。陈之原氏,所谓南方之原者。后世望出鲁郡者,孔子弟子原亢,字籍。出南郡者,《赵广汉传》有颍川大姓者

①　[晋]杜预注,[唐]孔颖达等正义:《春秋左传正义》,第2128页。

②　[三国吴]韦昭注,上海师范大学古籍整理研究所校点:《国语》,第496页。

③　《三辰、五行论》,《文章正宗·议论三》《文编·论一》《文章辨体汇选·论谏八》皆题作《论季氏出君》;《法奸必亡论》,《文章正宗·议论四》《御选古文渊鉴》卷四皆题作《论晋铸刑鼎》,《文章辨体汇选·论谏八》皆题作《论铸刑鼎》;《事君之道论》,《文章辨体汇选》卷六十题作《论良臣》;《释卜兆》,《方舟集》卷二十四题作《三占词》。

④　[晋]杜预注,[唐]孔颖达等正义:《春秋左传正义》,第1817页。

⑤　[汉]史游撰,[唐]颜师古注:《急就篇》,第413页。案:"原宪",字子思,鲁人,孔子弟子,事见《论语·宪问篇》《韩诗外传》卷一、《春秋繁露》卷九、《史记·仲尼弟子列传》《游侠列传》《货殖列传》。"原壤",鲁人,孔子故旧,事见《论语·宪问篇》《礼记·檀弓下》。

⑥　[唐]林宝撰,[清]孙星衍校辑,郁贤皓、陶敏整理点校:《元和姓纂》,第449页。案:"原仲",陈人,鲁公子季友之旧,所出未详,事见庄二十七年《春秋》《左传》。

原褚,宗族恣横。"①《通志·氏族略三》:"原氏,周文王第十六子原伯之后,封于河内,今泽州沁水是其地也。周有原庄公,世为周卿士,故以邑为氏。鲁有原壤,陈有原仲,晋有原轸。往往其族散在他国而以本国为氏者。"②《姓氏急就篇》卷上:"原氏,周文王之子封原伯,其地在河内。后为晋所灭,迁于冀,因称原氏。晋更以原封大夫先轸,号原珍,其后亦为原氏。又,赵同亦曰原同;周之采地亦名为原,有原庄公、襄公、原伯鲁,其后亦命族;郑有原繁,陈有原仲,孔子弟子原宪、原亢、原壤,赵有原过。"③《山西通志·氏族一》:"原氏,周文王第十六子原伯之后。"④

谨案:综合上引文献可知,晋原氏有三:

一为原黯(前?—前651),其名见《汉书·地理志》颜《注》引晋臣瓒《汉书音义》《水经·汾水注》《文选》卷九汉班彪《北征赋》李《注》并引《竹书纪年》:"晋武公灭荀,以赐大夫原氏黯,是为荀叔。"⑤则晋武公三十九年(前677)晋灭荀后,赐原氏黯为采邑,原氏黯方有荀叔之称⑥。故此原氏黯,本氏原,别氏荀。

二为原轸(前?—前627),其名见僖二十八年、三十三年《左传》,即僖二十七年、二十八、三十三年、文二年《左传》之"先轸",先丹木之子,先且居之父,始为下军佐,后以中军将秉国政,生卒年未详(前633—前625在世)。据昭三年《左传》《广韵·一先》《古今姓氏书辩证·一先》《通志·氏族略四》《路史·后纪十》罗苹《注》,原轸,姬姓,氏先,别氏原,文王昌之孙、武王发庶子唐叔虞后裔,出于先丹木,晋公族。此即姬姓原氏。

三为原同(前?—前583),其名见僖二十四年《左传》,即宣十二年、十五年、成六年、八年《左传》之"赵同",赵夙之孙、赵衰次子,为下军大夫,晋景公十七年(前583)被杀。据僖二十五年《左传》《国语·晋语四》《潜夫论·志氏姓》、僖二十四年《左传》杜《注》、清秦嘉谟辑补《世本》卷七及彭铎《潜夫论笺校正》卷九,晋文公二年

①　[宋]邓名世撰,王力平点校:《古今姓氏书辩证》,第105页。案:"原繁",即庄十四年《左传》之"伯父",姓姬,氏原,名繁,桓公友之孙,武公滑突庶子。"原亢(一作'宂')",字籍,孔子弟子,事见《史记·仲尼弟子列传》。"赵广",所出未详。

②　[宋]郑樵撰,王树民点校:《通志二十略》,第81页。

③　[宋]王应麟:《姓氏急就篇》,第771页。

④　[清]觉罗石麟等编修:《山西通志》,第268页。

⑤　[汉]班固撰,[唐]颜师古注,傅东华等点校:《汉书》,第1548页。案:此据《汉书·地理志》颜《注》引臣瓒《汉书音义》引文。《水经·汾水注》引作:"晋武公灭荀,以赐大夫原氏也。"[北魏]郦道元撰,杨守敬、熊会贞疏,段熙仲点校,陈桥驿复校:《水经注疏》,第557页。《文选》卷九汉班彪《北征赋》李《注》引作:"晋武公灭郇,以赐大夫原点,是为郇叔。"[梁]萧统编,[唐]李善注:《文选》,中华书局1977年影印清胡可家重刻宋尤袤刊本,第142页。

⑥　参见:邵炳军《晋文公灭国夺邑系年辑证》,《山西大学学报》2002年第5期,第77—83页。

（前635），晋取原，使赵衰为原大夫。则原同，嬴姓，本氏赵，以邑别氏原，恶来之弟季胜之后裔，出于奄父之子叔带此即嬴姓原氏。

可见，原黯不仅年辈比原同、原轸要早，其族属自然亦与原同、原轸各异，或与周原氏族属相同。据上引僖二十四年《左传》与《姓谱》之说，周之原氏有二：一为季历之孙、文王昌庶子原伯后裔，此以国为氏者。周襄王十八年（前635），襄王赐文公南阳阳樊、温、原、州、陉、絺、组、攒茅之田（此八邑地皆在今河南省济源市、焦作市、沁阳市、安阳市一带），晋乃取原（即今济源市西北十五里之原乡），迁原伯贯于冀（晋邑，即今山西省河津市东北之冀亭遗址），事见僖二十五年《左传》《国语·晋语四》。二为周原庄公后裔，此以邑为氏者。原庄公，即庄二十一年《左传》之"原伯"，周惠王卿士，事见庄十八年、二十一年《左传》。原襄公，周定王卿士，事见宣十六年《左传》。则此二原氏同为姬姓，然其所出则异。那么，原黯或周文王庶子原伯后裔，或周原庄公后裔。此周文王庶子姬姓原国始封当在周文王或武王灭獂戎之后。周公旦摄政称王平定"三监"之乱后，为了加强其对东土殷畿之地的控制，将原伯之国由初封地獂道故城东迁陟封于夏、商之原方故地①。原国之君在春秋中期在周王室具有很高的政治地位，仅惠、襄、定、景四王在位时任王室卿士者有原庄公、原襄公、原伯绞、原伯鲁四人，盖此时原国当为周之附庸国。周桓王所与郑人苏忿生之"原田"当为地近原国之田而非其邑（隐十一年《左传》），更非原国封地自周武王陟封苏忿生于温时已为苏国所有；即晋迁原于冀后，原国仍未被晋所灭，只不过是由周王畿之属国沦为晋之附庸国罢了。晋迁原伯贯于冀后，其子孙见于《左传》者有原襄公、原伯绞、原伯鲁、原伯鲁之子、原寿过五人，其或为原国之君，或为周王室之卿士，仍称其为"公""伯"，盖晋文公迁其国、取其地而未灭其国之故。可见，上引《姓谱》所谓西周时期周文王之子原伯后裔之原氏与春秋时期原庄公后裔之原氏，其族属则一。则晋原黯之原氏为季历（公季）之孙、文王昌（西伯）庶子原伯后裔，未详其祢，属"文之昭"，姬姓，其世系为：原黯→逝遨→荀林父（别为中行氏）、荀首（别为知氏）。

（二）原黯

僖九年《左传》："初，献公使荀息傅奚齐，公疾，召之……十一月，里克杀公子卓于朝，荀息死之。君子曰：'《诗》所谓'白圭之玷，尚可磨也；斯言之玷，不可为也。'

---

① 据［北魏］郦道元《水经·渭水注》引汉应劭说，獂戎居天水源道县，故城在今甘肃省定西市陇西县之北、通渭县东南。又，原方故地，即今河南省济源市西北四里之原村。

荀息有焉。'"①《史记·晋世家》:"(二十六年夏)晋献公病……于是遂属奚齐于荀息。荀息为相,主国政②。"《太平御览》卷四百四十七引魏何晏《冀州论》:"守信不移,莫贤乎荀息。"③《国语·晋语二》韦《注》:"荀息,奚齐之傅。"④僖二年《左传》杜《注》:"荀息,荀叔也。"⑤僖九年《左传》杜《注》说同。僖二年《穀梁传》范《注》:"荀息,晋大夫。"⑥

谨案:关于《左传》之"荀息"、《竹书纪年》之"原氏黯"与《世本》之"逝遨"三名之关系,兹考辨如下:

《潜夫论·志氏姓》:"晋大夫郇息事献公,后世将中军,故氏中行,食采于智。"⑦《春秋地理考实》卷一:"《汉书》臣瓒引《汲郡古文》:'晋武公灭荀,以赐大夫原氏黯。'又,姓氏书:荀侯,晋灭之,为公族,后逝敖为荀氏。则中行氏、知氏之祖也。"⑧张澍稡集补注《世本》卷三:"荀息后为荀林父。"卷五:"《竹书》云:'晋曲沃武公灭荀,以赐大夫原氏黯,是为荀叔。'《传》称'荀息',亦云'荀叔'宜即'原黯'也。"⑨雷学淇校辑《世本》卷上:"'逝遨'不见《经》《传》。林父以前,有荀息事晋献公,亦曰荀叔。《纪年》曰:'献公灭荀以赐大夫原氏黯,是为荀叔。''黯''息'义相近,'逝遨'岂其子欤?"⑩笔者在上文已提及,原氏黯称"荀叔"为晋武公三十九年(前677)晋灭荀赐原氏黯为采邑之后;而荀息始见于僖二年《左传》,即晋献公十九年(前658),卒于晋献公二十六年(前651),前后相距二十七年。又,僖九年《左传》:"初,献公使荀息傅奚齐,公疾,召之,曰:'以是藐诸孤,辱在大夫,其若之何?'稽首而对曰:'臣竭其股肱之力,加之以忠贞。其济,君之灵也;不济,则以死继之。'"⑪献公选择荀息作为孺子奚齐之傅,并在临终托孤,且荀息自己亦称"股肱"之臣,其必然为元老重臣。⑫

---

① [晋]杜预注,[唐]孔颖达等正义:《春秋左传正义》,第1800、1801页。

② [汉]司马迁撰,[晋]裴骃集解,[唐]司马贞索隐,[唐]张守节正义,郭逸、郭曼标点:《史记》,第1312页。

③ [宋]李昉等:《太平御览》,第2057页。

④ [三国吴]韦昭注,上海师范大学古籍整理研究所校点:《国语》,第302页。

⑤ [晋]杜预注,[唐]孔颖达等正义:《春秋左传正义》,第1791页。

⑥ [晋]杜预注,[唐]孔颖达等正义:《春秋左传正义》,第2392页。

⑦ [汉]王符撰,[清]王继培笺,彭铎校正:《潜夫论笺校正》,第453页。

⑧ [清]江永:《春秋地理考实》,凤凰出版社2005年影印阮元刻皇清经解本,第1947页。

⑨ [清]张澍稡集补注《世本》,[汉]宋衷注,[清]秦嘉谟等辑:《世本八种》,第491、549页。

⑩ [清]雷学淇校辑《世本》,[汉]宋衷注,[清]秦嘉谟等辑:《世本八种》,第40页。

⑪ [晋]杜预注,[唐]孔颖达等正义:《春秋左传正义》,第1800—1801页。

⑫ 据《史记·晋世家》,晋献公十二年(前665)骊姬生奚齐,至二十六年(前651)献公卒时奚齐方十四岁。

又，僖二年《公羊传》："四年，反取虞，虞公抱宝牵马而至。荀息见曰：'臣之谋何如？'献公曰：'子之谋则已行矣。宝则吾宝也，虽然，吾马之齿亦已长矣。'盖戏之也。"①《史记·晋世家》："（晋献公二十二）冬，晋灭虢，虢公丑奔周……荀息牵曩所遗虞屈产之乘马奉之献公，献公笑曰：'马则吾马，齿亦老矣！'"②足见其在晋献公之世（前676—前651）年事已高。那么，《左传》之"荀息"，即《竹书纪年》之"原氏黯"，为《世本》"逝遨"之父。故《史记·赵世家》司马贞《索隐》所引《世本》"晋大夫逝遨"，《元和姓纂·一东》引作"晋荀逝遨"，是林氏以"逝遨"为荀氏。则原黯（前？一前651），即僖二年《左传》《穀梁传》《公羊传》《吕氏春秋·权勋篇》《韩非子·十过篇》之"荀息"，亦即僖九年《左传》《竹书纪年》之"荀叔"（一作"郇叔"），《竹书纪年》之"原氏黯"（一作"原点"），姓姬，本氏原，别氏荀，其后别为中行氏、知氏、程氏、辅氏、田氏，名黯，字息，逝遨之父，本原人，徙居晋，武公三十九年（前677）为荀大夫，献公十九年（前658）与里克帅师会虞师伐虢灭下阳，二十二年（前655）帅师灭虢、灭虞，二十六年（前651）夏为奚齐傅居卿位以秉国政，九月献公薨乃立奚齐为君，十一月里克弑奚齐，又立公子卓为君，里克又弑公子卓，遂缢以明志，历仕武、献二君凡二十七年（前677—前651）。其提出"达心则其言略，懦则不能强谏，少长于君则君轻之"（僖二年《穀梁传》）③说，主张"臣竭其股肱之力，加之以忠贞"，认为"公家之利，知无不为，忠也；送往事居，耦俱无猜，贞也"（僖九年《左传》）④。守信不移，忠贞事君，长于谋略，熟知典籍，传世有《假道于虞以伐虢之策论》《虞宫之奇论》（俱见僖二年《穀梁传》）、《假道于虞以伐虢之说辞》（见僖二年《左传》）、《忠贞论》（见僖九年《左传》）、《对里克问》（见《国语·晋语二》）诸文。

六、荀氏与荀林父、荀首

（一）荀氏之族属

《元和姓纂·十八谆》："荀……晋有林父，生庚，裔孙况。"⑤《广韵·十八谆》

---

① 何《注》："以马齿长戏之，喻荀息之年老。"[汉]何休注，[唐]徐彦疏：《春秋公羊传注疏》，中华书局1980年影印阮刻十三经注疏本，第2248页。
② [汉]司马迁撰，[晋]裴骃集解，[唐]司马贞索隐，[唐]张守节正义，郭逸、郭曼标点：《史记》，第1311页。
③ [汉]何休注，[唐]徐彦疏：《春秋公羊传注疏》，第2248页。
④ [晋]杜预注，[唐]孔颖达等正义：《春秋左传正义》，第1800—1801页。
⑤ [唐]林宝撰，[清]孙星衍校辑，郁贤皓、陶敏整理点校：《元和姓纂》，第95页。

"荀"字注："荀……又姓，本姓郇，后去'邑'为'荀'。"①《古今姓氏书辩证·十八谆》："荀，出自姬姓。春秋时，晋大夫荀息，裔孙骓、嘉、会，皆为卿大夫，其族为大，别为三族：一曰晋公族逝遨生林父，为文公中行将，谓之'中行荀氏'；二曰林父之弟首，食邑于知，以所食邑氏，谓之'荀知氏'；三曰逝敖曾孙欢，食邑于程，谓之'荀程氏'。"②《通志·氏族略三》："荀氏，晋之公族也，隰叔之后。荀林父将中行，故曰中行氏。荀邑在绛州正平西十五里。宣十二年，荀林父与楚子战于邲，荀首、赵同为下军大夫。荀首食邑于智，号智庄子。襄十四年，知朔生盈而死，故荀氏同见。又为田氏、程氏、辅氏。"《氏族略六》："荀氏之族见于后世者，有田氏，有程氏，有辅氏，有智氏。"③《资治通鉴·秦纪一》胡三省《注》："《姓谱》：'荀，本姓郇，后去"邑"为"荀"。'又晋荀林父，公族隰叔之后。"④《路史·后纪十》："荀侯，诸侯之伯。晋灭之，为公族。后逝遨为荀氏、郇氏、旬氏、孙氏、孙伯氏、夙氏、程氏、中行氏、伯宗氏、籍氏、席氏、投氏、投壶氏，孙息食知为知氏、智氏。知果谏瑶不从，乃别族于太史为辅氏。"《国名纪五》："荀，逝敖采，本郑地，重耳军庐柳（湿）次于郇者。"⑤《姓氏急就篇》卷上："荀姓，《国语》黄帝子十二姓有荀，又文王之子郇伯其后去邑为荀，晋有荀息、荀林父，林父始将中军称中行氏，其弟荀首分族称知氏。"⑥

谨案：荀欢，即《国语·晋语七》韦《注》之"荀骓"，程郑曾祖父，程季祖父。《国语·晋语七》韦《注》、成三年《左传》杜《注》《史记·晋世家》司马贞《索隐》皆未明所出，邓氏谓欢乃逝敖曾孙，未详所据。又，成十八年《左传》杜《注》："程郑，荀氏别族。"襄七年《左传》杜《注》："田苏，晋贤人。"襄二十三年《左传》杜《注》："（程）郑亦荀氏宗。"⑦可见，荀氏别族有田氏，然与陈公子完后裔田齐之田所出迥异。又，《国语·晋语八》："昔匄之祖，自虞以上为陶唐氏，在夏为御龙氏，在商为豕韦氏，在周为唐、杜氏。周卑，晋继之，为范氏，其此之谓也？……昔隰叔子违周难于晋国，生子舆为理，以正于朝，朝无奸官；为司空，以正于国，国无败绩。"⑧可见，隰叔为晋范氏之祖，祁姓，非晋姬姓公族自明，故郑氏《通志》谓荀氏为"隰叔之后"说失考。又，

①　[宋]陈彭年等重修：《钜宋广韵》，第 62 页。
②　[宋]邓名世撰，王力平点校：《古今姓氏书辩证》，第 95 页。
③　[宋]郑樵撰，王树民点校：《通志二十略》，第 83、223 页。
④　[宋]司马光撰，[宋]胡三省音注，标点《资治通鉴》小组校点：《资治通鉴》，第 188 页。
⑤　罗苹《注》："孙息后为三族：一公族逝敖生林父，为中行将，谓荀中行氏；一林父弟首邑于知，为荀智氏；一逝敖曾孙欢食邑程，为荀程氏。"[宋]罗泌撰，[宋]罗苹注：《路史》，第 165、348 页。
⑥　[宋]王应麟：《姓氏急就篇》，第 771 页。
⑦　[晋]杜预注，[唐]孔颖达等正义：《春秋左传正义》，第 1924、1938、1976 页。
⑧　[三国吴]韦昭注，上海师范大学古籍整理研究所校点：《国语》，第 453－458 页。

《潜夫论·志氏姓》谓帝尧之后有郇氏，与陶唐氏、刘氏、御龙氏、唐杜氏、隰氏、士氏、季氏、司空氏、随氏、范氏、栎氏、巊氏、冀氏、縠氏、蔷氏、扰氏、狸氏、傅氏等同宗共祖。足见祁姓郇氏与姬姓荀氏族属相异。则晋荀氏（郇氏、旬氏）为原氏之别，季历（公季）之孙、文王昌（西伯）庶子原伯后裔，属"文之昭"，姬姓，出于原黯（荀叔、荀息）。

（二）荀氏之世系

《史记·赵世家》司马贞《索隐》《元和姓纂·一东》并引《世本》："晋大夫逝遨生桓伯林父，林父生宣伯庚宿，庚宿生献伯偃，偃生穆伯吴，吴生（文子）寅。本姓荀，自荀偃将中军，晋改中军曰中行，因氏焉。元与智伯同祖逝遨，故智氏亦称荀。"①《赵世家》司马贞《索隐》引《世本》："逝遨生庄子首，首生武子▒，▒生庄子朔，朔生悼子盈，盈生文子栎，栎生宣子申，申生智伯瑶。"②《国语·晋语七》韦《注》："荀宾，晋大夫……荀家，晋大夫。荀会，荀家之族。"③成三年《左传》杜《注》："荀庚，林父之子。"④《史记·晋世家》司马贞《索隐》："（荀骓）谥文子。"⑤《春秋分记·世谱六》："荀氏，逝敖生林父为中行氏；林父生二子：曰庚，曰首，首之后为知氏。庚生偃，偃生吴，吴生寅。首生营，营生二子：曰朔（无后）、曰盈，盈生跞，跞生三子：曰徐吾（无后）、曰瑕、曰申，瑕生霄，申生瑶。"⑥

谨案：据僖二十九年《左传》，晋侯作三行以御狄，荀林父将中行。此乃在三军之外再作三行，非改三军为三行。可见《世本》说不确，故笔者此不取。又，据成二年《左传》《史记·赵世家》司马贞《索隐》引《世本》，首为逝敖次子，林父之弟，而非林父次子。⑦足见程氏说失考，故笔者此不取。则春秋时期晋荀氏世系为：原黯→逝遨→荀林父（别为中行氏）、荀首（别为知氏）……荀宾……荀家……荀会……

---

①　［汉］司马迁撰，［晋］裴骃集解，［唐］司马贞索隐，［唐］张守节正义，郭逸、郭曼标点：《史记》，第1413页。案：此据《史记·赵世家》司马贞《索隐》引文。吴生（文子）寅，原引作"吴生寅"，此据定八年《左传》杜《注》补"文子"二字。《元和姓纂·一东》引作："晋荀游遨生桓子林父，将中军，为中行氏。"［唐］林宝撰，［清］孙星衍校辑，郁贤皓、陶敏整理点校：《元和姓纂》，第40页。此"游遨"，库本及《古今姓氏书辩证·一东》皆作"逝遨"。《太平御览》卷六四二引《琐语》又谓"舞嚣"即"逝遨"。

②　［汉］司马迁撰，［晋］裴骃集解，［唐］司马贞索隐，［唐］张守节正义，郭逸、郭曼标点：《史记》，第1413页。

③　［三国吴］韦昭注，上海师范大学古籍整理研究所校点：《国语》，第434页。

④　［晋］杜预注，［唐］孔颖达等正义：《春秋左传正义》，第1900页。

⑤　［汉］司马迁撰，［晋］裴骃集解，［唐］司马贞索隐，［唐］张守节正义，郭逸、郭曼标点：《史记》，第1333页。

⑥　［宋］程公说：《春秋分记》，第134页。

⑦　说参：《春秋左传注疏》卷三十二四库馆臣《考证》。

荀骓。

（三）荀林父

《国语·周语中》韦《注》："荀伯，荀林父也，从下军之佐第六卿升为正卿也。"①僖二十七年《左传》杜《注》："荀林父，中行桓子。"文十三年《左传》杜《注》说同。文七年《左传》杜《注》："荀伯，林父。"宣十五年《左传》杜《注》："伯（氏），桓子字。"成二年《左传》杜《注》："中行伯，荀林父也。"②则荀林父，即文十三年《左传》之"中行桓子"，亦即宣十五年《左传》之"伯氏"，亦即成二年《左传》之"中行伯"，亦即《国语·周语上》之"荀伯"，姓姬，本氏原，别氏荀，其后以官别为中行氏，名林父，字伯氏，谥桓，尊称"子"，原黯（荀息、荀叔）之孙，逝遨之子，荀庚（宣子、中行伯）之父，文公四年（前633）为御戎，五年（前632）为中行帅，灵公元年（前620）为上军佐，六年（前615）为中军佐，景公三年（前597）为中军帅而秉国政，历仕文、襄、灵、成、景五代凡四十年（前633—前594），生卒年未详（前633—前594在世）。其尊崇"我虽异事，及尔同僚。我即尔谋，听我嚣嚣。我言维服，勿以为笑。先民有言，询于刍荛"古训，认为"同官为僚，吾尝同僚，敢不尽心乎"（七年《左传》）③。恪守"薁戎殷"古训，主张"使疾其民，以盈其贯，将可薁也"（宣六年《左传》）④。长于谋断，熟知典籍，尤谙《诗》《书》，传世有《伐赤狄之策论》（见宣六年《左传》）一文。

（四）荀首

成二年《左传》："知䓨之父，成公之婿也，而中行伯之季弟也"⑤《国语·晋语七》韦《注》："智庄子，荀首也，时为下军大夫。"⑥宣十二年《左传》杜《注》："荀首，林父弟……（知）庄子，荀首……知季，庄子也。"成三年《左传》杜《注》同。成六年《左传》杜《注》："（知庄子）荀首，中军佐。"⑦则荀首，即宣十二年《左传》之"知季"，亦即宣十二年、成六年《左传》之"知庄子"，姓姬，本氏原，别氏荀，其后以邑别为智（知）氏，名首，谥庄，尊称"子"，行次季，原黯（荀息、荀叔）之孙，逝遨之子，荀林父（荀伯、中行伯、中行桓子）之弟，荀䓨（知武子）之父，景公三年（前597）为下军大夫，十二年（前588）以中军佐而位居次卿，生卒年未详（前597—前586在世）。其尊崇"师出以律，

① ［三国吴］韦昭注，上海师范大学古籍整理研究所校点：《国语》，第83页。
② ［晋］杜预注，［唐］孔颖达等正义：《春秋左传正义》，第1823、1846、1888、1896页。
③ ［晋］杜预注，［唐］孔颖达等正义：《春秋左传正义》，第1846页。
④ ［晋］杜预注，［唐］孔颖达等正义：《春秋左传正义》，第1872页。
⑤ 杜《注》："知䓨父，荀首也。"［晋］杜预注，［唐］孔颖达等正义：《春秋左传正义》，第1896页。
⑥ ［三国吴］韦昭注，上海师范大学古籍整理研究所校点：《国语》，第432页。
⑦ ［晋］杜预注，［唐］孔颖达等正义：《春秋左传正义》，第1878—1880、1903页。

否臧,凶"古训。认为"执事顺成为臧,逆为否。众散为弱,川壅为泽。有律以如己也,故曰律。否臧,且律竭也"。提出"盈而以竭,夭且不整,所以凶也"(宣十二年《左传》)①说,熟知典籍,尤谙习《易》,传世有《师出以律论》(见宣十二年《左传》)一文。

七、中行氏与中行偃、中行吴、中行寅

(一)中行氏之族属

定十三年《左传》:"邯郸午,荀寅之甥也;荀寅,范吉射之姻也,而相与睦。"②《路史·后纪十》罗苹《注》引《风俗通义》:"(中行氏)中行穆子后。"③《潜夫论·志氏姓》:"晋大夫郇息事献公,后世将中军,故氏中行,食采于智。"④《史记·齐世家》司马贞《索隐》:"荀偃祖林父代为中行,后改姓为中行氏。"《赵世家》张守节《正义》:"又中行寅本姓荀,自荀偃将中军为中行,因号中行氏。元与智氏因承袭逝敖,姓荀氏。"《刺客列传》司马贞《索隐》:"中行氏,中行文子荀寅也。自荀林父将中行后,因以官为氏。"⑤《古今姓氏书辩证·一东下》:"中行,出自荀氏。晋公族逝敖,生荀林父。晋文公作三行以御狄,林父将中行,谓之'中行桓子',以官为氏。桓子生庚及献子偃,字伯游;偃生穆子吴,吴生文子寅。其族有中行喜。"⑥《通志·氏族略四》:"中行氏,晋公族隰叔之后也。荀林父将中行,故曰中行氏。"⑦《路史·后纪十》:"荀侯,诸侯之伯。晋灭之,为公族。后逝遨为荀氏、郇氏、旬氏、孙氏、孙伯氏、夙氏、程氏、中行氏、伯宗氏、籍氏、席氏、投氏、投壶氏,孙息食知为知氏、智氏。"⑧《姓氏急就篇》卷上:"荀姓,《国语》黄帝子十二姓有荀,又文王之子郇伯其后去邑为荀,晋有荀息、荀林父,林父始将中军称中行氏,其弟荀首分族称知氏。"⑨

---

①　[晋]杜预注,[唐]孔颖达等正义:《春秋左传正义》,第 1878—1880 页。
②　杜《注》:"荀偃子娶吉射女……中行文子,荀寅也。"[晋]杜预注,[唐]孔颖达等正义:《春秋左传正义》,第 2150 页。
③　[宋]罗泌撰,[宋]罗苹注:《路史》,第 165 页。案:今本《风俗通义》佚此文。
④　[汉]王符撰,[清]王继培笺,彭铎校正:《潜夫论笺校正》,第 453 页。
⑤　[汉]司马迁撰,[晋]裴骃集解,[唐]司马贞索隐,[唐]张守节正义,郭逸、郭曼标点:《史记》,第 1212、1413、1926 页。
⑥　[宋]邓名世撰,王力平点校:《古今姓氏书辩证》,第 16 页。案:据《史记·赵世家》司马贞《索隐》、林宝《元和姓纂·一东》并引《世本》及《史记·齐世家》司马贞《索隐》,偃为林父之孙、庚之子,此缺献子偃一世。
⑦　[宋]郑樵撰,王树民点校:《通志二十略》,第 154 页。
⑧　[宋]罗泌撰,[宋]罗苹注:《路史》,第 165 页。
⑨　[宋]王应麟:《姓氏急就篇》,第 771 页。

谨案:清秦嘉谟辑补《世本》卷七谓荀氏、知氏、智氏同祖,皆子姓,说与《通志·氏族略》异,笔者此不取。则晋中行氏为荀氏之别,季历(公季)之孙、文王昌(西伯)庶子原伯后裔,属"文之昭",姬姓,出于原黯(荀息、荀叔)之孙、逝遨之子荀林父(荀伯、中行桓子)。

（二）中行氏之世系

《国语·晋语六》韦《注》:"宣子,晋大夫,中行桓子之子荀庚。"①成三年《左传》杜《注》:"荀庚,林父之子。"襄二十一年《左传》杜《注》:"（知起、中行喜、州绰、邢蒯）四子,晋大夫。"②则春秋时期晋中行氏世系为:荀林父→中行庚→中行偃→中行吴→中行寅(出奔齐)……中行喜。

（三）中行偃

成十六年《左传》杜《注》:"（荀）偃,荀庚子。"襄十四年《左传》杜《注》:"中行伯,荀偃也。"襄十八年《左传》杜《注》:"中行伯,献子。"定十三年《左传》杜《注》:"荀寅子娶吉射女。"③《史记·齐世家》司马贞《索隐》:"献子,名偃。"④则中行偃(前? 一前554),即成十六年、襄元年、九年、十年、十三年、十四年、十六年、十八年、十九年《左传》、襄十四年、十六年《春秋》之"荀偃",亦即襄十三、十四年《左传》之"伯游",亦即襄十四《左传》之"中行献子""中行伯",亦即襄十八年《左传》之"官宦偃",亦即襄二十三年《左传》之"献子中行氏",姓姬,本氏荀,别氏中行,名偃,字伯游,谥献,尊称"子",荀林父(荀伯、中行伯、中行桓子)之孙,荀庚(宣子、中行伯)之子,荀吴(穆子)之父,厉公六年(前575)以上军佐位居第六卿,悼公十年(前564)以上军帅位居第五卿,十四年(前560)为中军帅而秉国政,平公四年(前554)病故,历仕厉、景、平三公凡二十二年(前575—前554)。其倡导"因重而抚之""亡者侮之,乱者取之。推亡、固存,国之道也"古训,主张霸主应实行"因而定之"(襄十四年《左传》)⑤之策,恪守礼仪,熟知典籍,谙习乐舞,传世有《答君辞于栾书、中行偃书》(见成十七年《左传》)、《〈桑林〉之舞论》(见襄十年《左传》)、《因而定之论》《棫林令》(俱见襄十四年

---

①　[三国吴]韦昭注,上海师范大学古籍整理研究所校点:《国语》,第409页。
②　[晋]杜预注,[唐]孔颖达等正义:《春秋左传正义》,第1900、1972页。
③　[晋]杜预注,[唐]孔颖达等正义:《春秋左传正义》,第1917、1956、1965、2150页。
④　[汉]司马迁撰,[晋]裴骃集解,[唐]司马贞索隐,[唐]张守节正义,郭逸、郭曼标点:《史记》,第1212页。
⑤　[晋]杜预注,[唐]孔颖达等正义:《春秋左传正义》,第1956页。

《左传》)、《济河祷辞》(见襄十八年《左传》)诸文①。

（四）中行吴

《淮南子·缪称篇》高《注》："中行缪伯，晋臣也，力能搏生虎。力能杀虎，而德不能服之。"②《太平御览》卷四百四十七引魏何晏《冀州论》："见利思义，莫贤乎中行穆子。"③《国语·晋语九》韦《注》："穆子，晋卿，中行偃之子荀吴中行伯也。"④襄十九年《左传》杜《注》："郑甥，荀吴，其母郑女。"襄二十六年《左传》杜《注》："（荀）吴，荀偃子。"昭五年《左传》杜《注》："（中行）吴，荀偃之子……（中行）伯，中行吴。"昭十二年《左传》杜《注》："（中行）穆子，荀吴。"昭二十一年《左传》杜《注》："（荀吴），中行穆子。"⑤《汉书·五行志中》颜《注》："荀吴，晋大夫，即荀偃之子也。"⑥《后汉书·西羌传》李《注》："荀吴，晋大夫中行穆子也。"⑦则中行吴，即襄十九年《左传》之"郑甥"，亦即襄二十六年、昭元年、十五年、十七年《春秋》、昭十一年、十二年、十三年、十五年、十七年、二十一年、二十二年《左传》之"荀吴"，亦即昭元年、十二年、十三年《左传》《国语·晋语九》之"中行穆子"，亦即昭五年《左传》《国语·晋语九》之"中行伯"，亦即《淮南子·缪称篇》之"中行缪伯"，姓姬，本氏荀，别氏中行，名吴，谥穆，尊称"子"，荀庚（宣子、中行伯）之孙，荀偃（中行偃、伯游、中行献子、中行伯）之子，郑女所出，荀寅（中行寅、中行文子）之父，平公四年（前554）继父立为卿，昭公二年（前530）帅师入昔阳（白狄氏族部落支族鼓之地，即今河北省晋州市西之昔阳故城）灭肥（白狄氏族部落支族，地在今山西省介休市境），三年（前529）为上军帅，顷公元年（前525）帅师灭陆浑之戎（即居于伊水流域之戎部落），六年（前520）帅师伐鲜虞（白狄氏族部落支族，都邑即今石家庄市正定县北四十里之新城铺）灭鼓，历仕晋平、昭、顷三公凡二十八年（前554年—前520），生卒年未详（前554年—前520在世）。其认为"诸侯相朝，讲旧好也"（昭十三年《左传》)⑧，提出"赏善罚奸，国之宪法"

---

①　《答君辞于栾书、中行偃书》,《皇霸文纪》卷六题作《栾书、中兴偃对》;《械林令》,据《全上古三代文》卷四题;《济河祷辞》,《文章辨体汇选·誓》,《全上古三代文》卷四皆题作《祷河》。

②　[汉]刘安撰,[汉]高诱注,刘文典集解,冯逸、乔华点校:《淮南鸿烈集解》,中华书局1989年新编诸子集成本,第322页。

③　[宋]李昉等:《太平御览》,第2057页。

④　[三国吴]韦昭注,上海师范大学古籍整理研究所校点:《国语》,第484页。

⑤　[晋]杜预注,[唐]孔颖达等正义:《春秋左传正义》,第1968、1988、2042、2062、2098页。

⑥　[汉]班固撰,[唐]颜师古注,傅东华等点校:《汉书》,第1387页。

⑦　[南朝宋]范晔撰,[唐]李贤等注,宋云彬等点校:《后汉书》,第2874页。

⑧　[晋]杜预注,[唐]孔颖达等正义:《春秋左传正义》,第2098页。

（《国语·晋语九》）①说，倡导"率义不爽，好恶不愆，城可获而民知义所，有死命而无二心"（昭十五年《左传》）②；见利思义，恪守礼仪，传世有《谏救蔡书》（见昭十一年《左传》）、《投壶歌》（见昭十二年《左传》）、《请辞鲁君书》（见昭十三年《左传》）、《赏善罚奸为国之宪法论》（见《国语·晋语九》）、《获城必示民以义论》（见昭十五年《左传》）诸诗文③。

（五）中行寅

《国语·周语下》韦《注》："范、中行，晋大夫范吉射、中行寅也。"《晋语九》韦《注》："（赵）午，荀寅之甥也。荀寅，范吉射之姻也。"④昭二十九年《左传》杜《注》："荀寅，中行荀吴之子。"定八年《左传》杜《注》："中行文子，荀寅也。"⑤哀二十七年《左传》杜《注》同。《史记·晋世家》司马贞《索隐》："寅，荀偃之孙。"⑥则中行寅，即襄二十七年、昭二十九年、定四年、八年、十三年、哀三年、四年《左传》、定十三年《春秋》之"荀寅"，亦即定八年、十三年、哀二十七年《左传》《史记·六国年表》《赵世家》《魏世家》之"中行文子"，亦即《国语·周语下》《晋语九》《战国策·秦策五》之"中行"，亦即《国语·晋语九》《墨子·非攻上篇》《鲁问篇》《战国策·齐策五》《赵策一》《淮南子·主术训》《吕氏春秋·不侵篇》《史记·秦本纪》《十二诸侯年表》《晋世家》《郑世家》《赵世家》《魏世家》《韩世家》《田敬仲完世家》《刺客列传》之"中行氏"，姓姬，本氏荀，别氏中行，名寅，谥文，尊称"子"，荀偃（中行偃、伯游、中行献子、中行伯）之孙，荀吴（郑甥、中行穆子、中行伯、中行吴、中行缪伯）之子，顷公十三年（前513）为下卿，定公二十一年（前491）出奔鲜虞，二十二年（前490）出奔齐，生卒年未详（前513年—前468在世）。其主张推行法制改革，"作刑器，以为国法"（昭二十九年《左传》）⑦；长于谋断，传世有《谏谋伐楚书》（见定四年《左传》）一文。

---

①　[三国吴]韦昭注，上海师范大学古籍整理研究所校点：《国语》，第484页。

②　[晋]杜预注，[唐]孔颖达等正义：《春秋左传正义》，第2077页。

③　《投壶歌》，《方舟集》卷二十四题作《答词》，《古诗纪》卷七及《先秦汉魏晋南北朝诗·先秦诗》卷四皆题作《投壶辞》，《古谣谚》卷二题作《投壶词》。

④　[三国吴]韦昭注，上海师范大学古籍整理研究所校点：《国语》，第149、490页。

⑤　[晋]杜预注，[唐]孔颖达等正义：《春秋左传正义》，第2124、2142页。

⑥　[汉]司马迁撰，[晋]裴骃集解，[唐]司马贞索隐，[唐]张守节正义，郭逸、郭曼标点：《史记》，第1338页。

⑦　[晋]杜预注，[唐]孔颖达等正义：《春秋左传正义》，第2124页。

八、知氏与知䟦、知瑶、知罃

（一）知氏之族属

《元和姓纂·五寘》："智，今有河东智氏。"①《古今姓氏书辩证·五寘》："智，出自荀氏。林父之弟荀首，食邑于知，谓之知庄子，以邑为氏；生武子知罃。罃生知朔、知盈。朔早死。盈字伯夙，为卿，是为知悼子。生文子知䟦；䟦生襄子荀瑶，号知伯。又知起、知徐吾，皆其族。瑶贪而愎，为韩、魏、赵所灭，知氏遂亡。其存者，惟辅氏。知，亦作'智'。"②《通志·氏族略三》："智氏，姬姓，即荀氏。荀首别食智邑，又为智氏。至荀瑶，为赵、魏所灭，故智氏亦谓荀氏。"③《路史·后纪十》："荀侯，诸侯之伯。晋灭之，为公族。后逝遨为荀氏、郇氏、旬氏、孙氏、孙伯氏、夙氏、程氏、中行氏、伯宗氏、籍氏、席氏、投氏、投壶氏，孙息食知为知氏、智氏。知果谏瑶不从，乃别族于太史为辅氏。"

谨案：据《国语·晋语九》《墨子·非攻中》《史记·周本纪》《晋世家》《郑世家》《魏世家》《韩世家》《田敬仲完世家》，晋出公二十二年（前453）晋赵无恤（襄子）、韩虎（康子）、魏驹（桓子）共杀荀瑶（知伯襄子），尽并其地，赵、韩、魏"三家分晋"，知氏灭于晋。则晋知氏为荀氏之别，季历（公季）之孙、文王昌（西伯）庶子原伯后裔，属"文之昭"，姬姓，出于原黯（荀息、荀叔）之孙、逝遨之子荀首（知季、知庄子）。

（二）知氏之世系

《国语·晋语九》韦《注》："智宣子，晋卿，荀䟦之子甲也……宵，宣子之庶子也。"④襄二十一年《左传》杜《注》："（知起、中行喜、州绰、邢蒯）四子，晋大夫。"襄二十三年《左传》杜《注》："（知）悼子，知罃之子荀盈也。"襄二十七年《左传》杜《注》："伯夙，荀盈。"襄二十九年《左传》杜《注》："知伯，荀盈也。"昭五年《左传》杜《注》："（赵成、中行吴、魏舒、范鞅、知盈）五卿位在韩起之下，皆三军之将佐也。"昭二十一年《左传》杜《注》："（荀吴），中行穆子。"昭二十八年《左传》杜《注》："（知）徐吾，知盈

① ［唐］林宝撰，［清］孙星衍校辑，郁贤皓、陶敏整理点校：《元和姓纂》，第1180页。
② ［宋］邓名世撰，王力平点校：《古今姓氏书辩证》，第435页。案：据《史记·赵世家》司马贞《索隐》引《世本》与《吕氏春秋·当染篇》高《注》《国语·晋语九》韦《注》，此阙"宣子申"一世。
③ ［宋］郑樵撰，王树民点校：《通志二十略》，第83页。
④ ［三国吴］韦昭注，上海师范大学古籍整理研究所校点：《国语》，第501页。

孙。"①《春秋释例·世族谱下》:"荀氏,荀罃;知朔;荀盈,朔之弟,罃之子。"②

谨案:《国语·晋语九》韦《注》之"知甲",《史记·赵世家》司马贞《索隐》引《世本》作"申",《春秋分记·世谱二》亦作"申"。又,襄二十七年《左传》孔《疏》引汉服虔《春秋左氏传解》:"伯夙,晋大夫。"③故孔氏以为"伯夙"非"荀盈"。而《春秋列国诸臣传》卷二十一谓"伯夙"乃"荀盈"之字,说与襄二十七年《左传》杜《注》合。又,据襄十四年《左传》《史记·赵世家》司马贞《索隐》引《世本》,武子罃生庄子朔,朔生悼子盈,盈生文子栎,则襄十四年、二十三年《左传》杜《注》及《世族谱》说不确。则春秋时期晋知氏世系为:荀首→知罃→知朔→知盈→知跞→知徐吾、知瑕、知申……知起,知申→知瑶、知宵。

(三)知罃

襄十四年《左传》:"于是知朔生盈而死,盈生六年而武子卒。"④《国语·晋语六》韦《注》:"武子,晋卿,荀首之子荀罃。"《晋语七》韦《注》:"智武子,荀罃也。"⑤宣十二年《左传》杜《注》:"知罃,知庄子之子。"成十八年《左传》杜《注》:"知伯,荀罃……(知)武子·荀罃。"⑥襄十年《左传》杜《注》同。则知罃(前? —前560),即成十六年、襄元年、二年、三年、四年、八年、九年、十年《左传》之"知武子",亦即成十八年、襄十三年《左传》之"知伯",亦即《国语·晋语七》之"子羽""智武子",姓姬,本氏原,别氏荀(一作"邨"),又别氏知(一作"智"),名罃,字子羽,谥武,尊称"子",逝敖之孙,荀首(庄子)之子,知朔(庄子)之父,景公三年(前597)邲之战时为楚所俘,十二年(前588)自楚归晋为下军佐而居卿位,后代韩厥(献子)为中军帅而秉国政,悼公十四年(前560)卒,历仕景公、厉公、悼公三君凡三十八年(前597—前560)。其倡导"死且不朽",主张"虽遇执事,其弗敢违,其竭力致死,无有二心,以尽臣礼,所以报也"(成三年《左传》)⑦。认为"有宣子之忠,而纳之以成子之文,事君必济"(《国语·晋语六》)⑧,提出以"忠"与"文"而"事君"说。认为"暴骨以逞,不可以争",推崇"大劳未

① [晋]杜预注,[唐]孔颖达等正义:《春秋左传正义》,第1972、1976、1996、2005、2042、2098、2118页。
② [晋]杜预:《春秋释例》,第447页。
③ [晋]杜预注,[唐]孔颖达等正义:《春秋左传正义》,第1996页。
④ 杜《注》:"(知)朔,知罃之长子。盈,朔弟也。盈生而朔死。"[晋]杜预注,[唐]孔颖达等正义:《春秋左传正义》,第1958页。
⑤ [三国吴]韦昭注,上海师范大学古籍整理研究所校点:《国语》,第411、429页。
⑥ [晋]杜预注,[唐]孔颖达等正义:《春秋左传正义》,第1882、1925页。
⑦ [晋]杜预注,[唐]孔颖达等正义:《春秋左传正义》,第1900页。
⑧ [三国吴]韦昭注,上海师范大学古籍整理研究所校点:《国语》,第411页。

艾。君子劳心，小人劳力，先王之制"(襄九年《左传》)①。认为霸主"非礼，何以主盟"，主张"修德、息师而来""若能休和，远人将至"(襄九年《左传》)②。恪守礼仪，素有贤名，谙习典籍，传世有《死且不朽论》(见成三年《左传》)、《以文忠事君论》(见《国语·晋语六》)、《诸侯之福论》(见襄二年《左传》)、《盟郑敝楚之策论》《修德息师以休和之策论》(俱见襄九年《左传》)、《克偪阳令》(见襄十年《左传》)诸文③。

（四）知跞

《史记·赵世家》裴骃《集解》引汉服虔《春秋左氏传解》："荀跞，智文子。"④昭九年《左传》杜《注》："(荀)跞，荀盈之子知文子也。"昭十五年《左传》杜《注》："文伯，荀跞也。"昭三十一年《左传》杜《注》："知伯，荀跞。"定十四年《左传》杜《注》同。定十三年《左传》杜《注》："(知)文子，荀跞。"⑤定十四年《左传》杜《注》同。则知跞，即昭九年、十五年、二十二年、二十八年、三十一年、定十三年《左传》、昭三十一年《春秋》之"荀跞"，亦即昭十五年《左传》之"文伯"，亦即昭三十一年、定十四年《左传》之"知伯"，亦即定十三年、十四年《左传》之"知文子"，亦即定十三年《左传》之"文子"，亦即定十四年《左传》之"知氏"，本氏荀，别氏知，名跞，谥文子，尊称伯，知朔(荀朔、知庄子)之孙，知盈(荀盈、知氏、伯夙、知悼子)之子，知徐吾、知瑕、知申(智宣子)之父，平公二十五年(前533)为下军佐而位居第六卿，顷公六年(前520)与籍谈帅师纳王猛于王城，十二年(前514)谏言晋侯灭祁氏、羊舌氏，历仕平、昭、顷、定四公凡三十八年(前533—前496)，生卒年未详(前533—前496在世)。其拥戴王室，直言敢谏，主张"君命大臣，始祸者死，载书在河"，反对"刑已不钧"(定十三年《左传》)⑥，传世有《请逐三臣书》(见定十三年《左传》)、《请讨董安于书》(见定十四年《左传》)诸文。

（五）知瑶

《吕氏春秋·当染篇》高《注》："智瑶，宣子申之子，襄子也。"⑦《国语·晋语九》

① ［晋］杜预注，［唐］孔颖达等正义：《春秋左传正义》，第1943页。
② ［晋］杜预注，［唐］孔颖达等正义：《春秋左传正义》，第1943页。
③ 《死且不朽论》，《文章正宗·辞命二》《御选古文渊鉴》卷二皆题作《对楚子》；《以文忠事君论》，《文章辨体汇选·论谏九》皆题作《论诸大夫》；《修德息师以休和之策论》，《文章正宗·辞命二》题作《与晋盟》。
④ ［汉］司马迁撰，［晋］裴骃集解，［唐］司马贞索隐，［唐］张守节正义，郭逸、郭曼标点：《史记》，第1413页。
⑤ ［晋］杜预注，［唐］孔颖达等正义：《春秋左传正义》，第2058、2077、2126、2150页。
⑥ ［晋］杜预注，［唐］孔颖达等正义：《春秋左传正义》，第2150页。
⑦ 旧题［周］吕不韦撰，［汉］高诱注，许维遹集释：《吕氏春秋集释》，第51页。

韦《注》：“瑶，宣子之子襄子智伯……襄子，智伯瑶也。”①哀二十三年《左传》杜《注》：“荀瑶，荀跞之孙智（知）伯襄子。”②《汉书·陆贾传》颜《注》：“智伯，晋卿荀瑶也，贪而好胜，率韩、魏共攻赵襄子，襄子与韩、魏约，反而丧之。”③《史记·魏世家》司马贞《索隐》：“智伯，知瑶也，本姓荀，亦曰荀瑶。”《刺客列传》司马贞《索隐》：“智伯，襄子荀瑶也，襄子，林父弟荀首之后。”④则知瑶（前？—前453），即哀二十三年、二十七年《左传》《史记·魏世家》之“知伯”，亦即哀二十三年《左传》知“荀瑶”，亦即《国语·晋语九》之“知襄子”，亦即《墨子·亲士篇》之“知伯摇”，亦即《战国策·秦策五》《吕氏春秋·当染篇》《禁塞篇》《韩非子·十过篇》之“智伯瑶”，亦即《墨子·鲁问篇》《非攻上》《战国策·宋卫策》《吕氏春秋·不侵篇》《察传篇》《义赏篇》《自知篇》《韩非子·奸劫弑臣篇》《说林上》《说疑篇》《喻老篇》之“智伯”，姓姬，本氏荀，别氏知，名瑶（一作“摇”），谥襄，尊称“子”，荀跞（文伯、知跞、知伯、知文子、文子、知氏）之孙，荀甲（宣子）之子，知宵之兄，时继父职为卿。其虽贪而好胜，以致灭族，然重人事而轻鬼神，认为“君告于天子，而卜之以守龟于宗祧，吉矣”，主张“以辞伐罪”（哀二十三年《左传》）⑤，反对卜战，具有无神论思想因素，传世有《卜战论》（见哀二十三年《左传》）一文。

九、辅氏与辅果

（一）辅氏之族属与世系

《国语·晋语九》：“智果别族于太史为辅氏。及智氏之亡也，唯辅果在。”⑥《战国策·赵策上》《韩非子·十过篇》说同。《元和姓纂·九虞》引《风俗通义》：“（辅氏）智果以智伯刚愎必亡，其别辅氏，汉有辅狠为尚书令。”⑦《说苑·尊贤篇》：“智过去君第，变姓名，免为庶人，将军知之乎？”⑧《杂言篇》说大同。《通志·氏族略三》：“辅氏，姬姓，晋之公族也。本荀氏，又食邑于智，故又为智氏。智果以智伯刚愎，必

①　[三国吴]韦昭注，上海师范大学古籍整理研究所校点：《国语》，第501—502页。
②　[晋]杜预注，[唐]孔颖达等正义：《春秋左传正义》，第2181页。
③　[汉]班固撰，[唐]颜师古注，傅东华等校点：《汉书》，第2114页。
④　[汉]司马迁撰，[晋]裴骃集解，[唐]司马贞索隐，[唐]张守节正义，郭逸、郭曼标点：《史记》，第1445、1926页。
⑤　[晋]杜预注，[唐]孔颖达等正义：《春秋左传正义》，第2181页。
⑥　[三国吴]韦昭注，上海师范大学古籍整理研究所校点：《国语》，第500页。
⑦　[唐]林宝撰，[清]孙星衍校辑，郁贤皓、陶敏整理点校：《元和姓纂》，第896页。
⑧　[汉]刘向撰，向宗鲁校证：《说苑校证》，第196页。

亡其宗，别为辅氏。又，晋大夫有辅跞。"①

　　谨案：《元和姓纂·九麌》："辅，《左传》，晋大夫辅跞，本出黄帝之后。"②辅跞，晋大夫，世系未详，事见襄二十四年、昭五年《左传》。此谓晋辅氏出自黄帝之后辅跞，说与《国语·晋语九》《战国策·赵策上》及其所引《风俗通义》异，则林氏存疑互见而已。故笔者此不取。则晋辅氏为知氏之别，季历（公季）之孙、文王昌（西伯）庶子原伯后裔，属"文之昭"，姬姓，出于辅果（智果、智伯国、智国、智过），其世系未详。

（二）辅果

《国语·晋语九》韦《注》："智果，晋大夫，智（知）氏之族也……（智）伯国，晋大夫，智（知）氏之族也。"③

　　谨案：《后汉书·苏竟传》李《注》："智果，智伯臣也。"④此以果为瑶之家臣，说与韦《注》异，未详何据。故笔者不取。则辅果，即《国语·晋语九》《说苑·贵德篇》《潜夫论·志氏姓》之"智果"，亦即《国语·晋语九》之"智伯国"，亦即《墨子·所染篇》之"智国"，亦即《韩非子·十过篇》《说苑·尊贤篇》《杂言篇》之"智过"，姓姬，本氏知（智），别氏辅，名果（一作"国"，又作"过"），晋大夫，生卒年未详（前 472 年－前 457 在世）。其以知人名世，认为"美鬓长大则贤，射御足力则贤，伎艺毕给则贤，巧文辩惠则贤，强毅果敢则贤"，反对"以其五贤陵人，而以不仁行之"，提出"心很败国，面很不害"（《国语·晋语九》）⑤说；尊崇"一人三失，怨岂在明？不见是图""怨不在大，亦不在小"古训，认为"夫君子能勤小物，故无大患"（《国语·晋语九》）⑥；熟知典籍，尤谙习《书》，传世有《心很败国论》《君子能勤小物而无大患论》（俱见《国语·晋语九》）诸文。

　　综上所考，

　　晋郭氏为虢氏之别，古公亶父（周太王）季子季历（公季、王季）庶子虢叔后裔，出于郭偃，其世系未详；成氏为季历之孙、文王昌庶子郕叔武后裔，其世系未详；魏氏为毕氏之别，季历（公季）之孙、文王昌（西伯）庶子毕公高后裔，出于毕万，春秋时期其世系为：毕万→芒季→魏犨→魏颗（别为令狐氏）、魏锜（别为吕氏）、魏绛→魏舒→魏侈、魏戊，魏侈→魏曼多→魏驹；蔡氏为季历之孙、文王昌庶子蔡叔度后裔，

　　①　［宋］郑樵撰，王树民点校：《通志二十略》，第 83 页。
　　②　［唐］林宝撰，［清］孙星衍校辑，郁贤皓、陶敏整理点校：《元和姓纂》，第 896 页。
　　③　［三国吴］韦昭注，上海师范大学古籍整理研究所校点：《国语》，第 501—503 页。
　　④　［南朝宋］范晔撰，［唐］李贤等注，宋云彬等点校：《后汉书》，第 1042 页。
　　⑤　［三国吴］韦昭注，上海师范大学古籍整理研究所校点：《国语》，第 501 页。
　　⑥　［三国吴］韦昭注，上海师范大学古籍整理研究所校点：《国语》，第 501 页。

其世系未详;原氏为季历之孙、文王昌庶子原伯后裔,其世系为:原黯→逝遨→荀林父(别为中行氏)、荀首(别为知氏);荀氏为原氏之别,出于原黯,其世系为:原黯→逝遨→荀林父(别为中行氏)、荀首(别为知氏)……荀宾……荀家……荀会……荀骓;中行氏为荀氏之别,出于原黯之孙、逝遨之子荀林父,其世系为:荀林父→中行庚→中行偃→中行吴→中行寅……中行喜;知氏为荀氏之别,出于原黯之孙、逝遨之子荀首,春秋时期晋世系为:荀首→知䓨→知朔→知盈→知跞→知徐吾、知瑕、知申……知起,知甲→知瑶、知宵;辅氏为知氏之别,出于辅果,其世系未详。

可见,晋郭氏属"王季之穆",成氏、魏氏、蔡氏、原氏、荀氏、中行氏、知氏、辅氏属"文之昭",此九族皆与晋公室——"武之穆"为同姓同祖世族。其中,有传世作品者为郭偃、阳处父、阳毕、成鱄、魏锜、魏绛、魏舒、蔡墨、原黯、荀林父、荀首、中行偃、中行吴、中行寅、知跞、知瑶、知䓨、辅果十八子,可称之为晋公室同姓同祖世族作家群体。

第五节　同姓世族(下)

晋阳氏为姬姓阳国后裔,王氏出于周灵王泄心太子晋,邮氏为王氏之别,任氏为郑穆公兰庶子公子𦨎(子羽)后裔。其中,王氏、邮氏皆属周王室之"灵族",任氏属郑公室之"穆族"。在此四族中,有传世作品者阳处父、阳毕、王生、邮无正、任章、原黯六子,可称之为晋公室同姓世族作家群体。

一、阳氏与阳处父、阳毕

(一)阳氏之族属与世系

《古今姓氏书辩证·十阳上》:"阳,出自姬姓。晋大夫阳处父为太傅,其后有阳毕,楚令尹。阳匄,字子瑕,生宫厩尹阳令终,令终生完及佗。鲁陪臣有阳虎及其弟阳越。前燕有北平阳耽,其先徙居北平无终。"[1]《通志·氏族略二》:"阳氏,其国近齐,闵二年,齐人迁之,子孙以国为氏。或言周景王封少子于阳樊,而以为阳国,误

---

① ［宋］邓名世撰,王力平点校:《古今姓氏书辩证》,第183页。

矣。阳樊，周畿内之邑。晋有阳处父。鲁有阳氏。楚有阳氏，芈姓。"①

谨案：春秋时期有三阳：

一为姬姓阳伯之国，见闵二年《春秋》："二年，春，王正月，齐人迁阳。"②关于此阳国公室之族属，《路史·国名纪四》谓其御姓，清《春秋大事表·春秋列国爵姓及存灭表》谓其姬姓，洪亮吉《春秋左传诂》卷二谓其偃姓。《周金文存》卷二著录阳伯旅鼎铭曰："叔姬作阳伯旅鼎，永用。"③此叔姬为阳伯之女，则顾氏《春秋大事表》"姬姓"说是。此姬姓阳伯之国，其地本在今山东省临沂市沂水县西南境，齐桓公二十六年(前 660)齐人强迫阳人迁徙而占有其地。则阳处父、阳虎先祖当于此后徙居晋、鲁。

二为芈姓阳侯之国，见《路史·后纪一》罗苹《注》引《世本》宋衷《注》："阳侯，伏羲之臣，盖大江之神者。"《路史·国名纪六》："阳，阳侯，伏羲臣。许慎云：'陵阳国，侯也。'国近江，今宣之泾县有陵阳山。"④则楚芈姓阳氏或其后，此阳侯之阳与晋阳氏亦无涉。

三为周邑阳樊，见僖二十五年《左传》："(周襄王)与之阳樊、温、原、攒茅之田。晋于是始(启)南阳。"⑤《国语·晋语四》："(周襄王)赐公南阳阳樊、温、原、州、陉、絺、组、攒茅之田。"⑥此阳樊，即隐十一年《左传》"(桓)王取邬、刘、蒍、邘之田于郑，而与郑人苏忿生之田——温、原、絺、樊、隰郕、攒茅、向、盟、州、陉、隤、怀"⑦之"樊"，本宣王臣仲山甫(樊仲)采邑，后为周邑，周襄王十八年(前 635)赐予晋。据清高士奇《春秋地名考略》卷一，其地即今河南省济源市东南三十八里之古阳城，一名皮子城。则此樊仲之阳与晋阳氏无涉。又，昭十七年《左传》孔《疏》引《世本》："穆王生王子扬，扬生尹，尹生令尹匄。"⑧则周、楚之阳氏后出，亦与晋阳氏无涉。又，《元和姓纂·十阳》："阳，周景王封少子于阳樊，子孙因氏焉。晋有阳处父，鲁有阳货。"⑨此以晋阳氏、鲁阳氏皆为周景王少子后裔。然据《说苑·善说篇》《尊贤篇》，阳处父于晋文公之世(前 636—前 628)已出仕，下距周景王之世(前 544—前 520)近百年。

①　[宋]郑樵撰，王树民点校：《通志二十略》，第 67 页。
②　[晋]杜预注，[唐]孔颖达等正义：《春秋左传正义》，第 1787 页。
③　[清]邹安：《周金文存》，上海仓圣明智大学广仓学窘艺术丛编 1949 年玻璃版影印本。
④　[宋]罗泌撰，[宋]罗苹注：《路史》，第 67、367 页。
⑤　[晋]杜预注，[唐]孔颖达等正义：《春秋左传正义》，第 1820 页。
⑥　[三国吴]韦昭注，上海师范大学古籍整理研究所校点：《国语》，第 375 页。
⑦　[晋]杜预注，[唐]孔颖达等正义：《春秋左传正义》，第 1737 页。
⑧　[晋]杜预注，[唐]孔颖达等正义：《春秋左传正义》，第 2084 页。
⑨　[唐]林宝撰，[清]孙星衍校辑，郁贤皓、陶敏整理点校：《元和姓纂》，第 590 页。

则林氏《元和姓纂》说失考,故笔者此不取。则晋阳氏为姬姓阳国后裔,其世系为:
阳处父……阳毕。

（二）阳处父

《说苑·尊贤篇》:"晋文公用咎犯、先轸、阳处父,强中国,败强楚,合诸侯,朝天子,以显周室。"《善说篇》载晋师旷对平公问曰:"阳处父欲臣文公,因咎犯,三年不达;因赵衰,三日而达。"[①]《国语·晋语四》韦《注》:"阳处父,晋大夫阳子。"《晋语五》韦《注》:"处父,晋太傅阳子也。"《晋语八》韦《注》:"阳子,处父……阳毕,晋大夫。"[②]

谨案:《大清一统志·太原府》谓阳处父之邑在今山西省晋中市太谷县东十五里之故阳城,然据文六年、成十一年《左传》阳处父食邑在温(在今河南省焦作市修武县北五十里)。《春秋地理考实》卷一疑处父食邑先在阳,后在温,亦系揣测调和之辞。则阳处父(前？—前621),即文二年《春秋》《左传》之"晋处父",亦即僖三十三年、文六年《左传》《国语·晋语五》《晋语八》之"阳子",亦即文五年《左传》之"夫子",亦即文六年《左传》之"大傅阳子",姓姬,氏阳,名处,字父,尊称"子""夫子"[③],本阳人,国灭徙居晋,始仕为狐偃属大夫,后仕为赵衰属大夫,经赵氏举荐为晋大夫,文公四年(前633)为太子骦傅,襄公骦即位(前627)后为太傅辅政[④]。其虽华而不实,却能临事制宜,恪守"文不犯顺,武不违敌"(僖三十三年《左传》)[⑤]古训,谙习《诗》《书》,精通《礼》《乐》,传世有《遗子上退兵书》(见僖三十三年《左传》)一文。

（三）阳毕

《国语·晋语八》韦《注》:"阳毕,晋大夫。"[⑥]则阳毕,姓姬,氏阳,名毕,阳处父之后,晋大夫,生卒年未详(前552在世)。其长于谋断,主张"若大其柯,去其枝叶,绝其本根,可以少间";提出"图在明训,明训在威权,威权在君"说;倡导"正国者,不可以昵于权;行权,不可以隐于私"(《国语·晋语八》)[⑦];传世有《绝本以止乱之策论》

---

①　[汉]刘向撰,向宗鲁校证:《说苑校证》,第175、291页。

②　[三国吴]韦昭注,上海师范大学古籍整理研究所校点:《国语》,第387、394、448—471页。

③　《陔余丛考》卷三十六:"是夫子本春秋时先生长者之称,故孔门弟子称孔子皆曰夫子……盖皆沿当时之称,非特创也。惟专称曰子,则自孔门弟子之称孔子始。"[清]赵翼:《陔余丛考》,第795—796页。

④　《礼记·文王世子》:"凡三王教世子必以礼乐……立大傅少傅以养之,欲其知父子君臣之道也。大傅审父子君臣之道以示之,少傅奉世子,以观大傅之德行而审喻之。"[汉]郑玄注,[唐]孔颖达等正义:《礼记正义》,第1406—1407页。足见"太傅"乃王室辅佐世子之官,至晋襄公元年(前627),晋公室僭越礼制,亦设此官。此后,景公使士会以中军将摄大傅(宣十六年《左传》),悼公使士渥浊为大傅(成十八年《左传》)。

⑤　[晋]杜预注,[唐]孔颖达等正义:《春秋左传正义》,第1834页。

⑥　[三国吴]韦昭注,上海师范大学古籍整理研究所校点:《国语》,第448页。

⑦　[三国吴]韦昭注,上海师范大学古籍整理研究所校点:《国语》,第448页。

《威权怀德以安国之策论》《正国者行权之策论》(俱见《国语·晋语八》)诸文。

二、王氏与王生

(一)王氏之族属与世系

《潜夫论·志氏姓》:"王氏、侯氏、王孙、公孙,所谓爵也……故王氏、王孙氏、公孙氏及氏谥官,国自有之,千八百国,谥官万数,故元不可同也……周灵王之太子晋,幼有成德,聪明博达,温恭敦敏……世人以其豫自知去期,故传称'王子乔仙'。仙之后,其嗣避周难于晋,家于平阳,因氏王氏。"①旧题刘向《列仙传》卷上:"王子乔,周灵王太子晋也。"②《元和姓纂·十阳》:"王,王姓出太原、琅邪,周灵王太子晋之后;北海、陈留,齐王田和之后;东海,出姬姓毕公高之后;高平、京兆,魏信陵君之后;天水、新平、新蔡、新野、山阳、中山、章武、东莱、河东者,殷王子比干子孙,号王氏。"③《唐文粹》卷五十六载唐李宗闵《唐故丞相尚书左仆射赠太尉太原王公神道碑铭》及《资治通鉴·周纪一》胡三省《音注》引《姓谱》说同。《新唐书·宰相世系表二中》:"王氏,出自姬姓。周灵王太子晋,以直谏废为庶人,其子宗敬为司徒,时人号曰'王家',因以为氏。"④《通志·氏族略四》:"王氏,天子之裔也,所出不一。有姬姓之王,有妫姓之王,有子姓之王,有虏姓之王。若琅邪、太原之王,则曰:周灵王太子晋,以直谏废为庶人,其子宗敬为司徒,时人号曰'王家'……"⑤《资治通鉴·周纪一》胡三省《音注》:"《姓谱》:王氏之所自出非一。出太原、琅邪者,周灵王太子晋之后……余谓此皆后世以诸郡著姓言之耳。春秋之时自有王姓,莫能审其所自出。"⑥

谨案:尽管王氏所出不一,然晋之王氏出于太子晋,诸家说皆同。则晋王氏为帝喾高辛氏元妃姜嫄子后稷弃之裔,出于简王夷之孙、灵王泄心太子晋(王子乔),属周"灵族",姬姓,其世系为:简王夷→灵王泄心→太子晋……王生。

---

① [汉]王符撰,[清]王继培笺,彭铎校正:《潜夫论笺校正》,第401、404、435页。案:"幼有成德",《风俗通义·正失篇》引《周书》作"幼有盛德"。宣二年《左传》:"盛服将朝。"[晋]杜预注,[唐]孔颖达等正义:《春秋左传正义》,第1867页。[唐]陆德明《经典释文·春秋左氏音义二》:"(盛)音成,本或作'成'。"[唐]陆德明:《经典释文》,上海古籍出版社1985年影印宋刻本,第961页。此"成"与"盛"古通之证。

② [汉]刘向:《列仙传》,上海古籍出版社1987年影印文渊阁四库全书本,第495页。

③ [唐]林宝撰,[清]孙星衍校辑,郁贤皓、陶敏整理点校:《元和姓纂》,第586页。

④ [宋]欧阳修、[宋]宋祁编修,石淑仪等点校:《新唐书》,第2601页。

⑤ [宋]郑樵撰,王树民点校:《通志二十略》,第157页。

⑥ [宋]司马光撰,[宋]胡三省音注,标点《资治通鉴》小组校点:《资治通鉴》,第39、40页。

（二）王生

哀五年《左传》："初，范氏之臣王生恶张柳朔，言诸昭子，使为柏人。"①《墨子·所染篇》："范吉射染于长柳朔、王胜。"②《吕氏春秋·当染篇》："范吉射染于张柳朔、王生。"③《同姓名录》卷一："《吕氏春秋》云范吉射染于王生，此即哀公五年范氏之臣王生。"④《春秋左传补注》卷六："《墨子·所染篇》云：'范吉射染于长柳朔、王胜。'王胜即王孙（生）也。"⑤《墨子间诂》卷一："此长柳朔、王胜，即张柳朔、王生，《吕览》与《左传》同……但据《左传》，则朔、生乃范氏之贤臣，朔并死范氏之难，与此书异，或所闻不同。"⑥则王生，即《墨子·所染篇》之"王胜"，姓姬，氏王，名生（一作"胜"），本周人，徙居晋，仕为士吉射家臣，生卒年未详（前490在世）。其恪守臣"义"，提出"私仇不及公，好不废过，恶不去善，义之经也"（哀五年《左传》）⑦说，传世有《义之经论》（见哀五年《左传》）一文。

三、邮氏与邮无正

（一）邮氏之族属与世系

《元和姓纂·十八尤》："邮，见《姓苑》。"⑧《广韵·十八尤》"邮"字注："又姓，《西京杂记》有邮长倩。"⑨邓名世《古今氏姓书辩证·十八尤上》："邮，出自王良，字无恤，为晋赵简子御，食邑于邮，子孙以邑为氏。"⑩《通志·氏族略五》："邮氏，《古今人表》有邮无恤。《西京杂记》，公孙弘故人邮长倩。望出临淄。"⑪《名贤氏族言行类稿》卷三十二："邮，见《姓苑》，（临）淄人。《西京杂记》，公孙弘郡人（邮）长倩。"⑫

---

① 杜《注》："为柏人宰也。昭子，范吉射也。"［晋］杜预注，［唐］孔颖达等正义：《春秋左传正义》，第2159页。

② 旧题［周］墨翟撰，吴毓江校注，孙启治校点：《墨子校注》，第17页。

③ 高《注》："张柳朔、王生二人者，吉射家臣也。"旧题［周］吕不韦撰，［汉］高诱注，许维遹集释：《吕氏春秋集释》，第50页。案：《吕氏春秋·当染篇》"胜"作"生"，与哀五年《左传》同。

④ ［明］余寅：《同姓名录》，上海古籍出版社1987年影印文渊阁四库全书本，第28页。

⑤ ［清］惠栋：《春秋左传补注》，第17页。

⑥ ［清］孙诒让撰，孙以楷点校：《墨子间诂》，第16页。

⑦ ［晋］杜预注，［唐］孔颖达等正义：《春秋左传正义》，第2159页。

⑧ ［唐］林宝撰，［清］孙星衍校辑，郁贤皓、陶敏整理点校：《元和姓纂》，第716页。

⑨ ［宋］陈彭年等重修：《钜宋广韵》，第133页。

⑩ ［宋］邓名世撰，王力平点校：《古今姓书辩证》，第251页。

⑪ ［宋］郑樵撰，王树民点校：《通志二十略》，第191页。

⑫ ［宋］章定：《名贤氏族言行类稿》，第494页。

谨案：《左传》《国语》《史记》《汉书》晋皆无邮地，未详邓氏何所据。《孟子·公孙丑上》："孔子曰：'德之流行，速于置邮而传命。'"①《说文·邑部》："邮，境上行书舍也。"②则邮氏或以名为氏者，或以事为氏者，恐非以邑为氏或以地为氏者。又，襄十八年《左传》齐邑有邮棠，即襄六年《左传》之"棠"。则齐之邮氏或以地为氏者。则晋邮氏为王氏之别，简王夷之孙、灵王泄心太子晋（王子乔）后裔，出自邮无正（王良、邮无恤、邮亡恤、邮良、子良），属周"灵族"，姬姓，其世系为：简王夷→灵王泄心→太子晋……邮无正。

（二）邮无正

《孟子·滕文公下》赵《注》："王良，善御者也。"③《汉书·王褒传》班氏自《注》引魏张晏《史记注》："王良，邮无恤，字伯乐。"④《国语·晋语九》韦《注》："无正，晋大夫邮良伯乐……伯乐，无正字……无正，王良。"⑤《汉书·王褒传》颜《注》："参验《左氏传》及《国语》《孟子》，邮无恤、邮良、刘无止、王良，总一人也。"⑥《左传事纬前集》卷七："邮无恤，亦曰邮良、子良。"⑦《春秋世族谱》卷上、《春秋识小录·左传人名辨异上》说同。《国语集解》卷十五："《内传》作'邮无恤'，《人表考》云：'当是避赵襄子名改'。"⑧

谨案：《汉书·古今人表》以"邮亡恤""王良""伯乐"为三人，《两汉刊误补遗》卷七、《陔余丛考》卷四皆非之。又，《魏书·张渊传》魏氏自《注》："王良者，晋大夫，善御，九方湮之子。良一名邮无正，为赵简子御。"⑨九方湮，即《庄子·杂篇·徐无鬼》之"九方歅"，亦即《列子·说符篇》之"九方皋"，亦即《吕氏春秋·观表篇》《淮南子·道应训》之"九方堙"，《列子集释》："胡怀琛曰：九方，姓；皋，名。《庄子》有九方歅。《通志》谓九方皋、九方歅是一个人。余窃谓九与鬼声近通用。《史记·殷本纪》：'以西伯、九侯、鄂侯三公'，徐广《注》'一作鬼侯'，是其证。然则九方即殷时鬼

---

① 赵《注》："置邮，传书名也。"［汉］赵岐注，［宋］孙奭疏：《孟子注疏》，第185页。
② ［汉］许慎撰，［清］段玉裁注：《说文解字注》，第287页。
③ ［汉］赵岐注，［宋］孙奭疏：《孟子注疏》，第411页。
④ ［汉］班固撰，［唐］颜师古注，傅东华等点校：《汉书》，第2824页。
⑤ ［三国吴］韦昭注，上海师范大学古籍整理研究所校点：《国语》，第492—494页。
⑥ ［汉］班固撰，［唐］颜师古注，傅东华等点校：《汉书》，第2824页。案："刘无止"，当即"邮无正"之讹。
⑦ ［清］马骕撰，徐连城点校：《左传事纬》，齐鲁书社1992年点校清本絣刻本与潘霈校订本。
⑧ 徐元诰撰，王树民、沈长云点校：《国语集解》（修订本），中华书局中国史学基本典籍丛刊2002年点校民国十九年（1930）中华书局初印本，第448页。
⑨ ［北齐］魏收编修，唐长孺点校：《魏书》，第1946页。

方,以地为姓也。皋、歊是否一人,尚待考。"①若此,则王良非九方湮之子。则邮无正,即哀二年《左传》《吕氏春秋·似顺篇》之"邮无恤",亦即哀二年《左传》之"邮良""子良",亦即《国语·晋语九》之"伯乐",亦即《孟子·滕文公下》《汉书·王褒传》之"王良",亦即《汉书·古今人表》之"邮亡恤",姓姬,本氏王,别氏邮,名无正(一作"无恤",又作"亡恤"),字子良,一字伯乐,本周人,陟居晋,仕为大夫,生卒年未详(前 497-前 493 在世)。其直言敢谏,主张实行德政,提出"有孝德以出在公族,有恭德以升在位,有武德以羞为正卿,有温德以成其名誉"说,从"孝""恭""武""温"四方面阐释"德"之内涵;尊崇"思乐而喜,思难而惧,人之道也"古训,倡导"顺德以学子,择言以教子,择师保以相子",反对"罚善赏恶"(《国语·晋语九》)②,传世有《孝、恭、武、温四德论》(见《国语·晋语九》)一文③。

四、任氏与任章

(一)任氏之族属与世系

先哲主要有二说:

一为黄帝后裔说。《元和姓纂·二十一侵》:"任,黄帝二十五子,十二人各以德为姓。一为任姓,六代为奚仲,封薛。"④《资治通鉴·周纪一》胡三省《音注》引《姓谱》说大同。《古今姓氏书辩证·二十一侵》:"任,出自黄帝少子禹阳,受封于任,以国为姓。十二世孙奚仲,为夏车正。又十二世孙仲虺,为汤左相。太戊时有臣扈,武丁时有祖已,皆徙国于邳。祖已七世孙成侯,又迁于挚,亦谓之挚国。杜预曰:'薛,历夏、商、周六十四世为诸侯'是也。齐人任不齐,字选,为孔子弟子。"⑤

二为太昊后裔说。《通志·氏族略三》:"任氏……又,任为风姓之国,实太昊之后,主济祀,今济州任城即其地也。"⑥《资治通鉴·周纪一》胡三省《音注》引《姓谱》说大同。

---

① 旧题[周]列御寇撰,[晋]张湛注,杨伯峻集释:《列子集释》,中华书局 1990 年新编诸子集成本,第 256 页。
② [三国吴]韦昭注,上海师范大学古籍整理研究所校点:《国语》,第 492 页。
③ 《孝、恭、武、温四德论》,《文章正宗·议论三》《文编·辞命》《文章辨体汇选·论谏六》皆题作《论坒培》。
④ [唐]林宝撰,[清]孙星衍校辑,郁贤皓、陶敏整理点校:《元和姓纂》,第 321 页。
⑤ [宋]邓名世撰,王力平点校:《古今姓氏书辩证》,第 285 页。
⑥ [宋]郑樵撰,王树民点校:《通志二十略》,第 104 页。

今考：据现存文献可知，先秦任氏所出有三：一为任姓薛国后裔以姓为氏者。《国语·晋语四》："凡黄帝之子，二十五宗，其得姓者十四人，为十二姓。姬、酉、祁、己、滕、箴、任、荀、僖、姞、儇、依是也。"①昭十年《左传》："今兹岁在颛顼之虚，姜氏、任氏实守其地。"②二为风姓任国后裔以国为氏者。僖二十一年《左传》："任、宿、须句、颛臾，风姓也。实司大皞与有济之祀，以服事诸夏。"③则此风姓任国故城在今山东省济宁市。三为姬姓郑国后裔以邑为氏者。襄三十年《左传》："羽颉出奔晋，为任大夫。"哀四年《左传》："国夏伐晋，取邢、任、栾、鄗、逆畤、阴人、盂、壶口。"④此任邑在今河北省任县东南，本属晋，鲁哀公四年（前491）齐取之以为邑。又，据襄三十年《左传》杜《注》，羽颉，即马师颉，公孙挥（子羽）之孙。则晋任氏为马师氏之别，为郑文公捷之孙、穆公兰庶子公子羽（子羽）后裔，出于公子羽之孙、公孙挥（子羽，行人挥）之子羽颉（马师颉），属郑"穆族"，姬姓，其世系为：公子羽→公孙挥→羽颉……任章。

（二）任章

《战国策·魏策一》鲍《注》："（任章）魏人。"⑤《资治通鉴·周纪一》胡三省《音注》："任章，魏桓子之相也。"⑥则任章，姓姬，氏任，名章，郑文公捷之孙、穆公兰庶子公子羽（羽父）后裔，出于公子羽之孙、公孙挥（子羽，行人挥）之子羽颉（马师颉），本郑人，出居晋，仕为魏驹（桓子）之相，生卒年未详（前455在世）。其长于权谋相倾之术，尊崇"将欲败之，必姑辅之；将欲取之，必姑与之"古训，主张"释以天下图知氏"（《战国策·魏策一》）⑦，熟知典籍，尤谙习《书》，传世有《释以天下图知氏之策论》（见《战国策·魏策一》）一文。

综上所考，晋阳氏为姬姓阳国后裔，其世系为：阳处父……阳毕；王氏为帝喾高辛氏元妃姜原子后稷弃之裔，出于周简王夷之孙、灵王泄心太子晋，其世系为：简王夷→灵王泄心→太子晋……王生；邮氏为王氏之别，出自邮无正，其世系为：简王夷→灵王泄心→太子晋……邮无正；任氏为马师氏之别，郑文公捷之孙、穆公兰庶子

---

① ［三国吴］韦昭注，上海师范大学古籍整理研究所校点：《国语》，第356页。案："己"，徐元诰《国语集解》作"纪"。

② ［晋］杜预注，［唐］孔颖达等正义：《春秋左传正义》，第2058页。

③ 杜《注》："大皞，伏羲。四国，伏羲之后。故主其祀。任，今任城县也。"［晋］杜预注，［唐］孔颖达等正义：《春秋左传正义》，第1811页。

④ ［晋］杜预注，［唐］孔颖达等正义：《春秋左传正义》，第2013、2158页。

⑤ ［汉］刘向集录，范祥雍笺证，范邦瑾协校：《战国策笺证》，上海古籍出版社2006年版，第1234页。

⑥ ［宋］司马光撰，［宋］胡三省音注，标点《资治通鉴》小组校点：《资治通鉴》，第10页。

⑦ ［汉］刘向集录，范祥雍笺证，范邦瑾协校：《战国策笺证》，第1234页。

公子翚(子羽)后裔,出于公子翚之孙、公孙挥之子羽颉,其世系为:公子翚→公孙挥→羽颉……任章。其中,王氏、邴氏皆属周王室之"灵族",任氏属郑公室之"穆族"。

　　在上述四族中,有传世作品者为阳处父、阳毕、王生、邴无正、任章、原黯六子,可称之为晋公室同姓世族作家群体。

第六节　异姓世族(上)——祁姓、妘姓、子姓、风姓、己姓

　　晋杜氏(祁姓)、士氏(祁姓)、屠氏(祁姓)、辛氏(妘姓)、董氏(妘姓)、祖氏(子姓)、箕氏(子姓)、乐氏(子姓)、舆氏(风姓)、女氏(风姓)、訾氏(己姓)等十一族,皆为晋公室异姓世族。在此十一族中,有传世作品者为杜原款、士蒍、士会、士渥浊、士燮、士匄(宣子)、士弱、士鞅、士匄(文伯)、士弥牟、士苗、屠蒯、辛廖、辛俞、董因、董狐、董安于、董褐、祖朝、箕郑、乐王鲋、乐丁、舆骃、女齐、女游、女宽、訾祏二十七子,皆可称之为晋公室异姓世族作家群体。

一、杜氏与杜原款

(一)杜氏之族属与世系

　　《国语·周语上》载周内史过(叔过)对惠王问曰:"周之兴也,鸑鷟鸣于岐山;其衰也,杜伯射王于鄗。"[1]《晋语八》载晋士匄(范宣子)曰:"昔匄之祖,自虞以上为陶唐氏,在夏为御龙氏,在商为豕韦氏,在周为唐杜氏。周卑,晋继之为范氏。"[2]襄二十四年《左传》大同。《国语·周语上》韦《注》《史记·周本纪》张守节《正义》并引《周春秋》:"宣王杀杜伯而不辜,后三年,宣王会诸侯田于圃,日中,杜伯起于道左,

----

　　① 韦《注》:"鄗,鄗京也。杜国,伯爵,陶唐氏之后也。"[三国吴]韦昭注,上海师范大学古籍整理研究所校点:《国语》,第30—32页。又,《汉书·地理志上》:"杜陵,故杜伯国,宣帝更名。有周右将军杜主祠四所。莽曰饶安也。"[汉]班固撰,[唐]颜师古注,傅东华等点校:《汉书》,第1544页。[北魏]郦道元《水经·渭水注下》:"其水西北流迳杜县之杜京西,西北流迳杜伯冢南。"[北魏]郦道元撰,杨守敬、熊会贞疏,段熙仲点校,陈桥驿复校:《水经注疏》,第1570—1571页。《史记·秦本纪》张守节《正义》引李泰《括地志》:"下杜故城在雍州长安县东南九里,古杜伯国,华州郑县也。"《高祖本纪》张守节《正义》引《括地志》:"杜陵故城在雍州万年县东南十五里。汉杜陵县,宣帝陵邑也,北去宣帝陵五里。《庙记》云故杜伯国。"《封禅书》张守节《正义》引《括地志》:"杜祠,雍州长安县西南二十五里。"[汉]司马迁撰,[晋]裴骃集解,[唐]司马贞索隐,[唐]张守节正义,郭逸、郭曼标点校:《史记》,第124、253、1126页。则杜伯之国即今陕西省西安市长安区东南之杜陵故城。

　　② [三国吴]韦昭注,上海师范大学古籍整理研究所校点:《国语》,第454页。

衣朱衣,冠朱冠,操朱弓、朱矢射宣王,中心折脊而死也。"①《墨子·明鬼下》:"周宣王杀其臣杜伯而不辜……其(后)三年,周宣王合诸侯而田于圃田,车数百乘,从数千,人满野。日中,杜伯乘白马素车,朱衣冠,执朱弓,挟朱矢,追周宣王,射之车上,中心折脊,殪车中,伏弢而死。当是之时,周人从者莫不见,远者莫不闻,著在周之《春秋》。"②今本《竹书纪年》:"(宣王)四十三年,王杀大夫杜伯,其子隰叔出奔晋。"③《潜夫论·志氏姓》:"由此帝尧之后,有陶唐氏、刘氏、御龙氏、唐杜氏、隰氏、士氏、季氏、司空氏、随氏、范氏、郇氏、栎氏、巍氏、冀氏、縠氏、蔷氏、扰氏、狸氏、傅氏。"④《元和姓纂·十姥》:"杜,祁姓,帝尧裔孙刘累之后,在周为唐杜氏,成王灭唐,迁封于杜,杜伯为宣王所灭,杜氏分散,鲁有杜泄是也。古有杜康,六国时有杜赫。"⑤《广韵·十姥》"杜"字注:"亦姓,本自帝尧刘累之后,出京兆、濮阳、襄阳二望。"⑥《新唐书·宰相世系表二上》:"杜氏出自祁姓,帝尧裔孙刘累之后。在周为唐杜氏,成王灭唐,以封弟叔虞,改封唐氏子孙于杜城,京兆杜陵县是也。杜伯入为宣王大夫,无罪被杀,子孙分适诸侯之国,居杜城者为杜氏。在鲁有杜洩,避季平子之难,奔于楚,生大夫绰。"⑦

谨案:《吕氏春秋·谕大篇》高《注》:"杜赫,周人,杜伯之后。"⑧昭四年《左传》杜《注》:"杜泄,叔孙氏宰也。"⑨《文选》卷二十七载曹操《短歌行》李《注》:"《博物志》曰:'杜康作酒。'《王著与杜康绝交书》曰:'康字仲宁。'或云皇帝时宰人,号酒泉太守。"⑩则晋杜氏为帝尧氏族部落集团支族刘累后裔,出于唐杜氏子孙杜伯,祁姓,其世系未详。

（二）杜原款

《国语·晋语二》韦《注》:"(杜)原款,申生之傅也。"⑪则杜原款(前?—前656),姓祁,氏杜,名原款,本杜(即今陕西省西安市长安区东南之杜陵故城)人,国灭徙居

　　① ［三国吴］韦昭注,上海师范大学古籍整理研究所校点:《国语》,第32页。案:此据《国语·周语上》韦《注》引,《史记·周本纪》张守节《正义》引略异。

　　② 旧题［周］墨翟撰,吴毓江校注,孙启治点校:《墨子校注》,第331页。

　　③ 王国维:《今本竹书纪年疏证》,第85—86页。

　　④ ［汉］王符撰,［清］王继培笺,彭铎校正:《潜夫论笺校正》,第423页。

　　⑤ ［唐］林宝撰,［清］孙星衍校辑,郁贤皓、陶敏整理点校:《元和姓纂》,第910页。

　　⑥ ［宋］陈彭年等重修:《钜宋广韵》,第178页。

　　⑦ ［宋］欧阳修、［宋］宋祁编修,石淑仪等点校:《新唐书》,第2418页。

　　⑧ 旧题［周］吕不韦撰,［汉］高诱注,许维遹集释:《吕氏春秋集释》,第305页。

　　⑨ ［晋］杜预注,［唐］孔颖达等正义:《春秋左传正义》,第2036页。

　　⑩ ［梁］萧统编,［唐］李善注:《文选》,第390页。

　　⑪ ［三国吴］韦昭注,上海师范大学古籍整理研究所校点:《国语》,第290页。

晋,为太子申生之傅,献公二十一年(前 656)被杀。其忠心傅主,尊崇"君子不去情,不反谗,谗行身死可也,犹有令名焉"古训,提出"死不迁情,强也;守情说父,孝也;杀身以成志,仁也;死不忘君,敬也"说,主张以"强""孝""仁""敬"为子事父之道,倡导"死必遗爱,死民之思"(《国语·晋语二》)①,传世有《遗申生书》(见《国语·晋语二》)一文。

二、士氏与士蒍、士会、士渥浊、士燮、士匄(宣子)、士弱、士鞅、士匄(文伯)、士弥牟、士茁

(一)士氏之族属

《国语·晋语八》载晋訾祏对士匄(范宣子)问曰:"昔隰叔子违周难于晋国,生子舆为理,以正于朝,朝无奸官;为司空,以正于国,国无败绩。世及武子,佐文、襄为诸侯,诸侯无二心。及为卿,以辅成、景,军无败政。及为成师,居太傅,端刑法,缉训典,国无奸民,后之人可则,是以受随、范。及文子成晋、荆之盟,丰兄弟之国,使无有间隙,是以受郇、栎。"②《潜夫论·志氏姓》:"帝尧之后为陶唐氏。后有刘累,能畜龙,孔甲赐姓为御龙,以更豕韦之后。至周为唐杜氏。周衰,有隰叔子违周难于晋国,生子舆,为李,以正于朝,朝无闲官,故氏为士氏;为司空,以正于国,国无败绩,故氏司空;食采随,故氏随氏。士蒍之孙会,佐文、襄,于诸侯无恶;为卿,以辅成、景,军无败政;为成率,居傅,端刑法,集训典,国无奸民,晋国之盗逃奔于秦。于是晋侯为请冕服于王,王命随会为卿,是以受范,卒谥武子……故刘氏自唐以下汉以上,德著于世,莫若范会之最盛也。"③《元和姓纂·六止》:"士,帝尧之裔。杜伯之子隰叔为晋士师,至士蒍,生伯成缺,缺生会,会子孙氏焉……士蒍,隰叔生士蒍,为晋士官,支孙因为氏。"④《古今姓氏书辩证·六止下》:"士,出自祁姓,帝尧之后。刘

---

① [三国吴]韦昭注,上海师范大学古籍整理研究所校点:《国语》,第 290 页。

② 韦《注》:"隰叔,杜伯之子……宣王杀杜伯,隰叔避难适晋。子舆,士蒍之字……谓士蒍生成伯缺,成伯缺生武子士会……武子,范会。"[三国吴]韦昭注,上海师范大学古籍整理研究所校点:《国语》,第 458-471 页。

③ [汉]王符撰,[清]王继培笺,彭铎校正:《潜夫论笺校正》,第 423-424 页。案:"闲",《晋语八》作"奸"。《国语》多以"闲"为"奸"。如《周语下》载太子晋谏灵王曰:"故天无伏阴,地无散阳,水无沈气,火无灾燀,神无闲行,民无淫心,时无逆数,物无害生。"韦《注》:"闲行,奸神淫厉之类也。"[三国吴]韦昭注,上海师范大学古籍整理研究所校点:《国语》,第 104-106 页。此即以"奸"训"闲"。证以此例,则今本《晋语八》"奸"字为后人所改甚明。

④ [唐]林宝撰,[清]孙星衍校辑,郁贤皓、陶敏整理点校:《元和姓纂》,第 828、845 页。

累为夏御龙氏，其孙商时徙封为豕韦氏.周武王时因封为唐氏；成王时徙杜城，又为杜氏；杜柏为周宣王大夫，无罪见杀。其子隰叔奔晋，生蒍，字子舆，为晋献公士师。朝无奸官，国无败政，因其有功，命以官为士氏。蒍生司空士谷。蒍孙会，字季，谥曰士武子，生文子燮、共子魴。燮生宣子匄。匄生献子鞅。鞅生昭子吉射及皋夷；魴字季，生彘裘。其族有献子士富，及士渥浊、士弱、士文伯、士弥牟、士匄、士茁、士蔑。"①《通志·氏族略四》："士氏，陶唐之苗裔，历虞、夏、商、周，至成王，迁之杜为伯。宣王杀杜伯，其子隰叔奔晋，为士师，故为士氏。其子孙居随及范，故又为随氏、范氏，有三族焉。伊祁姓。隰叔生士蒍，字子舆，故亦谓之士舆。"②

　　谨案：《潜夫论·志氏姓》"周衰，有隰叔子违周难于晋国，生子舆，为李"之"李"，《国语·晋语八》作"理"。"理""李"古字通，"理"之为"李"，犹"行理"之为"行李"。此"理"与"士""大司空"皆今之司法官，则士蒍为以官为士氏者。又，今本《国语·晋语八》及《史记·赵世家》司马贞《索隐》、文十三年《左传》孔《疏》并引《世本》皆谓士蒍（子舆）乃隰叔之子，王氏《潜夫论·志氏姓》《国语·晋语一》韦《注》、林氏《元和姓纂·六止》、邓氏《古今姓氏书辩证·六止》、郑氏《通志·氏族略四》皆因之，然据《国语·周语上》《周春秋》《墨子·明鬼下》，周宣王四十三年（前785），宣王杀其臣杜伯。则杜伯之子隰叔奔晋当在此年。士蒍于周惠王五年（前672）始见于《左传》。期间相距一百一十三年，杜伯之后大致有四五世。则士蒍不当为杜伯之孙、隰叔之子，至少当为隰叔曾孙或玄孙。可见，今本《国语》《世本》皆有讹误。故笔者此不取。则晋士氏为杜氏之别，杜伯之子隰叔后裔，出于士蒍（子舆），祁姓。

　　（二）士氏之世系

　　《史记·赵世家》司马贞《索隐》引《世本》："范氏，晋大夫隰叔之子士蒍之后。蒍生成伯缺，缺生武子会，会生文叔燮，燮生宣叔匄，匄生献子鞅，鞅生吉射也。"③文十三年《左传》孔《疏》引《世本》："士蒍生士伯缺，缺生士会，会生士燮。"④《国语·晋语九》韦《注》："（董）祁，董叔之妻、献子之妹，范姓祁名也。"⑤文二年《左传》杜《注》："士縠，士会子。"文八年《左传》杜《注》："士縠，本司空。"成十八年《左传》杜《注》："魴，士会子……彘季，士魴。"襄三年《左传》杜《注》："士富，士会别族。"襄十四年

　　① ［宋］邓名世撰，王力平点校：《古今姓氏书辩证》，第 327 页。

　　② ［宋］郑樵撰，王树民点校：《通志二十略》，第 149 页。

　　③ ［汉］司马迁撰，［晋］裴骃集解，［唐］司马贞索隐，［唐］张守节正义，郭逸、郭曼标点：《史记》，第 1413 页。

　　④ ［晋］杜预注，［唐］孔颖达等正义：《春秋左传正义》，第 1852 页。

　　⑤ ［三国吴］韦昭注，上海师范大学古籍整理研究所校点：《国语》，第 488 页。

《左传》杜《注》："彘裘，士鲂子也。"定十三年《春秋》杜《注》："（士）吉射，士鞅子。"定十三年《左传》杜《注》："昭子，士吉射。"①《春秋分记·世谱六》："范氏，杜伯生隰叔，隰叔生蒍，蒍生谷，谷生会，以随为氏（亦曰范氏）。（会）生二子：曰燮，曰鲂。燮生匄，鲂生彘裘（无后）。匄生鞅，鞅生二子：曰吉射，曰皋夷。又，会从弟穆子为士季氏，生渥浊，渥浊生弱，弱生伯瑕（丐），瑕（丐）生弥牟。又，隰叔玄孙富及范无恤、士鲋、士蔑，不详其世。"②

案："士伯缺"，即"成伯缺"，文二年《穀梁传》作"士谷"。又，《国语札记》谓《国语·晋语九》韦《注》："此当读'范姓祁'三字为句，'名也'二字，浅人添之耳。"③黄氏说与先秦男子别氏、女子别姓之制相合。又，据文二年《左传》杜《注》，士穀亦士会之子，晋灵公三年（前 618）被杀，当早卒无后，事见文九年《左传》。故程氏《春秋分记》谓士会生二子者失考。则春秋时期世系为：士蒍→士缺→士会（别为随氏、范氏、刘氏）→士燮、士穀（无后）、士鲂……士富……士鲋……士蔑，士燮→士匄（宣子）→士鞅→士吉射、士皋夷，士鲂→彘裘（无后），士穆子→士渥浊（别为士季氏）→士弱→士匄（文伯）、士佗（别为司功氏）→士弥牟。

（三）士蒍

《国语·晋语一》韦《注》："士蒍，晋大夫，刘累之后、隰叔之子子舆也。"④庄二十三年《左传》杜《注》："士蒍，晋大夫。"成十八年《左传》杜《注》："士蒍，献公司空也。"⑤则士蒍，即《国语·晋语八》之"子舆"，姓祁，本氏杜，别氏士，其后别为范氏、随氏、士吉氏、士弱氏，名蒍，字子舆，士谷（士缺）之父，本杜人，其先国灭徙居晋，献公九年（前 668）命为大司空，生卒年未详（前 672－前 650 在世）。其具有以人为本之战争观，提出"夫礼、乐、慈、爱，战所畜也；夫民，让事、乐和、爱亲、哀丧，而后可用也"（庄二十七年《左传》）⑥说。推崇"心苟无瑕，何恤乎无家"（闵元年《左传》）⑦"无丧而慼，忧必仇焉；无戎而城，仇必保焉""怀德惟宁，宗子惟城"古训，认为"守官废命，不敬；固仇之保，不忠。失忠与敬，何以事君"，主张国君应"修德而固宗子"，反

---

① ［晋］杜预注，［唐］孔颖达等正义：《春秋左传正义》，第 1839、1847、1923、1925、1931、1958、2150 页。

② ［宋］程公说：《春秋分记》，第 135 页。

③ ［清］黄丕烈：《国语札记》，附《国语韦昭注》，台湾中华书局四部备要 1968－1982 年排印黄丕烈士礼居丛书重刊仿宋刻本。

④ ［三国吴］韦昭注，上海师范大学古籍整理研究所校点：《国语》，第 261 页。

⑤ ［晋］杜预注，［唐］孔颖达等正义：《春秋左传正义》，第 1779、1923 页。

⑥ ［晋］杜预注，［唐］孔颖达等正义：《春秋左传正义》，第 1781 页。

⑦ ［晋］杜预注，［唐］孔颖达等正义：《春秋左传正义》，第 1786 页。

对公室"一国三公"(僖五年《左传》)①政治格局。熟知典籍,尤谙习《诗》,传世有《礼、乐、慈、爱所以畜战论》(见庄二十七年《左传》)、《谏太子申生出奔避祸书》(见闵元年《左传》)、《忠敬以事君论》《狐裘歌》(俱见僖五年《左传》)诸诗文②。

(四)士会

《大戴礼记·卫将军文子》载孔子谓子贡(端木赐)曰:"其事君也,不敢爱其死,然亦不忘其身,谋其身不遗其友,君陈则进,不陈则行而退,盖随武子之行也。"③《国语·周语中》韦《注》:"随会,晋正卿,士蒍之孙、成伯之子士季武子也……范子,随会也。食采于随、范,故或曰:'随会,范会也。'……季,范武子字也……武子,随会也。"《晋语五》韦《注》:"武子,晋正卿士会。"④僖二十八年《左传》杜《注》:"士会,随武子,士蒍之孙。"文十三年《左传》杜《注》:"士会,尧后刘累之裔,别族复累之姓(为刘氏)"宣十六年《左传》杜《注》:"武,士会谥;季,其字。"宣十七年《左传》杜《注》:"(范武子)初受随,故曰随武子。后更受范,复为范武子。"成十八年《左传》杜《注》:"(范)武子,为景公太傅。"⑤则士会,即文七年、宣二年、十二年《左传》《国语·周语中》之"士季",亦即文十三年《左传》《国语·周语中》《史记·十二诸侯年表》《秦本纪》《晋世家》《汉书·司马迁传》之"随会",亦即宣十二年《左传》《国语·晋语八》之"随武子",亦即宣十七年、成十八年、襄二十七年《左传》《国语·晋语五》《汉书·古今人表》之"范武子",亦即昭二十年《左传》之"范会",姓祁,本氏杜,别氏士,又别氏随、范,其后别氏刘,名会,字季,谥武,尊称"子",士蒍(子舆)之孙,士缺(成伯)之子,士燮(范文子)、士縠、士魴(彘季)之父,本杜人,其先国灭徙居晋,文公五年(前632)为戎右,灵公元年(前620)奔秦,七年(前614)归晋,成公六年(前601)为上军帅而居季卿位,景公七年(前593)为中军帅而秉国政,八年(前592)告老,历仕文、

---

①　[晋]杜预注,[唐]孔颖达等正义:《春秋左传正义》,第1795页。

②　《狐裘歌》,此据《古诗纪》卷二、《古乐苑·卷首》及《先秦汉魏晋南北朝诗·先秦诗》卷二题,《方舟集》卷二十四、《古谣谚》卷二皆题作《赋》,《古诗纪》卷二又谓"一作《狐裘诗》"。

③　[汉]戴德撰,[北周]卢辩注,[清]王聘珍解诂,王文锦点校:《大戴礼记解诂》,中华书局1983年点校十三经清人注疏本,第114页。

④　[三国吴]韦昭注,上海师范大学古籍整理研究所校点:《国语》,第62-66、400页。

⑤　[晋]杜预注,[唐]孔颖达等正义:《春秋左传正义》,第1826、1852、1889、1889、1923页。

襄、灵、成、景五君凡四十四年(前632—前589),生卒年未详(前632—前589在世)①。其尊崇"靡不有初,鲜克有终""衮职有阙,惟仲山甫补之"古训,提出"人谁无过,过而能改,善莫大焉"(宣二年《左传》)②说。倡导"用师,观衅而动""取乱侮亡""於铄王师!遵养时晦""无竞惟烈"古训,认为"德、刑、政、事、典、礼不易,不可敌也,不为是征",提出"德立、刑行、政成、事时、典从、礼顺,若之何敌之?见可而进,知难而退,军之善政也;兼弱攻昧,武之善经也"说,主张诸侯执政卿应"整军而经武"(宣十二年《左传》)③。倡导"备之善",认为"若以恶来,有备,不败"(宣十二年《左传》)④。恪守"喜怒以类者鲜,易者实多""君子如怒,乱庶遄沮。君子如祉,乱庶遄已"古训,提出"君子之喜怒,以已乱"(宣十七年《左传》)⑤说。长于谋断,治国以典,竭情无私,恪守礼仪,颇有贤名,熟知典籍,尤谙习《诗》,传世有《败晋师之策论》(见文十二年《左传》)、《补过为善论》(见宣二年《左传》)、《整军经武之策论》《答楚少宰书》《备之善论》(俱见宣十二年《左传》)、《戒子书》(见宣十七年《左传》)诸文。

(五)士渥浊

《国语·晋语七》韦《注》:"贞子,晋卿士穆子之子士渥浊也。"⑥宣十二年《左传》杜《注》:"(士)贞子,士渥浊。"⑦成十八年《左传》杜《注》说同。《经说》卷三《春秋左传中名谥相同者》:"称'士伯'者三:其一先蔑,其一士景伯,其一士贞子。"⑧则士渥浊,即宣十二年《左传》《晋语七》之"士贞子",亦即宣十五年《左传》之"士伯",亦即成五年《左传》之"士贞伯",亦即成五年《左传》之"贞伯",姓祁,本氏杜,别氏士,其后别为士季氏,名渥浊,谥贞,尊称"子",士穆子之子,士弱(庄子)之父,本杜人,其

①　文十三年《左传》:"乃使魏寿余伪以魏叛者以诱士会,执其帑于晋,使夜逸。请自归于秦,秦伯许之。履士会之足于朝。秦伯师于河西,魏人在东……既济,魏人譟而还。秦人归其帑。其处者为刘氏。"襄二十四年《左传》载晋士匄(范宣子)谓鲁叔孙豹(穆叔)曰:"昔匄之祖,自虞以上,为陶唐氏,在夏为御龙氏,在商为豕韦氏,在周为唐杜氏,晋主夏盟为范氏,其是之谓乎?"《国语·晋语八》载大同。昭二十九年《左传》载晋蔡墨对魏舒(献子)问曰:"昔有飂叔安,有裔子曰董父,实甚好龙,能求其耆欲以饮食之,龙多归之。乃扰畜龙,以服事帝舜。帝赐之姓曰董,氏曰豢龙。封诸鬷川,鬷夷氏其后也……有陶唐氏既衰,其后有刘累,学扰龙于豢龙氏,以事孔甲,能饮食之。夏后嘉之,赐氏曰御龙,以更豕韦之后。龙一雌死,潜醢以食夏后。夏后飨之,既而使求之。惧而迁于鲁县,范氏其后也。"[晋]杜预注,[唐]孔颖达等正义:《春秋左传正义》,第1852、1979、2123页。则晋随氏、范氏、刘氏为士氏之别,皆出于士蒍之孙、士缺之子士会。
②　[晋]杜预注,[唐]孔颖达等正义:《春秋左传正义》,第1867页。
③　[晋]杜预注,[唐]孔颖达等正义:《春秋左传正义》,第1879页。
④　[晋]杜预注,[唐]孔颖达等正义:《春秋左传正义》,第1881页。
⑤　[晋]杜预注,[唐]孔颖达等正义:《春秋左传正义》,第1889页。
⑥　[三国吴]韦昭注,上海师范大学古籍整理研究所校点:《国语》,第434页。
⑦　[晋]杜预注,[唐]孔颖达等正义:《春秋左传正义》,第1883页。
⑧　[元]熊朋来:《五经说》,上海古籍出版社1987年影印文渊阁四库全书本,第284页。

先国灭徙居晋，仕为主狱大夫，悼公元年（前573）为大傅以修范武子之法，历仕景、厉、悼三公凡二十五年（前597—前573），生卒年未详（前597—前573在世）①。其认为"进思尽忠，退思补过，社稷之卫也"，提出"日月之食焉，何损于明"（宣十二年《左传》）②说；认为"淫而无罚，福也"，提出"神福仁而祸淫"（成五年《左传》）③说与"视流而行速，不安其位，宜不能久"（成六年《左传》）④说；主张推行法制，素有贤名，传世有《日月之食何损于明论》（见宣十二年《左传》）、《神福仁而祸淫论》（见成五年《左传》）、《失位自弃论》（见成六年《左传》）诸文⑤。

（六）士燮

《汉书·古今人表》"范文子"颜《注》："士燮。"⑥《国语·晋语五》韦《注》："燮，武子之子文子也。"《晋语八》韦《注》："文子，武子之子燮也。"⑦宣十七年《左传》杜《注》："文子，士会之子；燮，其名。"⑧则士燮（前？—前574），即宣十八年、成二年、八年《左传》之"燮"，亦即成二年、六年、九年、十一年、十二年、十六年、十七年《左传》之"范文子"，亦即成二年、襄二十九年《左传》之"范叔"，姓祁，氏士，别氏范，名燮，谥文，尊称"子"，士缺（成伯）之孙，士会（范武子、随武子）之子，士鲂（彘季）之弟，士匄（范宣子、范匄）之父，景公十一年（前589）以上军佐而位居第四卿，厉公三年（前578）以上军帅而位居季卿，六年（前575）以中军佐而位居亚卿，七年（前574）病故，历仕景、厉二君凡十九年（前589—前574）。其提出"兴王赏谏臣，逸王罚之"说，倡导"政德既成，又听于民，于是乎使工诵谏于朝，在列者献诗使勿兜，风听胪言于市，辨祆祥于谣，考百事于朝，问谤誉于路，有邪而正之"这一"尽戒之术"（《国语·晋语六》）⑨。人事天命并重，认为诸侯"寻盟"应"勤以抚之，宽以待之，坚彊以御之，明神以要之，柔服而伐贰，德之次也"（成九年《左传》）⑩。认为"不背本，仁也；不忘旧，信

①　《古今姓氏书辩证·六止下》："士季，出自晋司空士蒍之后，贞子士渥浊，生庄子士弱，弱生士文伯瑕。瑕生景伯弥牟，别为士季氏。"[宋]邓名世撰，王力平点校：《古今姓氏书辩证》，第330—331页。则晋士季氏为士氏之别，出自士穆子之子士渥浊。

②　[晋]杜预注，[唐]孔颖达等正义：《春秋左传正义》，第1883页。

③　[晋]杜预注，[唐]孔颖达等正义：《春秋左传正义》，第1901页。

④　[晋]杜预注，[唐]孔颖达等正义：《春秋左传正义》，第1902页。

⑤　《日月之食何损于明论》，《文章辨体汇选·论谏二》题作《谏讨荀林父》。

⑥　[汉]班固撰，[唐]颜师古注，傅东华等点校：《汉书》，第918页。

⑦　[三国吴]韦昭注，上海师范大学古籍整理研究所校点：《国语》，第401、459页。

⑧　[晋]杜预注，[唐]孔颖达等正义：《春秋左传正义》，第1889页。

⑨　[三国吴]韦昭注，上海师范大学古籍整理研究所校点：《国语》，第410页。

⑩　[晋]杜预注，[唐]孔颖达等正义：《春秋左传正义》，第1905页。案："彊"，阮刻本误作"疆"，今从石经、宋本、淳熙本、岳本、闽本、监本、毛本及金泽文库本订正。

也；无私，忠也；尊君，敏也"，提出"仁以接事，信以守之，忠以成之，敏以行之"说，主张以"仁""信""忠""敏"为"君子"（成九年《左传》）①之行为标准。尊崇"君人者刑其民，成，而后振武于外，是以内和而外威"古训，提出"夫战，刑也，刑之过也"（《国语·晋语六》）②说。推崇"唯厚德者能受多福，无德而服者众，必自伤也"古训，提出"唯圣人能无外患又无内忧，讵非圣人，不有外患，必有内忧"与"国之存亡，天命"（《晋语六》）③说。认为"唯圣人能外内无患。自非圣人，外宁必有内忧"，恪守"惟命不于常"古训，反对"信谗慝而弃忠良"（成十六年《左传》）④。长于谋略，素有贤名，谙习《诗》《书》，传世有《不代帅受名论》（见成二年《左传》）、《尽戒之术论》（见《国语·晋语六》）、《寻盟论》（见成九年《左传》）、《仁、信、忠、敏为君子论》（见成九年《左传》）、《盟所以质信论》（见成十一年《左传》）、《战为刑之过论》《厚德多福论》《国之存亡为天命论》（俱见《国语·晋语六》）、《外宁必有内忧论》《君戒以德论》《勿信谗慝而弃忠良论》（俱见成十六年《左传》）、《德胜者犹惧失论》（见《国语·晋语六》）诸文⑤。

（七）士匄（宣子）

昭二十九年《左传》："冬，晋赵鞅、荀寅帅师城汝滨，遂赋晋国一鼓铁，以铸刑鼎，著范宣子所谓刑书焉。"⑥《国语·晋语八》韦《注》："执政，正卿范宣子也。"⑦襄十九年《左传》杜《注》："士匄，中军佐，故问后也。"⑧《汉书·高帝纪》颜《注》："范宣子，即士会之孙士丐也。"《古今人表》"范宣子"颜《注》："士匄。"⑨则士匄（前？—前548），即成十六年、襄九年《左传》之"范匄"，亦即成十八年、襄五年、八年、十年、十一年、十三年、十四年、十六年、十八年、十九年、二十一年、二十三年、二十四年、二十六年、昭三年、二十九年《左传》之"范宣子"，姓祁，本氏士，别氏范，名匄（一作"丐"），谥宣，尊称"子"，士会（武子）之孙，士燮（文子）之子，士鞅（献子）之父，厉公

①　[晋]杜预注，[唐]孔颖达等正义：《春秋左传正义》，第1905页。
②　[三国吴]韦昭注，上海师范大学古籍整理研究所校点：《国语》，第417页。
③　[三国吴]韦昭注，上海师范大学古籍整理研究所校点：《国语》，第421页。
④　[晋]杜预注，[唐]孔颖达等正义：《春秋左传正义》，第1920页。
⑤　《尽戒之术论》，《文章辨体汇选·论谏九》皆题作《论诸大夫》；《厚德多福论》，《文章正宗·议论三》题作《论谏》，《文章辨体汇选·论谏九》题作《与诸大夫论战》。
⑥　[晋]杜预注，[唐]孔颖达等正义：《春秋左传正义》，第2124页。
⑦　[三国吴]韦昭注，上海师范大学古籍整理研究所校点：《国语》，第452页。
⑧　[晋]杜预注，[唐]孔颖达等正义：《春秋左传正义》，第1968页。
⑨　[汉]班固撰，[唐]颜师古注，傅东华等点校：《汉书》，第82、921页。案："匄"，一本作"丐"，本亦作"匃"，音同借用。

六年(前 575)时已出仕,悼公元年(前 573)任公族大夫,十年(前 564)袭父职为中军佐,平公四年(前 554)为中军帅而秉国政,十年(前 548)病故,历仕厉、悼、平三君凡二十八年(前 575－前 548)。其主张法治,制订刑书,熟知典籍,尤谙习《诗》,传世有《乞盟书》(见襄三年《左传》)、《〈桑林〉之舞论》(见襄十年《左传》)、《数戎子驹支之罪书》(见襄十四年《左传》)诸文①。

(八)士弱

襄九年《左传》杜《注》:"(士)弱,士渥浊之子庄子。"襄二十五年《左传》杜《注》:"士庄伯,士弱也。"襄二十六年《左传》杜《注》:"士弱,晋主狱大夫。"②《汉书·五行志上》颜《注》:"士弱,晋大夫士庄伯。"③

谨案:晋士庄子有二:一为巩朔,即成二年《左传》之"士庄伯",亦即成二年《左传》之"巩伯",氏士,名朔,谥庄子,巩其采地,世系未详;一为士弱,即士庄伯,氏士,名弱,谥庄子,士渥浊之子。又,襄二十六年《左传》:"卫侯如晋,晋人执而囚之于士弱氏。"④《元和姓纂·六止》:"士弱,晋士庄子为狱官,晋人谓之士弱氏。"⑤《古今姓氏书辩证·六止下》:"此《左传》全文记当时语,未必后世有此氏也。"⑥笔者以为,襄二十六年《左传》所谓"氏",犹家,而非姓氏之氏,故邓氏《古今姓氏书辩证》说是。则士弱,即襄九年、十年《左传》之"士庄子",亦即襄二十五年《左传》之"士庄伯",姓祁,氏士,名弱,谥庄,尊称"子",士穆子之孙,士渥浊(贞子)之子,士匄(文伯)、士佗之父,晋主狱大夫,历仕悼、平二君凡十八年(前 564－前 547),生卒年未详(前 564－前 547 在世)。其精通天文历象,主张"天道"肇始于"人道",提出"弃社稷也,其将不免"(襄十年《左传》)⑦说,传世有《天道论》(见襄九年《左传》)、《弃社稷将不免论》(见襄十年《左传》)诸文。

(九)士鞅

《国语·晋语九》韦《注》:"(范)献子,范宣子之子士鞅。"⑧襄十四年《左传》杜《注》:"(士)鞅,士匄子。"⑨清王梓材撰《世本集览通论》:"春秋列国世家,有同族而

---

① 《数戎子驹支之罪书》,《文章正宗·辞命二》、《文编·辞命》并题作《对范宣子》。
② [晋]杜预注,[唐]孔颖达等正义:《春秋左传正义》,第 1941、1985、1990 页。
③ [汉]班固撰,[唐]颜师古注,傅东华等点校:《汉书》,第 1326 页。
④ [晋]杜预注,[唐]孔颖达等正义:《春秋左传正义》,第 1990 页。
⑤ [唐]林宝撰,[清]孙星衍校辑,郁贤皓、陶敏整理点校:《元和姓纂》,第 847 页。
⑥ [宋]邓名世撰,王力平点校:《古今姓氏书辩证》,第 330 页。
⑦ [晋]杜预注,[唐]孔颖达等正义:《春秋左传正义》,第 1946 页。
⑧ [三国吴]韦昭注,上海师范大学古籍整理研究所校点:《国语》,第 487 页。
⑨ [晋]杜预注,[唐]孔颖达等正义:《春秋左传正义》,第 1965 页。

同谥者……范献子二：一士富，一士鞅。而士为范之本族也。"①

　　谨案：《史记·晋世家》及《魏世家》司马贞《索隐》并谓士鞅之子范吉射谥献子，说与《史记·赵世家》司马贞《索隐》引《世本》异。今考：晋范献子有二：一为士富，《国语·晋语七》韦《注》："献子，范文子之族昆弟士富也。"②一为士鞅，《国语·晋语九》韦《注》："献子，范宣子之子士鞅。"③哀五年《左传》杜《注》："昭子，范吉射也。"④则范吉射，即昭三十年《左传》之"士吉射"，亦即哀五年《左传》之"昭子"，则《世本》谓"范吉射谥昭子"当为杜《注》所本。故笔者此不取《史记索隐》说。又，晋范叔有二：一为范文子士燮，士鞅祖父，见成二年《左传》；一为范献子士鞅，士燮之孙，见襄二十九年《左传》⑤。则士鞅，即襄十八年、二十一年、二十三年、昭五年、哀七年《左传》之"范鞅"，亦即襄二十九年、昭五年、七年、二十三年、二十四年、二十七年、三十一年、三十二年、定元年、四年、六年《左传》《国语·晋语七》《晋语九》《史记·晋世家》《列女传·仁智传》之"范献子"，襄二十九年《左传》之"范叔"，姓祁，本氏士，别氏范，名鞅，谥献，尊称"子"，士燮（范文子）之孙，士匄（范宣子）之子，士吉射（范昭子）、士皋夷，士鲂之父，悼公十五年（前559）为栾黡所逼而奔秦，平公元年（前557）为公族大夫，二十一年（前537）为下军帅而位居第五卿，历仕悼、平、昭、顷、定五君凡五十八年（前559－前502），生卒年未详（前559－前502在世）。其提出"德在民"（襄十四年《左传》）⑥说，恪守"居处恭，不敢安易，敬学而好仁，和于政而好其道，谋于众不以贾好，私志虽衷，不敢谓是也，必长者之由"（《国语·晋语八》）⑦之处世之道；认为"人之有学也，犹木之有枝叶也"，倡导"君子之学"（《晋语九》）⑧；重人道而轻天道，认为"季氏之复，天救之"，三桓逐君为"天之道"（昭二十七年《左传》）⑨；熟悉典籍，尤谙习《诗》，传世有《德在于民论》（见襄十四年《左传》）、《处世之道论》（见《国语·晋语八》）、《君子之学论》（见《晋语九》）、《三桓逐君为天之道论》（见昭二十七年《左传》）诸文。

①　[清]王梓材撰《世本集览通论》，[汉]宋衷注，[清]秦嘉谟等辑：《世本八种》，第65页。
②　[三国吴]韦昭注，上海师范大学古籍整理研究所校点：《国语》，第437页。
③　[三国吴]韦昭注，上海师范大学古籍整理研究所校点：《国语》，第487页。
④　[晋]杜预注，[唐]孔颖达等正义：《春秋左传正义》，第2159页。
⑤　参见[清]王梓材撰《世本集览通论》，[汉]宋衷注，[清]秦嘉谟等辑：《世本八种》。
⑥　[晋]杜预注，[唐]孔颖达等正义：《春秋左传正义》，第1956页。
⑦　[三国吴]韦昭注，上海师范大学古籍整理研究所校点：《国语》，第460页。
⑧　[三国吴]韦昭注，上海师范大学古籍整理研究所校点：《国语》，第487页。
⑨　[晋]杜预注，[唐]孔颖达等正义：《春秋左传正义》，第2117页。

（十）士匄（文伯）

襄三十年《左传》杜《注》："（士）文伯，士弱之子……伯瑕，士文伯。"①昭十二年《左传》杜《注》同。《春秋释例·世族谱下》："范氏，士文伯，士匄。"②

谨案：《元和姓纂·七之》《广韵·七之》《通志·氏族略四》《路史·后纪十一》罗苹《注》《姓氏急就篇》卷下并引《世本》："（司功氏）晋大夫司功景子，其先士匄也，因官氏焉。"③《古今姓氏书辩证·一东》《姓氏急就篇》卷下并引《风俗通义》："（功氏）晋大夫司功景子之后，或去司单为功氏。"④又，《春秋》有"士匄"而无"景子"，亦无"弟佗"。《周礼·秋官司寇·司仪》："司仪掌九仪之宾客、摈相之礼，以诏仪容、辞令、揖让之节。"⑤士匄此时或亦为司功而为赵武之佐（襄三十年《左传》载季武子语），其所职掌诸侯宾馆，则晋之司功与周王室之司仪相类。则士匄，即襄三十年、三十一年、昭二年、六年、七年《左传》之"士文伯"，亦即襄三十年、昭七年、十二年《左传》之"伯瑕"，姓祁，本氏杜，别氏士，名匄，字伯瑕，谥文，士渥浊（贞子）之孙，士弱（庄子）之子，士佗（一作"他"）之兄，士弥牟（景伯）之父，本杜人，其先国灭徙居晋，仕为司功，生卒年未详（前543—前530在世）。其反对郑公孙侨"铸刑书"，认为"作火以铸刑器，藏争辟焉"（昭六年《左传》）⑥；主张实行"善政"，认为"国无政，不用善，则自取谪于日月之灾，故政不可不慎也"，提出善政"务三而已：一曰择人，二曰因民，三曰从时"（昭七年《左传》）⑦说；尊崇"或燕燕居息，或憔悴事国"古训，认为"六物不同，民心不壹，事序不类，官职不则，同始异终"，提出天道不"可常"（昭七年《左传》）⑧说；精通天文、历法、星象、术数之学，熟知典籍，尤谙习《诗》，传世有《让坏垣书》（见襄三十一年《左传》）、《火而象之论》（见昭六年《左传》）、《慎政以禳灾论》《天道不可常论》（俱见昭七年《左传》）诸文⑨。

---

① ［晋］杜预注，［唐］孔颖达等正义：《春秋左传正义》，第2912页。

② ［晋］杜预：《春秋释例》，第448页。

③ ［唐］林宝撰，［清］孙星衍校辑，郁贤皓、陶敏整理点校：《元和姓纂》，第356页。案：此据《元和姓纂》引文。《广韵·七之》引作："士匄弟佗为晋司功，因官为氏。"［宋］陈彭年等重修：《钜宋广韵》，第28页。《通志·氏族略四》引作："（司功氏）晋大夫司功景子，士匄弟他，因官氏焉。"［宋］郑樵撰，王树民点校：《通志二十略》，第151页。《路史·后纪十一》罗苹《注》引作："匄弟他，晋司功为氏。"［宋］罗泌撰，［宋］罗苹注：《路史》。《姓氏急就篇》卷下引作："（司功氏）士匄弟佗为晋司功，因官为氏。"［宋］王应麟：《姓氏急就篇》，第807页。

④ ［宋］邓名世撰，王力平点校：《古今姓氏书辩证》，第9页。

⑤ ［汉］郑玄注，［唐］贾公彦疏：《周礼注疏》，中华书局1980年影印阮刻十三经注疏本，第896页。

⑥ ［晋］杜预注，［唐］孔颖达等正义：《春秋左传正义》，第2044页。

⑦ ［晋］杜预注，［唐］孔颖达等正义：《春秋左传正义》，第2049页。

⑧ ［晋］杜预注，［唐］孔颖达等正义：《春秋左传正义》，第2051页。

⑨ 《让坏垣书》，《文章正宗·辞命二》《文编·辞命》并题作《对晋让坏垣》。

（十一）士弥牟

《国语·晋语九》韦《注》：“（士）景伯，晋理官士弥牟。”①昭十三年《左传》杜《注》：“（士）景伯，士文伯之子弥牟也。”昭二十三年《左传》杜《注》：“（士）弥牟，士景伯。”②则士弥牟，即昭十三年《左传》《国语·晋语九》之“士景伯”，亦即昭二十三年《左传》之“士伯”，姓祁，氏士，名弥牟，谥景伯，士弱（庄子）之孙，士匄（文伯、伯瑕）之子，晋理官，生卒年未详（前529年—前509在世）。其提出“所谓盟主，讨违命”（昭二十三年《左传》）③说，倡导“同恤王室”（昭二十五年《左传》）④；重人事而轻鬼神，认为“薛征于人，宋征于鬼，宋罪大矣”，恪守“启宠纳侮”古训，反对“已无辞而抑我以神”（定元年《左传》）⑤；传世有《盟主讨违命论》（见昭二十三年《左传》）、《同恤王室论》（见昭二十五年《左传》）、《启宠纳侮论》（见定元年《左传》）诸文。

（十二）士茁

《国语·晋语九》韦《注》：“士茁，智伯家臣。”⑥

谨案：据哀五年《左传》，晋定公二十二年（前490），晋围柏人，荀寅、士吉射奔齐；又据《史记·晋世家》《六国年表》《赵世家》，晋出公十七年（前458），知伯（荀瑶）与赵、韩、魏共分范氏、中行氏地以为邑。则士茁此时已沦为平民，故为知氏家臣。则士茁，姓祁，氏士，名茁，智氏家臣，生卒年未详（前455在世）。其主张“臣以秉笔事君”，倡导“高山峻原，不生草木；松柏之地，其土不肥”古训，提出“土木胜”则“不安人”说（《国语·晋语九》）⑦；直言敢谏，熟知典籍，传世有《木胜则人亡论》（见《国语·晋语九》）一文⑧。

三、屠氏与屠蒯

（一）屠氏之族属与世系

《元和姓纂·十一模》：“屠，《左传》，晋大夫屠蒯，《礼记》作‘杜蒉（蒉）’。又，屠

---

① ［三国吴］韦昭注，上海师范大学古籍整理研究所校点：《国语》，第483页。
② ［晋］杜预注，［唐］孔颖达等正义：《春秋左传正义》，第2073、2101页。
③ ［晋］杜预注，［唐］孔颖达等正义：《春秋左传正义》，第2101页。
④ ［晋］杜预注，［唐］孔颖达等正义：《春秋左传正义》，第2109页。
⑤ ［晋］杜预注，［唐］孔颖达等正义：《春秋左传正义》，第2131页。
⑥ ［三国吴］韦昭注，上海师范大学古籍整理研究所校点：《国语》，第502页。
⑦ ［三国吴］韦昭注，上海师范大学古籍整理研究所校点：《国语》，第502页。
⑧ 《文章正宗·议论四》《文章辨体汇选·论谏六》皆题作《论智氏之室》。

羊说,楚人。晋有屠岸贾。"①《姓氏急就篇》卷上:"屠氏,晋有屠岸夷、屠击、屠岸贾、屠蒯,郑有屠击,卫有屠伯。《吕氏春秋》晋大史屠黍,秦有屠睢。"②《礼记·檀弓下》郑《注》:"杜蒉,或作屠蒯。"③

今考:《国语·晋语二》有屠岸夷,晋献公二十六年(前651)时为大夫,与晋献公二十一年(前656)献公所杀太子申生之傅杜原款大致同时,早于屠蒯一百一十九年;僖二十八年《左传》有屠击,晋文公五年(前632)时为右行将,亦早于屠蒯近百年;《史记·赵世家》有屠岸贾,始有宠于晋灵公(前620—前607年在位),至晋景公时为司寇,景公十七年(前583)被杀。则晋之屠氏,又为屠岸氏,当出于屠岸夷而非屠蒯。又,《经典释文·礼记音义一》:"杜蒉,苦怪反,注蒯同。作屠,音徒。"④《春秋分记·职官书二》:"《檀弓》以'屠蒯'为'杜蒉',疑音相近。"⑤《学林》卷十:"惟姓与名当专一音,不可以呼二音。当是'屠'字亦读音'杜',左氏假借用'屠'字耳。"⑥《毛诗写官记》卷四:"出宿于屠,即杜也。曰即杜伯国者,在永兴长安县南十五里。'杜'古作'屠'。《左传》'膳宰屠蒯',《檀弓》作'杜蒉'。"⑦《别雅》卷三:"屠蒯,杜蒉也……二字音近,故所传本或异。"⑧故晋屠氏、屠岸氏,亦作杜氏。又,《通志·氏族略一》:"屠者之后为屠氏。"⑨《瓮牖闲评》卷一:"盖屠者乃屠宰之屠,由'蒯'之上世常主屠宰,故其后为'屠蒯',屠非其姓也。如所谓'巫咸'之巫,'师旷'之师,'巫咸'之先世为巫,遂称为'巫咸','师旷'之先世为师,遂称为'师旷',与'屠蒯'之事同也。《檀弓》乃改为'杜蒉',却是假借用字耳,岂可反谓《左氏传》假借'屠蒯'而为之耶?"⑩笔者此不取。则晋屠氏为杜氏之别,唐杜氏子孙杜伯后裔,出于屠岸夷,祁姓,其世系未详。

　　①　[唐]林宝撰,[清]孙星衍校辑,郁贤皓、陶敏整理点校:《元和姓纂》,第300页。案:"屠羊说",楚昭王大夫。事见:《庄子·让王篇》。
　　②　[宋]王应麟:《姓氏急就篇》,第792页。案:"屠击",郑定公大夫。事见:昭十六年《左传》。"屠伯",卫灵公大夫。事见:昭十三年《左传》。"屠黍",晋出公太史。事见:《吕氏春秋·先职览》。"屠睢",即尉屠睢,秦始皇将军。事见:《淮南子·人间训》。
　　③　[汉]郑玄注,[唐]孔颖达等正义:《礼记正义》,第1305页。
　　④　[唐]陆德明:《经典释文》,第673页。
　　⑤　[宋]程公说:《春秋分记》,第461页。
　　⑥　[宋]王观国撰,田瑞娟点校:《学林》,中华书局学术笔记丛刊1988年点校明嘉靖间(1522—1566)陈春辑刻湖海楼丛书本,第345页。
　　⑦　[清]毛奇龄:《毛诗写官记》,上海古籍出版社1987年影印文渊阁四库全书本,第206页。
　　⑧　[清]吴玉搢:《别雅》,上海古籍出版社1987年影印文渊阁四库全书本,第686页。
　　⑨　[宋]郑樵撰,王树民点校:《通志二十略》,第6页。
　　⑩　[宋]袁文撰,李伟国校点:《瓮牖闲评》,上海古籍出版社宋元笔记丛书1985年校点武英殿聚珍本,第9页。

（二）屠蒯

昭十七年《左传》杜《注》："屠蒯，晋侯之膳宰也，以忠谏见进。"①《通志·氏族略四》："屠蒯者，晋之膳宰也。屠氏之职，以割牲为事。"②

谨案：《周礼·天官冢宰·叙官》："膳夫上士二人，中士四人，下士八人，府二人，史四人，胥十有二人，徒百有二十人。"《膳夫》："膳夫掌王之食饮膳羞，以养王及后世子。"③《春秋分记·职官书二》："膳宰……亦犹天子之膳夫也。"④则屠蒯，姓祁，本氏杜，别氏屠，名蒯（一作"黄"），晋膳宰，生卒年未详（前 533－前 528 在世）。其直言敢谏，主张"女为君耳，将司聪也"，认为"君彻宴乐，学人舍业，为疾故也"，提出"君之卿佐，是谓股肱"（昭九年《左传》）⑤说；主张"女为君目，将司明也"，提出"服以旌礼，礼以行事，事有其物，物有其容"（昭九年《左传》）⑥说；提出"味以行气，气以实志，志以定言，言以出令"（昭九年《左传》）⑦说，为梁刘勰《文心雕龙·体性篇》"气质"影响"风格"形成说之滥觞；传世有《股肱丧而君彻宴乐论》《物有其容论》《气以实志论》（俱见昭九年《左传》）诸文⑧。

四、辛氏与辛廖、辛俞

（一）辛氏之族属

襄四年《左传》："昔周辛甲之为大史也，命百官，官箴王阙。"⑨《国语·晋语四》："（周文王）谘于蔡、原，而访于辛、尹。"⑩《史记·夏本纪》："禹为姒姓，其后分封以国为姓。故有夏后氏、有扈氏、有男氏、斟寻氏、彤城氏、褒氏、费氏、杞氏、缯氏、辛氏、冥氏、斟氏、戈氏。"《周本纪》："伯夷、叔齐在孤竹，闻西伯善养老，盍往归之。太颠、

---

① ［晋］杜预注，［唐］孔颖达等正义：《春秋左传正义》，第 2084 页。
② ［宋］郑樵撰，王树民点校：《通志二十略》，第 159 页。
③ ［汉］郑玄注，［唐］贾公彦疏：《周礼注疏》，第 640、659 页。
④ ［宋］程公说：《春秋分记》，第 461 页。
⑤ ［晋］杜预注，［唐］孔颖达等正义：《春秋左传正义》，第 2057 页。
⑥ ［晋］杜预注，［唐］孔颖达等正义：《春秋左传正义》，第 2057 页。
⑦ ［晋］杜预注，［唐］孔颖达等正义：《春秋左传正义》，第 2057－2058 页。
⑧ 《股肱丧而君彻宴乐论》《物有其容论》《气以实志论》，《文章正宗》卷四、《文编·谏疏》《文章辨体汇选·论谏二》皆题作《谏晋侯》，《御选古文渊鉴》卷四皆题作《谏平公》。
⑨ 杜《注》："辛甲，周武王大史。"［晋］杜预注，［唐］孔颖达等正义：《春秋左传正义》，第 1933 页。
⑩ 韦《注》："蔡，蔡公；原，原公；辛，辛甲；尹，尹佚；皆周太史。"［三国吴］韦昭注，上海师范大学古籍整理研究所校点：《国语》，第 387－389 页。

闳夭、散宜生、鬻子、辛甲大夫之徒皆往归之。"①《元和姓纂·十七真》："辛,姒姓。夏后启别封支子于莘,'莘''辛'相近,遂为辛氏。《左传》,周太史辛甲,辛伯辛俞美为昭王友。"②《新唐书·宰相世系表三上》："辛氏出自姒姓。夏后启封支子于莘,'莘''辛'声相近,遂为辛氏。周太史辛甲为文王臣,封于长子。"③《广韵·十七真》"辛"字注说大同。《古今姓氏书辩证·十七真》："辛,周武王太史辛甲封于长子。后有辛伯、辛有,皆为大夫。有二子适晋。史有辛廖,其后或为董史。"④

谨案:《史记·周本纪》裴骃《集解》引汉刘向《别录》："辛甲,故殷之臣,事纣。盖七十五谏而不听,去至周,召公与语,贤之,告文王,文王亲自迎之,以为公卿,封长子。"⑤《汉书·地理志上》："(上党郡)长子,周史辛甲所封。"⑥《水经·浊漳水注》："(浊漳水)又东,尧水自西山东北流,迳尧庙北,又东,迳长子县故城南,周史辛甲所封邑也。"⑦可见,西周初期辛甲封邑长子,晋平公三年(前555)时属晋(襄十八年《左传》),其地即今山西省长治市长子县。则晋辛氏为帝颛顼高阳氏部落支族鲧之子夏禹(文命)之裔,周太史辛甲之后,姒姓。

（二）辛氏之世系

桓十八年《左传》杜《注》："辛伯,周大夫。"僖二十二年《左传》杜《注》："辛有,周大夫。"昭十五年《左传》杜《注》："辛有,周人也。"⑧

谨案:据僖二十二年《左传》,辛有为周平王东迁后之臣。则辛有当在辛伯之前,疑辛伯或为其孙,或为其子。又,杜氏《春秋释例·世族谱上》将辛甲、辛有、辛伯皆列入周"杂人"。则春秋时期晋辛氏世系为:辛有……辛伯……辛廖……辛俞。

（三）辛廖

《史记·晋世家》裴骃《集解》引汉贾逵《左氏传解诂》："辛廖,晋大夫。"⑨则辛廖,姓姒,氏辛,名廖,本周人,先祖徙居晋,仕为大夫,生卒年未详(前661在世)。

①　[汉]司马迁撰,[晋]裴骃集解,[唐]司马贞索隐,[唐]张守节正义,郭逸、郭曼标点:《史记》,第59、78页。
②　[唐]林宝撰,[清]孙星衍校辑,郁贤皓、陶敏整理点校:《元和姓纂》,第355页。
③　[宋]欧阳修、[宋]宋祁编修,石淑仪等点校:《新唐书》,第2879页。
④　[宋]邓名世撰,王力平点校:《古今姓氏书辩证》,第89页。
⑤　[汉]司马迁撰,[晋]裴骃集解,[唐]司马贞索隐,[唐]张守节正义,郭逸、郭曼标点:《史记》,第79页。
⑥　[汉]班固撰,[唐]颜师古注,傅东华等点校:《汉书》,第1553页。
⑦　[北魏]郦道元撰,杨守敬、熊会贞疏,段熙仲点校,陈桥驿复校:《水经注疏》,第913页。
⑧　[晋]杜预注,[唐]孔颖达等正义:《春秋左传正义》,第1759、1813、2078页。
⑨　[汉]司马迁撰,[晋]裴骃集解,[唐]司马贞索隐,[唐]张守节正义,郭逸、郭曼标点:《史记》,第1308页。

其认为"《震》为土,车从马,足居之,兄长之,母覆之,众归之,六体不易,合而能固,安而能杀,公侯之卦也"(闵元年《左传》)①,精通卜筮之术,熟知典籍,尤谙习《易》,传世有《释〈屯〉之〈比〉卦辞》(见闵元年《左传》)一文。

(四)辛俞

《陔余丛考》卷十六:"是春秋时家臣之徇其主而忘公家已如此,降及东汉,气节相矜,并至有甘以身殉者。"则辛俞,姓姒,氏辛,名俞,本周人,先祖徙居晋,仕为栾氏家臣,生卒年未详(前552在世)。其恪守"三世事家,君之;再世以下,主之"古训,主张"事君以死,事主以勤",提出"心以守志,辞以行之"(《国语·晋语八》)②说;耿介忠勇,徇主忘公,熟知典籍,传世有《事君事主之道论》《心以守志论》(俱见《国语·晋语八》)诸文。

五、董氏与董因、董狐、董安于、董褐

(一)董氏之族属

昭十五《左传》载周景王谓晋籍谈曰:"及辛有之二子董之晋,于是乎有董史。"③《潜夫论·志氏姓》:"晋大夫孙伯黡实司典籍,故姓籍氏。辛有二子董之,故氏董氏。"④《急就篇》卷上:"董……又周大夫辛有之二子适晋,与籍氏俱董督晋之史籍,因为董氏。董狐、董叔、董安于、董褐,皆其后也。"⑤《古今姓氏书辩证·一董》:"董……至周太史辛有之二子适晋,与孙伯黡共司晋典籍,以其董督晋史,又为董氏。《春秋传》云晋有董史是也。晋文公时有大夫董因。后有良史董狐,大夫董叔,赵氏臣董安于。其后有董子名无心,著书难墨子。"⑥

谨案:《新唐书·宰相世系表五下》:"董氏出自姬姓。黄帝裔孙有飂叔安,生董父,舜赐姓董氏。裔孙辛有,辛有子孙分适晋,有董狐。"⑦今考:昭二十九年《左传》载晋蔡墨对魏舒(献子)问曰:"昔有飂叔安,有裔子,曰董父,实甚好龙,能求其耆欲

①　[晋]杜预注,[唐]孔颖达等正义:《春秋左传正义》,第1786页。
②　[三国吴]韦昭注,上海师范大学古籍整理研究所校点:《国语》,第452页。
③　杜《注》:"其(辛有)二子适晋为太史,籍黡与之,共董督晋典,因为董氏,董狐其后。"[晋]杜预注,[唐]孔颖达等正义:《春秋左传正义》,第2078页。
④　[汉]王符撰,[清]王继培笺,彭铎校正:《潜夫论笺校正》,第343页。
⑤　[汉]史游撰,[唐]颜师古注:《急就篇》,第771页。
⑥　[宋]邓名世撰,王力平点校:《古今姓氏书辩证》,第303页。
⑦　[宋]欧阳修、[宋]宋祁编修,石淑仪等点校:《新唐书》,第3386页。

以饮食之,龙多归之。乃扰畜龙以服事帝舜。帝赐之姓曰董,氏曰豢龙。封诸鬷川,鬷夷氏其后也。"①可见,昭二十九年《左传》所谓"飂叔安裔子董父"之董氏,即《国语·郑语》及《潜夫论·志氏姓》所谓"祝融八姓"之己姓董氏,亦即《元和姓纂·一董》《古今姓氏书辩证·一董》所谓"黄帝之后"己姓董氏,亦即《通志·氏族略三》所谓"黄帝之后"姬姓董氏,与晋之董氏所出不同。则《新唐书·宰相世系表五下》说误,故笔者此不取。则晋董氏为辛氏之别,周太史辛甲后裔,出于辛有,妘姓。

（二）董之世氏系

《国语·晋语九》韦《注》:"董叔,晋大夫……祁,董叔之妻、献子之姊,范姓祁名也。"②《春秋分记·世谱二》:"董氏,狐;叔;安于。"③

谨案:春秋时期晋有二董叔:一见襄十八年、二十一年《左传》,晋平公六年（前552）为范宣子（士匄）所杀;一见《国语·晋语九》,晋顷公五年（前521）后为范宣子之子献子（士鞅）执之。则春秋时期晋董氏世系为:辛有……董因……董狐→青史子……董叔……董叔……董安于……董褐。

（三）董因

《国语·晋语四》韦《注》:"（董）因,晋大夫,周太史辛有之后。传曰:'辛有之二子董之晋。'故晋有董史。"④《汉书·律历志下》颜《注》:"董因,晋史也。本周太史辛有之后,以董主史官,故为董氏,因其名也。"⑤则董因,姓妘,本氏辛（一作"莘"）,别氏董,名因,本周人,徙居晋,仕为太史,生卒年未详（前636在世）。其尊崇"嗣续其祖,如谷之滋,必有晋国""是谓天地配享,'小往大来'"古训,认为公子重耳返晋为君乃"天之大纪",预言"济且秉成,必霸诸侯,子孙赖之"（《国语·晋语四》）⑥;具有客观唯心主义思想因素,精通天文历法星象之学,熟知典籍,传世有《天道必霸诸侯论》（见《国语·晋语四》）一文。

（四）董狐

宣二年《左传》载鲁孔子曰:"董狐,古之良史也,书法不隐。"⑦《太平御览》卷四

---

① ［晋］杜预注,［唐］孔颖达等正义:《春秋左传正义》,第2123页。
② ［三国吴］韦昭注,上海师范大学古籍整理研究所校点:《国语》,第488页。
③ ［宋］程公说:《春秋分记》,第99页。
④ ［三国吴］韦昭注,上海师范大学古籍整理研究所校点:《国语》,第388页。
⑤ ［汉］班固撰,［唐］颜师古注,傅东华等点校:《汉书》,第1020页。
⑥ ［三国吴］韦昭注,上海师范大学古籍整理研究所校点:《国语》,第388页。
⑦ ［晋］杜预注,［唐］孔颖达等正义:《春秋左传正义》,第1867页。

百四十七引魏何晏《冀州论》："书法不讳,莫贤乎董狐。"①清程庭祚《春秋识小录·春秋职官考略上》："晋太史,宣二年太史董狐。"②则董狐,即宣二年《左传》之"大史",亦即《孔子家语·正论解》之"史",姓姒,本氏辛,别氏董,其后别为侯史氏、青史氏,名狐,青史子之父,本周人,先祖徙居晋,仕为太史,事灵公(前 620 年－前 607 年在位),生卒年未详(前 607 在世)③。其书法不讳,传世有《赵盾弑君论》(见宣二年《左传》)一文。

（五）董安于

《韩非子·十过篇》："董阏于,简主之才臣。"④《吕氏春秋·爱士篇》高《注》："安于,简子家臣。"⑤

案:《韩非子·十过篇》之"董阏于",《韩非子·难言篇》《观行篇》均作"董安于",则"董阏于"即"董安于"。又,《元和姓纂·一董》《通志·氏族略三》《名贤氏族言行类稿》卷三十四皆以董安于为黄帝巳(姒)姓后裔。笔者此不取。则董安于(前？－前 496),即《韩非子·十过篇》之"董阏于""董子",亦即《战国策·赵策一》之"董阏安于",姓姒,本氏辛,别氏董,名安于(一作"阏于"),字阏,尊称"子",本周人,先祖徙居晋,仕为赵鞅家臣,晋定公十六年(前 496)为知文子(荀跞)所迫自缢。其忠心事主,倡导"少也,进秉笔,赞为名命,称于前世,立义于诸侯""壮也,耆其股肱以从司马,苟羸不产""长也,端委韠带以随宰人,民无二心",反对"以狂疾赏"(《国语·晋语九》)⑥;具有以国事、家事为重之进步生死观,认为"我死而晋国宁,赵氏定,将焉用生",提出"人谁不死,吾死莫矣"(定十四年《左传》)⑦说;传世有《勿赏狂疾论》(见《国语·晋语九》)、《身死而国宁主定论》(见定十四年《左传》)诸文。

①　[宋]李昉等:《太平御览》,第 2057 页。

②　[清]程廷祚:《春秋识小录》,上海古籍出版社 1987 年影印文渊阁四库全书本,第 181 页。

③　《元和姓纂·十九侯》、[宋]邓名世《古今姓氏书辩证·十九侯》《通志·氏族略四》并引[汉]应劭《风俗通义》:"(侯史氏)董狐为晋侯史,因官氏焉。"[唐]林宝撰,[清]孙星衍校辑,郁贤皓、陶敏整理点校:《元和姓纂》,第 732 页。《古今姓氏书辩证·十五青》《通志·氏族略四》并引[梁]贾执《姓氏英贤录》:"(青史氏)晋太史董狐之子,受封青史之田,因氏焉。"[宋]郑樵撰,王树民点校:《通志二十略》,第 147 页。案:《汉书·艺文志》著录《青史子》五十七篇,班氏自注:"古史官记事也。"[汉]班固撰,[唐]颜师古注,傅东华等点校:《汉书》,第 1701 页。可见,史书称"青史",其说概起于此。则晋侯史氏、青史氏皆为董氏之别,出于董狐。

④　[周]韩非撰,[清]王先慎集解,钟哲点校:《韩非子集解》,第 66 页。

⑤　旧题[周]吕不韦撰,[汉]高诱注,许维遹集释:《吕氏春秋集释》,第 192 页。案:定十三年、十四年《左传》《国语·晋语九》《战国策·赵策一》《韩非子·难言篇》《观行篇》《吕氏春秋·爱士篇》《史记·十二诸侯年表》《赵世家》《魏世家》《韩世家》《扁鹊仓公列传》《说苑·臣术篇》《建本篇》《政理篇》《风俗通义·皇霸篇》《论衡·率性篇》《谴告篇》《纪妖篇》并载董安于言行,不具引。

⑥　[三国吴]韦昭注,上海师范大学古籍整理研究所校点:《国语》,第 490 页。

⑦　[晋]杜预注,[唐]孔颖达等正义:《春秋左传正义》,第 2151 页。

（六）董褐

哀十三年《左传》孔《疏》引汉贾逵《左氏传解诂》："董褐，司马寅也。"①《国语·吴语》韦《注》："董褐，晋大夫司马寅。"②哀十三年《左传》杜《注》："寅，晋大夫。"③

谨案：《国语·吴语》韦《注》之"司马寅"，明道本原本作"司马演"。《国语明道本考异》卷四据哀十三年《左传》孔《疏》引汉贾逵《左氏传解诂》说、《文选》卷二十三载汉王粲《赠文叔良诗》李《注》引引韦《注》，"演"并作"寅"。今据改。又，《急就篇》卷二颜《注》谓司马寅为周宣王时大夫程伯休父之后，与晋司马氏侯、司马叔游、司马弥牟、司马乌（邬）同宗。据《国语·楚语下》《淮南子·主术训》高《注》《史记·太史公自序》《元和姓纂·六脂》《新唐书·宰相世系表》《古今姓氏书辩证·十四清》《通志·氏族略二》，程伯休父为帝喾高辛居火正重黎氏之后，则程氏与晋司马氏皆为风姓。笔者以为司马乃董褐之官而非其氏，故此不取师古说。则董褐，即哀十三年《左传》之"司马寅"，姓姒，本氏辛（一作"莘"），别氏董，名褐，字寅，本周人，先祖徙居晋，仕为司马，生卒年未详（前 482 在世）。其长于谋断，提出"肉食者无墨"（哀十三年《左传》）④说，传世有《肉食者无墨论》（见哀十三年《左传》）一文。

六、祖氏与祖朝

（一）祖氏之族属与世系

《元和姓纂·十姥》："祖，子姓，殷后，殷王祖甲、祖乙、祖丁支庶因氏焉，殷有祖乙、祖伊。"⑤《姓氏急就篇》卷上："祖氏，商祖已（乙）之后有祖伊，出范阳。"⑥明凌迪知《万姓统谱·七虞》："祖……殷祖甲……祖乙……周祖朝……。"⑦

谨案：据《史记·殷本纪》，祖乙乃帝河亶甲之子，继父为商第十三代王，曰帝祖乙；祖丁乃帝祖辛之子，继叔父帝沃甲为商第十六代王，曰帝祖丁；祖甲乃帝祖庚之弟，继兄为商第二十四代王，曰帝甲。故上引文献叙其世系望文生义，惟以甲、乙、丙、丁序次为序，其帝系失考。则晋祖氏为商契后裔，或出于祖乙，或出于祖丁，或

---

① ［晋］杜预注，［唐］孔颖达等正义：《春秋左传正义》，第 2171 页。
② ［三国吴］韦昭注，上海师范大学古籍整理研究所校点：《国语》，第 610 页。
③ ［晋］杜预注，［唐］孔颖达等正义：《春秋左传正义》，第 2171 页。
④ ［晋］杜预注，［唐］孔颖达等正义：《春秋左传正义》，第 2171 页。
⑤ ［唐］林宝撰，［清］孙星衍校辑，郁贤皓、陶敏整理点校：《元和姓纂》，第 947 页。
⑥ ［宋］王应麟：《姓氏急就篇》，第 765 页。
⑦ ［明］凌迪知：《万姓统谱》，上海古籍出版社 1987 年影印文渊阁四库全书本，第 156 页。

出于祖甲，不敢妄断，子姓，春秋时期世系亦未详。

（二）祖朝

《说苑·善说篇》："晋献公之时，东郭民有祖朝者。"① 则祖朝，姓子，氏祖，名朝，本商人，国灭徙居晋之东郭，献公之师，生卒年未详（前 655 在世）。其关心国事，熟知典籍，传世有《上献公书》《对献公问》（俱见《说苑·善说篇》）诸文。

七、箕氏与箕郑

（一）箕氏之族属

《元和姓纂·七之》："箕，箕子，殷畿内同姓诸侯也。《左传》，晋大夫箕郑、箕遗。"②《古今姓氏书辩证·七之》："箕，出自子姓。商之季世，封其父师为畿内诸侯，谓之箕子，其地太原阳邑县箕城是也。武王克商，释箕子囚，访以《洪范》，而别封于朝鲜。后人以国为氏。春秋时，晋大夫箕郑、箕遗。"③《通志·氏族略二》："箕氏……武王克商，改封箕子于朝鲜，其地后为晋邑。"④《姓氏急就篇》卷上："箕氏，殷有箕子。箕，国名。《左传》晋有箕郑、箕遗、箕襄。箕，邑名，太原阳邑。《新序》魏有箕季。"⑤《路史·国名纪五》："箕，箕郑采。《晋语》，郑为箕大夫。"⑥

谨案：《史记·宋世家》："箕子者，纣亲戚也……于是武王乃封箕子于朝鲜而不臣也。"⑦ 僖十五年《左传》杜《注》："箕子，殷王帝乙之子，纣之庶兄。"⑧ 笔者以为，箕子不论是"纣亲戚"，还是"纣之诸父"，或是"纣之庶兄"，皆子商王族。笔者此从服虔《春秋左氏传解》、杜预《春秋经传集解》之"纣之庶兄"说。又，昭三年《左传》陈有舜后裔"箕伯"，为陈氏之先，此陈妫姓箕氏。昭五年《左传》晋有韩氏之族"箕襄"，

---

① ［汉］刘向撰，向宗鲁校证：《说苑校证》，第 271 页。
② ［唐］林宝撰，［清］孙星衍校辑，郁贤皓、陶敏整理点校：《元和姓纂》，第 110 页。
③ ［宋］邓名世撰，王力平点校：《古今姓氏书辩证》，第 56 页。案：僖三十三年《春秋》："晋人败狄于箕。"杜《注》："太原阳邑县南有箕城。"［晋］杜预注，［唐］孔颖达等正义：《春秋左传正义》，第 1832 页。《春秋地理考实》卷二："箕……今山西隰州蒲县，本汉河东郡蒲子县地，东北有箕城。隋初移治，此后改蒲县。唐移今治，而箕城在县东北。'晋人败狄于箕'，当在此。"［清］江永：《春秋地理考实》，第 1954 页。则晋箕邑当即今山西省临汾市蒲县东北之故箕城。
④ ［宋］郑樵撰，王树民点校：《通志二十略》，第 69 页。
⑤ ［宋］王应麟：《姓氏急就篇》，第 776 页。
⑥ ［宋］罗泌撰，［宋］罗苹注：《路史》，第 347 页。
⑦ ［晋］裴骃《集解》："马融曰：'箕，国名也。子，爵也。'"［唐］司马贞《索隐》："司马彪曰：'箕子名胥余。'马融、王肃以箕子为纣之诸父。服虔、杜预以为纣之庶兄。杜预云'梁国蒙县有箕子冢。'"［汉］司马迁撰，［晋］裴骃集解，［唐］司马贞索隐，［唐］张守节正义，郭逸、郭曼标点：《史记》，第 1286—1293 页。
⑧ ［晋］杜预注，［唐］孔颖达等正义：《春秋左传正义》，第 1808 页。

此晋姬姓箕氏。氏名虽同而族属皆异。则晋箕氏为殷契后裔，出于文丁之孙、帝乙之子箕子（胥馀），属商"乙族"，子姓。

（二）箕氏之世系

《国语·晋语八》韦《注》："箕遗、黄渊、嘉父，皆晋大夫，栾盈之党。"①襄二十一年《左传》杜《注》："（箕遗、黄渊、嘉父、司空靖、邴豫、董叔、邴师、申书、羊舌虎、叔罴）十子皆晋大夫，栾盈之党也。"昭二十二年《左传》杜《注》："（箕遗、乐徵、右行诡）三子，晋大夫。"②《春秋分记·世谱二》："箕氏，郑父；遗（襄二十一年范宣子杀箕遗）；遗（昭二十一）。"③

谨案：晋箕遗有二：一死于栾氏之难，事见《国语·晋语四》、襄二十一年《左传》；一与乐徵、右行诡济师取前城，事见昭二十二年《左传》。二子前后相距三十二年，当非一人。则春秋时期晋箕氏世系为：箕郑……箕遗……箕遗。

（三）箕郑

文七年《左传》："乃背先蔑而立灵公，以御秦师。箕郑居守。赵盾将中军，先克佐之；荀林父佐上军；先蔑将下军，先都佐之。"④《国语·晋语四》："晋饥，（文）公问于箕郑曰……公使为箕。及清原之搜，使佐新上军。"⑤《韩非子·外储说左下》："晋文公出亡，箕郑挈壶餐而从，迷而失道，与公相失，饥而道泣，寝饿而不敢食。及文公反国，举兵攻原，克而拔之，文公曰：'夫轻忍饥馁之患而必全壶餐，是将不以原叛。'乃举以为原令。"⑥则箕郑（前？—前618），即文八年、九年《左传》、文九年《春秋》《公羊传》《穀梁传》之"箕郑父"，姓子，氏箕，名郑，字父，献公二十二年（前655）从公子重耳出亡，文公元年（前636）后相继为原大夫、箕大夫，文公八年（前629）为新上军佐而位居第七卿，襄公七年（前621）为上军将而位居第三卿，灵公三年（前618）因与先都、士縠谋作乱被诛。其主张"信于君心，信于名，信于令，信于事"，认为"信于君心，则美恶不踰；信于名，则上下不干；信于令，则时无废功；信于事，则民

---

①　［三国吴］韦昭注，上海师范大学古籍整理研究所校点：《国语》，第447页。

②　［晋］杜预注，［唐］孔颖达等正义：《春秋左传正义》，第1971、2100页。

③　［宋］程公说：《春秋分记》，第99页。

④　杜《注》："箕郑将上军居守，故佐独行。"［晋］杜预注，［唐］孔颖达等正义：《春秋左传正义》，第1845页。

⑤　韦《注》："箕郑，晋大夫。"［三国吴］韦昭注，上海师范大学古籍整理研究所校点：《国语》，第381－382页。

⑥　［周］韩非撰，［清］王先慎集解，钟哲点校：《韩非子集解》，第296页。

从事有业",提出"君心""名""令""事"为"四信"(《国语·晋语四》)①说,传世有《四信论》(见《国语·晋语四》)一文。

八、乐氏与乐王鲋、乐丁

(一)乐氏之族属

《急就篇》卷一颜《注》:"乐氏之先,与宋同姓。戴公生乐父衎,是称乐氏。乐喜皆其后也。"②《元和姓纂·四觉》:"乐,宋微子之后,戴公生子衎,字乐父,子孙以王父字为氏。字孙乐吕,吕孙喜,子子罕。"③《新唐书·宰相世系表三》:"乐氏,出自子姓。宋戴公生公子衎,字乐父,生倾父泽,泽生夷父须,子孙以王父字为氏。须生大司寇乐吕,吕孙喜,喜生司城子罕。"④《通志·氏族略三》说大同。《古今姓氏书辩证·四觉》:"乐,出自子姓。宋大司寇乐吕,吕孙喜,字子罕,为宋司城。喜孙舍、祈(祁)、輗。祈(祁)一曰祈(祁)犁,字子梁,生溷,字子明,溷生茷,字子潞,三世为司城。輗为大司寇,生朱鉏,世系俱《春秋人表》。"⑤《姓氏急就篇》卷上:"乐氏,宋戴公生子衎,字乐父,玄孙乐毅豫为乐氏。其后有乐喜。又,楚有乐伯,晋有乐王鲋、乐徵、乐霄,孔子弟子乐欬,郑有乐耳、乐成,鲁有乐颀……"⑥清秦嘉谟补辑《世本》卷七中:"案:晋有乐王鲋,韦昭《国语注》云:'晋大夫乐桓子也。'疑亦宋后。"⑦

　　谨案:《潜夫论·志氏姓》所列宋子姓五十三氏之中,宋戴公之族有祝其氏、皇甫氏、华氏、司城氏、戴氏,惟乐氏阙。又,《元和姓纂·四觉》《广韵·十阳》"王"字《注》皆谓"乐王"为复姓,《古今姓氏书辩证·四觉》详辨其误。笔者以为,襄二十一年《左传》称其名为"王鲋",襄二十三年《左传》称其谥为"桓子",昭元年《左传》又称其为"乐桓子",则其氏乐可知。又,《新唐书·宰相世系表三》分喜与子罕为二人,误。《新唐书·宰相世系表三》之"乐吕",《通志·氏族略三》作"乐莒",亦即文七年《左传》《世本》《汉书·古今人表》之"乐豫"。则晋乐氏为殷契后裔,出于哀公之孙、

---

　　①　[三国吴]韦昭注,上海师范大学古籍整理研究所校点:《国语》,第381页。案:"踰",董立章《国语译注辨析》(第451页)作"逾"。

　　②　[汉]史游撰,[唐]颜师古注:《急就篇》,第403页。

　　③　[唐]林宝撰,[清]孙星衍校辑,郁贤皓、陶敏整理点校:《元和姓纂》,第1488页。

　　④　[宋]欧阳修、[宋]宋祁编修,石淑仪等点校:《新唐书》,第2944页。

　　⑤　[宋]邓名世撰,王力平点校:《古今姓氏书辩证》,第563页。

　　⑥　[宋]王应麟:《姓氏急就篇》,第770页。

　　⑦　[清]秦嘉谟补辑:《世本》,[汉]宋衷注,[清]秦嘉谟等辑:《世本八种》,第270页。

戴公庶子公子衎（公子术、乐父、乐甫术），属宋"戴族"，子姓。

（二）乐氏之世系

昭二十八年《左传》："秋，晋韩宣子卒，魏献子为政，分祁氏之田以为七县，分羊舌氏之田以为三县……乐霄为铜鞮大夫。"①昭二十二年《左传》杜《注》："（箕遗、乐徵、右行诡）三子，晋大夫。"②《春秋分记·世谱二》："乐氏，王鲋（桓子），徵，霄，丁。"③则春秋时期晋乐氏世系为：乐王鲋……乐徵……乐霄……乐丁。

（三）乐王鲋

襄二十一年《左传》载晋羊舌肸（叔向）曰："乐王鲋，从君者也，何能行？"④《国语·鲁语下》韦《注》："乐王鲋，晋大夫乐桓子也。"⑤《晋语八》韦《注》说大同。

谨案：昭十三年《左传》杜《注》："鲋，叔鱼。"⑥《册府元龟》卷六百十九据此曰："乐王鲋，字叔鱼，晋大夫也。"⑦此将羊舌鲋字叔鱼误为乐王鲋字叔鱼。故笔者不取。则乐王鲋，即襄二十一年《左传》之"王鲋"，亦即襄二十三年《左传》之"桓子"，亦即昭元年《左传》之"乐桓子"，姓子，氏乐，名王鲋，谥桓，尊称"子"，本宋人，徙居晋，仕为大夫，事平公，生卒年未详（前552－前541在世）。其虽为从君佞臣，求货贪贿，然主张"夫克乱在权，子无懈矣"（襄二十三年《左传》）⑧；提出"好学，智也；受规谏，仁也"说，认为"人而好学，受规谏，宜哉其立"（《新序·杂事四》）⑨；反对公开讥评异国之大夫，长于谋断，熟知典籍，尤谙习《诗》，传世有《克乱在权论》（见襄二十三年《左传》）、《好学受规谏论》（见《新序·杂事四》）诸文。

（四）乐丁

哀二年《左传》杜《注》："乐丁，晋大夫。"⑩则乐丁，姓子，氏乐，名丁，本宋人，陟居晋，当为祝史之官，生卒年未详（前493在世）。其尊崇"爰始爰谋，爰契我龟"古训，认为"谋协，以故兆询可也"（哀二年《左传》）⑪；熟知典籍，尤谙习《诗》，传世有

①　［晋］杜预注，［唐］孔颖达等正义：《春秋左传正义》，第2118页。
②　［晋］杜预注，［唐］孔颖达等正义：《春秋左传正义》，第2100页。
③　［宋］程公说：《春秋分记》，第99页。
④　［晋］杜预注，［唐］孔颖达等正义：《春秋左传正义》，第1971页。
⑤　［三国吴］韦昭注，上海师范大学古籍整理研究所校点：《国语》，第197页。
⑥　［晋］杜预注，［唐］孔颖达等正义：《春秋左传正义》，第2073页。
⑦　［宋］王钦若：《册府元龟》，中华书局1960年影印明刻初刻本，第7441页。
⑧　［晋］杜预注，［唐］孔颖达等正义：《春秋左传正义》，第1976页。
⑨　［汉］刘向撰，石光瑛校释：《新序校释》，中华书局1997年版，第608、611页。
⑩　［晋］杜预注，［唐］孔颖达等正义：《春秋左传正义》，第2156页。
⑪　［晋］杜预注，［唐］孔颖达等正义：《春秋左传正义》，第2156页。

《谋协以故兆询论》(见哀二年《左传》)一文。

九、臾氏与臾骈

（一）臾氏之族属与世系

僖二十一年《左传》："任、宿、须句、颛臾，风姓也。实司大皞与有济之祀，以服事诸夏。"①《论语·季氏篇》载孔子曰："夫颛臾，昔者先王以为东蒙主，且在邦域之中矣，是社稷之臣也。"②《潜夫论·志氏姓》："伏羲姓风，其后封任、宿、须朐、颛臾四国，实司大皞与有济之祀，且为东蒙主。"③《元和姓纂·十虞》："臾，颛臾风姓之后，晋大夫臾骈。"④《姓氏急就篇》卷上："臾氏，晋大夫臾骈。《淮南子》臾儿，齐之知味者。"⑤

谨案：《通志·氏族略四》："庾氏，帝尧时掌庾大夫，以官命氏。春秋时周有大夫庾皮，皮子过，邑于缑氏。卫有庾公差。"⑥《路史·国名纪六》及罗苹《注》说大同。此庾皮之子庾过，为刘献公太子之傅，事见昭十二年《左传》。则春秋时庾氏有二：一为风姓颛臾之后，其以国为氏者；一为帝尧时掌庾大夫之后，其以官为氏者。晋臾骈乃风姓颛臾之后。则晋臾氏为颛臾后裔，风姓，其世系未详。

（二）臾骈

文十二年《左传》杜《注》："臾骈，赵盾属大夫，新出佐上军。"⑦则臾骈，姓风，氏臾，名骈，本颛臾（在今山东省临沂市费县西北八十里）人，徙居晋，初仕为赵盾属大夫，灵公六年（前615）为上军佐以居第四卿，生卒年未详（前621—前615在世）。其尊崇"敌惠敌怨，不在后嗣"古训，倡导恪守"忠之道"，提出"介人之宠，非勇也；损怨益仇，非知也；以私害公，非忠也"（文六年《左传》）⑧说，主张以"勇""知""忠"事主，熟知典籍，传世有《勿释勇、知、忠以报私怨论》（见文六年《左传》）一文。

---

①　[晋]杜预注，[唐]孔颖达等正义：《春秋左传正义》，第1811页。案：颛臾，风姓国，春秋晚期为鲁之附庸，故城在今山东省临沂市费县西北八十里。

②　[魏]何晏等注，[宋]邢昺疏：《论语注疏》，中华书局1980年影印阮刻十三经注疏本，第2520页。

③　[汉]王符撰，[清]王继培笺，彭铎校正：《潜夫论笺校正》，第405页。

④　[唐]林宝撰，[清]孙星衍校辑，郁贤皓、陶敏整理点校：《元和姓纂》，第252页。

⑤　[宋]王应麟：《姓氏急就篇》，第791页。案："臾儿"，与齐桓公嬖臣易牙同时。事见《淮南子·氾论训》。

⑥　[宋]郑樵撰，王树民点校：《通志二十略》，第149页。

⑦　[晋]杜预注，[唐]孔颖达等正义：《春秋左传正义》，第1851页。

⑧　[晋]杜预注，[唐]孔颖达等正义：《春秋左传正义》，第1845页。

十、女氏与女齐

(一)女氏之族属

《国语·楚语下》:"颛顼受之,乃命南正重司天以属神,命火正黎司地以属民,使复旧常,无相侵渎,是谓绝地天通……其(重、黎氏)在周,程伯休父其后也,当宣王时,失其官守,而为司马氏。"①《史记·太史公自序》:"司马氏世典周史,惠、襄之间,司马氏去周适晋。晋中军随会奔秦,而司马氏入少梁。自司马氏去周适晋,分散,或在卫,或在赵,或在秦。"②《潜夫论·志氏姓》:"夫黎,颛顼氏裔子吴回也。为高辛氏火正,淳耀天明地德,光四海也,故名祝融。后三苗复九黎之德,尧继重、黎之后不忘旧者,羲伯复治之。故重黎氏世序天地,别其分主,以历三代,而封于程。其在周世,为宣王大司马,诗美'王谓尹氏,命程伯休父'。其后失守,适晋为司马,迁自谓其后。"③《元和姓纂·八语》:"汝,《尚书》有汝鸠、汝方,《左传》晋大夫汝宽、汝齐。"④《古今姓氏书辩证·八语》:"汝,'汝'与'女'同。夏少后遗臣有女艾,鲁大夫女贾。"⑤《资治通鉴·汉纪三十》胡三省《音注》:"汝,姓也。《左传》:晋大夫女齐。陆德明曰:女,音汝。"⑥清秦嘉谟辑补《世本》卷七上:"女氏,惠、襄之间司马氏去周适晋,有司马侯,字女叔,为女氏。"⑦

　　谨案:据《元和姓纂·十四清》,周程伯休父为帝喾高辛居火正重黎之后,姓风,氏程。汝宽,见昭二十六年《左传》,即定元年《左传》之"女叔宽",金泽文库本、文渊阁库本皆作"女宽"。又,庄二十五年《春秋》《左传》有陈女叔,杜《注》:"女叔,陈卿,女氏,叔字。"昭二十六年《左传》有鲁女贾,杜《注》:"(申)丰、(女)贾二人,皆季氏家臣。"⑧则陈、鲁皆有女氏,族属、世系皆未详。则晋女氏为司马氏之别,周程伯休父

①　[三国吴]韦昭注,上海师范大学古籍整理研究所校点:《国语》,第562—563页。

②　[晋]裴骃《集解》引[魏]张晏《史记注》:"周惠王、襄王有子颓、叔带之难,故司马氏奔晋。"[汉]司马迁撰,[晋]裴骃集解,[唐]司马贞索隐,[唐]张守节正义,郭逸、郭曼标点:《史记》,第2476—2477页。

③　[汉]王符撰,[清]王继培笺,彭铎校正:《潜夫论笺校正》,第412页。案:此疑当作"适晋焉。司马迁自谓其后。""焉"误作"为",因以"司马"带上读,而与《楚语下》相违。古书"焉""为"二字多相乱。《国语·楚语上》:"胡美之为?"《楚语下》:"何宝之焉?"[三国吴]韦昭注,上海师范大学古籍整理研究所校点:《国语》,第541、580页。足见今本"为"并误作"焉",犹此文"焉"讹作"为"。

④　[唐]林宝撰,[清]孙星衍校辑,郁贤皓、陶敏整理点校:《元和姓纂》,第878页。

⑤　[宋]邓名世撰,王力平点校:《古今姓氏书辩证》,第345页。

⑥　[宋]司马光撰,[宋]胡三省音注,标点《资治通鉴》小组校点:《资治通鉴》,第1233页。

⑦　[汉]宋衷注,[清]秦嘉谟等辑:《世本八种》,第249页。

⑧　[晋]杜预注,[唐]孔颖达等正义:《春秋左传正义》,第1779、2113页。

后裔,出于女齐(司马侯)①。

(二)女氏之世系

《国语·晋语九》韦《注》:"叔宽,女齐之子叔褒。"②昭二十六年《左传》杜《注》:"女宽,晋大夫。"③昭二十八年《左传》杜《注》:"(阎没、女宽)二子,魏子之属大夫。"④《春秋分记·世谱六》:"女叔氏,齐生游;又,叔宽、督,不详其世。"⑤

谨案:昭二十六年《左传》:"晋知跞、赵鞅帅师纳王,使女宽守阙塞。"⑥可见,女宽为晋大夫甚明,故昭二十八年《左传》杜《注》不确。又,《春秋分记·世谱二》:"督,名乌。"⑦然未详所出。又,《左传事纬前集·春秋名氏谱》以女齐、女宽为女叔氏,又以女游为司马氏。笔者此皆不取。则春秋时期晋女氏世系为:女齐➙女游、女宽……女督。

(三)女齐

昭五年《左传》:"叔侯于是乎知礼……羊舌肸之下,祁午、张趯、籍谈、女齐、梁丙、张骼、辅跞、苗贲皇,皆诸侯之选也。"⑧《国语·晋语七》韦《注》:"司马侯,晋大夫汝叔齐。"⑨《晋语八》韦《注》说同。襄二十六年《左传》杜《注》:"女齐,司马侯。"⑩襄二十九年《左传》杜《注》同。案:《国语·晋语八》:"叔向见司马侯之子,抚而泣之,曰:'自此其父之死,吾蔑与比而事君矣。昔者,此其父始之,我终之;我始之,夫子

---

① 《急就篇》卷二颜《注》:"程伯休父周宣王时有平徐方之功,赐以官族,为司马氏。其后有适晋者,司马氏侯、司马叔游、司马弥牟、司马乌(邬)、司马寅皆是也。"[汉]史游撰,[唐]颜师古注:《急就篇》,第 417 页。《元和姓纂·七之》:"司马,重黎之后。唐、虞、夏、商代掌天地。周宣王时,裔孙程伯休父为司马,克平徐方,锡以官族。"[唐]林宝撰,[清]孙星衍校辑,郁贤皓、陶敏整理点校:《元和姓纂》,第 111 页。《古今姓氏书辩证·七之》:"司马,《西京杂记》曰:'司马氏,本周史佚后。'盖史佚当出于重黎,而休父又出于史佚,理宜然也。春秋晋大夫司马齐,字女叔,谓之司马叔侯;叔侯生司马叔游,叔游裔孙司马乌,有功于王室,司马弥牟为邬大夫。"[宋]邓名世撰,王力平点校:《古今姓氏书辩证》,第 58 页。《通志·氏族略四》:"晋有司马邬、司马弥牟、司马寅,齐有司马竈,楚有司马子鱼、司马督,宋有司马彊,陈有司马桓子,是皆以司马为氏,不独程伯休父也。"[宋]郑樵撰,王树民点校:《通志二十略》,第 150 页。案:昭二十二年《左传》有晋司马督,杜《注》谓"司马乌",晋顷公十二年(前 514)为平陵(在今山西省吕梁市文水县东北二十里)大夫;昭二十八年《左传》有晋司马弥牟,为邬(在今山西省介休市东北二十七里)大夫;哀十三年《左传》有晋司马寅,杜《注》谓"晋大夫。"则晋司马氏为程氏之别,出于程伯休父。

② [三国吴]韦昭注,上海师范大学古籍整理研究所校点:《国语》,第 489 页。

③ [晋]杜预注,[唐]孔颖达等正义:《春秋左传正义》,第 2113 页。

④ [晋]杜预注,[唐]孔颖达等正义:《春秋左传正义》,第 2119 页。

⑤ [宋]程公说:《春秋分记》,第 136 页。

⑥ [晋]杜预注,[唐]孔颖达等正义:《春秋左传正义》,第 2113 页。

⑦ [宋]程公说:《春秋分记》,第 98 页。

⑧ [晋]杜预注,[唐]孔颖达等正义:《春秋左传正义》,第 2042 页。

⑨ [三国吴]韦昭注,上海师范大学古籍整理研究所校点:《国语》,第 445 页。

⑩ [晋]杜预注,[唐]孔颖达等正义:《春秋左传正义》,第 1990 页。

终之，无不可。'"①襄三十《左传》："有叔向、女齐以师保其君。"②此足证叔向、女齐同为太子彪师保，且女齐年辈较叔向（前562－前527在世）长。则女齐，即襄二十九年、昭元年、四年《左传》之"司马侯"，亦即襄二十九年《左传》之"女叔侯"，亦即襄二十九年、昭五年《左传》之"叔侯"，亦即昭元年、五年《左传》之"女叔齐"，亦即《汉书·五行志中》之"汝齐"，姓风，本氏程，别氏司马，又别氏女（一作"汝"），其后别氏叔，齐侯，一名名，字叔，女宽（叔褒）、叔游之父，本程人，其先仕于周，周惠王、襄王间徙居晋，仕为太子彪（平公）师保，生卒年未详（前563－前537在世）③。其善举贤能，尊崇"君子能知其过，必有令图"古训，提出"令图，天所赞也"（昭元年《左传》）④说；认为"诸侯之为，日在君侧，以其善行，以其恶戒，可谓德义矣"（《国语·晋语七》）⑤，主张霸主应"修德以待其归"，提出"务修德音以享神、人"（昭四年《左传》）⑥说；恪守礼仪之别，提出"礼，所以守其国，行其政令，无失其民者也"（昭五年《左传》）⑦说；传世有《德义之乐论》（见《国语·晋语七》）、《亡家之主论》《勿瘠鲁以肥杞论》（俱见襄二十九年《左传》）《令图天赞论》（见昭元年《左传》）、《修德以待诸侯归论》《务修德音以享神人论》（俱见昭四年《左传》）、《礼仪之别论》（见昭五年《左传》）诸文⑧。

（四）女游

昭二十八年《左传》杜《注》："叔游，司马叔侯之子。"⑨

谨案：《尚史·晋诸臣传》："叔褒、叔游或即是一人。"笔者此不取。则女游，即昭二十八年《左传》之"叔游"，风姓，本氏程，别氏司马，又别氏女，名游，字叔，女齐（司马侯、女叔侯、叔侯、女叔齐、汝齐）之子，女宽（叔褒）兄弟，本程人，其先仕于周，后徙居晋，生卒年未详（《左传》仅此年一见）。其尊崇"恶直丑正，实蕃有徒""民之多辟，无自立辟"古训，认为"无道立矣，子惧不免"（昭二十八年《左传》）⑩，主张世乱

①　［三国吴］韦昭注，上海师范大学古籍整理研究所校点：《国语》，第462页。
②　［晋］杜预注，［唐］孔颖达等正义：《春秋左传正义》，第2012页。
③　《礼记·文王世子》："三王教世子……大傅在前，少傅在后；入则有保，出则有师，是以教喻而德成也。"［汉］郑玄注，［唐］孔颖达等正义：《礼记正义》，第1406－1407页。
④　［晋］杜预注，［唐］孔颖达等正义：《春秋左传正义》，第2023页。
⑤　［三国吴］韦昭注，上海师范大学古籍整理研究所校点：《国语》，第445页。
⑥　［晋］杜预注，［唐］孔颖达等正义：《春秋左传正义》，第2033页。
⑦　［晋］杜预注，［唐］孔颖达等正义：《春秋左传正义》，第2041页。
⑧　《修德以待诸侯归论》《务修德音以享神人论》，《文章正宗·议论二》《文编·论疏》《御选古文渊鉴》卷四并题作《晋司马侯论三不殆》，《文章辨体汇选·论谏五》并题作《论三不殆》。
⑨　［晋］杜预注，［唐］孔颖达等正义：《春秋左传正义》，第2118页。
⑩　［晋］杜预注，［唐］孔颖达等正义：《春秋左传正义》，第2118页。

免祸;熟知典籍,尤谙习《诗》,传世有《免祸论》(见昭二十八年《左传》)一文。

(五)女宽

昭二十六年《左传》杜《注》:"女宽,晋大夫。"定元年《左传》杜《注》:"(女)叔宽,女宽也。"①则女宽,即定元年《左传》之"女叔宽",亦即《国语·晋语九》之"叔褒""叔宽",姓风,本氏程,别氏司马,又别氏女(一作"汝"),名宽,字褒,行次叔,女齐(司马侯、女叔侯、叔侯、女叔齐、汝齐)之子,女游(司马叔游)兄弟,晋大夫,生卒年未详(前516-前509在世)。其倡导"愿以小人之腹为君子之心"(《国语·晋语九》),提出"天之所坏,不可支也;众之所为,不可奸也"(定元年《左传》)说,传世有《一食三叹论》(见《国语·晋语九》)、《违天人将不免论》(见定元年《左传》)诸文。

十一、訾氏与訾祏

(一)訾氏之族属与世系

《艺文类聚》卷十五引《世本》:"(帝喾)次妃娵訾氏之女曰常仪,生帝挚。"②《大戴礼记·帝系》:"帝喾卜其四妃之子,而皆有天下……次妃陬訾氏,产帝挚。"③司马迁《史记·五帝本纪》:"(帝喾)娶陬訾氏女,生挚。"④《元和姓纂·五支》《通志·氏族略四》《名贤氏族言行类稿》卷四并引《风俗通义》:"(訾氏)帝喾妃,訾娵氏女。"⑤《姓氏急就篇》卷上:"訾氏,《国语》晋范宣子家臣訾祐(祏)。"⑥

谨案:《风俗通义》作"訾娵氏",而《世本》《大戴礼记·帝系》《史记·五帝本纪》皆作"娵訾氏",或应氏原本误,或林氏引文误。又,《元和姓纂·五支》以"訾娵氏"为訾氏之祖,《古今姓氏书辩证·五支》以"訾娵氏"为复姓。笔者此从林氏《元和姓纂》说。又,《元和姓纂·五支》引南朝宋何承天《姓苑》:"(訾氏)今齐人。"⑦《路史·后纪十》罗苹《注》引何氏《姓苑》:"祭氏以不祥改为訾。"⑧《国名纪五》引何氏《姓苑》:"此(訾氏)本出祭氏。"《古今姓氏书辩证·五支》:"訾,其先齐大夫,食邑于纪

---

① [晋]杜预注,[唐]孔颖达等正义:《春秋左传正义》,第2113、2131页。
② [唐]欧阳询:《艺文类聚》,第278页。案:本引作"次妃娵訾氏生帝挚",今据《诗·大雅·生民》孔《疏》引《世本》文补证。
③ [汉]戴德撰,[北周]卢辩注,[清]王聘珍解诂,王文锦点校:《大戴礼记解诂》,第130页。
④ [汉]司马迁撰,[晋]裴骃集解,[唐]司马贞索隐,[唐]张守节正义,郭逸、郭曼标点:《史记》,第10页。
⑤ [唐]林宝撰,[清]孙星衍校辑,郁贤皓、陶敏整理点校:《元和姓纂》,第86页。
⑥ [宋]王应麟:《姓氏急就篇》,第774页。
⑦ [唐]林宝撰,[清]孙星衍校辑,郁贤皓、陶敏整理点校:《元和姓纂》,第86页。
⑧ [宋]罗泌撰,[宋]罗苹注:《路史》,第167页。

之訾城，北海都昌县西訾城是也。后人因以为氏。晋赵简子有家老訾祐……訾娵，三皇时诸侯以国为姓，帝喾妃訾娵氏女是也。"①《路史·后纪十》："周公之胙七：……次祭，事文王，受商之命，有祭氏、谋氏、訾氏、祭公氏。"②故晋之訾氏与周之訾氏、齐之訾氏族源皆异。则晋訾氏为訾娵氏（娵訾氏）后裔，己姓，其世系未详。

（二）訾祐

《国语·晋语八》载晋叔向谓范宣子（士匄）曰："訾祐实直而博，直能端辨之，博能上下比之，且吾子之家老也。"③则訾祐，己姓，氏訾，名祐，范宣子（士匄）家老，生卒年未详（前553在世）。其认为臣子应"以正于朝，朝无奸官""以正于国，国无败绩""诸侯无二心""军无败政""端刑法，缉训典，国无奸民，后之人可则"，倡导执政卿应"于朝无奸行，于国无邪民，于是无四方之患，而无外内之忧"（《国语·晋语八》）④；实直而博，熟知典籍，尤谙世系，传世有《谏吾子与和大夫争田书》（见《国语·晋语八》）一文。

综上所考，晋杜氏为帝尧氏族部落集团支族刘累后裔，出于唐杜氏子孙杜伯，祁姓，其世系未详；士氏为杜氏之别，杜伯之子隰叔后裔，出于士蒍（子舆），祁姓，其世系为：士蒍→士缺→士会（别为随氏、范氏、刘氏）→士燮、士穀（无后）、士魴……士富……士鲋……士蔑，士燮→士匄（宣子）→士鞅→士吉射、士皋夷，士魴→彘裘（无后），士穆子→士渥浊（别为士季氏）→士弱→士匄（文伯）、士佗（别为司功氏）→士弥牟；屠氏为杜氏之别，唐杜氏子孙杜伯后裔，出于屠岸夷，祁姓，其世系未详；辛氏为帝颛顼高阳氏部落支族鲧之子夏禹（文命）之裔，周太史辛甲之后，姒姓，其世系为：辛有……辛伯……辛廖……辛俞；董氏为辛氏之别，周太史辛甲后裔，出于辛有，姒姓，其世系为：辛有……董因……董狐→青史子……董叔……董叔……董安于……董褐；祖氏为商契后裔，或出于祖乙，或出于祖丁，或出于祖甲，不敢妄断，子姓，其世系亦未详；箕氏亦为殷契后裔，出于文丁之孙、帝乙之子箕子（胥馀），属商"乙族"，子姓，其世系为：箕郑……箕遗……箕遗；乐氏亦为殷契后裔，出于哀公之孙、戴公庶子公子衎（公子术、乐父、乐甫术），属宋"戴族"，子姓，其世系为：乐王鲋……乐徵……乐霄……乐丁；叟氏为颛叟后裔，风姓，其世系未详；女氏为司马氏之别，周程伯休父后裔，出于女齐（司马侯），其世系为：女齐→女游、女宽……女督；

---

① ［宋］邓名世撰，王力平点校：《古今姓氏书辩证》，第41—45页。
② ［宋］罗泌撰，［宋］罗苹注：《路史》，第167页。
③ 韦《注》："訾祐，宣子家臣。"［三国吴］韦昭注，上海师范大学古籍整理研究所校点：《国语》，第457页。
④ ［三国吴］韦昭注，上海师范大学古籍整理研究所校点：《国语》，第457页。

訾氏为訾娵氏（娵訾氏）后裔，己姓，其世系未详。

可见，杜氏、士氏、屠氏、辛氏、董氏、祖氏、箕氏、乐氏、臾氏、女氏、訾氏皆为晋公室异姓世族。在此十一族中，有传世作品者为杜原款、士蒍、士会、士渥浊、士燮、士匄（宣子）、士弱、士鞅、士匄（文伯）、士弥牟、士茁、屠蒯、辛廖、辛俞、董因、董狐、董安于、董褐、祖朝、箕郑、乐王鲋、乐丁、臾骈、女齐、女游、女宽、訾祐，皆可称之为晋公室异姓世族作家群体。

第七节　异姓世族（下）——嬴姓、芈姓、姒姓、偃姓

晋赵氏（嬴姓）、邯郸氏（嬴姓）、秦氏（嬴姓）、梁氏（嬴姓）、甯氏（嬴姓）、苗氏（芈姓）、庄氏（芈姓）、楚氏（芈姓）、里氏（偃姓）、李氏（偃姓）、窦氏（姒姓）十一族，皆为晋公室异姓世族。其中，有传世作品的赵衰、赵盾、赵武、赵鞅、赵无恤、赵穿、秦越人、梁由靡、甯嬴、苗贲皇、庄驰兹、楚隆、里克、里头须、李克、窦犨十五子，皆属晋公室异姓世族作家群体。

一、赵氏与赵衰、赵盾、赵武、赵鞅、赵无（毋）恤

（一）赵氏之族属

《史记·赵世家》：“赵氏之先与秦共祖。至中衍，为帝大戊御。其后世蜚廉有子二人，而命其一子曰恶来，事纣，为周所杀，其后为秦。恶来弟曰季胜，其后为赵。季胜生孟增。孟增幸于周成王，是为宅皋狼。皋狼生衡父。衡父生造父……自造父已下，六世至奄父，曰公仲……奄父生叔带。叔带之时，周幽王无道，去周如晋，事晋文侯，始建赵氏于晋国。自叔带以下，赵宗益兴，五世而生赵夙。”[①]《潜夫论·志氏姓》：“季胜之后有造父，以善御事周穆王。穆王游西海忘归，于是徐偃作乱，造父御，一日千里，以征之。王封造父于赵城，因以为氏。其后失守，至于赵夙，仕晋卿大夫，十一世而为列侯，五世而为武灵王，五世亡赵。恭叔氏、邯郸氏、訾辱氏、婴齐氏、楼季氏、卢氏、原氏，皆赵嬴姓也。”[②]《汉书·地理志下》说大同。哀九年《左

---

① ［汉］司马迁撰，［晋］裴骃集解，［唐］司马贞索隐，［唐］张守节正义，郭逸、郭曼标点：《史记》，第1404—1405页。

② ［汉］王符撰，［清］王继培笺，彭铎校正：《潜夫论笺校正》，第420—421页。

传》杜《注》："赵鞅,姓盈(嬴)。"①《元和姓纂·三十小》："赵,帝颛顼伯益,嬴姓之后。益十三代孙造父善御,事周穆王,受封赵城,因以为氏。衰、盾之后,分晋,为诸侯。都邯郸。"②宋欧阳修《新唐书·宰相世系表三》："赵氏,出自嬴姓。颛顼裔孙伯益,帝舜赐以嬴姓。十三代孙造父,周穆王封于赵城,因以为氏,其地河东永安县是也。六世孙奄父,号公仲,生叔带,去周仕晋文侯。五世孙夙,晋献公赐采邑于耿,河东皮氏县有耿乡是也。夙生共孟,共孟生衰,字子余,谥曰成季。成季十八世孙迁,为秦所灭,赵人立迁兄嘉为代王,后降于秦。"③

谨案:清秦嘉谟辑补《世本》卷七中据僖二十四年《左传》改"卢氏"为"屏氏",且谓"《左传》称原同、屏括、楼婴,又赵婴齐称同、括为二昆,则其兄也。而王符叙婴齐氏于屏、原二氏之上,未知何据?"④赵夙,本嬴姓赵氏,其后原同以邑别族为原氏。又,《新唐书·宰相世系表三》所谓"共孟生衰",此本《史记·赵世家》"共孟生赵衰"说。然据《国语·晋语四》及《史记·赵世家》司马贞《索隐》引《世本》,共孟及赵夙皆公明之子,赵衰为赵夙之子。则太史公此说误。则晋赵氏为蜚廉之子季胜后裔,出于奄父之子叔带,嬴姓。

（二）赵氏之世系

《史记·赵世家》司马贞《索隐》引《世本》："公明生共孟及赵夙,夙生成季衰,衰生宣孟盾……《系本》云景叔名成……《系本》云襄子子桓子。"⑤成十年《左传》孔《疏》引《世本》："公明生赵夙。"⑥《史记·赵世家》："自叔带以下,赵宗益兴,五世而生赵夙……夙生共孟,当鲁闵公之元年也。共孟生赵衰,字子馀……翟伐廧咎如,得二女,翟以其少女妻重耳,长女妻赵衰而生盾。初,重耳在晋时,赵衰妻亦生赵同、赵括、赵婴齐……晋襄公之六年,而赵衰卒,谥为成季……晋景公时而赵盾卒,谥为宣孟,子朔嗣……(赵朔子)赵武死,谥为文子。文子生景叔……赵景叔卒,生赵鞅,是为简子……简子于是知毋恤果贤,乃废太子伯鲁,而以毋恤为太子……晋出公十七年,简子卒,太子毋恤代立,是为襄子。"⑦《国语·晋语五》韦《注》："赵同,

---

①　[晋]杜预注,[唐]孔颖达等正义:《春秋左传正义》,第 2165 页。
②　[唐]林宝撰,[清]孙星衍校辑,郁贤皓、陶敏整理点校:《元和姓纂》,第 996 页。
③　[宋]欧阳修、[宋]宋祁编修,石淑仪等点校:《新唐书》,第 2980 页。
④　[汉]宋衷注,[清]秦嘉谟等辑:《世本八种》,第 282 页。
⑤　[汉]司马迁撰,[晋]裴骃集解,[唐]司马贞索隐,[唐]张守节正义,郭逸、郭曼标点:《史记》,第 1405－1417 页。
⑥　[晋]杜预注,[唐]孔颖达等正义:《春秋左传正义》,第 1906 页。
⑦　[汉]司马迁撰,[晋]裴骃集解,[唐]司马贞索隐,[唐]张守节正义,郭逸、郭曼标点:《史记》,第 1906 页。

盾弟晋大夫原同……赵穿,晋大夫,赵夙之孙、赵盾从父昆弟武子穿也。"《晋语六》韦《注》:"庄,庄子,赵朔之谥,大夫称主……成,成子,文子曾祖赵衰也。宣,宣子,文子祖父赵盾也……孟姬,赵盾之子赵朔之妻,晋景公之姊,与盾之弟楼婴通,婴兄赵同、括放之。"《晋语七》《晋语八》韦《注》同。《晋语九》韦《注》:"景子,文子之子、简子之父赵成也。"①《楚语下》韦《注》大同。昭三年《左传》杜《注》:"(赵)获,赵文子之子。"②定十三年《左传》孔《疏》引《世族谱》:"赵衰,赵夙之弟也。衰生盾,盾生朔,朔生武,武生成,成生鞅,其家为赵氏。"③《汉书·古今人表》"赵叔带"颜《注》:"奄父子。""赵盾"颜《注》:"衰子。""赵朔"颜《注》:"盾子。"④《春秋分记·世谱六》:"赵氏,公明生二子:曰共孟(无后),曰夙;夙生衰;衰生四子:曰盾,曰同(无后),曰括(无后),曰婴齐(无后);盾生朔;朔生武;武生二子:曰获,曰成。获之孙曰罗。成生鞅;鞅生三子:曰桓子,曰伯鲁,曰毋恤(卹);伯鲁生周伯。"⑤清雷学淇校辑《世本》卷上:"推验诸说,盖公明生夙,夙生共孟及成季,成季生盾,盾生朔,朔生武,武生成,成生鞅,鞅生伯鲁及襄子,襄子生桓子,伯鲁生代成君,代成君生献侯;赵穿当是共孟之子,庶长为孟。故《世族谱》以穿为夙之庶孙,于盾为从父昆弟也。"⑥

谨案:言赵氏世系者,亦多不同。《国语·晋语四》韦《注》谓赵衰为公明少子,说与《世本》同。僖二十三年《左传》杜《注》谓赵衰为赵夙之弟,说与《世本》异,故笔者此不取。又,司马贞《史记索隐》单行本《赵世家》谓"夙生共、共生孟、孟生衰",多出一代。又,《世本》谓桓子嘉为襄子无恤之子,《赵世家》则谓桓子嘉为襄子无恤之弟,二说异。《史记·六国年表》司马贞《索隐》:"桓子嘉,襄子弟也。元年卒,明年国人共立襄子子献侯晚(浣)。"《赵世家》司马贞《索隐》:"代成君名周,伯鲁之子。《系本》云代成君子起即襄子之子,不云伯鲁,非也。"⑦说与《赵世家》异。又,文十二年《左传》孔《疏》:"《世族谱》:'穿,赵夙之孙。'则是赵盾从父昆弟之子也。盾为正室,故谓穿为侧室。穿别为邯郸氏,赵施、赵胜、邯郸午是其后也。"宣二年《左传》孔《疏》:"《世本》:'夙为衰祖,穿为夙之曾孙。'《世本》转写多误,其本未必然也。"⑧宣

① [三国吴]韦昭注,上海师范大学古籍整理研究所校点:《国语》,第400、409—427、493页。
② [晋]杜预注,[唐]孔颖达等正义:《春秋左传正义》,第2032页。
③ [晋]杜预注,[唐]孔颖达等正义:《春秋左传正义》,第2150页。案:永乐大典本阙此文。
④ [汉]班固撰,[唐]颜师古注,傅东华等点校:《汉书》,第903、915、918页。
⑤ [宋]程公说:《春秋分记》,第136页。
⑥ [清]雷学淇校辑《世本》,[汉]宋衷注,[清]秦嘉谟等辑:《世本八种》,第39页。
⑦ [汉]司马迁撰,[晋]裴骃集解,[唐]司马贞索隐,[唐]张守节正义,郭逸、郭曼标点:《史记》,第543、1416页。
⑧ [晋]杜预注,[唐]孔颖达等正义:《春秋左传正义》,第1851、1867页。

二年《左传》孔《疏》既以"夙为衰祖"二语为转写之误，而文十二年孔《疏》又改易《世族谱》文以穿为赵盾从父昆弟之子，乃尤而效之。笔者以为，综合《国语·晋语四》《史记·赵世家》司马贞《索隐》引《世本》、成十年《左传》孔《疏》引《世本》、定十三年《左传》孔《疏》引《世族谱》，公明生三子：长子曰共孟（无后），次子曰赵夙（别为邯郸氏），季子曰赵衰。又，东周列国世家，各有名称。如晋之赵氏多称赵孟，中行氏多称中行伯，知氏多称知伯，范氏多称范叔，郤氏多称郤伯，张氏多称张孟。如昭三年《左传》张趯亦称"孟"，又如《战国策·秦策一》《赵策一》《燕策二》之赵襄子臣张孟谈（《史记·赵世家》太史公避父讳作"张孟同"）。故"孟"或其行次，或其字。则春秋时期晋赵氏世系为：公明→共孟（无后）、赵夙（别为邯郸氏）、赵衰→赵盾、赵同（无后）、赵括（无后）、赵婴齐（无后）→赵朔→赵武→赵获、赵成，赵获……赵罗，赵成→赵鞅→赵伯鲁、赵无（毋）恤（卹）。

（三）赵衰

《国语·晋语四》："赵衰其先君之戎御，赵夙之弟也，而文以忠贞。"[①]僖二十四年《左传》："狄人归季隗于晋而请其二子。文公妻赵衰，生原同、屏括、楼婴。赵姬请逆盾与其母，子余辞。"[②]《韩非子·说疑篇》："若夫后稷、皋陶、伊尹、周公旦、太公望、管仲、隰朋、百里奚、蹇叔、舅犯、赵衰、范蠡、大夫种、逢同、华登，此十五人者为其臣也，皆夙兴夜寐，卑身贱体，竦心白意，明刑辟、治官职以事其君，进善言、通道法而不敢矜其善，有成功立事，而不敢伐其劳，不难破家以便国，杀身以安主。以其主为高天泰山之尊，而以其身为壑谷鬴洧之卑，主有明名广誉于国，而身不难受壑谷鬴洧之卑。如此臣者，虽当昏乱之主，尚可致功，况于显明之主乎？此谓霸王之佐也。"[③]《史记·楚世家》裴骃《集解》引汉贾逵《左氏传解诂》："子余，赵衰。"[④]《太平御览》卷四百四十七引魏何晏《冀州论》："恭谨有礼，莫贤乎赵衰。"[⑤]成八年《左传》杜《注》："成季，赵衰。"[⑥]则赵衰（前？—前622），即僖二十四年、昭十三年《左传》《国语·晋语四》《史记·楚世家》之"子余"，亦即僖二十五年《左传》之"原大夫"，亦即

---

① 韦《注》："赵衰，晋卿公明之少子成子衰也……子余，赵衰字……原季，赵衰也。"［三国吴］韦昭注，上海师范大学古籍整理研究所校点：《国语》，第348、358、385页。

② 杜《注》："原、屏、楼，三子之邑。"［晋］杜预注，［唐］孔颖达等正义：《春秋左传正义》，第1817页。案："原同""屏括""楼婴"，宣十二年《左传》分别称之为"赵同""赵括""赵婴齐"。

③ ［周］韩非撰，［清］王先慎集解，钟哲点校：《韩非子集解》，第403—404页。

④ ［汉］司马迁撰，［晋］裴骃集解，［唐］司马贞索隐，［唐］张守节正义，郭逸、郭曼标点：《史记》，第1356页。

⑤ ［宋］李昉等：《太平御览》，第2057页。

⑥ ［晋］杜预注，［唐］孔颖达等正义：《春秋左传正义》，第1905页。

文二年、五年《左传》之"赵成子"，亦即文六年、成八年《左传》《史记·赵世家》之"成季"，亦即昭元年《左传》之"孟子余"，亦即《国语·晋语四》之"原季"，姓嬴，氏赵，名衰，字子余，谥成季，尊称"子"，公明之孙，赵夙之子，叔隗、赵姬之夫，赵盾、赵同（原同）、赵括（屏括）、赵婴齐（楼婴）之父，文公重耳之婿，献公二十二年（前655）从公子重耳出亡，惠公十四年（前637）从公子重耳返晋，文公二年（前635）为原大夫，八年（前629）为新军帅而居卿位，襄公三年（前625）为中军佐而居亚卿位，六年（前622）卒。其尊崇"将有请于人，必先有入焉；欲人之爱己也，必先爱人；欲人之从己也，必先从人。无德于人，而求用于人，罪也"古训，主张"今将婚媾以从秦，受好以爱之，听从以德之"（《国语·晋语四》）[①]；恪守"赋纳以言，明试以功，车服以庸"古训，主张重用"说礼、乐而敦《诗》、《书》"之臣，提出"《诗》、《书》，义之府也；礼、乐，德之则也；德、义，利之本也"（僖二十七年《左传》）[②]说，为后世儒家文学观、义利观、道德观之滥觞；倡导"毋念尔祖，聿修厥德"古训，认为"惧而增德，不可当也""念德不怠，其可敌乎"（文二年《左传》）[③]，主张修德施民；恭谨有礼，素有贤名，熟知典籍，尤谙习《诗》《书》，传世有《欲求之必先德之论》（见《国语·晋语四》）、《〈诗〉〈书〉、礼、乐、德、义、利之关系论》（见僖二十七年《左传》）、《修德施民论》（见文二年《左传》）诸文。

（四）赵盾

僖二十三年《左传》："狄人伐廧咎如，获其二女：叔隗、季隗，纳诸公子。公子取季隗……以叔隗妻赵衰，生盾。"宣二年《左传》载孔子曰："赵宣子，古之良大夫也，为法受恶。惜也，越竟乃免。"[④]《国语·周语中》韦《注》："宣子，赵盾也。"《晋语五》韦《注》："宣子，晋正卿，赵衰之子宣孟盾也……赵孟，宣子。"《晋语六》韦《注》："宣，宣子，文子祖父赵盾也。"[⑤]《晋语七》韦《注》《晋语八》韦《注》同。《汉书·古今人表》"赵盾"颜《注》："衰子。"[⑥]

谨案：自赵盾以后，赵氏世称孟。文公《左传》之"赵孟"皆赵盾，襄公以后迄昭元年《左传》之"赵孟"皆赵武，昭二十九年以后迄哀十年《左传》之"赵孟"皆赵鞅，哀二十年《左传》以后之"赵孟"皆赵无恤。又，据僖二十三年《左传》，赵盾为叔隗所

① ［三国吴］韦昭注，上海师范大学古籍整理研究所校点：《国语》，第348页。
② ［晋］杜预注，［唐］孔颖达等正义：《春秋左传正义》，第1822页。
③ ［晋］杜预注，［唐］孔颖达等正义：《春秋左传正义》，第1838页。
④ 杜《注》："（赵）衰，赵夙弟。"［晋］杜预注，［唐］孔颖达等正义：《春秋左传正义》，第1815、1867页。
⑤ ［三国吴］韦昭注，上海师范大学古籍整理研究所校点：《国语》，第84、397、411页。
⑥ ［汉］班固撰，［唐］颜师古注，傅东华等点校：《汉书》，第915页。

生,衰之长子。其当为重耳奔狄初期所生,惜具体年代不可详考。则赵盾(前?—前601),即文七年、十三年、十四年、十七年、宣元年、二年《左传》之"赵宣子",亦即文六年、八年《左传》之"赵孟",亦即成八年《左传》之"宣孟",姓嬴,氏赵,名盾,谥宣,尊称"子",赵夙之孙,赵衰(成季)之子,叔隗所出,赵朔(庄子)之父,襄公七年(前621)为中军帅以秉国政,历仕襄、灵、成、景四公凡二十二年(前621—前601)。其提出"置善则固,事长则顺,立爱则孝,结旧则安"说,认为"有此四德者,难必抒矣"(文六年《左传》)①。认为"母淫子辟,无威",提出"母义子爱,足以威民"(文六年《左传》)②说。尊崇"先人有夺人之心"古训,提出"先人有夺人之心,军之善谋也;逐寇如追逃,军之善政也"(文七年《左传》)③说,为后世孙武"不战而屈人之兵,善之善者也"(《孙子·谋攻篇》)④、孙膑"凡伐国之道,攻心为上,务先伏其心"(《太平御览》卷二百八十二引)⑤兵学理论之滥觞。推崇"事君者比而不党"古训,提出"夫周以举义,比也;举以其私,党也"说,认为"夫军事无犯,犯而不隐,义也"(《国语·晋语五》)⑥,为后世孔子所谓"君子周而不比"(《论语·为政篇》)、"群而不党"(《卫灵公篇》)⑦学说之滥觞。提出"大者天地,其次君臣,所以为明训也",认为"弑其君,是反天地而逆民则也,天必诛焉",反对"为盟主而不修天罚",主张"修天罚"而顺"民则"(《晋语五》)⑧。主张"大罪伐之,小罪惮之。袭侵之事,陵也",提出"是故伐备钟鼓,声其罪也;战以錞于、丁宁,儆其民也;袭侵密声,为聻事也"(《晋语五》)⑨说。制事典以正法罪,辟狱刑以董逋逃,由质要以治旧洿,本秩礼以续常职,贤能忠智,恪守礼仪,熟知典籍,尤谙习《诗》,传世有《固、顺、孝、安四德足以抒难论》《立公子雍论》(俱见文六年《左传》)、《善谋善政论》(见文七年《左传》)、《比而不党论》《修天罚而顺民则论》《伐备锺鼓论》(俱见《国语·晋语五》)诸文⑩。

(五)赵武

《国语·晋语七》:"吕宣子卒,公以赵文子为文也,而能恤大事,使佐新军。"《晋

① ［晋］杜预注,［唐］孔颖达等正义:《春秋左传正义》,第1844页。
② ［晋］杜预注,［唐］孔颖达等正义:《春秋左传正义》,第1844页。
③ ［晋］杜预注,［唐］孔颖达等正义:《春秋左传正义》,第1845页。
④ ［周］孙武著,［三国魏］曹操等注:《孙子十家注》,上海书店1986年影印诸子集成本,第35页。
⑤ ［宋］李昉等:《太平御览》,第1312页。
⑥ ［三国吴］韦昭注,上海师范大学古籍整理研究所校点:《国语》,第396页。
⑦ ［三国魏］何晏等注,［宋］邢昺疏:《论语注疏》,第2462、2518页。
⑧ ［三国吴］韦昭注,上海师范大学古籍整理研究所校点:《国语》,第398页。
⑨ ［三国吴］韦昭注,上海师范大学古籍整理研究所校点:《国语》,第398页。
⑩ 《比而不党论》,《文章正宗·议论五》《文章辨体汇选·论谏九》皆题作《论事君》;《论修天罚而顺民则》《伐备锺鼓论》,《文章辨体汇选·论谏四》并题作《请师伐楚》。

语九》载晋大夫邮无正曰："昔先主文子少衅于难，从姬氏于公宫，有孝德以出在公族，有恭德以升在位，有武德以羞为正卿，有温德以成其名誉；失赵氏之典刑而去其师保，基于其身以克复其所。"①《大戴礼记·卫将军文子》载鲁孔子谓端木赐（子贡）曰："畏天而敬人，服义而行信，孝乎父而恭于兄，好从善而教往，盖赵文子之行也。"②《太平御览》卷四百四十七引魏何晏《冀州论》："明智识物，莫贤乎赵武。"③《国语·晋语六》韦《注》："文子，赵盾之孙、赵朔之子赵武也……宣，宣子，文子祖父赵盾也。"《晋语七》韦《注》《晋语八》韦《注》同。《晋语九》韦《注》："文子，简子之祖赵武……姬氏，庄姬，赵朔之妻、文子之母、晋景公之女，淫于赵婴，婴之二兄赵同、赵括放之。"④《楚语下》韦《注》大同。成八年《左传》杜《注》："赵武，庄姬之子。庄姬，晋成公女。"⑤《汉书·古今人表》"赵武"颜《注》："朔子。"⑥

　　谨案：《礼记·檀弓下》谓"晋献文子成室"，又谓"文子曰武也得歌于斯"⑦。则文子似复谥献文，亦单称文。则赵武（前？—前541），即襄二十五年、二十六年、二十七年、二十八年、二十九年、三十年、三十一年、昭元年、三年《左传》之"赵文子"，亦即襄二十七年、三十年、三十一年、昭元年《左传》之"赵孟"，姓嬴，氏赵，名武，谥文，尊称"子"，赵盾（宣子、赵孟）之孙，赵朔（庄子）之子，庄姬所出，赵获、赵成（景子、景叔）之父，景公十九年（前581）为公族大夫，悼公元年（前573）为新军佐而居卿位，十年（前564）为新军帅，十四年（前560）为上军帅，平公十一年（前547）为中军帅而秉国政，历仕景、厉、悼、平四君凡四十三年（前583—前541）。其主张"若敬行其礼，道之以文辞，以靖诸侯，兵可以弭"（襄二十五年《左传》）⑧，为最早倡导与楚弭兵媾和者。提出"诗以言志"（襄二十七年《左传》）⑨说，倡导赋《诗》以观志。恪守"能信不为人下""不僭不贼，鲜不为则"古训，主张"将信以为本，循而行之"（昭元年《左传》）⑩。提出"临患不忘国，忠也；思难不越官，信也；图国忘死，贞也；谋主三者，

①　[三国吴]韦昭注，上海师范大学古籍整理研究所校点：《国语》，第436、491页。
②　[汉]戴德撰，[北周]卢辩注，[清]王聘珍解诂，王文锦点校：《大戴礼记解诂》，第114页。
③　[宋]李昉等：《太平御览》，第2057页。
④　[三国吴]韦昭注，上海师范大学古籍整理研究所校点：《国语》，第409—411、492页。
⑤　[晋]杜预注，[唐]孔颖达等正义：《春秋左传正义》，第1904页。
⑥　[汉]班固撰，[唐]颜师古注，傅东华等点校：《汉书》，第923页。
⑦　[汉]郑玄注，[唐]孔颖达等正义：《礼记正义》，第1315页。
⑧　[晋]杜预注，[唐]孔颖达等正义：《春秋左传正义》，第1985页。
⑨　[晋]杜预注，[唐]孔颖达等正义：《春秋左传正义》，第1997页。
⑩　[晋]杜预注，[唐]孔颖达等正义：《春秋左传正义》，第2020页。

义也"说,认为"有是四者,又可戮乎"(昭元年《左传》)①,对"忠""信""贞""义"概念、关系、功能作了简洁而明晰之表述。推崇"善人在患,弗救不祥;恶人在位,不去亦不祥"古训,倡导"以死安利其国"(《国语·晋语八》)②。赞许诸侯卿士"不辟难,畏威而敬命",认为"王、伯之令也,引其封疆,而树之官,举之表旗,而著之制令,过则有刑,犹不可壹",提出"去烦宥善,莫不竞劝"(昭元年《左传》)③说。提出"违义,祸也"说,尊崇"弗知实难"古训,认为"知而弗从,祸莫大焉"(昭三年《左传》)④。恪守礼仪,明智识物,素有贤名,熟知典籍,尤谙习《诗》,传世有《弭兵以靖诸侯之策论》(见襄二十五年《左传》)、《谏请归诸侯之地书》(见襄二十六年《左传》)、《答请晋、楚之从交相见书》(见襄二十七年《左传》)、《诗以言志论》(见襄二十七年《左传》)、《罪己书》(见襄三十年《左传》)、《信以为本论》(见昭元年《左传》)、《忠信贞义论》(昭元年《左传》)、《死安利国论》(见《国语·晋语八》)、《致公子围请免叔孙豹书》(见昭元年《左传》)、《违义致祸论》(见昭三年《左传》)诸文⑤。

（六）赵鞅

《太平御览》卷一百四十六、卷六百六并引《韩诗外传》:"赵简子太子名伯鲁,小子名无恤。"⑥《孟子·滕文公下》赵《注》:"赵简子,晋卿也。"⑦《列女传·辩通传》:"赵津女娟者,赵河津吏之女,赵简子之夫人也。"⑧《国语·晋语九》韦《注》:"简子,晋卿,赵文子之孙、景子之子赵鞅志父……志父,简子后名。春秋书赵鞅入晋阳以叛,后得反国,故改为志父。"《楚语下》韦《注》大同。《吴语》韦《注》:"赵鞅,晋正卿赵简子也……主,赵鞅。"⑨哀二年《左传》杜《注》:"志父,赵简子之一名也。"⑩《汉书·古今人表》"赵简子"颜《注》:"武子孙。"⑪则赵鞅（前? 一前476）,即昭二十五年、三十一年、三十二年、定四年、六年、八年、哀十四年《左传》《国语·晋语九》《楚

① ［晋］杜预注,［唐］孔颖达等正义:《春秋左传正义》,第 2020 页。

② ［三国吴］韦昭注,上海师范大学古籍整理研究所校点:《国语》,第 469 页。

③ ［晋］杜预注,［唐］孔颖达等正义:《春秋左传正义》,第 2021 页。

④ ［晋］杜预注,［唐］孔颖达等正义:《春秋左传正义》,第 2032 页。

⑤ 《信以为本论》,《文章正宗·议论三》《文章辨体汇选·论谏六》并题作《戒赵文子》。

⑥ ［宋］李昉等《太平御览》,第 7127 页。案:《太平御览》卷一百四十六引承上作《韩诗外传》,卷六百六引作《韩诗》。今本《韩诗外传》无此文。

⑦ ［汉］赵岐注,［宋］孙奭疏:《孟子注疏》,第 411 页。

⑧ ［汉］刘向:《古列女传》,上海书店四部丛刊初编 1985 年影印明叶氏观古堂藏明万历间（1573—1620）黄嘉育刊本。

⑨ ［三国吴］韦昭注,上海师范大学古籍整理研究所校点:《国语》,第 488—496、612—613 页。

⑩ ［晋］杜预注,［唐］孔颖达等正义:《春秋左传正义》,第 2156 页。

⑪ ［汉］班固撰,［唐］颜师古注,傅东华等点校:《汉书》,第 932 页。

语下》《孟子·滕文公下》《韩诗外传》卷六、卷七、《史记·秦本纪》《十二诸侯年表》《六国年表》《鲁世家》《卫世家》《赵世家》《魏世家》《韩世家》《扁鹊列传》《列女传·仁智传》《辩通传》《汉书·古今人表》《刘辅传》之"赵简子"，亦即哀二年《左传》之"志父"，亦即哀二十五年《左传》之"先主"，亦即《史记·晋世家》之"赵鞅简子"，姓嬴（一作"盈"），氏赵氏，名鞅，一名志父，谥简，尊称"子"，赵武（文子）之孙，赵成（景子）之子，太子伯鲁、赵毋恤（襄子）、嘉桓子之父，晋执政卿，历仕顷、定、出三世凡六十年（前535—前476）。其尊崇周礼，重民轻神，反对滥卜，推崇"无始乱，无怙富，无恃宠，无违同，无敖礼，无骄能，无复怒，无谋非德，无犯非义"（定四年《左传》）①训诫，倡导"节用听聪，敬贤勿慢，使能勿贱"（《太平御览》卷一百四十六、卷六百六并引《韩诗外传》）②。推行法制，改革田制，废除宗法等级制，实行论功行赏，提出"顺天明，从君命，经德义，除诟耻"（哀二年《左传》）说。名为晋卿，实专晋权，奉邑侔于诸侯，传世有《吊游吉文》（见定四年《左传》）、《请归乐祁书》（见定八年《左传》）、《戒二子书》（见《太平御览》卷一百四十六、卷六百六并引《韩诗外传》）、《我之帝所论》（见《史记·赵世家》）、《经营晋阳之策论》（见《国语·晋语九》）、《告戮董安于书》（见定十四年《左传》）、《铁誓》（见哀二年《左传》）、《卜战论》（见哀十年《左传》）、《致卫侯书》（见哀十七年《左传》）诸文③。

（七）赵无（毋）恤

《说苑·复恩篇》载孔子曰："赵襄子可谓善赏士乎！赏一人而天下之人臣，莫敢失君臣之礼矣。"④《国语·晋语九》韦《注》："襄子，简子之子无恤。"⑤《楚语下》韦《注》大同。则赵毋恤（前？—前425）⑥，即《国语·晋语九》、悼四年《左传》《战国策·秦策四》《中山策》《赵策一》《墨子·非攻中》《列子·黄帝篇》《说符篇》《吕氏春秋·察传篇》《慎大篇》《恃君篇》《序意篇》《义赏篇》《知度篇》《韩非子·十过篇》《淮南子·主术训》《人间训》《氾论训》《孔丛子·答问篇》《史记·晋世家》《赵世家》《魏

---

① ［晋］杜预注，［唐］孔颖达等正义：《春秋左传正义》，第2135—2136页。案："敖"通"傲"。
② ［宋］李昉等《太平御览》，第712页。
③ 《吊游吉文》，《御选古文渊鉴》卷四附于《争先蔡》条后；《戒二子书》，《皇霸文纪》卷十题作《与子伯鲁无恤书》，《全上古三代文》卷十一题作《自为二书牍与二子》；《我之帝所论》，《全上古三代文》卷十一皆题作《书赵简子梦之帝所事》；《铁誓》，《皇霸文纪》卷十三、《文章辨体汇选·誓》皆题作《誓师》，《全上古三代文》卷十一题作《铁誓》。
④ ［汉］刘向撰，向宗鲁校证：《说苑校证》，第118页。
⑤ ［三国吴］韦昭注，上海师范大学古籍整理研究所校点《国语》，第491页。
⑥ 关于赵襄子卒年，《史记·赵世家》谓"襄子立三十三年卒"，则在前443，不足信。笔者此从杨宽《战国史·年表》前425说。

世家《韩世家》《张仪列传》《刺客列传》《匈奴列传》《汉书·古今人表》之"赵襄子",亦即哀二十年《左传》之"赵孟",亦即《风俗通义·皇霸篇》《论衡·纪妖篇》《变动篇》《异虚篇》之"赵无恤",姓嬴,氏赵,名毋恤(一作"无恤"),谥襄子,世称孟,赵成(景子)之孙,赵鞅(简子)之子,伯鲁之弟,桓子之父,定公三十七年(前475)继父为卿,出公二十二年(前453)会韩、魏灭知氏,在位凡五十一年(前475—前425)。其推崇"德不纯而福禄并至,谓之幸"古训,认为"夫幸非福,非德不当雍,雍不为幸,吾是以惧"(《国语·晋语九》)①;韬光养晦,革新家政,谙习典籍,传世有《降于丧食论》(见哀二十年《左传》)、《忍耻论》(见哀二十七年《左传》附)、《雍不为幸论》(见《国语·晋语九》)诸文。

二、邯郸氏与赵穿

(一)邯郸氏之族属

文十二年《左传》孔《疏》:"(赵)穿别为邯郸氏,赵旃、赵胜、邯郸午是其后。"②《元和姓纂·二十五寒》:"邯郸,晋赵襄侧室子赵穿(武武)食采邯郸,因氏焉。"③《通志·氏族略三》:"邯郸氏,晋赵盾从父昆弟子曰赵穿,食邑邯郸,因以为氏。其地今为邑,隶磁州。"④《姓氏急就篇》卷下:"邯郸氏,晋赵氏别封,有邯郸午。"⑤则晋邯郸氏为赵氏之别,奄父之子叔带后裔,出于赵夙之孙赵穿(武子),嬴姓。

(二)邯郸氏之世系

《史记·赵世家》司马贞《索隐》引《世本》:"公明生共孟及赵夙,夙生成季衰,衰生宣孟盾。"⑥《赵世家》:"夙生共孟,当鲁闵公之元年也。共孟生赵衰,字子馀。"⑦《国语·鲁语下》韦《注》:"邯郸胜,晋大夫赵旃之子须子胜也。食采邯郸。"⑧宣十二年《左传》杜《注》:"(赵)旃,赵穿子。"襄二十三年《左传》杜《注》:"赵胜,赵旃之子。"

---

①　[三国吴]韦昭注,上海师范大学古籍整理研究所校点:《国语》,第491页。

②　[晋]杜预注,[唐]孔颖达等义:《春秋左传正义》,第1851页。

③　[唐]林宝撰,[清]孙星衍校辑,郁贤皓、陶敏整理点校:《元和姓纂》,第505页。案:"武武"二字当衍。

④　[宋]郑樵撰,王树民点校:《通志二十略》,第84页。

⑤　[宋]王应麟:《姓氏急就篇》,第809页。

⑥　[汉]司马迁撰,[晋]裴骃集解,[唐]司马贞索隐,[唐]张守节正义,郭逸、郭曼标点:《史记》,第1405页。

⑦　[唐]司马贞《索隐》:"《左传》云:'衰,赵夙弟。'而此《系家》云'共孟生衰',谯周亦以此为误。"[汉]司马迁撰,[晋]裴骃集解,[唐]司马贞索隐,[唐]张守节正义,郭逸、郭曼标点:《史记》,第1405页。

⑧　[三国吴]韦昭注,上海师范大学古籍整理研究所校点:《国语》,第200页。

昭二十八年《左传》杜《注》："（赵）朝，赵胜曾孙。"定十年《左传》杜《注》："午，晋邯郸
大夫。"定十三年《左传》杜《注》："（邯郸）午，赵鞅同族，别封邯郸……（赵）稷，赵午
子。"①定十三年《左传》孔《疏》《元和姓纂·二十五寒》并引《春秋释例·世族谱》：
"夙孙穿，穿生旃，旃生胜，胜生午，其家为耿氏。"②《春秋分记·世谱六》："赵氏，公
明生二子：曰共孟（无后），曰夙；夙生衰；……又，夙曾孙穿不知所系，生旃，旃生胜，
胜生午，午生稷，稷生朝。"③清雷学淇校辑《世本》卷上："推验诸说，盖公明生夙，夙
生共孟及成季……赵穿当是共孟之子，庶长为孟。故《世族谱》以穿为夙之庶孙，于
盾为从父昆弟也。"④

　　谨案：文十二年孔《疏》："《世族谱》：'穿，赵夙之孙。'则是赵盾从父昆弟之子
也。盾为正室，故谓穿为侧室。穿别为邯郸氏，赵旃、赵胜、邯郸午是其后也。"宣二
年《左传》孔《疏》："《世本》：'夙为衰祖，穿为夙之曾孙。'《世本》转写多误，其本未必
然也。"⑤宣二年《左传》孔《疏》既以"夙为衰祖"二语为转写之误，而文十二年孔《疏》
又改易《世族谱》文以穿为赵盾从父昆弟之子，乃尤而效之。笔者以为，综合《国
语·晋语四》《史记·赵世家》司马贞《索隐》引《世本》、成十年《左传》孔《疏》引《世
本》、定十三年《左传》孔《疏》引《世族谱》，公明生三子：长子曰共孟（无后），次子曰
赵夙（别为邯郸氏），季子曰赵衰。则春秋时期晋邯郸氏世系为：赵夙……赵穿→赵
旃→赵胜→邯郸午→赵稷→赵朝。

　　（三）赵穿

　　文十二年《左传》载士会对秦伯问曰："赵有侧室曰穿，晋君之婿也，有宠而弱，
不在军事，好勇而狂，且恶臾骈之佐上军也，若使轻者肆焉，其可。"⑥《国语·晋语
五》韦《注》："赵穿，晋大夫，赵夙之孙、赵盾从父昆弟武子穿也。"⑦文十七年《左传》
杜《注》："赵穿，卿也。"⑧

---

　　①　［晋］杜预注，［唐］孔颖达等正义：《春秋左传正义》，第1881、1977、2118、2148、2150页。
　　②　［晋］杜预注，［唐］孔颖达等正义：《春秋左传正义》，第2150页。案：此据定十三年《左传》孔《疏》引
文。《元和姓纂·二十五寒》引作："穿生旃，旃生胜，胜生午，午生稷。"［唐］林宝撰，［清］孙星衍校辑，郁贤皓、
陶敏整理点校：《元和姓纂》，第505页。
　　③　［宋］程公说：《春秋分记》，第136页。
　　④　［清］雷学淇校辑：《世本》，［汉］宋衷注，［清］秦嘉谟等辑：《世本八种》，第39页。
　　⑤　［晋］杜预注，［唐］孔颖达等正义：《春秋左传正义》，第1851、1867页。
　　⑥　［晋］杜预注，［唐］孔颖达等正义：《春秋左传正义》，第1851页。
　　⑦　［三国吴］韦昭注，上海师范大学古籍整理研究所校点：《国语》，第400页。
　　⑧　［晋］杜预注，［唐］孔颖达等正义：《春秋左传正义》，第1860页。

　　谨案：文七年《左传》："穆嬴日抱大子以啼于朝……出朝，则抱以适赵氏。"①可见，晋灵公即位时尚在襁褓之中，则赵穿不可能为其婿。故文十二年《左传》之"晋君"当为晋襄公。则赵穿，即《国语·晋语五》韦《注》之"武子穿"，姓嬴，氏赵，其后别为邯郸氏，名穿，谥武，尊称"子"，赵夙之孙，赵旃之父，灵公六年（前615）为卿，十四年（前607）弑其君夷皋，景公三年（前597）为上军大夫，十二年（前588）位居季卿，生卒年未详（前615—前588在世）。其有宠而弱，不在军事，好勇而狂，传世有《求成于秦之策论》（见宣元年《左传》）一文。

三、秦氏与秦越人

（一）秦氏之族属与世系

　　《史记·秦本纪》："秦之先，帝颛顼之苗裔孙曰女修……（女修）生子大业。大业取少典之子，曰女华。女华生大费，与禹平水土……（大费）佐舜调驯鸟兽，鸟兽多驯服，是为柏翳。舜赐姓嬴氏。大费生子二人：一曰大廉，实鸟俗氏；二曰若木，实费氏。其玄孙曰费昌……大廉玄孙曰孟戏、中衍……自太戊以下，中衍之后，遂世有功，以佐殷国，故嬴姓多显，遂为诸侯。其玄孙曰中潏，在西戎，保西垂。生蜚廉。蜚廉生恶来……周武王之伐纣，并杀恶来……（恶来）有子曰女防。女防生旁皋，旁皋生太几，太几生大骆，大骆生非子……（孝王）邑之（非子）秦，使复续嬴氏祀，号曰秦嬴……秦之先为嬴姓。其后分封，以国为姓，有徐氏、郯氏、莒氏、终黎氏、运奄氏、菟裘氏、将梁氏、黄氏、江氏、修鱼氏、白冥氏、蜚廉氏、秦氏。"②《潜夫论·志氏姓》"恶来后有非子，以善畜，周孝王封之于秦，世地理以为西陲大夫，汧秦亭是也。其后列于诸侯，□世而称王，六世而始皇生于邯郸，故曰赵政。及梁、葛、江、黄、徐、莒、蓼、六、英，皆皋陶之后也。钟离、运掩、菟裘、寻梁、修鱼、白真、飞廉、密如、东灌、良、时、白、巴、公巴公巴、剡、复、蒲，皆嬴姓也。"③《急就篇》卷一颜《注》："秦，本地名，后为国号，因又命氏。鲁有秦堇父、秦丕兹、秦遄，皆秦姓也。"④《元和姓纂·十七真》："秦，颛顼，嬴姓，秦后。伯益裔孙非子，周孝王封之秦，陇西秦亭是

---

　　①　[晋]杜预注，[唐]孔颖达等正义：《春秋左传正义》，第1845页。
　　②　[晋]裴骃《集解》引徐广曰："《世本》作'锺离'。"又引应劭曰："《氏姓注》云有姓终黎者是。"[汉]司马迁撰，[晋]裴骃集解，[唐]司马贞索隐，[唐]张守节正义，郭逸、郭曼标点：《史记》，第117—151页。案：则"终黎氏"之"终黎"，即《世本》之"锺离"。
　　③　[汉]王符撰，[清]王继培笺，彭铎校正：《潜夫论笺校正》，第421—422页。
　　④　[汉]史游撰，[唐]颜师古注：《急就篇》，第349页。

也。至始皇灭六国，子婴降汉，子孙以国为氏。又，鲁有秦堇父，生丕兹，及秦祖人、秦商楚人、秦冉、秦非，并仲尼弟子。"①《通志·氏族略二》："秦氏，嬴姓，少皞之后也。以皋陶为始祖……自子婴降汉，秦之子孙以国为氏焉。鲁又有秦氏，居于秦邑，今濮州范县北旧秦亭，是其地。又楚有秦商，鲁有秦非，秦有秦祖、秦冉者，皆为仲尼弟子……言秦者又有三：秦国之后，以国为氏；其有出于鲁者，以邑为氏，盖鲁有秦邑故也；出于楚者，未知以邑、以字与？然此三秦者，所出既殊，皆非同姓。"②《氏族略六》说大同。则晋秦氏为太几之孙、大骆之子非子后裔，嬴姓，其世系未详。

（二）秦越人

《史记·扁鹊仓公列传》："扁鹊者，勃海郡郑人也，姓秦氏，名越人。"③《法言·重黎卷》："扁鹊，卢人也，而医多卢。"④《淮南子·齐俗训》高《注》："扁鹊，卢人，姓秦，名越人，赵简子时人。"⑤

谨案：《汉书·艺文志》著录《泰始黄帝扁鹊俞拊方》二十三卷，班氏自注引应劭曰："黄帝时医也。"⑥《史记·扁鹊仓公列传》张守节《正义》引《黄帝八十一难序》："秦越人与轩辕时扁鹊相类，仍号之为扁鹊。又家于卢国，因命之曰卢医也。"⑦盖秦越人以医名，时人以古之名医谥之。故《史记·扁鹊仓公列传》谓"为医或在齐，或在赵。在赵者名扁鹊"。然《战国策·秦策二》载有"医扁鹊见秦武王"事，秦武王元年（前310），当赵武灵王十六年，与晋定公十三年（前499）相去近二百年，为赵鞅医

---

①　［唐］林宝撰，［清］孙星衍校辑，郁贤皓、陶敏整理点校：《元和姓纂》，第352页。案：此据宋谢枋得辑、明吴道南补辑《新镌簪缨必用增补秘笈新书别集》增，疑有脱误。文渊阁四库本作"鲁有秦堇父，生丕兹，及秦祖、秦冉、秦非，并仲尼弟子。"《名贤氏族言行类稿》卷十一引同。又，"秦堇父"，孟孙氏家臣，见襄十年《左传》。"秦商"，字丕兹，秦堇父之子；"秦冉"，郡望不详；"秦非"，鲁人，并见《史记·仲尼弟子列传》。

②　［宋］郑樵撰，王树民点校：《通志二十略》，第40—41页。案：鲁之秦邑，即庄三十一年《左传》"筑台于秦"之"秦"，郑樵说本杜《注》。又，郑樵以秦商为楚人，本《史记·仲尼弟子列传》裴骃《集解》引郑玄说。然秦商为襄十年《左传》鲁孟孙氏家臣秦堇父之子，非楚人。

③　［晋］裴骃《集解》："徐广曰：'郑'当为'鄚'。鄚，县名，今属河间。"［唐］司马贞《索隐》："案：勃海无鄚县，徐说是也。"［汉］司马迁撰，［晋］裴骃集解，［唐］司马贞索隐，［唐］张守节正义，郭逸、郭曼标点：《史记》，第2115页。

④　李《注》："太山卢人。"［汉］扬雄撰，汪荣宝义疏，陈仲夫点校：《法言义疏》，中华书局1987年新编诸子集成点校1934年刊本，第317页。案：卢，齐邑，在山东省济南市长清区。笔者此取《史记》晋之郑邑说。

⑤　［汉］刘安撰，［汉］高诱注，刘文典集解，冯逸、乔华点校：《淮南鸿烈集解》，第362页。《列子·汤问篇》《韩非子·喻老篇》《安危篇》《鹖冠子·世贤篇》《淮南子·齐俗训》《人间训》《泰族训》《新书·大都篇》《说苑·辨物篇》《新序·杂事篇》《术事篇》《资质篇》《论衡·纪妖篇》《风俗通义·皇霸篇》《法言·重黎卷》《潜夫论·实边篇》《盐铁论·非鞅篇》《轻重篇》《相刺篇》《大论篇》并载扁鹊言行，不具引。

⑥　［汉］班固撰，［唐］颜师古注，傅东华等点校：《汉书》，第1778页。

⑦　［汉］司马迁撰，［晋］裴骃集解，［唐］司马贞索隐，［唐］张守节正义，郭逸、郭曼标点：《史记》，第2115页。

病之扁鹊死后多年之事。盖善医之人古皆称为扁鹊，犹善射之人，古皆称为羿同类①。又，《隋书·经籍志三》《旧唐书·经籍志下》《新唐书·艺文志三》《宋史·艺文志六》并著录有《黄帝八十一难经》二卷，题为"秦越人撰"，现存，系后人伪托之作。则秦越人，即《列子·汤问篇》《韩非子·喻老篇》《安危篇》《鹖冠子·世贤篇》《淮南子·齐俗训》《人间训》《泰族训》《新书·大都篇》《史记·扁鹊仓公列传》《赵世家》《说苑·辨物篇》《新序·杂事篇》《术事篇》《资质篇》《论衡·纪妖篇》《风俗通义·皇霸篇》《法言·重黎卷》《潜夫论·实边篇》《盐铁论·非鞅篇》《轻重篇》《相刺篇》《大论篇》之"扁鹊"，姓嬴，氏秦，名越人，号扁鹊，晋之郑邑（在今河北省任丘市北）人，学医于齐长桑君，行医于晋、齐、卫、郑、秦诸国，后为秦太医令李醯谋杀，生卒年未详（前 499 在世）。其发明"望""闻""问""切"诊断法，尤精于切脉，行医"随俗为变"，突破"秦法不得兼方"之局限，兼用针灸、砭石、熨帖和按摩诸法，素有神医之称，奠定了中国传统医学诊断基础，《汉书·艺文志》著录有《扁鹊内经》九卷、《扁鹊外经》，传世有《血脉致疾论》（见《史记·扁鹊仓公列传》）一文②。

四、梁氏与梁由靡

（一）梁氏（将梁氏）之族属

《史记·秦本纪》："秦之先为嬴姓。其后分封，以国为姓，有徐氏、郯氏、莒氏、终黎氏、运奄氏、菟裘氏、将梁氏、黄氏、江氏、修鱼氏、白冥氏、蜚廉氏、秦氏。"③《路史·后纪八》引《风俗通义》："梁氏，伯益治水，封于梁。"④《潜夫论·志氏姓》："钟离、运掩、菟裘、寻梁、修鱼、白冥、飞廉、密如、东灌、良（梁）、时、白、巴、公巴、剡、复、蒲，皆嬴姓也。"⑤《元和姓纂·十阳》："梁，嬴姓，伯益之后。秦仲有功，周平王封其少子康于夏阳，是为梁伯。后为秦所灭，子孙以国为氏。晋梁益耳、梁弘、梁由靡，并其后也。"⑥

---

①　参见：王利器《新语校注》，中华书局 1986 年新编诸子集成本，第 47 页。

②　《扁鹊内经》《扁鹊外经》，今均佚。又，《全上古三代文》卷十一题作"书赵简子梦之帝所事"。

③　[汉]司马迁撰，[晋]裴骃集解，[唐]司马贞索隐，[唐]张守节正义，郭逸、郭曼标点：《史记》，第 150 页。案：据《传》《注》所引《世本》推测，除钟离以外，《世本》与《史记·秦本纪》皆同。

④　[宋]罗泌撰，[宋]罗苹注：《路史》，第 103 页。

⑤　[汉]王符撰，[清]王继培笺，彭铎校正：《潜夫论笺校正》，第 422 页。案："良"程本作"梁"，盖即"将梁"。

⑥　[唐]林宝撰，[清]孙星衍校辑，郁贤皓、陶敏整理点校：《元和姓纂》，第 582 页。案：据《史记·鲁世家》裴骃《集解》引杜预说，鲁大夫亦有梁氏。

谨案：桓九年《左传》："秋，虢仲、芮伯、梁伯、荀侯、贾伯伐曲沃。"僖十七年《左传》："惠公之在梁也，梁伯妻之。梁嬴孕，过期。"僖十八年《左传》："梁伯益其国而不能实也，命曰新里，秦取之。"僖十九年《春秋》："梁亡。"《左传》："梁亡，不书其主，自取之也……民惧而溃，秦遂取梁。"①《史记·晋世家》："（惠公）十年，秦灭梁。"②故春秋时期晋、鲁、齐诸国之梁氏，大多乃梁伯康之国（即今陕西省韩城市南二十二里之少梁故城）于晋惠公十年（前641）为秦所灭后散居他国者。则晋梁氏（将梁氏）为秦氏之别，太几之孙、大骆之子非子后裔，出于公伯之孙、秦仲少子梁伯康，嬴姓。

（二）梁氏（将梁氏）之世系

桓三年《左传》："三年春，曲沃武公伐翼，次于陉庭。韩万御戎，梁弘为右。"庄二十八年《左传》："骊姬嬖，欲立其子，赂外嬖梁五与东关嬖五。"闵二年《左传》："晋侯使大子申生伐东山皋落氏……狐突御戎，先友为右；梁余子养御罕夷，先丹木为右。"僖三十三年《左传》："子墨衰绖，梁弘御戎，莱驹为右。"文八年《左传》："夷之蒐，晋侯将登箕郑父、先都，而使士縠、梁益耳将中军。"③

谨案：曲沃武公伐翼之役戎右梁弘，与崤之战为晋襄公御戎之梁弘，前后相距八十三年，当为二人。则春秋时期晋梁氏（将梁氏）世系为：梁弘……梁五……梁余子养……梁由靡……梁弘……梁益耳。

（三）梁由靡

《国语·晋语二》韦《注》："梁由靡，晋大夫。"④则梁由靡，姓嬴，氏梁，名由靡，本梁人，国灭徙居晋，仕为大夫，生卒年未详（前653－前645在世）。其长于谋断，提出"战不胜而报之以贼，不武；出战不克，入处不安，不智；成而反之，不信；失刑乱政，不威"（《国语·晋语三》）⑤说，倡导为政治国应"武""智""信""威"并重；提出"夫君政刑，是以治民"说，认为"不闻命而擅进退，犯政也；快意而丧君，犯刑也"（《晋语三》）⑥，主张"治民"以"政刑"；传世有《克狄之策论》（见僖八年《左传》）、《武、智、信、威论》《政刑是以治民论》（俱见《国语·晋语三》）诸文。

---

① ［晋］杜预注，［唐］孔颖达等正义：《春秋左传正义》，第1754、1842、1809、1810页。
② ［汉］司马迁撰，［晋］裴骃集解，［唐］司马贞索隐，［唐］张守节正义，郭逸、郭曼标点：《史记》，第1317页。
③ 杜《注》："（梁五）姓梁，名五，在闺闳之外者。"［晋］杜预注，［唐］孔颖达等正义：《春秋左传正义》，第1746、1781、1788、1833、1847页。
④ ［三国吴］韦昭注，上海师范大学古籍整理研究所校点：《国语》，第309页。
⑤ ［三国吴］韦昭注，上海师范大学古籍整理研究所校点：《国语》，第333页。
⑥ ［三国吴］韦昭注，上海师范大学古籍整理研究所校点：《国语》，第333页。

五、甯氏与甯嬴

（一）甯氏之族属与世系

《国语·晋语五》韦《注》："甯，晋邑，今河内修武是也……嬴，其姓。"①《资治通鉴》卷八宋胡三省《注》引《姓谱》："晋有甯嬴，以邑为姓。"②

谨案：《名贤氏族言行类稿》卷四十六以晋甯氏为卫甯氏之后，笔者此不取。则晋甯氏为秦氏之别，太几之孙、大骆之子非子后裔，嬴姓，未详其祢，春秋时期世系亦未详。

（二）甯嬴

文五年《左传》杜《注》："嬴，逆旅大夫。"孔《疏》："注《国语》者，贾逵、孔晁皆以宁嬴为掌逆旅之大夫。故杜亦同之。"③清惠士奇《礼说·秋官一》："重馆人、甯嬴氏，皆逆旅之官也……'人'与'氏'，皆官名。贵非大夫，贱不至隶；且馆者，候馆也……然则宁嬴氏者，野庐氏也。周之庐，犹汉之亭。"④

谨案：《周礼·秋官司寇·叙官》："野庐氏，下士六人，胥士有二人，徒百有二十人。"《野庐氏》："野庐氏，掌达国道路至于四畿。"⑤可见，诸侯之"逆旅大夫"，其职掌与王室之"野庐氏"相类。则甯嬴，即文五年《左传》《国语·晋语五》之"嬴"，亦即《国语·晋语五》之"逆旅宁嬴氏"，姓嬴，氏宁，名未详，晋逆旅之官，世系、名字、生卒年皆未详（前622在世）。其尊崇"沈渐刚克，高明柔克"古训，提出"天为刚德，犹不干时"说，认为"华而不实，怨之所聚也。犯而聚怨，不可以定身"（文五年《左传》)⑥。熟知典籍，尤谙习《书》，传世有《德之刚柔论》（见文五年《左传》）一文⑦。

①　［三国吴］韦昭注，上海师范大学古籍整理研究所校点：《国语》，第394－395页。案：甯，晋邑，当在今河南省新乡市获嘉县西北，近吴泽。

②　［宋］司马光撰，［宋］胡三省音注，标点《资治通鉴》小组校点：《资治通鉴》，第270页。

③　［晋］杜预注，［唐］孔颖达等正义：《春秋左传正义》，第1843页。

④　［清］惠士奇：《礼说》，凤凰出版社2005影印阮元刻皇经经解本，第1695页。

⑤　［汉］郑玄注，［唐］贾公彦疏：《周礼注疏》，第868、884页。

⑥　［晋］杜预注，［唐］孔颖达等正义：《春秋左传正义》，第1843页。

⑦　《文章正宗·议论四》《文章辨体汇选·论谏八》皆题作《论阳处父不没》。

六、苗氏与苗贲皇

（一）苗氏之族属

襄二十六年《左传》："若敖之乱，伯贲之子贲皇奔晋。晋人与之苗，以为谋主。"①《元和姓纂·四宵》《广韵·四宵》并引《风俗通义》："（苗氏）楚大夫伯棼之后，子贲皇奔晋，食采于苗，因命氏焉。"②《急就篇》卷一颜《注》："苗贲皇，本楚人，后奔于晋，其子孙遂为苗氏。"③《新唐书·宰相世系表五》："苗氏，出自芈姓。楚若敖生斗伯比，伯比生子良；子良生越椒，字伯棼，以罪诛。其子贲皇奔晋，晋侯与之苗邑，因以为氏。其地河内轵县南有苗亭，即其地也。"④则晋苗氏为斗氏之别，熊徇（季纲、季徇）之孙、熊咢之子若敖熊仪后裔，出于子良之孙、斗椒（子越椒、伯棼）之子苗贲皇（贲皇、苗棼皇），属楚"若敖族"，芈姓。

（二）苗氏之世系

宣四年《左传》："初，楚司马子良，生子越椒。"⑤僖二十八年《左传》杜《注》："伯棼，子越椒也，斗伯比之孙。"文九年《左传》杜《注》："子越椒，令尹子文从子。"⑥《春秋分记·世谱七》："斗氏，若敖生四子，曰廉，曰缗（无后），曰祁，曰伯比……伯比生三子：曰於兔，曰子良，曰得臣……子良生越椒，越椒生苗贲皇。"⑦则春秋时期晋苗氏世系为：若敖熊仪→斗伯比→斗子良→斗椒→苗贲皇。

（三）苗贲皇

襄二十六年《左传》载蔡公孙归生（声子）对楚屈建（子木）曰："郑叛、吴兴，楚失诸侯，则苗贲皇之为也。"昭五年《左传》载楚蒍启强对灵王问曰："羊舌肸之下，祁

---

① ［晋］杜预注，［唐］孔颖达等正义：《春秋左传正义》，第 1991 页。案：苗，晋邑，在今河南省济源市西南。又，宣四年《左传》："伯棼（斗椒）射王……（王）遂灭若敖氏。"［晋］杜预注，［唐］孔颖达等正义：《春秋左传正义》，第 1870 页。《史记·楚世家》："（庄王）九年，相若敖氏。人或谗之王，恐诛，反攻王，王击灭若敖氏之族。"［汉］司马迁撰，［晋］裴骃集解，［唐］司马贞索隐，［唐］张守节正义，郭逸、郭曼标点：《史记》，第 1349 页。则斗氏亦称若敖氏。

② ［唐］林宝撰，［清］孙星衍校辑，郁贤皓、陶敏整理点校：《元和姓纂》，第 560 页。案：今本《风俗通义》佚此文。

③ ［汉］史游撰，［唐］颜师古注：《急就篇》，第 409 页。

④ ［宋］欧阳修、［宋］宋祁编修，石淑仪等点校：《新唐书》，第 3367 页。

⑤ 杜《注》："子文，子良之兄。"［晋］杜预注，［唐］孔颖达等正义：《春秋左传正义》，第 1869 页。

⑥ ［晋］杜预注，［唐］孔颖达等正义：《春秋左传正义》，第 1824、1847 页。

⑦ ［宋］程公说：《春秋分记》，第 150－151 页。案："子良"，未详所出。

午、张趯、籍谈、女齐、梁丙、张骼、辅跞、苗贲皇，皆诸侯之选也。"①《国语·晋语五》韦《注》："（苗）棼皇，晋大夫，楚斗椒之子。"②宣十七年《左传》杜《注》："贲皇，楚斗椒之子，楚灭斗氏而奔晋，食邑于苗地。"③

谨案：苗贲皇，《国语·晋语五》公序本作"棼皇"。则苗贲皇，即襄二十六年《左传》之"贲皇"，亦即《国语·晋语五》《晋语六》之"苗棼皇"，姓芈，本氏熊，别氏斗，又别氏苗，名贲皇（一作"棼皇"），子良之孙，斗越椒（伯棼、伯贲）之子，本楚公族，庄王二十二年（前592）出奔晋，仕为大夫，历仕景、厉、悼、平四君凡四十五年（前592年—前537年），生卒年未详（前592年—前537在世）。其主张"善逆彼以怀来者"，认为"过而不改，而又久之，以成其悔，何利之有焉？使反者得辞，而害来者，以惧诸侯，将焉用之"（宣十七年《左传》），为孔子"过而不改，是谓过"（《论语·卫灵公篇》）说之滥觞；恪守礼仪，倡导"勇而知礼"，反对"勇而不知礼"（《国语·晋语五》）；长于谋断，熟知典籍，传世有《改过之利论》（见宣十七年《左传》）、《非礼不终论》（见《国语·晋语五》）、《败楚师之策论》（见成十六年《左传》）诸文。

七、庄氏与庄驰兹

（一）庄氏之族属与世系

《史记·西南夷列传》："始楚威王时，使将军庄蹻将兵循江上，略巴、（蜀）黔中以西。庄蹻者，故楚庄王苗裔也。"④《金石录》卷十四、》卷二十四并著录汉《祝长严訢碑》："严君，讳訢，字少通。兆自楚庄，祖考相承。"⑤《元和姓纂·十阳》："庄，芈姓，楚庄王之后，以谥为姓。楚有大儒庄生，六国时为蒙漆园吏庄周，著书号《庄子》。齐有庄贾，周有庄辛。"⑥《古今姓氏书辩证·十阳》："庄，《史记·西南夷传》云：始楚庄王时，使将军庄蹻将兵略巴蜀、黔中以西。蹻者，故庄王苗裔是也。春秋

---

①　［晋］杜预注，［唐］孔颖达等正义：《春秋左传正义》，第1992、2042页。

②　［三国吴］韦昭注，上海师范大学古籍整理研究所校点：《国语》，第405页。

③　［晋］杜预注，［唐］孔颖达等正义：《春秋左传正义》，第1889页。

④　［汉］司马迁撰，［晋］裴骃集解，［唐］司马贞索隐，［唐］张守节正义，郭逸、郭曼标点：《史记》，第2265页。

⑤　［宋］赵明诚撰，金文明校证：《金石录校证》，广西师范大学出版社2005校证清乾隆二十七年（1762）雅雨堂刻本，第241页。案：诸家引文略异，此据《金石录》引文。

⑥　［唐］林宝撰，［清］孙星衍校辑，郁贤皓、陶敏整理点校：《元和姓纂》，第592页。案："庄贾"，一见于《史记·陈涉世家》，为秦汉之际陈人；一见于《史记·司马穰苴列传》，为春秋时齐人。"庄辛"，为战国时楚人，事见《战国策·楚策四》。又，《元和姓纂·二十八严》"庄"氏与"严"氏说大同，则林氏以为"严氏"即"庄氏"。

时，宋大夫庄朝、庄革（堇）。战国有蒙漆园吏周，著《庄子》书。蜀人君平；桐庐人光，字子陵。至汉避讳，改为严氏。"①

谨案：《史记·西南夷列传》司马贞《索隐》："（庄）蹻……楚庄王弟，为盗者。"②然《史记·西南夷列传》明谓庄蹻为战国威王（前339—前329年在位）时人，此以蹻为庄王（前613—前591年在位）之弟，司马氏所叙世系显然失考，后世姓氏书皆因司马氏而误。③　又，《史记·邹阳列传》："吴人庄忌夫子。"司马贞《索隐》："忌，会稽人，姓庄氏，字夫子。后避汉明帝讳，改姓曰严。"④《汉书·艺文志》："庄夫子赋二十四篇。"原《注》："名忌，吴人。"⑤《九经古义·礼记古义》："案：《晋语》曰：'赵简子问于壮驰兹。'义作庄。《严訢碑》云：'兆自楚庄。'即楚庄王也。汉讳庄，改曰严。"⑥汉明帝讳庄，故"庄氏"俱改为"严氏"。则"庄"与"严"乃因避讳而改，而"庄"与"壮"音同而同；此"夫子"非其字，而为其尊称。足见《史记·邹阳列传》之"庄忌夫子"，即《论衡·超奇篇》之"严夫子"，则战国时吴有庄氏。然襄十七年《左传》宋有庄朝，昭二十一年《左传》宋有庄堇，而春秋时吴之庄氏《左传》《国语》诸书不见。驰兹当为楚之庄氏奔晋者，故赵鞅问其"东方之士"。又，《椒邱文集·晋江庄氏族谱系序》："予考姓氏书，庄氏有二，皆以谥氏者也。其一，鲁庄公之后，青、兖之间多祖之。其一，楚庄王之后，江、汉之间多祖之。"⑦此所谓出于鲁庄公之后庄氏，《急就篇》颜《注》《元和姓纂》《古今姓氏书辩证》《通志·氏族略》《名贤氏族言行类稿》《古今合璧事类备要续集》《姓氏急就篇》等姓氏书皆未见，未详何氏所据。则晋庄氏为熊氏后裔，祝融八姓（陆终六子）支族芈姓季连后裔，出于成王熊頵（一作"恽"）之孙、穆王熊商臣之子庄王熊旅（一作"侣"），属楚"庄族"，芈姓，其世系为：成王熊頵→穆王熊商臣→庄王熊旅……庄驰兹。

（二）庄驰兹

《国语·晋语九》韦《注》："壮驰兹，晋大夫。盖吴人也。"⑧《国语补音》卷三："壮

---

①　[宋]邓名世撰，王力平点校：《古今姓氏书辩证》，第196页。

②　[汉]司马迁撰，[晋]裴骃集解，[唐]司马贞索隐，[唐]张守节正义，郭逸、郭曼标点：《史记》，第2265页。

③　说详：赵逵夫《屈原与他的时代》，人民文学出版社2002年第2版，第351—410页。

④　[汉]司马迁撰，[晋]裴骃集解，[唐]司马贞索隐，[唐]张守节正义，郭逸、郭曼标点：《史记》，第1892页。

⑤　[汉]班固撰，[唐]颜师古注，傅东华等点校：《汉书》，第1747页。

⑥　[清]惠栋：《九经古义》，凤凰出版社2005年影印阮元刻皇清经解本，第2852页。

⑦　[明]何乔新：《椒邱文集》，上海古籍出版社1987影印文渊阁四库全书本，第196页。

⑧　[三国吴]韦昭注，上海师范大学古籍整理研究所校点：《国语》，第498页。

驰兹,音庄。贾、孔本同。唯唐因依《春秋公子谱》作'壮'。今按:韦《注》无'庄'
'壮'之释,此字诸本各不同。有作'壮'者、'庄'者、'杜'者。韦《注》云:'晋大夫,本
吴人。'检春秋吴、晋公子及国人名谱,皆无此姓系。贾、孔章句又世绝其本,今从旧
音字读,未知孰是。"①《国语明道本考异》卷三:"'壮''庄'古字通。"②

　　谨案:除《姓氏急就篇》外,《急就篇》《元和姓纂》《古今姓氏书辩证》《通志·氏
族略》《名贤氏族言行类稿》《古今合璧事类备要续集》诸书皆无壮氏,足见"壮氏"即
"庄氏"。则庄驰兹,即《国语·晋语九》之"壮驰兹",姓芈,氏庄,名驰兹,本楚公族,
陟居晋,仕为大夫,生卒年未详(前 490 在世)。其尊崇"国家之将兴也,君子自以为
不足;其亡也,若有余"古训,主张"求贤人"(《国语·晋语九》)③,传世有《求贤之论》
(见《国语·晋语九》)一文。

八、楚氏与楚隆

(一)楚氏之族属与世系

　　《元和姓纂·八语》《名贤氏族言行类稿》卷三六并引《风俗通义》:"楚氏,芈
(芈)姓,鬻熊封楚,以国为姓,《左传》鲁有楚尹、楚丘,赵襄子家臣楚隆。"④《姓氏急
就篇》卷上:"楚氏,以国为氏。晋赵襄子家臣楚隆。"⑤

　　谨案:《古今姓氏书辩证·八语》:"楚,出自晋,赵孟家臣楚隆之后。盖其先以
地若字为氏。姓书皆以为芈姓,楚国灭于秦而氏焉。误矣。"⑥邓氏说与应氏异,未
详何据,笔者此不取。则晋楚氏为熊氏之别,祝融八姓氏族部落支族芈姓季连后
裔,出于鬻熊,芈姓,其世系未详。

(二)楚隆

　　哀二十年《左传》杜《注》:"楚隆,襄子家臣。"⑦则楚隆,姓芈,本氏熊,别氏楚,名
隆,本楚人,陟居晋,仕为赵无恤(襄子)家臣,生卒年未详(前 475 在世)。其提出

　　① ［宋］宋庠:《国语补音》,上海书店丛书集成续编 1994 年影印民国十二年(1923)湖北先正遗书本,第
196 页。
　　② ［清］汪远孙:《国语明道本考异》,台湾中华书局四部备要 1968－1982 年排印士礼居黄氏重刊本,第
115 页。
　　③ ［三国吴］韦昭注,上海师范大学古籍整理研究所校点:《国语》,第 498 页。
　　④ ［唐］林宝撰,［清］孙星衍校辑,郁贤皓、陶敏整理点校:《元和姓纂》,第 880 页。
　　⑤ ［宋］王应麟:《姓氏急就篇》,第 771 页。
　　⑥ ［宋］邓名世撰,王力平点校:《古今姓氏书辩证》,第 347 页。
　　⑦ ［晋］杜预注,［唐］孔颖达等正义:《春秋左传正义》,第 2180 页。

"进不见恶,退无谤言"为"君子"(哀二十年《左传》)①说,传世有《展谢不共书》《蔡墨为君子论》(俱见哀二十年《左传》)诸文。

九、里氏与里克、里头须

(一)里氏之族属与世系

《元和姓纂·六止》:"里,本理氏,春秋时改焉。晋有里克,鲁有里华(革),郑有里析。后居襄城者,又为里相。理,咎繇为尧理官,子孙遂为理氏。殷宋有里徵。"②《姓氏急就篇》卷上:"里氏,晋里克、里凫须,郑里折(析)、鲁里革、太史克也。"③

谨案:据《史记·陈杞世家》《潜夫论·志氏姓》《汉书·地理志下》《史记·夏本纪》张守节《正义》引晋皇甫谧《帝王世纪》《陈杞世家》司马贞《索隐》,咎繇,即《尚书·舜典》《大禹谟》《皋陶谟》《益稷》《诗·鲁颂·泮水》、庄八年、文五年、昭十四年《左传》《论语·颜渊篇》之"皋陶",亦即《离骚》《白虎通义·寿命篇》《孔子家语·五帝德》之"皋繇",乃一人数名者,生于曲阜偃地,故尧帝因之而赐姓曰偃。则晋里氏为尧理官咎繇(皋陶、皋繇)后裔,出于理徵,偃姓,其世系为:里克→李连……里头须。

(二)里克

《国语·晋语二》:"骊姬许诺,乃具,使优施饮里克酒。中饮,优施起舞,谓里克妻曰:'主孟啖我,我教兹暇豫事君'"④《史记·晋世家》裴骃《集解》引汉贾逵《左氏传解诂》:"里克,晋卿里季也。"⑤《晋语一》韦《注》:"里克,晋大夫里季子也。"《晋语二》韦《注》:"二国士,里克、荀息也。"⑥闵二年《左传》杜《注》:"里克,晋大夫。"⑦

谨案:《国语·晋语一》韦《注》之"里季子","季"其字,"子"其尊称。而清秦嘉

---

① ［晋］杜预注,［唐］孔颖达等正义:《春秋左传正义》,第 2180 页。

② ［唐］林宝撰,［清］孙星衍校辑,郁贤皓、陶敏整理点校:《元和姓纂》,第 831 页。案:"里华",文渊阁四库本作"里革",与《国语·鲁语上》同。"里革",即"太史克",姓偃,本氏理,改氏里,名克,字革,鲁太史。又,"襄城",当为"相城"之讹;"里相",当为"相里"之讹;"殷宋","宋"字衍。

③ ［宋］王应麟:《姓氏急就篇》,第 773 页。

④ 韦《注》:"大夫之妻称主,从夫称也。孟,里克妻字……'孟',或作'盍'。"［三国吴］韦昭注,上海师范大学古籍整理研究所点校:《国语》,第 286 页。

⑤ ［汉］司马迁撰,［晋］裴骃集解,［唐］司马贞索隐,［唐］张守节正义,郭逸、郭曼标点:《史记》,第 1309 页。

⑥ ［三国吴］韦昭注,上海师范大学古籍整理研究所点校:《国语》,第 255、304 页。

⑦ ［晋］杜预注,［唐］孔颖达等正义:《春秋左传正义》,第 1788 页。

谟辑补《世本》卷六谓"里季生里克",乃误韦《注》为里季之子。则里克(前？一前650),即僖四年《左传》《国语·晋语二》之"中大夫里克",亦即《国语·晋语二》之"国士",亦即《史记·晋世家》之"里子",亦即《左氏传解诂》之"里季",亦即《国语·晋语一》韦《注》之"里季子",姓偃,本氏理,改氏里,其后别氏相里①,名克,字季,尊称"子",司成氏孟之夫,李连之父,晋献公卿士,献公二十六年(前651)杀骊姬及其二子而迎立夷吾为君,惠公元年(前650)为夷吾所杀。其倡导"(太子)从曰抚军,守曰监国"古制,提出"夫帅师,专行谋,誓军旅,君与国政之所图也"(闵二年《左传》)②说;推崇孝道,提倡"敬贤于请"古训,提出"夫为人子者,惧不孝,不惧不得"(《国语·晋语一》)③说;尊崇"夫义者,利之足也;贪者,怨之本也"古训,提出"废义则利不立,厚贪则怨生"(《晋语二》)④说,为后世孔子"君子喻于义,小人喻于利"(《论语·里仁篇》)⑤、"见利思义,见危授命"(《宪问篇》)⑥之"义利"观之端倪;认为"不有废也,君何以兴",提出"欲加之罪,其无辞乎"(僖十年《左传》)说;熟知礼仪,谙习典籍,传世有《太子抚军监国之制论》(见闵二年《左传》)、《子惧不孝论》(见《国语·晋语一》)、《义利关系论》(见《晋语二》)诸文。

(三)里头须

僖二十四年《左传》:"初,晋侯之竖头须,守藏者也。其出也,窃藏以逃,尽用以求纳之。"⑦《国语·晋语四》说大同。

谨案:《周礼·天官冢宰·内竖》郑《注》:"竖,未冠者之官名。"⑧《国语·晋语四》韦《注》:"竖,文公内竖里凫须,公出不从,窃藏以逃,尽用以求纳公。"⑨则里头须,即僖二十四年《左传》《国语·晋语四》《汉书·古今人表》之"竖头须",《韩诗外传》卷十、《新序·杂事五》之"里凫须",姓偃,本氏理,改氏里,名头须(一作"凫

---

① 《元和姓纂·十阳》:"相里,咎繇之后为理氏。殷末理微(微),孙仲师遭难,去'王'姓'里'。至晋大夫里克,惠公所灭。克妻司成氏,携少子李连逃居相城,因为相里氏。李连元孙相里勤,见《庄子》。《韩子》云:'相里子,古贤也,著书七篇。'"[唐]林宝撰,[清]孙星衍校辑,郁贤皓、陶敏整理点校:《元和姓纂》,第596页。则相里氏为理(李)氏之别,出于里克少子李连。

② [晋]杜预注,[唐]孔颖达等正义:《春秋左传正义》,第1788页。

③ [三国吴]韦昭注,上海师范大学古籍整理研究所校点:《国语》,第255页。

④ [三国吴]韦昭注,上海师范大学古籍整理研究所校点:《国语》,第304页。

⑤ [魏]何晏等注,[宋]邢昺疏:《论语注疏》,第2471页。

⑥ [魏]何晏等注,[宋]邢昺疏:《论语注疏》,第2511页。

⑦ 杜《注》:"头须,一曰里凫须。竖,左右小吏。"[晋]杜预注,[唐]孔颖达等正义:《春秋左传正义》,第1816—1817页。

⑧ [汉]郑玄注,[唐]贾公彦疏:《周礼注疏》,第642页。

⑨ [三国吴]韦昭注,上海师范大学古籍整理研究所校点:《国语》,第371页。

须"),职内竖(掌公室财货之年轻小吏),生卒年未详(前655-前636在世)。其提出"沐则心覆,心覆则图反"说,倡导"居者为社稷之守,行者为羁绁之仆",反对"国君而雠匹夫"(僖二十四年《左传》)①,传世有《沐则心覆论》(见僖二十四年《左传》)一文。

十、李氏与李克

（一）李氏之族属与世系

先哲主要有二说：

一为李耳(老聃)后裔说。《广韵·六止》"李"字注引《风俗通义》："(李氏)李伯阳之后。"②

二为尧理官咎繇后裔说。《玉海》卷五十引唐玄宗御制《皇室新谱序》："李氏之先,出于高阳氏之子咎繇,为尧理官,以官命族,因为理氏。其后理证得罪于纣,证之子利正逃难于伊侯之墟,食李而得全,因改理为李氏。咎繇七代孙曰乾,字先果,天宝二年三月追尊为先天太皇帝。乾生耳,字伯阳,乾封元年二月追尊为混元黄帝,天宝三年三月又加大圣祖。自此载唐二十帝。"③《名贤氏族言行类稿》卷三十五引《元和姓纂》："李,颛顼高阳之裔,颛顼生大业,大业生女荽,女荽生咎繇,为尧理官,子孙因姓理氏。云裔孙理徵得罪于纣,其子利贞逃难伊侯之墟,食木子得全,因变姓李氏。利贞十一代孙老君,名耳,字伯阳,居苦县赖乡曲仁里。曾孙昙生二子：崇,玑。崇子孙居陇西,玑子孙居赵郡。崇五代孙仲翔生伯考,伯考生尚,尚生广也。广之后生唐高祖李渊。"④《新唐书·宗室世系表上》："李氏,出自嬴姓。帝颛顼高阳氏生大业,大业生女华,女华生皋陶,字庭坚,为尧大理。生益,益生恩成,历虞、夏、商,世为大理,以官命族为理氏。至纣之时,理徵字德灵,为翼隶中吴伯,以直道不容于纣,得罪而死。其妻陈国契和氏与子利贞逃难于伊侯之墟,食木子得全,遂改理为李氏。"⑤

谨案：李氏(理氏、里氏)与老氏与涉,盖初唐高宗时附会之言,余皆可从。则晋

---

① ［晋］杜预注,［唐］孔颖达等正义：《春秋左传正义》,第1816－1817页。

② ［宋］陈彭年等重修：《钜宋广韵》,第170页。

③ ［宋］王应麟：《玉海》,江苏古籍出版社1987年影印清光绪九年(1883)浙江书局刊本,第954页。

④ ［宋］章定：《名贤氏族言行类稿》,第526页。案：今本《元和姓纂》"李氏"阙。

⑤ ［宋］欧阳修、［宋］宋祁编修,石淑仪等点校：《新唐书》,第1955－1956页。

李氏为里氏之别，尧理官咎繇后裔，其世系未详。

（二）李克

《汉书·艺文志》班氏自《注》："（李克）子夏弟子，为魏文侯相。"①《淮南子·泰族训》高《注》："李克，皆魏文侯臣。"②《毛诗草木鸟兽虫鱼疏》卷下："孔子删《诗》授卜商，商为之《序》以授鲁人曾申，申授魏人李克，克授鲁人孟仲子。"③《经义考·承师二》："曾申弟子：李克、吴起。按：曾申受《诗》于子夏，受《春秋》于左邱明，以授克与起焉。是二人者，皆子西之弟子矣……薛仓子，李克弟子。"④

谨案：左邱明，文渊阁四库本作"左丘明"。又，据《经典释文》卷一、《毛诗注疏·传述人》并引吴徐整《毛诗谱》，高行子授薛仓子《诗》。则薛仓子乃高行子弟子，非李克弟子。故笔者此不取朱氏《经义考》之说。则李克（前 455－前 395），即《韩诗外传》卷十之"里克"，姓嬴，本氏理，改氏里，又改氏李，名克，尧理官咎繇后裔，卜商（子夏）、曾申（子西）弟子，孟仲子之师，本晋人，后属魏，为文侯相⑤。其传《诗》于孟仲子，《汉书·艺文志》著录有《李克》七篇⑥。

十一、窦氏与窦犨

（一）窦氏之族属与世系

《唐写本唐韵·五十候》《广韵·五十候》《资治通鉴·汉纪五》胡三省《音注》、《姓解》卷一并引《风俗通义》："（窦氏）夏后相妃逃自窦，而生少康，其后氏焉。"⑦《元和姓纂·五十候》："窦，姒姓，夏少康之后。帝相遭有穷之难，其妃后缗方娠，逃出自窦，而生少康，支孙以窦为氏。至周，世为大夫。窦犨为晋大夫，仕赵简子，裔孙

---

① ［汉］班固撰，［唐］颜师古注，傅东华等点校：《汉书》，第 1724 页。

② ［汉］刘安撰，［汉］高诱注，刘文典集解，冯逸、乔华点校：《淮南鸿烈集解》，第 685 页。

③ ［三国吴］陆玑：《毛诗草木鸟兽虫鱼疏》，中华书局丛书集成初编 1985 据古经解汇函排印本，第 70 页。

④ ［清］朱彝尊：《经义考》，中华书局 1998 年影印四部备要排印扬州马氏刊本，第 1445 页。

⑤ 《淮南子·泰族训》《史记·平准书》《货殖列传》并载李克言行，不具引。又，关于李克生卒年，参见：钱穆《先秦诸子系年》，商务印书馆 2002 年版，第 694 页。

⑥ 《李克》七篇，《隋书·经籍志》《新唐书·艺文志》《旧唐书·经籍志》并未著录，则唐以前已亡佚。

⑦ ［唐］孙愐《唐写本唐韵》（残卷），上海古籍出版社续修四库全书 2002 年影印清光绪三十四年（1908）国粹学报馆影印唐写本，第 417 页。案：今本《风俗通义》佚此文。诸家引文各异，此据《唐写本唐韵·五十候》引文。《广韵·五十候》引作："夏帝相遭有穷氏之难，其妃方娠，逃自窦，而生少康，其后氏焉。"［宋］陈彭年等重修：《钜宋广韵》，第 353 页。《资治通鉴·汉纪五》胡三省《音注》引"夏帝"作"夏后"，余皆与《广韵》同。

汉丞相婴。"①《古今姓氏书辩证·五十候》:"窦,出自姒姓。夏后氏帝相失国,其妃有仍氏女,方娠,逃出自窦,奔归有仍,生子少康。少康二子:曰杼,曰龙;留居有仍,遂为窦氏。龙六十九世孙鸣犊,为晋大夫,葬常山。及六卿分晋,窦氏遂居平阳。鸣犊生仲,仲生临。临生靣。靣生阳。阳生庚。庚生诵;二子:世、扈;世生婴,汉丞相魏其侯也。"②则晋窦氏为夏后相妃有仍氏女后缗之子少康之裔,姒姓,其世系为:窦犨→窦仲→窦临。

(二)窦犨

《国语·晋语九》韦《注》:"窦犨,晋大夫也。"③《史记·孔子世家》裴骃《集解》:"徐广曰:'或作鸣铎窦犨,又作窦犨鸣犊、舜华也。'"司马贞《索隐》:"《家语》云:'闻赵简子杀窦犨鸣犊及舜华',《国语》云:'鸣铎窦犨',则窦犨字鸣犊,声转字异,或作'鸣铎'。"④《汉书·刘辅传》颜《注》:"《战国策》说二人姓名云'鸣犊、铎犨',而《史记》及《古今人表》并以为鸣犊、窦犨,盖铎、犊及窦,其声相近,故有不同耳。"⑤《山西通志·人物志一》:"窦犨,字鸣犊,晋大夫。"⑥

谨案:《汉书·古今人表》列"窦犨""鸣犊"为二,足见班氏以为二人,显然失之。故笔者此不取。则窦犨(前?—前493),即《史记·孔子世家》之"窦鸣犊",亦即《汉书·古今人表》《刘辅传》《水经·河水注五》《清水注》《资治通鉴·汉纪五十七》之"鸣犊",亦即《孔子家语·困誓篇》之"窦犨鸣犊",亦即《水经·沁水注》之"鸣铎",姓姒,氏窦,其后别为鸣氏⑦,名犨,字鸣犊(一作"鸣铎"),窦仲之父,晋大夫,晋定公十九年(前493)为赵鞅(简子)所杀。其具有进步的人生富贵、荣辱、生死、命运入化观念,倡导"君子哀无人,不哀无贿;哀无德,不哀无宠;哀名之不令,不哀年之不登"古训,提出"人之化也,何日之有"(《国语·晋语九》)⑧说;素有贤名,传世有《君子三哀论》(见《国语·晋语九》)一文。

---

① [唐]林宝撰,[清]孙星衍校辑,郁贤皓、陶敏整理点校:《元和姓纂》,第1363页。
② [宋]邓名世撰,王力平点校:《古今姓氏书辩证》,第529—530页。
③ [三国吴]韦昭注,上海师范大学古籍整理研究所校点:《国语》,第499页。
④ [汉]司马迁撰,[晋]裴骃集解,[唐]司马贞索隐,[唐]张守节正义,郭逸、郭曼标点:《史记》,第1508页。
⑤ [汉]班固撰,[唐]颜师古注,傅东华等点校:《汉书》,第3254页。案:今本《战国策》未见"鸣犊、铎犨"之语。
⑥ [清]觉罗石麟等编修:《山西通志》,第495页。
⑦ 《古今姓氏书辩证·十二庚》:"鸣,出自赵,贤人窦犨,字鸣犊,非罪被杀,子孙以字为氏。"[宋]邓名世撰,王力平点校:《古今姓氏书辩证》,第230页。则鸣氏乃窦氏之别,出于窦犨(鸣犊)。
⑧ [三国吴]韦昭注,上海师范大学古籍整理研究所校点:《国语》,第499页。

综上所考,晋赵氏为蜚廉之子季胜后裔,出于奄父之子叔带,嬴姓,其世系为:公明→共孟(无后)、赵夙(别为邯郸氏)、赵衰→赵盾、赵同(无后)、赵括(无后)、赵婴齐(无后)→赵朔→赵武→赵获、赵成,赵获……赵罗,赵成→赵鞅→赵伯鲁、赵毋恤;邯郸氏为赵氏之别,奄父之子叔带后裔,出于赵夙之孙赵穿,嬴姓,其世系为:赵夙……赵穿→赵旃→赵胜→邯郸午→赵稷→赵朝;秦氏为太几之孙、大骆之子非子后裔,嬴姓,其世系未详;梁氏为秦氏之别,太几之孙、大骆之子非子后裔,出于公伯之孙、秦仲少子梁伯康,嬴姓,其世系为:梁弘……梁五……梁余子养……梁由靡……梁弘……梁益耳;甯氏为秦氏之别,太几之孙、大骆之子非子后裔,未详其祢,其世系亦未详;苗氏为斗氏之别,熊徇(季紃、季徇)之孙、熊咢之子若敖熊仪后裔,出于子良之孙、斗椒(子越椒、伯棼)之子苗贲皇(贲皇、苗棼皇),属楚“若敖族”,芈姓,其世系为:若敖→斗伯比→斗子良→斗椒→苗贲皇;庄氏为熊氏后裔,祝融八姓(陆终六子)支族芈姓季连后裔,出于成王熊頵(一作“恽”)之孙、穆王熊商臣之子庄王熊旅(一作“侣”),属楚“庄族”,芈姓,其世系为:成王熊頵→穆王熊商臣→庄王熊旅……庄驰兹;楚氏为熊氏之别,祝融八姓(陆终六子)支族芈姓季连后裔,出于鬻熊,芈姓,其世系未详;里氏为尧理官咎繇后裔,出于理徵,偃姓,其世系为:里克→李连……里头须;李氏为里氏之别,偃姓,其世系未详;窦氏为夏后相妃有仍氏女后缗之子少康之裔,姒姓,其世系为:窦辇→窦仲→窦临。

可见,赵氏、邯郸氏、秦氏、梁氏、甯氏、苗氏、庄氏、楚氏、里氏、李氏、窦氏之族,皆为晋公室异姓世族。在此十一族中,有传世作品者为赵衰、赵盾、赵武、赵鞅、赵无恤、赵穿、秦越人、梁由靡、甯嬴、苗贲皇、庄驰兹、楚隆、里克、里头须、李克、窦辇十五子,皆可称之为晋公室异姓世族作家群体。

第八节　其他世族

一、鉏氏与鉏麑

(一)鉏氏之族属与世系

《元和姓纂·九鱼》:“沮,黄帝史官沮诵之后。”[1]《资治通鉴·汉纪五十二》胡三

———————

①　[唐]林宝撰,[清]孙星衍校辑,郁贤皓、陶敏整理点校:《元和姓纂》,第218页。

省《音注》引《姓谱》说同。《广韵·九鱼》"鉏"字注："鉏氏,《左传》有鉏麑。"①《通志·氏族略五》："鉏氏,《左传》晋有力士鉏麑。"②《姓氏急就篇》卷上："鉏氏,晋有鉏麑,鲁鉏商。"③

谨案:沮,子鱼切;鉏,仕居切。故"沮""鉏"古音相近可通。则晋鉏氏为沮氏之别,黄帝史官沮诵后裔,出于鉏麑,族属暨世系未详。

（二）鉏麑

《史记·晋世家》裴骃《集解》引汉贾逵《左氏传解诂》："鉏麑,晋力士。"④《菽园杂记》卷八："鉏麑触槐,甘作木边之鬼;豫让吞炭,终为山下之灰。"⑤则鉏麑（前?年—前607）,即《吕氏春秋·过理篇》之"沮麛",亦即《说苑·立节篇》之"鉏之弥",亦即《汉书·古今人表》之"鉏麑",氏鉏（一作"沮"）,名麑（一作"麛",又作"弥"）,晋力士。其提出"不忘恭敬,社稷之镇"说,认为"贼国之镇不忠,受命而废之不信"（《国语·晋语五》）⑥;提倡以"忠""信"立身,事主不贰,颇具战国侠士之风,传世有《恭敬忠信论》（见《国语·晋语五》）一文。

二、狼氏与狼瞫

（一）狼氏之族属与世系

《广韵·十一唐》"狼"字注："又姓,《左传》晋有大夫狼瞫。"⑦《古今姓氏书辩证·十一唐》："狼,晋大夫狼瞫、齐大夫狼蘧疏之后。"⑧《通志·氏族略四》："狼氏,《左传》,晋大夫狼瞫。齐有狼蘧疏。又,《河南官氏志》,叱奴氏改为狼。"⑨《姓氏急就篇》卷上、《名贤氏族言行类稿》卷二十七说皆同。《氏族博考》卷二："狼氏有二:晋大夫狼瞫之后;又,《官氏志》叱奴氏改为狼氏。"⑩

① ［宋］陈彭年等重修:《钜宋广韵》,第35页。
② ［宋］郑樵撰,王树民点校:《通志二十略》,第188页。
③ ［宋］王应麟:《姓氏急就篇》,第780页。
④ ［汉］司马迁撰,［晋］裴骃集解,［唐］司马贞索隐,［唐］张守节正义,郭逸、郭曼标点:《史记》,第1330页。
⑤ ［明］陆容撰,佚之点校:《菽园杂记》,中华书局元明史料笔记丛刊1985年点校清嘉庆十五年（1810）张海鹏编刻墨海金壶本,第98页。
⑥ ［三国吴］韦昭注,上海师范大学古籍整理研究所校点:《国语》,第399页。
⑦ ［宋］陈彭年等重修:《钜宋广韵》,第116页。
⑧ ［宋］邓名世撰,王力平点校:《古今姓氏书辩证》,第220页。
⑨ ［宋］郑樵撰,王树民点校:《通志二十略》,第138页。
⑩ ［明］凌迪知:《氏族博考》,上海古籍出版社1987年影印文渊阁四库全书本,第840页。

谨案:据襄二十三年《左传》,齐庄公四年(前 550)伐卫之役时,狼蕃疏为左翼主帅襄罢师之车右。可见,狼蕃疏比狼瞫晚七十余年,狼瞫不可能为"狼蕃疏之后"。则晋狼氏出于狼瞫,族属、世系皆未详。

(二)狼瞫

文二年《左传》:"君子谓:'狼瞫于是乎君子。诗曰……怒不作乱,而以从师,可谓君子矣。"①《太平御览》卷四百四十七引魏何晏《冀州论》:"放而益显,莫贤乎狼瞫。"②《旧唐书·封常清列传》载封常清《临刑上表》曰:"臣读《春秋》,见狼瞫称未获死所,臣今获矣。"③则狼瞫(前?—前 625),氏狼,名瞫,晋大夫,襄公元年(前 627)殽之战时为襄公戎右,三年(前 625)彭衙之役时以其属驰败秦师而死。其尊崇"勇则害上,不登于明堂"古训,认为"死而不义,非勇也",提出"共(通"恭")用之谓勇"(文二年《左传》)④说,主张死以义勇,开后世孔子"笃信好学,守死善道"(《论语·泰伯篇》)⑤生死观之滥觞;怒不作乱,放而益显,陷阵摧坚,素有贤名,熟知典籍,尤谙习《书》,传世有《死以义勇论》(见文二年《左传》)一文。

三、吕氏与吕饴

(一)吕氏之族属与世系

《广韵·十二庚》"甥"字注、《姓氏急就篇》卷上并引《风俗通义》:"(甥氏)晋大夫吕甥之后。"⑥《名贤氏族言行类稿》卷二十八引《风俗通义》:"(黭氏)晋大夫吕甥,子孙氏焉。"⑦《古今姓氏书辩证·九麻》:"瑕吕,《左传》晋大夫吕甥,一曰瑕吕饴甥。杜《注》云:'姓瑕吕,名饴甥。'"⑧《通志·氏族略四》:"甥氏,亦作'生',晋吕甥之后也。即瑕吕饴甥,亦作阴饴甥。故又为生氏。"⑨《姓氏急就篇》卷上:"阴氏……又,

① [晋]杜预注,[唐]孔颖达等正义:《春秋左传正义》,第 1838 页。
② [宋]李昉等:《太平御览》,第 2057 页。
③ [后晋]刘昫编修,朱东润等点校:《旧唐书》,中华书局 1975 年点校清道光间(1782—1850)扬州岑氏惧盈斋刻本,第 3210 页。
④ [晋]杜预注,[唐]孔颖达等正义:《春秋左传正义》,第 1838 页。
⑤ [三国魏]何晏等注,[宋]邢昺疏:《论语注疏》,第 2487 页。
⑥ [宋]陈彭年等重修:《钜宋广韵》,第 786 页。案:今本《风俗通义》佚此文。
⑦ [宋]章定:《名贤氏族言行类稿》,第 429 页。案:今本《风俗通义》佚此文。
⑧ [宋]邓名世撰,王力平点校:《古今姓氏书辩证》,第 179 页。
⑨ [宋]郑樵撰,王树民点校:《通志二十略》,第 130 页。

晋瑕吕饴甥食采于阴,曰阴饴甥。"①

　　谨案:据《左通补释》卷六,吕(在今山西省霍州市西)、阴(在今霍州市东南)、瑕(在今运城市临猗县附近)皆其采邑,饴则其人之名;甥,盖为晋侯夷吾之外甥,故配名以称之,如鲁富父终甥、宋公子穀甥,或单称之,如邓三甥之类。则晋吕氏、瑕氏、阴氏乃以邑为氏者,而甥乃以称谓为氏者。故瑕氏、吕氏当为单姓,而非复姓瑕吕氏。则晋吕氏出于吕饴(瑕吕饴甥、阴饴甥、子金、吕甥、瑕甥),族属、世系皆未详。

　　(二)吕饴

　　《国语·周语上》韦《注》:"吕甥,瑕吕饴甥也……子金,吕甥。"②《晋语三》韦《注》同。僖十年《左传》杜《注》:"(吕甥、郤称、冀芮)三子,晋大夫。"僖十五年《左传》杜《注》:"瑕吕饴甥,即吕甥也。盖姓瑕吕,名饴甥,字子金……阴饴甥,即吕甥也。食采于阴,故曰阴饴甥。"③则吕饴(前? 年—前 636),即僖十年、十五年《左传》《国语·周语上》《晋语二》《晋语三》《晋语四》《史记·秦本纪》之"吕甥",亦即僖十五年《左传》之"瑕吕饴甥",亦即僖十五年《左传》之"阴饴甥",亦即僖二十四年《左传》之"瑕甥",亦即《国语·周语上》、僖十五年《左传》之"子金",亦即《史记·晋世家》之"吕省",本氏吕,别氏瑕、阴,其后别氏甥、騬,名饴,字子金,惠公夷吾之甥,献公二十六年(前 651)迎立夷吾为君,惠公六年(前 645)"作爰田""作州兵",文公元年(前 636)为秦穆公诱杀。其主张德厚刑威,推行改制,传世有《遗秦穆公书》(见《国语·晋语二》)、《晋国不和论》《德厚刑威论》(俱见僖十五年《左传》)诸文。

四、卜氏与卜商

　　(一)卜氏之族属与世系

　　《古今姓氏书辩证·一屋》《四十一漾》并引《风俗通义》:"(卜氏)氏于事者,巫、卜、陶、匠是也。"④《元和姓纂·一屋》:"卜,《周礼》卜人,以官为姓。仲尼弟子(卜)商,字子夏,鲁人。"⑤《古今姓氏书辩证·一屋》:"卜……春秋鲁有大夫卜锜、鲁庄公车右卜国……"⑥《通志·氏族略四》:"卜氏,《周礼》卜人氏也。鲁有卜楚邱,晋有卜

① ［宋］王应麟:《姓氏急就篇》,第 789 页。
② ［三国吴］韦昭注,上海师范大学古籍整理研究所校点:《国语》,第 35—40 页。
③ ［晋］杜预注,［唐］孔颖达等正义:《春秋左传正义》,第 1806—1808、1802 页。
④ ［宋］邓名世撰,王力平点校:《古今姓氏书辩证》,第 539 页。案:今本《风俗通义》佚此文。
⑤ ［唐］林宝撰,［清］孙星衍校辑,郁贤皓、陶敏整理点校:《元和姓纂》,第 1443 页。
⑥ ［宋］邓名世撰,王力平点校:《古今姓氏书辩证》,第 539 页。

偃,楚(秦)有卜徒父,皆以卜命之,其后遂以为氏,如仲尼弟子卜商之徒是也。"①《姓氏急就篇》卷上:"卜氏,氏于事。鲁卜国、卜锜、卜楚邱,晋卜偃,秦卜徒父,孔子弟子卜商……"②则晋卜氏乃以事为氏者,族属、世系皆未详。

（二）卜商

《论语·先进篇》:"文学:子游,子夏。"③《荀子·非十二子篇》:"正其衣冠,齐其颜色,嗛然而终日不言、是子夏氏之贱儒也。"④《吕氏春秋·当染篇》:"子贡、子夏、曾子学于孔子,田子方学于子贡,段干木学于子夏,吴起学于曾子。"《尊师篇》:"段干木,晋国之大驵也,学于子夏。"《察贤篇》:"魏文侯师卜子夏,友田子方,礼段干木,国治身逸。"⑤《举难篇》说大同。《韩非子·外储说右上》:"患之可除,在子夏之说《春秋》也。"⑥《韩诗外传》卷三:"魏成子食禄日千钟,什一在内,九在外,以聘约天下之士,是以东得卜子夏、田子方、段干木,此三人,君皆师友之。子之所进,皆臣之。"⑦《大戴礼记·卫将军文子》载子贡(端木赐)对文子(公孙木)曰:"学以深,厉以断,送迎必敬,上友下交,银手如断,是卜商之行也。孔子曰:'《诗》云"式夷式已,无小人殆。"而商也,其可谓不险也。'"⑧《淮南子·精神训》:"夫颜回、季路、子夏、冉伯牛,孔子之通学也。然颜渊夭死,季路菹于卫,子夏失明,冉伯牛为厉。"⑨《史记·仲尼弟子列传》:"卜商,字子夏。少孔子四十四岁。子夏问:'"巧笑倩兮,美目盼兮,素以为绚兮",何谓也?'子曰:'绘事后素。'曰:'礼后乎?'孔子曰:'商始可与言《诗》已矣'……孔子既没,子夏居西河教授,为魏文侯师。其子死,哭之失明。"《儒林列传》:"自孔子卒后,七十子之徒散游诸侯,大者为师傅卿相,小者友教士大夫,或隐而不见。故子路居卫,子张居陈,澹台子羽居楚,子夏居西河,子贡终于齐。如田子

①　［宋］郑樵撰,王树民点校:《通志二十略》,第 159 页。案:鲁、卫、魏皆有卜氏。参见:［清］王梓材《世本集览》卷八。

②　［宋］王应麟:《姓氏急就篇》,第 796 页。

③　［魏］何晏等注,［宋］邢昺疏:《论语注疏》,第 2498 页。

④　［周］荀况撰,［清］王先谦集解,沈啸寰等点校:《荀子集解》,中华书局 1988 年新编诸子集成点校清光绪辛卯木刻本,第 105 页。

⑤　高《注》:"子夏,孔子弟子卜商之字。"旧题［周］吕不韦撰,［汉］高诱注,许维遹集释:《吕氏春秋集释》,第 53,189,586 页。案:《吕氏春秋·当染篇》之说,与《史记·儒林列传》《汉书·儒林传》异。

⑥　［周］韩非撰,［清］王先慎集解,钟哲点校:《韩非子集解》,第 309 页。

⑦　［汉］韩婴撰,屈守元笺疏:《韩诗外传笺疏》,巴蜀书社 1996 年版,第 87—88 页。

⑧　［汉］戴德撰,［北周］卢辩注,［清］王聘珍解诂,王文锦点校:《大戴礼记解诂》,第 111 页。

⑨　［汉］刘安撰,［汉］高诱注,刘文典集解,冯逸、乔华点校:《淮南鸿烈集解》,第 241 页。

方,段干木、吴起、禽滑釐之属,皆受业于子夏之伦,为王者师。"①《论语·学而篇》魏何晏《集解》引汉孔安国《论语训解》:"子夏,弟子卜商也。"②《史记·孟子荀卿列传》司马贞《索隐》引汉刘向《墨子别录》:"《墨子书》有文子,文子即子夏之弟子,问于墨子。"③《经典释文》卷一《叙录》、宋洪迈《容斋续笔》卷十四、王应麟《玉海》卷四十并引《风俗通义》:"(谷梁赤)子夏门人。"④《史记·仲尼弟子列传》张守节《正义》引《风俗通义》:"子弓,子夏门人。"⑤《汉书·艺文志》班氏自《注》:"(李克)子夏弟子,为魏文侯相。"⑥《孔子家语·七十二弟子解》:"卜商,卫人……孔子卒后,教于西河之上,魏文侯师事之,而咨国政焉。"⑦《论语·学而篇》梁皇侃《义疏》:"(子夏)姓卜,名商,字子夏。"⑧《咸淳临安志》卷十一载高宗《御制宣圣七十二贤赞并序》:"卜商,字子夏,卫人,赠魏侯。赞曰:'文学之目,名重一时。为君子儒,作魏侯师。不可复礼,始可言《诗》。假盖小嫌,圣亦不疵。'"⑨

　　谨案:宋洪迈《容斋续笔》卷二:"魏文侯以卜子夏为师。案:《史记》所书,子夏少孔子四十四岁,孔子卒时,子夏年二十八矣。是时,周敬王四十一年,后一年元王立,历贞定王、考王,至威烈王二十三年,魏始为侯,去孔子卒时七十五年。文侯为大夫二十二年而为侯,又十六年而卒。姑以始侯之岁计之,则子夏已百三岁矣,方

　　① 　[晋]裴骃《集解》:"案:《仲尼弟子列传》子路死于卫,时孔子尚存也。"[汉]司马迁撰,[晋]裴骃集解,[唐]司马贞索隐,[唐]张守节正义,郭逸、郭曼标点:《史记》,第1706—1707,2351—2352页。

　　② 　[魏]何晏等注,[宋]邢昺疏:《论语注疏》,第2458页。

　　③ 　[汉]司马迁撰,[晋]裴骃集解,[唐]司马贞索隐,[唐]张守节正义,郭逸、郭曼标点:《史记》,第1806页。

　　④ 　[唐]陆德明:《经典释文》,第48页。

　　⑤ 　[汉]司马迁撰,[晋]裴骃集解,[唐]司马贞索隐,[唐]张守节正义,郭逸、郭曼标点:《史记》,第1712页。

　　⑥ 　[汉]班固撰,[唐]颜师古注,傅东华等点校:《汉书》,第1724页。

　　⑦ 　[魏]王肃注,[清]陈士珂疏证:《孔子家语疏证》,上海书店1987年影印中华书局丛书集成初编排印湖北丛书本,第222页。案:《史记·仲尼弟子列传》裴骃《集解》:"《家语》云卫人。郑玄曰温国卜商。"司马贞《索隐》:"温国,今河内温县,元属卫故。"[汉]司马迁撰,[晋]裴骃集解,[唐]司马贞索隐,[唐]张守节正义,郭逸、郭曼标点:《史记》,第1706页。

　　⑧ 　[魏]何晏集解,[梁]皇侃义疏:《论语集解义疏》,中华书局1985年丛书集成初编排印清乾隆四十一年(1776)鲍廷博刻知不足斋丛书本,第22页。

　　⑨ 　[宋]潜说友:《咸淳临安志》,第3458页。案:《国语·鲁语下》《论语·学而篇》《八佾篇》《为政篇》《雍也篇》《颜渊篇》《子路篇》《子张篇》《晏子春秋·内篇》《孟子·公孙丑上》《滕文公下》《荀子·大略篇》《列子·黄帝篇》《仲尼篇》《尸子下》《礼记·孔子闲居》《檀弓上》《檀弓下》《曾子问》《韩非子·喻老篇》《吕氏春秋·察传篇》《举难篇》《淮南子·原道训》《说山训》《孔丛·论书篇》《居卫篇》《韩诗外传》卷二、卷五、卷六、《大戴礼记·卫将军文子篇》《史记·礼书》《乐书》《魏世家》《孔子世家》《自序》《说苑·臣术篇》《杂言篇》《复恩篇》《修文篇》《汉书·礼乐志》《儒林传》《董仲舒传》《东方朔传》《后汉书·邓张徐张胡传》《经典释文·叙录》引[汉]应劭《风俗通义》《孔子家语·致思篇》《六本篇》《曲礼子夏问》等俱载子夏言行,不具引。

为诸侯师，岂其然乎？"①

今考：《史记·仲尼弟子列传》张守节《正义》："文侯都安邑。孔子卒后，子夏教于西河之上，文侯师事之，咨问国政焉。"②据《史记·十二诸侯年表》《六国年表》《魏世家》《仲尼弟子列传》，卜商生于晋定公五年（前 507），孔丘卒于定公三十三年（前479），时卜商年二十九岁；至魏文侯元年（前 445），卜商年六十三岁，则洪氏所谓魏文侯"始侯之岁"时"子夏已百三岁"之说失考。故《吕氏春秋·察贤篇》《举难篇》《韩诗外传》卷三、《史记·仲尼弟子列传》《后汉书·李固传》《孔子家语·七十二弟子解》诸书关于子夏为魏文侯于师之说可信。

又案：关于子夏所居西河地望，《史记·仲尼弟子列传》司马贞《索隐》："（西河）在河东郡之西界，盖近龙门。刘氏云：'今同州河西县有子夏石室学堂在也。'"张守节《正义》："西河郡，今汾州也。《尔雅》云：'两河间曰冀州。'《礼记》云：'自东河至于西河。'河东故号龙门河为西河，汉因为西河郡，汾州也，子夏所教处。《括地志》云：'谒泉山一名隐泉山，在汾州隰城县北四十里。《水经注》云"其山崖壁五，崖半有一石室，去地五十丈，顶上平地十许顷。《随国集记》云此为子夏石室，退老西河居此"。有卜商神祠，今现在。'"③

今考：《左传》常常以"河东""河西""河内""河外"作为晋之地域名。《左传》文中晋之"河东"于僖十五年、僖十七年、成十一年凡三见，"河西"于文十三年、成十一年凡两见，则"河东""河西"之名盖以黄河为界而称之。故所谓"河东"指黄河以东地域，地在今山西省西南部与河南省西北部；所谓"河西"指黄河以西地区，地在今陕西省东部地区。在两周之际"二王并立"时期，晋疆域已越河西之地④。至晋献公二十五年（前 652）时，"晋强，西有河西，与秦接境"（《史记·晋世家》）⑤。《左传》文无"河南"与"河北"。其中，"河内"定十三年《左传》凡两见，为邑名，地在今河南省卫辉市黄河以北；"河外"仅僖十五年《左传》一见，为地域名，指晋之黄河以西与黄河以南地区，即《左传》之"河西"与后世"河南"之地。因为，黄河自龙门至华阴，自

①　[宋]洪迈撰，上海师大古籍整理组点校：《容斋续笔》，上海古籍出版社 1996 整理清光绪元年（1875）重校同治间（1861—1875）洪氏刻本，第 245 页。

②　[汉]司马迁撰，[晋]裴骃集解，[唐]司马贞索隐，[唐]张守节正义，郭逸、郭曼标点：《史记》，第 1707 页。案：《礼记·乐记》有子夏对魏文侯关于古乐与新乐问的详细记载，不具引。

③　[汉]司马迁撰，[晋]裴骃集解，[唐]司马贞索隐，[唐]张守节正义，郭逸、郭曼标点：《史记》，第 1707 页。

④　参见：邵炳军《两周之际三次"二王并立"史实索隐》，《社会科学战线》2001 年第 2 期，第 134－140 页。

⑤　[汉]司马迁撰，[晋]裴骃集解，[唐]司马贞索隐，[唐]张守节正义，郭逸、郭曼标点：《史记》，第 1312 页。

北而南,晋都于绛,故以河西与河南为外。可见,春秋时期所谓"河西"即晋之黄河以西地区(地在今陕西省东部地区),而所谓"西河"则为晋黄河以东、龙门河以西地区,相当于"河东"(地当在今山西省东南部与河南省西北部地区),则子夏所居西河,其地当在今山西省汾阳市故隰城县治以北四十里。一说西河为魏邑,在今陕西省韩城市合阳县一带①。

又案:《史记·仲尼弟子列传》谓子夏曾"为魏文侯师",而魏文侯即位于前434年,则子夏最小也活到八十三岁。《论语·先进篇》朱熹《集注》:"子张才高意广,而好为苟难,故常过中。子夏笃信谨守,而规模狭隘。故常不及。"②笔者以为朱氏说不确,此不取。

又案:《史记·仲尼弟子列传》司马贞《索隐》:"子夏文学著于四科,序《诗》,传《易》。又孔子以《春秋》属商。又传《礼》,著在《礼志》。而此史并不论,空记《论语》小事,亦其疏也。"③

今考:《汉书·艺文志》著录《易》十三家,无子夏《周易》,则时子夏书已亡。《隋书·经籍志一》著录有《周易》二卷,自然非子夏所传《周易》。故《文献通考·经籍考二》引宋王尧臣《崇文总目》曰:"此书(指子夏《易》十卷)篇第,略依王式,决非卜子夏之文。又其言近而不笃,然学者尚异,颇传习之。"④《郡斋读书志》卷一亦曰:"《唐艺文志》已亡子夏书,今此书约王弼注为之者,止《杂卦》。景迂云:'唐张弧伪作。'"⑤故清朱彝尊《经义考》卷五考定传世《卜子易传》《周易子夏十八章》皆伪本,张之洞《书目答问》卷一说大同。

又案:关于子夏为宰莒父之地望,《论语·子路篇》郑《注》:"旧说云:莒父,鲁下邑。"⑥定十四年《春秋》杜《注》阙,《论语类考·封国考》谓在今山东省日照市莒县境,则为鲁东鄙之邑。然《四书释地·莒父中牟》则曰:"莒父属鲁之西鄙,子夏为宰邑,去其家密迩。"⑦而今人多谓在今高密市东南莒国故地,然己姓莒国,旧都介根(在今胶州市西南),后南迁莒(即今莒县),位于鲁之"东鄙"(襄八年、十年、十二年、

①　详见:邵炳军《晋武公灭国夺邑系年辑证》,《唐都学刊》2002年第4期,第31—35页。

②　[宋]朱熹:《四书章句集注》,中华书局1983年新编诸子集成本,第136页。

③　[汉]司马迁撰,[晋]裴骃集解,[唐]司马贞索隐,[唐]张守节正义,郭逸、郭曼标点:《史记》,第1707页。

④　[元]马端临:《文献通考》,中华书局1986年影印商务印书馆万有文库十通本,第1516页。

⑤　[宋]晁公武:《郡斋读书志》,民国二十四年上海涵芬楼影印宋淳祐袁州刊本,卷一上,第4页。

⑥　[魏]何晏等注,[宋]邢昺疏:《论语注疏》,第2507页。

⑦　[清]阎若璩:《四书释地》,凤凰出版社2005影印阮元刻皇清经解本(第1册),第177页。

十四年《春秋》《左传》)。莒南迁后介根之莒故地属齐非鲁地。笔者以为,此子夏为宰莒父之地,正定十四年《左传》"城莒父及霄"之"莒父",杜《注》谓"公叛晋,助范氏,故惧而城二邑也",则其地近晋,必为鲁之"西鄙"。可见,阎氏所谓"鲁之西鄙"说是,惜今地未详。

　　则卜商(前507—前?),即《论语·学而篇》《八佾篇》《为政篇》《雍也篇》《先进篇》《颜渊篇》《子路篇》《子张篇》《国语·鲁语下》《孟子·公孙丑上》《滕文公下》《荀子·大略篇》《非十二子篇》《列子·仲尼篇》《礼记·孔子闲居》《檀弓上》《檀弓下》《曾子问》《韩非子·喻老篇》《外储说右上》《吕氏春秋·察传篇》《察贤篇》《当染篇》《举难篇》《尊师篇》《淮南子·原道训》《精神训》《说山训》《孔丛子·论书篇》《居卫篇》《史记·六国年表》《礼书》《魏世家》《孔子世家》《仲尼弟子列传》《儒林列传》《自序》《汉书·古今人表》《儒林传》《董仲舒传》之"子夏",亦即《国语·鲁语下》《列子·黄帝篇》《孔子家语·致思篇》之"商",亦即《韩诗外传》卷三、《史记·魏世家》《说苑·臣术篇》之"卜子夏",氏卜,名商,字子夏,本卫人,陟居鲁,任莒父宰,后仕于卫,复徙居晋(魏),孔子晚辈弟子,为孔门四科十哲之一。其尊崇"古之嫁者,不及舅姑,谓之不幸"古训,提出"夫妇,学于舅姑者也"(《国语·鲁语下》)[1]说;认为"舜有天下,选于众,举皋陶,不仁者远矣;汤有天下,选于众,举伊尹,不仁者远矣",推崇"死生有命,富贵在天"古训,主张"君子敬而无失,与人恭而有礼",提出"四海之内,皆兄弟也"(《论语·颜渊篇》)[2]说;为人勇武,性格爽朗,乐善好贤,精通乐律,擅长礼仪,为孔门弟子中"君子儒"代表;以"文学"著称,尤谙习《诗》《书》《易》《春秋》,孔子卒后至西河设坛讲学,弟子有李克、子弓、段干木、文子、谷梁赤等,魏文侯亦尊其为师,形成所谓"子夏氏之儒"北方学派,传世有《妇学于舅姑论》(见《国语·鲁语下》)、《仁之施与知之务论》《兄弟论》(俱见《论语·颜渊篇》)诸文[3]。

五、段干氏与段干木

(一)段干氏(段氏)之族属与世系

　　先哲主要有三说:

---

①　[三国吴]韦昭注,上海师范大学古籍整理研究所校点:《国语》,第202页。
②　[魏]何晏等注,[宋]邢昺疏:《论语注疏》,第2503页。
③　卜商于东汉明帝永平十五年(72)为所祠仲尼七十二弟子之一,唐开元八年(710)被列为儒家"四科十哲"之一,二十七年(739)尊为"魏侯",宋大中祥符二年(1009)又追封为"东阿公",后又改尊为"魏公"。

一为出于周太史儋(老子)说。《史记·老子列传》:"老子,隐君子也。老子之子名宗,宗为魏将,封于段干。宗子注,注子宫,宫玄孙假,假仕于汉孝文帝。"①《路史·后纪七》罗平《注》引《魏书》:"宗,魏将军,封段干,生注及司,注生宫,宫生谱。"②

二为出于老聃(老子、伯阳、李耳、李老君)说。《元和姓纂·二十九换》《古今姓氏书辩证·二十九换》《通志·氏族略四》《路史·后纪七》罗平《注》《名贤氏族言行类稿》卷四十五并引汉赵岐《三辅决录》:"段氏,李老君之自出。段干木之子隐如入关,去干为段氏。"③《抱朴子·内篇》:"伯阳有子名宗,仕魏为将军,有功,封于段干。"④清《四书逸笺》卷四引唐张九龄《姓源韵谱》:"老聃子,名宗,字尊祖,为卫将军,封于段,又封于干,因以为姓。"⑤《新唐书·宗室世系表上》:"李氏,出自嬴姓……(彤德)五世孙乾,字元果,为周上御史大夫,娶益寿氏女婴敷,生耳,字伯阳,一字聃,周平王时为太史。其后有李宗,字尊祖,魏封于段,为干木大夫。"⑥《路史·后纪七》:"(老子之后)有理氏、里氏、相里氏……段氏、段干氏。"《国名纪二》:"段干,李姓邑也。初邑段,后邑干,因邑而氏。"

三为出于段干木说。《广韵·二十九换》《姓氏急就篇》卷上并引《风俗通义》:"段氏,段干木之后。"⑦《山西通志·氏族一》引南朝宋何承天《姓苑》:"(段干)段干木之后,西河人。"⑧

谨案:《史记·老子列传》此"宗"之父"隐君子"之"老子",既非春秋时期宋之老聃(李耳),又非战国时期楚之老莱子(老子),而即上文所谓战国中期秦献公(前384—前362)之世的"周太史儋"。《三辅决录》误将"宗"之父"隐君子"之"老子"(周太史儋)当作宋之老聃(李耳),不辨《史记·老子列传》有三"老子",《抱朴子·内篇》《姓源韵谱》《新唐书·宗室世系表上》《路史·后纪七》《国名纪二》皆因之⑨,故笔者晋

---

①　[晋]裴骃《集解》"此云封于段干,段干应是魏邑名也。而《魏世家》有段干木、段干子,《田完世家》有段干朋,疑此三人是姓段干也。本盖因邑为姓,《左传》所谓'邑亦如之'是也。"[汉]司马迁撰,[晋]裴骃集解,[唐]司马贞索隐,[唐]张守节正义,郭逸、郭曼标点:《史记》,第1653页。

②　[宋]罗泌撰,[宋]罗苹注《路史》,第98页。

③　[唐]林宝撰,[清]孙星衍校辑,郁贤皓、陶敏整理点校:《元和姓纂》,第1283页。

④　[晋]葛洪撰,王明校释:《抱朴子内篇校释》,中华书局1985年新编诸子集成本。

⑤　[清]程大中:《四书逸笺》,中华书局丛书集成初编1985年排印清湖北丛书本,第38页。

⑥　[宋]欧阳修、[宋]宋祁编修,石淑仪等点校:《新唐书》,第1955—1956页。

⑦　[宋]陈彭年等重修:《钜宋广韵》,第309页。

⑧　[清]觉罗石麟等编修:《山西通志》,第280页。

⑨　参见:邵炳军《老子先祖宋戴公暨老子宋相人说发微》,《诸子学刊》2007年第1辑,第37—47页。

此不取。

又案：《史记·老子列传》裴骃《集解》《路史·国名纪二》《齐东野语》卷一并引《风俗通义》："姓段，名干木。"①

今考：《淮南子·修务训》："干木虽以己易寡人不为，吾日悠悠惭于影，子何以轻之哉！"②《论衡·非韩篇》："使魏无干木，秦兵入境。"③《楚辞·九辨》王逸《注》："干木阖门而辞相也。"④《文选》卷六载左思《魏都赋》："则干木之德自解纷也。"⑤此俱称"干木"，或以段干木乃氏段而名干木者。然古人复姓，多取下字连名称之，故孙叔敖为"叔敖"，公牛哀为"牛哀"，司马迁为"马迁"，东方朔为"方朔"等，不可计极。段干木称"干木"，正其例。又《战国策·齐策一》"段干纶"高《注》："段干，姓；纶，名也。"⑥故《史记·老子列传》裴骃《集解》曰："《风俗通·氏姓注》云：'姓段，名干木。'恐或失之矣。天下自别有段姓，何必段干木邪！"⑦故段干木本氏段干，改氏段⑧。

则晋段干氏（段氏）出于段干木，族属、世系皆未详。

（二）段干木

《吕氏春秋·当染篇》："子贡、子夏、曾子学于孔子，田子方学于子贡，段干木学于子夏，吴起学于曾子。"《尊师篇》："段干木，晋国之大驵也，学于子夏。"《举难篇》："文侯师子夏，友田子方，敬段干木，此名之所以过桓公也。"《察贤篇》："魏文侯师卜子夏，友田子方，礼段干木，国治身逸。"⑨《韩诗外传》卷三："魏成子食禄日千盅，什一在内，九在外，以聘约天下之士，是以得卜子夏、田子方、段干木，此三人君皆师友之。"⑩《史记·儒林列传》："子夏居西河……如田子方，段干木、吴起、禽滑釐之属，皆受业于子夏之伦，为王者师。是时独魏文侯好学。"⑪《汉书·杨敞传》班氏自《注》引《风俗通义》："段干木、田子方，魏贤人也。"⑫《叙传上》载班固《幽通赋》："木偃息

① ［汉］司马迁撰，［晋］裴骃集解，［唐］司马贞索隐，［唐］张守节正义，郭逸、郭曼标点：《史记》，第1653页。

② ［汉］刘安撰，［汉］高诱注，刘文典集解，冯逸、乔华点校：《淮南鸿烈集解》，第637页。

③ ［汉］王充撰，黄晖校释：《论衡校释》，中华书局1990年新编诸子集成本，第435页。

④ ［汉］王逸撰，夏祖尧点校：《楚辞章句》，第190页。

⑤ ［梁］萧统编，［唐］李善注：《文选》，第108页。

⑥ ［汉］刘向集录，范祥雍笺证，范邦瑾协校：《战国策笺证》，第506页。

⑦ ［汉］司马迁撰，［晋］裴骃集解，［唐］司马贞索隐，［唐］张守节正义，郭逸、郭曼标点：《史记》，第1653页。

⑧ 说详：《风俗通义·十反篇》。

⑨ 旧题［周］吕不韦撰，［汉］高诱注，许维遹集释：《吕氏春秋集释》，第53，93，541，586页。

⑩ ［汉］韩婴撰，屈守元笺疏：《韩诗外传笺疏》，第87—88页。

⑪ ［汉］司马迁撰，［晋］裴骃集解，［唐］司马贞索隐，［唐］张守节正义，郭逸、郭曼标点：《史记》，第2352页。

⑫ ［汉］班固撰，［唐］颜师古注，傅东华等点校：《汉书》，第2897页。

以蕃魏兮，申重茧以存荆。"①《史记·魏世家》张守节《正义》《后汉书·桥玄传》李《注》并引晋皇甫谧《高士传》："段干木者，晋人也，守道不仕。"②《汉书·儒林传》颜《注》："子方以下(指田子方、段干木、吴起、禽滑釐)皆魏人也。"③《太平寰宇记·河南道六》："宫之奇、段干木，皆陕人。"④《遵生八笺·尘外遐举笺》："段干木者，晋人也，少贫且贱，心志不遂，乃治清节，游西河，师事卜子夏与田子方。"⑤《四书释地又续·申详》："段干木，《史》称'受业于子夏之伦'。'之伦'承上文子路、子张、澹台子羽、子夏、子贡言，而段干木与子夏皆客魏，则为子夏之弟子可知。"⑥《经义考·承师二》说大同。《四书逸笺》卷四："段干，姓；木，名。"⑦《山西通志·山川八》："虞原在(永济)县南三十里历山之东，段干木隐此。"《古迹四》："段干木隐处在段村，有元运使段禧碑记墓存。"⑧

　　则段干木(前465—前395)，即《列子·杨朱篇》之"段干生"，亦即《幽通赋》之"木"，本氏段干，其后改氏段，名木(一作"生")，本晋人，后属魏，少贫贱，初为大駔(大侩)，后为卜商(子夏)弟子，魏文侯(前446—前397)师事之，后归隐⑨。其心志不遂，守道不仕，素有贤名，为战国初期著名平民文士。

六、介氏与介推

(一)介氏之族属与世系

　　《元和姓纂·十六怪》："介，《左传》有介之推，《琴操》作'介子绥'。《神仙传》吴

---

① 颜《注》："木，段干木也。"[汉]班固撰，[唐]颜师古注，傅东华等点校：《汉书》，第4222页。
② [南朝宋]范晔撰，[唐]李贤等注，宋云彬等点校：《后汉书》，第1698页。案：诸家所引略异，此据《后汉书·桥玄传》李《注》引文。
③ [汉]班固撰，[唐]颜师古注，傅东华等点校：《汉书》，第3591页。
④ [宋]乐史：《太平寰宇记》，上海古籍出版社1987年影印文渊阁四库全书本，第39页。案：此据文渊阁四库本引，中华书局影印宋刻本无此文。
⑤ [明]高濂撰，赵立勋等校注：《遵生八笺校注》，人民卫生出版社1994年版，第771页。
⑥ [清]阎若璩：《四书释地又续》，凤凰出版社2005影印阮元刻皇清经解本(第1册)，第206页。
⑦ [清]程大中：《四书逸笺》，中华书局丛书集成初编1985年排印清湖北丛书本，第38页。案：《墨子·所染篇》《孟子·滕文公下》《战国策·齐策三》《吕氏春秋·期贤篇》《吕氏春秋·下贤篇》《淮南子·人间训》《泰族训》皆载段干木言行，不具引。
⑧ [清]觉罗石麟等编修：《山西通志》，第118页。
⑨ 《水经·河水注四》："河水自河北城南，东迳芮城。二城之中，有段干木冢。"[北魏]郦道元撰，杨守敬、熊会贞疏，段熙仲点校，陈桥驿复校：《水经注疏》，第323页。又，关于段干木生卒年，参见：钱穆《先秦诸子系年》，商务印书馆2002年版，第694页。

有介琰、介象。"①《古今姓氏书辩证·十六怪》："介,谨按《春秋》有贤人介之推,又有东夷附庸国介葛庐。葛庐,介君之名也。之推不见得姓之始,葛庐不见亡国之年。二人之国与姓,不相沿也。今依《姓纂》为定,后世讨论姓氏者,勿误以为葛庐为之推之祖,当详辨之。"②《姓氏急就篇》卷上："介氏,晋有介之推,吴有方士介象。又,春秋有介葛庐。介,国名。《搜神记》吴介琰。"③

谨案:僖二十九年《春秋》之"介葛庐",即僖二十九年《左传》之"葛庐"。据僖二十九年《春秋》杜《注》、清高士奇《春秋地名考略》卷十四,介,东夷国名,爵姓俱亡,位于鲁国之南、萧国之北,即今山东省高密市西六十里黔陬故城之介亭,位于莱州市西南七十里。则晋介氏出于介推(介之推、介山子推、介子、介子推、介子绥),族属、世系皆未详。

(二)介推

《大戴礼记·卫将军文子篇》载孔子谓子贡(端木赐)曰："易行以俟天命,居下位而不援其上;观于四方也,不忘其亲;苟思其亲,不尽其乐;以不能学为己终身之忧,盖介山子推之行也。"④《淮南子·说山训》："介子,介推也。"⑤僖二十四年《左传》杜《注》："介推,文公微臣。"⑥《春秋臣传》卷七："介之推,晋隐士也。"⑦《论语正义》卷七："古人名多用'之'为语助,若舟之侨、宫之奇、介之推、公罔之裘、庾公之斯、尹公之他(佗),与此孟之反皆是。"⑧

案:《永乐大典》卷一万五千七十五载《仙传》："介子推,姓王,名光,晋人也。尝辞母入山学道,后数十年,又于东海边卖扇,不知所在。"⑨此或为谬说,或为另一人⑩,故笔者不取。则介推(前? —前636),即僖二十四年《左传》之"介之推",亦即《大戴礼记·卫将军文子篇》之"介山子推",亦即《韩诗外传》卷一、卷二、卷六、卷十及《淮南子·说山训》之"介子",亦即《史记·晋世家》《汉书·古今人表》《后汉书·周举传》《荀彧传》《水经·汾水注》之"介子推",亦即《琴操》卷下之"介子绥",氏介,

①　[唐]林宝撰,[清]孙星衍校辑,郁贤皓、陶敏整理点校:《元和姓纂》,第1261页。
②　[宋]邓名世撰,王力平点校:《古今姓氏书辩证》,第476页。
③　[宋]王应麟:《姓氏急就篇》,第781页。
④　[汉]戴德撰,[北周]卢辩注,[清]王聘珍解诂,王文锦点校:《大戴礼记解诂》,第115页。
⑤　[汉]刘安撰,[汉]高诱注,刘文典集解,冯逸、乔华点校:《淮南鸿烈集解》,第522页。
⑥　杜《注》:"之,语助。"[晋]杜预注,[唐]孔颖达等正义:《春秋左传正义》,第1817页。
⑦　[宋]王当:《春秋列国诸臣传》,第522页。
⑧　[清]刘宝楠撰,高流水点校:《论语正义》,第231页。
⑨　[明]解缙、[明]姚广孝等修:《永乐大典》,中华书局1986缩印精装辑本,第6800页。
⑩　说参:[明]陈士元《名疑》卷二。

名推(一作"绥"),尊称"子",文公微臣,献公二十二年(前655)随公子重耳出亡,文公元年(前636)隐于绵上而卒。其反对"贪天之功以为己力",易行以俟天命,好学而不言禄,传世有《赏禄之论》(见僖二十四年《左传》)、《龙蛇歌》(见《吕氏春秋·介立篇》)诸诗文。①

七、祇氏与祇弥明

(一)祇("提""祁""示")氏之族属与世系

《古今姓氏书辩证·十二齐》:"提,《左传》赵宣子车右提弥明,搏獒而杀之。"②《姓氏急就篇》卷上:"提氏,《左传》晋有提弥明,《史记》示眯明。示,音祁。"③则晋祇("提""祁""示")氏出于祇弥明,族属、世系皆未详。

(二)祇弥明

《史记·晋世家》:"初,盾常田首山,见桑下有饿人。饿人,示眯明也。盾与之食,食其半。问其故,曰:'宦三年,未知母之存不,愿遗母。'盾义之,益与之饭肉。已而为晋宰夫,赵盾弗复知也。"④宣二年《左传》陆德明《释文》:"'提',本又作祇,上支反。"⑤

谨案:《后汉书·郡国志一》李《注》引《史记》正作"祇弥明",故陆氏《经典释文》说是。则祇弥明(前?年—前607),即宣二年《左传》之"提弥明",亦即宣六年《公羊传》《汉书·古今人表》《水经·河水注四》之"祁弥明",亦即《史记·晋世家》之"示眯明",氏祇(亦作"提""祁""示"),名弥明(一作"眯",又作"弥"),初为官学士,再仕为晋宰夫(公宰),后为赵盾车右。其舍身救主,熟知礼仪,传世有《小饮酒礼论》(见宣二年《左传》)一文。

综上所考,晋鉏氏为沮氏之别,出于鉏麑;狼氏出于狼瞫,吕氏出于吕饴,卜氏

---

① 《龙蛇歌》,《古诗纪》卷二及《先秦汉魏晋南北朝诗·先秦诗》卷二皆题作《龙蛇歌》,《古乐苑》卷三十题作《士失志操》。

② [宋]邓名世撰,王力平点校:《古今姓氏书辩证》,第62页。

③ [宋]王应麟:《姓氏急就篇》,第787页。

④ [晋]裴骃《集解》:"服虔曰:'宦,官学士也。'"[唐]司马贞《索隐》:"邹诞云'示眯'为'祁弥'也,即《左传》之'提弥明'也。'提'音市移反,刘氏亦音祁为时移反,则'祁''提'二字同音也。而此《史记》作'示'者,'示'即《周礼》古本'地神曰祇',皆作'示'字。邹为'祁'者,盖由'祇''提'音相近,字遂变为'祁'也。'眯'音米移反,以'眯'为'弥',亦音相近耳。"[汉]司马迁撰,[晋]裴骃集解,[唐]司马贞索隐,[唐]张守节正义,郭逸、郭曼标点:《史记》,第1330—1331页。

⑤ [晋]杜预注,[唐]孔颖达等正义:《春秋左传正义》,第1867页。

乃以事为氏者，段干氏出于段干木，介氏出于介推，祇氏出于祇弥明。然此七族之族属、世系皆未详。笔者以为，晋鉏氏、狼氏、吕氏、段干氏四族，既然可别族为氏者，必为贵族；卜氏之族乃以卜为职者，亦必为贵族；介氏之族可别族为氏且仕为文公者，自然为贵族；祇氏之族可别族为氏且仕为大夫者，亦必为贵族。

在上述七族中，有传世作品者为鉏麑、狼瞫、吕饴、卜商、段干木、介推、祇弥明七子。其中，狼瞫、吕饴、卜商、介推、祇弥明四子皆属贵族，为晋世族作家群体；鉏麑、段干木二子，属出身贵族的平民作家群体。

第 二 章

秦

第一节 公 室

一、族属考

《史记·秦本纪》："秦之先，帝颛顼之苗裔孙曰女修……（女修）生子大业。大业取少典之子，曰女华。女华生大费，与禹平水土……（大费）佐舜调驯鸟兽，鸟兽多驯服，是为柏翳。舜赐姓嬴氏。大费生子二人：一曰大廉，实鸟俗氏；二曰若木，实费氏。其玄孙曰费昌……大廉玄孙曰孟戏、中衍……自太戊以下，中衍之后，遂世有功，以佐殷国，故嬴姓多显，遂为诸侯。其玄孙曰中潏，在西戎，保西垂，生蜚廉。蜚廉生恶来……周武王之伐纣，并杀恶来……（恶来）有子曰女防。女防生旁皋，旁皋生太几，太几生大骆，大骆生非子……（孝王）邑之（非子）秦，使复续嬴氏祀，号曰秦嬴……秦之先为嬴姓。其后分封，以国为姓，有徐氏、郯氏、莒氏、终黎氏、运奄氏、菟裘氏、将梁氏、黄氏、江氏、修鱼氏、白冥氏、蜚廉氏、秦氏。"[1]《潜夫

---

① ［晋］裴骃《集解》："徐广曰：'《世本》作"锺离"。'应劭曰：'《氏姓注》云有姓终黎者是。'"［汉］司马迁撰，［晋］裴骃集解，［唐］司马贞索隐，［唐］张守节正义，郭逸、郭曼标点：《史记》，第 117－151 页。案：则"终黎氏"之"终黎"，即《世本》之"锺离"。

论·志氏姓》》"恶来后有非子,以善畜,周孝王封之于秦,世地理以为西陲大夫,汧秦亭是也。其后列于诸侯,□世而称王,六世而始皇生于邯郸,故曰赵政……钟离、运掩、菟裘、寻梁、修鱼、白真、飞廉、密如、东灌、良、时、白、巴、公巴公巴、剡、复、蒲,皆嬴姓也。"①《急就篇》卷一颜《注》:"秦,本地名,后为国号,因又命氏。鲁有秦堇父、秦丕兹、秦遄,皆秦姓也。"②《元和姓纂·十七真》:"秦,颛顼,嬴姓,秦后。伯益裔孙非子,周孝王封之秦,陇西秦亭是也。至始皇灭六国,子婴降汉,子孙以国为氏。又,鲁有秦堇父,生丕兹,及秦并秦祖人、秦商楚人、秦冉、秦非,并仲尼弟子。"③《通志·氏族略二》:"秦氏,嬴姓,少皞之后也。以皋陶为始祖……自子婴降汉,子孙以国为氏焉。鲁又有秦氏,居于秦邑,今濮州范县北旧秦亭,是其地。又楚有秦商,鲁有秦非,秦有秦祖、秦冉者,皆为仲尼弟子……言秦者又有三:秦国之后,以国为氏;其有出于鲁者,以邑为氏,盖鲁有秦邑故也;出于楚者,未知以邑、以字与?然此三秦者,所出既殊,皆非同姓。"④《氏族略六》说大同。则秦公室为帝颛顼高阳氏裔孙柏翳(大费)后裔,出于太几之孙、大骆之子非子,姓嬴,其后别为徐氏、郯氏、莒氏、终黎氏(锺离氏)、运奄氏、菟裘氏、将梁氏、黄氏、江氏、修鱼氏、白冥氏、蜚廉氏、秦氏、密如氏、东灌氏、时氏、白氏、巴氏、剡氏、复氏、蒲氏、穆氏、衙氏、孙阳氏、公车氏。

二、世系考

《史记·秦本纪》:"庄公立四十四年,卒,太子襄公代立……(襄公)十二年,伐

　　①　[汉]王符撰,[清]王继培笺,彭铎校正:《潜夫论笺校正》,第421－422页。案:"世地理以为西陲大夫",当为"四世,宣王以为西陲大夫"。"□世而称王",当为"二十五世而称王"。又,据《史记·秦本纪论》,"运掩"当作"运奄","寻梁"当作"将梁","白真"当作"白冥","飞廉"当作"蜚廉";"良"即"梁",亦即"将梁";"公巴公巴"四字衍。

　　②　[汉]史游撰,[唐]颜师古注:《急就篇》,第399页。案:"秦堇父",孟孙氏家臣,见襄十年《左传》;"秦丕兹",即"秦商",字丕兹,秦堇父之子,见《史记·仲尼弟子列传》;"秦遄",鲁大夫,妻公鸟妹秦姬,季平子姑婿,鲁定公五年(前505)出奔齐,见昭二十五年、定五年《左传》。

　　③　[唐]林宝撰,[清]孙星衍校辑,郁贤皓、陶敏整理点校:《元和姓纂》,第352页。案:此据[宋]谢枋得辑,[明]吴道南补辑《新锲簪缨必用增补秘笈新书别集》增,疑有脱误。文渊阁四库本作"鲁有秦堇父,生丕兹,及秦祖、秦冉、秦非,并仲尼弟子。"[唐]林宝撰:《元和姓纂》,上海古籍出版社1987年影印文渊阁四库全书本,第571页。《名贤氏族言行类稿》卷十一引同。又,"秦冉",郡望不详;"秦非",鲁人;并见《史记·仲尼弟子列传》。

　　④　[宋]郑樵撰,王树民点校:《通志二十略》,第41页。案:鲁之秦邑,即庄三十一年《左传》"筑台于秦"之"秦",郑樵说本杜《注》。又,郑樵以秦商为楚人,本《史记·仲尼弟子列传》裴骃《集解》引郑玄说。则秦商为襄十年《左传》鲁孟孙氏家臣秦堇父之子,非楚人。

戎而至岐，卒。生文公……（文公）四十八年，文公太子卒，赐谥为竫公。竫公之长子为太子，是文公孙也。五十年，文公卒，葬西山。竫公子立，是为宁公……宁公生十岁立，立十二年卒，葬西山。生子三人，长男武公为太子，武公弟德公，同母鲁姬子。生出子。宁公卒，大庶长弗忌、威垒、三父废太子而立出子为君……出子生五岁立，立六年卒。三父等乃复立故太子武公……二十年，武公卒，葬雍平阳……有子一人，名曰白。白不立，封平阳。立其弟德公……德公生三十三岁而立，立二年卒。生子三人：长子宣公，中子成公，少子穆公。长子宣公立……（宣公）十二年，宣公卒。生子九人，莫立，立其弟成公……成公立四年卒。子七人，莫立，立其弟缪公……（缪公）三十九年，缪公卒，葬雍……缪公子四十人，其太子罃代立，是为康公……康公立十二年卒，子共公立……共公立五年卒，子桓公立……桓公立二十七年卒，子景公立……景公立四十年卒，子哀公立……哀公立三十六年卒，太子夷公，夷公早死，不得立，立夷公子，是为惠公……惠公立十年卒，子悼公立……秦悼公立十四年卒，子厉共公立。"①《秦始皇本纪》说大同。僖二十八年《左传》杜《注》："小子慭，秦穆公子也。"②《春秋分记·世谱七》："文公，为一世；文公生太子竫公为二世；竫公生宁公，为三世；宁公生三子：曰出子（无后），曰武公（无后），曰德公，为四世；德公生三子：曰宣公（无后），曰成公（无后），曰穆公，为五世；穆公生三子：曰康公，曰公子慭（无后），曰公子弘（无后），为六世；康公生共公，为七世；共公生桓公，为八世；桓公生三子：曰景公，曰伯车（无后），曰鍼（无后），为九世；景公生哀公，为十世；哀公生太子夷公，为十一世；夷公生惠公，为十二世；惠公生悼公，为十三世。"③

　　谨案：《史记·秦本纪》裴骃《集解》引晋徐广《史记音义》："（宁）一作'曼'……《世本》云：'景公名后伯车也。'"④《秦始皇本纪》司马贞《索隐》引《世本》说同，则景公之名与其弟鍼之字同。

　　今考：成十三年《左传》："及君（秦桓公）之嗣也……使伯车来命我景公曰……"襄二十五年《左传》："晋韩起如秦涖盟，秦伯车如晋涖盟，成而不结。"⑤此两伯车之

　　①　［汉］司马迁撰，［晋］裴骃集解，［唐］司马贞索隐，［唐］张守节正义，郭逸、郭曼标点：《史记》，第121—135页。案："共公""厉共公"，宣四《春秋》作"秦伯稻"，《十二诸侯年表》作"和"，《秦始皇本纪》作"刺龚公"，一作"利龚公"；"宁公"，《秦始皇本纪》作"宪公"；"哀公"，《秦始皇本纪》作"毕公"，定四年《左传》、定九年《春秋》皆作"哀公"。

　　②　［晋］杜预注，［唐］孔颖达等正义：《春秋左传正义》，第1825页。

　　③　［宋］程公说：《春秋分记》，第149页。

　　④　［汉］司马迁撰，［晋］裴骃集解，［唐］司马贞索隐，［唐］张守节正义，郭逸、郭曼标点：《史记》，第123，134页。

　　⑤　［晋］杜预注，［唐］孔颖达等正义：《春秋左传正义》，第1912，1968页。

事相距三十一年（前578—前548），则此二"伯车"显然非同一人。笔者以为，成十三年《左传》之"伯车"，即《世本》之"后伯车"，亦即秦桓公世子景公，代其父以命诸侯；而襄二十五年《左传》之"伯车"，即襄二十六年《左传》之"秦伯之弟鍼"，亦即昭元年、五年《左传》之"后子"，亦即昭元年《左传》之"秦公子"，亦即《国语·晋语八》之"秦景公之弟鍼"，亦即秦桓公庶子、景公母弟后子伯车鍼。又，《史记·秦本纪》司马贞《索隐》："秦自宣公已上皆史失其名。今按《系本》《古史考》，得缪公名任好……（共公）名稻。十代至灵公，又并失名……景公已下，名又错乱，《始皇本纪》作哀公……（哀公）《始皇本纪》作'琗公'。"[①]司马贞《索隐》认为《史记·秦本纪》《秦始皇本纪》所列秦君世系当司马迁据《世本·秦纪》为说，与正史小有不同，故清秦嘉谟辑补《世本》卷四将其辑入。

又案：程氏《春秋分记》所谓"武公（无后）"者，《史记·秦本纪》谓"有子一人，名曰白"；所谓"宣公（无后）"者，《史记·秦本纪》谓"生子九人"；所谓"成公（无后）"者，《秦本纪》谓"子七人"，则皆不可谓"无后"，唯其子皆未立为君且未详其名而已；所谓"穆公生三子"者，《秦本纪》谓"缪公子四十人"，则知其名者为三子，余皆不知其名而已；所谓"桓公生三子：曰景公，曰伯车（无后），曰鍼（无后）"者，据《国语·晋语八》韦《注》、襄二十五年《左传》杜《注》，公子鍼，即后子伯车，而此误为二人。又据《广韵·一东》"公"字注、《五音集韵·一东》"公"字注并引南朝宋何承天《姓苑》及《古今姓氏书辩证·一东下》《春秋列国诸臣传》卷二十一、《姓氏急就篇》卷下，公子鍼之后别为公车氏，不可谓"无后"。则程氏《春秋分记》说不确，故笔者此不取。

则春秋时期秦公室世系为：襄公→文公→竫公→宁公→出子（无后）、武公、德公，武公→公子白，德公→宣公、成公、穆公任好，穆公任好→康公罃、公子慭（无后）、公子弘（无后）→共公稻→桓公荣→景公伯车、公子鍼（别为公车氏）→哀公→夷公→惠公→悼公。

三、穆公任好

庄二十八年《左传》："晋献公娶于贾，无子；烝于齐姜，生秦穆夫人及太子申

① ［汉］司马迁撰，［晋］裴骃集解，［唐］司马贞索隐，［唐］张守节正义，郭逸、郭曼标点：《史记》，第126、134页。

生。"①《太平御览》卷三百九十五、《事物纪原》卷十并引《世本》："秦穆公作沐。"②《列女传·贞顺传》："伯嬴者，秦穆公之女，楚平王之夫人，昭王之母也。"③《国语·晋语四》韦《注》引汉贾逵《国语解诂》："嬴氏，秦穆公女文嬴也。"④《晋语二》韦《注》："秦穆公，伯益之后、德公之子穆公任好也。"⑤僖五年《左传》杜《注》："秦穆姬，晋献公女。"僖二十三年《左传》杜《注》："怀嬴，子圉妻，子圉谥怀公，故号为怀嬴。"僖三十三年《左传》杜《注》："文嬴，晋文公始适秦，秦穆公所妻夫人，襄公嫡母。"文六年《左传》杜《注》："任好，秦穆公名。"⑥

谨案：《史记·晋世家》："申生同母女弟为秦穆公夫人。"⑦僖十五年《左传》杜《注》："穆姬，申生姊，秦穆夫人。"⑧据庄二十八年《左传》，秦穆夫人为太子申生姊而非其"母弟"。或太史公自存异说，或传世本《史记》有讹误。则秦穆公（前？年－前621），即庄二十八年、文三年、四年、六年《左传》之"秦穆"，亦即僖九年、十年、十三年、十五年、二十三年、二十四年、二十五年、三十年、文元年《左传》之"秦伯"，亦即文六年《左传》之"秦伯任好"，亦即成十三年《左传》之"穆公""穆"，亦姓嬴，名任好，谥穆（一作"缪"），其后别为缪（穆）氏、衙氏、孙阳氏⑨，宁公之孙，德公之子，献公诡诸之婿，穆姬之夫，宣公、成公之弟，康公罃、公子弘、公子憖（小子憖）、伯嬴、文嬴（怀嬴、嬴氏）、简、璧之父，在位三十九年（前659年－前621）。其尊崇"得国常于

---

① ［晋］杜预注，［唐］孔颖达等正义：《春秋左传正义》，第1781页。
② ［宋］李昉等：《太平御览》，第1825页。
③ ［汉］刘向：《古列女传》，上海书店四部丛刊初编1985年影印明叶氏观古堂藏明万历间（1573－1620）黄嘉育刊本。
④ ［三国吴］韦昭注，上海师范大学古籍整理研究所校点：《国语》，第372页。
⑤ ［三国吴］韦昭注，上海师范大学古籍整理研究所校点：《国语》，第309页。
⑥ ［晋］杜预注，［唐］孔颖达等正义：《春秋左传正义》，第1796，1816，1833，1844页。
⑦ ［汉］司马迁撰，［晋］裴骃集解，［唐］司马贞索隐，［唐］张守节正义，郭逸、郭曼标点：《史记》，第1307页。
⑧ ［晋］杜预注，［唐］孔颖达等正义：《春秋左传正义》，第1805页。
⑨ 《元和姓纂·五支》《古今姓氏书辩证·二十三魂》《通志·氏族略四》并引［梁］贾执《姓氏英贤传》："（戏阳氏）秦穆公时有戏阳伯乐，善相马。"［唐］林宝撰，［清］孙星衍校辑，郁贤皓、陶敏整理点校：《元和姓纂》，第91页。案：诸家引文略异，此据《元和姓纂》引文。《古今姓氏书辩证·二十三魂》《通志·氏族略四》并引作："（孙阳氏）秦穆公子有孙阳伯乐，善相马。"［宋］郑樵撰，王树民点校：《通志二十略》，第137页。又，《汉书·司马相如传》颜《注》引［魏］张揖说以"孙阳伯乐"为秦穆公臣，《广韵·十阳》"阳"字注以"孙阳伯乐"为秦穆公时人，皆不谓秦穆公子。则"孙阳伯乐"，或作"戏阳伯乐"，或为二人。又，《广韵·九麻》"衙"字注："又姓，秦穆公子食采于衙，因氏焉。"［宋］陈彭年等重修：《钜宋广韵》，第108页。《古今姓氏书辩证·一屋》："缪，秦缪公之后，以谥为氏。或作'穆'。"［宋］邓名世撰，王力平点校：《古今姓氏书辩证》，第546页。则秦孙阳氏、衙氏、穆（缪）氏出于宁公之孙、德公之子秦穆公任好。

丧,失国常于丧"古训,提出"时不可失,丧不可久"(《国语·晋语二》)①说;认为"不图晋忧,重其怒也;我食吾言,背天地也",提出"重怒,难任;背天,不祥"(僖十五年《左传》)②说;认为"礼而不终""中不胜貌""华而不实""不度而施""施而不济"为国之"五耻",提出"耻门不闭,不可以封"(见《晋语四》)③说;推崇"大风有隧,贪人败类。听言则对,诵言如醉。匪用其良,覆俾我悖"古训,能反思"孤之罪"(文元年《左传》)④,勇于改过;不遗小善,尊崇周礼,安定王室,举人周备,重用贤臣,广地益国,开地千里,遂霸西戎,熟知典籍,尤谙习《诗》,传世有《吊公子重耳之命》(见《国语·晋语二》)、《应战书》《重怒背天论》(俱见僖十五年《左传》)、《国之五耻论》(见《晋语四》)、《贪以致祸论》(见文元年《左传》)、《秦誓》(见《尚书·周书》)、《封崤尸之誓》(见《史记·秦本纪》)诸文⑤。

四、公子絷

《礼记·檀弓下》郑《注》:"(子顯)使者,公子絷也。卢氏云:古者名字相配,'顯'当作'絷'。"⑥《国语·晋语二》韦《注》:"絷,秦公子子显也……使者,公子絷也。"⑦僖十五年《左传》杜《注》:"公子絷,秦大夫。"⑧则公子絷,即《国语·晋语二》之"絷""使者",亦即《礼记·檀弓下》之"子显",姓嬴,名絷,字子显(当作"絷"),未详其祢,秦公族,仕为大夫,生卒年未详(前651－前636在世)。其尊崇"仁有置,武有置。仁置德,武置服"(《国语·晋语二》)⑨古训,反对秦穆公欲纳晋公子重耳返国为君;敏且知礼,敬以知微,传世有《仁置德而武置服论》(见《国语·晋语二》)一文。

五、康公罃

僖十五年《左传》:"穆姬闻晋侯将至,以大子罃、弘与女简、璧登台而履薪焉,使

① ［三国吴］韦昭注,上海师范大学古籍整理研究所校点:《国语》,第310页。
② ［晋］杜预注,［唐］孔颖达等正义:《春秋左传正义》,第1805页。
③ ［三国吴］韦昭注,上海师范大学古籍整理研究所校点:《国语》,第359页。
④ ［晋］杜预注,［唐］孔颖达等正义:《春秋左传正义》,第1837页。
⑤ 据［汉］应劭《风俗通义·皇霸篇》、班固《白虎通义·号篇》,秦穆公为"春秋五霸"之一。
⑥ ［汉］郑玄注,［唐］孔颖达等正义:《礼记正义》,第1300页。
⑦ ［三国吴］韦昭注,上海师范大学古籍整理研究所校点:《国语》,第310－311页。
⑧ ［晋］杜预注,［唐］孔颖达等正义:《春秋左传正义》,第1806页。
⑨ ［三国吴］韦昭注,上海师范大学古籍整理研究所校点:《国语》,第313页。

以免服衰致逆。"①则秦康公(前? 一前 609),即僖十五年《左传》之"大子䓨",亦即成十三年《左传》之"康公",姓嬴,名䓨,谥康,爵公,德公之孙,穆公任好世子,公子慭、公子弘、伯嬴、文嬴(怀嬴)、简、璧之兄,共公稻(䅟)之父,穆公三十九年(前 621)继立为君,在位凡十二年(前 620—前 609),传世有《渭阳》(见《诗·秦风》)一诗。

六、桓公荣

《国语·晋语八》韦《注》:"景公,秦穆公之玄孙,桓公之子。"②成十三年《左传》杜《注》:"君,秦桓公……伯车,秦桓公子。"③则秦桓公(前? 年—前 577),即成十年、十一年《左传》、成十四年《春秋》之"秦伯",亦即成十三年《左传》之"君",姓嬴,名荣,谥桓,爵伯,康公䓨之孙,共公稻(䅟)之子,景公后伯车、公子鍼(伯车、后子)之父,共公四年(前 605)继立为君,在位凡二十八年(前 604—前 577),传世有《景公之命》(见成十三年《左传》载晋厉公《绝秦书》引)一文。

七、公子鍼

襄二十六年《左传》:"秦伯之弟鍼如晋修成,叔向命召行人子员。"昭元年《春秋》:"秦伯之弟鍼出奔晋。"《左传》:"秦后子有宠于桓,如二君于景。"④昭五年《左传》:"秦后子复归于秦,景公卒故也。"⑤《国语·晋语八》韦《注》:"针(鍼),后子伯车也……后子,景公之弟鍼。"⑥襄二十五年《左传》杜《注》:"伯车,秦伯之弟鍼也。"⑦则公子鍼,即襄二十五年《左传》之"伯车",亦即昭元年《春秋》之"秦伯之弟鍼",亦即昭元年、五年《左传》《国语·晋语八》之"秦后子",亦即《国语·晋语八》之"秦景公

---

① 杜《注》:"䓨,康公名;弘,其母弟也。简、璧、䓨、弘姊妹。"[晋]杜预注,[唐]孔颖达等正义:《春秋左传正义》,第 1806 页。

② [三国吴]韦昭注,上海师范大学古籍整理研究所校点:《国语》,第 463 页。

③ [晋]杜预注,[唐]孔颖达等正义:《春秋左传正义》,第 1912 页。

④ [晋]杜预注,[唐]孔颖达等正义:《春秋左传正义》,第 4317,4384,4391 页。

⑤ 杜《注》:"后子,秦桓公子,景公母弟鍼也。"[晋]杜预注,[唐]孔颖达等正义:《春秋左传正义》,第 1988,2019—2022,2043 页。

⑥ [三国吴]韦昭注,上海师范大学古籍整理研究所校点:《国语》,第 463—472 页。

⑦ [晋]杜预注,[唐]孔颖达等正义:《春秋左传正义》,第 1986 页。

之弟针"，亦即《史记·秦本纪》之"后子铖"，姓嬴，其后别为公车氏①，名铖（一作"针"），字伯车，又字后子，共公稻（貑）之孙，桓公荣之子，景公后伯车母弟，景公三十六年（前541）出奔晋，四十年（前537）复归于秦，生卒年未详（前577－前537在世）②。其认为"夫君子宽惠以恤后，犹恐不济"，倡导霸主执政卿应"思长世之德，历远年之数，犹惧不终其身"（《国语·晋语八》）③，传世有《君子宽惠以恤后论》（见《国语·晋语八》）、《主客齿而不敬论》（见昭元年《左传》）诸文。

八、哀公

《汉书·古今人表》"秦哀公"颜《注》："景公子。"④则秦哀公（前？－前501），即定九年《春秋》之"秦伯"，姓嬴，名未详，桓公荣之孙，景公后伯车之子，太子夷公之父，景公四十年（前537）继立为君，在位凡三十六年（前536－前501）。其熟知典籍，尤谙习《诗》，为楚申勃苏赋《无衣》（事见定四年《左传》）。

综上所考，秦公室为帝颛顼高阳氏裔孙柏翳后裔，出于太几之孙、大骆之子非子，其世系为：襄公→文公→竫公→宁公→出子（无后）、武公、德公，武公→公子白，德公→宣公、成公、穆公任好，穆公任好→康公罃、公子憖（无后）、公子弘（无后）→共公稻→桓公荣→景公伯车、公子铖（别为公车氏）→哀公→夷公→惠公→悼公。其中，有传世作品者为穆公任好、公子憖、康公罃、桓公荣、公子铖、哀公，穆、康、桓、哀四君可称之为秦诸公作家群体，公子憖、公子铖二子可称之为秦公族作家群体。

① 《广韵·一东》"公"字注、《五音集韵·一东》"公"字注并引［南朝宋］何承天《姓苑》："公车氏，秦公子伯车之后。"［宋］陈彭年等重修：《钜宋广韵》，第5页。《古今姓氏书辩证·一东下》："公车，出自秦公子铖，字伯车，后世别为公车氏。"［宋］邓名世撰，王力平点校：《古今姓氏书辩证》，第25页。《春秋臣传》卷二十一说大同。《姓氏急就篇》卷下："公车氏，秦公子伯车之后。伯车，秦桓公子。"［宋］王应麟：《姓氏急就篇》，第816页。案：今本《元和姓纂》《通志·氏族略》"公车氏"阙。则秦公车氏出于共公稻（貑）之孙、桓公荣之子公子铖（后子、伯车）。

② 《史记·秦本纪》："桓公立二十七年卒，子景公立。"［汉］司马迁撰，［晋］裴骃集解，［唐］司马贞索隐，［唐］张守节正义，郭逸、郭曼标点：《史记》，第134页。案：当为二十八年卒，即鲁成公十四年（前577）。

③ ［三国吴］韦昭注，上海师范大学古籍整理研究所校点：《国语》，第472页。

④ ［汉］班固撰，［唐］颜师古注，傅东华等点校：《汉书》，第928页。

第二节　公　族

公孙氏与公孙枝

(一)公孙氏之族属与世系

《急就篇》卷二颜《注》:"黄帝姓公孙氏,支庶遂以为姓也。又公子之子皆号公孙。鲁公孙敖,郑公孙阙,齐公孙蚤,晋公孙龙,卫公孙朝,凡此等类,其后皆为姓矣。"①《古今姓氏书辩证·一东下》:"公孙,黄帝之后无人,而春秋时国君之孙皆谓之公孙。秦公孙枝,字子桑……皆以公孙为氏。"②《通志·氏族略五》:"公孙氏,春秋时,诸侯之孙亦以为氏者,曰公孙氏,皆贵者之称。或言黄帝姓公孙,因亦以为氏。"③则秦公孙氏为帝颛顼高阳氏裔孙柏翳后裔,出于太几之孙、大骆之子非子,嬴姓,未详其祢,春秋时期世系亦未详。

(二)公孙枝

文三年《左传》载鲁君子曰:"子桑之忠也,其知人也,能举善也。《诗》曰……'诒厥孙谋,以燕翼子。'子桑有焉。"④《吕氏春秋·尊师篇》:"秦穆公师百里奚、公孙枝。"⑤《史记·李斯列传》载李斯《谏逐客书》:"昔缪公求士……来丕豹、公孙支于晋。"《秦本纪》裴骃《集解》引汉服虔《春秋左氏传解》:"(公孙支)秦大夫公孙子桑。"⑥《吕氏春秋·尊师篇》高《注》《慎人篇》高《注》《不苟篇》高《注》说大同。《国语·晋语二》韦《注》:"公孙枝,秦公孙子桑也。"⑦《晋语三》韦《注》说大同。《史记·李斯列传》张守节《正义》引李泰《括地志》:"公孙支,岐州人。游晋,后归秦。"⑧

谨案:据《史记·李斯列传》载李斯《谏逐客书》《史记·李斯列传》张守节《正

---

① 〔汉〕史游撰,〔唐〕颜师古注:《急就篇》,第414页。
② 〔宋〕邓名世撰,王力平点校:《古今姓氏书辩证》,第18页。
③ 〔宋〕郑樵撰,王树民点校:《通志二十略》,第167页。
④ 〔晋〕杜预注,〔唐〕孔颖达等正义:《春秋左传正义》,第1840页。
⑤ 旧题〔周〕吕不韦撰,〔汉〕高诱注,许维遹集释:《吕氏春秋集释》,第92页。
⑥ 〔汉〕司马迁撰,〔晋〕裴骃集解,〔唐〕司马贞索隐,〔唐〕张守节正义,郭逸、郭曼标点:《史记》,第1943,128页。
⑦ 〔三国吴〕韦昭注,上海师范大学古籍整理研究所校点:《国语》,第309页。
⑧ 〔汉〕司马迁撰,〔晋〕裴骃集解,〔唐〕司马贞索隐,〔唐〕张守节正义,郭逸、郭曼标点:《史记》,第1943页。唐之岐州(治所在今陕西省宝鸡市凤翔区北)与秦之岐邑(即今岐山县)非一地。

义》引李泰《括地志》，公孙枝本秦人，后游于晋，终归于秦。又，《吕氏春秋·慎人篇》谓公孙枝举百里奚、蹇叔为秦穆之辅，则其年世或较百里奚、蹇叔为长。又《史记·赵世家》司马贞《索隐》以子舆为子桑，将公孙支、子桑别为二人，说与服虔《春秋左氏传解》《吕氏春秋·尊师篇》高《注》《慎人篇》高《注》《不苟篇》高《注》《国语·晋语二》韦《注》《晋语三》韦《注》皆异，未详何据，故笔者此不取。则公孙枝，即僖十三年、十五年、文三年《左传》之"子桑"，亦即《史记·秦本纪》《李斯列传》之"公孙支"，姓嬴，氏公孙，其后别为桑氏、子桑氏①，名枝（一作"支"），字子桑，本秦人，后游于晋，穆公时归于秦，仕为大夫，生卒年未详（前655－前645在世）。其素有忠信之名，倡导君明臣忠，主张信贤而任，提出"信贤而任之，君之明也；让贤而下之，臣之忠也；君为明君，臣为忠臣"（《吕氏春秋·慎人篇》）②说。尊崇"唯则定国""不识不知，顺帝之则""不僭不贼，鲜不为则"古训，提出"无好无恶，不忌不克"（僖九年《左传》）③说。推崇"无始祸，无怙乱，无重怒"古训，提出"重怒，难任；陵人，不祥"（僖十五年《左传》）④说。熟知典籍，尤谙习《诗》《志》，传世有《明君信贤而任之论》（见《吕氏春秋·慎人篇》）、《唯则定国论》（见僖九年《左传》）、《重怒陵人论》（见僖十五年《左传》）诸文。

　　综上所考，秦公孙氏为帝颛顼高阳氏裔孙柏翳后裔，出于太几之孙、大骆之子非子，嬴姓，未详其祢，春秋时期世系亦未详。可见，公孙氏之族为秦公族。其中，有传世作品者为公孙枝，公孙枝属秦国公族作家群体。

第三节　异姓世族

　　秦百里氏（姬姓）、王子氏（姬姓）二族，皆为秦公室异姓世族。此二族中有传世作品的百里奚、百里视、王子廖三子，属秦公室异姓世族作家群体。

---

　　①　《元和姓纂·六止》："子桑……秦公孙枝，字子桑，其后氏焉。"[唐]林宝撰，[清]孙星衍校辑，郁贤皓、陶敏整理点校：《元和姓纂》，第833页。《通志·氏族略三》："桑氏，嬴姓，秦大夫子桑之后也。公孙枝，字子桑，以字为氏。"[宋]郑樵撰，王树民点校：《通志二十略》，第118－119页。则秦桑氏、子桑氏为公孙氏之别，出于公孙枝（子桑）。
　　②　旧题[周]吕不韦撰，[汉]高诱注，许维遹集释：《吕氏春秋集释》，第338页。
　　③　[晋]杜预注，[唐]孔颖达等正义：《春秋左传正义》，第1801页。
　　④　[晋]杜预注，[唐]孔颖达等正义：《春秋左传正义》，第1806页。

一、百里氏与百里奚、百里视

（一）百里氏之族属

先哲时贤主要有三说：

一为虞人说。《孟子·万章上》："百里奚，虞人也。晋人以垂棘之璧与屈产之乘，假道于虞以伐虢。宫之奇谏，百里奚不谏。知虞公之不可谏而去，之秦，年已七十矣。"①《战国策·秦策五》："百里奚，虞之乞人，传卖以五羊之皮，穆公相之而朝西戎。"②《史记·秦本纪》："五年，晋献公灭虞、虢，虏虞君与其大夫百里傒，以璧马赂于虞故也。既虏百里傒，以为秦缪公夫人媵于秦。百里傒亡秦走宛，楚鄙人执之。"③

二为楚人说。《史记·商君列传》："夫五羖大夫，荆之鄙人也。"《李斯列传》："昔缪公求士……东得百里奚于宛。"张守节《正义》引汉刘向《新序》："百里奚，楚宛人，仕于虞，虞亡入秦，号五羖大夫也。"④

三为秦人说。《汉书·东方朔传》颜《注》引汉应劭《汉书集解音义》："奚，秦人。秦近西戎，晓其风俗，故令为之。"⑤

谨案：成八年《左传》："凡诸侯嫁女，同姓媵之，异姓则否。"⑥可见，诸侯嫁女，同姓之国媵之。同理，媵臣亦当为同姓公族。故笔者以为此三说可合而观之：本虞公族，媵于秦，亡走楚，仕于秦。则秦百里氏为公叔祖类（太公组绀诸盩）之孙、古公亶父（太王）次子虞仲（仲雍）后裔，出于百里奚，姬姓。

（二）百里氏之世系

《史记·秦本纪》："（缪公）遂发兵，使百里傒子孟明视，蹇叔子西乞术及白乙丙

---

① ［汉］赵岐注，［宋］孙奭疏：《孟子注疏》，第 665 页。
② ［汉］刘向集录，范祥雍笺证，范邦瑾协校：《战国策笺证》，第 477 页。
③ ［汉］司马迁撰，［晋］裴骃集解，［唐］司马贞索隐，［唐］张守节正义，郭逸、郭曼标点：《史记》，第 126 页。
④ ［汉］司马迁撰，［晋］裴骃集解，［唐］司马贞索隐，［唐］张守节正义，郭逸、郭曼标点：《史记》，第 1725，1943 页。案：今本《新序》无此文。又，据《汉书·地理志上》《水经·淯水注》《魏书·地形志二》及《艺文类聚》卷六十四、《太平御览》卷一百八十并引［南朝宋］盛弘之《荆州记》与《太平寰宇记》卷一百四十二引［梁］鲍坚（至）《南雍州记》，宛县（今河南省南阳市）西七里有梅溪水，梅溪水源出紫山，一名"紫灵山"（在今南阳市西北二十五里），百里奚古宅在此。
⑤ ［汉］班固撰，［唐］颜师古注，傅东华等点校：《汉书》，第 2862 页。
⑥ ［晋］杜预注，［唐］孔颖达等正义：《春秋左传正义》，第 1905 页。

将兵。"①《春秋释例·世族谱下》:"百里氏,百里奚;百里孟明视,百里奚之子。"②

　　谨案:《吕氏春秋·悔过篇》及高《注》皆以百里孟明视为蹇叔之子,与《史记·秦本纪》异。笔者此不取。则春秋时期秦百里氏世系为:百里奚→百里视。

(三)百里奚

　　《孟子·告子下》:"虞不用百里奚而亡,秦穆公用之而霸……百里奚举于市。"③《庄子·外篇》:"百里奚爵禄不入于心,故饭牛而牛肥,使秦穆公忘其贱,与之政也。"《杂篇》:"是故汤以胞人笼伊尹,秦穆公以五羊之皮笼百里奚。"④《吕氏春秋·尊师篇》:"秦穆公师百里奚、公孙枝。"⑤《韩非子·说疑篇》:"若夫后稷、皋陶、伊尹、周公旦、太公望、管仲、隰朋、百里奚、蹇叔、舅犯、赵衰、范蠡、大夫种、逢同、华登,此十五人者为其臣也,皆夙兴夜寐,卑身贱体,竦心白意,明刑辟、治官职以事其君,进善言、通道法而不敢矜其善,有成功立事而不敢伐其劳,不难破家以便国,杀身以安主,以其主为高天泰山之尊,而以其身为壑谷釜洧之卑,主有明名广誉于国,而身不难受壑谷釜洧之卑。如此臣者,虽当昏乱之主尚可致功,况于显明之主乎?此谓霸王之佐也。"⑥《韩诗外传》卷七:"百里奚自卖五羊之皮,为秦伯牧牛,举为大夫,则遇秦缪公也。"⑦《韩诗外传》卷八说大同。《史记·秦本纪》:"(秦穆公)五年,晋献公灭虞、虢,虏虞君与其大夫百里傒,以璧马赂于虞故也。既虏百里傒,以为秦缪公夫人媵于秦。百里傒亡秦走宛,楚鄙人执之……当是时,百里傒年已七十余。"⑧《汉书·邹阳传》:"故百里奚乞于道路,缪公委之以政。"⑨《说苑·臣术篇》:"秦穆公使贾人载盐,徵诸贾人,贾人买百里奚以五羖羊之皮,使将车之秦。秦穆公观盐于卫,见百里奚牛肥……故百里奚为上卿以制之,公孙支为次卿以佐之也。"⑩《汉书·东方朔

---

　　① [汉]司马迁撰,[晋]裴骃集解,[唐]司马贞索隐,[唐]张守节正义,郭逸、郭曼标点:《史记》,第129—130页。
　　② [晋]杜预:《春秋释例》,第454—455页。
　　③ [汉]赵岐注,[宋]孙奭疏:《孟子注疏》,第2757、2762页。
　　④ [周]庄周撰,[清]郭庆藩集释,王孝鱼点校:《庄子集释》,中华书局2004年新编诸子集成点校清光绪间长沙思贤讲舍刊本,第719、814页。
　　⑤ 旧题[周]吕不韦撰,[汉]高诱注,许维遹集释:《吕氏春秋集释》,第92页。
　　⑥ [周]韩非撰,[清]王先慎集解,钟哲点校:《韩非子集解》,第403—404页。
　　⑦ [汉]韩婴撰,屈守元笺疏:《韩诗外传笺疏》,第244页。
　　⑧ [汉]司马迁撰,[晋]裴骃集解,[唐]司马贞索隐,[唐]张守节正义,郭逸、郭曼标点:《史记》,第126页。
　　⑨ [汉]班固撰,[唐]颜师古注,傅东华等点校:《汉书》,第2338页。
　　⑩ [汉]刘向撰,向宗鲁校证:《说苑校证》,第43—45页。

传》：“百里奚为典属国。”①《吕氏春秋·尊师篇》高《注》：“百里奚，故虞臣也。”②《慎人篇》高《注》同。僖十三年《左传》杜《注》：“百里，秦大夫。”③《汉书·韩信传》颜《注》：“百里奚，本虞臣也。后仕于秦，遂为大夫，穆公用其言，以取霸。”《扬雄传下》颜《注》“五羖谓百里奚也。买以羖羊之皮五，故称五羖也。”④《栾城集·上曾参政书》：“而百里奚、蹇叔子，此秦之所谓老耄而不武者也。”⑤

谨案：僖五年《左传》：“冬十二月丙子朔，晋灭虢，虢公丑奔京师。师还，馆于虞，遂袭虞，灭之，执虞公及其大夫井伯，以媵秦穆姬。”⑥此“井伯”，《史记·晋世家》作“井伯百里奚”，张守节《正义》引南朝宋郭仲产《南雍州记》说大同。然《左传》之“井伯”与“百里奚”非一人。而《元和姓纂·十二庚》《新唐书·宰相世系表五下》《古今姓氏书辩证·十二庚》皆从《史记·晋世家》误说⑦。又清于鬯《香草校书》卷三十八以“百”为氏，“里”为名；梁履绳《左通补释》卷六则以“百里奚”乃僖三十三年《左传》之“百里孟明视”，皆无据。又《史记·蒙恬传》《风俗通义·皇霸篇》及清钱大昕《十驾斋养新录》卷四皆谓百里奚为秦穆公所杀，则其卒于秦穆公之世（前659—前621年在位）。则百里奚，即僖十三年《左传》《荀子·成相篇》《楚辞·惜往日》《鹖冠子·备知篇》《史记·秦本纪》《晋世家》《易林·需之井》《否之讼》《随之复》《坎之同人》《损之明夷》《升之坤》《渐之履》《未济之革》《汉书·王褒传》之“百里”，亦即《吕氏春秋·不苟篇》之“百里氏”，亦即《史记·秦本纪》之“百里傒”，亦即《史记·商君列传》《新序》之“五羖大夫”，亦即《史记·孔子世家》《汉书·杨雄传下》之“五羖”，姓姬，氏百里，名奚（一作“傒”），孟明视之父，本虞公族，尝游于齐，后仕虞为大夫，虞亡走楚之宛邑，后仕于秦，号五羖大夫，时年已七十余，生卒年未详（前655—前627在世）。其举贤荐能，认为“救灾、恤邻，道也”，提出“行道有福”（僖十三年《左传》）⑧说；传世有《荐蹇叔书》（见《史记·秦本纪》）、《行道有福论》（见僖十三年《左传》）诸文。

---

① ［汉］班固撰，［唐］颜师古注，傅东华等点校：《汉书》，第2860页。
② 旧题［周］吕不韦撰，［汉］高诱注，许维遹集释：《吕氏春秋集释》，第92页。
③ ［晋］杜预注，［唐］孔颖达等正义：《春秋左传正义》，第1803页。
④ ［汉］班固撰，［唐］颜师古注，傅东华等点校：《汉书》，第1871,3569页。
⑤ ［宋］苏辙撰，曾枣庄等校点：《栾城集》，上海古籍出版社中国古典文学丛书1987年校点明清梦轩本，第481页。
⑥ ［晋］杜预注，［唐］孔颖达等正义：《春秋左传正义》，第1796页。
⑦ 参见［清］邵泰衢《史记疑问》卷中。
⑧ ［晋］杜预注，［唐］孔颖达等正义：《春秋左传正义》，第1803页。

（四）百里视

《国语·晋语二》韦《注》："子明，秦大夫百里孟明视也。"[①]僖三十二年《左传》杜《注》："孟明，百里孟明视。"[②]《栾城集·上曾参政书》："孟明视、西乞术、白乙丙，此三人者，秦之豪俊有决之士。"[③]则百里视，即僖三十二年、三十三年、文二年、三年《左传》之"孟明"，亦即僖三十三年《左传》之"百里孟明视"，亦即文二年《左传》之"孟明视"，亦即《国语·晋语二》之"子明"，姓姬，本氏百里，其后别为明氏[④]，名视，字孟明，一字子明，百里奚之子，本虞公族，随父徙居秦，仕为大夫，生卒年未详（前651年－前624在世）。其主张"敏且知礼，敬以知微"，提出"敏能审谋，知礼可使；敬不坠命，微知可否"（《国语·晋语二》）[⑤]说；率先提出"死且不朽"（僖三十三年《左传》）[⑥]说，为后世鲁叔孙豹（穆叔）所谓"大上有立德，其次有立功，其次有立言"三"不朽"（襄二十四年《左传》）[⑦]说之滥觞；传世有《敏知礼而敬知微论》（见《国语·晋语二》）、《死且不朽论》（见僖三十三年《左传》）诸文。

二、王子氏与王子廖

（一）王子氏之族属与世系

《元和姓纂·十阳》："王子，周大夫王子狐、王子城父之后。"[⑧]《古今姓氏书辩证·十阳下》："王子……又谨案《春秋》：郑大夫有王子伯骈、王子廖正。周王庶子仕郑，以王子为氏。"[⑨]《春秋分记·世谱四》说大同。《路史·后纪十》："及王孙、王叔、王子、贾孙、王史、内史、公祖、叔服、太伯、黑肱、黑肩、西周、武强、司空、陈留之

---

①　[三国吴]韦昭注，上海师范大学古籍整理研究所校点：《国语》，第309页。

②　[晋]杜预注，[唐]孔颖达等正义：《春秋左传正义》，第1832页。

③　[宋]苏辙撰，曾枣庄等校点：《栾城集》，第481页。

④　《南史·明僧绍列传》："其（明僧绍）先吴太伯之裔，百里奚子孟明，以名为姓，其后也。"[唐]李延寿编修，卢振华点校：《南史》，中华书局1975校点商务印书馆影印元大德间（1279—1309）刻本，第1241页。《元和姓纂·十二庚》："明，虞仲之后，公族有井伯，即百里奚也；生孟明视，子孙以王父字为氏。"[唐]林宝撰，[清]孙星衍校辑，郁贤皓、陶敏整理点校：《元和姓纂》，第622页。《古今姓氏书辩证·十二庚》："明，出自姬姓。虞仲之后，公族有井伯奚，生孟明视。孟明，字也，古人皆先字后名，故曰孟明视。视为秦穆公将，霸西戎有功，其孙以王父字为氏。后居冯翊，望出平原。"[宋]邓名世撰，王力平点校：《古今姓氏书辩证》，第230页。笔者以为，百里孟明视之后以字别为明氏，《南史》此谓孟明视"以名为姓"者不确。

⑤　[三国吴]韦昭注，上海师范大学古籍整理研究所校点：《国语》，第309页。

⑥　[晋]杜预注，[唐]孔颖达等正义：《春秋左传正义》，第1833页。

⑦　[晋]杜预注，[唐]孔颖达等正义：《春秋左传正义》，第1979页。

⑧　[唐]林宝撰，[清]孙星衍校辑，郁贤皓、陶敏整理点校：《元和姓纂》，第594页。

⑨　[宋]邓名世撰，王力平点校：《古今姓氏书辩证》，第212页。

氏,皆周柄也。"①

谨案:隐三年《左传》杜《注》:"王子狐,平王子。"②文十一年《左传》《吕氏春秋·勿躬篇》《史记·十二诸侯年表》《说苑·君道篇》《汉书·古今人表》并有"王子成父",《韩非子·外储说左下》作"公子成父",《晏子春秋·内篇问上》作"王子成甫",盖齐襄公旧臣,齐桓公用之者。又,《春秋释例·世族谱上》《春秋分记·世谱一》《春秋世族谱》卷上并以王子廖为周王室之王子,邓氏此以王子廖为郑人,然仕郑者乃王子伯廖,则此或夺一"伯"字,或邓氏误以王子廖与王子伯廖为同一人。故笔者此不取。则秦王子氏为帝喾高阳氏元妃姜嫄子后稷弃之裔,出于幽王宫涅之孙、平王宜臼庶子王子狐,属周"平族",姬姓,其世系为:平王宜臼→王子狐……王子廖。

(二)王子廖

《说苑·尊贤篇》:"秦穆公用百里子、蹇叔子、王子廖及由余,据有雍州,攘败西戎。"③《汉书·百官公卿表》:"内史,周官,秦因之,掌治京师。"④

谨案:桓二年《左传》有周内史,庄三十二年《左传》有周内史过,僖十六年《左传》有周内史叔兴,文元年《左传》有内史叔服,襄十年《左传》有周内史,则《左传》之内史皆周王室之官,故《百官公卿表》说是。然春秋时期诸侯国亦设内史之官,虢有史嚚,卫有史华,晋有史苏、史狐、史墨,鲁有史克,其大多世掌史事而遂为专史,非仅秦有之。又据《周礼·春官宗伯·内史》,内史由有文才之中大夫担任,故内史廖必为文学之士。则王子廖,即《吕氏春秋·不苟篇》《韩非子·十过篇》《史记·秦本纪》《说苑·反质篇》之"内史廖",亦即《韩诗外传》卷九之"内史王缪""王缪",姬姓,氏王子,名廖,本周人,徙居秦,仕为内史,生卒年未详(前626在世)。其熟知典章礼仪,精通天文历法,擅长辞令文章,传世有《纳由余之策论》(见《韩非子·十过篇》)一文。

综上所考,秦百里氏为公叔祖类之孙、古公亶父次子虞仲后裔,出于百里奚,姬姓,其世系为:百里奚→百里视;王子氏为帝喾高阳氏元妃姜嫄子后稷弃之裔,出于幽王宫涅之孙、平王宜臼庶子王子狐,属周"平族",姬姓,其世系为:平王宜臼→王子狐……王子廖。可见,百里氏、王子氏二族皆为秦公室异姓世族。此二族中,有传世作品者为百里奚、百里视、王子廖等三子,可称之为秦公室异姓世族作家群体。

①　[宋]罗泌撰,[宋]罗苹注:《路史》,第169页。
②　[晋]杜预注,[唐]孔颖达等正义:《春秋左传正义》,第1723页。
③　[汉]刘向撰,向宗鲁校证:《说苑校证》,第175页。
④　[汉]班固撰,[唐]颜师古注,傅东华等点校:《汉书》,第736页。

第四节　其　他

一、蹇氏与蹇叔

（一）蹇氏之族属

屈原《离骚》："解佩纕以结言兮，吾令蹇脩以为理。"①《元和姓纂·二十八狝》："蹇，《左传》秦蹇叔。"②《通志·氏族略四》："蹇氏，秦有蹇叔，或云西乞术、白乙丙皆蹇叔子。"③《路史·国名纪六》："蹇，蹇脩国后有蹇氏、謇氏。"④则秦蹇氏为太皞伏羲氏臣蹇脩后裔，族属未详。

（二）蹇氏之世系

《吕氏春秋·悔过篇》："蹇叔有子曰申与视。"⑤《史记·秦本纪》："（缪公）遂发兵，使百里傒子孟明视、蹇叔子西乞术及白乙丙将兵。"⑥《春秋释例·世族谱下》："杂人：西乞术；白乙丙。或以西乞术、白乙丙为蹇叔子。"⑦僖三十二年《左传》杜《注》："白乙，白乙丙。"⑧

谨案：《新唐书·宰相世系表五下》："白氏，出自姬姓。周太王五世孙虞仲封于虞，为晋所灭。虞之公族井伯奚媵伯姬于秦，受邑于百里，因号百里奚。奚生视，字孟明，古人皆先字后名，故称为孟明视。孟明视二子：一曰西乞术，二曰白乞（乙）丙，其后以为氏。"⑨《日知录》卷二十五："晋潘岳《太宰鲁武公诔》：'秦亡蹇叔，春者不相。'蹇叔之亡不见于书，必百里奚之误也。"⑩张澍稡集补注《世本》卷三："《史秦

---

① 王《注》："蹇脩，伏羲氏之臣也。"[汉]王逸撰，夏祖尧点校：《楚辞章句》，第31页。
② [唐]林宝撰，[清]孙星衍校辑，郁贤皓、陶敏整理点校：《元和姓纂》，第993页。
③ [宋]郑樵撰，王树民点校：《通志二十略》，第140页。
④ 罗苹《注》："秦有蹇叔，《姓书》云因邑。"[宋]罗泌撰，[宋]罗苹注：《路史》，第367页。
⑤ 高《注》："申，白乙丙也；视，孟明视也；皆蹇叔子也。"旧题[周]吕不韦撰，[汉]高诱注，许维遹集释：《吕氏春秋集释》，第409页。
⑥ [汉]司马迁撰，[晋]裴骃集解，[唐]司马贞索隐，[唐]张守节正义，郭逸、郭曼标点：《史记》，第129—130页。
⑦ [晋]杜预：《春秋释例》，第455页。
⑧ [晋]杜预注，[唐]孔颖达等正义：《春秋左传正义》，第1832页。
⑨ [宋]欧阳修、[宋]宋祁编修，石淑仪等点校：《新唐书》，第3412页。案："大王"，文渊阁四库全作"太王"。
⑩ 顾氏原注："《吕氏春秋》：'蹇叔有子曰申与视。'注：'申，白乙丙也；视，孟明视也；皆蹇叔子也。'按：孟明视，百里奚之子。"[清]顾炎武撰，[清]黄汝成集释，秦克诚点校：《日知录集释》，第889页。

纪》以术为蹇叔子,《唐世系表》以西乞为孟明子,均谬。"①张文虎《螺江日记续编·秦三帅非蹇叔子》说同。笔者以为,《史记·秦本纪》以孟明视为百里奚之子说是,而《吕氏春秋·悔过篇》以"视"为蹇叔子则误;《史记·秦本纪》以西乞术、白乙丙为蹇叔之子,而《新唐书·宰相世系表五下》以二人为百里孟明视之子者误。故此不取《吕氏春秋》"孟明视为蹇叔之子"与《新唐书》"西乞术、白乙丙为百里孟明视之子"说。则春秋时期秦蹇氏世系为:蹇叔→西乞术、白乙丙。

（三）蹇叔

《韩非子·说疑篇》:"若夫后稷、皋陶、伊尹、周公旦、太公望、管仲、隰朋、百里奚、蹇叔、舅犯、赵衰、范蠡、大夫种、逢同、华登,此十五人者为其臣也,皆夙兴夜寐,卑身贱体,竦心白意,明刑辟、治官职以事其君,进善言、通道法而不敢矜其善,有成功立事而不敢伐其劳,不难破家以便国,杀身以安主,以其主为高天泰山之尊,而以其身为壑谷鬴洧之卑,主有明名广誉于国,而身不难受壑谷鬴洧之卑。如此臣者,虽当昏乱之主尚可致功,况于显明之主乎? 此谓霸王之佐也。"②《史记·秦本纪》:"百里傒让曰:'臣不及臣友蹇叔'……于是缪公使人厚币迎蹇叔,以为上大夫。"③《李斯列传》载李斯《谏逐客书》:"昔缪公求士,西取由余于戎,东得百里奚于宛,迎蹇叔于宋,来邳豹、公孙支于晋。此五子者,不产于秦,而缪公用之,并国二十,遂霸西戎。"④僖三十二年《左传》杜《注》:"蹇叔,秦大夫。"⑤《栾城集·上曾参政书》:"而百里奚、蹇叔子,此秦之所谓老耄而不武者也。"⑥

谨案:蹇叔年齿与百里奚相当,入仕于秦时年亦七十左右。则蹇叔,即僖三十三年《穀梁传》《公羊传》之"蹇叔子",氏蹇,行次叔,尊称子,西乞术、白乙丙之父,本秦人,后游于宋,穆公五年(前 655)虞亡自宋入仕于秦,名、字及生卒年皆未详(前655—前 627 在世)。其素有贤名,直言敢谏,反对秦穆公"劳师以袭远"(僖三十二年《左传》)⑦,传世有《谏公袭郑书》《哭师送子辞》(俱见僖三十二年《左传》)诸文。

① ［清］张澍粹集补注《世本》,［汉］宋衷注,［清］秦嘉谟等辑:《世本八种》,第 80 页。
② ［周］韩非撰,［清］王先慎集解,钟哲点校:《韩非子集解》,第 403—404 页。
③ ［汉］司马迁撰,［晋］裴骃集解,［唐］司马贞索隐,［唐］张守节正义,郭逸、郭曼标点:《史记》,第 126 页。
④ ［唐］张守节《正义》引李泰《括地志》:"蹇叔,岐州人也。时游宋,故迎之于宋。"［汉］司马迁撰,［晋］裴骃集解,［唐］司马贞索隐,［唐］张守节正义,郭逸、郭曼标点:《史记》,第 1943 页。
⑤ ［晋］杜预注,［唐］孔颖达等正义:《春秋左传正义》,第 1832 页。
⑥ ［宋］苏辙撰,曾枣庄等校点:《栾城集》,第 481 页。
⑦ ［晋］杜预注,［唐］孔颖达等正义:《春秋左传正义》,第 1832 页。

二、西乞氏与西乞术

（一）西乞氏之族属与世系

《广韵·十二齐》"西"字注："又，汉复姓十一氏，《左传》秦帅西乞术，宋大夫西鉏吾、西乡错，出《世本》……"①《通志·氏族略五》："西乞氏，秦将西乞术之后。"②《姓氏急就篇》卷下说大同。

谨案：《元和姓纂·十二齐》："西乞，秦将军百里术，字西乞，其孙以王父字为氏。"③据《史记·秦本纪》，西乞术为蹇叔之子，则其氏蹇而非氏百里。足见林氏《元和姓纂》说不确，故笔者此不取。则秦西乞氏为蹇氏之别，出于蹇叔之子西乞术（西乞、术、遂、申），其世系为：蹇叔→西乞术。

（二）西乞术

《国语·周语中》韦《注》："三帅，秦三将，谓白乙丙、西乞术、孟明视也。"④僖三十二年《左传》杜《注》："西乞，西乞术。"⑤《汉书·五行志中》颜《注》："遂，秦大夫名，即《左氏》所谓西乞术。"⑥《栾城集·上曾参政书》："孟明视、西乞术、白乙丙，此三人者，秦之豪俊有决之士。"⑦则西乞术，即僖三十二年《左传》之"西乞"，亦即文十二年《春秋》《国语·周语中》之"术"，亦即《汉书·五行志中》之"遂"，本氏蹇，别氏西乞，名术，一名遂，字西乞，蹇叔之子，白乙丙（申）之兄，秦大夫，生卒年未详（前628年—前615在世）。其尊崇周礼，素有令名，传世有《瑞节结好论》（见文十二年《左传》）一文。

三、卜氏与卜徒父

（一）卜氏之族属与世系

《古今姓氏书辩证·一屋》《四十一漾》并引《风俗通义》："（卜氏）氏于事者，巫、

① ［宋］陈彭年等重修：《钜宋广韵》，第50页。
② ［宋］郑樵撰，王树民点校：《通志二十略》，第203页。
③ ［唐］林宝撰，［清］孙星衍校辑，郁贤皓、陶敏整理点校：《元和姓纂》，第328页。
④ ［三国吴］韦昭注，上海师范大学古籍整理研究所校点：《国语》，第61页。
⑤ ［晋］杜预注，［唐］孔颖达等正义：《春秋左传正义》，第1832页。
⑥ ［汉］班固撰，［唐］颜师古注，傅东华等点校：《汉书》，第1391页。
⑦ ［宋］苏辙撰，曾枣庄等校点：《栾城集》，第481页。

卜、陶、匠是也。"①《元和姓纂·一屋》："卜，《周礼》卜人，以官为姓。仲尼弟子（卜）商，字子夏，鲁人。"②《古今姓氏书辩证·一屋》："卜……春秋鲁有大夫卜齮、鲁庄公车右卜国……"③《通志·氏族略四》："卜氏，《周礼》卜人氏也。鲁有卜楚邱，晋有卜偃，楚（秦）有卜徒父，皆以卜命之，其后遂以为氏，如仲尼弟子卜商之徒是也。"④《姓氏急就篇》卷上："卜氏，氏于事。鲁卜国、卜锜、卜楚邱，晋卜偃，秦卜徒父，孔子弟子卜商……"⑤则秦卜氏乃以事为氏者，族属、世系皆未详。

（二）徒父

僖十五年《左传》杜《注》："徒父，秦之掌龟卜者。卜人而用筮，不能通三易之占，故据其所见杂占而言之。"⑥《日知录》卷一自《注》："卜徒父以卜人而掌此，犹《周官》之大卜。"⑦

谨案：《周礼·春官宗伯·大卜》："大卜掌三兆之法，一曰《玉兆》，二曰《瓦兆》，三曰《原兆》……掌三易之法，一曰《连山》，二曰《归藏》，三曰《周易》……掌三梦之法，一曰《致梦》，二曰《觭梦》，三曰《咸陟》。"⑧既然大卜掌三兆、三易、三梦之法，则古之筮亦兼掌于卜人。则徒父，即僖十五年《左传》《汉书·古今人表》之"卜徒父"，名徒父，秦掌卜大夫，其后以官别为卜氏，姓、氏、世系及生卒年皆未详（前645在世）⑨。其精通卜筮之学，传世有《释〈蛊〉卦爻辞论》（见僖十五年《左传》）一文。

综上所考，秦蹇氏为太皞伏羲氏臣蹇脩后裔，族属未详，其世系为：蹇叔→西乞术、白乙丙；西乞氏为蹇氏之别，出于蹇叔之子西乞术，其世系为：蹇叔→西乞术；卜氏乃以事为氏者，族属、世系皆未详。可见，蹇氏、西乞氏之族虽族属未详，然其可别族为氏且仕为大夫者，必为贵族；卜氏之族虽族属未详，然其可以卜为职者，亦必为贵族。其中，有传世作品者为蹇叔、西乞术、卜徒父，此三子皆属秦国世族作家群体。

① ［宋］邓名世撰，王力平点校：《古今姓氏书辩证》，第539页。案：今本《风俗通义》佚此文。
② ［唐］林宝撰，［清］孙星衍校辑，郁贤皓、陶敏整理点校：《元和姓纂》，第1443页。
③ ［宋］邓名世撰，王力平点校：《古今姓氏书辩证》，第539页。
④ ［宋］郑樵撰，王树民点校：《通志二十略》，第159页。案：鲁、卫、魏皆有卜氏。
⑤ ［宋］王应麟：《姓氏急就篇》，第796页。
⑥ ［晋］杜预注，［唐］孔颖达等正义：《春秋左传正义》，第1805页。
⑦ ［清］顾炎武撰，［清］黄汝成集释，秦克诚点校：《日知录集释》，第2页。
⑧ ［汉］郑玄注，［唐］贾公彦疏：《周礼注疏》，第802—803页。
⑨ 宋大观三年（1109）三月，封卜徒父为陆阳伯。事见《宋史·礼志八》。

第三章

楚

第一节 公 室

一、族属考

《国语·郑语》:"夫荆子熊严生子四人:伯霜、仲雪、叔熊、季紃。叔熊逃难于濮而蛮,季紃是立;薳氏将起之,祸又不克……且重、黎之后也,夫黎为高辛氏火正,以淳燿敦大,天明地德,光照四海,故命之曰'祝融',其功大矣……祝融亦能昭显天地之光明,以生柔嘉材者也,其后八姓于周未有侯伯……融之兴者,其在芈姓乎? 芈姓夔越不足命也。蛮芈蛮矣,唯荆实有昭德,若周衰,其必兴矣。"[①] 僖二十六年《左传》:"夔子不祀祝融与鬻熊,楚人让之。"昭二十九年《左传》:"社稷五祀,是尊是奉。木正曰句芒,火正曰祝融,金正曰蓐收,水正曰玄冥,土正曰后土……颛顼氏有子曰

---

① 韦《注》:"荆,楚也。熊严,楚子鬻熊之后十世也。伯霜,楚子熊霜。季紃,楚子熊紃也。仲不立,叔在濮。濮,蛮邑。薳氏,楚大夫。先熊霜之世,叔熊逃难奔濮,而从蛮俗。熊霜死,国人立季紃。薳氏将起叔熊而立之,又有祸难,而熊不立……重、黎,官名……高辛,帝喾。黎,颛顼之后也。颛顼生老童,老童产重、黎及吴回,吴回产陆终,陆终生六子,其季曰连,为芈姓,楚之先祖也。季连之后曰鬻熊,事周文王,其曾孙熊绎,当成王时,封为楚子。黎当高辛氏为火正……祝,始也。融,明也……八姓,祝融之后。八姓:己、董、彭、秃、妘、曹、斟、芈也……蛮芈,谓叔熊在濮从蛮俗。"[三国吴]韦昭注,上海师范大学古籍整理研究所校点:《国语》,第509—513页。

犁,为祝融。"①《大戴礼记·五帝德》载孔子曰:"颛顼,黄帝之孙,昌意之子也,曰高阳。"②《楚辞·离骚》:"帝高阳之苗裔兮,朕皇考曰伯庸。"③《史记·楚世家》司马贞《索隐》引《世本》:"陆终娶鬼方氏妹,谓之女嬇……六曰季连,是为芈姓。季连者,楚是也。"④《大戴礼记·帝系》:"黄帝产昌意,昌意产高阳,是为帝颛顼……吴回氏产陆终。陆终氏娶于鬼方氏,鬼方氏之妹谓之女隤氏,产六子;孕而不粥,三年,启其左胁,六人出焉……其六曰季连,是为芈姓。季连产附祖氏,附祖氏产穴熊,季连之裔孙鬻熊,九世至于渠。"⑤《史记·楚世家》:"楚之先祖出自帝颛顼高阳。高阳者,黄帝之孙,昌意之子也。高阳生称,称生卷章,卷章生重黎。重黎为帝喾高辛居火正,甚有功,能光融天下,帝喾命曰祝融。共工氏作乱,帝喾使重黎诛之而不尽。帝乃以庚寅日诛重黎,而以其弟吴回为重黎后,复居火正,为祝融。吴回生陆终。陆终生子六人,坼剖而产焉……六曰季连,芈姓,楚其后也……周文王之时,季连之苗裔曰鬻熊。鬻熊子事文王,早卒。其子曰熊丽。熊丽生熊狂,熊狂生熊绎。熊绎当周成王之时,举文、武勤劳之后嗣,而封熊绎于楚蛮,封以子男之田,姓芈氏,居丹阳。楚子熊绎与鲁公伯禽、卫康叔子牟、晋侯燮、齐太公子吕伋俱事成王。"⑥《潜夫论·志氏姓》:"祝融之孙,分为八姓:己、秃、彭、姜、妘、曹、斯、芈……芈姓之裔熊严,成王封之于楚,是谓粥熊,又号粥子。生四人:伯霜、仲雪、叔熊、季紃。紃嗣为荆子,或封于夔,或封于越……公族有楚季氏、列宗氏、斗强氏、良臣氏、耆氏、门氏、侯氏、季融氏、仲熊氏、子季氏、阳氏、无钩氏、蔿氏、善氏、阳氏、昭氏、景氏、严氏、婴齐氏、来氏、来纤氏、即氏、申氏、訽氏、沈氏、贺氏、咸氏、吉白氏、伍氏、沈瀮氏、余推氏、公建氏、子南氏、子庚氏、子午氏、子西氏、王孙、田公氏、舒坚氏、鲁阳氏、黑肱

① 杜《注》:"祝融,高辛氏之火正,楚之远祖也。鬻熊,祝融之十二世孙。夔,楚之别封。"[晋]杜预注,[唐]孔颖达等正义:《春秋左传正义》,第 1821,2123—2124 页。

② [汉]戴德撰,[北周]卢辩注,[清]王聘珍解诂,王文锦点校:《大戴礼记解诂》,第 120 页。

③ [汉]王逸撰,夏祖尧点校:《楚辞章句》,第 3 页。

④ [汉]司马迁撰,[晋]裴骃集解,[唐]司马贞索隐,[唐]张守节正义,郭逸、郭曼标点:《史记》,第 1342 页。

⑤ [汉]戴德撰,[北周]卢辩注,[清]王聘珍解诂,王文锦点校:《大戴礼记解诂》,第 126—128 页。

⑥ [汉]司马迁撰,[晋]裴骃集解,[唐]司马贞索隐,[唐]张守节正义,郭逸、郭曼标点:《史记》,第 1341—1343 页。

氏,皆芈姓也。"①文十八年《左传》杜《注》:"高阳(氏),帝颛顼之号。"②《急就篇》卷一颜《注》:"景氏,楚之同族,本芈姓也。"③《元和姓纂·一东》:"熊,楚鬻熊之后,以王父字为氏。"《资治通鉴·晋纪二》胡三省《音注》引《姓谱》说同。《元和姓纂·四纸》:"芈,楚姓,祝融子季连之后。"④《古今姓氏书辩证·三萧》:"熊,出自芈姓。祝融曾孙鬻熊,为周文王师。其子事文王,早卒。曾孙熊绎,以王父字为氏。成王封为荆子,后僭号楚王。由绎而下,为楚君者,皆以熊连名称之,如熊通、熊虔、熊居之类。盖姓芈而氏熊也。春秋时,楚公族有熊负羁、熊宜僚,为大夫。而近楚罗国,亦为熊姓,今望出江陵。"⑤《通志·氏族略三》:"芈氏,楚姓也,陆终之子季连之后也。陆终娶鬼方之女,孕而不育,十一年,开左肋出三人焉,又开右肋出三人焉,第六子曰季连,是为芈姓。周文王时,季连苗裔鬻熊,为文王师,事成王。成王举文王劳臣,封其裔子于丹阳,是为楚国。"《氏族略四》:"熊氏,楚鬻熊之后,以名为氏,今望出南昌、江陵。"⑥《姓氏急就篇》卷下:"芈姓,陆终六子,其季曰季连,为芈姓,楚之祖。"⑦

　　谨案:哀四年《左传》:"士蔑乃致九州之戎,将裂田以与蛮子而城之,且将为之卜。蛮子听卜,遂执之与其五大夫,以畀楚师于三户。"⑧桓二年《左传》孔《疏》引《世本》:"楚鬻熊居丹阳,武王徙郢。"⑨《汉书·地理志上》:"江陵,故楚郢都,楚文王自丹阳徙此。后九世平王城之。后十世秦拔我郢,徙东。莽曰江陵。"⑩《史记·越王勾践世家》张守节《正义》引晋虞预《会稽典录》:"范蠡字少伯,越之上将军也。本是楚宛三户人,佯狂倜傥负俗。"⑪

---

　　① [汉]王符撰,[清]王继培笺,彭铎校正:《潜夫论笺校正》,第412—416页。案:《国语·郑语》"秃"作"董","姜"作"秃","斟"作"斟"。据《史记·楚世家》,鬻融子事文王,盍(早)卒,成王封其曾孙熊绎于楚。则熊严为熊绎六世孙。此合熊严、粥熊为一人,失考。"耆氏""门氏",疑当作"斗耆氏";"钧氏",当作"钧氏";"咸氏",当作"箴氏"。

　　② [晋]杜预注,[唐]孔颖达等正义:《春秋左传正义》,第1861页。

　　③ [汉]史游撰,[唐]颜师古注:《急就篇》,第400页。

　　④ [唐]林宝撰,[清]孙星衍校辑,郁贤皓、陶敏整理点校:《元和姓纂》,第19,816页。

　　⑤ [宋]邓名世撰,王力平点校:《古今姓氏书辩证》,第6—7页。

　　⑥ [宋]郑樵撰,王树民点校:《通志二十略》,第105,133页。

　　⑦ [宋]王应麟:《姓氏急就篇》,第38页。

　　⑧ 杜《注》:"(三户),今丹水县北之三户亭。"[晋]杜预注,[唐]孔颖达等正义:《春秋左传正义》,第2158页。

　　⑨ [晋]杜预注,[唐]孔颖达等正义:《春秋左传正义》,第1743页。

　　⑩ [汉]班固撰,[唐]颜师古注,傅东华等点校:《汉书》,第1566页。

　　⑪ [汉]司马迁撰,[晋]裴骃集解,[唐]司马贞索隐,[唐]张守节正义,郭逸、郭曼标点:《史记》,第1377—1378页。

今考：关于丹阳地望，先哲主要有三说：

一为"枝江"说，即今湖北省枝江市。《史记·楚世家》张守节《正义》《韩世家》张守节《正义》并引汉颍客容《春秋左氏例》："楚居丹阳，今枝江县故城是也。"裴骃《集解》引徐广《史记音义》："（丹阳）在南郡枝江县。"①桓二年《左传》孔《疏》引晋杜预《春秋释例·世族谱下》："楚，芈姓，颛顼之后也。其后有鬻熊事周文王，早卒。成王封其曾孙熊绎于楚，以子男之田居丹阳，今南郡枝江是也。"②

二为"秭归"说，即今秭归市。《山海经·海内南经》："丹山在丹阳南，丹阳居属也。"郭《注》："今建平郡丹阳城秭归县东七里，即孟涂所居也。"③《史记·楚世家》张守节《正义》引李泰《括地志》："归州巴东县东南四里归故城，楚子熊绎之始国也。又熊绎墓在归州秭归县。《舆地志》云秭归县东有丹阳城，周回八里，熊绎始封也。"④

三为"淅川"说，即今河南省南阳市淅川县故县城。《水经·丹水注》："丹水又东南，迳一故城南，名曰三户城。昔汉祖入关，王陵起兵丹水，以归汉祖，此城，疑陵所筑也。丹水又迳丹水县故城西南，县有密阳乡，古商密之地，昔楚申息之师所戍也。《春秋》之三户矣。杜预曰：县北有三户亭。"⑤《史记·高祖本纪》张守节《正义》引《括地志》："故丹城在邓州内乡县西南百三十里，南去丹水二百步……《舆地志》云秦为丹水县也。《地理志》云丹水县属弘农郡。"⑥《史记·屈原列传》司马贞《索隐》："丹，淅，二水名也。谓于丹水之北，淅水之南。皆为县名，在弘农，所谓丹阳、淅是也。"⑦

我们认为，所谓"丹阳"者为通称，即丹水之阳（北岸），丹水为今之丹江，属汉水最长支流，位于丹水北岸之古商密，即今淅川县境；所谓"三户"者为邑名，以熊渠之子句亶王、鄂王、越章王此"三王"发祥地而得名，在今淅川县西南丹江南岸之故三

---

　　①　［汉］司马迁撰，［晋］裴骃集解，［唐］司马贞索隐，［唐］张守节正义，郭逸、郭曼标点：《史记》，第1343页。

　　②　［晋］杜预注，［唐］孔颖达等正义：《春秋左传正义》，第646页。案：此条《永乐大典》本阙，四库馆臣据桓二年《左传》孔《疏》补入。

　　③　［晋］郭璞注，袁珂校注：《山海经校注》（增订本），第327页。

　　④　［汉］司马迁撰，［晋］裴骃集解，［唐］司马贞索隐，［唐］张守节正义，郭逸、郭曼标点：《史记》，第1343页。

　　⑤　［北魏］郦道元撰，杨守敬、熊会贞疏，段熙仲点校，陈桥驿复校：《水经注疏》，第1731－1732页。

　　⑥　［汉］司马迁撰，［晋］裴骃集解，［唐］司马贞索隐，［唐］张守节正义，郭逸、郭曼标点：《史记》，第248页。

　　⑦　［汉］司马迁撰，［晋］裴骃集解，［唐］司马贞索隐，［唐］张守节正义，郭逸、郭曼标点：《史记》，第1902页。

户亭,今为 1973 年所修丹江水库湮①。地下考古材料可以证明此说是有道理的。如 1975 年淅川县毛坪发掘出的春秋时期二十七座楚公族墓葬群以及 1976 年淅川县下寺发掘出的春秋时期二十五座楚公族墓葬群,正好说明了楚人"归葬"习俗②。

又庄十八年《左传》:"巴人叛楚而伐那处,取之,遂门于楚。"杜《注》:"那处,楚地,南郡编县东南有那口城……(门于楚)攻楚城门。"③桓二年《左传》孔《疏》引杜预《春秋释例·世族谱下》:"熊达始称武王,武王十九年,鲁隐公之元年也。武王居郢,今江陵是也,昭王徙都。惠王八年,获麟之岁也;惠王二十一年,《春秋》之《传》终矣;惠王五十七年卒。自惠王以下十一世二百九年而秦灭之。"④《后汉书·郡国志四》刘《注》引南朝宋盛弘之《荆州记》:"(江陵)县北十余里有纪南城,楚王所都。东南有郢城,子囊所城。"⑤《史记·楚世家》裴骃《集解》引梁缪卜等《皇览》:"楚武王冢在汝南郡铜阳县葛陂乡城东北,民谓之楚王岑。汉永平中,葛陵城北祝里社下于土中得铜鼎,而名曰'楚武王',由是知楚武王之冢。"张守节《正义》引李泰《括地志》:"纪南故城在荆州江陵县北五十里。杜预云:国都于郢,今南郡江陵县北纪南城是也……又至平王,更城郢,在江陵县东北六里,故郢城是也。"张守节《正义》:"有本注'葛陂乡'作'葛陵乡'者,误也。《地理志》云:新蔡县西北六十里有葛陂乡,即费长房投竹成龙之陂,因为乡名也。"⑥

可见,丹阳乃祝融八姓支族季连后裔芈熊之楚初居地,武王熊通(前 740—前 690 在位)时自丹阳南迁郢,文王熊赀元年(前 689)始都郢,十三年(前 676)时已筑城,至平王熊居十年(前 519)时令尹囊瓦复城郢,此郢,即郢城,亦即故郢,亦即今湖北省江陵市北十里之故纪南城;昭王熊珍十二年(前 504)迁都,号鄢郢,即今宜城市东南九十里之故都城,旋复迁郢;顷襄王熊横二十一年(前 278)东北保于陈城,即今河南省商丘市睢阳区宛丘故城;考烈王熊元二十二年(前 241)东徙都寿春,命曰郢,即今安徽省淮南市寿县;王负刍五年(前 223)灭于秦。

---

① 参见:赵逵夫《屈原与他的时代》,人民文学出版社 2002 年第 2 版,第 20—26 页。
② 参见:张剑、赵世刚《河南省淅川县下寺春秋楚墓》,《文物》1980 年第 10 期,第 13—19 页;黄运甫《淅川县毛坪楚墓发掘简报》,《中原文物》1982 年第 1 期,第 42—46 页。
③ [晋]杜预注,[唐]孔颖达等正义:《春秋左传正义》,第 1733 页。
④ [晋]杜预注,[唐]孔颖达等正义:《春秋左传正义》,第 646—647 页。
⑤ [南朝宋]范晔撰,[唐]李贤等注,宋云彬等点校:《后汉书》,第 3480 页。
⑥ [汉]司马迁撰,[晋]裴骃集解,[唐]司马贞索隐,[唐]张守节正义,郭逸、郭曼标点:《史记》,第 1345—1346 页。

　　则楚公室为祝融八姓（陆终六子）氏族部落支族芈姓季连后裔①，出于鬻熊，姓芈，氏熊，其后别为楚季氏、列宗氏、斗强氏、良臣氏、斗耆氏、侯氏、季融氏、仲熊氏、子季氏、阳氏、无钩氏、蔿氏、善氏、阳氏、昭氏、屈氏、景氏、严氏、婴齐氏、来氏、来纤氏、即氏、申氏、钧氏、沈氏、贺氏、箴氏、吉白氏、伍氏、沈瀯氏、余推氏、公建氏、子南氏、子庚氏、子午氏、子西氏、王孙、田公氏、舒坚氏、鲁阳氏、黑肱氏。

二、世系考

　　《史记·楚世家》："熊咢九年，卒，子熊仪立，是为若敖……二十七年，若敖卒，子熊坎立，是为霄敖。霄敖六年，卒，子熊眴立，是为蚡冒……蚡冒十七年，卒。蚡冒弟熊通弑蚡冒子而代立，是为楚武王……（武王五十一）武王卒师中而兵罢。子文王熊赀立，始都郢……（文王）十三年，卒，子熊囏立，是为杜（壮）敖。杜（壮）敖五年，欲杀其弟熊恽，恽奔随，与随袭弑杜（壮）敖代立，是为成王……（成王四十六）丁未，成王自绞杀。商臣代立，是为穆王……（穆王）十二年，卒，子庄王侣立……（庄王）二十三年，庄王卒，子共王审立……（共王）三十一年，共王卒，子康王招立。康王立十五年卒，子员立，是为郏敖。康王宠弟公子围、子比、子晰、弃疾……（郏敖四）十二月己酉，围入问王疾，绞而弑之，遂杀其子莫及平夏……子比奔晋，而围立，是为灵王……（灵王十二）夏五月癸丑，王死申亥家……丙辰，弃疾即位为王，改名熊居，是为平王……（平王）十三年，平王卒……乃立太子珍，是为昭王……（昭王二十七年十月）庚寅，昭王卒于军中……迎越女之子章立之，是为惠王……（惠王）五十七年，惠王卒，子简王中立。"②《国语·鲁语下》韦《注》："芈，楚姓也……郏敖，楚康王之子麇。麇有疾，围缢而杀之，葬之于郏，诸侯谓之郏敖。"《楚语上》韦《注》："子元，楚武王子，文王弟，王子善也……子期，楚平王之子、子西之弟公子结也，为大司马。"《楚语下》韦《注》："子期，楚平王之子结……子干、子晰，恭王庶子公子比、

　　①　参见：邵炳军、杨秀礼《祝融、蚩尤、三苗种族概念关系发微》，《西南民族大学学报》2008 年第 9 期，第36—48 页。

　　②　［晋］裴骃《集解》引《史记音隐》："囏，古'艰'字。"［汉］司马迁撰，［晋］裴骃集解，［唐］司马贞索隐，［唐］张守节正义，郭逸、郭曼标点《史记》，第 1344—1362 页。案：《史记音隐》，裴骃《史记集解》凡七引，然《隋书·经籍志》《旧唐书·经籍志》《新唐书·艺文志》皆未见著录，他书亦未见称引。故疑裴氏所引为［晋］徐广（野民）《史记音义》。说参：［宋］陈振孙《直斋书录题解》卷四。又秦嘉谟粹集补《世本》卷四以此世系为《史记·十二诸侯年表》《楚世家》司马贞《索隐》引《世本》文，然《索隐》原无此文，当为太史公据《世本》叙之。

公子黑肱也……司马，子西之弟子期……乃使子西之子宁为令尹。"①宣十二年《左传》杜《注》："（公子）縠臣，楚王子。"成十年《左传》杜《注》："子商，楚公子辰。"成十五年《左传》杜《注》说大同。成十六年《左传》杜《注》："（右尹子辛）公子壬夫。"襄十五年《左传》杜《注》："追舒，庄王子子南。"襄十八年《左传》杜《注》："子庚，楚令尹公子午。"昭十三年《左传》杜《注》："（公子比）子干；（公子黑肱）子皙。"哀十七年《左传》杜《注》："武城尹，子西子公孙朝……子良，惠王弟。"②《春秋分记·世谱七》："蚡冒，武王，为一世；蚡冒生蒍章（后为蒍氏），武王生二子：曰文王、曰公子元（无后），为二世；文王生二子：曰堵敖（无后），曰成王，为三世；成王生二子：曰穆王，曰王子职（无后），为四世；穆王生六子：曰庄王，曰婴齐（无后），曰侧（无后），曰壬夫（无后），曰辰（无后），曰阳（后为阳氏），为五世；庄王生五子：曰共王，曰縠臣（无后），曰贞（后为囊氏），曰追舒（后为子南氏），曰午（无后），为六世；共王生五子：曰康王，曰灵王，曰比（无后），曰黑肱（无后），曰平王，为七世；康王生郏敖，灵王生二子：曰禄（无后）、曰罢敌（无后），平王生六子：曰昭王、曰太子建、曰申、曰结、曰启（无后）、曰尹戌（后为沈氏），为八世；郏敖生二子：曰幕、曰平夏，昭王生二子：曰惠王、曰子良，建生二子：曰胜、曰燕，申生二子：曰朝、曰宁，结生二子：曰平、曰宽，为九世。"③

　　谨案：《汉书·古今人表》颜《注》："（恽）《左传》作'頵'，音于伦反。"④又《史记·楚世家》司马贞《索隐》："坎，苦感反。一作'菌'，又作'钦'……古本'蚡'作'粉'，音愤。冒，音亡北反，或亡报反……杜（庄）作'壮'，侧状反……恽，音纡粉反。《左传》作'頵'，纡贫反……员，音云。《左传》作'麕'。"⑤又，《史记·楚世家》之"成王恽"，文元年《春秋》作"頵"；"庄王侣"，宣十八年《春秋》作"楚子旅"；"康王招"，襄二十八年《春秋》作"楚子昭"；"子员"，昭元年《春秋》作"楚子麇"；"太子珍"，哀六年《春秋》作"楚子轸"。又程氏《春秋分记》所谓"公子元"，即庄二十八年《左传》之"令尹子元"，亦即庄二十八年、三十年《左传》之"子元"，成王八年（前664）为申公斗班所杀，事见庄三十年《左传》。所谓"堵敖"，《史记·楚世家》作"杜敖"，司马贞《索

---

① ［三国吴］韦昭注，上海师范大学古籍整理研究所校点：《国语》，第192－196，536－558，565－590页。
② ［晋］杜预注，［唐］孔颖达等正义：《春秋左传正义》，第1882，1906，1914，1917，1959，1965，2069，2179页。
③ ［宋］程公说：《春秋分记》，第150页。
④ ［汉］班固撰，［唐］颜师古注，傅东华等点校：《汉书》，第1912页。
⑤ ［汉］司马迁撰，［晋］裴骃集解，［唐］司马贞索隐，［唐］张守节正义，郭逸、郭曼标点：《史记》，第1345－1351页。

隐》以为应作"壮敖";所谓"幕",《史记·楚世家》作"莫"。

则春秋时期楚公室世系为:若敖熊仪→霄敖熊坎→蚡冒熊眴、武王熊通,蚡冒熊眴→蒍章(别为蒍氏),武王熊通→文王熊赀、公子元(无后)→堵敖熊囏(无后)、成王熊頵→穆王熊商臣、王子职(无后)→庄王熊旅、公子婴齐(无后)、公子侧(无后)、公子壬夫(无后)、公子辰(无后)、公子阳(别为阳氏)→共王熊审、公子穀臣(无后)、公子贞(别为囊氏)、公子追舒(别为子南氏)、公子午(无后)→康王熊昭、灵王熊虔、公子比(无后)、公子黑肱(无后)、平王熊居,康王熊昭→郏敖熊麇→公子莫、公子平夏,灵王熊虔→公子禄(无后)、公子罢敌(无后),平王熊居→昭王熊轸、太子建、公子申、公子结、公子启(无后)、公子尹戌(别为沈氏),昭王熊轸→惠王熊章、公子良,太子建→公孙胜、公孙燕,公子申→公孙朝、公孙宁,公子结→公孙平、公孙宽①。

三、成王熊頵

庄十四年《左传》:"(楚子)以息妫归,生堵敖及成王焉。"文元年《春秋》:"冬十月丁未,楚世子商臣弑其君頵。"《左传》:"(成王)既又欲立王子职而黜大子商臣。"②《国语·晋语四》韦《注》:"成王,楚武王之孙、文王之子熊頵也。"《楚语下》韦《注》:"成王,楚文王之子頵也……成,成王,穆王商臣之父,欲黜商臣而立其弟职。"③文元年《春秋》杜《注》:"商臣,穆王也。"④

则楚成王(前? 年—前626),姓芈,氏熊,其后别为成王氏⑤,名頵(一作"恽",又作"髡"),谥成,武王熊通之孙,文王熊赀之子,堵敖熊囏之弟,穆王商臣、王子职之父,四十六年(前626)为世子商臣所弑。其结好诸侯,布德施惠,认为"所明于人君者,莫如桓公;所贤于人臣者,莫如管仲",提倡"明其君而贤其臣"(《管子·霸形篇》)⑥;主张修德治民,认为"敏而有文,约而不谄,三材侍之,天祚之矣",提出"天之

---

① 参见:邵炳军《楚公室族属、世系暨作家群体事略考》,《中国文化研究》2011年第4期,第51—61页。

② 杜《注》:"商臣,穆王也……(王子)职,商臣庶弟也。"[晋]杜预注,[唐]孔颖达等正义:《春秋左传正义》,第1771,1836—1837页。案:"頵",文元年《公羊传》作"髡"。

③ [三国吴]韦昭注,上海师范大学古籍整理研究所校点:《国语》,第353,573页。

④ [晋]杜预注,[唐]孔颖达等正义:《春秋左传正义》,第1836页。

⑤ 《元和姓纂·十四清》:"成王,楚成王之后。"[唐]林宝撰,[清]孙星衍校辑,郁贤皓、陶敏整理点校:《元和姓纂》,第627页。则楚成王氏为熊氏之别,出于武王熊通之孙、文王熊赀之子成王熊頵。

⑥ 旧题[周]管夷吾撰,[清]黎翔凤集注校正,梁运华整理:《管子校注》,中华书局2004年新编诸子集成本,第459页。

所兴,谁能废之"(《国语·晋语四》)①说;尊崇"彼己之子,不遂其媾"古训,反对"邮而效之",提出"效邮,非礼也"(《晋语四》)②说;推崇"允当则归""知难而退""有德不可敌"古训,提出"天假之年,而除其害,天之所置,其可废乎"(僖二十八年《左传》)③说;推崇周礼,尊奉天子,和齐、晋,伐黄(嬴姓国,地即今河南省信阳市潢川县)、宋,灭英(偃姓国,地即今安徽省六安市西之英丘故城)、夔(芈姓国,楚附庸,地即今湖北省宜昌市秭归县东二十里之夔子城),地广千里;熟知典籍,尤谙习《诗》,传世有《号国中令》(见《管子·霸形篇》)、《修德治民论》《效邮非礼论》(俱见《国语·晋语四》)、《御晋师之策论》(见僖二十八年《左传》)诸文④。

四、庄王熊旅

《国语·楚语上》韦《注》:"庄王,楚成王之孙、穆王之子旅也。"《楚语下》韦《注》:"庄王,成王孙也。"⑤文十四年《左传》杜《注》:"(楚庄王)穆王子也。"⑥则楚庄王(前? 年—前591),即宣十八年《春秋》之"楚子旅",姓芈,氏熊,名旅(一作"侣"),谥庄,爵子,成王熊頵(一作"恽",又作"髡")之孙,穆王熊商臣之子,公子婴齐(子重)、公子侧(子反)、公子壬夫(子辛)、公子辰(子商)、公子阳之兄,共王熊审,公子谷臣(王子)、公子贞(子囊)、公子追舒(子南)、公子午(子庚)之父。其奉行韬光养晦之策,主张"三年不飞,飞将冲天;三年不鸣,鸣将惊人"(《史记·楚世家》)⑦。主张与民生息,富国强兵,反对"筑武军而收晋尸以为京观",恪守"民生在勤,勤则不匮"(宣十二年《左传》)⑧之箴。尊崇"载戢干戈,载櫜弓矢。我求懿德,肆于时《夏》,允王保之""耆定尔功""铺时绎思,我徂维求定""绥万邦,屡丰年"古训,提出"夫文,止戈为武""夫武,禁暴、戢兵、保大、定功、安民、和众、丰财者也"说,倡导"武有七德"——"禁暴""戢兵""保大""定功""安民""和众""丰财"(宣十二年《左传》)⑨这一

---

① 〔三国吴〕韦昭注,上海师范大学古籍整理研究所校点:《国语》,第353页。
② 〔三国吴〕韦昭注,上海师范大学古籍整理研究所校点:《国语》,第353页。
③ 〔晋〕杜预注,〔唐〕孔颖达等正义:《春秋左传正义》,第1824页。
④ 《号令国中》,据《全上古三代文》卷九题。
⑤ 〔三国吴〕韦昭注,上海师范大学古籍整理研究所校点:《国语》,第527,574页。
⑥ 〔晋〕杜预注,〔唐〕孔颖达等正义:《春秋左传正义》,第1854页。
⑦ 〔汉〕司马迁撰,〔晋〕裴骃集解,〔唐〕司马贞索隐,〔唐〕张守节正义,郭逸、郭曼标点:《史记》,第1348页。
⑧ 〔晋〕杜预注,〔唐〕孔颖达等正义:《春秋左传正义》,第1880—1882页。
⑨ 〔晋〕杜预注,〔唐〕孔颖达等正义:《春秋左传正义》,第1882—1883页。

当时具有进步意义的军事思想。尊崇周礼，推行法令，熟知典籍，尤谙习《诗》，传世有《国中令》（一）《不蜚不鸣论》（俱见《史记·楚世家》）、《国中令》（二）（见《说苑·正谏篇》）、《勤箴》（见宣十二年《左传》载晋大夫栾书引）、《茅门法》（见《韩非子·外储说右上》）、《葬马令》（见《史记·滑稽列传》）、《武功七德论》（见宣十二年《左传》）诸文①。

五、公子婴齐

宣十一年《左传》杜《注》："（左尹）子重，公子婴齐，庄王弟。"成九年《左传》杜《注》："婴齐，令尹子重。"②则公子婴齐（前？—前570），即宣十一年《左传》之"左尹子重"，亦即宣十二年、成二年、六年、七年、九年、十六年、十七年、十八年、襄二年、三年《左传》之"子重"，亦即成二年、十一年《左传》之"令尹子重"，亦即昭七年《左传》之"先大夫婴齐"，亦即宣十二年《公羊传》《韩诗外传》卷六、《说苑·君道篇》《尊贤篇》《新序·杂事四》《杂事五》之"将军子重"，姓芈，氏熊，其后别为婴齐氏、子重氏③，名婴齐，字子重，成王熊恽之孙，穆王熊商臣之子，庄王熊侣之弟，公子侧、公子壬夫、公子辰、公子阳之兄，庄王十六年（前598）时为左尹，共王二年（前589）为令尹，二十一年（前570）病故，历仕庄、共二王凡二十九年（前598—前570）。其尊崇"济济多士，文王以宁""无德以及远方，莫如惠恤其民，而善用之"古训，主张树德惠民以"用众"（成二年《左传》）④；恪守礼仪，熟知典籍，尤谙习《诗》，传世有《树德惠民以用众论》（见成二年《左传》）一文。

---

① 据《荀子·王霸篇》《议兵篇》《吕氏春秋·当染篇》《风俗通义·皇霸篇》《白虎通义·号篇》，楚庄王为"春秋五伯"之一。又，《国中令》（一）、《全上古三代文》卷九题作《初即位令国中》；《国中令》（二），《全上古三代文》卷九题作《又令》；《勤箴》，据《全上古三代文》卷九，《古诗纪》卷六、《皇霸文纪》卷八皆题作《楚箴》；《茅门法》《葬马令》，皆据《全上古三代文》卷九题。

② ［晋］杜预注，［唐］孔颖达等正义：《春秋左传正义》，第1875，1906页。

③ 《元和姓纂·十四清》："婴齐，出芈姓。楚令尹子重曰公子婴齐，后氏焉。"《六止》："子重，楚公子重字婴齐子重之后。"［唐］林宝撰，［清］孙星衍校辑，郁贤皓、陶敏整理点校：《元和姓纂》，第626，840页。《通志·氏族略四》："婴齐，芈姓。楚穆王之子公子婴齐之后也。婴齐，字子重，为令尹。"［宋］郑樵撰，王树民点校：《通志二十略》，第135页。则楚婴齐氏（子重氏）为熊氏之别，出于成王熊恽之孙、穆王熊商臣次子公子婴齐（子重）。又，《元和姓纂·十月》："越椒，楚令尹公子婴齐子重之后。"［唐］林宝撰，［清］孙星衍校辑，郁贤皓、陶敏整理点校：《元和姓纂》，第1524页。《通志·氏族略四》："越椒氏，芈姓，楚大夫斗越椒之后也。"［宋］郑樵撰，王树民点校：《通志二十略》，第135页。案：林氏与郑氏说异，录此备参。

④ ［晋］杜预注，［唐］孔颖达等正义：《春秋左传正义》，第1897页。

六、公子侧

　　《春秋繁露·竹林篇》：“司马子反为其君使，废君命，与敌情，从其所请与宋平，是内专政而外擅名也。专政则轻君，擅名则不臣，而《春秋》大之，何由哉？”①《国语·楚语上》韦《注》：“子反，司马公子侧也。”②宣十二年《左传》杜《注》：“子反，公子侧。”③《世本集览通论》：“名侧者多字反。楚公子侧字子反，鲁孟之反实孟之侧是。”④则公子侧（前？—前575），即宣十二年、十五年、成二年、四年、七年、十五年《左传》《国语·楚语上》之“子反”，亦即成十六年《左传》之“司马”，亦即僖二十二年《穀梁传》、宣十五年《公羊传》《韩诗外传》卷二之“司马子反”，姓芈，氏熊，名侧，字子反，成王熊恽之孙，穆王熊商臣庶子，庄王熊侣、公子婴齐（子重）之弟，公子壬夫（子辛）、公子辰（子商）、公子阳之兄，庄王十七年（前597）为右军将，共王十六年（前575）以司马为中军将，鄢陵之战时兵败自杀，历仕庄、共二王凡二十三年（前597—前575）。其内专政则轻君、外擅名而不臣，然提出“君赐臣死，死且不朽”（成十六年《左传》）⑤说；传世有《请朝楚息讼书》（见成四年《左传》）、《谢罪书》（见成十六年《左传》）诸文。

七、共王熊审

　　《国语·鲁语下》韦《注》：“恭王，楚庄王之子。”《楚语上》韦《注》：“审，恭王名也……恭王，太子审也”⑥襄十三年《春秋》杜《注》：“（楚子审）共王也。”⑦

　　谨案：庄王之名，《国语·楚语上》韦《注》明道本、襄十三年《春秋》《史记·楚世家》皆作“审”，而《国语》公序本作“箴”。传世“楚王酓审盏”器铭“酓审”，即楚共王

---

①　［汉］董仲舒撰，陈蒲清点校：《春秋繁露》，岳麓书社1987校点卢文弨刻抱经堂丛书本，第29页。
②　［三国吴］韦昭注，上海师范大学古籍整理研究所校点：《国语》，第539页。
③　［晋］杜预注，［唐］孔颖达等正义：《春秋左传正义》，第1880页。
④　［清］王梓材撰《世本集览通论》，［汉］宋衷注，［清］秦嘉谟等辑：《世本八种》，第69页。
⑤　［晋］杜预注，［唐］孔颖达等正义：《春秋左传正义》，第1919页。
⑥　［三国吴］韦昭注，上海师范大学古籍整理研究所校点：《国语》，第217,527—531页。
⑦　［晋］杜预注，［唐］孔颖达等正义：《春秋左传正义》，第1954页。

熊审①。"审"与"箴"古音同韵,则"审"为本字。又,据襄十三年《左传》,楚共王生十岁而庄王死;庄王卒于鲁宣公十八年(前 591),则共王生于鲁宣公九年(前 602),至共王二年(前 589)仅十二岁,故成二年《左传》载楚公子婴齐(子重)有"君弱"之说。则楚共王(前 602 年－前 560),即襄十二年《春秋》之"楚子审",姓芈,氏熊,名审(一作"箴"),谥共(一作"恭"),爵子,穆王熊商臣之孙,庄王熊旅之子,康王熊昭(楚子昭)、灵王熊虔(公子围)、公子比(子干)、公子黑肱(子皙)、平王熊居(公子弃疾、蔡公)之父,庄王二十三年(前 591)继立,在位凡三十一年(前 590－前 560)。其提出"忠,社稷之固也,所盖多矣"(成二年《左传》)②说,尊崇周礼,勇于自省,传世有《忠为社稷之固论》(见成二年《左传》)、《请谥之命》(见襄十三年《左传》)诸文。

八、康王熊昭

《国语·鲁语下》韦《注》:"康王,楚恭王之子康王昭也。"③《楚语上》韦《注》说同。襄二十八年《春秋》杜《注》:"(楚子昭)康王也。"④则楚康王(前？ －前 545),即襄二十八年《春秋》之"楚子昭",姓芈,氏熊,名昭,庄王熊旅之孙,共王熊审世子,公子围(灵王熊虔)、公子比、公子黑肱(子皙)、公子弃疾(平王熊居)之兄,郏敖熊麇之父,共王三十一年(前 560)继立为君,在位凡十五年(前 559－前 545),传世有《告子庚伐郑书》(见襄公十八年《左传》)一文。

九、灵王熊虔

《国语·鲁语下》韦《注》:"楚公子围,恭王之庶子灵王熊虔也,时为令尹。"《楚语上》韦《注》:"灵王,楚恭王之庶子、灵王熊虔也。"⑤则公子围(前？ 年－前 529),即楚灵王,姓芈,氏熊,本名围,更名虔,谥灵,爵子,庄王熊旅之孙,共王熊审庶子,康

①　1986 年,"楚王酓审盏"在美国纽约克里斯蒂商行出现,后归大都会博物馆收藏。李学勤与饶宗颐先生曾先后著文考释此器,李氏将此器定名为"楚王酓审盏",而饶氏则定名为"楚王酓审盂"。其中,器铭中的"酓审"二字,两位先生一致认为是史籍所记载的"熊审",为楚共王之名。详见:王人聪《楚王酓审盏盂餘释》,《江汉考古》1992 年第 2 期,第 65－68 页。

②　[晋]杜预注,[唐]孔颖达等正义:《春秋左传正义》,第 1897 页。

③　[三国吴]韦昭注,上海师范大学古籍整理研究所校点:《国语》,第 191 页。

④　[晋]杜预注,[唐]孔颖达等正义:《春秋左传正义》,第 1998 页。

⑤　[三国吴]韦昭注,上海师范大学古籍整理研究所校点:《国语》,第 195、541 页。

王熊招之弟，公子比、公子皙、公子弃疾（平王熊居）之兄，郏敖熊麇季父，太子禄之父，郏敖四年（前 540）弑其君自立为王，在位凡十二年（前 540－前 529）。其熟知典籍，尤谙习《诗》，传世有《致晋求诸侯书》《数庆丰之罪书》（俱见昭四年《左传》）诸文①。

十、平王熊居

昭十三年《左传》："丙辰，弃疾即位，名曰熊居。"②《国语·楚语上》韦《注》："弃疾，恭王之子、灵王之弟平王也。"《楚语下》韦《注》："平王，恭王之子、昭王之父……平王，昭王考也。"③

谨案：公子弃疾生年不详，共王卒于三十一年（前 560），其当生于此年前。则公子弃疾（前？年－前 516），即昭十一年、十三年《左传》之"蔡公"，亦即昭十三年《左传》《史记·楚世家》之"熊居"，亦即昭十三年《左传》之"君司马"，亦即昭二十六年《春秋》之"楚子居"，亦即昭二十六年《左传》之"楚平王"，姓芈，氏熊，本名弃疾，改名居，谥平，爵子，僭称王，庄王熊侣（旅）之孙，共王熊审季子，康王熊招（昭）、灵王熊虔（公子围）、公子比（子干）、公子黑肱（子晳）季弟，昭王熊轸、太子建（子木）、公子申（子西）、公子结（子期）、公子启（子闾）、公子尹戍之父，灵王八年（前 533）为陈公，十年（前 531）为蔡公，十二年（前 528）弑灵王自立为平王，在位凡十三年（前 528年－前 516）。其虽以诈弑两王而自立，然其施惠百姓，存恤国中，修政施教，认为"吾未抚民人，未事鬼神，未修守备，未定国家，而用民力，败不可悔"（昭十三年《左传》）④，主张"抚民人""事鬼神""修守备""定国家"而"用民力"；交好诸侯，复陈、蔡二国，归侵郑之地；传世有《柤誓》（见昭六年《左传》）、《伐吴论》（见昭十三年《左传》）诸文⑤。

① 《致晋求诸侯书》，《文章正宗·议论二》《文编·论疏》《御选古文渊鉴》卷四并题作《晋司马侯论三不殆》，《文章辨体汇选·论谏五》并题作《论三不殆》。则诸家皆附楚灵王此书于晋女齐之文中。
② 杜《注》："（公子弃疾）蔡公。"［晋］杜预注，［唐］孔颖达等正义：《春秋左传正义》，第 2069－2070 页。
③ ［三国吴］韦昭注，上海师范大学古籍整理研究所校点：《国语》，第 550、565－577 页。
④ ［晋］杜预注，［唐］孔颖达等正义：《春秋左传正义》，第 2069－2070 页。
⑤ 《柤誓》，《全上古三代文》卷九题作《过郑誓》。

十一、公子鲂

昭十七年《左传》杜《注》:"(司马)子鱼,公子鲂也。"①则公子鲂(前? 一前 525),即昭十七年《左传》之"司马子鱼",亦即昭十七年《左传》之"子鱼",亦即昭十七年《左传》之"鲂",姓芈,氏熊,名鲂,字子鱼,楚司马,未详其祢。其陷阵摧坚,以身殉国,谙习卜龟之学,传世有《令龟》(见昭十七年《左传》)一文。

十二、王子胜

《春秋分记·世谱五·楚公子公族诸氏世谱》有"王子胜"。则王子胜,姓芈,氏熊,名胜,楚公族,仕为左尹,未详其祢,生卒年亦未详(前 524 在世)。其提出"土不可易,国不可小,许不可俘,仇不可启"(昭十八年《左传》)②说,传世有《土不可易论》(见昭十八年《左传》)一文。

十三、公子申

哀十六年《左传》:"秋七月,杀子西、子期于朝,而劫惠王……诸梁兼二事,国宁,乃使宁为令尹,使宽为司马,而老于叶。"③《国语·楚语下》韦《注》:"子西,平王之子、昭王之庶兄、令尹公子申也……夫子,子西。"④昭二十六年《左传》杜《注》:"子西,平王之长庶。"⑤

谨案:《史记·楚世家》前谓子西为平王之庶弟,后又谓公子申为平王庶长子,自相乖戾。今考:楚字子西者有二:一为斗宜申,即僖二十一年、文十年《春秋》,僖二十六年、文十年《左传》之"宜申",其始为楚司马,后改任商公,旋改任工尹,楚穆王九年(前 617)被杀。一为公子申,即昭二十六年《左传》之"子西"。又,楚公子申有二:一见于鲁成公、襄公诸《传》,为右司马,共王二十年(前 571)被杀。一见鲁昭

---

① ［晋］杜预注,［唐］孔颖达等正义:《春秋左传正义》,第 2085 页。
② ［晋］杜预注,［唐］孔颖达等正义:《春秋左传正义》,第 2087 页。
③ 杜《注》:"(宁)子西之子子国也。"［晋］杜预注,［唐］孔颖达等正义:《春秋左传正义》,第 2178 页。
④ ［三国吴］韦昭注,上海师范大学古籍整理研究所校点:《国语》,第 576、578 页。
⑤ ［晋］杜预注,［唐］孔颖达等正义:《春秋左传正义》,第 2113 页。

公诸《传》，字子西，为令尹，即此公子申。又，传世有王子申盏，清阮元《积古斋钟鼎彝器款识》卷七断为公子申（子西）所作器。则公子申（前？—前479），即昭二十六年、三十年、定五年《左传》，哀十三年《春秋》之"子西"，亦即《国语·楚语下》之"夫子"，姓芈，氏熊，其后别氏子西①，名申，字子西，尊称夫子，共王熊审之孙，平王熊居（公子弃疾）长庶子，太子建之弟，公子结（子期）、公子启（子闾）、昭王熊轸之兄，公孙宁（子国）、公孙朝（武城尹）之父，平王十三年（前516）时为大夫，昭王十二年（前504）为令尹，惠王十年（前479）白公胜之乱时被杀，历仕昭、惠二王凡三十八年（前516—前479）。其主张"国有外援，不可渎也；王有適嗣，不可乱也"，提出"败亲、速雠、乱嗣，不祥"（昭二十六年《左传》）②说；认为仇民必自败，倡导国君应"亲其民，视民如子，辛苦同之"，主张"亿吾鬼神，而宁吾族姓，以待其归"（昭三十年《左传》）③；传世有《败亲、速雠、乱嗣为不祥论》（见昭二十六年《左传》）、《谏城养使居吴公子书》（见昭三十年《左传》）、《仇民必自败论》（见哀元年《左传》）、《谏王欲封孔丘书》（见《史记·孔子世家》）诸文④。

十四、公子启

哀六年《左传》杜《注》："（公子）申，子西；（公子）结，子期；（公子）启，子闾。皆昭王兄。"⑤则公子启（前？年—前479），即哀六年《左传》《列女传·节义传》之"子闾"，亦即《史记·楚世家》之"公子闾"，姓芈，熊氏，名启，字子闾，共王熊审之孙，平王熊居（公子弃疾）之子，太子建、公子申（子西）、公子结（子期）之弟，昭王熊轸、尹戌之兄，楚大夫，惠王十年（前479）为白公（王孙胜）所杀，历仕昭、惠二王凡十一年（前489—前479）。其五辞王位，认为"从君之命，顺也；立君之子，亦顺也"，倡导"二顺不可失也"（哀六年《左传》）⑥说；主张"安靖楚国，匡正王室，而后庇焉"，反对"专

---

①　《古今姓氏书辩证·六止》："子西，出自芈姓。楚平王子申，字子西，为楚令尹。白公之难，子西死焉。后世以王父字为氏。"[宋]邓名世撰，王力平点校：《古今姓氏书辩证》，第335页。则楚子西氏为熊氏之别，出于共王熊审之孙，平王熊居（公子弃疾）长庶子公子申（子西）。

②　[晋]杜预注，[唐]孔颖达等正义：《春秋左传正义》，第2113页。

③　[晋]杜预注，[唐]孔颖达等正义：《春秋左传正义》，第2125—2126页。

④　《仇民必自败论》，《文章正宗·议论四》《御选古文渊鉴》卷四皆作题为《论夫差将败》，《文章辨体汇选·论谏八》题作《论夫差》。

⑤　[晋]杜预注，[唐]孔颖达等正义：《春秋左传正义》，第2161页。

⑥　[晋]杜预注，[唐]孔颖达等正义：《春秋左传正义》，第2161页。

利以倾王室"(哀十六年《左传》)①；传世有《顺不可失论》(见哀六年《左传》)、《安国匡王论》(见哀十六年《左传》)诸文。

十五、昭王熊轸

哀六年《左传》："秋七月，楚子在城父，将救陈……命公子申为王，不可；则命公子结，亦不可；则命公子启，五辞而后许。将战，王有疾。庚寅，昭王攻大冥，卒于城父……孔子曰：'楚昭王知大道矣！其不失国也，宜哉！'"②《孔子家语·致思篇》载孔子引楚昭王时童谣："楚王渡江，得萍实，大如斗，赤如日，剖而食之，甜如蜜。"③《列女传·贞顺传》："贞姜者，齐侯之女，楚昭王之夫人也。"《节义传》："楚昭越姬者，越王勾践之女，楚昭王之姬也。昭王燕游，蔡姬在左，越姬参右。"④《史记·楚世家》裴骃《集解》引汉服虔《春秋左氏传解》："越女，昭王之妾……昭王夫人，惠王母，越女也。"⑤《国语·楚语下》韦《注》："昭王，楚平王之子昭王熊轸。"⑥则楚昭王(前？年—前489)，即哀六年《春秋》之"楚子轸"，姓芈，氏熊，其后别氏昭⑦，名轸(一作"珍")，谥昭，爵子，共王熊审之孙，平王熊居(公子弃疾)之子，太子建之弟，公子申(子西)、公子结(子期)、公子启(子闾)之弟，尹戌之兄，贞姜、越姬、蔡姬之夫，惠王熊章、子良之父，平王十三年(前516)继立为王，昭王二十七年(前489)卒于军中，在位凡二十七年(前515年—前489)。其反对滥祀，提出"三代命祀，祭不越望"说，认

---

①　［晋］杜预注，［唐］孔颖达等正义：《春秋左传正义》，第2178页。

②　［晋］杜预注，［唐］孔颖达等正义：《春秋左传正义》，第2161页。

③　［魏］王肃注，［清］陈士珂疏证：《孔子家语疏证》，第51页。

④　［汉］刘向：《古列女传》，上海书店四部丛刊初编1985年影印明叶氏观古堂藏明万历间(1573—1620)黄嘉育刊本。

⑤　［汉］司马迁撰，［晋］裴骃集解，［唐］司马贞索隐，［唐］张守节正义，郭逸、郭曼标点：《史记》，第1361—1362页。

⑥　［三国吴］韦昭注，上海师范大学古籍整理研究所校点：《国语》，第559页。

⑦　《急就篇》卷一颜《注》："昭氏，亦楚同姓，共屈、景为三族者也。当战国时，有昭奚恤。"［汉］史游撰，［唐］颜师古注：《急就篇》，第402页。《古今姓氏书辩证·三萧》："昭，出自芈姓。楚昭王熊轸有复楚之大功，子孙繁衍，以谥为氏，与旧族屈、景皆为楚大族。《战国策》有昭衍、昭过、昭奚恤，皆大臣。"［宋］邓名世撰，王力平点校：《古今姓氏书辩证》，第151页。《通志·氏族略四》："昭氏，《楚辞》云：昭、屈、景，楚之三族也。战国时楚有昭奚恤，为上柱国。"［宋］郑樵撰，王树民点校：《通志二十略》，第163页。《姓氏急就篇》卷上："昭氏，楚同姓，与屈、景为三族。有昭奚恤、昭阳、昭睢、昭常、昭献、昭鼠、昭鱼、昭应、昭翦，《庄子》昭文鼓琴。"［宋］王应麟：《姓氏急就篇》，第766页。则楚昭氏为熊氏之别，出于共王熊审(太子审)之孙、平王熊居(公子弃疾)之子昭王熊轸。案：《万姓统谱·二萧》引［南朝宋］何承天《姓苑》："(昭氏)屈原之后。"说失考。故笔者此不取。

为"江、汉、雎、漳，楚之望也"（哀六年《左传》）①；关心臣民，尊崇孔子，传世有《乞秦师书》（见定四年《左传》）、《禳祭论》《祭不越望论》《死雠论》（俱见哀六年《左传》）诸文②。

十六、惠王熊章

哀六年《左传》："子闾退……与子西、子期谋，潜师闭涂，逆越女之子章，立之而后还。"哀十六年《左传》："秋七月，杀子西、子期于朝，而劫惠王。"哀十八年《左传》载鲁君子曰："惠王知志。《夏书》曰'官占，唯能蔽志，昆命于元龟。'其是之谓乎！《志》曰：'圣人不烦卜筮。'惠王其有焉！"③《国语·楚语下》韦《注》："惠王，昭王子，越女之子章。"④则楚惠王（前？年－前432），即《墨子·贵义篇》之"楚献惠王"，姓芈，氏熊，名章，谥惠，爵子，平王熊居（公子弃疾）之孙，昭王熊轸之子，越王勾践之女越姬所出，公子良之兄，简王熊中之父，昭王二十七年（前489）继立为王，在位凡五十七年（前488－前432）。其重人事而轻鬼神，尊崇周礼，反对滥卜，提出"法废而威不立"（《新书·春秋篇》）⑤说；灭陈、蔡、杞三国，广地至泗上（即今山东省济宁市泗水县），传世有《宁如志论》（见哀十八年《左传》）、《法废而威不立论》（见《新书·春秋篇》）诸文。

综上所考，楚公室为黄帝氏族部落集团支族帝颛顼高阳氏之裔，祝融八姓氏族部落支族芈姓季连之后，出于鬻熊，芈姓，熊氏，其世系为：若敖熊仪→霄敖熊坎→蚡冒熊眴、武王熊通，蚡冒熊眴→薳章（别为薳氏），武王熊通→文王熊赀、公子元（无后）→堵敖熊艰（无后）、成王熊頵→穆王熊商臣、王子职（无后）→庄王熊旅、公子婴齐（无后）、公子侧（无后）、公子壬夫（无后）、公子辰（无后）、公子阳（别为阳氏）→共王熊审、公子榖臣（无后）、公子贞（别为囊氏）、公子追舒（别为子南氏）、公子午（无后）→康王熊昭、灵王熊虔、公子比（无后）、公子黑肱（无后）、平王熊居，康王熊昭→郏敖熊麇→公子莫、公子平夏，灵王熊虔→公子禄（无后）、公子罢敌（无后），平

①　［晋］杜预注，［唐］孔颖达等正义：《春秋左传正义》，第2161页。
②　《乞秦师书》，《文章正宗·辞命二》题作《楚申包胥乞师于秦》。笔者以为，定四年《左传》所记"吴为封豕、长蛇，以荐食上国，虐始于楚。寡君失守社稷，越在草莽"，为申包胥（勃苏）陈述如秦乞师缘由之言。但从其"使下臣告急，曰"之语观之，以下乃昭王所作《乞秦师书》之文，而使申包胥（勃苏）如秦乞师口宣之。
③　［晋］杜预注，［唐］孔颖达等正义：《春秋左传正义》，第2161、2178、2180页。
④　［三国吴］韦昭注，上海师范大学古籍整理研究所校点：《国语》，第582页。
⑤　［汉］贾谊撰，［清］卢文弨校：《新书》，上海书店四部丛刊初编1985年影印明正德间吉藩刻本。

王熊居→太子建、公子申（别为子西氏）、公子结、公子启（无后）、昭王熊轸、公子尹成（别为沈氏），昭王熊轸→惠王熊章、公子良，太子建→公孙胜、公孙燕，公子申→公孙朝、公孙宁，公子结→公孙平、公孙宽。其中，有传世作品者为成王熊恽、庄王熊旅、公子婴齐、公子侧、共王熊审、康王熊昭、灵王熊虔、平王熊居、公子鲂、王子胜、公子申、公子启、昭王熊轸、惠王熊章，成、庄、共、康、灵、平、昭、惠八王可称之为楚诸王作家群体，公子婴齐、公子侧、公子鲂、王子胜、公子申、公子启六子可称之为楚公族作家群体。

第二节　公族（上）——熊渠族、若敖族、蚡冒族、文族

楚屈氏、申氏、斗氏、成氏、蒍氏、孙氏、包氏、范氏、文氏九族，皆为熊氏之别，鬻熊后裔，芈姓。其中，屈氏、申氏二族属"熊渠族"，斗氏、成氏二族属"若敖族"，蒍氏、孙氏、包氏三族属"蚡冒族"，范氏、文氏二族属"文族"。在此九族中，有传世作品者的屈完、屈建、屈巫臣、斗伯比、斗廉、斗穀於菟、斗且、斗辛、成得臣、蒍贾、蒍子冯、蒍罢、蒍启彊、蒍敖、申勃苏、申无宇、申亥、文无畏十八子，皆属楚公族作家群体。

一、屈氏与屈完、屈建

（一）屈氏之族属

屈原《离骚》："帝高阳之苗裔兮，朕皇考曰伯庸。"[1]《水经·江水注三》引《世本》："熊渠封其中子红为鄂王。"[2]《太平寰宇记》卷一百一十二、《太平御览》卷一百七十并引《世本》："楚子熊渠封中子红于鄂。"[3]《路史·国名纪三》罗萍《注》引《世本》"（鄂东）熊渠中子红封之。"[4]《大戴礼记·帝系》："自熊渠有子三人：其孟之名为无康，为句亶王；其中之名为红，为鄂王；其季之名为疵（疵），为戚（越）章王。"[5]《史

---

① ［汉］王逸撰，夏祖尧点校：《楚辞章句》，第 3 页。
② ［北魏］郦道元撰，杨守敬、熊会贞疏，段熙仲点校，陈桥驿复校：《水经注疏》，第 2912 页。
③ ［宋］李昉等：《太平御览》，第 829 页。
④ ［宋］罗泌撰，［宋］罗苹注：《路史》，第 292 页。
⑤ ［汉］戴德撰，［北周］卢辩注，［清］王聘珍解诂，王文锦点校：《大戴礼记解诂》，第 128 页。案：据《史记·楚世家》，"疵"为"疵"之讹，"戚"为"越"之讹。

记·楚世家》："熊杨生熊渠。熊渠生子三人。当周夷王之时，王室微，诸侯或不朝，相伐。熊渠甚得江、汉间民和，乃兴兵伐庸、杨粤，至于鄂……乃立其长子康为句亶王，中子红为鄂王，少子执疵为越章王，皆在江上楚蛮之地。"①

谨案：《楚辞章句》卷一："其孙武王求尊爵于周，周不与，遂僭号称王。始都于郢，是时生子瑕，受屈为客卿，因以为氏。"②《元和姓纂·八物》："屈，楚公族芈姓之后。楚武王子瑕食采于屈，因氏焉。屈重，屈建，屈到，三闾大夫屈平字原，屈正，并其后也。"③宋叶梦得《石林燕语》卷一："天子五庙，曰：考庙，王考庙，皇考庙，显考庙，祖考庙。则皇考者，曾祖之称也。"④赵逵夫《屈原与他的时代》："上古无轻唇音，'无''毋'之声纽与'伯'同，无、毋古韵在鱼部，伯古韵在铎部，又平入相转。所以'无康''毋康'，推其本源，当作'伯庸'……屈原所说的伯庸，即见于《世本》和《史记·楚世家》的句亶王熊伯庸……所谓伯庸是'祝融''熊绎''熊通'的说法都难以成立。今定被屈原称为'皇考'或'皇'的伯庸，即是熊渠的长子熊伯庸，于名、于事、于封号、于楚国的历史皆无不合……伯庸正由于被封在甲水边上的句亶，才号句亶王。屈氏由句亶王而来，句亶王的封号又与甲水有关，故屈氏即甲氏。"⑤可见，王氏以为屈氏出于楚武王之子屈瑕，林氏因之，说非。故笔者此不取。则楚屈氏为熊氏之别，鬻熊后裔，出于熊杨之孙、熊渠（前886－前877在位）长子熊伯庸（句亶王、句祖王），属"熊渠族"，芈姓。

（二）屈氏之世系

襄二十五年《左传》杜《注》引《世本》："屈荡，屈建之祖父。"⑥《春秋分记·世谱七》引《世本》："荡，建祖父。"⑦《国语·楚语上》韦《注》："屈到，楚卿屈荡子子夕也。"⑧桓十一年《左传》杜《注》："莫敖，楚官名，即屈瑕。"僖二十五年《左传》杜《注》："屈御寇，息公子边。"文三年《左传》杜《注》："（息公）子朱，楚大夫，伐江之帅也。"襄

①　［唐］司马贞《索隐》："《系本》'康'作'庸'，'亶'作'祖'……《系本》无'执'字，'越'作'就'。"［汉］司马迁撰，［晋］裴骃集解，［唐］司马贞索隐，［唐］张守节正义，郭逸、郭曼标点：《史记》，第1343－1344页。

②　［汉］王逸撰，夏祖尧点校：《楚辞章句》，第3页。

③　［唐］林宝撰，［清］孙星衍校辑，郁贤皓、陶敏整理点校：《元和姓纂》，第1511页。

④　［宋］叶梦得撰，［宋］宇文绍奕考异，［清］叶德辉辑校，侯忠义点校：《石林燕语》，中华书局1984年唐宋史料笔记丛刊点校清咸丰年间叶调生、胡心耘合校、胡珽编刻琳琅秘室丛书本，第9页。

⑤　据《汉书·地理志上》《水经·沔水注》《大清一统志·云阳府》，甲水为汉水支流，在今湖北省十堰市郧西县入于汉水。参见：赵逵夫《屈原与他的时代》，人民文学出版社2002年第2版，第3－12页。

⑥　［晋］杜预注，［唐］孔颖达等正义：《春秋左传正义》，第1985页。

⑦　［宋］程公说：《春秋分记》，第151页。

⑧　［三国吴］韦昭注，上海师范大学古籍整理研究所校点：《国语》，第533页。

十五年《左传》杜《注》："（莫敖）屈到，屈荡子。"襄二十三年《左传》杜《注》："屈建，楚莫敖。"襄二十五年《左传》杜《注》："（楚令尹）屈建……（令尹）屈建，子木……（屈荡）代屈建。宣十二年邲之役，楚有屈荡，为左广之右。《世本》：'屈荡，屈建之祖父。'今此屈荡与之同姓名。"昭四年《左传》杜《注》："屈申，屈荡之子。"昭五年《左传》杜《注》："（莫敖屈）生，屈建子。"①《春秋分记·世谱七》："屈氏世为莫敖，瑕生边，边生朱，朱生荡，荡生二子：曰到，曰申；到生建，建生生；又，重、完一人。"②

谨案：《春秋分纪·世谱七》四库馆臣《考异》："按：《世本》：'荡，建祖父。'宣十二年邲之战为右广者是也。襄二十五年楚有屈荡，同姓名，盖误尔；不然，或同一人也。今止书其一。又《世族谱》以申为荡之孙，据《世系》申乃荡之子，今从之。"③则《世族谱》与《集解》二说自相违戾。若《谱》之屈荡即到之父，申之曾祖父，当为"屈申，屈荡曾孙"；若《谱》之屈荡即申之父，当为"屈申，屈荡子"④。考之于《左传》，楚有两屈荡：一见宣十一年《左传》，一见襄二十五年《左传》，但书其官以别之。襄二十五年《左传》杜《注》有辨，兹不赘述。又，《淮南子·人间训》："太宰子朱侍饭于令尹子国，令尹子国啜羹而热，投卮浆而沃之。明日，太宰子朱辞官而归。"⑤清张澍粹集补注《世本》卷三："楚有公子朱为息公。穆王二年，子朱围江，事见《左传》。公朱氏宜即其后……（太宰子朱）当即公子朱也。"⑥文三年《左传》之"息公子朱"，即1975年湖北省随州市随县涢阳出土"屈子赤角簠"器铭之"楚屈子赤角"⑦。则春秋时期楚屈氏世系为：屈瑕→屈边、屈重……屈荡（左广之右），屈边→屈朱→屈荡（莫敖）→屈到、屈申，屈重→屈完，屈到→屈建→屈生。

（三）屈完

僖四年《左传》杜《注》："屈完，楚大夫也。"⑧《春秋左传姓名同异考》卷二："莫敖屈重，（屈）瑕子……屈完，（屈）重子。"⑨

---

① ［晋］杜预注，［唐］孔颖达等正义：《春秋左传正义》，第1755、1821、1840、1959、1975、1985、2035、2041页。案："莫敖"，即《淮南子·修务训》之"莫嚣"，为楚国官名，此时之莫敖，盖相当大司马之官。但以后楚又另设大司马、右司马、左司马，莫敖则位降至左司马之下，于襄十五年《左传》可以证之。

② ［宋］程公说：《春秋分记》，第151页。

③ ［宋］程公说：《春秋分记》，第151页。

④ 参见：［清］雷学淇校辑《世本》卷上。

⑤ ［汉］刘安撰，［汉］高诱注，刘文典集解，冯逸、乔华点校：《淮南鸿烈集解》，第615页。

⑥ ［清］张澍粹集补注《世本》，［汉］宋衷注，［清］秦嘉谟等辑：《世本八种》，第70页。

⑦ 说详：赵逵夫《屈原与他的时代》，第27—34页。

⑧ ［晋］杜预注，［唐］孔颖达等正义：《春秋左传正义》，第1792页。

⑨ ［清］高士奇：《春秋左传姓名同异考》，齐鲁书社四库全书存目丛书1997年影印清康熙间（1661—1722）高氏家刻本。

　　谨案:《史记·楚世家》作"楚成王使将军屈完以兵御之",《齐世家》作"楚王使屈完将兵扞齐"①,则屈完当时已在楚北之息邑(即今河南省信阳市息县,位于陉山以南),或以息公兼莫敖之职。则屈完,即《史记·楚世家》之"将军屈完",姓芈,本氏熊,别氏屈,名完,屈瑕之孙,屈重之子,时继父职任楚莫敖,生卒年未详(前656在世)。其主张霸主应"以德绥诸侯"(僖四年《左传》)②,传世有《对齐侯问》(见僖四年《左传》)一文③。

　　(四)屈建

　　《国语·楚语上》韦《注》:"建,屈到之子子木也。"《晋语八》韦《注》:"子木,屈到之子屈建也。"④襄二十二年《左传》杜《注》:"(莫敖)屈建,子木也。"襄二十五年《左传》杜《注》:"(楚令尹)屈建……(令尹)屈建,子木。"⑤则屈建(前?—前545),即襄二十六年《左传》《国语·晋语八》《楚语上》之"子木",姓芈,本氏熊,别氏屈,名建,字子木,屈荡之孙,屈到(子夕)之子,屈生之父,共王晚年已参与重要政事,康王九年(前551)继父职为莫敖,十二年(前548)为令尹。其恪守"国君有牛享,大夫有羊馈,士有豚犬之奠,庶人有鱼炙之荐,笾豆、脯醢则上下共之"古制,提出"法刑在民心而藏在王府"说,主张"不以其私欲干国之典"(《国语·楚语上》)⑥,反对厚祀,传世有《不以私欲干国典论》(见《国语·楚语上》)一文。

二、申氏与屈巫臣

　　(一)申氏(申公氏)之族属

　　《姓解》卷三、《古今姓氏辩证·十七真》并引《风俗通义》:"(申公氏,申公)巫臣之后。"⑦《元和姓纂·十七真》:"申……时,有申公巫臣。"⑧《古今姓氏书辩证·十七真》:"申公,春秋时,楚僭王号,其县尹皆称公。斗克,字子仪,谓之申公子仪。屈巫臣,字子灵,谓之申公巫臣。其后或以申公为氏。《风俗通》止言'巫臣之后',又曰:

　　①　[汉]司马迁撰,[晋]裴骃集解,[唐]司马贞索隐,[唐]张守节正义,郭逸、郭曼标点:《史记》,第1346、1205页。

　　②　[晋]杜预注,[唐]孔颖达等正义:《春秋左传正义》,第1792页。

　　③　《文章正宗·辞命二》《御选古文渊鉴》卷一皆题作《对齐侯》。

　　④　[三国吴]韦昭注,上海师范大学古籍整理研究所校点:《国语》,第533、565页。

　　⑤　[晋]杜预注,[唐]孔颖达等正义:《春秋左传正义》,第1975、1985页。

　　⑥　[三国吴]韦昭注,上海师范大学古籍整理研究所校点:《国语》,第533页。

　　⑦　[宋]邓名世撰,王力平点校:《古今姓氏书辩证》,第94页。案:今本《风俗通义》佚此文。

　　⑧　[唐]林宝撰,[清]孙星衍校辑,郁贤皓、陶敏整理点校:《元和姓纂》,第367页。

'汉太子傅申公。'误矣。巫臣尽室奔晋,申公止姓申氏。"①《通志·氏族略二》:"申氏……(申国)后为楚之邑,申公居之,又为申氏,是以邑为氏也。"②

谨案:楚之申氏有四:一为申公巫臣(屈巫臣、子灵)之后,屈氏别族;一为申叔时之后,即申叔氏;一为申舟(文之无畏、子舟、文无申周、文无畏)之后,文氏别族;一为蚡冒(梦冒)之后,即申勃苏(申包胥、王孙包胥)。此四族所出虽异,然皆为楚公族。则楚申氏(申公氏)为屈氏之别,熊伯庸(句亶王、句祖王)后裔,出于屈巫臣(申公巫臣、子灵、邢伯),属"熊渠",芈姓。

(二)申氏(申公氏)之世系

《春秋分记·世谱七》:"屈氏别族申氏,屈申之后曰申公巫臣,不详所系。巫臣生五子:曰阎,曰子荡,曰弗忌,曰晋狐庸,曰晋邢侯,又一人。"③

谨案:昭五年《春秋》:"楚杀其大夫屈申。"《左传》:"楚子以屈伸(申)为贰于吴,乃杀之。以屈生为莫敖,使与令尹子荡如晋逆女。"④据昭四年《左传》杜《注》,屈申为莫敖屈荡之子,灵王四年(前537)被杀。而共王二年(前589)屈巫臣携夏姬奔晋以为邢大夫,下距屈申被杀五十三年,申公巫臣不可能为"屈申之后"。又,成七年《左传》:"及共王即位,子重、子反杀巫臣之族子阎、子荡及清尹弗忌及襄老之子黑要,而分其室。子重取子阎之室,使沈尹与王子罢分子荡之室,子反取黑要与清尹之室。"杜《注》:"(子阎、子荡及清尹弗忌)皆巫臣之族。"⑤则子阎、子荡、弗忌皆巫臣之族而非其子。而成七年、襄二十六年《左传》之"狐庸",即襄十八年《左传》之"邢伯",亦即襄三十一年《左传》之"屈狐庸",亦即昭十四年《左传》之"邢侯",晋昭公四年(前528)获罪被杀,明非二人。故笔者此不取程氏《春秋分记》"屈申之后曰申公巫臣"与"巫臣生五子"说。则春秋时期楚申氏(申公氏)世系为:屈巫臣→屈狐庸。

(三)屈巫臣

《国语·楚语上》韦《注》:"巫臣,楚申公屈巫子灵也。"⑥成二年《左传》杜《注》:"屈巫,巫臣。"襄二十六年《左传》杜《注》:"子灵,巫臣。"⑦

---

① [宋]邓名世撰,王力平点校:《古今姓氏书辩证》,第94页。
② [宋]郑樵撰,王树民点校:《通志二十略》,第63页。案:《急就篇》《潜夫论·志氏姓》出于申公巫臣(子灵)之"芈姓申氏"皆阙。
③ [宋]程公说:《春秋分记》,第151页。
④ [晋]杜预注,[唐]孔颖达等正义:《春秋左传正义》,第2040—2041页。
⑤ [晋]杜预注,[唐]孔颖达等正义:《春秋左传正义》,第1903页。
⑥ [三国吴]韦昭注,上海师范大学古籍整理研究所校点:《国语》,第539页。
⑦ [晋]杜预注,[唐]孔颖达等正义:《春秋左传正义》,第1896、1991页。

谨案：《元和姓纂·十虞》："巫臣，晋大夫栾屈巫之后。"①文渊阁四库全书本原案："申公巫臣奔晋，巫臣，楚屈荡之子屈申也。晋无栾巫臣。"②笔者以为，谓"晋无栾巫臣"，说是；而谓巫臣即"楚屈荡之子屈申"，似无据。故笔者此不取。则屈巫臣，即宣十二《左传》《国语·楚语上》之"申公巫臣"，亦即成二年《左传》之"屈巫"，亦即襄二十六年《左传》之"子灵"，姓芈，本氏熊，别氏屈，其后别为申氏（申公氏），名巫臣，字子灵，官申公，屈狐庸（邢伯、邢侯）之父，庄王十七年（前597）时为申县之尹，共王二年（前589）携夏姬奔晋以为邢大夫，七年（前584）自晋使吴教其叛楚之策，生卒年未详（前597－前584在世）。其提出"贪色为淫，淫为大罚"说，尊崇"明德慎罚"古训，认为"明德，务崇之之谓也；慎罚，务去之之谓也"（成二年《左传》）③；长于谋略，熟知典籍，尤谙习《书》，传世有《明德慎罚论》《杀夫丧国而不祥论》（俱见成二年《左传》）、《谏王赏子重申、吕之田书》《遗公子婴齐、公子侧书》（俱见成七年《左传》）、《勇夫重闭论》（见成八年《左传》）诸文④。

三、斗氏与斗伯比、斗廉、斗穀於菟、斗且、斗辛

（一）斗氏之族属

《国语·楚语下》："若庄王之世，灭若敖氏，唯子文之后在，至于今处郧，为楚良臣。"⑤宣四年《左传》："初，若敖娶于䢴，生斗伯比。若敖卒，从其母畜于䢴，淫于䢴子之女，生子文焉。䢴夫人使弃诸梦中，虎乳之……楚人谓乳谷，谓虎於菟，故命之曰斗穀於菟。以其女妻伯比，实为令尹子文。其孙箴尹克黄使于齐，还，及宋，闻乱。"⑥宣四年《左传》杜《注》："斗氏始自子文，为令尹。"⑦《元和姓纂·五十候》："斗，《左传》，楚若敖之后，有斗般，生伯比，伯比生斗穀於菟，字文子，代为楚卿，有此

---

①　［唐］林宝撰，［清］孙星衍校辑，郁贤皓、陶敏整理点校：《元和姓纂》，第258页。

②　［唐］林宝撰：《元和姓纂》，第558页。

③　［晋］杜预注，［唐］孔颖达等正义：《春秋左传正义》，第1896页。

④　《遗公子婴齐、公子侧书》，《皇霸文纪》卷八题作《自晋遗公子婴齐、公子侧书》，《全上古三代文》卷四题作《自晋遗楚子重己反书》。

⑤　韦《注》："子文，斗伯比之子於菟也……若敖氏，子文之族也。鲁宣四年，子文之弟子斗椒为乱，庄王灭若敖氏之族，子文之孙箴尹克黄使齐而还，自拘于司败。"［三国吴］韦昭注，上海师范大学古籍整理研究所校点：《国语》，第573页。

⑥　杜《注》："（箴尹）克黄，子扬之子。"［晋］杜预注，［唐］孔颖达等正义：《春秋左传正义》，第1870页。

⑦　［晋］杜预注，［唐］孔颖达等正义：《春秋左传正义》，第1870页。

姓。"①《古今姓氏书辩证·五十候》:"斗,出自芈姓。楚若敖娶邔女,生伯比,别为斗氏。伯比生令尹子文、司马子良,其后世为楚令尹及县公。世系具《春秋人谱》……斗文,斗子文之后为斗文氏。"②《通志·氏族略三》:"斗氏,芈姓,若敖之后。按:若敖名熊义,其先无字,斗者必邑也,其地未详。若敖娶于邔,生斗伯比,淫于邔子之女,生子文焉。弃诸梦中,虎乳之。邔子见而收之。楚人谓'乳'为'穀',谓'虎'为'於菟',故名之曰斗穀於菟。子文,楚之良也,世为令尹,秉楚政。"③则楚斗氏为熊氏之别,鬻熊后裔,出于熊徇(季紃、季徇)之孙、熊咢之子若敖熊仪(前791—前764在位),属"若敖族",芈姓。

(二)斗氏之世系

庄四年《左传》:"(楚武)王遂行,卒于樠木之下。令尹斗祁、莫敖屈重,除道、梁溠,营军临随,随人惧,行成。"庄三十年《左传》:"楚公子元归自伐郑,而处王宫。斗射师谏,则执而梏之。秋,申公斗班杀子元,斗穀於菟为令尹,自毁其家,以纾楚国之难。"僖二年《左传》:"冬,楚人伐郑,斗章囚郑聃伯。"僖三十二年《左传》:"春,楚斗章请平于晋,晋阳处父报之,晋、楚始通。"宣四年《左传》:"初,楚司马子良生子越椒。子文曰:……及令尹子文卒,斗般为令尹,子越为司马,蒍贾为工正,谮子扬而杀之,子越为令尹,已为司马。子越又恶之,乃以若敖氏之族,圉伯嬴于轑阳而杀之……秋七月戊戌,楚子与若敖氏战于皋浒。伯棼射王……遂灭若敖氏。"定四年《左传》:"郧公辛之弟怀将弑王……斗辛与其弟巢以王奔随。"④《史记·楚世家》:"熊咢九年,卒,子熊仪立,是为若敖……二十七年,若敖卒,子熊坎立,是为霄敖。"⑤《通志·氏族略四》引《世本》:"(楚季氏)楚若敖生楚季,因氏焉。"《氏族略五》引《世本》:"(斗彊氏)若敖生斗彊,因氏焉。"⑥《古今姓氏辩证·五十候》《通志·氏族略五》并引《世本》:"(斗班氏)斗彊生班,因氏焉。"⑦《元和姓纂·六至》《通志·氏族略

---

① [唐]林宝撰,[清]孙星衍校辑,郁贤皓、陶敏整理点校:《元和姓纂》,第1388页。案:据宣四年《左传》,斗伯比为若敖之子而非其孙。

② [宋]邓名世撰,王力平点校:《古今姓氏书辩证》,第530—531页。案:《通志·氏族略一》谓"斗文氏"乃"以谥为氏"者。

③ [宋]郑樵撰,王树民点校:《通志二十略》,第91页。

④ 杜《注》:"子文,子良之兄……(斗)般,子文之子子扬……伯嬴,蒍贾也……伯棼,越椒也……(郧公)辛,蔓成然之子斗辛也。"[晋]杜预注,[唐]孔颖达等正义:《春秋左传正义》,第1764、1782、1791、1833、1869—1870、2136页。

⑤ [唐]司马贞《索隐》:"坎,苦感反。一作'菌',又作'钦'。"[汉]司马迁撰,[晋]裴骃集解,[唐]司马贞索隐,[唐]张守节正义,郭逸、郭曼标点:《史记》,第1344页。

⑥ [宋]郑樵撰,王树民点校:《通志二十略》,第135、169页。

⑦ [宋]邓名世撰,王力平点校:《古今姓氏书辩证》,江西人民出版社2006年点校四库全书本。

四》并引《世本》："(季融氏)楚斗廉生季融,子孙氏焉。"①《国语·楚语下》韦《注》："若敖氏,庄王所灭斗椒也。"②桓八年《左传》杜《注》："斗丹,楚大夫。"庄十八年《左传》杜《注》："斗缗,楚大夫。"僖二十五年《左传》杜《注》："斗克,申公子仪。"文十四年《左传》杜《注》同。僖二十六年《左传》杜《注》："斗宜申,司马子西也。"僖二十八年《左传》杜《注》："斗勃,楚大夫……子西,斗宜申。子上,斗勃。"文十年《春秋》杜《注》："宜申,子西也。"昭四年《左传》杜《注》："(斗)韦龟,子文之玄孙。"昭六年《左传》杜《注》："(宫厩尹弃疾)斗韦龟之父。"昭十三年《左传》杜《注》："(斗)韦龟,令尹子文玄孙……子旗,蔓成然。"③定五年《左传》杜《注》同。庄三十年《左传》孔《疏》引杜氏《春秋释例·世族谱》："斗射师,若敖子;(申公)斗班,言敖孙。"④《春秋分记·世谱七》引《春秋释例·世族谱》："(斗)宜申,斗廉孙。"⑤《世谱七》："斗氏,若敖生四子,曰廉,曰缗(无后),曰祁,曰伯比。廉生申公班,班生宜申。伯比生三子:曰於菟,曰子良,曰得臣。於菟生般,般生克黄,克黄生蔓,蔓生韦龟,韦龟生成然;成然生三子:曰辛,曰怀,曰巢。子良生越椒,越椒生苗贲皇。"⑥

　　谨案:庄二十八年《左传》:"秋,子元以车六百乘伐郑,入于桔柣之门。子元、斗御疆、斗梧、耿之不比为斾,斗班、王孙游、王孙喜殿。"⑦《古今姓氏辩证·五十候》:"斗强,若敖生强,因氏焉。谨按:此氏即《左传》所谓'斗御疆'也。"⑧可见,《左传》之"斗御疆",即《世本》之"斗疆",亦为若敖之子。又,据《通志·氏族略四》引《世本》,楚季亦若敖之子。足见程氏《春秋分记》"若敖生四子"说失考。又,《元和姓纂·五十候》:"斗班,楚若敖强生斗文子,因氏焉。"⑨据《古今姓氏辩证·五十候》《通志·氏族略五》并引《世本》,此"若敖强生斗文子"句"若敖"下阙一"生"子,"生"字前阙一"强"字,当为"楚若敖生强,强生斗文子"。此"斗文子"即"斗班",为若敖熊仪之孙、斗疆(斗御疆)之子,谥文,尊称子,其后以名别为斗班氏;若敖熊仪曾孙、斗伯比之孙、斗穀於菟之子斗班,宣四年《左传》作"斗般",名班(一作"般"),字子扬,其后

　　① [唐]林宝撰,[清]孙星衍校辑,郁贤皓、陶敏整理点校:《元和姓纂》,第 1186 页。
　　② [三国吴]韦昭注,上海师范大学古籍整理研究所校点:《国语》,第 588 页。
　　③ [晋]杜预注,[唐]孔颖达等正义:《春秋左传正义》,第 1754、1773、1821、1822、1825、1848、2035、2045、2069－2070 页。
　　④ [晋]杜预注,[唐]孔颖达等正义:《春秋左传正义》,第 1782 页。
　　⑤ [宋]程公说:《春秋分记》,第 150－151 页。
　　⑥ [宋]程公说:《春秋分记》,第 150－151 页。
　　⑦ [晋]杜预注,[唐]孔颖达等正义:《春秋左传正义》,第 1871 页。
　　⑧ [宋]邓名世撰,王力平点校:《古今姓氏书辩证》,第 551 页。
　　⑨ [唐]林宝撰,[清]孙星衍校辑,郁贤皓、陶敏整理点校:《元和姓纂》,第 1389 页。

别为班氏；庄三十年《左传》之"申公斗班"，为若敖熊仪之孙、斗廉（斗射师）之子，斗宜申之父。可见，斗氏之族有三斗班。则春秋时期楚斗氏世系为：若敖熊仪→霄敖熊坎、斗廉、斗缗（无后）、斗祁、斗伯比、斗御疆（别为斗强氏）、楚季（别为楚季氏）……斗丹……斗梧……斗章……斗克……斗勃……斗且，斗廉→申公斗班、斗季融（别为季融氏）→斗宜申，斗伯比→斗縠於菟、斗子良、成得臣（别为成氏），斗縠於菟→斗班→斗克黄→斗蔓→斗韦龟→斗成然→斗辛、斗怀、斗巢，斗子良→斗椒→苗贲皇（别为苗氏）。

（三）斗伯比

桓六年《左传》杜《注》："斗伯比，楚大夫，令尹子文之父。"①则斗伯比，姓芈，本氏熊，别氏斗，其后又别为斗文氏、斗耆氏（斗比氏）、伯比氏②，名伯比，熊咢之孙，若敖熊仪之子，䢵女所出，霄敖熊坎、斗廉（射师）、斗缗、斗祁之弟，斗御疆（斗疆）、楚季之兄，斗縠於菟（子文）、斗子良、成得臣（子玉）之父，楚大夫，生卒年未详（前 706—前 699 在世）。其长于谋断，传世有《嬴师以张之策论》（见桓六年《左传》）一文。

（四）斗廉

桓九年《左传》杜《注》："斗廉，楚大夫。"庄三十年《左传》杜《注》："（斗）射师，斗廉也。"③庄三十年《左传》孔《疏》引杜氏《春秋释例·世族谱》同。

谨案：庄三十年《左传》孔《疏》引汉服虔《春秋左氏传解》："（斗）射师，若敖子斗班也。"④孔《疏》详辨服氏之失。可从。则斗廉，即庄三十年《左传》之"斗射师"，姓芈，本氏熊，别氏斗，其后别氏季融⑤，名廉，字射师，熊咢之孙，若敖熊仪之子，霄敖熊坎之弟，斗缗、斗祁、斗伯比、斗御疆（斗疆）、楚季之兄，申公斗班、斗季融之父，楚大夫，生卒年未详（前 703—前 664 在世）。其轻鬼神而重人事，提出"师克在和，不

---

① ［晋］杜预注，［唐］孔颖达等正义：《春秋左传正义》，第 1749 页。

② 《元和姓纂·五十候》引［梁］贾执《姓氏英贤传》："（斗文）斗伯比之后，支孙斗文仕晋，因氏焉。"［唐］林宝撰，［清］孙星衍校辑，郁贤皓、陶敏整理点校：《元和姓纂》，第 1389 页。《元和姓纂·五十候》《古今姓氏书辩证·五十候》《通志·氏族略五》并引《姓氏英贤传》："（斗耆氏）斗伯比之后，支孙斗文（耆）仕晋，因氏焉。"［唐］林宝撰，［清］孙星衍校辑，郁贤皓、陶敏整理点校：《元和姓纂》，第 1389 页。案：《古今姓氏书辩证·五十候》《通志·氏族略五》皆引作"（斗耆氏）斗伯比之孙斗耆，仕晋，因氏焉。"［宋］郑樵撰，王树民点校：《通志二十略》，第 169 页。此与《元和姓纂》所引文意同，知《元和姓纂·五十候》所引以"斗文"冒"斗耆"。又，《古今姓氏书辩证·五十候》谓以斗耆氏为斗比氏。又，《元和姓纂·二十陌》："伯比，楚斗伯比之后。至怀王时，有伯比仲华。"［唐］林宝撰，［清］孙星衍校辑，郁贤皓、陶敏整理点校：《元和姓纂》，第 1589 页。则斗文氏、斗耆氏（斗比氏）、伯比氏皆出于熊咢之孙、若敖熊仪之子斗伯比。

③ ［晋］杜预注，［唐］孔颖达等正义：《春秋左传正义》，第 1754、1782 页。

④ ［晋］杜预注，［唐］孔颖达等正义：《春秋左传正义》，第 1782 页。

⑤ 据《元和姓纂·六至》《通志·氏族略四》并引《世本》，季融氏乃斗氏之别，出于若敖熊仪之孙、斗廉之子季融。

在众"说,主张"卜以决疑"(桓十一年《左传》)①,长于谋断,传世有《败郧师之策论》《师克在和论》《卜以决疑论》(俱见桓十一年《左传》)诸文。

（五）斗榖於菟

庄三十年《左传》杜《注》:"斗榖於菟,令尹文子也。"②

谨案:宣四年《左传》:"初……及令尹子文卒,斗般为令尹,子越为司马。"③此仅言子文之死,但不著其年。《春秋左氏传旧注疏证·宣公四年》:"据庄三十年《传》,子文为令尹。僖二十三年,乃授政子玉。其为令尹,凡二十八年。至是年已老寿,其死或在僖公末矣。"④据僖二十三年《左传》,子文授政子玉(成得臣)之后,于成王三十九年(前 633)依然治兵于楚之暌邑(地未详),故据此将子文卒年定于成王三十九年(前 633)。则斗榖於菟(前? 一前 633),即宣四年《左传》之"令尹子文",亦即《国语·楚语下》之"子文",姓芈,本氏熊,别氏斗,其后别为班氏、彪氏,名谷於菟,字子文,若敖熊仪之孙,斗伯比之子,斗子良(司马子良)、成得臣(子玉)之兄,斗般(斗班、子扬)之父,自楚成王八年(前 664)任令尹凡二十八年(前 664－前 637)。⑤其倡导"知臣莫若君"(僖七年《左传》)⑥古训,毁家纾难,谙习典籍,传世有《郑杀申侯论》(见僖七年《左传》)一文。

（六）斗且

《国语·楚语下》韦《注》:"斗且,楚大夫。"⑦则斗且,姓芈,本氏熊,别氏斗,名且,楚大夫,生卒年未详(前 507 在世)。其注重民事,反对蓄聚害民,倡导"夫从政者,以庇民也。民多旷者,而我取富焉,是勤民以自封也,死无日矣。我逃死,非逃

---

① ［晋］杜预注,［唐］孔颖达等正义:《春秋左传正义》,第 1755 页。

② ［晋］杜预注,［唐］孔颖达等正义:《春秋左传正义》,第 1782 页。

③ ［晋］杜预注,［唐］孔颖达等正义:《春秋左传正义》,第 1869 页。

④ ［清］刘文淇撰,中国科学院历史研究所第一、二所资料室整理:《春秋左氏传旧注疏证》,科学出版社 1959 年整理原稿本与清抄本,第 643 页。

⑤ 《汉书·叙传上》:"班氏之先,与楚同姓,令尹子文后也。子文初生,弃于梦中,而虎乳之。楚人谓乳'榖',谓虎'于檡',故名榖于檡,字子文。楚人谓虎'班',其子以为号。秦之灭楚,迁晋、代之间,因氏焉。"颜《注》:"子文之子斗班,亦为楚令子。"［汉］班固撰,［唐］颜师古注,傅东华等点校:《汉书》,第 4197 页。《元和姓纂·二十七删》:"班,芈姓。楚若敖生斗伯比,伯比生令尹子文,为兽所乳,谓兽有文班,因氏焉。"［唐］林宝撰,［清］孙星衍校辑,郁贤皓、陶敏整理点校:《元和姓纂》,第 526 页。《五峰胡先生文集·彪君墓志铭》:"彪氏出于楚斗谷於菟,实令尹子文。僄世著姓于卫。君七世祖避李唐中叶之患,自山东徙于潭州湘潭县。"［宋］胡宏:《五峰胡先生文集》,上海古籍出版社 1987 年影印文渊阁四库全书本,第 168 页。则楚班氏、彪氏皆为斗氏之别,彪氏出于若敖熊仪之孙、斗伯比之子斗谷於菟,班氏出于斗伯比之孙、斗谷於菟(子文)之子斗班(斗般、子扬)。

⑥ ［晋］杜预注,［唐］孔颖达等正义:《春秋左传正义》,第 1798 页。

⑦ ［三国吴］韦昭注,上海师范大学古籍整理研究所校点:《国语》,第 572 页。

富也"古训，认为"夫古者聚货不妨民衣食之利，聚马不害民之财用，国马足以行军，公马足以称赋，不是过也；公货足以宾献，家货足以共享，不是过也"，提出"夫民心之愠也，若防大川焉，溃而所犯必大矣"（《国语·楚语下》）①说，传世有《蓄聚害民必亡论》（见《国语·楚语下》）一文②。

（七）斗辛

《国语·楚语下》韦《注》："王思子文之治楚也，曰：'子文无后，何以劝善。'使复其所。其子孙当昭王时为郧公……郧公，令尹子文玄孙之孙、蔓成然之子斗辛也。"③昭十四年《左传》杜《注》："（斗）辛，子旗之子郧公辛。"④则斗辛，即定四年《左传》《国语·楚语下》《吴越春秋·阖闾内传》《水经·沔水注》之"郧公辛"，芈姓，本氏熊，别氏斗，名辛，斗韦龟之孙，斗成然（蔓成然、子旗）之子，斗怀、斗巢（一作"曹"）之兄，平王元年（前528）为郧公，历仕平、昭二王凡二十四年（前528－前505），生卒年未详（前528－前505在世）。其尊崇"柔亦不茹，刚亦不吐。不侮矜寡，不畏彊御"古训，提出"君命，天也"说，倡导"勇""仁""孝""知"，认为"违彊陵弱，非勇也；乘人之约，非仁也；灭宗废祀，非孝也；动无令名，非知也"（定四年《左传》）⑤；推崇"不让，则不和；不和，不可以远征"（定五年《左传》）⑥古训，主张和而不争；恪守礼仪，熟知典籍，尤谙习《诗》，传世有《勇仁孝知论》（见定四年《左传》）、《争必有乱论》（见定五年《左传》）诸文。

四、成氏与成得臣

（一）成氏之族属

《国语·楚语上》韦《注》："若敖氏，子玉同族。"⑦《资治通鉴·后汉纪二》胡三省《音注》引南朝宋何承天《姓苑》："（成氏）……又，楚令尹子玉封于成，是为成得臣，其后亦以成为氏。"⑧《急就篇》卷一颜《注》："成……又，楚令尹子玉，若敖孙也，号成

---

① ［三国吴］韦昭注，上海师范大学古籍整理研究所校点：《国语》，第572页。
② 《文章正宗·议论五》《文编·论一》《文章辨体汇选·论谏九》皆题作《论子常必亡》。
③ ［三国吴］韦昭注，上海师范大学古籍整理研究所校点：《国语》，第574、577页。
④ ［晋］杜预注，［唐］孔颖达等正义：《春秋左传正义》，第2076页。
⑤ ［晋］杜预注，［唐］孔颖达等正义：《春秋左传正义》，第2136页。
⑥ ［晋］杜预注，［唐］孔颖达等正义：《春秋左传正义》，第2139页。
⑦ ［三国吴］韦昭注，上海师范大学古籍整理研究所校点：《国语》，第537页。
⑧ ［宋］司马光撰，［宋］胡三省音注，标点《资治通鉴》小组校点：《资治通鉴》，第9364页。

得臣,亦为成氏。大心、成熊,皆其后也。"①《古今姓氏书辩证·十四清》:"成,出自芈姓。楚若敖之孙令尹得臣,字子玉,以王父字为氏。得臣生太(大)心,字孙伯,及子西、子孔。子孔名嘉,与孙伯皆为令尹。其后成虎,字熊,为大夫。裔孙散仕他国者,周为大夫成愿,秦成差,宋成讙,晋成何、成鱄是也。"②则楚成氏为斗氏之别,出于若敖熊仪之孙、斗伯比之子成得臣(子玉),属"若敖族",芈姓。

(二)成氏之世系

文十二年《左传》:"楚令尹大孙伯卒,成嘉为令尹。"昭十二年《春秋》:"楚杀其大夫成熊。"《左传》:"楚子谓成虎若敖之余也,遂杀之。"③《国语·楚语上》韦《注》:"子孔,楚令尹成嘉也。"④僖二十八年《左传》杜《注》:"若敖者,子玉之祖也。"文十一年《左传》杜《注》:"成大心,子玉之子大孙伯也。"⑤《春秋分记·世谱七》:"伯比生三子:曰於菟,曰子良,曰得臣……得臣之后为成氏,生二子:曰大心、曰嘉,大心生虎。又六人。"⑥

谨案:邓氏《古今姓氏书辩证·十四清》谓成得臣生三子:成大心(大孙伯)、子西、子孔(成嘉)。然考之于《春秋》《左传》《国语》,楚字子西者有二:一为僖二十六年、二十八年、文十年《左传》之"斗宜申",即僖二十六年《左传》之"司马子西",亦即僖二十八年、文十年《左传》之"子西",亦即僖二十八年、文十年《春秋》《左传》之"宜申",斗廉(斗射师)之孙,申公斗班之子,其始为楚司马,后改任商公,旋改任工尹,楚穆王九年(前617)被杀;一为哀六年、十三年《春秋》《左传》之"公子申",即昭二十六年、三十年、定五年、哀十六年《左传》《国语·楚语下》之"子西",亦即《国语·楚语下》之"夫子",共王熊审之孙,平王熊居(公子弃疾)长庶子,太子建之弟,公子结(子期)、公子启(子闾)、昭王熊轸之兄,公孙宁(子国)、公孙朝(武城尹)之父,平王十三年(前516)时为大夫,昭王十二年(前504)为令尹,惠王十年(前479)白公胜之乱时被杀,其后别为子西氏。而未见成得臣之子有字子西者,足见邓氏《古今姓氏书辩证》说失考。故笔者此不取。则春秋时期楚成氏世系为:若敖熊仪→斗伯比→成得臣→成大心、成嘉,成大心→成虎。

———————————

① ［汉］史游撰,［唐］颜师古注:《急就篇》,第408页。
② ［宋］邓名世撰,王力平点校:《古今姓氏书辩证》,第235页。
③ 杜《注》:"(令尹成嘉)若敖曾孙子孔……成虎,令尹子玉之孙。"［晋］杜预注,［唐］孔颖达等正义:《春秋左传正义》,第1851,2061—2062页。
④ ［三国吴］韦昭注,上海师范大学古籍整理研究所校点:《国语》,第537页。
⑤ ［晋］杜预注,［唐］孔颖达等正义:《春秋左传正义》,第1824、1850页。
⑥ ［宋］程公说:《春秋分记》,第151页。

（三）成得臣

《国语·晋语四》韦《注》："子玉，楚若敖之曾孙、令尹成得臣也。"①僖二十三年《左传》杜《注》："成得臣，子玉也。"②僖二十六年《左传》杜《注》说同。

谨案：《国语·晋语四》韦《注》谓子玉为"楚若敖之曾孙"，据《急就篇》卷一颜《注》《古今姓氏书辩证·十四清》《春秋分记·世谱七》，疑"曾"字当衍。故笔者此不取今本韦《注》说。则成得臣（前？—前632），即僖二十三年、二十六年、二十七年、二十八年《左传》之"子玉"，亦即僖二十五年、二十六年《左传》《国语·晋语四》之"令尹子玉"，姓芈，本氏熊，别氏斗，又别氏成，若敖熊仪之孙，斗伯比之子，斗縠於菟（子文）、子良之弟，成大心（大孙伯）、成嘉之父，楚令尹，成王四十年（前632）以城濮之战败绩自杀。其治军严酷，刚愎自用，传世有《请战书》（见僖二十八年《左传》）一文。

五、蔿氏与蔿贾、蒍子冯、蒍罢、蒍启疆

（一）蔿（蒍）氏之族属

《元和姓纂·四纸》："蒍，《左传》楚大夫蒍章之后，有蒍子冯，蒍掩。"③《古今姓氏辩证·四纸》："蔿，出自芈姓。楚公族大夫，食邑于蔿，因以为氏。《左传》僖二十七年，子玉治兵于蔿，即其地也。春秋时，蔿吕臣，字叔伯；生贾，字伯嬴；贾生蔿艾猎，一名敖，字孙叔；孙叔从孙子凭，生掩，为大司马。自吕臣至子凭，四人皆为令尹，故蔿氏世为楚大夫……蒍，出自芈姓。楚蚡冒生王子章，字发鉤，以艹为氏，谓之蒍章。其后有灵王令尹蒍罢，字子荡。太宰蒍启强，寝尹蒍射，工尹蒍固，亦曰箴尹。周大夫蒍洩、蒍居、蒍越，皆名显诸侯。或云'蒍''蔿'一也，字通于'蔿'，故子凭及其子掩，抑或以为氏。当时史册互见，故别为两族。"④《通志·氏族略三》："蒍氏，亦作'蔿'，芈姓，楚蚡冒之后。蒍章食邑于蒍，故以命氏。"⑤

谨案：桓六年《左传》《元和姓纂·四纸》《古今姓氏书辩证·四纸》《通志·氏族略三》之"蒍章"，《潜夫论·志氏姓》《新唐书·宰相世系表十三下》作"蔿章"；襄二

---

① ［三国吴］韦昭注，上海师范大学古籍整理研究所校点：《国语》，第354页。
② ［晋］杜预注，［唐］孔颖达等正义：《春秋左传正义》，第1814页。
③ ［唐］林宝撰，［清］孙星衍校辑，郁贤皓、陶敏整理点校：《元和姓纂》，第815页。
④ ［宋］邓名世撰，王力平点校：《古今姓氏书辩证》，第305－306页。案："蔿"，亦作"蒍"，楚邑，地在今河南省南阳市淅川县附近。
⑤ ［宋］郑樵撰，王树民点校：《通志二十略》，第91页。

十一年、二十二年、二十五年《左传》之"蔿子冯",《春秋释例·世族谱下》作"蔿子冯";僖二十八年《左传》之"蔿吕臣",僖二十三年《左传》杜《注》作"蔿吕臣"。则"蔿"亦作"蔿"。"蔿""蔿"同字,歌、寒对转。则楚蔿(蔿)氏为熊氏之别,鬻熊后裔,出于霄敖熊坎之孙、蚡冒熊眴(前757—前741在位)之子蔿章(蔿章),属"蚡冒族",芈姓。

(二)蔿(蔿)氏之世系

哀十八年《左传》:"三月,楚公孙宁、吴由于、蔿固败巴师于鄾,故封子国于析。"昭十三年《左传》:"楚子之为令尹也,杀大司马蔿掩,而取其室。及即位,夺蔿居田;迁许而质许围。"昭二十一年《左传》:"楚蔿越帅师将逆华氏,大宰犯谏曰……"[1]宣十一年《左传》孔《疏》引《世本》:"(蔿)艾猎为孙叔敖之兄。"[2]襄十五年《左传》孔《疏》引《世本》:"蔿艾猎是叔敖之兄,冯是艾猎之子。"[3]《史记·楚世家》:"(若敖)二十七年,若敖卒,子熊坎立,是为霄敖。霄敖六年,卒,子熊眴立,是为蚡冒。"[4]《淮南子·齐俗训》高《注》说大同。桓六年《左传》杜《注》:"蔿章,楚大夫。"僖二十三年《左传》杜《注》:"叔伯,楚大夫蔿吕臣也。"襄二十五年《左传》杜《注》:"蔿掩,子冯之子。"昭六年《左传》杜《注》:"蔿洩,楚大夫"定五年《左传》:"蔿射,楚大夫。"[5]《春秋释例·世族谱下》:"蔿氏,蔿艾猎,孙叔敖;蔿子冯,叔敖子。"[6]《春秋名号归一图》卷下:"鍼尹固,工尹固,蔿固。"[7]《春秋分记·世谱七》:"蚡冒,武王,为一世;蚡冒生蔿章(后为蔿氏),武王生二子:曰文王、曰公子元(无后),为二世……蔿氏别祖章,《公子谱》之二世也;生二子:曰吕臣(无后),曰贾;贾生艾猎;艾猎有从子曰子冯,不详其祢;冯生掩。"[8]

谨案:《国语·郑语》韦《注》:"蚡冒,楚季紃之孙、若敖之子熊率。"[9]据《史记·

① 杜《注》:"居,掩之族。言蔿氏所以怨。"[晋]杜预注,[唐]孔颖达等正义:《春秋左传正义》,第2180、2069、2098页。案:"蔿固",《史记·楚世家》《伍子胥列传》俱作"屈固",未详何故。

② [晋]杜预注,[唐]孔颖达等正义:《春秋左传正义》,第1875页。

③ [晋]杜预注,[唐]孔颖达等正义:《春秋左传正义》,第1959页。

④ [唐]司马贞《索隐》:"(坎)苦感反。一作'菌',又作'钦'……古本'蚡'作'豮',音愤。冒,音亡北反,或亡报反。"[汉]司马迁撰,[晋]裴骃集解,[唐]司马贞索隐,[唐]张守节正义,郭逸、郭曼标点:《史记》,第1344页。

⑤ [晋]杜预注,[唐]孔颖达等正义:《春秋左传正义》,第1749、1814、1985、2045、2139页。

⑥ [晋]杜预:《春秋释例》,第457—458页。

⑦ [五代蜀]冯继先:《春秋名号归一图》,上海古籍出版社1979年影印清人别集丛刊通志堂集本,第475页。

⑧ [宋]程公说:《春秋分记》,第150页。

⑨ [三国吴]韦昭注,上海师范大学古籍整理研究所校点:《国语》,第525页。

楚世家》，蚡冒，名眴，若敖熊仪之孙、霄敖熊坎之子。故笔者此不取韦《注》说。又，
《潜夫论·志氏姓》："蚡冒生蒍章者，王子无钩也。令尹孙叔敖者，蒍章之子也。"①
宣十一年《左传》之"蒍艾猎"、宣十二年《左传》之"蒍敖"，杜《注》及《春秋释例·世
族谱下》皆以为"孙叔敖"。然《左传》已明谓"蒍艾猎""蒍敖"非一人；且杜氏既以为
一人，而襄十五年《左传》杜《注》又谓"子冯，叔敖从子"，则《世族谱》说有讹误。故
清雷学淇校辑《世本》卷上认为："盖蒍贾生艾猎、叔敖，猎之后为蒍氏，有蒍子冯、蒍
掩、蒍固、蒍居等人。敖之后别为孙氏。"②则春秋时期楚蒍（蓬）氏世系为：霄敖熊坎
→蚡冒熊眴→蓬章→蒍吕臣（无后）、蒍贾→蒍艾猎、蒍敖（别为孙氏、叔敖氏）→蓬
子冯→蓬掩……蓬罢……蓬启彊……蓬射……蓬洩……蓬居……蓬越……蓬固③。

（三）蒍贾

僖二十七年《左传》杜《注》："蒍贾，伯赢，孙叔敖之父。"④宣四年《左传》杜《注》
大同。则蒍贾（前？—前605），即宣四年《左传》之"伯赢"，姓芈，本氏熊，别氏蒍（一
作"蓬"），名贾，字伯赢，蚡冒熊眴之孙，蒍章（无钩）之子，蒍艾猎、孙叔敖之父，始为
工正（掌百工之官），庄王九年（前605）为司马。其提出"刚而无礼，不可以治民"（僖
二十七年《左传》)⑤说，长于谋断，性情率直，勇于谏言，传世有《举以败国论》(见僖
二十七年《左传》)、《伐庸以平群蛮、麋人、百濮之策论》(见文十六年《左传》)诸文。

（四）蓬子冯

襄十五年《左传》杜《注》："（蒍）子冯，（孙）叔敖从子。"襄二十四年《左传》杜
《注》："（蓬子）令尹蓬子冯。"⑥则蓬子冯（前？—前548），即襄二十二年、二十四年
《左传》之"蓬子"，姓芈，本氏熊，别氏蓬，名冯，尊称子，蒍贾（伯赢）之孙，蒍艾猎之
子，蓬掩之父，康王六年（前554）为大司马，九年（前551）为令尹，十二年（前548）
卒。其长于谋断，提出"姑归息民，以待其卒"（襄二十四年《左传》)⑦说，主张息兵养
民，传世有《谏王欲伐舒鸠书》(见襄二十四年《左传》)一文。

---

① ［汉］王符撰，［清］王继培笺，彭铎校正：《潜夫论笺校正》，第418页。
② ［清］雷学淇校辑：《世本》，［汉］宋衷注，［清］秦嘉谟等辑：《世本八种》，第41页。
③ 《春秋分记·世族谱五》有蒍氏之族有"蒍围"，未详所出。
④ ［晋］杜预注，［唐］孔颖达等正义：《春秋左传正义》，第1822页。
⑤ ［晋］杜预注，［唐］孔颖达等正义：《春秋左传正义》，第1822页。
⑥ ［晋］杜预注，［唐］孔颖达等正义：《春秋左传正义》，第1959、1980页。
⑦ ［晋］杜预注，［唐］孔颖达等正义：《春秋左传正义》，第1980页。

（五）蒍罢

《中论·法象篇》：“（昔）子围以《大明》昭乱，蒍罢以《既醉》保禄。”①襄二十七年《左传》杜《注》：“（蒍）罢，令尹子荡。”②襄三十年《左传》杜《注》说同。则蒍罢，即襄二十七年、三十年《左传》之“子荡”，亦即昭五年《左传》之“令尹子荡”，姓芈，本氏熊，别氏蒍，名罢，字子荡，康王十四年（前546）时为大夫，灵王四年（前537）为令尹，生卒年未详（前546—前536在世）。其敏以事君，熟知典籍，尤谙习《诗》，为晋平公答赋《既醉》（今《诗·大雅》）。

（六）蒍启彊

昭元年《左传》：“楚灵王即位，蒍罢为令尹，蒍启彊为大宰。”③则蒍启彊，即昭七年《左传》之“大宰蒍启彊”，姓芈，本氏熊，别氏蒍，名启彊，灵王元年（前540）为太宰④，生卒年未详（前541—前535在世）。其谏君以礼，提出“圣王务行礼，不求耻人”说，认为“朝聘有珪，享觌有璋，小有述职，大有巡功。设机（通“几”）而不倚，爵盈而不饮；宴有好货，飧有陪鼎，入有郊劳，出有赠贿，礼之至也”（昭五年《左传》）⑤。尊崇“吾不忘先君之好，将使衡父照临楚国，镇抚其社稷，以辑宁尔民”古训，倡导“奉承以来，弗敢失陨，而致诸宗祧”（昭七年《左传》）⑥。传世有《诸侯朝聘之礼论》（见昭五年《左传》）、《说鲁侯赴楚辞》《慎守宝论》（俱见昭七年《左传》）诸文。

六、孙氏与蒍敖

（一）孙氏（叔敖氏）之族属与世系

《元和姓纂·二十三魂》：“孙……又，楚令尹孙叔敖及荀况并为孙氏。”⑦《新唐书·宰相世系表三下》：“孙氏……又有出自芈姓。楚蚡冒生王子蒍章，字无钩，生

---

① ［三国魏］徐干撰，龚祖培点校：《中论》，辽宁教育出版社2001年点校清咸丰间（1850—1861）钱培名精校本，第4页。
② ［晋］杜预注，［唐］孔颖达等正义：《春秋左传正义》，第1998页。
③ ［晋］杜预注，［唐］孔颖达等正义：《春秋左传正义》，第2026页。
④ 楚国太宰见于《春秋》《左传》者，依次有公子辰（子商）、伯州犁、蒍启彊等人，位次在令尹（包括左尹、右尹）、司马（包括大司马、左司马、右司马）、莫敖之后，在少宰之前。说详：［宋］程公说《春秋分记·职官书四》。
⑤ ［晋］杜预注，［唐］孔颖达等正义：《春秋左传正义》，第2041—2042页。
⑥ ［晋］杜预注，［唐］孔颖达等正义：《春秋左传正义》，第2048页。
⑦ ［唐］林宝撰，［清］孙星衍校辑，郁贤皓、陶敏整理点校：《元和姓纂》，第460页。

蒍叔伯吕臣,孙蒍贾伯赢生蒍艾猎,即令尹叔敖,亦为孙氏。"①《通志·氏族略三》:
"叔敖氏,芈姓,楚蚡冒之后也。蒍艾猎为令尹,字叔敖,以字为氏。"②

　　谨案:《新唐书·宰相世系表三》《通志·氏族略三》以"蒍艾猎"与"孙叔敖"为
一人,乃因宣十一年、十二年《左传》杜《注》及《春秋释例·世族谱下》之误。故笔者
此不取。则楚孙氏为蒍(蓮)氏之别,蚡冒熊眴后裔,出于蒍章(无钩)之孙、蒍贾(伯
赢)之子蒍敖(孙叔敖),属"蚡冒族",芈姓,其世系为:霄敖熊坎→蚡冒熊眴→蓮章
→吕臣(无后)、蒍贾→蒍艾猎、蒍敖。

　　(二)蒍敖

　　宣十二年《左传》载晋士会(随武子)曰:"蒍敖为宰,择楚国之令典:军行,右辕,
左追蓐,前茅虑无,中权,后劲。百官象物而动,军政不戒而备,能用典矣。"③《孟
子·告子下》:"孟子曰:'舜发于畎亩之中,傅说举于版筑之间,胶鬲举于鱼盐之中,
管夷吾举于士,孙叔敖举于海,百里奚举于市。'"④《吕氏春秋·当染篇》:"荆庄王染
于孙叔敖、沈尹蒸。"《尊师篇》:"楚庄王师孙叔敖、沈尹巫。"⑤《荀子·非相篇》:"楚
之孙叔敖,期思之鄙人也,突秃长左,轩较之下,而以楚霸。"《臣道篇》:"齐之管仲,
晋之咎犯,楚之孙叔敖,可谓功臣矣。"⑥《史记·循吏列传》:"孙叔敖者,楚之处士
也。虞丘相进之于楚庄王以自代也。三月为楚相,施教导民,上下和合,世俗盛美,
政缓禁止,吏无奸邪,盗贼不起。秋冬则劝民山采,春夏以水,各得其所便,民皆乐
其生。"⑦《说苑·尊贤篇》:"楚庄王用孙叔敖、司马子反、将军子重,征陈从郑,败强
晋,无敌于天下。"⑧《吕氏春秋·情欲篇》高《注》:"孙叔敖,楚令尹蒍贾之子也。"《异
宝篇》高《注》:"孙叔敖,楚大夫蒍贾之子,庄王之令尹也。"⑨《淮南子·齐俗训》高

　　① 〔宋〕欧阳修、〔宋〕宋祁编修,石淑仪等点校:《新唐书》,第2945页。
　　② 〔宋〕郑樵撰,王树民点校:《通志二十略》,第118页。
　　③ 杜《注》:"宰,令尹。蒍敖,孙叔敖。"〔晋〕杜预注,〔唐〕孔颖达等正义:《春秋左传正义》,第1879页。
　　④ 〔汉〕赵岐注,〔宋〕孙奭疏:《孟子注疏》,第864页。
　　⑤ 旧题〔周〕吕不韦撰,〔汉〕高诱注,许维遹集释:《吕氏春秋集释》,第50、92页。
　　⑥ 〔周〕荀况撰,〔清〕王先谦集解,沈啸寰等点校:《荀子集解》,第73、249页。
　　⑦ 〔汉〕司马迁撰,〔晋〕裴骃集解,〔唐〕司马贞索隐,〔唐〕张守节正义,郭逸、郭曼标点:《史记》,第2339
页。案:孙叔敖其人,《左传》仅宣十二年一见;先秦、两汉古书所载传说甚多,散见于《墨子·所染篇》《孟子·
告子下》《荀子·非相篇》《臣道篇》《宥坐篇》《吕氏春秋·当染篇》《尊师篇》《察传篇》《赞能篇》《新书·礼篇》
《史记·楚世家》《郑世家》《赵世家》《循吏列传》《滑稽列传》《韩诗外传》卷二、《盐铁论·毁学篇》《说苑·尊贤
篇》《敬慎篇》《至公篇》《杂言篇》《新序·杂事一》《杂事二》《杂事三》《杂事五》《列女传·贤明传》《潜夫论·志
氏姓》《论衡·福虚篇》《超奇篇》诸书,不俱引。
　　⑧ 〔汉〕刘向撰,向宗鲁校证:《说苑校证》,第175页。
　　⑨ 旧题〔周〕吕不韦撰,〔汉〕高诱注,许维遹集释:《吕氏春秋集释》,第46、229页。

《注》说大同。《后汉书·郡国志四》李《注》引梁缪卜等《皇览》:"楚大夫子思冢,在(当涂)县东山乡西,去县四十里。子思造苟陂。"①《隶释》卷三著录汉"楚相孙叔敖碑"文:"楚相孙君讳饶,字叔敖,本是县人也。六国时期思属楚。"②《集古录》卷三:"右汉《孙叔敖碑》云:'名饶,字叔敖。'而《史记》不著其名,见于他书者,亦皆曰'叔敖'而已。微斯碑,后世遂不复知其名'饶'也。"③《水经注释》卷三十:"子思似是孙叔敖之字,然则非名饶字叔敖矣。"④

谨案:笔者以为,宣十二年《左传》之"蒍敖",宣十二年《左传》《孟子·告子下》《吕氏春秋·情欲篇》《异宝篇》《当染篇》《尊师篇》《荀子·非相篇》《臣道篇》等皆以为乃"孙叔敖",则"孙叔"其字而"敖"其名;此碑独言其"名饶"者,"饶"当"敖"之讹⑤。又,据《史记·滑稽列传》,则孙叔敖卒于楚庄王之世(前613—前591在位),具体年代未详,当在庄王季年。则蒍敖,即宣十二年《左传》之"孙叔",亦即宣十二年《左传》《孟子·告子下》《吕氏春秋·情欲篇》《异宝篇》《当染篇》《尊师篇》《荀子·非相篇》《臣道篇》之"孙叔敖",芈姓,本氏熊,别氏蒍,其后别氏孙,名敖(一作"饶"),字孙叔,一字子思,蒍章(无钩)之孙,蒍贾(伯嬴)之子,蒍艾猎之弟,期思(即今河南省信阳市固始县西北七十里之期思镇故期思城)之鄙人,仕庄王为令尹,庄王师事之,生卒年未详(前598—前592在世)⑥。其尽忠为廉,尊崇"畏鞭棰之严而不敢谏其父,非孝子也。惧斧钺之诛而不敢谏其君,非忠臣也"古训,反对"贪前之利,而不顾后害"(《韩诗外传》卷十)⑦,为后世吴王夫差太子友"螳螂捕蝉,黄雀在

①　[南朝宋]范晔撰,[唐]李贤等注,宋云彬等点校:《后汉书》,第3468页。

②　[宋]洪适:《隶释》,中华书局1986年影印清同治十年(1872)江宁洪氏晦木斋附正误刻本,第37页。

③　[宋]欧阳修:《集古录》,台北艺文印书馆石刻史料丛刊1976影印光绪十三年(1887)校刊行素草堂藏版原刻本。

④　[清]赵一清:《水经注释》,上海古籍出版社1987年影印文渊阁四库全书本,第514页。

⑤　详见:[清]孙星衍《问字堂集·孙叔敖名字考》。

⑥　《史记·循吏列传》裴骃《集解》引[梁]缪卜等《皇览》:"孙叔敖冢在南郡江陵故城中,白土里……去故楚都郢城北二十里所。或曰孙叔敖激沮水作云梦大泽之池也。"[汉]司马迁撰,[晋]裴骃集解,[唐]司马贞索隐,[唐]张守节正义,郭逸、郭曼标点:《史记》,第2340页。《水经·淮水注》:"(期思县)城之西北隅有蒍相孙叔敖庙,庙前有碑。"[北魏]郦道元撰,杨守敬、熊会贞疏,段熙仲点校,陈桥驿复校:《水经注疏》,第2513页。《魏书·地形志中》:"(安宁)有期思城、孙叔敖庙。"[北齐]魏收编撰,唐长孺点校:《魏书》,第1946页。《太平寰宇记·淮南道五》:"楚相祠在(固始)县西北七十里期思城西五步。"[宋]乐史撰,王文楚等点校:《太平寰宇记》,第2516页。《舆地碑记目·光州碑记》:"《汉遗爱庙碑》,期思遗爱庙在固始县西北七十里。昔楚庄王封孙叔敖之子于寝丘,建庙期思。岁久祠宇隳坏,汉延熹三年,固始县令君复为立祠,且刻其事于石,碑画今存。元丰八年,敕以遗爱之碑为额。"[宋]王象之:《舆地碑记目》,中华书局丛书集成初编1985排印清伍崇曜编刻粤雅堂丛书续集本,第45页。

⑦　[汉]韩婴撰,屈守元笺疏:《韩诗外传笺疏》,第870页。

后"（见《吴越春秋·夫差内传》）①说之祖。长于谋略，推崇"元戎十乘，以先启行"
"先人有夺人之心"古训，提出"宁我薄人，无人薄我"（宣十二年《左传》）②说。认为
"人君或至失国而不悟，士或至饥寒而不进，君臣不合，国是无迨定矣"，主张君臣共
"定国是"（《新序·杂事》）③。恪守"有三利必有三患"古训，主张"吾爵益高，吾志益
下；吾官益大，吾心益小；吾禄益厚，吾施益博"（《韩诗外传》卷七）④。施教导民，上
下和合，素有令德，筐箧囊简，熟读兵书，尤谙习《诗》，传世有《谏王将兴师伐晋书》
（见《韩诗外传》卷十）、《先人以夺心之策论》（见宣十二年《左传》）、《得失无忧喜论》
（《庄子·外篇·田子方》）、《君臣共定国是论》（见《新序·杂事》）、《免三患论》（见
《韩诗外传》卷七）、《戒子书》（见《列子·说符篇》）诸文⑤。

七、包氏与申勃苏

（一）包氏之族属与世系

《元和姓纂·五肴》："包，楚大夫申包胥之后，以王父字因氏之。"⑥《通志·氏族
略三》："包氏，出自申氏。楚大夫申包胥之后，以字为氏。"⑦王应麟《困学纪闻·春
秋》："梦冒勃苏，即申包胥也。岂梦冒之裔、楚之同姓欤？"《姓氏急就篇》卷下说大
同。元吴师道《战国策校注》卷五："梦冒，即蚡冒；勃苏、包胥，声近。岂梦冒之裔
欤？"⑧明方以智《通雅·姓名》："梦冒勃苏，即申包胥，见《国策》。梦乃申音，冒勃乃
包音，苏乃胥音。"⑨王世贞《弇州山人四部稿》卷一百五十八说大同。凌迪知《万姓
统谱·三肴》："包，上党，羽音，楚大夫申包胥之后，以字为氏。又望出丹阳。"⑩《战

---

① ［汉］赵晔撰，［元］徐天祜音注，苗麓校点，辛正审定：《吴越春秋》，江苏古籍出版社 1999 年校点明翻
元大德间刻本，第 79 页。

② ［晋］杜预注，［唐］孔颖达等正义：《春秋左传正义》，第 1879 页。

③ ［汉］刘向撰，石光瑛校释：《新序校释》，第 270 页。

④ ［汉］韩婴撰，屈守元笺疏：《韩诗外传笺疏》，第 622—623 页。

⑤ 《戒子书》，据《古诗纪》卷二、《古乐苑·卷首》及《先秦汉魏晋南北朝诗·先秦诗》卷二题，《全上古三
代文》卷九题作《将死戒其子》。

⑥ ［唐］林宝撰，［清］孙星衍校辑，郁贤皓、陶敏整理点校：《元和姓纂》，第 561 页。

⑦ ［宋］郑樵撰，王树民点校：《通志二十略》，第 118 页。

⑧ ［宋］鲍彪注，［元］吴师道补注：《战国策校注》，上海书店四部丛刊初编 1985 年影印元至正十五年
（1355）刻本。

⑨ ［明］方以智：《通雅》，侯外庐主编：《方以智全书》（第 1 册），上海古籍出版社 1988 年版，第 690 页。

⑩ ［明］凌迪知：《万姓统谱》，上海古籍出版社 1987 年影印文渊阁四库全书本，第 505 页。

国策·楚策一》黄丕烈《札记》："申包胥为蚡冒氏,犹斗子文之言若敖氏。"①

　　谨案:《国语·郑语》："夫荆子熊严生子四人:伯霜、仲雪、叔熊、季紃。叔熊逃难于濮而蛮,季紃是立;薳氏将起之,祸又不克……及平王之末,而秦、晋、齐、楚代兴,秦景、襄于是乎取周土,晋文侯于是乎定天子,齐庄、僖于是乎小伯,楚蚡冒于是乎始启濮。"②今考:《史记·楚世家》："熊严十年,卒。有子四人:长子伯霜,中子仲雪,次子叔堪,少子季徇。熊严卒,长子伯霜代立,是为熊霜。熊霜元年,周宣王初立。熊霜六年,卒,三弟争立。仲雪死;叔堪亡,避难于濮。而少弟季徇立,是为熊徇。熊徇十六年,郑桓公初封于郑。二十二年,熊徇卒,子熊咢立。熊咢九年卒,子熊仪立,是为若敖……二十七年,若敖卒,子熊坎立,是为霄敖。霄敖六年,卒,子熊眴立,是为蚡冒。"③则太史公所据《世本》世系为:熊徇→熊咢→若敖熊仪→霄敖熊坎→蚡冒熊眴。《国语·郑语》之"季紃",韦《注》之"熊紃",皆即《史记·楚世家》之"季徇""熊徇",在位凡二十二年(前821－前800);而韦《注》之"熊率",即《国语·郑语》《史记·楚世家》之"蚡冒""熊眴",在位凡十七年(前757－前741)。可见韦《注》谓蚡冒熊率为季紃之孙、若敖之子,世代太远,阙"熊咢"一世。故不足信。则楚包氏为熊氏之别,出于熊咢之孙、若敖熊仪之子蚡冒熊率(熊眴、棼冒),属"蚡冒",芈姓,其世系为:熊咢→若敖熊仪→蚡冒熊率……申勃苏④。

　　(二)申勃苏

　　《战国策·楚策一》载楚莫敖子华曰:"故劳其身,愁其思,以忧社稷者,棼冒勃苏是也。"⑤《淮南子·脩务训》:"申包胥竭筋力以赴严敌,伏尸流血,不过一卒之才,不如约身卑辞,求救于诸侯。"⑥《史记·楚世家》裴骃《集解》汉服虔《春秋左氏传解》:"(申包胥)楚大夫王孙包胥。"《秦本纪》张守节《正义》:"包胥姓公孙,封于申,

　　①　[清]黄丕烈:《战国策札记》,附[汉]高诱注、[宋]姚宏校正续注《战国策》,台湾中华书局四部备要1968－1982年排印清嘉庆二十三年(1818)黄氏士礼居覆宋剡川姚氏刊本。

　　②　韦《注》:"季紃,楚子熊紃也……蚡冒,楚季紃之孙、若敖之子熊率。"[三国吴]韦昭注,上海师范大学古籍整理研究所校点:《国语》,第509－525页。

　　③　[汉]司马迁撰,[晋]裴骃集解,[唐]司马贞索隐,[唐]张守节正义,郭逸、郭曼标点:《史记》,第1344页。

　　④　参见:邵炳军《阳氏、包氏、叶氏族属、世系暨作家群体事略考》,《河北师大学报》2012年第5期,第49－52页。

　　⑤　[汉]刘向集录,范祥雍笺证,范邦瑾协校:《战国策笺证》,第809页。

　　⑥　[汉]刘安撰,[汉]高诱注,刘文典集解,冯逸、乔华点校:《淮南鸿烈集解》,第651页。

故号申包胥。"①《战国策·楚策一》鲍《注》："（棼冒勃苏）定四年以为申包胥。"②《春秋左传注疏》卷五十四《考证》："臣照按：《管子》'申鹿医郢'，申鹿当亦即是申包胥。盖吴楚之间人名，非告于上国而史得书于策者，大抵皆有音无字，随记载者所闻而书之。申鹿、申包胥、棼冒勃苏，音皆似也。"③《史记》卷八十六陈浩《考证》说大同。则申勃苏，即定四年、五年《左传》《国语·吴语》《史记·秦本纪》《楚世家》《伍子胥列传》《范雎列传》《汉书·古今人表》之"申包胥"，亦即《国语·吴语》之"王孙包胥"，亦即《国语·吴语》《史记·伍子胥列传》之"包胥"，亦即《战国策·楚策一》之"棼冒勃苏"，亦即《鹖冠子·世贤篇》之"申鹿"，姓芈，本氏熊，别氏申，其后别为包氏，名勃苏，字胥，楚大夫，生卒年未详（前522—前475在世）。其忠于王室以忧社稷，约身卑辞求救于诸侯，主张"吾为君也，非为身也"（定五年《左传》)④；提出"夫战，智为始，仁次之，勇次之"（《国语·吴语》)⑤说，将"智""仁""勇"作为战争胜负的三要素，强调人在战争中的决定因素，表现了其以人为本战争论这一进步观念；传世有《吴为无道歌》(《吴越春秋·阖闾内传》)、《逃赏论》(见定五年《左传》)、《智仁勇为战论》(见《国语·吴语》)诸诗文⑥。

八、范氏与范山、申无宇、申亥

（一）范氏之族属与世系

《元和姓纂·五十五范》："范，帝尧刘累之后，在周为唐杜氏。周宣王灭杜，杜伯之子隰叔奔晋，为士师。曾孙士会，食采于范，遂为范氏。越有范蠡。魏有范座。项羽谋臣范增，居巢人。"⑦《姓氏急就篇》卷上："范氏，陶唐氏之后。晋士会食采于范，曰范武子，子文子燮。又，楚范山、范无宇，越范蠡……"⑧《春秋分记·世谱七》：

① ［汉］司马迁撰，［晋］裴骃集解，［唐］司马贞索隐，［唐］张守节正义，郭逸、郭曼标点：《史记》，第1359，135页。

② ［汉］刘向集录，范祥雍笺证，范邦瑾协校：《战国策笺证》，第817页。

③ ［晋］杜预注，［唐］孔颖达等正义：《春秋左传注疏》，上海古籍出版社1987年影印文渊阁四库全书本，第550页。案："申鹿"，见《鹖冠子·世贤篇》，而非《管子》。

④ ［晋］杜预注，［唐］孔颖达等正义：《春秋左传正义》，第2140页。

⑤ ［三国吴］韦昭注，上海师范大学古籍整理研究所校点：《国语》，第620页。

⑥ 《吴为无道歌》，《古诗纪》卷二、《古乐苑·卷首》《古谣谚》卷二十三及《先秦汉魏晋南北朝诗·先秦诗卷》二皆题作《申包胥歌》。

⑦ ［唐］林宝撰，［清］孙星衍校辑，郁贤皓、陶敏整理点校：《元和姓纂》，第1151页。

⑧ ［宋］王应麟：《姓氏急就篇》，第795页。

"申氏,舟生犀;宇生亥;骊(申)包胥,不详其世。"①《容斋随笔》卷六说大同。

今考:据襄二十四年《左传》《国语·晋语八》《史记·赵世家》司马贞《索隐》并引《世本》,晋范氏为士氏别族,出于士会(前632—前589在世),即随会、士季、随武子、范武子、范会,成公六年(前601)代荀林父为上军帅而居卿位,景公七年(前593)代荀林父为中军帅而秉国政,历仕文、襄、灵、成、景五君凡四十四年,晚年告老退休。又,文九年《左传》有楚大夫范山(前618在世),事穆王;文十年《左传》有范邑之巫矞似,在成王时。故《春秋地理考实》卷二指出:"楚有大夫范山,范当是其食邑。"②则楚范山与晋范会年辈相当。时晋范氏正盛,亦未见有出奔楚者。故楚范山确为以邑为氏者,与晋范氏无涉。又据《吕氏春秋·当染篇》高《注》《越绝书·外传纪策》《史记·越王勾践世家》张守节《正义》引《吴越春秋》,越范蠡(前494—前473在世),字少伯,本楚宛邑三户(即今河南省南阳市故淅川县治北之三户亭,今为丹江水库湮)人,后徙居越仕于为大夫,越王勾践师事之。则早在范蠡仕越前一百二十五年楚已有范氏。故晋范氏乃以晋范邑(即今河南省濮阳市范县)别氏范,实祁姓士氏之别,为帝尧刘累之后;而楚范氏亦为以楚范邑(今地阙)为氏者,虽族属未详,然与晋范氏无涉。又,范无宇(前543—前531在世),即申无宇,时任芋尹。则其虽晚于范山七十五年,本氏申,以邑别氏范,自然非范山后裔。则楚范氏有二:一为范山之后,族属、世系皆未详;一为范无宇,申氏之别,出于霄敖熊坎之孙、武王熊通之子文王熊赀(前689—前675在世),属"文族",芈姓,其世系为:武王熊通→文王熊赀……申无宇→申亥③。

(二)范山

文九年《左传》杜《注》:"范山,楚大夫。"④则范山,氏范,名山,楚大夫,族属、世系、生卒年皆未详(前618在世),传世有《谏图北方书》(见文九年《左传》)一文。

(三)申无宇

《国语·楚语上》韦《注》:"范无宇,楚大夫芋尹申无宇也。"⑤襄三十年《左传》杜《注》:"无宇,芋尹。"⑥

①　[宋]程公说:《春秋分记》,第151页。
②　[清]江永:《春秋地理考实》,第1955页。
③　参见:邵炳军《范氏、文氏、申叔氏族属、世系暨作家群体事略考》,《广东社会科学》2013年第3期,第179—184页。
④　[晋]杜预注,[唐]孔颖达等正义:《春秋左传正义》,第1847页。
⑤　[三国吴]韦昭注,上海师范大学古籍整理研究所校点:《国语》,第547页。
⑥　[晋]杜预注,[唐]孔颖达等正义:《春秋左传正义》,第2013页。

　　谨案：芋尹，昭七年、十三年、哀十五年《左传》俱作"芋尹"，《史记·楚世家》作
"芊尹"，《元和姓纂·四纸》作"芈尹"。昭七年《左传》孔《疏》："芋是草名，哀十七
(五)年陈有芋尹盖，皆以草名官，不知其故。"①此"芋尹"，即殴兽之官。《通志·申
无宇列传》："申无宇仕楚为芋尹，故曰芈尹无宇。"②则《史记·楚世家》讹"芋"为
"芊"，《元和姓纂·四纸》讹"芋"为"芈"，而《通志·申无宇列传》因之。则申无宇，
即昭七年、十三年《左传》之"芋尹无宇"，亦即《国语·楚语上》《新书·大都篇》之
"范无宇"，亦即《汉书·古今人表》之"申亡宇"，姓芈，本氏熊，别氏文，又别氏申，又
别氏范，其后别氏芋尹，名无宇(一作"亡宇")，申亥之父，时任芋尹，生卒年未详(前
543-前531在世)。其提出"善人，国之主也""司马，令尹之偏，而王之四体也"说，
认为"绝民之主，去身之偏，艾王之体，以祸其国，无不祥大焉"(襄三十年《左传》)③。
提出"不堪王命，乃祸乱也"(昭四年《左传》)④说。提出"天子经略，诸侯正封，古之
制也"说，尊崇"普天之下，莫非王土；率土之滨，莫非王臣""有亡，荒阅""盗所隐器，
与盗同罪""纣为天下逋逃主，萃渊薮"古训，认为"天有十日，人有十等。下所以事
上，上所以共神也。故王臣公，公臣大夫，大夫臣士，士臣皂，皂臣舆，舆臣隶，隶臣
僚，僚臣仆，仆臣台。马有圉，牛有牧，以待百事"(昭七年《左传》)⑤。反对人祭，提
出"五牲不相为用"(昭十一年《左传》)说。推崇"择子莫如父，择臣莫如君""五大不
在边，五细不在庭"古训，提出"亲不在外，羁不在内"(昭十一年《左传》)⑥说。提出
"地有高下，天有晦明，民有君臣，国有都鄙，古之制也"说，主张"制之以义，旌之以
服，行之以礼，辩之以名，书之以文，道之以言"(《国语·楚语上》)⑦。敢于直谏，熟
知典籍，尤谙习《诗》，传世有《善人为国之主论》(见襄三十年《左传》)、《民不堪命以
致祸乱论》(见昭四年《左传》)、《经略正封之制辞》(见昭七年《左传》)、《人祭不祥
论》《亲不在外而羁不在内论》(俱见昭十一年《左传》)、《尾大不掉论》(《国语·楚语

　　①　[晋]杜预注，[唐]孔颖达等正义：《春秋左传正义》，第2047页。
　　②　[宋]郑樵：《通志》，北京图书馆中华再造善本2006年影印元大德间三山郡庠刻元明递修弘治公文纸
印本。
　　③　[晋]杜预注，[唐]孔颖达等正义：《春秋左传正义》，第2013页。
　　④　[晋]杜预注，[唐]孔颖达等正义：《春秋左传正义》，第2035页。
　　⑤　[晋]杜预注，[唐]孔颖达等正义：《春秋左传正义》，第2047-2048页。
　　⑥　[晋]杜预注，[唐]孔颖达等正义：《春秋左传正义》，第2060-2061页。
　　⑦　[三国吴]韦昭注，上海师范大学古籍整理研究所校点：《国语》，第547页。

上》）诸文①。

（四）申亥

昭十三年《左传》：“芋尹无宇之子申亥。”②《国语·楚语上》韦《注》：“芋尹申亥，申无宇之子。”《吴语》韦《注》：“申亥，楚大夫，芋尹无宇之子。”③《汉书·古今人表》“申亥”颜《注》：“亡宇子。”④则申亥，姓芈，本氏熊，别氏文，又别氏申，名亥，申无宇（范无宇）之子，继父职为芋尹），生卒年未详（前529在世）。其忠心事王，提出“君不可忍，惠不可弃”（昭十三年《左传》）⑤说，传世有《惠不可弃论》（见昭十三年《左传》）一文。

九、文氏与文无畏

（一）文氏之族属

《潜夫论·志氏姓》：“楚大夫申无畏者，又氏文氏。”⑥《古今姓氏书辩证·二十文》：“文……谨按《春秋》：蔡大夫文之锴；越大夫文种；宋大夫文无畏，字子舟；皆属文王后。”⑦《姓氏急就篇》卷上：“文氏，老子弟子文子，蔡有文之锴，楚有文之无畏，吴王阖闾师文之仪，越大夫文种，宋良医文挚，《孔丛子》魏文咨。”⑧

谨案：文之锴，姓芈，氏文，名锴，蔡大夫，事昭侯（前518－前491在位），见哀四年《左传》。文种，姓芈，氏文，名种，越大夫，事勾践（前496－前465在位）。又，文子，老子弟子，与孔子并时，大致为楚平王（前528－前516在位）时人。文之仪，吴王阖闾师，与伍子胥同时，事见《吕氏春秋·尊师篇》、汉刘向《新序·杂事》。文挚，宋良医，齐闵王（前300－前284在位）时人，事见《列子·仲尼篇》《吕氏春秋·至忠篇》、汉王充《论衡·道虚篇》。又，《元和姓纂·二十文》《通志·氏族略四》《古今名

---

①　《善人为国之主论》《文章正宗·议论四》《文章辨体汇选·论谏八》皆题作《论公子围》；《经略正封之制辞》，《文章正宗·议论二》《文编·对》《御选古文渊鉴》卷四皆题作《对楚子》，《文章辨体汇选·论谏二》题作《谏楚子》；《亲不在外而羁不在内论》《尾大不掉论》，《文章正宗·议论二》《文编·论疏》《文章辨体汇选·论谏五》皆题作《论城陈、蔡、不羹》。

②　［晋］杜预注，［唐］孔颖达等正义：《春秋左传正义》，第2070页。

③　［三国吴］韦昭注，上海师范大学古籍整理研究所校点：《国语》，第558、599页。

④　［汉］班固撰，［唐］颜师古注，傅东华等点校：《汉书》，第925页。

⑤　［晋］杜预注，［唐］孔颖达等正义：《春秋左传正义》，第2070页。

⑥　［汉］王符撰，［清］王继培笺，彭铎校正：《潜夫论笺校正》，第418页。

⑦　［宋］邓名世撰，王力平点校：《古今姓氏书辩证》，第97页。

⑧　［宋］王应麟：《姓氏急就篇》，第765页。

贤氏族言行类稿》卷十二、《古今合璧事类备要续集》卷二十七、《翰苑新书后集》卷六、《秘笈新书别集》卷二并引《风俗通义》："（文氏）周文王支孙，以谥为氏。"①笔者以为，周之文氏出于周文王，姬姓；蔡、越、楚之文氏出于楚文王，芈姓，本氏熊，别氏文。则此二文氏，氏名同而族属异。则楚文氏为熊氏之别，鬻熊后裔，出于熊坎（霄敖）之孙、武王熊通之子文王熊赀（前 689－前 675 在位），属"文族"，芈姓。

（二）文氏之世系

宣十四年《左传》杜《注》："犀，申舟子。"②《春秋分记·世谱七》："申氏，舟生犀；宇生亥；骊（申）包胥，不详其世。"③

谨案：《名疑》卷二："文之无畏，字子舟，一称申舟，盖申无宇之后也。"④文之无畏始见于文十年《左传》，申无宇始见于襄三十年《左传》。则申无宇晚于文无畏七十四年。陈氏谓文无畏（申舟）为申无宇之后，乃失考。故笔者此不取。则春秋时期楚文氏世系为：武王熊通→文王熊赀……文无畏→文犀……文种⑤。

（三）文无畏

《吕氏春秋·行论篇》高《注》："（文）无畏，申周，楚大夫也。"⑥《淮南子·主术训》高《注》同。文十年《左传》杜《注》："子舟，无畏字。"宣十四年《左传》杜《注》："申舟，无畏。"⑦《册府元龟》卷二百四十八《注》："申舟，毋畏。"⑧《左通补释》卷九："文盖以谥为氏者，申，其食邑；舟，字也；之，语辞。"⑨王梓材撰《世本集览通论》："（古人名号与国）亦有以无称者……无亦作毋。"⑩

谨案：《吕氏春秋·行论篇》高《注》之"申周"，即宣十四年《左传》杜《注》之"申舟"，盖"舟"与"周"同。又，清秦嘉谟辑补《世本》卷七下以"文之"为氏，说不确。据宣十五年《左传》，其子文犀言于楚王称"无畏知死"，可知"无畏"实其名。又，楚以令尹、司马、左尹、右尹、左司马、右司马为卿，皆书于《春秋》经、传。则文无畏（前？

① ［唐］林宝撰，［清］孙星衍校辑，郁贤皓、陶敏整理点校：《元和姓纂》，第 1151 页。
② ［晋］杜预注，［唐］孔颖达等正义：《春秋左传正义》，第 1886 页。
③ ［宋］程公说：《春秋分记》，第 151 页。
④ ［明］陈士元：《名疑》，上海古籍出版社 1987 年影印文渊阁四库全书本，第 619 页。
⑤ 参见：邵炳军《范氏、文氏、申叔氏族属、世系暨作家群体事略考》，《广东社会科学》2013 年第 3 期，第 179－184 页。
⑥ 旧题［周］吕不韦撰，［汉］高诱注，许维遹集释：《吕氏春秋集释》，第 571 页。
⑦ ［晋］杜预注，［唐］孔颖达等正义：《春秋左传正义》，第 1848、1886 页。
⑧ ［宋］王钦若等：《册府元龟》，第 2961 页。
⑨ ［清］梁履绳：《左通补释》，第 1445 页。
⑩ ［清］王梓材撰《世本集览通论》，［汉］宋衷注，［清］秦嘉谟等辑：《世本八种》，第 58 页。

—前595），即文十年《左传》之"文之无畏""子舟"，亦即宣十四年《左传》《汉书·古今人表》之"申舟"，亦即宣十四年《左传》《吕氏春秋·行论篇》之"文无申周"，亦即《潜夫论·志氏姓》之"申无畏"，亦即《后汉书·朱浮列传》李《注》之"申舟无畏"，姓芈，本氏熊，别氏文，后别氏申，名无畏（一作"毋畏"），字子舟，采邑申，文犀（申犀）之父，时为穆王左司马而居卿位，庄王十九年（前595）为宋华元所杀。其为人刚直，忠于职守，尊崇"刚亦不吐，柔亦不茹""毋纵诡随，以谨罔极"古训，提出"当官而行，何彊之有"（文十年《左传》）①说；熟知典籍，尤谙习《诗》，传世有《官守论》（见文十年《左传》）一文。

综上所考，楚屈氏为熊氏之别，鬻熊后裔，出于熊杨之孙、熊渠长子熊伯庸，属"熊渠族"，芈姓，其世系为：屈瑕→屈边、屈重……屈荡（左广之右），屈边→屈朱→屈荡（莫敖）→屈到、屈申，屈重→屈完，屈到→屈建→屈生；申氏为屈氏之别，熊伯庸后裔，出于屈巫臣，属"熊渠族"，芈姓，其世系为：屈巫臣→屈狐庸；斗氏为熊氏之别，鬻熊后裔，出于熊徇之孙、熊咢之子若敖熊仪，属"若敖族"，芈姓，其世系为：若敖熊仪→霄敖熊坎、斗廉、斗缗（无后）、斗祁、斗伯比、斗御疆（别为斗强氏）、楚季（别为楚季氏）……斗丹……斗梧……斗章……斗克……斗勃……斗且，斗廉→申公斗班、斗季融（别为季融氏）→斗宜申，斗伯比→斗穀於菟、斗子良、成得臣（别为成氏），斗穀於菟→斗班→斗克黄→斗蔓→斗韦龟→斗成然→斗辛、斗怀、斗巢，斗子良→斗椒→苗贲皇（别为苗氏）；成氏为斗氏之别，出于若敖熊仪之孙、斗伯比之子成得臣（子玉），属"若敖族"，芈姓，其世系为：若敖熊仪→斗伯比→成得臣→成大心，成嘉，成大心→成虎；蒍氏为熊氏之别，鬻熊后裔，出于霄敖熊坎之孙、蚡冒熊眴之子蒍章，属"蚡冒族"，芈姓，其世系为：霄敖熊坎→蚡冒熊眴→蒍章→蒍吕臣（无后）、蒍贾→蒍艾猎、蒍敖（别为孙氏、叔敖氏）→蒍子冯→蒍掩……蒍罢……蒍启疆……蒍射……蒍洩……蒍居……蒍越……蒍固；孙氏为蒍氏之别，蚡冒熊眴后裔，出于蒍章之孙、蒍贾之子蒍敖，属"蚡冒族"，芈姓，其世系为：霄敖熊坎→蚡冒熊眴→蒍章→吕臣（无后）、蒍贾→蒍艾猎、蒍敖；包氏为申氏之别，出于熊咢之孙、若敖熊仪之子蚡冒熊率（熊眴、蚡冒），属"蚡冒"，芈姓，其世系为：熊咢→若敖熊仪→蚡冒熊率……申勃苏；范氏为申氏之别，出于霄敖熊坎之孙、武王熊通之子文王熊赀，属"文族"，芈姓，其世系为：申无宇→申亥；文氏为熊氏之别，出于霄敖熊坎之孙、武王熊通之子文王熊赀，属"文族"，芈姓，其世系为：文无畏→文犀……文种。

---

① ［晋］杜预注，［唐］孔颖达等正义：《春秋左传正义》，第1848页。

可见，屈氏、申氏、斗氏、成氏、蒍氏、孙氏、包氏、范氏、文氏九族，皆为楚公族。其中，有传世作品者为屈完、屈建、屈巫臣、斗伯比、斗廉、斗穀於菟、斗且、斗辛、成得臣、蒍贾、蒍子冯、蒍罢、蒍启彊、蒍敖、申勃苏、申无宇、申亥、文无畏十八子，皆属楚公族作家群体。范山虽族属未详，但依然属楚世族作家群体。

第三节　公族(下)——穆族、庄族、平族及其他

楚阳氏、囊氏、沈氏、叶氏、鲁阳氏、申叔氏、伍氏、王孙氏、陆氏九族，皆为鬻熊后裔，熊氏之别，芈姓，楚公族。其中，阳氏属"穆族"，囊氏属"庄族"，沈氏、叶氏、鲁阳氏三族属"平族"。在此九族中，有传世作品者的阳匄、公子贞、公孙戌、沈尹朱、沈诸梁、公孙宽、申叔时、申叔展、伍参、伍举、伍尚、伍员、王孙围、陆通十五子，皆属楚公族作家群体。

一、阳氏与阳匄

(一)阳氏之族属

《潜夫论·志氏姓》："(楚)公族有楚季氏、列宗氏、斗强氏、良臣氏、耆氏、门氏、侯氏、季融氏、仲熊氏、子季氏、阳氏……皆芈姓也。"①《古今姓氏书辩证·十阳》："阳……其后有阳毕，楚令尹。阳匄字子瑕，生宫厩尹阳令终，令终生完及佗。"②《通志·氏族略二》："阳氏……楚有阳氏，芈姓。"③《姓氏急就篇》卷上："阳氏……楚穆王曾孙阳匄，后有阳令终。"④《春秋分记·世谱七》："穆王生六子：曰庄王，曰婴齐(无后)，曰侧(无后)，曰壬夫(无后)，曰辰(无后)，曰阳(后为阳氏)，为五世……阳氏，别祖阳，《公子谱》之五世也，生尹，尹生匄，匄生三子：曰令终，曰完，曰佗。"⑤则楚阳氏为熊氏之别，出于成王熊恽之孙、穆王熊商臣(前625—前614在位)之子公子阳(王子阳)，属"穆族"，芈姓。

---

① ［汉］王符撰，［清］王继培笺，彭铎校正：《潜夫论笺校正》，第412—416页。案："耆氏""门氏"，疑当作"斗耆氏"。
② ［宋］邓名世撰，王力平点校：《古今姓氏书辩证》，第183页。
③ ［宋］郑樵撰，王树民点校：《通志二十略》，第67页。
④ ［宋］王应麟：《姓氏急就篇》，第789页。
⑤ ［宋］程公说：《春秋分记》，第150页。

（二）阳氏之世系

昭二十七年《左传》："（令尹子常）尽灭郤氏之族党，杀阳令终与其弟完及佗。"①昭十七年《左传》孔《疏》引《世本》："穆王生王子扬，扬生尹，尹生令尹句。"②《史记·楚世家》："（成王四十六）丁未，成王自绞杀。商臣代立，是为穆王……（穆王）十二年，卒，子庄王侣立。"③《春秋释例·世族谱下》："阳氏，阳令终；阳完，令终子；阳佗，令终子。"④

谨案：清张澍集补注《世本》卷五认为，王子扬，即令尹斗般（子扬）；尹，即箴尹克黄。今考：宣四年《左传》："初，若敖娶于䢵，生斗伯比。若敖卒，从其母畜于䢵。淫于䢵子之女，生子文焉……故命之曰斗穀于菟……实为令尹子文。其孙箴尹克黄。"杜《注》："箴尹，官名，克黄，子杨之子。"⑤《元和姓纂·二十一侵》："箴氏，楚大夫箴尹斗克黄之后，子孙以官为氏。"⑥则斗般（子扬）、箴尹斗克黄皆出于若敖氏。足见昭十七年《左传》孔《疏》引《世本》"王子扬"之"扬"，盖"阳"之讹，阳句乃以王父字为氏。则张氏因孔《疏》说而误。又，据前引昭二十七年《左传》，阳令终、阳完、阳佗皆阳句之子。故杜氏《春秋例释》、邓氏《古今姓氏书辩证》以完、佗为令终之子者失考。则春秋时期楚阳氏世系为：成王熊恽→穆王熊商臣→公子阳→公孙尹→阳句→阳令终、阳完、阳佗⑦。

（三）阳句

昭十七年《左传》杜《注》："阳句，穆王曾孙，令尹子瑕。"⑧则阳句（前？年—前519），即昭十九年《左传》之"令尹子瑕"，芈姓，本氏熊，别氏阳，名句，字子瑕，公子阳之孙，公孙尹之子，阳令终（中厩尹）、阳完、阳佗之父，楚令尹。其尊崇"室于怒市于色"古训，主张"舍前之忿"（昭十九年《左传》）⑨，谙习典籍，熟知占卜，传世有《舍前忿以和论》（见昭十九年《左传》）一文。

---

① 杜《注》："（阳）令终，阳句子……中厩尹，阳令终。"［晋］杜预注，［唐］孔颖达等正义：《春秋左传正义》，第2117页。

② ［晋］杜预注，［唐］孔颖达等正义：《春秋左传正义》，第2084页。

③ ［汉］司马迁撰，［晋］裴骃集解，［唐］司马贞索隐，［唐］张守节正义，郭逸、郭曼标点：《史记》，第1348页。

④ ［晋］杜预：《春秋释例》，第456页。

⑤ ［晋］杜预注，［唐］孔颖达等正义：《春秋左传正义》，第1870页。

⑥ ［唐］林宝撰，［清］孙星衍校辑，郁贤皓、陶敏整理点校：《元和姓纂》，第753页。

⑦ 参见：邵炳军《阳氏、包氏、叶氏族属、世系暨作家群体事略考》，《河北师大学报》2012年第5期，第49—52页。

⑧ ［晋］杜预注，［唐］孔颖达等正义：《春秋左传正义》，第2084页。

⑨ ［晋］杜预注，［唐］孔颖达等正义：《春秋左传正义》，第2088页。

二、囊氏与公子贞

(一)囊氏之族属

《广韵·十一唐》"囊"字注："楚庄王子子囊之后,以王父字为氏。"①《古今姓氏辩证·十一唐》《通志·氏族略三》说皆同。

谨案:《元和姓纂·四十七寝》有齐"子囊氏",而无楚"囊氏"。《古今姓氏书辩证·十一唐》谓"子囊氏"出于齐子囊带,而"囊氏"则出于楚公子贞。《通志·氏族略三》则谓"子囊氏""囊氏"皆出于楚公子贞。则楚囊氏为熊氏之别,鬻熊后裔,出于穆王熊商臣之孙、庄王熊侣(前 613－前 591 在位)之子公子贞(子囊),属"庄族",芈姓。

(二)囊氏之世系

昭二十三年《左传》:"楚囊瓦为令尹,城郢。"②《春秋分记·世谱七》:"穆王生六子:曰庄王,曰婴齐(无后),曰侧(无后),曰壬夫(无后),曰辰(无后),曰阳(后为阳氏),为五世;庄王生五子:曰共王,曰榖臣(无后),曰贞(后为囊氏),曰追舒(后为子南氏),曰午(无后),为六世……囊氏,别祖贞,《公子谱》之六世也;贞之孙曰瓦。"③则春秋时期楚囊氏世系为:穆王熊商臣→庄王熊侣→公子贞……囊瓦。

(三)公子贞

襄十四年《左传》载鲁君子曰:"子囊忠。君薨,不忘增其名;将死,不忘卫社稷,可不谓忠乎? 忠,民之望也。《诗》曰:'行归于周,万民所望。'忠也。"④《国语·楚语上》韦《注》:"子囊,恭王弟令尹公子贞也。"⑤成十五年《左传》杜《注》:"子囊,庄王子公子贞。"⑥襄五年《左传》杜《注》大同。则公子贞(前? －前 559),即宣十二年、成七年《左传》之"沈尹",亦即成十五年、襄五年、七年、八年、九年、十年、十一年、十二年、十三年、十四年《左传》之"子囊",姓芈,本氏熊,其后别为囊氏,名贞,字子囊,穆王熊商臣之孙,庄王熊侣之子,共王熊审、公子谷臣(王子)之弟,公子追舒(子南)、

---

① ［宋］陈彭年等重修:《钜宋广韵》,第 119 页。
② 杜《注》:"囊瓦,子囊之孙子常也。代阳匄。"［晋］杜预注,［唐］孔颖达等正义:《春秋左传正义》,第 2102 页。
③ ［宋］程公说:《春秋分记》,第 150 页。
④ ［晋］杜预注,［唐］孔颖达等正义:《春秋左传正义》,第 1959 页。
⑤ ［三国吴］韦昭注,上海师范大学古籍整理研究所校点:《国语》,第 532 页。
⑥ ［晋］杜预注,［唐］孔颖达等正义:《春秋左传正义》,第 1914 页。

公子午(子庚)之兄，公孙戍(沈尹戍、史皇)之父，共王十七年(前568)时为沈尹，二十三年(前568)为令尹，康王元年(前559)病故。其以忠名世，认为"君明、臣忠，上让、下竞"(襄九年《左传》)①为诸侯国最佳社会形态；主张谥法基本原则应为"先其善不从其过"(《国语·楚语上》)②，与《逸周书·谥法解》"谥者，行之迹也"③相表里，足见其深受姬周文化之影响；传世有《君明、臣忠，上让、下竞论》(见襄九年《左传》)、《议谥之辞》(见《国语·楚语上》)诸文。

三、沈氏与公孙戍、沈尹朱

(一)沈氏之族属

《潜夫论·志氏姓》："(楚)公族有楚季氏、列宗氏、斗强氏、良臣氏、耆氏、门氏、侯氏、季融氏、仲熊氏、子季氏、阳氏、无钩氏、蔿氏、善氏、阳氏、昭氏、景氏、严氏、婴齐氏、来氏、来纤氏、即氏、申氏、訋氏、沈氏……皆芈姓也。"④《元和姓纂·四十七寝》："沈，周文王第十子聃季，食采于沈，因氏焉。今汝南平舆沈亭，即沈子国也……沈尹，楚有沈尹戍、沈尹赤、沈尹寿、沈尹射，子孙以官为氏。"⑤《广韵·四十七寝》"沈"字注："国名，古作'邥'。亦姓，出自吴兴，本自周文王第十子聃季，食采于沈，即汝南平舆沈亭是也。子孙以国为氏。"⑥《新唐书·宰相世系表四上》："沈氏，出自姬姓。周文王第十子聃叔季，字子揖，食采于沈，汝南平舆沈亭，即其地也，《春秋》鲁成公八年为晋所灭。沈子生逞，字循之，奔楚，遂为沈氏。生嘉，嘉字惟良，二子：尹丙、尹戊。尹戊字仲达，奔楚隐于零山，为楚左司马。生诸梁，诸梁字子高，亦为左司马，食采于叶，号叶公。二子：尹射、尹文。尹射字修文，为楚令尹，旬日亡去，隐于华山。二子：尹朱、尹赤。"⑦《古今姓氏辩证·四十七寝》说同。《通志·氏族略二》："沈氏，姒姓，子爵，《春秋》有沈子逞、沈子嘉。定四年蔡灭之。其

---

① ［晋］杜预注，［唐］孔颖达等正义：《春秋左传正义》，第1942页。
② ［三国吴］韦昭注，上海师范大学古籍整理研究所校点：《国语》，第532页。
③ ［晋］孔晁注，黄怀信、张懋镕、田旭东集注，黄怀信修订：《逸周书汇校集注》(修订本)，上海古籍出版社1995年版，第625页。
④ ［汉］王符撰，［清］王继培笺，彭铎校正：《潜夫论笺校正》，第416页。案："耆氏""门氏"，疑当作"斗耆氏"；"訋氏"，当作"钧氏"。
⑤ ［唐］林宝撰，［清］孙星衍校辑，郁贤皓、陶敏整理点校：《元和姓纂》，第1128—1129页。
⑥ ［宋］陈彭年等重修：《钜宋广韵》，第224页。
⑦ ［宋］欧阳修、［宋］宋祁编修，石淑仪等点校：《新唐书》，第3146页。案："尹戊"，当即昭十九年、二十三年、二十四年、二十七年、三十年、三十一年《左传》之"沈尹戌"，"戊""戌"形近而讹。

地,杜预云:汝南平舆县沈亭。按:平舆故城在蔡州汝阳县东,此沈国也,子孙以国为氏。又,楚有沈邑,楚庄王之子公子贞封于沈鹿,故为沈氏。其地在今颍州沈邱。襄五年,楚子囊为令尹。昭二十三年,子囊孙瓦为令尹。定四年,吴楚战于柏举,楚师败绩,囊瓦奔郑。宣十二年,楚子北师,次于郔,沈尹将中军。襄二十四年,舒鸠人叛楚,楚使沈尹寿让之。昭四年,吴伐楚,入棘、栎、麻。五年,沈尹射待命于巢。哀十七年,王与叶公枚卜子良以为令尹,沈尹朱曰:'吉,过于其志'。"《氏族略四》:"沈尹氏,沈邑之尹,官也;沈,姓。沈尹之后世为之。"《氏族略六》:"沈氏有二:沈子逞之后,以国为氏;又,楚庄王之子公子正(贞)封于沈鹿,其后以邑为氏。"①《资治通鉴》卷六十九胡三省《音注》引《姓谱》说大同。《姓氏急就篇》卷上:"沈氏,台骀之后有沈国,又《春秋》沈子国,又楚沈尹戌子诸梁,皆为氏。"②《春秋分记·世谱七》:"共王生五子:曰康王,曰灵王,曰比(无后),曰黑肱(无后),曰平王,为七世;康王生郏敖,灵王生二子:曰禄(无后)、曰罢敌(无后),平王生六子:曰昭王、曰太子建、曰申、曰结、曰启(无后)、曰尹戍(后为沈氏),为八世。"③

谨案:《通志·氏族略二》《氏族略六》皆谓楚沈氏出于"楚庄王之子公子贞",而《氏族略三》又谓楚囊氏出于"楚庄王子子囊"。考之于《左传》,此"公子贞",字"子囊",实为一人。足见郑氏失考。故笔者此不取。

综合上引诸书可知,沈氏族属有六:一为芈姓沈氏,共王熊审之孙、平王熊居庶子公子公子成(沈尹戍),食采于沈,其后以邑为氏,见《潜夫论·志氏姓》《姓氏急就篇》《春秋分记·世谱七》。二为姬姓沈氏,周文王庶子季聃食采于沈,其后以邑为氏,见《元和姓纂·四十七寝》。三为姬姓沈氏,出于周文王庶子季聃后裔沈子逞(循之)之孙沈尹戍(仲达),此以国为氏者,见《新唐书·宰相世系表四上》。四为姒姓沈氏,出于沈子,此以国为氏者,见《通志·氏族略二》《氏族略六》。五为芈姓沈尹氏,楚沈尹之后,此以官为氏者,见《通志·氏族略四》。六为己姓沈氏,出于帝少皞金天氏之孙台骀,见《姓氏急就篇》卷上。

笔者以为,王氏《姓氏急就篇》卷上"己姓沈氏"说本昭元年《左传》载郑子产(公孙侨)对晋叔向(羊舌肸)问语:"昔金天氏有裔子曰昧,为玄冥师,生允格、台骀。台骀能业其官,宣汾、洮,障大泽,以处大原。帝用嘉之,封诸汾川。沈、姒、蓐、黄,实守其祀。今晋主汾而灭之矣。"①王氏《潜夫论·志氏姓》《姓氏急就篇》《春秋分记·世谱七》之"芈姓沈氏"说亦有据,其余四说或不确,或有误。兹考辨如下:

1."聃""沈"二国族属虽同,然所出迥异。

《元和姓纂·四十七寝》《广韵·四十七寝》《新唐书·宰相世系表四上》认为"沈子"之国,即"周文王第十子聃叔季"之国,其比较有力的证据为文字训释。《广韵·四十七寝》"沈"字注:"国名,古作'邶'。"②杨守敬、熊会贞《水经注疏》卷二十一申之曰:"按:古聃字从冉,耽,字从尤,聃、耽同字。沈字亦从尤,故与冉阝通。是沈即季载国也。"③这样,就进一步把"聃""耽""邶""沈"四字从字形学角度勾连起来,从而推出"聃"等于"沈"之说。《说文·耳部》:"耽,耳大垂也。从耳尤声……聃,耳曼也,从耳冄声……聃或从甘。"《水部》:"沈,陵上滴水也。从水尤声。"④而"邶"字《说文》未见,当为后起字。又,《经典释文·春秋左氏音义一》:"祝聃,乃甘反,一音土甘反。"《春秋左氏音义二》:"《经》三年伐沈:尸甚反。"《春秋左氏音义四》:"沈,音审。"⑤可见,"聃",都甘切,又乃甘反,又土甘切;"耽",丁含切;"沈",直深切,又尸甚切。则从音、形、义三方面观之,"聃""耽""沈"三字不可能勾连起来,自然无法推出"聃"等于"沈"之结论。另,据僖二十四年、定四年《左传》《国语·周语中》《史记·管蔡世家》,"聃"确为周文王十六庶子封国之一,始封君为文王季子冉季载(聃季载、聃叔季、聃季),为周成王初年周公旦诛武庚禄父、杀管叔鲜、放蔡叔度之后所分封。其地大致在今湖北省荆门市东南之那口城,或以为在今河南省开封市境。大约在周庄王七年至襄王十七年(前690－前636)期间亡国,其后裔子孙以国为聃(冉)氏。而"沈",即"沈子"之国,始见于文三年《春秋》:"三年春王正月,叔孙得臣会晋人、宋人、陈人、卫人、郑人伐沈。沈溃。"《左传》:"三年春,庄叔会诸侯之师伐沈,以其服于楚也。沈溃。"⑥鲁文公三年,即周襄王二十九年(前624)。此时上距聃灭国年代之下限亦有十三年之久,"聃"与"沈"不可能为同一诸侯国。据地下考古发现彝器铭文考订,此沈国始封君为周公旦曾孙,而非周文王之子聃季(冉季载)。

　　①　杜《注》:"汾、洮,二水名……大原,晋阳也,台骀之所居。"[晋]杜预注,[唐]孔颖达等正义:《春秋左传正义》,第2023－2024页。
　　②　[宋]陈彭年等重修:《钜宋广韵》,第224页。
　　③　[北魏]郦道元撰,杨守敬、熊会贞疏,段熙仲点校,陈桥驿复校:《水经注疏》,第1784页。
　　④　[汉]许慎撰,[清]段玉裁注:《说文解字注》,第591、558页。
　　⑤　[唐]陆德明:《经典释文》,第878、943、1070页。
　　⑥　[晋]杜预注,[唐]孔颖达等正义:《春秋左传正义》,第1839－1840页。案:此"沈",即成八年《左传》"沈子揖"、襄二十八年《左传》、昭四年、五年《春秋》"沈子"、昭二十三年《春秋》"沈子逞"、定四年《春秋》"沈子嘉"之国。

则"沈子"国故地即今河南省驻马店市汝南县之沈亭。其地与蔡（即今驻马店市上蔡县西南之故蔡城）邻近，位于楚西北边境，在今安徽省阜阳市西北一百二十里之沈丘集，即今河南省信阳市固始县东北①。故《通志·氏族略二》曰："据《春秋释例》，沈，国；今言'食采'，则邑耳。又，《释例》所记沈子揖、沈子嘉、沈子逞，皆本《春秋》；今《唐表》言'聃季字子揖'，何所本也？'逞字循之''嘉字惟良'，此皆野书之言，无足取也。"②可见，"聃"之始封君为文王昌季子冉季载，"沈"之始封君为周公旦曾孙，"聃"与"沈"虽同为姬周后裔别封之国，然"聃""沈"所出不同，两者更非一国。则《元和姓纂·四十七寝》《广韵·四十七寝》《新唐书·宰相世系表四上》《古今姓氏辩证·四十七寝》诸家所谓"姬姓沈氏出于周文王第十子聃季"之说，不仅与《潜夫论·志氏姓》《吕氏春秋·慎行篇》高《注》《战国策·楚策一》高《注》等汉儒之说异，亦与地下考古资料不合，自不足信。

2. 蔡灭"沈子"之"沈"之前既有"沈尹"之"沈"。

我们先看看《春秋》《左传》有关"沈子"之"沈"的记载。从上引文三年《春秋》《左传》可知，晋会鲁、宋、陈、卫、郑之师伐沈之因为"其服于楚"。则"沈子"国在楚穆王二年（前624）时为楚之附庸国，晋楚长期争霸，故晋会中国六诸侯讨伐之，致使"沈溃"③。足见此时之沈国，不仅中原诸侯对其不满，而且民心亦极其不稳。成八年《左传》："晋栾书侵蔡，遂侵楚，获申骊。楚师之还也，晋侵沈，获沈子揖初，从知、范、韩也。"④此即襄二十六年《左传》载蔡公孙归生（声子）所谓"晋遂侵蔡，袭沈，获其君，败申、息之师于桑隧，获申丽而还"⑤之役。则楚共王八年（前583）晋侵蔡、楚袭沈而俘获沈子揖初。襄二十八年《左传》："夏，齐侯、陈侯、蔡侯、北燕伯、杞伯、胡子、沈子、白狄朝于晋，宋之盟故也。"⑥则楚康王十五年（前545）时沈子以宋之盟晋、楚之从交相见之故而朝晋，亦即遵从晋、楚皆为盟主。自楚穆王二年至楚灵王十二年（前624—前529）近百年，沈一直为楚之附庸国，北与中原诸侯为敌，东与强吴交

① 文三年《春秋》杜《注》："沈，国名也，汝南平舆县北有沈亭。"［晋］杜预注，［唐］孔颖达等正义：《春秋左传正义》，第1839页。成八年《左传》杜《注》同。据《晋书·地理志上》《宋史·地理志一》，晋之汝南平舆县，位于宋蔡州汝阳县东。则此"沈子"国之地，即今河南省驻马店市汝南县。
② ［宋］郑樵撰，王树民点校：《通志二十略》，第61页。
③ 文三年《左传》："凡民逃其上曰溃。"杜《注》："溃，众散流移，若积水之溃自坏之象也。"［晋］杜预注，［唐］孔颖达等正义：《春秋左传正义》，第1840页。
④ ［晋］杜预注，［唐］孔颖达等正义：《春秋左传正义》，第1904页。
⑤ ［晋］杜预注，［唐］孔颖达等正义：《春秋左传正义》，第1991页。
⑥ ［晋］杜预注，［唐］孔颖达等正义：《春秋左传正义》，第1999页。

战，成为楚与晋、吴争霸过程中的马前卒①。昭十三年《左传》："楚之灭蔡也，灵王迁许、胡、沈、道、房、申于荆焉。"②可见，沈外受楚之敌国所逼，内则国力疲惫，故不得不内迁至楚荆山一带。昭二十三年《春秋》："（秋七月）戊辰，吴败顿、胡、沈、蔡、陈、许之师于鸡父，胡子髡、沈子逞灭，获陈夏啮。"③则楚平王十年（前519）鸡父之役，因"胡、沈之君幼而狂"而"七国同役而不同心"（昭二十三年《左传》）④，故沈子逞战死。定四年《春秋》："夏四月庚辰，蔡公孙姓帅师灭沈，以沈子嘉归，杀之。"⑤《左传》："沈人不会于召陵，晋人使蔡伐之。夏，蔡灭沈。"⑥则楚昭王十年（前506）沈为蔡所灭以为邑，亦即自后迁居荆山之沈故地为蔡邑而非楚邑。又，宣十二年《左传》："楚子北师，次于郔，沈尹将中军，子重将左，子反将右，将饮马于河而归。闻晋师既济，王欲还，嬖人伍参欲战。令尹孙叔敖弗欲……"⑦则楚至迟在庄王十七年（前597）之前已设置有"沈尹"之官，此前必然早有沈邑之地。可见，姬姓沈国与楚之沈邑同时存在，"沈尹"之"沈"自然非出于"沈子"之"沈"，亦即芈姓沈氏与姬姓沈氏族属迥异。

3."沈子"之"沈"与"沈尹"之"沈"非一地。关于此"沈邑"之地望，先哲主要有四说：

一为沈邑即寑邑说。宣十二年《左传》杜《注》："沈，或作寑。寑，县也，今汝阴固始县。"孔《疏》："楚官多名为尹。沈者，或是邑名，而其字或作'寑'。"⑧《春秋分记·疆里书十一》："沈有二：文三年会晋人伐沈，沈国也，今蔡州汝阳县东；宣十二年沈尹将中军，楚县也，今光州固始县。"⑨

二为沈邑即沈鹿说，见上引《通志·氏族略二》《氏族略六》。

三为沈邑即孙叔敖食邑寑丘说，《春秋地理考实》卷二："沈，《传》沈尹将中军。

---

①　周景王七年（前538）夏，从楚子会诸侯申；秋七月，从楚子会诸侯伐吴；八年（前537）冬，从楚子会诸侯伐吴，事见昭四年、五年《春秋》。

②　［晋］杜预注，［唐］孔颖达等正义：《春秋左传正义》，第2073页。案：昭四年《左传》杜《注》："（荆山）在新城沶乡县南。"昭十三年《左传》杜《注》："荆，荆山也。"［晋］杜预注，［唐］孔颖达等正义：《春秋左传正义》，第2033、2073页。此"荆山"，北始于今湖北省十堰市房县青峰镇，南至今荆门、当阳一线，西至远安沮水地堑，东到荆门、南漳一线。

③　［晋］杜预注，［唐］孔颖达等正义：《春秋左传正义》，第2101页。案："鸡父"，昭二十三年《榖梁传》作"鸡甫"，"父""甫"古本通，楚地，在今固始县东南。

④　［晋］杜预注，［唐］孔颖达等正义：《春秋左传正义》，第2102页。

⑤　［晋］杜预注，［唐］孔颖达等正义：《春秋左传正义》，第2133页。

⑥　［晋］杜预注，［唐］孔颖达等正义：《春秋左传正义》，第2136页。案："公孙姓"，定四年《公羊传》作"公孙归生"。

⑦　［晋］杜预注，［唐］孔颖达等正义：《春秋左传正义》，第1880页。

⑧　［晋］杜预注，［唐］孔颖达等正义：《春秋左传正义》，第1880页。

⑨　［宋］程公说：《春秋分记》，第372页。

杜《注》：'沈，或作寝。寝，县也，今汝阴固始县。'今案：固始今属河南光州。沈者，令尹孙叔敖食邑也。"①

四为沈邑为沈国之别邑说，《春秋地名考略》卷九："沈，宣十二年战于邲，沈尹将中军。杜《注》：'沈，或作寝。寝，县也，今汝阴固始县。'臣谨按：此沈国之别邑也，而楚取之以为重镇。故沈尹见于《春秋》甚详。时为沈尹者，庄王之子公子贞也。"②

笔者以为，宣十二年《左传》杜《注》"沈邑即寝邑"说，实本自哀十八年《左传》："请承，王曰：'寝尹、工尹，勤先君者也。'"③此"寝尹"即本《传》下文之"吴由于"，亦即定四年、五年《左传》之"王孙由于"，仕为楚寝尹。可见，哀十八年《左传》之"寝"，皆"寝宫"义，而非邑名。故《春秋分记·职官书四》认为："寝尹，盖司寝，非邑名也。沈或作寝，自是邑名。"④又，《通志·氏族略二》《氏族略六》"沈邑即沈鹿"说，实本自桓八年《左传》："夏，楚子合诸侯于沈鹿。"⑤然唐前文献未见公子贞(正、真)封于沈鹿为沈尹之事。疑《通志》或猜测之辞。《春秋地理考实》卷二"沈邑即孙叔敖食邑寝丘"说，实本自《列子·说符篇》："孙叔敖死，王果以美地封其子。子辞而不受；请寝丘，与之，至今不失。"⑥此孙叔敖，即宣十二年《左传》之"蒍敖""孙叔"，芈姓，氏蒍，名敖(一作"饶")，字孙叔，一字子思，蒍章(无钩)之孙，蒍贾(伯嬴)之子，蒍艾猎之弟，楚庄王令尹。其人确与此"沈尹"同时，然《列子·说符篇》上文明谓"寝丘"在"楚越之间"，即位于楚东鄙之境，则显然非位于楚北鄙之境的"固始"之"沈"。《春秋地名考略》卷九"沈邑为沈国之别邑"说，未详所本。然在楚庄王十七年(前597)邲之战之前"沈子"之国一直为楚之与国，甚至在楚穆王二年(前624)"沈子"国因"其服于楚"而受到中原诸侯讨伐，楚怎么会裂其盟国之土"以为重镇"呢？尽管"沈尹"之"沈邑"地望难以确考其地，然此楚沈邑必然非楚灵王十二年(前529)时内迁荆山之前故沈国之地，更非楚昭王十年(前506)蔡所灭荆山之沈。足见《新唐书·宰相世系表四上》《古今姓氏辩证·四十七寝》所谓楚沈氏出于"沈子逞之孙沈尹戌

---

① ［清］江永：《春秋地理考实》，第 1957 页。
② ［清］高士奇：《春秋地名考略》，上海古籍出版社 1987 年影印文渊阁四库全书本，第 591 页。
③ ［晋］杜预注，［唐］孔颖达等正义：《春秋左传正义》，第 1880 页。
④ ［宋］程公说：《春秋分记》，第 490 页。
⑤ 杜《注》："沈鹿，楚地。"［晋］杜预注，［唐］孔颖达等正义：《春秋左传正义》，第 1754 页。案：《春秋地名考略》卷八："臣谨按：今安陆府钟祥县东六十里有鹿湖池，深不可测。相传有白鹿入此。"［清］高士奇：《春秋地名考略》，第 581 页。顾栋高《春秋大事表》卷六下、江永《春秋地理考实》卷一说皆同。又，"沈"，今作"沉"。
⑥ 旧题［周］列御寇撰，［晋］张湛注、杨伯峻集释：《列子集释》，第 260 页。

（戌）"说乃无根之论。

　　4. 宣十二年《左传》之"沈尹"为公子贞（子囊），此后诸"沈尹"皆为官名而非氏名。

　　关于宣十二年《左传》之"沈尹"，《传》文未明，杜氏亦无注，《春秋大事表·楚令尹表》："邲之战，沈尹将中军。"顾氏自注："时为沈尹者，庄王之子公子贞也。"①《春秋地名考略》卷九说同。据宣十二年《左传》，楚庄王十七年（前597）邲之战时，楚三军中沈尹为中军将，穆王之子庄王之弟子重（公子婴齐）为左军将，子重之弟子反（公子侧）为右军将。足见沈尹亦为权重贵胄。则顾氏《春秋大事表》、高氏《春秋地名考略》谓宣十二年《左传》之"沈尹"为公子贞（子囊）之说可从。又，襄二十四年《左传》有"沈尹寿"，昭四年《左传》有"沈尹射"，昭五年《左传》有"沈尹赤"，昭十九年、二十三年、二十四年、二十七年、二十七年、三十年《左传》有"沈尹戌"，哀十七年《左传》有"沈尹朱"，《吕氏春秋·去宥篇》有"沈尹华"，按照周代世族世卿世官之制，春秋战国时期楚沈尹大多世袭其职②。故沈者，邑名；尹者，官名；寿、射、戌、赤、华者，皆人名，且皆出于楚庄王时沈尹公子贞（子囊）。则林氏《通志·氏族略四》谓沈尹子孙以官为"沈尹氏"之说不确。故"沈尹"以官为氏，当在楚王负刍五年（前223）秦灭楚之后。

　　可见，楚沈氏为熊氏之别，鬻熊后裔，出于共王熊审之孙、平王熊居（前528—前516在位）庶子公子戌（沈尹戌），属"平族"，芈姓。

　　（二）沈氏之世系

　　《吕氏春秋·慎行篇》高《注》："沈尹戌，庄王之孙，沈诸梁叶公子高之父也。"③《战国策·楚策一》高《注》同。《潜夫论·志氏姓》："左司马戌者，庄王之曾孙也。"④昭十九年《左传》杜《注》："（沈尹）戌，庄王曾孙，叶公诸梁父也。"⑤《春秋分记·世谱七》："庄王生五子：曰共王，曰縠臣（无后），曰贞（后为囊氏），曰追舒（后为子南氏），曰午（无后），为六世；共王生五子：曰康王，曰灵王，曰比（无后），曰黑肱（无后），曰平王，为七世；康王生郏敖，灵王生二子：曰禄（无后）、曰罢敌（无后），平王生六子：曰昭王、曰太子建、曰申、曰结、曰启（无后）、曰尹戌（后为沈氏），为八世……沈氏，

　　①　［清］顾栋高撰，吴树平、李解民点校：《春秋大事表》，第1811页。
　　②　沈尹华为楚威王（前339年—前329）时期人，则起码自春秋中期之楚庄王至战国中期之楚威王（前613年—前329）两百八十多年间，楚一直设有"沈尹"之官。
　　③　旧题［周］吕不韦撰，［汉］高诱注，许维遹集释：《吕氏春秋集释》，第286页。
　　④　［汉］王符撰，［清］王继培笺，彭铎校正：《潜夫论笺校正》，第418页。
　　⑤　［晋］杜预注，［唐］孔颖达等正义：《春秋左传正义》，第2008页。

庄王曾孙尹戌,生二子:曰诸梁,曰后臧。"①

　　谨案:《吕氏春秋·慎行篇》高《注》以沈尹戌为庄王(前 613－前 591)之孙,《潜夫论·志氏姓》、昭十九年《左传》杜《注》《春秋分记·世谱七》皆以沈尹戌为庄王曾孙。"沈尹"始见于宣十二年《左传》,即楚庄王十七年(前 597),时为楚中军将;"沈尹寿"始见于襄二十四年《左传》,即楚康王十一年(前 549),时为楚大夫;"沈尹射"始见于昭四年《左传》,即楚灵王三年(前 539),时戍守楚东南之境;"沈尹赤"始见于昭五年《左传》,即楚灵王四年(前 537),时为楚大夫;"沈尹戌"始见于昭十九年《左传》,即楚平王六年(前 523),卒于楚昭王十年(前 506)。则"沈尹""沈尹寿""沈尹射""沈尹赤"与"沈尹戌"显然非同一人。上文已论及,宣十二年《左传》之"沈尹"为公子贞(子囊),此后诸"沈尹"皆为官名而非氏名;此"沈尹戌",即"左司马戌","沈尹""左司马"皆其官名,"戌"其名。又,《左传》《世本》《墨子》仅谓沈尹戌之父为沈尹,不明其名;据《吕氏春秋·当染篇》《尊师篇》《察传篇》《赞能篇》《新序·杂事五》,此"沈尹",其名作"蒸"②。然《姓谱》以沈尹戌之父为楚庄王之子"公子真"③,即《春秋》《左传》之"公子贞",字"子囊"。据成十五年、襄五年《左传》及杜《注》《国语·楚语上》韦《注》《史记·伍子胥列传》裴骃《集解》,公子贞确为楚庄王之子、楚共王之弟,共王二十三年(前 568)为令尹,其后以王父字别为囊氏;而沈尹戌之后,则以邑别为沈氏④。故笔者以为,"沈尹戌"为庄王熊旅(前 613－前 591 在位)曾孙、共王熊审之孙、平王熊居庶子。按照周人"诸侯之子称公子,公子之子称公孙,公孙之子各以其王父字为氏"(《白虎通义·姓名篇》)⑤之制,沈尹戌亦可称之为"公子戌"。则春秋时期楚沈氏世系为:共王熊审→平王熊居→公子戌→沈诸梁、沈后臧……沈尹寿……沈尹射……沈尹赤……沈尹朱。

　　(三)公子戌

　　昭三十一年《左传》杜《注》:"左司马,沈尹戌。"定四年《左传》杜《注》:"史皇,楚大夫司马沈尹戌。"⑥《日知录》卷二十《非三公不得称公》:"《左传》自王卿而外无书公者,惟楚有之。其君已僭为王,则臣亦僭为公。《宣十一年》所谓'诸侯县公皆庆寡人'者矣。传中如叶公、析公、申公、郧公、蔡公、息公、商公、期思公,并边中国,白

---

①　[宋]程公说:《春秋分记》,第 150 页。
②　"蒸",或作"巫""筮""莁""竺"。
③　"公子真",《通志·氏族略六》《氏族博考》卷二皆作"公子正"。
④　说参《广韵·十一唐》"囊"字注、《古今姓氏书辩证·十一唐》《通志·氏族略三》。
⑤　[汉]班固:《白虎通义》,上海书店四部丛刊初编 1985 年影印元大德间(1297－1307)覆宋监本。
⑥　[晋]杜预注,[唐]孔颖达等正义:《春秋左传正义》,第 2126、2136 页。

公边吴,盖尊其名以重边邑。"①

　　谨案:《吕氏春秋·慎行篇》高《注》《战国策·楚策一》高《注》并以诸梁为戌之子,《潜夫论·志氏姓》以诸梁为"戌之第三弟"。故《潜夫论·志氏姓》汪《笺》谓"弟,当作子"②。窃以为王符自存异说,而非字误。则公子戌(前? —前506),即昭十九年《左传》《吕氏春秋·慎行篇》之"沈尹戌",亦即昭三十一年、定四年《左传》《潜夫论·志氏姓》之"左司马戌",亦即定四年《左传》之"司马""史皇",姓芈,本氏熊,别氏沈,名戌,字仲达,共王熊审之孙,平王熊居庶子,沈诸梁(叶公、子高)、沈后臧之父,平王六年(前523)时为沈尹,昭王元年(前515)后为左司马,昭王十年(前506)卒于柏举(楚邑,在今湖北省麻城市东北)之战,历仕平、昭二王凡十七年(前523—前506)。其尊崇"抚民者,节用于内,而树德于外,民乐其性,而无寇仇"古训,主张"节用""树德"以"抚民",反对"宫室无量,民人日骇,劳罢死转,忘寝与食"(昭十九年《左传》)③。推崇"无念尔祖,聿修厥德"古训,提出"古者,天子守在四夷;天子卑,守在诸侯。诸侯守在四邻;诸侯卑,守在四竟(通"境")"说,主张"正其疆场,修其土田,险其走集,亲其民人,明其伍候,信其邻国,慎其官守,守其交礼,不僭不贪,不懦不耆,完其守备,以待不虞"(昭二十三年《左传》)④。恪守"谁生厉阶? 至今为梗"古训,担忧"王壹动而亡二姓之帅,几如是而不及郢"(昭二十四年《左传》)⑤。倡导"温惠共俭",反对"仁者杀人以掩谤"(昭二十七年《左传》)⑥。恪守周礼,长于谋断,敢于直谏,熟知典籍,尤谙习《诗》,传世有《节用树德以抚民论》(见昭十九年《左传》)、《修德以待不虞论》(见昭二十三年《左传》)、《楚必亡邑论》《亡郢之始论》(俱见昭二十四年《左传》)、《谏诛谗以止谤书》(见昭二十七年《左传》)、《败吴师之策书》(见定四年《左传》)诸文⑦。

　　　①　顾氏自《注》:"《汉书》'沛公'《注》:'孟康曰,楚旧僭称王,其县宰为公。'《淮南子》'鲁阳公'《注》:'楚之县公也。楚僭号称王,其守县大夫皆称公。'《吕氏春秋》楚又有卑梁公,《战国策》楚人有宛公、新城公。"[清]顾炎武撰,[清]黄汝成集释,秦克诚点校:《日知录集释》,第699页。

　　　②　[汉]王符撰,[清]王继培笺,彭铎校正:《潜夫论笺校正》,第419页。

　　　③　[晋]杜预注,[唐]孔颖达等正义:《春秋左传正义》,第2008页。

　　　④　[晋]杜预注,[唐]孔颖达等正义:《春秋左传正义》,第2103页。

　　　⑤　[晋]杜预注,[唐]孔颖达等正义:《春秋左传正义》,第2106页。案:阮校本、文渊阁本皆作"壹",杨伯峻《春秋左传注》作"一",杨氏注曰:"'一'或作'壹'。"杨伯峻《春秋左传注》(修订本),中华书局1990年版,第1453页。

　　　⑥　[晋]杜预注,[唐]孔颖达等正义:《春秋左传正义》,第2117页。

　　　⑦　《修德以待不虞论》,《文章正宗·议论四》《文编·论一》《文章辨体汇选·论谏八》皆题作《论子常城郢》;《谏诛谗以止谤书》,《文章正宗·议论三》《文章辨体汇选·论谏六》皆题作《论费无极》。

（四）沈尹朱

《淮南子·人间训》高《注》："子朱、子国，皆楚大夫。"①《尚史》卷五十九《楚诸臣传》："《淮南子》：'大宰子朱侍饭于令尹子国，子国啜羹而热，投卮浆而沃之。明日，子朱辞官而归，其仆曰：'楚大宰，未易得也。去之，何也?'子朱曰：'令尹轻行而简礼，其辱人不难。'明年，伏郎尹，而笞之三百。'按：王卜宁为令尹时有沈尹朱，或即其人，官误尔。"梁履绳《左通补释》卷三十二引汪绳祖曰："《淮南·人间训》云：'太宰子朱侍饭于令尹子国。'此沈尹朱即子朱，后复为太宰之官。"②则沈尹朱，本氏熊，别氏沈，名朱，字子朱，始为沈尹，后为太宰，生卒年未详（前478在世）。其精通于卜筮之学，传世有《释枚卜》（见哀十七年《左传》）。

四、叶氏与沈诸梁

（一）叶氏之族属与世系

《元和姓纂·二十九叶》《通志·氏族略三》《翰苑新书后集》卷七、《秘笈新书别集》卷三、《名贤氏族言行类稿》卷四十一、《古今合璧事类备要续集》卷二十四并引《风俗通义》："（叶氏）楚沈尹戍生诸梁，字子高，食采于叶，因氏焉。"③则楚叶氏为熊氏之别，出于平王熊居之孙、公子戍之子沈诸梁（叶公、子高），属"平族"，芈姓；其世系为：平王熊居→公孙戍→沈诸梁④。

（二）沈诸梁

定五年《左传》："叶公诸梁之弟后臧，从其母于吴，不待而归。"哀十六年《左传》："诸梁兼二事，国宁，乃使宁为令尹，使宽为司马，而老于叶。"⑤《礼记·缁衣》孔《疏》《论语·述而篇》邢《疏》并引《世本》："叶公名诸梁，楚大夫，食采于叶，僭称公。"⑥《战国策·楚策一》载楚莫敖子华曰："昔者叶公子高，身获于表薄，而财于柱

---

① ［汉］刘安撰，［汉］高诱注，刘文典集解，冯逸、乔华点校：《淮南鸿烈集解》，第615页。

② ［清］梁履绳：《左通补释》，第1580页。

③ ［唐］林宝撰，［清］孙星衍校辑，郁贤皓、陶敏整理点校：《元和姓纂》，第1625页。案：今本《风俗通义》轶此文。诸家所引大同，此据《元和姓纂》引文。

④ 参见：邵炳军《阳氏、包氏、叶氏族属、世系暨作家群体事略考》，《河北师大学报》2012年第5期，第49—52页。

⑤ 杜《注》："诸梁，司马沈尹戍之子叶公子高也……二事，令尹、司马……（宽）子期之子。"［晋］杜预注，［唐］孔颖达等正义：《春秋左传正义》，第2139、2178页。

⑥ ［魏］何晏等注，［宋］邢昺疏：《论语注疏》，第2483页。案：此据《论语·述而篇》邢《疏》引文，《礼记·缁衣》孔《疏》仅引"叶公子高"四字。

国;定白公之祸,宁楚国之事;恢先君以揜方城之外,四封不侵,名不挫于诸侯。当此之时也,天下莫敢以兵南乡。叶公子高,食田六百畛,故彼崇其爵,丰其禄,以忧社稷者,叶公子高是也。"①《战国策·楚策一》高《注》同。《国语·楚语下》韦《注》:"沈诸梁,楚左司马沈尹戌之子叶公子高。"②《荀子·非相篇》杨《注》:"叶公,楚大夫,沈尹戌之子,食邑于叶,名诸梁,字子高。楚僭称王,其大夫称公。白公亦是也。"③《日知录》卷二十:"《左传》自王卿而外无书公者,惟楚有之。其君已僭为王,则臣亦僭为公。《宣十一年》所谓'诸侯县公皆庆寡人'者也。传中如叶公、析公、申公、郧公、蔡公、息公、商公、期思公,并边中国,白公边吴,盖尊其名以重边邑。"④

谨案:关于"叶公"之称谓,先哲时贤向有三说:

一为叶为采邑名、公为僭称说,见上引《世本》。

二为以采邑为叶氏说,见上引《风俗通义》。

三为叶为县名、公为县尹僭称说。《论语·述而篇》[宋]朱熹《集注》:"叶公,楚叶县尹沈诸梁,字子高,僭称公也。"⑤

今考:《汉书·地理志上》:"(南阳郡)叶,楚叶公邑。有长城,号曰方城。"⑥《史通·外篇·杂说中》引《风俗通义》:"楚有叶君祠,即叶公诸梁庙也。"⑦《后汉书·郡国志四》刘《注》引三国魏王象等《皇览》:"(叶)县西北去城三里叶公诸梁冢,近县祠之,曰叶君丘。"⑧《水经·汝水注》:"楚惠王以封诸梁子高,号曰叶公城,即子高之故邑也……醴水又迳其(指叶县)城东,与烧车水合,水西出苦菜山,东流侧叶城南,而下注醴水。醴水又东,迳叶公庙北。庙前有《叶公子高诸梁碑》。"⑨据《太平寰宇记》卷八,叶公庙,在今河南省叶县东北三里故叶公城。足见诸梁称"叶公"之"叶"为楚县邑名,而绝非氏名。故诸梁于楚平王五年(前524)以后为叶县尹,尊称叶公。按照西周春秋时期三代别氏之制,叶公诸梁子孙三代之后方可别氏,即可以邑别为叶

①　[汉]刘向集录,范祥雍笺证,范邦瑾协校:《战国策笺证》,第808页。

②　[三国吴]韦昭注,上海师范大学古籍整理研究所校点:《国语》,第583页。

③　[周]荀况撰,[清]王先谦集解,沈啸寰等点校:《荀子集解》,第73页。案:"沈尹戌之子",文渊阁四库本"戌"作"氏"。

④　[清]顾炎武撰,[清]黄汝成集释,秦克诚点校:《日知录集释》,第699页。

⑤　[魏]何晏等注,[宋]邢昺疏:《论语注疏》,第97页。

⑥　[汉]班固撰,[唐]颜师古注,傅东华等点校:《汉书》,第1564页。

⑦　[唐]刘知几撰,[清]浦起龙通释,王煦华校点:《史通通释》,上海古籍出版社1978年校点清乾隆十七年(1752)求放心斋初刊本,第480页。案:今本《风俗通义》轶此文。

⑧　[南朝宋]范晔撰,[唐]李贤等注,宋云彬等点校:《后汉书》,第3477页。

⑨　[北魏]郦道元撰,杨守敬、熊会贞疏,段熙仲点校,陈桥驿复校:《水经注疏》,第1770页。

氏。又，《潜夫论·志氏姓》："叶公诸梁者，戌之第三弟也。"汪《笺》谓"弟，当作子"①。窃以为王符自存异说，而非字误。则沈诸梁，即定五年、哀十六年、十七年《左传》《论语·述而篇》《子路篇》《礼记·缁衣》之"叶公"，亦即哀十六年、十七年《左传》之"子高"，亦即哀十六年《左传》之"诸梁"，亦即定五年、哀四年、十七年、十八年《左传》《国语·楚语下》之"叶公诸梁"，亦即《楚策一》《风俗通义》卷二、《汉书·古今人表》《韩诗外传》卷七之"叶公子高"，亦即《水经·汝水注》之"叶公子高诸梁"，姓芈，本氏熊，别氏沈，其后别氏叶，名诸梁，字子高，公子贞（沈尹、子囊）之孙，公孙戌（沈尹戌）之子，沈后臧之兄，昭王十一年（前505）时为叶公，惠王十年（前479）以平定白公之乱而兼任令尹、司马二职，国宁旋即卸任而归老于叶，历仕昭、惠二王凡四十年（前505－前476），生卒年未详（前505－前476在世）。其贤智素著，反对任用"为人"有"展而不信，爱而不仁，诈而不智，毅而不勇，直而不衷，周而不淑"德行者，认为"复言而不谋身，展也；爱而不谋长，不仁也；以谋盖人，诈也；强忍犯义，毅也；直而不顾，不衷也；周言弃德，不淑也"，以"信""仁""智""勇""衷""淑"为"六德"，以"速怒""无厌""耀利""不仁""思怨"为"五不德"，从正反两方面全面而系统地阐述了"德"的具体内涵。推崇"唯仁者可好也，可恶也，可高也，可下也""国家将败，必用奸人，而嗜其疾味""狼子野心，怨贼之人也"古训，提出"好之不逼，恶之不怨，高之不骄，下之不惧"说，主张"德其治楚国"，认为"旧怨灭宗，国之疾眚也""以小怨寘大德，吾不义也"（《国语·楚语下》）②。认为"天命不謟"（哀十七年《左传》）③；传世有《信、仁、智、勇、衷、淑六德论》《旧怨灭宗论》《以小怨寘大德为不义论》（俱见《国语·楚语下》）、《天命不謟论》（见哀十七年《左传》）诸文。

五、鲁阳氏与公孙宽

（一）鲁阳氏之族属

《元和姓纂·十姥》："鲁阳，妘姓国也，在鲁阳，为鲁所灭。《潜夫论》，芈姓，楚公族有鲁阳氏。"④《姓氏急就篇》卷下："鲁阳氏，楚鲁阳文子，司马子期（之子），《淮

---

① ［汉］王符撰，［清］王继培笺，彭铎校正：《潜夫论笺校正》，第418－419页。
② ［三国吴］韦昭注，上海师范大学古籍整理研究所校点：《国语》，第583页。
③ ［晋］杜预注，［唐］孔颖达等正义：《春秋左传正义》，第2179页。
④ ［唐］林宝撰，［清］孙星衍校辑，郁贤皓、陶敏整理点校：《元和姓纂》，第959页。

南子》楚将鲁阳公。"①

　　谨案:据襄十年《春秋》《左传》,《元和姓纂·十姥》所谓"鲁阳,妘姓国也,在鲁阳,为鲁所灭"之"鲁阳",当即"偪阳"之文,鲁襄公十年(前563)为鲁所灭,其地与宋,后又属楚以为县,更名鲁阳。据《汉书·地理志上》《路史·国名纪四》,妘姓偪阳国之地在今河南省平顶山市鲁山县西北。则楚鲁阳氏乃以邑为氏者。又,据《国语·楚语下》韦《注》、哀十六年《左传》杜《注》,鲁阳文子(公孙宽)为司马子期(公子结)之子。足见《姓氏急就篇》"司马子期"后缺"之子"二字。则楚鲁阳氏为熊氏之别,出于平王熊居(公子弃疾)之孙、公子结(子期)之子公孙宽(鲁阳文子),属"平族",芈姓。

　　(二)鲁阳氏之世系

　　哀十六年《左传》:"楚大子建之遇谗也,自城父奔宋……其子曰胜,在吴……(子西)召之使处吴竟,为白公……胜自厉剑,子期之子平见之……秋七月,杀子西、子期于朝,而劫惠王。"②《史记·楚世家》:"(灵王十二)夏五月癸丑,王死申亥家……丙辰,弃疾即位为王,改名熊居,是为平王。"③《国语·楚语上》韦《注》:"弃疾,恭王之子、灵王之弟平王也。"《楚语下》韦《注》:"子期,楚平王之子结。平王,恭王之子、昭王之父。"④定四年《左传》杜《注》:"子期,昭王兄公子结也。"⑤《春秋分记·世谱七》:"康王生郏敖,灵王生二子:曰禄(无后)、曰罢敌(无后),平王生六子:曰昭王、曰太子建、曰申、曰结、曰启(无后)、曰尹戌(后为沈氏),为八世;昭王生二子:曰惠王、曰子良,建生二子:曰胜、曰燕,申生二子:曰朝、曰宁,结生二子:曰平、曰宽,为九世。"⑥则春秋时期楚鲁阳氏世系为:平王熊居→公子结→公孙宽。

　　(三)公孙宽

　　《国语·楚语下》载楚惠王谓公孙宽曰:"子之仁,不忘子孙,施及楚国,敢不从子。"⑦《淮南子·览冥训》高《注》:"鲁阳,楚之县公,楚平王之孙,司马子期之子。"⑧

---

①　[宋]王应麟:《姓氏急就篇》,第808页。
②　[晋]杜预注,[唐]孔颖达等正义:《春秋左传正义》,第2177—2178页。
③　[汉]司马迁撰,[晋]裴骃集解,[唐]司马贞索隐,[唐]张守节正义,郭逸、郭曼标点:《史记》,第1354页。
④　[三国吴]韦昭注,上海师范大学古籍整理研究所校点:《国语》,第550、565页。
⑤　[晋]杜预注,[唐]孔颖达等正义:《春秋左传正义》,第2137页。
⑥　[宋]程公说:《春秋分记》,第150页。
⑦　[三国吴]韦昭注,上海师范大学古籍整理研究所校点:《国语》,第582页。
⑧　[汉]刘安撰,[汉]高诱注,刘文典集解,冯逸、乔华点校:《淮南鸿烈集解》,第193页。

《国语·楚语下》韦《注》："文子,平王之孙,司马子期子鲁阳公也。"①《资治通鉴·秦纪二》胡三省《音注》："春秋之时,楚僭王号,其大夫多封县公,如申公、叶公、鲁阳公之类是也。"②《墨子间诂》卷十一："苏云:'鲁阳文君即鲁阳文子也……是文子当楚惠王时,与墨子时世相值。'"③

谨案:《墨子·耕柱篇》《鲁问篇》俱载鲁阳文君与墨子相问答,则当在墨子行冠礼之后,亦即楚惠王三十四年(前455)之后,且二子同时,惟其年岁较墨子长。则公孙宽,即《国语·楚语下》之"鲁阳文子",亦即《墨子·耕柱篇》《鲁问篇》之"鲁阳文君",亦即《淮南子·览冥训》《论衡·感虚篇》之"鲁阳公",芈姓,本氏熊,别氏鲁阳,名宽,谥文,尊称子,平王熊居(公子弃疾)之孙,公子结(子期)之子,公孙平之弟,食采于鲁阳为大夫,惠王十一年(前478)继父职为司马,生卒年未详(前479年—前455在世)④。其提出"夫事君无憾,憾则惧逼,逼则惧贰"说,主张"盈而不逼,憾而不贰"(《国语·楚语下》)⑤,传世有《事君无憾论》(见《国语·楚语下》)一文。

六、申叔氏与申叔时

(一)申叔氏之族属

《古今姓氏书辩证·十七真》："申叔,出自楚大夫,食邑于申而字叔,谓之申公叔侯,因为申叔氏。春秋时,申叔时劝楚庄王复封陈,其子申叔跪,识巫臣窃妻以逃。申叔豫,以忠言晓蓬子冯者。皆贤人。又有申叔展,其族申叔仪仕吴。"⑥《通志·氏族略五》："申叔氏,楚大夫申叔侯食邑于申,此申叔时之(其)后也。"⑦

谨案:据邓氏《古今姓氏书辩证》体例,"出自"后当阙文,或为"芈姓"二字,故补。又,申公叔侯,即申叔,亦即申叔侯,楚大夫,事见僖十八年、二十六年《左传》。又,据成二年《左传》,"申叔跪识","识"为衍文。又,汉史游《急就篇》卷二、《潜夫论·志氏姓》《元和姓纂·十七真》有"姜姓申氏""芈姓申氏",而"芈姓申叔氏""芈

① 〔三国吴〕韦昭注,上海师范大学古籍整理研究所校点:《国语》,第582页。
② 〔宋〕司马光撰,〔宋〕胡三省音注,标点《资治通鉴》小组校点:《资治通鉴》,第261页。
③ 〔清〕孙诒让撰,孙以楷点校:《墨子间诂》,第431页。
④ 据《太平寰宇记·河南道八》《明一统志·汝宁府》,鲁阳公墓在今河南省平顶山市鲁山县露山东北五里,有石碑。
⑤ 〔三国吴〕韦昭注,上海师范大学古籍整理研究所校点:《国语》,第582页。
⑥ 〔宋〕邓名世撰,王力平点校:《古今姓氏书辩证》,第94页。
⑦ 〔宋〕郑樵撰,王树民点校:《通志二十略》,第171页。

姓时氏"皆阙。则楚申叔氏为熊氏之别,鬻熊后裔,出于申公叔侯(申叔、申叔侯),芈姓。

(二)申叔氏之世系

成二年《左传》杜《注》"(申)叔跪,申叔时之子。"襄二十一年《左传》杜《注》:"(申)叔豫,叔时孙。"哀十三年《左传》杜《注》:"申叔仪,吴大夫。"①《春秋释例·世族谱下》:"申氏,申叔时;申叔跪。"②《春秋分记·世谱七》:"申叔氏,时生跪,跪生叔豫。又,叔展、寿余、公子牟。"③

谨案:寿余,即申公寿余,楚大夫,事见哀四年《左传》。公子牟,即申公子牟、王子牟,楚大夫。事见襄二十六年《左传》。则春秋时期楚申叔氏世系为:申公叔侯……申叔时→申叔跪→申叔豫……申叔展……申叔仪④。

(三)申叔时

《史记·陈杞世家》裴骃《集解》引汉贾逵《左氏传解诂》:"叔时,楚大夫。"⑤《国语·楚语上》韦《注》:"(申)叔时,楚贤大夫申公。"⑥则申叔时,姓芈,本氏熊,别氏申叔,其后别为时氏⑦,名时,申叔跪之父,楚大夫,历仕庄、共二王凡二十四年(前598—前575),生卒年未详(前598—前575在世)。其认为"教"包括"春秋""世""诗""礼""乐""令""语""故志""训典"九项基本知识,同时还需进行以"忠""信""义""礼""孝""事""仁""文""武""罚""赏""临"十二项基本内容为主的思想品德与处世规范教育,必须注意正确地使用"诵诗""威仪""体貌""明行""制节义""恭敬""勤勉""孝顺""忠信""德音"(《国语·楚语上》)十种教育方法与教育手段。提出"信以守礼,礼以庇身"说,反对"信、礼之亡"(成十五年《左传》)⑧。尊崇"立我烝民,莫匪尔极"古训,提出"德、刑、详、义、礼、信,战之器也"说,认为"德以施惠,刑以正邪,详

---

① [晋]杜预注,[唐]孔颖达等正义:《春秋左传正义》,第1897、1970、2172页。

② [晋]杜预:《春秋释例》,第458页。

③ [宋]程公说:《春秋分记》,第151页。

④ 参见:邵炳军《范氏、文氏、申叔氏族属、世系暨作家群体事略考》,《广东社会科学》2013年第3期,第179—184页。

⑤ [汉]司马迁撰,[晋]裴骃集解,[唐]司马贞索隐,[唐]张守节正义,郭逸、郭曼标点:《史记》,第1268页。

⑥ [三国吴]韦昭注,上海师范大学古籍整理研究所校点:《国语》,第528页。

⑦ 《资治通鉴》卷一百八十三胡三省《音注》:"时姓,楚大夫申叔时之后。"[宋]司马光撰,[宋]胡三省音注,标点《资治通鉴》小组校点:《资治通鉴》,第5720页。案:《姓氏急就篇》卷上引《世本》谓时氏为子姓,《元和姓纂·七之》《古今姓氏书辩证·七之》《通志·氏族略五》并谓时氏乃战国时齐贤人时子之后,《广韵·七之》引南朝宋何承天《姓苑》谓时氏为魏司马春令时苗之后。胡氏此谓时氏为申叔时之后,足见时氏有四:一为申叔时之后,申氏之别;二为子姓时氏,殷商之后;三为时子之后;四为时苗之后。

⑧ [晋]杜预注,[唐]孔颖达等正义:《春秋左传正义》,第1914页。

以事神,义以建利,礼以顺时,信以守物。民生厚而德正,用利而事节,时顺而物成,上下和睦,周旋不逆,求无不具,各知其极"(成十六年《左传》)①。谙习《诗》《书》《礼》《乐》,熟知典章制度,传世有《讨戮有罪而不贪其富论》(见宣十一年《左传》)、《施教论》(见《国语·楚语上》)、《信、礼、身论》(见成十五年《左传》)、《战之器论》(见成十六年《左传》)诸文②。

(四)申叔展

宣十二年《左传》杜《注》:"司马卯、申叔展,皆楚大夫也。"③则申叔展,即宣十二年《左传》之"叔展",姓芈,本氏熊,别氏申叔,名展,楚大夫,生卒年未详(前597在世),传世有《谬语》(见宣十二年《左传》)一文④。

七、伍氏与伍参、伍举、伍尚、伍员

(一)伍氏之族属

《元和姓纂·十姥》:"伍,楚大夫伍恭(参)生举,举生奢,奢生尚、员。员字子胥,奔吴,其子又为王孙氏,适齐。"⑤《古今姓氏书辩证·十姥》:"伍,伍氏出自春秋时楚庄王嬖人伍参,以贤智升为大夫;生举,食邑于椒,谓之椒举,其子曰椒鸣、伍奢。椒鸣得父邑,而奢以连尹为太子建太傅,费无极谮之,王逐太子而杀伍奢及其子棠君尚。尚弟员,字子胥,奔吴事阖庐为卿,破楚入郢,以报父雠。吴夫差时,忠谏不见听,属子于齐,为王孙氏。"⑥《通志·氏族略四》:"伍氏,芈姓。楚大夫伍参之后也。伍子胥奔吴,其子又为王孙氏,适齐……又有五氏,本伍氏,避仇改为'五'。"⑦《姓氏急就篇》卷上:"伍氏,亦作'五',楚伍参之后有举、奢、尚、员。"⑧

谨案:伍参,《汉书·古今人表》作"五参";伍举,《隶释》卷三著录汉孙叔敖碑作"五举";伍员,《吕氏春秋·异宝篇》《抱朴子·嘉遁篇》作"五员";伍子胥,《战国

① [晋]杜预注,[唐]孔颖达等正义:《春秋左传正义》,第1917页。
② 《讨戮有罪而不贪其富论》,《文章正宗·辞命四》题作《论县陈》,《文章辨体汇选·论谏二》题作《谏县陈》;《施教论》,《文章辨体汇选·论谏五》题作《论傅太子》;《战之器论》,《文章辨体汇选·论谏六》题作《戒子反慎战》。
③ [晋]杜预注,[唐]孔颖达等正义:《春秋左传正义》,第1883页。
④ 《方舟集》卷二十四题作《谬语》。
⑤ [唐]林宝撰,[清]孙星衍校辑,郁贤皓、陶敏整理点校:《元和姓纂》,第953页。
⑥ [宋]邓名世撰,王力平点校:《古今姓氏书辩证》,第363页。
⑦ [宋]郑樵撰,王树民点校:《通志二十略》,第139页。
⑧ [宋]王应麟:《姓氏急就篇》,第783页。

策·燕策五》《汉书·古今人表》《艺文志》作"五子胥"。故清洪亮吉《春秋左传诂》卷十五曰:"《孙叔敖碑》作'五举'。案:唐《石经》初刻亦作'五',后加'人'旁,非也。"①足见"伍氏",本作"五氏"。则楚伍氏(五氏)为熊氏之别,未详其祢。

(二)伍氏之世系

襄二十六年《左传》杜《注》:"椒鸣,伍举子。"昭十九年《左传》杜《注》:"伍奢,伍举之子,伍员之父。"②《春秋分记·世谱七》:"伍氏,参生举,举生二子:曰奢,曰椒鸣;奢生二子:曰尚,曰员。"③则春秋时期楚伍氏(五氏)世系为:伍参→伍举→伍奢、椒鸣,伍奢→伍尚、伍员④。

(三)伍参

宣十二年《左传》杜《注》:"(伍)参,伍奢之祖父。"⑤则伍参,即《汉书·古今人表》之"五参",姓芈,本氏熊,别氏伍(五),其后别伍参氏,名参,伍举(椒举)之父,庄王嬖人,生卒年未详(前597在世)⑥。其具有战略眼光,长于谋断,传世有《晋师必败论》(见宣十二年《左传》)一文。

(四)伍举

襄二十六年《左传》:"楚伍参与蔡太师子朝友,其子伍举与声子相善也。伍举娶于王子牟。"⑦《国语·楚语上》韦《注》:"椒举,楚大夫,伍参之子、伍奢之父伍举也。"⑧

谨案:关于楚椒氏之族属,先哲主要有三说:

一为"越椒之后"说。《元和姓纂·四宵》:"椒,楚大夫越椒之后。"⑨

二为"伍参祖父之后"说。《古今姓氏书辩证·四宵》:"椒,《元和姓纂》曰:'楚大夫越椒之后,子鸣。'误也。谨案《春秋》:越椒者,若敖之后,而伍参之子伍举,谓之椒举。举之子曰椒鸣。是伍参之祖父有字椒者,而举以王父字为氏。不然则椒

①　[清]洪亮吉撰,李解民点校:《春秋左传诂》,中华书局1987年点校十三经清人注疏本,第631页。
②　[晋]杜预注,[唐]孔颖达等正义:《春秋左传正义》,第1992、2087页。
③　[宋]程公说:《春秋分记》,第151页。
④　参见:邵炳军《春秋时期楚国世族作家群体考略》,《中州学刊》2013年第1期,第156－160页。
⑤　[晋]杜预注,[唐]孔颖达等正义:《春秋左传正义》,第1880页。
⑥　《古今姓氏书辩证·十姥》《通志·氏族略五》并引《世本》:"(伍参氏)楚伍参之后,支孙以为氏。"[宋]郑樵撰,王树民点校:《通志二十略》,第169页。案:此据《通志·氏族略五》引文,《古今姓氏书辩证·十姥》引仅"伍参之后"四字。则伍参氏为伍氏(五氏)之别,出于伍参(五参)。
⑦　杜《注》:"伍举,子胥祖父椒举也。"[晋]杜预注,[唐]孔颖达等正义:《春秋左传正义》,第1991页。
⑧　[三国吴]韦昭注,上海师范大学古籍整理研究所校点:《国语》,第534页。
⑨　[唐]林宝撰,[清]孙星衍校辑,郁贤皓、陶敏整理点校:《元和姓纂》,第558页。

邑以邑为氏,特史失其传,非越椒之后有椒鸣也。今宜曰出自伍氏,伍参之子举以王父字为椒氏。"①

三为"伍参之后"说。《通志·氏族略三》:"椒氏,楚伍参之后也。或为伍氏,或为椒氏。"②

今考:越椒,即文九年、宣四年《春秋》之"椒",亦即文九年、宣四年《左传》之"子越椒",亦即文十六年、宣四年《左传》之"子越",亦即宣二年《左传》之"斗椒",亦即宣四年《左传》之"伯棼",为斗伯比之孙、子良之子,仕穆、庄二王凡十四年(前618—前605),庄王九年(前605)灭若敖氏,斗椒之子苗贲皇出奔晋,复斗般之子斗克黄祀斗氏。而伍参见于宣十二年《左传》,即庄王十七年(前597),上距庄王灭若敖氏之族已八年。则伍参之子椒举(伍举)、椒举之子椒鸣,自然非若敖氏之族,即楚椒氏并非出于斗伯比之孙、子良之子斗椒(子越椒、子越、伯棼)。又,按照周代"三代别族"之制,楚椒氏当出于伍参之父。可见,林氏"越椒之后"说失考,邓氏"伍参祖父之后"说与郑氏"伍参之后"说不确。又,《史记·楚世家》《新序·杂事二》并谓庄王三年(前611)任伍举以政,至灵王三年(前538)依然为政。按照《礼记·曲礼上》所谓"四十曰强,而仕"之制,则其当为一百一十四岁以上之寿星。

则伍举,即襄二十六年、昭四年《左传》《国语·楚语上》之"椒举",亦即《孙叔敖碑》之"五举",姓芈,本氏熊,别氏伍(五),又别氏椒,伍参之子,伍奢(连尹奢)之父,楚大夫,康王十三年(前547)出奔郑,次年(前546)返楚,历仕庄、共、康、郏敖、灵五王凡七十四年(前611—前538),生卒年未详(前611—前538在世)。其尊崇"诸侯无归,礼以为归"古训,主张"慎礼"以"得诸侯",认为"示诸侯礼也,诸侯所由用命也"(昭四年《左传》)③。推崇"国君服宠以为美,安民以为乐,听德以为聪,致远以为明""经始灵台,经之营之。庶民攻之,不日成之""经始勿亟,庶民子来。王在灵囿,麀鹿攸伏"古训,反对"以土木之崇高、彤镂为美,而以金石匏竹之昌大、嚣庶为乐""以观大、视侈、淫色以为明,而以察清浊为聪",提出"夫美也者,上下、内外、小大、远近皆无害焉,故曰美"(《国语·楚语上》)④说。直言敢谏,熟知典籍,尤谙习《诗》,传世有《慎礼以得诸侯论》《规礼论》《示诸侯以礼论》《谏王将戮庆封书》《请迁

① ［宋］邓名世撰,王力平点校:《古今姓氏书辩证》,第148页。
② ［宋］郑樵撰,王树民点校:《通志二十略》,第118页。
③ ［晋］杜预注,［唐］孔颖达等正义:《春秋左传正义》,第2035页。
④ ［三国吴］韦昭注,上海师范大学古籍整理研究所校点:《国语》,第534页。

赖书》(俱见昭四年《左传》)、《无害为美论》(见《国语·楚语上》)诸文①。

(五)伍尚

昭二十年《左传》杜《注》："棠君(尚),奢之长子尚也,为棠邑大夫。"②则伍尚(前?年—前523),即昭二十年《左传》之"棠君尚",芈姓,本氏熊,别氏伍(五),名尚,伍举(椒举)之孙,伍奢(连尹奢)长子,伍员(申胥、伍子胥)之兄,楚棠邑(在今河南省驻马店市遂平县西北百里)大夫,本年(前522)为平王所杀。其推崇"免父之命,不可以莫之奔也;亲戚为戮,不可以莫之报也"古训,提出"奔死免父,孝也;度功而行,仁也;择任而往,知也;知死不辟,勇也"说,主张"父不可弃,名不可废"(昭二十年《左传》)③,恪守礼仪,倡导"孝""仁""知""勇",传世有《孝仁知勇论》(见昭二十年《左传》)一文。

(六)伍员

《史记·伍子胥列传》："伍子胥者,楚人也,名员。员父曰伍奢,员兄曰伍尚。其先曰伍举,以直谏事楚庄王,有显,故其后世有名于楚。"④《吴越春秋·王僚使公子光传》《越绝书·荆平王内传》说大同。《国语·吴语》韦《注》："申胥,楚大夫伍奢之子子胥也,名员。鲁昭二十年,奢诛于楚,员奔吴,吴与之申地,故曰申胥。"⑤昭二十年《左传》杜《注》："(伍)员,尚弟子胥。"⑥

谨案:昭二十年《左传》言伍员迳至吴,与费无极及伍尚之言合;而《吕氏春秋·异宝篇》《首时篇》《史记·伍子胥列传》《吴越春秋·王僚使公子光传》《越绝书·荆平王内传》多言伍员经历宋、郑、许诸国,最后适吴,与昭二十年《左传》异。又,《吴越春秋·勾践入臣外传》有夫差称伍子胥"相国"之语,《左传》《国语》《史记》均无此说。"相国"一词,始见于《史记·赵世家》赵武灵王二十七年(前299)任肥义之职,远在春秋之后。故《吴越春秋》说不足信。则伍员(前?年—前484),即《国语·吴语》《越语下》《越绝书·越绝请籴内传》《越绝内经九术》之"申胥",亦即《战国策·秦策三》《燕策二》《史记·秦本纪》《吴世家》《楚世家》《乐毅列传》《蒙恬列传》《专诸

---

① 《无害为美论》,《文章正宗·议论三》《文编·论疏》《文章辨体汇选·论谏五》皆题作《论章华之台》,《御选古文渊鉴》卷六题作《灵王为章华之台》。
② [晋]杜预注,[唐]孔颖达等正义:《春秋左传正义》,第2090页。
③ [晋]杜预注,[唐]孔颖达等正义:《春秋左传正义》,第2090页。
④ [汉]司马迁撰,[晋]裴骃集解,[唐]司马贞索隐,[唐]张守节正义,郭逸、郭曼标点:《史记》,第1684页。
⑤ [三国吴]韦昭注,上海师范大学古籍整理研究所校点:《国语》,第592页。
⑥ [晋]杜预注,[唐]孔颖达等正义:《春秋左传正义》,第2090页。

列传《李斯列传》《韩信列传》《范雎列传》《汉书·古今人表》《地理志下》《田儋传》《季布传》《伍被传》《吴越春秋·王僚使公子光传》《阖闾内传》《夫差内传》《勾践入臣外传》《勾践伐吴外传》《越绝书·越绝荆平王内传》《越绝外传记吴地传》《越绝吴内传》《越绝外传纪策考》《越绝外传记范伯》《越绝外传记吴王占梦》之"伍子胥"，亦即《吕氏春秋·异宝篇》《抱朴子·嘉遁篇》之"五员"，亦即《战国策·燕策五》《汉书·古今人表》《艺文志》之"五子胥"，姓芈，本氏熊，别氏伍（五），又别氏申，其子又别为王孙氏①，名员（贠），字子胥，伍举（椒举）之孙，伍奢（连尹奢）次子，伍尚（棠君尚）之弟，楚平王七年（前 522）出奔吴，吴王阖庐元年（前 514）仕吴为行人，夫差十二年（前 484）为夫差所杀。其尊崇"树德莫如滋，去疾莫如尽"古训，反对"违天而长寇仇"（哀元年《左传》）②；推崇"其有颠越不共，则劓殄无遗育，无俾易种于兹邑"古训，反对诸侯"将以求大"（哀十一年《左传》）③；提出"夫天之所弃，必骤近其小喜，而远其大忧"说，主张"用能援持盈以没，而骤救倾以时"（《国语·吴语》）④；精通兵法，熟悉典籍，尤谙习《书》，刘向《七录》著录《越绝》十六卷⑤，《汉书·艺文志》杂家类著录《五子胥》八篇，兵技巧家类著录《五子胥》十篇（图一卷），传世有《江上丈人祝》（见《吕氏春秋·异宝篇》）、《水战法》（见《太平御览》卷三百一十五引《越绝书·伍子胥水战兵法内经》）、《肆楚之策论》（见昭三十年《左传》）、《谏王将许越求和书》（见哀元年《左传》）、《谏王释齐而伐越书》（见哀十一年《左传》）、《天禄呕至必亡论》（见《国语·吴语》）诸文⑥。

---

① 哀十一年《左传》："（子胥）使于齐，属其子于鲍氏，为王孙氏。"［晋］杜预注，［唐］孔颖达等正义：《春秋左传正义》，第 2167 页。则齐王孙氏为伍氏之别，出于伍举（椒举）之孙、伍奢（连尹奢）次子伍员（伍子胥、申胥）。

② ［晋］杜预注，［唐］孔颖达等正义：《春秋左传正义》，第 2154 页。

③ ［晋］杜预注，［唐］孔颖达等正义：《春秋左传正义》，第 2167 页。

④ ［三国吴］韦昭注，上海师范大学古籍整理研究所校点：《国语》，第 592 页。

⑤ 《史记·孙子列传》张守节《正义》："《七录》云《越绝》十六卷，或云伍子胥撰。"［汉］司马迁撰，［晋］裴骃集解，［唐］司马贞索隐，［唐］张守节正义，郭逸、郭曼标点：《史记》，第 1678 页。

⑥ 《江上丈人祝》《水战法》，据《全上古三代文》卷五题；《谏王将许越求和书》，《文章正宗·议论二》《文编·谏疏》皆题作《谏吴王许越成》，《文章辨体汇选·论谏二》题作《谏许越成》；《谏王释齐而伐越书》，《文章正宗·议论二》《文编·谏疏》《文章辨体汇选·论谏二》皆题作《谏伐齐》。

八、王孙氏与王孙圉

（一）王孙氏之族属与世系

《元和姓纂·十阳》："王孙，周有王孙满，卫有王孙贾，楚有王孙由于。"①《通志·氏族略五》："王孙氏，姬姓，周王孙满之后也。满，顷王孙也。卫有王孙贾。楚有王孙由于。"②

谨案：《古今姓氏书辩证·十阳下》："王孙，出自周王之孙，仕诸侯者，别为王孙氏。吴有王孙洛，齐有王孙挥，而贾之子王孙齐，谥昭子，皆以为氏者。又伍员自吴使齐，讬其子于齐，为王孙氏。"③哀十一年《左传》有齐王孙氏，为伍员之子，则其亦芈姓，但与王孙圉世系异。《淮南子·览冥训》高《注》《广韵·二十三魂》有卫王孙氏，为周顷王之后，则其姬姓。笔者此不取邓氏所谓"周王之孙仕诸侯者别为王孙氏"之说。则楚王孙氏为熊氏之别，鬻熊后裔，芈姓，未详其祢，春秋时期世系亦未详。

（二）王孙圉

《国语·楚语下》韦《注》："王孙圉，楚大夫。"④定五年《左传》杜《注》："（斗辛、王孙由于、王孙圉、钟建、斗巢、申包胥、王孙贾、宋木、斗怀）九子皆从王有大功者。"⑤《尚史》卷九十五《楚诸臣传》："王孙圉，楚大夫，事昭王。"⑥《湖广通志·人物志》说同。则王孙圉，姓芈，本氏熊，别氏王孙，名圉，楚大夫，生卒年未详（前505－前494在世）。其认为"明王圣人能制议百物，以辅相国家，则宝之；玉足以庇荫嘉谷，使无水旱之灾，则宝之；龟足以宪臧否，则宝之；珠足以御火灾，则宝之；金足以御兵乱，则宝之；山林薮泽足以备财用，则宝之"，提出"明王圣人""玉""龟""珠""金""山林薮泽"为国之"六宝"说，反对以"哗嚣之美"为"宝"（见《国语·楚语下》）⑦，传世有《国之六宝论》（见《国语·楚语下》）一文⑧。

---

① ［唐］林宝撰，［清］孙星衍校辑，郁贤皓、陶敏整理点校：《元和姓纂》，第593页。
② ［宋］郑樵撰，王树民点校：《通志二十略》，第167页。
③ ［宋］邓名世撰，王力平点校：《古今姓氏书辩证》，第212页。
④ ［三国吴］韦昭注，上海师范大学古籍整理研究所校点：《国语》，第580页。
⑤ ［晋］杜预注，［唐］孔颖达等正义：《春秋左传正义》，第2140页。
⑥ ［清］李锴：《尚史》，江苏广陵古籍刻印社1992年影印清刻本。
⑦ ［三国吴］韦昭注，上海师范大学古籍整理研究所校点：《国语》，第580页。
⑧ 《文章正宗·辞命二》《文编·辞命》皆题作《对赵简子》。

九、陆氏与陆通

(一)陆氏之族属与世系

《姓氏急就篇》卷上:"陆氏,芈姓,陆终之后。楚接舆陆通。又齐宣王封少子达于东原陆乡,因以为氏。《陈留风俗述》云:'陆浑国之后。'"①案:据王氏《姓氏急就篇》,陆氏所出有三:一为芈姓,出自祝融八姓(陆终六子)氏族部落支族季连;一为妘姓,出自祝融八姓后裔陆浑之戎;一为妫姓,出自陈公子完后裔齐宣王(前319—前301在位)少子达。而《元和姓纂·一屋》《古今姓氏书辩证·一屋》《古今合璧事类备要续集》卷二十二、《翰苑新书后集下》卷五、《万姓统谱·一屋》皆仅谓陆氏出自齐宣王田氏之后,说不确。则楚陆氏为熊氏之别,其世系未详②。

(二)陆通

《楚辞·九章·涉江》:"接舆髡首兮,桑扈臝行。"③《战国策·秦策三》:"箕子、接舆,漆身而为厉,被发而佯狂,无益于殷、楚。"④《水经·滍水注》《太平寰宇记》卷一百四十二、《太平御览》卷四十三、《困学纪闻》卷二十、《玉海》卷一百七十三并引《尸子》:"楚狂接舆耕于方城。"⑤《扬子法言》卷十一:"昔者,箕子之漆其身也,狂接舆之被其发也,欲去而恐罹害者也。"⑥《史记·孔子世家》裴骃《集解》引汉孔安国《论语训解》:"接舆,楚人也。"⑦《列仙传》卷上:"陆通者,云楚狂接舆也。"⑧《史记·鲁仲连邹阳列传》司马贞《索隐》《战国策·秦策三》鲍彪《注》并引晋皇甫谧《高士传》:"楚人陆通,字接舆。"⑨《论语·宪问篇》梁皇侃《义疏》引汉郑玄《论语注》:"伯

---

① [宋]王应麟:《姓氏急就篇》,第782页。案:《陈留风俗述》,文渊阁四库本作《陈留风俗传》。
② 参见:邵炳军《春秋时期楚国世族作家群体考略》,《中州学刊》2013年第1期,第156—160页。
③ 王《注》:"接舆,楚狂接舆也……自刑身体,避世不仕也。"[汉]王逸撰,夏祖尧点校:《楚辞章句》,第131页。
④ [宋]鲍彪注,[元]吴师道补注:《战国策校注》,上海书店四部丛刊初编1985年影印元至正十五年(1355)刻本。
⑤ [北魏]郦道元撰,杨守敬、熊会贞疏,段熙仲点校,陈桥驿复校:《水经注疏》,第2579页。
⑥ [汉]扬雄撰,[晋]李轨、[唐]柳宗元注,[宋]司马光重添注,汪荣宝义疏,陈仲夫点校:《法言义疏》,第483—484页。
⑦ [汉]司马迁撰,[晋]裴骃集解,[唐]司马贞索隐,[唐]张守节正义,郭逸、郭曼标点:《史记》,第1512页。案:楚狂接舆事,亦见《论语·微子篇》《庄子·人间世》《逍遥游》《应帝王篇》《荀子·尧问篇》《史记·孔子世家》《邹阳传》,不具录。
⑧ [汉]刘向:《列仙传》,上海古籍出版社1987年影印文渊阁四库全书本,第493页。
⑨ [汉]司马迁撰,[晋]裴骃集解,[唐]司马贞索隐,[唐]张守节正义,郭逸、郭曼标点:《史记》,第1894页。

夷、叔齐、虞仲，避世者；荷蓧、长沮、桀溺，避地者；柳下惠、少连，避色者；荷蒉、楚狂接舆，避言者也。"①《史记·鲁仲连邹阳列传》裴骃《集解》引魏张晏《史记注》："楚贤人，佯狂避世也。"②《论语·微子篇》皇侃《义疏》："接舆，楚人也。姓陆，名通，字接舆。昭王时政令无常，乃被发佯狂不仕，时人谓之为楚狂也。"③则陆通，即《史记·孔子世家》《列女·贤明传》《汉书·古今人表》之"楚狂接舆"，姓芈，本氏熊，别氏陆，其后别为接舆氏，省为接氏④，名通，字接舆，楚人，生卒年未详（前489在世）。其自刑身体，避世不仕，提出"往者不可谏，来者犹可追"（《论语·微子篇》）⑤说，传世有《凤兮歌》（见《论语·微子篇》）一诗。⑥

　　综上所考，楚阳氏出于成王熊恽之孙、穆王熊商臣之子公子阳（王子阳），属"穆族"，其世系为：成王熊恽→穆王熊商臣→公子阳→公孙尹→阳匄→阳令终、阳完、阳佗；囊氏出于穆王熊商臣之孙、庄王熊侣之子公子贞，属"庄族"，其世系为：穆王熊商臣→庄王熊侣→公子贞……囊瓦；沈氏出于共王熊审之孙、平王熊居庶子公子戍（沈尹戍），属"平族"，其世系为：共王熊审→平王熊居→公子戍→沈诸梁、沈后臧……沈尹寿……沈尹射……沈尹赤……沈尹朱；叶氏出于平王熊居之孙、公子戍之子沈诸梁（叶公、子高），属"平族"，其世系为：平王熊居→公子戍→沈诸梁；鲁阳氏出于平王熊居之孙、公子结之子公孙宽，其世系为：平王熊居→公子结→公孙宽；申叔氏出于申公叔侯，其世系为：申公叔侯……申叔时→申叔跪→申叔豫……申叔展……申叔仪；伍氏未详其祢，其世系为：伍参→伍举→伍奢、椒鸣，伍奢→伍尚、伍员；王孙氏、陆氏皆未详其祢，其世系亦皆未详。

　　可见，阳氏、囊氏、沈氏、叶氏、鲁阳氏五族，皆为鬻熊后裔，熊氏之别，芈姓，楚公族。其中，有传世作品者为阳匄、公子贞、公孙戍、沈尹朱、沈诸梁、公孙宽七子，

---

　　①　［魏］何晏集解，［梁］皇侃义疏：《论语集解义疏》，第207页。案：《论语集解义疏》皆作"避"，阮校《论语注疏》皆作"辟"。

　　②　［汉］司马迁撰，［晋］裴骃集解，［唐］司马贞索隐，［唐］张守节正义，郭逸、郭曼标点：《史记》，第1894页。

　　③　［魏］何晏集解，［梁］皇侃义疏：《论语集解义疏》，第258页。案：楚陆通归隐事，详见《韩诗外传》卷二、《列女传·贤明传》，不具引。又，清阎若璩《四书释地三续》卷中认为"接舆"乃"接车"，与诸家说异，可参。

　　④　《元和姓纂·二十九叶》《古今姓氏书辩证·二十九叶》《通志·氏族略五》《姓氏急就篇》卷上并引［汉］赵岐《三辅决录》："（接氏）接子昕著书十篇。"案：诸家引文略异，此据《元和姓纂》引文。《元和姓纂·二十九叶》："接舆，《论语》，楚狂接舆，隐者也，其后为氏。"［唐］林宝撰，［清］孙星衍校辑，郁贤皓、陶敏整理点校：《元和姓纂》，第1627－1628页。则接氏、接舆氏为陆氏之别，出于陆通（接舆）。

　　⑤　［三国魏］何晏等注，［宋］邢昺疏：《论语注疏》，第2529页。

　　⑥　据《古赋辩体》卷十题，《古乐府》卷一、《古诗纪》卷二、《古乐苑·卷首》并题作《接舆歌》，《四书释地三续》卷中题作《楚狂歌》。

皆属楚公族作家群体。而申叔氏、伍氏、王孙氏、陆氏四族，虽族系未详，然皆为鬻熊后裔，熊氏之别，芈姓，楚公族。其中，有传世作品者为申叔时、申叔展、伍参、伍举、伍尚、伍员、王孙圉、陆通八子，亦皆属楚公族作家群体。

第四节　异姓世族

楚逄氏（姜姓）、伯氏（姬姓）、然氏（姬姓）、观氏（妫姓）、桀氏（妫姓）、费氏（妫姓）六族，皆为楚公室异姓世族。其中，有传世作品的逄伯、伯州犁、然丹、观射父、观瞻、桀溺、费无极七子，属楚公室异姓世族作家群体。

一、逄氏与逄伯

（一）逄氏之族属与世系

《国语·周语下》载周伶州鸠对景王问曰：“我姬氏出自天鼋，及析木者，有建星及牵牛焉，则我皇妣大姜之侄伯陵之后，逄公之所凭神也。”①昭十年《左传》载郑裨灶言于子产曰：“今兹岁在颛顼之虚，姜氏、任氏实守其地。居其维首，而有妖星焉，告邑姜也。邑姜，晋之妣也。天以七纪。戊子，逄公以登，星斯于是乎出。”昭二十年《左传》载齐晏子对景公问曰：“昔爽鸠氏始居此地，季萴因之，有逄伯陵因之，蒲姑氏因之，而后大公因之。”②赵超《汉魏南北朝墓志汇编》著录北齐《君讳哲墓志铭》（《逄哲铭》）：“君讳哲，字景智，北海下密人也……殷齐侯逄伯陵之后。”③《元和姓纂·四江》：“逄，夏、殷诸侯有逄公伯陵，封齐土，其后子孙氏焉。《左传》，齐大夫有逄丑父。”④《史记·项羽本纪》张守节《正义》引李泰《括地志》：“青州临菑县也，即古临菑地也。一名齐城，古营丘之地，所封齐之都也。少昊时有爽鸠氏，虞、夏时有季

---

① 韦《注》：“姬氏，周姓。天鼋，即玄枵，齐之分野。周之皇妣王季母太姜者，逄伯陵之后，齐女也，故言出于天鼋。”［三国吴］韦昭注，上海师范大学古籍整理研究所校点：《国语》，第138—140页。
② 杜《注》：“逄伯陵，殷诸侯，姜姓。”［晋］杜预注，［唐］孔颖达等正义：《春秋左传正义》，第2058，2094页。
③ 赵超：《汉魏南北朝墓志汇编》，天津古籍出版社1992年版，第453页。
④ ［唐］林宝撰，［清］孙星衍校辑，郁贤皓、陶敏整理点校：《元和姓纂》，第73页。案：“逄丑父”，齐顷公戎右。事见成二年《左传》《公羊传》。

斮，殷时有逄伯陵，殷末有薄姑氏，为诸侯，国此地。后太公封，方五百里。"①《广韵·四江》"逄"字注："姓也，出北海。《左传》齐有逄丑父。"②《古今姓氏辩证·四江》："逄，出自夏、商之世，诸侯有逄伯及逄公者，国于齐土，因以国为氏。陈有逄滑，晋有逄大夫，皆知名。"③《通志·氏族略二》："逄氏，音庞。商诸侯，封于齐土。至商、周之间，有蒲姑氏代之。至武王伐商，而后封太公焉。其地在今临淄。古有逄蒙善射。齐大夫有逄丑父。"④《路史·国名纪一》："逄，伯爵，伯陵之国，黄帝所封。夏有逄蒙，《穆天子传》逄公其后也。地今开封蓬池，一曰逄泽……齐，侯爵，伯陵氏之故国，以天齐渊名。吕尚复封，都营丘，今青之临淄也。"⑤《齐乘》卷一："逄山，临朐西十里。按：《路史》，逄伯陵，姜姓炎帝后，太姜所出。始封于逄，在开封逄泽，后改封于齐，犹称逄公。山因名焉，有逄公祠。《汉志》云：祠逄山，石社、石鼓于临朐山。旧有石鼓，或击而有声。则齐乱，今不存矣。其山四面斗绝，惟一径可登，且有泉，金末避兵于此者多获免。"《齐乘》卷四："逄陵城，殷阳府东北四十里。逄伯陵，商之诸侯，封于齐，薄姑氏代之，后太公又代之。逄蒙、逄丑父皆其后。或曰，此即丑父之邑也。"⑥

谨案：佚名《原本广韵·三钟》《古今姓氏书辩证·四江》《通志·氏族略二》"逄"皆作"逢"，古今书"逄""逢"多不分。又，《穆天子传》卷二、卷四有周穆王大夫逄固，《史记·越世家》有越王勾践大夫逄同，则周、楚、晋、齐、越、陈皆有逄氏。又，《古今姓氏书辩证·三钟》有"逄公氏"，即此"逄氏"，然以为复姓，说似误。则楚逄氏为逄伯陵后裔，姜姓，其世系未详。

（二）逄伯

僖六年《左传》杜《注》："逄伯，楚大夫。"⑦则逄伯，姓姜，氏逄，名伯，本逄（地在今山东省潍坊市临朐县西十里）人，国灭入于齐，徙居楚，仕为大夫，生卒年未详（前

①　［汉］司马迁撰，［晋］裴骃集解，［唐］司马贞索隐，［唐］张守节正义，郭逸、郭曼标点：《史记》，第219—220页。

②　［宋］陈彭年等重修：《钜宋广韵》，第14页。

③　［宋］邓名世撰，王力平点校：《古今姓氏书辩证》，第38页。案："逄滑"，陈大夫。事见：哀元年《左传》。"逄大夫"，晋人。事见：宣十二年《左传》。

④　［宋］郑樵撰，王树民点校：《通志二十略》，第72页。

⑤　［宋］罗泌撰，［宋］罗苹注：《路史》，第256—257页。

⑥　［元］于钦撰，［元］于潜释音，［清］周嘉猷考证：《齐乘》，中华书局宋元方志丛刊1989影印清乾隆四十六年（1781）刻本，第515、580页。案：逄蒙，即《孟子·离娄下》之"逄蒙"，亦即《汉书·王褒传》载王褒《圣主得贤臣颂》之"逄门子"，受射于后羿，善射者，杀后羿。《汉书·艺文志》著录《逄门射法》二篇。事见：《孟子·离娄下》《庄子·山木篇》《列子·仲尼篇》。

⑦　［晋］杜预注，［唐］孔颖达等正义：《春秋左传正义》，第1798页。

654 在世)。其恪守礼仪,直言敢谏,谙习典籍,传世有《礼命降者论》(见僖六年《左传》)一文。

二、伯氏与伯州犁

(一)伯氏(宗氏)之族属

先哲主要有四说:一为姬姓伯起(伯纠)后裔,《元和姓纂·二十陌》《古今姓氏书辩证·二十陌》《通志·氏族略四》并引《世本》:"(伯宗氏)晋孙伯起,生伯宗,因氏焉。"[1]二为嬴姓伯益之后说,《元和姓纂·二十陌》《名贤氏族言行类稿》卷五二并引《风俗通义》:"(伯氏)嬴姓,伯益之后,晋大夫伯宗,生州犁,仕楚。"[2]《通志·氏族略四》:"伯氏……孔子弟子伯虔,字子析,或言嬴姓伯益之后。[3]"三为子姓宋襄公母弟敖后裔,《新唐书·宰相世系表四》:"宗氏出自子姓,宋襄公母弟敖仕晋,孙伯宗为三卿所杀,子州犁奔楚,食采于钟离。州犁少子连,家于南阳,以王父字为氏,世居河东。"[4]四为姬姓荀林父后裔说,《通志·氏族略四》:"伯氏,晋大夫荀林父之后。林父为中行伯,孙伯黡,以王父字为氏。伯黡为正卿,司晋之典籍,以为大政,故又为籍氏。"[5]

谨案:《古今姓氏书辩证·二十陌》:"谨按:此谓伯氏所自起也,《姓纂》以为伯宗复姓,误。"[6]又,清雷学淇校辑《世本》下:"韦昭《国语注》云:'伯宗晋大夫孙伯纠之子。'此云伯起,未知孰是……要之,伯氏、籍氏皆晋公族也。此云伯宗氏,似亦少误。祖父之名,礼所当讳,断无以先世之名称为氏者。《穀梁传》作'伯尊',岂尊其名而宗其字欤?《唐书·世系表》谓宗氏出于子姓,宋襄公母弟敖仕晋,孙伯宗生州犁,非是。"[7]又,据《史记·赵世家》司马贞《索隐》引《世本》,荀林父为晋大夫逝遨之子,事晋文、襄、灵、成、景五君;又据《元和姓纂·二十二昔》,伯黡为晋文侯弟阳叔之子,为晋文侯、昭侯之际人。伯黡早于林父百余年,伯黡何以为林父之孙,足见郑

---

① [唐]林宝撰,[清]孙星衍校辑,郁贤皓、陶敏整理点校:《元和姓纂》,第 1590 页。案:诸家所引略异,此据《元和姓纂》引文。

② [唐]林宝撰,[清]孙星衍校辑,郁贤皓、陶敏整理点校:《元和姓纂》,第 1586 页。案:今本《风俗通义》佚此文。

③ [宋]郑樵撰,王树民点校:《通志二十略》,第 142 页。

④ [宋]欧阳修、[宋]宋祁编修,石淑仪等点校:《新唐书》,第 3156 页。

⑤ [宋]郑樵撰,王树民点校:《通志二十略》,第 142 页。

⑥ [宋]邓名世撰,王力平点校:《古今姓氏书辩证》,第 612 页。

⑦ [清]雷学淇校辑:《世本》,[汉]宋衷注,[清]秦嘉谟等辑:《世本八种》,第 61 页。

氏《通志·氏族略四》说失考。故笔者此从《世本》说。则楚伯氏（宗氏）为郤氏之别，文王昌之孙、文王发庶子唐叔虞后裔，出于孙伯起（孙伯纠），本晋公族，姬姓。

（二）伯氏（宗氏）之世系

定四年《左传》："楚之杀郤宛也，伯氏之族出。伯州犁之孙嚭为吴大宰以谋楚。"①《史记·吴世家》："楚诛伯州犁，其孙伯嚭亡奔吴，吴以为大夫。"《楚世家》："（郤）宛之宗姓伯氏子嚭及子胥皆奔吴，吴兵数侵楚，楚人怨无忌甚。"《晋世家》裴骃《集解》引汉贾逵《左氏传解诂》："伯宗，晋大夫。"②昭二十七年《左传》杜《注》："子恶，郤宛。"③《春秋释例·世族谱下》："太宰嚭，子余，本楚伯州犁孙。"④《史记·吴世家》裴骃《集解》引晋徐广《史记音义》："伯嚭，州犁孙也。《史记》与《吴越春秋》同。"《伍子胥列传》裴骃《集解》引《史记音义》："伯州犁者，晋伯宗之子也。伯州犁之子曰郤宛，郤宛之子曰伯嚭。宛亦姓伯，又别氏郤。《楚世家》云杀郤宛，宛之宗姓伯氏子曰嚭。《吴世家》云楚诛伯州犁，其孙伯嚭奔吴也。"⑤《春秋分记·世谱六》："伯氏，伯宗生州犁。"⑥

谨案：《古今姓氏书辩证·二十陌》《春秋列国诸臣传》卷二十九皆以伯嚭为伯州犁之子，缺郤宛一世。则春秋时期楚伯氏（宗氏）世系为：孙伯起→伯宗→伯州犁→郤宛→伯嚭。

（三）伯州犁

成十五年《左传》："晋三郤害伯宗，谮而杀之，及栾弗忌。伯州犁奔楚。"⑦《史记·伍子胥列传》："楚诛其大臣郤宛、伯州犁，伯州犁之孙伯嚭亡奔吴，吴亦以嚭为大夫。"⑧则伯州犁（前？—前541），即成十六年、昭元年《左传》之"大宰伯州犁"，亦即襄二十七年《左传》之"大宰"，姓姬，本氏郤，别氏伯，名州犁，孙伯起（一作"纠"）之孙，伯宗之子，郤宛（子恶）之父，楚共王五年（前576）出奔楚，六年（前575）为楚太

---

① ［晋］杜预注，［唐］孔颖达等正义：《春秋左传正义》，第2136页。

② ［汉］司马迁撰，［晋］裴骃集解，［唐］司马贞索隐，［唐］张守节正义，郭逸、郭曼标点：《史记》，第1188、1358、1332页。

③ ［晋］杜预注，［唐］孔颖达等正义：《春秋左传正义》，第2116页。

④ ［晋］杜预：《春秋释例》，第463页。

⑤ ［汉］司马迁撰，［晋］裴骃集解，［唐］司马贞索隐，［唐］张守节正义，郭逸、郭曼标点：《史记》，第1188、1687页。

⑥ ［宋］程公说：《春秋分记》，第136页。

⑦ 杜《注》："（伯州犁）伯宗子。"［晋］杜预注，［唐］孔颖达等正义：《春秋左传正义》，第1914—1915页。

⑧ ［汉］司马迁撰，［晋］裴骃集解，［唐］司马贞索隐，［唐］张守节正义，郭逸、郭曼标点：《史记》，第1687页。

宰,郏敖四年(前541)公子围之乱时被杀,历仕共、康、郏敖三王凡三十六年(前576—前541)。其熟知礼仪,提出"志以发言,言以出信,信以立志,参以定之"(襄二十七年《左传》)①说,主张以"言""信""志"定诸侯;传世有《合诸侯以信论》《言、信、志参以定之论》(俱见襄二十七年《左传》)、《请行亲迎告庙之礼书》(见昭元年《左传》)诸文。

三、然氏与然丹

(一)然氏(子然氏)之族属

《古今姓氏书辩证·六止下》引《世本》:"(子然氏)郑穆公子子然之后。"②《广韵·二仙》"然"字注:"又姓,《左传》,楚有然丹。"③《古今姓氏辩证·二仙》:"然,出自姬姓。郑穆公兰十一子,其一曰子然。子然之孙丹,字子革,奔楚为右尹,以王父字为氏。"④《姓氏急就篇》卷上、《名贤氏族言行类稿》卷十七说大同。《通志·氏族略四》:"子然氏,姬姓,郑公子然之后,又为然氏。"⑤

谨案:据《春秋分记·世谱七》,郑穆公兰生十三子;又据《国语·楚语上》韦《注》、昭四年《左传》杜《注》,然丹为穆公之孙、子然之子。则邓氏《古今姓氏书辩证》谓"郑穆公兰十一子"者失考,故笔者此不取。则楚然氏(子然氏)为夷王燮之孙、厉王胡少子桓公友后裔,出于文公捷之孙、穆公兰庶子公子然(子然),本郑公族,姬姓。

(二)然氏(子然氏)之世系

襄十九年《左传》:"子然、子孔,宋子之子也;士子孔,圭妫之子也……僖之四年,子然卒;简之元年,士子孔卒。"⑥《史记·郑世家》:"(文公)四十五年,文公卒,子

① ［晋］杜预注,［唐］孔颖达等正义:《春秋左传正义》,第1996页。
② ［宋］邓名世撰,王力平点校:《古今姓氏书辩证》,第336页。案:邓氏谨案:"春秋七穆,然氏无子字。他姓亦然。"
③ ［宋］陈彭年等重修:《钜宋广韵》,第85页。
④ ［宋］邓名世撰,王力平点校:《古今姓氏书辩证》,第134页。
⑤ ［宋］郑樵撰,王树民点校:《通志二十略》,第131页。
⑥ 杜《注》:"子然,子革父……宋子、圭妫,皆郑穆公妾。士子孔,子良父。"［晋］杜预注,［唐］孔颖达等正义:《春秋左传正义》,第1969页。

兰立，是为缪公。"①成十年《左传》杜《注》："子然、子驷，皆穆公子。"②《春秋释例·世族谱上》："然氏，子然，穆公子；然丹，子革。"③《春秋分记·世谱七》："文公生七子：曰穆公，曰华，曰臧，曰士，曰瑕，曰俞弥，曰带（自华而下皆无后），为五世。穆公生十三子：曰灵公（无后），曰襄公，曰喜（后为罕氏），曰騑（后为驷氏），曰平（后为丰氏），曰䭵（后为印氏），曰偃（后为游氏），曰去疾（后为良氏），曰挥（后为羽氏），曰发（后为国氏），曰嘉（后为孔氏），曰孔（后为士孔氏），曰然（后为然氏），为六世……然氏，别祖子然，《公子谱》之六世也。生丹，丹生騑明。"④

谨案：据《国语·郑语》、昭二十九年《左传》《元和姓纂·一东》《资治通鉴·晋纪三十二》胡三省《音注》引《姓谱》、宋陈彭年《广韵·一东》"騑"字《注》、邓名世《姓氏书辩证·一东》，程氏《春秋分记》以騑明（然明、蔑、騑蔑）为郑公子然之孙说失考。故笔者此不取。则春秋时期楚然氏世系为：文公捷→穆公兰→公子然→然丹。

（三）然丹

襄十九年《左传》："司徒孔实相子革、子良之室，三室如一，故及于难。子革、子良出奔楚，子革为右尹。"昭十二年《左传》："析父谓子革：'吾子，楚国之望也！今与王言如响，国其若之何？'子革曰：'摩厉以须，王出，吾刃将斩矣。'"⑤《国语·楚语上》韦《注》："子革，楚大夫，故郑国大夫子然之子然丹也。"⑥昭四年《左传》杜《注》："然丹，郑穆公孙。"昭十三年《左传》杜《注》："然丹，子革。"⑦

谨案：据襄十五年《左传》，楚康王二年（前558），楚诸卿位次为令尹、右尹、大司马、右司马、左司马、莫敖、箴尹、连尹、宫厩尹。则子革为亚卿。又，董立章《国语译注辨析》前谓"子革，子孔之子"，后又谓"子然之子子革出奔楚"⑧，则"子孔"当"子然"之讹。则然丹，即襄十九年、昭十二年、十三年《左传》之"子革"，亦即昭十一年《左传》之"郑丹"，亦即昭十二年、十六年《左传》《国语·楚语上》之"右尹子革"，亦

①　［汉］司马迁撰，［晋］裴骃集解，［唐］司马贞索隐，［唐］张守节正义，郭逸、郭曼标点：《史记》，第1396页。

②　［晋］杜预注，［唐］孔颖达等正义：《春秋左传正义》，第1906页。

③　［晋］杜预：《春秋释例》，第394页。

④　［宋］程公说：《春秋分记》，第147－149页。

⑤　杜《注》："子革，即郑丹。"［晋］杜预注，［唐］孔颖达等正义：《春秋左传正义》，第1969、2064页。

⑥　［三国吴］韦昭注，上海师范大学古籍整理研究所校点：《国语》，第550页。

⑦　［晋］杜预注，［唐］孔颖达等正义：《春秋左传正义》，第2036、2070页。

⑧　董立章：《国语译注辨析》，暨南大学出版社1993年版，第644页。

即《史记·楚世家》之"右尹"，姓姬，氏然，其后别氏子革①，名丹，字子革，穆公兰之孙，公子然（子然）之子，本郑公族，简公十二年（前554）出奔楚，仕为右尹，位居亚卿，历仕康、灵、平三王凡二十九年（前554—前526），生卒年未详（前567—前526在世）。其直言敢谏，重民轻神，提出"民，天之生也"说，主张"知天，必知民矣"（《国语·楚语上》）②；传世有《知天必知民论》（见《国语·楚语上》）、《对灵王问》（见昭十二年《左传》）诸文。

四、观氏与观射父、观瞻

（一）观氏之族属

昭元年《左传》："夏有观、扈。"③《汉书·地理志上》颜《注》引《风俗通义》："（畔观县）夏有观、扈，世祖更名卫国，以封周后。"④《后汉书·郡国志三》："卫公国，本观故国，姚姓，光武更名。"⑤《急就篇》卷一颜《注》："观，夏之同姓诸侯也。国灭之后，因而氏焉。晋有观武，楚有观起、观从，皆其胤也。"⑥《广韵·二十九换》"观"字《注》："亦姓，《左传》，楚有观起。"⑦《古今姓氏辩证·二十六桓》："观，出自姒姓，夏王启庶子五人，食邑于观，谓之'五观'。其地洛汭是也。五观之后为诸侯，有罪，夏王灭之，子孙以国为氏。观丁父仕鄀，楚武王伐鄀，俘丁父以归，使为军帅，故楚大夫独有观氏，而世掌太卜，谓之'卜尹观起'。观从，观瞻皆其后也。"⑧《通志·氏族略二》："观氏……姒姓，侯爵。《左传》云'夏有观、扈'，皆同姓之国。至商失国，子孙以国为氏。今澶州有观城，是其地也。楚有观氏。"⑨《路史·后纪十四》："（夏启）

---

① 《古今姓氏书辩证·六止下》："子革，《元和姓纂》曰：'《世本》：宋司城子革后。又曰：季平子支孙为子革氏。'皆误矣。谨案：春秋季氏无子革，唯乐喜字子罕，为宋司城。审此言则子罕氏，非子革氏。必欲存此一氏，宜改曰：出自姬姓，郑穆公子子然，生丹，字子革，奔楚为右尹，后人以为子革氏。则近而有据。"［宋］邓名世撰，王力平点校：《古今姓氏书辩证》，第332页。案：邓氏《古今姓氏书辩证》此引自林氏《元和姓纂·六止》所引《世本》文，与郑氏《通志·氏族略三》所引《世本》文同。则子革氏为然氏之别，出于然丹（郑丹、子革）。

② ［三国吴］韦昭注，上海师范大学古籍整理研究所校点：《国语》，第550页。

③ ［晋］杜预注，［唐］孔颖达等正义：《春秋左传正义》，第2021页。

④ ［汉］班固撰，［唐］颜师古注，傅东华等点校：《汉书》，第1558页。

⑤ ［南朝宋］范晔撰，［唐］李贤等注，宋云彬等点校：《后汉书》，第3450页。案："姚姓"，据《古今姓氏书辩证·二十六桓》《通志·氏族略二》《路史·后纪十四》，或为"姒姓"之讹。

⑥ ［汉］史游撰，［唐］颜师古注：《急就篇》，第404页。案：定三年、五年《左传》晋有"观虎"，而晋"观武"未详所出。

⑦ ［宋］陈彭年等重修：《钜宋广韵》，第308页。

⑧ ［宋］邓名世撰，王力平点校：《古今姓氏书辩证》，第123页。

⑨ ［宋］郑樵撰，王树民点校：《通志二十略》，第70页。

子太康立,厥弟五人分封于卫,是为五观。其支于莘者,为莘氏、辛氏、甡氏、观氏、卜氏。"①

　　谨案:"观"义有三:一为夏启之子,即《国语·楚语上》"启有五观"之"观",《国语·楚语上》韦《注》:"五观,启子,太康昆弟也。"②《水经·巨洋水注》:"《国语》曰:'启有五观',谓之奸子。'五观'盖其名也。所处之邑,其名曰观。"③《淇水注》说大同。二为夏之敌国名,即昭元年《左传》《汉书·地理志上》颜《注》引《风俗通义》之"观"。据《汉书·地理志上》,昭元年《左传》杜《注》,故观国在今河南省濮阳市范县之故观城。三为夏之同姓国名,即《后汉书·郡国志三》《急就章》卷一颜《注》之"观",当为夏敌国之观被夏灭后封其同姓之国。故清秦嘉谟辑补《世本》卷七中以《急就章》卷一颜《注》为误,实非。则楚观氏为夏帝禹(文命)之孙、帝启庶子五观后裔,本观公族,姒姓,出于观丁父。

　　(二)观氏之世系

　　昭十三年《左传》:"观起之死也,其子从在蔡,事朝吴。"④哀十七年《左传》:"观丁父,鄀俘也,武王以为军率,是以克州、蓼,服随、唐,大启群蛮。"⑤《春秋分记·世谱七》:"观氏,丁父与起,不详其世;起生从,从生瞻。"⑥《尚史》卷一百六《氏族志二》:"观氏,观丁父为武王军率,其后曰观射父,射父后曰观起,起生从,从为卜尹。"⑦

　　谨案:观起,见襄二十二年《左传》,康王九年(前551)被车裂。观从,观起之子,见昭十三年《左传》,灵王十二年(前529)去楚。观丁父以鄀俘武王(前740—前690在位)军率,则观起当为观丁父之后。又,观瞻,观起之孙,观从之子,见哀十八年《左传》,惠王十二年(前477)时为楚开卜大夫。而观射父仕楚昭王(前507—前494在世)。可见,观射父当与观起之子观从大体同时。故李氏《尚史·氏族志二》谓观起为观射父之后说失考。则春秋时期楚观氏世系为:观丁父……观起→观从→观瞻……观射父⑧。

　　①　[宋]罗泌撰,[宋]罗苹注:《路史》,台湾中华书局四部备要1968—1972年据刊本排印本。
　　②　[三国吴]韦昭注,上海师范大学古籍整理研究所校点:《国语》,第528页。
　　③　[北魏]郦道元撰,杨守敬、熊会贞疏,段熙仲点校,陈桥驿复校:《水经注疏》,第2219页。
　　④　[晋]杜预注,[唐]孔颖达等正义:《春秋左传正义》,第2069页。
　　⑤　[晋]杜预注,[唐]孔颖达等正义:《春秋左传正义》,第2179页。
　　⑥　[宋]程公说:《春秋分记》,第151页。
　　⑦　[清]李锴:《尚史》,江苏广陵古籍刻印社1992年影印清刻本。
　　⑧　参见:邵炳军《春秋时期楚国世族作家群体考略》,《中州学刊》2013年第1期,第156—160页。

（三）观射父

《国语·楚语下》：“楚之所宝者，曰观射父，能作训辞，以行事于诸侯，使无以寡君为口实。”[①]《养素堂文集·补风俗通姓氏篇序》：“昔春秋时，周之史伯，鲁之众仲，郑之子羽、晋之胥臣，楚之观射父，皆善言族姓，炎、黄以来，如指诸掌。”[②]则观射父，姓妘，氏观，其后别氏射[③]，名射父，本观（即今河南省濮阳市范县之故观城）人，国灭徙居楚，仕为行人，生卒年未详（前 507－前 494 在世）。其恪守周礼，精通天文历法，主张“民神不杂”，反对“民神杂糅”，倡导“绝地天通”；主张“祀加于举”，认为“上下有序则民不慢”；提出“夫神以精明临民者也，故求备物，不求丰大”说，为当时具有进步意义之神民关系学说；认为“祀所以昭孝息民、抚国家、定百姓也，不可以已”，提出“天事武，地事文，民事忠信”说；提出“民之彻官百”（《国语·楚语下》）[④]说，强调官制之别乃祭礼之序的社会本质，即所谓祭礼之等级、时间、对象之别实际上所反映的是百姓、千品、万官、亿丑、兆民等不同阶层的社会差别；熟识典籍，尤谙习《书》，传世有《绝地天通论》《祭礼之序》《祭礼之物论》《祭祀之别论》《祭礼之纯、精、事论》《祭礼三事论》《官制之别论》（俱见《国语·楚语下》）诸文[⑤]。

（四）观瞻

《史记·楚世家》：“初，灵王会兵于申，僇越大夫常寿过，杀蔡大夫观起。起子从亡在吴，乃劝吴王伐楚，为间越大夫常寿过而作乱，为吴间。”[⑥]哀十八年《左传》杜《注》：“观瞻，楚开卜大夫，观从之后。”[⑦]则观瞻，姓妘，氏观，名瞻，观起（厘子）之孙，观从（子玉）之子，本观人，徙居楚，后徙居蔡，复归楚，仕为开卜大夫，生卒年未详（前 478 在世）。其熟知天文、历法、星象、术数、卜筮之学，传世有《卜如志论》（见哀十八年《左传》）一文。

---

① 韦《注》：“观射父，楚大夫。”［三国吴］韦昭注，上海师范大学古籍整理研究所校点：《国语》，第 579－580 页。

② ［清］张澍：《养素堂文集》，上海古籍出版社续修四库全书 2002 年影印清道光十五年（1835）枣华书屋刻本，第 465 页。

③ ［宋］章定《名贤氏族言行类稿》卷五十二：“射，楚大夫观射父之后。见《左传》。”第 753 页。案：观射父见于《国语》，未见于《左传》。章氏说失考。则射氏为观氏之别，出于观射父。

④ ［三国吴］韦昭注，上海师范大学古籍整理研究所校点：《国语》，第 579－580 页。

⑤ 《绝地天通论》，《文章辨体汇选·论谏七》题作《论重黎》。

⑥ ［汉］司马迁撰，［晋］裴骃集解，［唐］司马贞索隐，［唐］张守节正义，郭逸、郭曼标点：《史记》，第 1353 页。

⑦ ［晋］杜预注，［唐］孔颖达等正义：《春秋左传正义》，第 2180 页。

五、桀氏与桀溺

（一）桀氏之族属与世系

伪古文《尚书·商书·仲虺之诰》："成汤放桀于南巢。"①《通志·氏族略五》："桀氏，古隐者桀溺，汉襄城侯桀龙。"②《姓氏急就篇》卷上说大同。③ 则楚桀氏为鲧（熙）之孙、夏禹（文命）之子帝启后裔，姒姓，其世系未详④。

（二）桀溺

《论语·微子篇》何晏《集解》《史记·孔子世家》裴骃《集解》并引汉郑玄《论语注》："长沮、桀溺，隐者也。"⑤《宪问篇》梁皇侃《义疏》引《论语注》："伯夷、叔齐、虞仲，避世者；荷蓧、长沮、桀溺，避地者；柳下惠、少连，避色者；荷蒉、楚狂接舆，避言者也。"⑥《论语通》卷九引宋吴棫《论语续解》："接舆书楚，故沮、溺、丈人不复书，盖皆楚人。"⑦

谨案：《水经·潕水注》《史记·孔子世家》张守节《正义》并引晋李彤《圣贤冢墓记》："南阳叶邑方城西有黄城山，是长沮、桀溺耦耕之所，有东流水，则子路问津处。"⑧《史记·孔子世家》张守节《正义》引李泰《括地志》："黄城山俗名菜山，在许州叶县西南二十五里。"⑨则子路问津处在叶邑（今河南省平顶山市叶县）西南二十五里之黄城山。时沈诸梁为叶公（县尹），其必为楚地。故桀溺为楚叶邑人。则桀溺，姓姒，氏桀，名溺，本巢（即今安徽省巢湖市东北五里之居巢城）人，国灭徙居楚叶邑，生卒年未详（前 489 在世）。其反对做"辟人之士"，倡导做"辟世之士"（《论语·微子篇》）⑩，传世有《辟人与辟世之别论》（见《论语·微子篇》）一文。

---

① ［汉］孔安国传，［唐］孔颖达等正义：《尚书正义》，第 161 页。
② ［宋］郑樵撰，王树民点校：《通志二十略》，第 201 页。
③ 《潜夫论·志氏姓》《元和姓纂》《广韵》《古今姓氏书辩证》"桀氏"皆阙。
④ 参见：邵炳军《春秋时期楚国世族作家群体考略》，《中州学刊》2013 年第 1 期，第 156—160 页。
⑤ ［魏］何晏集解，［梁］皇侃义疏：《论语集解义疏》，第 258 页。
⑥ ［魏］何晏集解，［梁］皇侃义疏：《论语集解义疏》，第 207 页。案："避"，阮校《论语注疏》皆作"辟"。
⑦ ［元］胡炳文：《四书通》，上海古籍出版社 1979 年影印清人别集丛刊通志堂集本，第 507 页。
⑧ ［北魏］郦道元撰，杨守敬、熊会贞疏，段熙仲点校，陈桥驿复校：《水经注疏》，第 2633 页。
⑨ ［汉］司马迁撰，［晋］裴骃集解，［唐］司马贞索隐，［唐］张守节正义，郭逸、郭曼标点：《史记》，第 1510 页。
⑩ ［三国魏］何晏等注，［宋］邢昺疏：《论语注疏》，第 2529 页。

六、费氏与费无极

（一）费氏之族属与世系

《金石录》卷十七、《隶释》卷二十五并著录《汉梁相费汎碑》："梁相讳汎,字仲忠,此邦之人也。其先季文,为鲁大夫,有功封费,因女氏为姓。"①《金石录》卷十七、《隶释》卷二十五并引南朝宋何承天《姓苑》："费氏,禹后。"②《急就篇》卷一颜《注》："费氏,楚大夫费无极之后也。"《元和姓纂·八未》："费,《史记》纣幸臣费仲,夏禹之后。楚有费无极。"③《金石录》卷十七、《隶释》卷二十五并引唐李利涉《编古命氏》："费氏出自鲁桓公少子季友,有勋于社稷,赐汶阳之田,封邑于费。"④《金石录》卷十七、《隶释》卷二十五并引唐陈湘《姓林》："费氏,音蜚,夏禹之后。"⑤《广韵·八未》"费"字注:"姓也,夏禹之后,出江夏。"⑥《古今姓氏辩证·八未》："费,出自颛帝之后。女华生大费,佐舜调驯鸟兽,舜赐之嬴姓。其子若为费氏,其玄孙曰费昌,当夏之季,去桀归商,为汤御,以败桀于鸣条。"⑦《通志·氏族略三》："费氏,亦音祕,姬姓,懿公之孙费伯之邑也。今忻州费县西北二十里故费城是。纣幸臣费仲,夏禹之后也。楚有费无极。又,费连氏,改为费氏,虏姓也。"⑧《金石录·汉梁相费汎碑跋》："余尝考之,此字(费)有两姓,音读不同,源流亦异:其一音蜚,嬴姓,出于伯翳,《史记》所载费昌、费中、楚费无极、汉费将军、费直、费长房、蜀费祎之徒,是其后也;其一音祕,姬姓,出于鲁季友,《姓苑》所载琅邪费氏,而此碑所谓'梁相费君',是其后也。"⑨《隶释》卷二十五、《资治通鉴·汉纪二十九》胡三省《音注》《隋纪六》胡三省《音注》说同。《姓氏急就篇》卷上:"费氏,《史记·夏纪》云:禹,姒姓,其后分封有费

　① [宋]赵明诚撰,金文明校证:《金石录校证》,第 289 页。案:诸家引文略异,此据《金石录》引文。又,"季文",即"季文子"之省称,亦即公子友(季友)之孙季孙行父。据僖元年《左传》,鲁僖公元年(前 659),僖公赐公子友(季友)汶阳之田及费(音 bì,即今山东省临沂市费县)以为采邑。则"季文",为"季友"之讹;"女氏",即氏,当为"邑"之讹。

　② [宋]赵明诚撰,金文明校证:《金石录校证》,第 289 页。案:诸家引文略异,此据《金石录》引文。

　③ [唐]林宝撰,[清]孙星衍校辑,郁贤皓、陶敏整理点校:《元和姓纂》,第 1200 页。案:"费仲",殷纣嬖臣。事见:《史记·周本纪》。《秦本纪》司马贞《索隐》:"殷纣时费仲,即昌之后也。"[汉]司马迁撰,[晋]裴骃集解,[唐]司马贞索隐,[唐]张守节正义,郭逸、郭曼标点:《史记》,第 118 页。

　④ [宋]赵明诚撰,金文明校证:《金石录校证》,第 289 页。案:诸家引文略异,此据《金石录》引文。

　⑤ [宋]赵明诚撰,金文明校证:《金石录校证》,第 289 页。案:诸家引文略异,此据《金石录》引文。

　⑥ [宋]陈彭年等重修:《钜宋广韵》,第 256 页。

　⑦ [宋]邓名世撰,王力平点校:《古今姓氏书辩证》,第 441 页。

　⑧ [宋]郑樵撰,王树民点校:《通志二十略》,第 82 页。

　⑨ [宋]赵明诚撰,金文明校证:《金石录校证》,第 289 页。

氏。又，《秦纪》：女华生大费，是为柏翳，大费生子若木实费氏。玄孙费昌为汤御，殷有费中。又，鲁有费邑，《左传》有费庈父。又，季父氏受费为上卿，其后亦为费氏。《孟子》有费惠公。楚费无极……又，后魏改费连氏为费氏。"①

谨案：据上所引姓氏书可知，费氏族属有四：

一为姬姓费（音祕）氏，见《通志·氏族略三》，说本隐元年《左传》："夏四月，费伯帅师城郎。"②此"费伯"，亦即隐二年《左传》"（夏）司空无骇入极，费庈父胜之"③之"费庈父"。据《名贤氏族言行类稿》卷二十六、《古今合璧事类备要续集》卷十四并引《元和姓纂》《古今姓氏辨证·十一唐》《通志·氏族略三》《资治通鉴·汉纪四十三》胡三省《音注》引《姓谱》，此"费伯"为鲁懿公戏之孙。又，《齐乘》卷四："古费城，费县西北二十里，古费伯国，姬姓，懿公之孙，后为季氏邑。颛臾城在北，所谓固而近于费。"④然据《春秋地名考略》卷二考订，此隐元年《左传》"费伯"之"费"，与季氏之"费"非一地，其地即今山东省济宁市鱼台县旧治西南之费亭，而季氏之"费"在今山东省临沂市费县西南故费城。可见，此鲁姬姓费（音祕）氏乃以邑为氏者，出于鲁懿公戏之孙费庈父（费伯）。

二为姬姓费（音祕）氏，见《汉梁相费汎碑》，说本僖元年《左传》："（冬）公赐季友汶阳之田及费。"⑤可见，此鲁姬姓费（音祕）氏亦以邑为氏者，出于鲁桓公季子公子友（季子、季友、成季友）。

三为姒姓费（音萆，一作"弗"）氏，以国为氏者，出于夏禹之后，见南朝宋何承天《姓苑》，说本《史记·夏本纪》："禹为姒姓，其后分封，用国为姓，故有夏后氏、有扈氏、有男氏、斟寻氏、彤城氏、褒氏、费氏、杞氏、缯氏、辛氏、冥氏、斟（氏）、戈氏。"⑥

四为嬴姓费（音萆）氏，以名为氏者，出于大业之子大费（柏翳），见《古今姓氏书辨证·八未》，说本《史记·秦本纪》："秦之先，帝颛顼之苗裔孙曰女修。女修织，玄鸟陨卵，女修吞之，生子大业。大业取少典之子，曰女华。女华生大费……大费拜受，佐舜调驯鸟兽，鸟兽多驯服，是为柏翳。舜赐姓嬴氏。大费生子二人，一曰大

① ［宋］王应麟：《姓氏急就篇》，第 770 页。
② ［宋］郑樵撰，王树民点校：《通志二十略》，第 1715 页。案：隐元年《左传》杜《注》："费伯，鲁大夫。"［晋］杜预注，［唐］孔颖达等正义：《春秋左传正义》，第 1715 页。
③ 杜《注》："（费）庈父，费伯也。"［晋］杜预注，［唐］孔颖达等正义：《春秋左传正义》，第 1719 页。
④ ［元］于钦撰，［元］于潜释音，［清］周嘉猷考证：《齐乘》，第 579 页。
⑤ ［晋］杜预注，［唐］孔颖达等正义：《春秋左传正义》，第 1791 页。
⑥ ［汉］司马迁撰，［晋］裴骃集解，［唐］司马贞索隐，［唐］张守节正义，郭逸、郭曼标点：《史记》，第 59 页。

廉,实鸟俗氏;二曰若木,实费氏。其玄孙曰费昌,子孙或在中国,或在夷狄。"①

笔者以为,鲁之姬姓二费氏皆出于春秋时期,费庈父(费伯)与公子友(季子、季友、成季友)及其后世子孙皆世执鲁政,不可能有出奔他国者,《春秋》经、传亦不见载。则楚费氏不当出于鲁二姬姓费氏。那么,楚费氏或出于姒姓费氏,或出于嬴姓费氏。《史记·秦本纪》谓嬴姓费氏"子孙或在中国,或在夷狄",则其散居在中原诸国及其北狄、东夷之地,不当在荆楚南蛮之地。故《广韵·八未》"费"字注谓姒姓费氏为"夏禹之后,出江夏",即荆楚南蛮之地。其说甚是。则楚费氏为夏禹后裔,姒姓,其世系未详。

(二)费无极

昭十九年《左传》:"及(大子建)即位,使伍奢为之师,费无极为少师。"②则费无极(前? —前515),即昭二十七年《左传》之"费氏",亦即《吕氏春秋·慎行篇》《淮南子·人间训》《史记·楚世家》《伍子胥列传》之"费无忌",姓姒,氏费,名无极(一作"无忌"),平王太子建少师(少傅),昭王元年(前515)为令尹囊瓦(子常)所杀。其虽为平王佞臣,然长于谋断,提出"以通北方,王收南方,是得天下也"(昭十九年《左传》)③之策,传世有《谏大城城父书》(见昭十九年《左传》)、《谏王勿讨蔡书》(见昭二十一年《左传》)诸文。

综上所考,楚逢氏为逢伯陵后裔,姜姓,其世系未详;伯氏(宗氏)为郤氏之别,文王昌之孙、文王发庶子唐叔虞后裔,出于孙伯起(孙伯纠),本晋公族,姬姓,其世系为:孙伯起→伯宗→伯州犂→郤宛→伯嚭;然氏为夷王燮之孙、厉王胡少子桓公友后裔,出于文公捷之孙、穆公兰庶子公子然,本郑公族,姬姓,其世系为:文公捷→穆公兰→公子然→然丹;观氏为夏帝禹(文命)之孙、帝启庶子五观后裔,本观公族,姒姓,出于观丁父,其世系为:观丁父……观起→观从→观瞻……观射父;桀氏为鲧(熙)之孙、夏禹(文命)之子帝启后裔,姒姓,其世系未详;费氏为夏禹后裔,姒姓,其世系未详。

可见,楚逢氏、伯氏、然氏、观氏、桀氏、费氏六族,皆为楚公室异姓世族。其中,有传世作品者为逢伯、伯州犂、然丹、观射父、观瞻、桀溺、费无极七子,可称之为楚公室异姓世族作家群体。

---

① [汉]司马迁撰,[晋]裴骃集解,[唐]司马贞索隐,[唐]张守节正义,郭逸、郭曼标点:《史记》,第117—118页。

② [晋]杜预注,[唐]孔颖达等正义:《春秋左传正义》,第2087页。

③ [晋]杜预注,[唐]孔颖达等正义:《春秋左传正义》,第2087页。

第五节　其　他

楚养氏、倚氏、蓝尹氏三族，虽族属未详，然其皆为贵族。其中，有传世作品的养由基、倚相、蓝尹亹三子，亦属楚世族作家群体。

一、养氏与养由基

（一）养氏之族属与世系

昭十四年《左传》："楚令尹子旗有德于王，不知度。与养氏比，而求无厌。王患之。九月甲午，楚子杀斗成然，而灭养氏之族。"①《古今合璧事类备要续集》卷二十八、《名贤氏族言行类稿》卷三十九并引《元和姓纂》："（养氏）楚有养由基，《孝子传》有养奋，梁有养彭舒。"②《广韵·三十六养》"养"字注："又姓，《孝子传》有养奋。"③《古今姓氏书辩证·三十六养》："养，楚大夫食邑于养，因以为氏……养由，《元和姓纂》曰：'楚养由基之后。'谨按：《春秋》楚人谓由基为'养叔'，盖单姓养氏。岂后人别为复姓乎？"④《通志·氏族略五》："养氏，楚有养由基，《孝子传》有养奋，梁有养彭舒，望出山阳。"⑤《姓氏急就篇》卷上："养氏，楚邑名，以为氏，有养由基。邓有养甥。《后汉·五行志》养奋字叔高，又《孝子传》。"⑥

谨案：昭三十年《左传》："吴子使徐人执掩余，使钟吾人执烛庸，二公子奔楚。楚子大封，而定其徙，使监马尹大心逆吴公子，使居养，莠尹然、左司马沈尹戌城之；取于城父与胡田以与之，将以害吴也。"⑦据《春秋地名考略》卷九，此楚之养邑，本养氏采邑，地即今河南省周口市沈丘县东之养城，临安徽省界首市境，位于吴、楚之境。据昭十四年、三十年《左传》，楚平王元年（前528）灭养氏，昭王四年（前512）使

---

①　杜《注》："养氏，子旗之党，养由基之后。"［晋］杜预注，［唐］孔颖达等正义：《春秋左传正义》，第2076页。

②　［宋］章定：《名贤氏族言行类稿》，第614页。今本《元和姓纂》佚此文。

③　［宋］陈彭年等重修：《钜宋广韵》，第210页。

④　［宋］邓名世撰，王力平点校：《古今姓氏书辩证》，第407、408页。

⑤　［宋］郑樵撰，王树民点校：《通志二十略》，第194页。宋之山阳，即今江苏省淮安市。

⑥　［宋］王应麟：《姓氏急就篇》，第774页。案：养甥，邓大夫。事见：桓九年、庄六年《左传》。

⑦　［晋］杜预注，［唐］孔颖达等正义：《春秋左传正义》，第2125页。

监马尹大心逆吴公子掩余、烛庸居之以害吴。足见楚养氏乃以邑为氏者。则养氏出于养由基,族属、世系皆未详。

（二）养由基

成十六年《左传》:"潘尪之党与养由基蹲甲而射之,彻七札焉……王召养由基,与之两矢,使射吕锜,中项,伏弢。以一矢复命。"①《战国策·西周策》载苏厉谓周君曰:"楚有养由基者,善射,去杨柳者,百步而射之,百发百中。"②《史记·周本纪》载苏厉谓周君语大同,《汉书·枚乘传》载乘《奏书谏吴王濞》说亦同。《吕氏春秋·精通篇》:"养由基射（兕）中石,矢乃饮羽,诚乎先也。"《博志篇》:"养由基、尹儒,皆文艺之人也。"③《淮南子·说山训》说大同。襄十三年《左传》杜《注》:"养叔,养由基也。"④则养由基,氏养,其后别氏养由⑤,名由基,字叔,庄王十七年（前597）为庄王戎右,康王二年（前558）为宫厩尹（中厩尹）,历仕庄、共、康三王凡四十年（前597—前558）,生卒年未详（前597—前558在世）。其长于谋断,勇猛善射,传世有《诱覆吴师之策论》（见襄十三年《左传》）一文。

二、倚氏与倚相

（一）倚氏（倚相氏、左史氏）之族属与世系

《急就篇》卷二颜《注》:"左丘明,本鲁之左史,继守其职,遂为姓焉。又,左史倚相,末裔亦为左氏。"⑥《元和姓纂·二十三哿》说大同。《元和姓纂·四纸》:"倚,汉四皓隐商山,号倚里先生,倚相后氏。"⑦《古今姓氏书辩证·四纸》:"倚相,楚左史倚相之后。威王时有倚相季文,为士官。"⑧《通志·氏族略四》说大同。《元和姓纂·二十三哿》:"左史,古者左史记事,因氏焉。楚有左史倚相。"⑨则楚倚氏（倚相氏、左

① ［晋］杜预注,［唐］孔颖达等正义:《春秋左传正义》,第1918页。
② 高《注》:"养,姓;由基,名;楚善射人也。"鲍《注》:"楚共王将。"［汉］刘向集录,范祥雍笺证,范邦瑾协校:《战国策笺证》,第100—101页。
③ 旧题［周］吕不韦撰,［汉］高诱注,许维遹集释:《吕氏春秋集释》,第213、654页。案:据《吕氏春秋·精通篇》毕沅《新校正》,"先"当为"兕"之讹。
④ ［晋］杜预注,［唐］孔颖达等正义:《春秋左传正义》,第1955页。
⑤ 《元和姓纂·三十六养》:"养由,楚养由基之后。"［唐］林宝撰,［清］孙星衍校辑,郁贤皓、陶敏整理点校:《元和姓纂》,第1085页。则养由氏乃养氏之别。
⑤ ［汉］史游撰,［唐］颜师古注:《急就篇》,第415页。
⑦ ［唐］林宝撰,［清］孙星衍校辑,郁贤皓、陶敏整理点校:《元和姓纂》,第814页。
⑧ ［宋］邓名世撰,王力平点校:《古今姓氏书辩证》,第309页。
⑨ ［唐］林宝撰,［清］孙星衍校辑,郁贤皓、陶敏整理点校:《元和姓纂》,第1033页。

史氏)出于倚相,族属、世系未详。

(二)倚相

《国语·楚语下》载楚王孙圉美倚相曰:"能道训典,以叙百物,以朝夕献善败于寡君,使寡君无忘先王之业;又能上下说于鬼神,顺道其欲恶,使神无有怨痛于楚国。"①《中论·亡国篇》:"下及春秋之世,楚有伍举、左史倚相、右尹子革、白公子张,而灵王丧师⋯⋯由是观之,苟不用贤,虽有无益也。"②《国语·楚语上》韦《注》:"倚相,楚左史也。"③昭十二年《左传》杜《注》:"倚相,楚史名。"④

谨案:哀十七年《左传》杜《注》:"右领、左史,皆楚贱官。"⑤《春秋分记·职官书四》疑杜氏说不确。

今考:《周礼·春官宗伯·叙官》:"内史,中大夫一人。"《内史》:"内史掌王之八枋之法,以诏王治⋯⋯内史掌书王命。遂贰之。"⑥故《大戴礼记·盛德》曰:"天子御者,内史、太史左右手也。"⑦又,《礼记·玉藻》:"(天子)动则左史书之,言则右史书之。"⑧《逸周书·史记解》有为周穆王作记之"左史戎夫",《汉书·古今人表》作"右史戎夫",《史记解》孔《注》:"戎夫,左史名也。"⑨则西周时期王室即置"左史""右史"之官。故楚左史与《逸周书·史记解》之周"左史"、襄十四年《左传》之晋"左史"皆同,相当于《书·酒诰》《诗·小雅·正月》、桓二年、庄三十二年、僖十一年、文元年、襄十年《左传》之周"内史"。又,《说苑·指武篇》谓楚庄王十三年(前601)楚师伐陈时倚相已出仕,《韩非子·说林下》《说苑·权谋篇》并谓楚惠王十六年(前473)越灭吴时倚相尚在,则其年寿当一百五十岁左右,《说苑·指武篇》恐有误。故倚相在世年代笔者以《左传》《国语》《韩非子》所载为本,《说苑·指武篇》说此不取。则倚相,昭十二年《左传》《国语·楚语上》《楚语下》《韩非子·说林下》《说苑·权谋篇》《指武篇》之"左史倚相",氏倚,其后别为倚相氏、左史氏,名相,楚左史,历仕灵、平、昭、惠四王凡五十七年(前530年—前473),生卒年未详(前530年—前473在世)。其尊崇"祈招之愔愔,式昭德音。思我王度,式如玉,式如金。形民之力,而无醉饱之

①　[三国吴]韦昭注,上海师范大学古籍整理研究所校点:《国语》,第580页。
②　[三国魏]徐干撰,龚祖培点校:《中论》,第32—33页。案:《治要》无"白公子张"四字。
③　[三国吴]韦昭注,上海师范大学古籍整理研究所校点:《国语》,第551页。
④　[晋]杜预注,[唐]孔颖达等正义:《春秋左传正义》,第2064页。
⑤　[晋]杜预注,[唐]孔颖达等正义:《春秋左传正义》,第2179页。
⑥　[汉]郑玄注,[唐]贾公彦疏:《周礼注疏》,第755、820页。
⑦　[汉]戴德撰,[北周]卢辩注,[清]王聘珍解诂,王文锦点校:《大戴礼记解诂》,第145页。
⑧　[汉]郑玄注,[唐]孔颖达等正义:《礼记正义》,第1473—1474页。
⑨　[晋]孔晁注,黄怀信、张懋镕、田旭东集注,黄怀信修订:《逸周书汇校集注》(修订本),第942页。

心"古训(昭十二年《左传》)①,倡导"箴儆于国",提出"进退周旋,唯道是从"(《国语·楚语上》)②说。精通礼仪,熟知典籍,尤谙《三坟》《五典》《八索》《九丘》《诗》《书》,传世有《式昭德音论》(见昭十二年《左传》)、《老耄睿圣而勿自安论》《唯道是从论》(俱见《国语·楚语上》)诸文③。

三、蓝尹氏与蓝尹亹

(一)蓝尹氏(蓝氏)之族属与世系

《元和姓纂·二十二覃》:"蓝尹,楚大夫蓝尹亹之后。"④

谨案:《万姓统谱·十三覃》以楚大夫蓝尹亹单氏蓝,与诸家异。故笔者此不取。则楚蓝尹氏(蓝氏)出于蓝尹亹,族属、世系皆未详。

(二)蓝尹亹

《国语·楚语下》韦《注》:"蓝尹亹,楚大夫也。"⑤《七国考·楚职官》:"《楚书》云:蓝尹、陵尹,分掌山泽,位在朝廷。"⑥清程廷祚《春秋识小录·春秋职官考略中》:"蓝尹,定五年蓝尹亹。"

谨案:董立章《国语译注辨析》:"蓝尹亹:楚蓝邑大夫。蓝,今钟祥县西北。"⑦然楚王室之官多称"尹",而县邑大夫多称"公"。则此蓝尹乃王室之官而非县邑大夫。故董氏说不确,笔者此不取。则蓝尹亹,蓝尹其职,亹其名,其后以官为蓝尹氏,姓氏、世系、生卒年皆未详(前505—前494在世)。其推崇"君子唯独居思念前世之崇替与哀殡丧,于是有叹,其余则否"古训,提出"君子临政思义,饮食思礼,同宴思乐,在乐思善"说,主张"修德以待吴"(《国语·楚语下》)⑧;传世有《谏王鉴前恶书》《修德以待吴论》(俱见《国语·楚语下》)诸文⑨。

综上所考,养氏出于养由基,族属、世系皆未详;倚氏出于倚相,族属、世系未详;蓝尹氏出于蓝尹亹,族属、世系皆未详。可见,养氏、倚氏之族虽族属未详,然其

---

① ［晋］杜预注,［唐］孔颖达等正义:《春秋左传正义》,第2064页。
② ［三国吴］韦昭注,上海师范大学古籍整理研究所校点:《国语》,第551页。
③ 《老耄睿圣而勿自安论》,《文章正宗》卷五、《文编·辞命》《文章辨体汇选·论谏六》皆题作《规申公》。
④ ［唐］林宝撰,［清］孙星衍校辑,郁贤皓、陶敏整理点校:《元和姓纂》,第763页。
⑤ ［三国吴］韦昭注,上海师范大学古籍整理研究所校点:《国语》,第576页。
⑥ ［明］董说撰,钱熙祚校点:《七国考》,中华书局1956校点景守山阁丛书本,第42页。
⑦ 董立章:《国语译注辨析》,第680页。
⑧ ［三国吴］韦昭注,上海师范大学古籍整理研究所校点:《国语》,第576页。
⑨ 《修德以待吴论》,《文章正宗·议论三》题作《告子西》,《文章辨体汇选·论谏九》题作《论吴将亡》。

可别族为氏且仕为大夫者，必为贵族；蓝尹氏之族虽族属未详，然其可别族为氏，且仕可为王室者，亦必为贵族。其中，有传世作品者的养由基、倚相、蓝尹亹，亦属楚世族作家群体。

主要参考文献

一、古籍

1.［汉］戴德撰，［清］王聘珍解诂，王文锦点校:《大戴礼记解诂》，中华书局 1983 年点校十三经清人注疏本。

2.［汉］孔安国传，［唐］孔颖达等正义:《尚书正义》，中华书局 1980 年影印阮刻十三经注疏本。

3.［汉］刘向:《古列女传》，上海书店 1985 年四部丛刊初编影印明万历黄嘉育刊本。

4.［汉］刘向:《续列女传》《古列女传》，上海书店 1985 年四部丛刊初编影印明万历黄嘉育刊本。

5.［汉］毛亨传，［汉］郑玄笺，［唐］孔颖达等正义:《毛诗正义》，中华书局 1980 年影印阮刻十三经注疏本。

6.［汉］史游撰，［唐］颜师古注:《急就篇》，中华书局 1985 年丛书集成初编排印清光绪间福山王懿荣刻天壤阁丛书本。

7.［汉］司马迁，郭逸、郭曼点校:《史记》，上海古籍出版社 1997 年点校宋黄善夫刊刻三家注本。

8.［汉］宋衷注，［清］秦嘉谟等辑:《世本八种》，上海商务印书馆 1957 年排印本。

9.［汉］王符撰，彭铎校:《潜夫论笺校正》，中华书局 1985 年新编诸子集成本。

10.［魏］何晏等注，［宋］邢昺:《论语注疏》，中华书局 1980 年影印阮刻十三经注疏本。

11.［三国蜀］谯周:《古史考》，清嘉庆间孙星衍刻平津馆辑本。

12.［魏］王肃注，［清］陈士珂疏证:《孔子家语疏证》，上海书店 1987 年影印中华书局丛书集成初编排印湖北丛书本。

13.［三国吴］韦昭注，上海师范大学古籍整理研究所校点:《国语》，上海古籍出版社 1998 年校点清嘉庆二十三年(1818)黄丕烈刻士礼居仿宋刻明道本。

14.［晋］杜预:《春秋释例》，清嘉庆十二年(1807)孙星衍刊刻岱南阁丛书校本。

15.［晋］杜预注，［唐］孔颖达等正义：《春秋左传正义》，中华书局 1980 年影印阮刻十三经注疏本。

16.［唐］林宝撰，［清］孙星衍校辑，郁贤皓、陶敏整理点校：《元和姓纂》，中华书局 1994 年整理点校江宁局本。

17.［五代蜀］冯继先：《春秋名号归一图》，上海古籍出版社 1979 年影印清人别集丛刊通志堂集本。

18.［宋］程公说：《春秋分记》，上海图书馆藏清抄本。

19.［宋］邓名世，王力平点校：《古今姓氏书辩证》，江西人民出版社 2006 年点校四库全书本。

20.［宋］胡仔：《孔子编年》，国家图书馆藏清嘉庆二十三年（1818）绩溪胡氏家刻本。

21.［宋］金履祥：《资治通鉴前编》，光绪十三年（1887 年）镇海谢骏德刻金仁山遗书本。

22.［宋］刘恕：《资治通鉴外纪》，上海书店四部丛刊初编影宋本，1985 年。

23.［宋］罗泌撰，［宋］罗苹注：《路史》，中国台湾中华书局 1968－1972 年四部备要据刊本排印本。

24.［宋］吕大临：《考古图》，江苏广陵古籍刻印社 1991 年影印清乾隆十八年（1753）天都黄晟亦政堂刻本。

25.［宋］欧阳修、［宋］宋祁，石淑仪等点校：《新唐书》，中华书局 1975 年点校百衲本（影印宋嘉祐十四行本）。

26.［宋］欧阳修：《集古录》，中国台北艺文印书馆 1976 年石刻史料丛刊影印光绪丁亥（1887）校刊行素草堂藏版原刻本。

27.［宋］邵思：《姓解》，上海古籍出版社 2002 年续修四库全书影印黎庶昌编古逸丛书影北宋本。

28.［宋］苏辙：《古史》，南京图书馆藏宋刻元明递修本。

29.［宋］王当：《春秋列国诸臣传》，扬州广陵书社 2007 年影印清康熙十九年（1680）纳兰性德刻通志堂经解本。

30.［宋］王俅：《啸堂集古录》，中华书局 1985 年影印宋淳熙三年刻本。

31.［宋］王应麟：《姓氏急就篇》，江苏古籍出版社 1987 年影印清光绪九年（1883）浙江书局刊本。

32.［宋］薛尚功：《历代钟鼎彝器款式法帖》，中华书局 2005 年宋人著录金文丛刊初编影印明崇祯六年（1633）朱谋垔刻本。

33.[宋]章定:《名贤氏族言行类稿》,中国台湾商务印书馆 1986 年影印文渊阁四库全书本。

34.[宋]赵明诚撰,金文明校证:《金石录校证》,广西师范大学出版社 2005 年校证清乾隆二十七年(1762)雅雨堂刻本。

35.[宋]真德秀:《文章正宗》,南京图书馆藏明正德十五年(1520)马卿刻本。

36.[宋]郑樵,王树民点校:《通志二十略》,中华书局 1995 年点校乾隆间汪启淑重刻正德间陈宗夔刻本。

37.[元]佚名:《京本排韵增广事类氏族大全》,线装书局 2001 年影印日本宫内厅书陵部藏宋元版。

38.[明]陈士元:《名疑》,清武昌局刻湖北丛书本。

39.[明]陈士元:《姓觿》,齐鲁书社 1997 年四库存目丛书影印明万历间自刻归云别集本。

40.[明]冯惟讷:《古诗纪》,清金陵书局本。

41.[明]贺复徵:《文章辨体汇选》,上海古籍出版社 1987 年影印文渊阁四库全书本。

42.[明]凌迪知:《氏族博考》,国家图书馆藏明刻本。

43.[明]凌迪知:《万姓统谱》,四川师范大学图书馆藏明万历七年(1579)吴京刻本。

44.[明]陆时雍:《古诗镜》,上海图书馆藏明刻本。

45.[明]吕元善:《圣门志》,齐鲁书社 1997 年四库存目丛书影印明崇祯间刻本。

46.[明]梅鼎祚:《古乐苑》,国家图书馆藏明万历十九年(1591)刻本。

47.[明]梅鼎祚:《皇霸文纪》,国家图书馆藏明崇祯间刻本。

48.[明]唐顺之:《文编》,镇江市图书馆明嘉靖胡帛刻本。

49.[明]余寅:《同姓名录》,国家图书馆藏明万历间刻本。

50.[清]陈厚耀:《春秋世族谱》,上海书店 1994 年丛书集成续编影印清邵武徐氏丛书本。

51.[清]程廷祚:《春秋识小录》,清吴省兰编刻艺海珠尘本。

52.[清]崔述,顾颉刚整理:《洙泗考信余录》,上海古籍出版社 1983 影印道光四年(1824)陈履和刻崔东壁遗书本年。

53.[清]杜文澜,周绍良校点:《古谣谚》,中华书局 1958 年校点清光绪十八年(1892)上海席氏扫叶山房曼陀罗华阁丛书本。

54.[清]端方:《陶斋吉金录》,上海古籍出版社 2002 年续修四库全书影印清光绪三十四年(1908)石印本。

55.[清]高士奇,杨伯峻点校:《左传纪事本末》,中华书局1979年点校清康熙二十九年(1690)长洲韩菼序高氏家刻本。

56.[清]高士奇:《春秋左传姓名同异考》,齐鲁书社1997年四库全书存目丛书影印清康熙间高氏家刻本。

57.[清]顾栋高,吴树平、李解民点校:《春秋大事表》,中华书局1993年点校万卷楼刻本。

58.[清]洪亮吉,李解民点校:《春秋左传诂》,中华书局1987年点校十三经清人注疏本。

59.[清]江永:《春秋地理考实》,凤凰出版社2005年影印阮元刻皇清经解本。

60.[清]李超孙:《诗氏族考》,上海古籍出版社2002年续修四库全书影印清道光海昌蒋氏刻别下斋丛书本。

61.[清]李锴:《尚史》,江苏广陵古籍刻印社1992年影印清刻本。

62.[清]李灼,[清]黄晟辑:《至圣编年世纪》,齐鲁书社1997年四库存目丛书影印清乾隆十六年(1795)亦政堂刻本(史部第81册)。

63.[清]梁玉绳,吴树平等点校:《汉书古今人表考》《史记汉书诸表订补十种》,中华书局1982年二十四史研究资料丛刊点校清白士集本。

64.[清]林春溥:《孔门师弟年表》,清嘉庆二十一年(1816)侯官林春溥竹柏山房十五种刻本。

65.[清]马骕,王利器整理:《绎史》,中华书局2002年校补整理清康熙九年(1670)刻本。

66.[清]齐召南撰,[清]阮福续:《历代帝王年表》,中国台湾中华书局1968—1982年四部备要景排印阮亨编刻文选楼丛书本。

67.[清]沈德潜:《古诗源》,中华书局1963年中国古典文学基本丛书重印四部备要本。

68.[清]吴大澂:《愙斋集古录》,上海古籍出版社2002年续修四库全书影印民国六年上海涵芬楼影印原拓本。

69.[清]严可均:《全上古三代秦汉三国六朝文》,中华书局1958年影印清光绪年间王毓藻刻本。

70.[清]翟云升,吴树平、王佚之、汪玉可点校:《校正古今人表》《史记汉书诸表订补十种》,中华书局1982年点校清白士集本。

71. [清]张澍,赵振兴校点:《姓氏寻源》,岳麓书社 1992 年校点清道光十八年 (1838)张氏自刻本。

72. [清]朱善旂:《敬吾心室彝器款式》,清光绪三十四年(1908)石印本。

73. [清]朱右曾辑:《汲冢纪年存真》,修绠堂铅印本。

74. [清]邹安:《周金文存》,上海仓圣明智大学 1916 年广仓学宭艺术丛编玻璃版影印本。

二、今人著作

1. 陈梦家:《美帝国主义劫略我国殷周青铜器集录》,科学出版社 1963 年版。

2. 董立章:《国语译注辨析》,暨南大学出版社 1993 年版。

3. 范文澜:《中国通史(一)》,人民出版社 1979 年版。

4. 郭沫若:《两周金文辞大系图录考释》(增订本),科学出版社 1958 年版。

5. 郭沫若:《中国古代社会研究》,河北教育出版社 2000 年版。

6. 郭沫若:《中国史稿(一)》,人民出版社 1976 年版。

7. 韩席筹:《左传分国集注》,江苏人民出版社 1963 年版。

8. 侯外庐:《中国思想通史》,人民出版社 1962 年版。

9. 胡适:《中国古代哲学史》,安徽教育出版社 2006 年版。

10. 黄怀信、张懋镕、田旭东:《逸周书汇校集注》,上海古籍出版社 1995 年版。

11. 李启谦:《孔门弟子研究》,齐鲁书社 1988 年版。

12. 刘起釪:《古史续辨》,中国社会科学出版社 1991 年版。

13. 泷川资言[日]考证、水泽利忠[日]校补:《史记会注考证校补》,上海古籍出版社 1986 年版。

14. 陆侃如、冯沅君:《中国诗史》,山东大学出版社 1996 年版。

15. 逯钦立:《先秦汉魏晋南北朝诗》,中华书局 1983 年版。

16. 罗振玉:《三代吉金文存》,中华书局 1983 年版。

17. 马承源:《上海博物馆藏战国楚竹书(一)》,上海古籍出版社 2001 年版。

18. 钱穆:《先秦诸子系年》,商务印书馆 2002 年版。

19. 陕西省博物馆等:《青铜器图释》,文物出版社 1960 年版。

20. 邵炳军:《春秋文学系年辑证》,高等教育出版社 2013 年版。

21. 孙作云:《诗经与周代社会研究》,中华书局 1966 年版。

22. 田昌五、臧知非:《周秦社会结构研究》,西北大学出版社 1996 年版。

23. 王国维：《古本竹书纪年辑校》，《王国维遗书（七）》上海古籍出版社 1983 年版。

24. 王国维：《今本竹书纪年疏证》，《王国维遗书（八）》，上海古籍出版社 1983 年版。

25. 徐元诰：《国语集解》（修订本），中华书局中国史学基本典籍丛刊点校民国十九年（1930）中华书局初印本 2002 年版。

26. 徐中舒：《殷周金文集录》，四川人民出版社 1984 年版。

27. 杨伯峻：《春秋左传注（修订本）》，中华书局 1990 年版。

28. 杨树达：《积微居金文说》，中华书局重排科学出版社增订本 1996 年版。

29. 杨树达：《积微居金文余说》，中华书局重排科学出版社增订积微居金文说本 1996 年版。

30. 杨树达：《积微居小学金石论丛》（增订本），科学出版社 1955 年版。

31. 于省吾：《泽螺居诗经新证》，中华书局 1982 年版。

32. 张西孔、田珏主编：《中国历史大事编年（一）》，北京出版社 1986 年版。

33. 中国青铜器全集编辑委员会：《中国青铜器全集》，文物出版社 1996－1998 年版。

34. 中国社会科学院考古研究所：《殷周金文集成》，中华书局 1984－1994 年版。

35. 竹添光鸿［日］：《左传会笺》，明治三十六年（1903）日本明治讲学会雕版印行本，巴蜀书社 2008 年版。

三、今人论文

1. 常昭：《颜回、颜氏之儒与琅邪颜氏家族探析》，《齐鲁学刊》2010 年第 4 期。

2. 晁福林：《论平王东迁》，《历史研究》1990 年第 2 期。

3. 晁福林：《试论东迁以后的周王朝》，《宝鸡文理学院学报》1990 年第 1 期。

4. 陈梦家：《西周铜器断代（二）》，《考古学报》1955 年第 10 期。

5. 陈梦家：《西周铜器断代（三）》，《考古学报》1956 年第 11 期。

6. 郭沫若：《古代铭刻汇考》，载《郭沫若全集·考古编》，科学出版社 1987 年版。

7. 郭沫若：《古代铭刻汇考续编》，载《郭沫若全集·考古编》，科学出版社 1987 年版。

8. 李朝军：《家族文学史建构与文学世家研究》，《学术研究》2008 年第 1 期。

9. 梁启超：《先秦学术年表》，载罗根泽编著《古史辨（4）》，上海古籍出版社 1982 年版。

10. 罗姝：《从春秋贵族诗人群体构成形态看诗歌创作方式的转变》，《中州学刊》

2017 年第 4 期。

　　11. 罗姝:《公室宗子在诗礼文化生成与传播过程中的主体性——以春秋时期齐公室诸君的文学创作为中心》,《郑州大学学报》2018 年第 6 期。

　　12. 罗姝:《季孙氏族属、世系暨作家群体事略考》,《现代语文》2017 第 4 期。

　　13. 罗姝:《齐国贵族女性作家群体事略汇考》,《安徽文学》2012 年第 10 期。

　　14. 罗姝:《师类礼官作家群体事略汇考》,《安徽文学》2017 年第 6 期。

　　15. 罗姝:《史类礼官作家群体事略汇考》,《桂林航天工业高等专科学校学报》2012 年第 3 期。

　　16. 罗姝:《王族宗子:文学创作的行为主体与诗礼传家的责任主体——以春秋时期周王室作家群体为中心》,《广东社会科学》2018 年第 2 期。

　　17. 马银琴:《子夏的思想特征及其家学渊源》,《文学评论》2016 年第 1 期。

　　18. 梅新林:《文学世家的历史还原》,《中国社会科学》2011 年第 1 期。

　　19. 屈会涛:《春秋时期的金文家训与世族的生存之道》,《社科纵横》2019 年第 2 期。

　　20. 任重:《论曾参的儒学思想及其成就》,《河南大学学报》2001 年第 2 期。

　　21. 邵炳军、赵逵夫:《卫武公〈抑〉创作时世考论》,《河北师大学报》2000 年第 1 期。

　　22. 邵炳军:《〈板〉〈召旻〉〈瞻卬〉三诗作者为同一凡伯考论》,《文学遗产》2004 年第 5 期。

　　23. 邵炳军:《〈青蝇〉〈宾之初筵〉〈抑〉作者卫武公生平事迹考论》,《文史》2000 年第 2 期。

　　24. 邵炳军:《〈诗·鲁颂·閟宫〉之作者、诗旨、作时补证》,载《第六届诗经国际学术研讨会论文集》,学苑出版社 2005 年版。

　　25. 邵炳军:《春秋散文体类概说——以事务文类为例》,载《中国古代散文国际学术研讨会论文集》,凤凰出版社 2011 年版。

　　26. 邵炳军:《两周之际三次"二王并立"史实索隐》,《社会科学战线》2001 年第 2 期。

　　27. 邵炳军:《两周之际诸申地望及其称谓辨析》,《社会科学战线》2002 年第 3 期。

　　28. 邵炳军:《卫武公〈宾之初筵〉创作年代考》,《甘肃高师学报》2001 年第 6 期。

　　29. 邵炳军:《卫武公〈青蝇〉创作时世考论》,《西北师大学报》2000 年第 3 期。

　　30. 邵炳军:《周大夫凡伯〈瞻卬〉创作时世考论》,《西北师大学报》2002 年第 1 期。

　　31. 邵炳军:《周大夫家父〈节南山〉创作时世考论》,《文献》1999 年第 2 期。

　　32. 邵炳军:《周平王奔西申与拥立周平王之申侯》,《贵州文史丛刊》2001 年第 1 期。

　　33. 孙开太:《关于孔子出身问题辨析》,《历史教学》1985 年第 6 期。

34. 谭风雷:《"不以所恶废乡"——公山不狃的故土情》,《管子学刊》1997 年第 4 期。

35. 王红霞:《子夏生平考述》,《北方论丛》2006 年第 4 期。

36. 王雷生:《平王东迁年代新探:周平王东迁公元前 747 年说》,《人文杂志》1997 年第 3 期。

37. 王兴中:《家族精神的文学指向》,《云南师范大学学报》1989 年第 2 期。

38. 吴承学:《先秦盟誓及其文化意蕴》,《文学评论》2001 年第 1 期。

39. 徐敏:《孔子先世考辨》,《中国社会科学院研究生院学报》1997 年第 4 期。

40. 杨晓斌:《我国古代文学家族的渊源及形成轨迹》,《新疆大学学报》2005 年第 1 期。

41. 周国荣:《孔母"颜征在"考辨》,《苏州大学学报》1997 年第 2 期。

后　记

在《春秋时期周、鲁、齐世族作家与文学创作考论》出版后的一年，《春秋时期晋、秦、楚世族作家群体与文学创作考论》也即将付梓。十年春秋，两卷书稿，于我而言是一场漫长且深邃的历史文化溯源之旅，是连接过去与未来的桥梁。

春秋时期的文学不仅仅是文人墨客的个人创作，更是社会政治、经济、文化等多方面的反映。世族作为当时社会的重要阶层，他们的文学作品承载着家族的兴衰、国家的命运以及时代的精神。在长达十年的研究过程中，我采用了文献学、历史学、社会学等多学科交叉的方法，关注世族文学的历史建构、依存关系、类型特点、生产方式、现场情景、成果样本等问题，力求全面反映文学创作基层写作的具体过程与基本状况，从一个侧面反映春秋文学的基本状况与发展规律。这种跨学科的研究方法，使我能够更全面地理解世族作家的创作背景和动机。本书不仅丰富了我们对春秋文学的认识，也为后续研究提供了新的视角和方法。

我希望这本书能够为读者打开一扇了解春秋时期世族文学的窗口，让更多的人感受到那个时代文学的魅力，共同感知并探索这些散落在文学作品中的智慧：它们是中华民族共同体意识得以生成、延续的精神纽带，也形成了中华民族共同的文化基因。本书的出版并不是我研究的终点，而是一个新的起点。未来，我希望能够继续沿着这条道路前行，不断探索更多未知的领域，为中华文化的传承与发展贡献自己的力量。

在撰写这本书的过程中，我得到了许多人的帮助和支持。特别要感谢我的家人，是你们的理解和支持，让我能够在忙碌的工作之余，依然保持对学术的热情。还有许多学界同仁，你们与我分享研究心得，提出宝贵的意见和建议，使我的研究能够不断完善。感谢你们一路相伴，让我能够在学术的道路上不断前行。携此感恩和热爱，我将继续于历史长河与文学瀚海中追光逐影，续写岁月华章。

本书得以顺利出版，离不开刘光本编辑的付出。他以深厚的专业素养和敬业精神为本书保驾护航，在编辑过程中，他用敏锐的眼光甄别瑕疵，认真处理每一个细节，提出了许多宝贵的建议和意见，终使书籍的质量得到了显著提升，在此致以诚挚的感谢。

罗　姝

2025 年 1 月